失われた時を求めて
全一冊

マルセル・プルースト
角田光代・芳川泰久 編訳

À LA RECHERCHE DU TEMPS PERDU
Marcel Proust

SHINCHO
MODERN
CLASSICS

失われた時を求めて　全一冊

1 ― 目覚め

長いあいだ、ぼくは早くからベッドに入ったものである。ろうそくを消し、さあ眠ろうと思う間もなく眠りに落ちて、三十分もすると目が覚めてしまう。ぼくは短い夢のなかで、それまで読んでいた本のなかに入りこみ、教会になったり四重奏曲になっていたりする。目が覚めても、まだ夢の片鱗が残っている。早く眠らなきゃとろうそくを消そうとして、部屋が真っ暗なことに気づいてびっくりする。それから、その闇に安心する。

いったい何時なのだろう。列車の音が、近づき、遠ざかる。その音に、ぼくはひっそりとした野原を思い浮かべる。その野原で、旅人が次の駅へと急いでいる。見慣れない土地や習慣、すれ違う人たちとのおしゃべり、別れの挨拶、旅のなかでのできごとと、帰るのだという興奮とを同時に味わいながら、旅人は列車の窓から野原を眺める。この光景を、旅人はきっと忘れることがないだろう。

ひんやりした枕に頰を押しつける。マッチをすって時計を見る。もうすぐ十二時だ。旅の途中で病んだ旅人のような気持ちになる。しかたなく泊まった見知らぬ宿で、発作を起こして目を覚まし、ドアの下に細い光を見つけて安堵するような気持ちだ。よかった、もう朝だ！　じきに従業員も起きてくる。ベルを押せばきっと助けにきてくれる。そうすれば楽になる。そう思えば我慢もできる。そのとき、病人は足音を聞いた気がする。足音は近づいて、そして遠ざかる。ドアの下の光も消えている。真夜中だ。ガス灯は消されたばかりだ。最後の従業員もいってしまい、一晩じゅう、薬もなく苦しみ続けなければならないのか。

ぼくはふたたび眠りに落ちる。その眠りに、部屋も家具も、ぼく自身もゆっくりと包まれていく。眠りに包まれたぼくは、永遠に帰らない子どものころに、あっという間に戻っている。子どものときに恐怖したものをありありと思い出す。たとえば、大叔父さんに巻き毛をひっぱられるんじゃないか。ぼくがその恐怖から解放されたのは、巻き毛を切られたときだった。はっと目が覚め、大叔父の手から逃れたと思い、ああ夢だったと気づき、また夢の世界へと戻っていく。

アダムの肋骨からイヴが生まれたように、ぼくの腿のあらぬところからひとりの女が生まれる。ぼくの快楽から生まれた女のはずなのに、ぼくは女から快楽を得ようとして、おたがいの体温が混じり合うくらいぴったりと抱き合って、そして目覚める。今見た夢のなかの女にくらべると、ほかの人たちがみんな夢のなかにいるみたいに感じられる。女の口づけの感触はぼくの頬に残り、体の重みはぼくの体の隅々に残っている。その女が、どこかで見た実在の女に似ていることがある。そう気づくと、ぼくは必死になってその女を見つけ出そうとするのだが、少しずつ夢は薄まって、やがて女の顔も思い出せなくなる。

眠っているとき、ぼくたちは時間の感覚も持っているし、世界の秩序といったものも持っている。目覚めたとき、自分が今どこにいて、どのくらい眠ったのかわかるのは、だからだ。けれど時間の感覚も世界の秩序も、ふっつり消えてしまうこともある。眠れないまま明けがたになって、本を読みかけていたせいで、いつもとは違う姿勢で眠ってしまったときなら、片腕を持ち上げるだけで太陽の運行を止めて、逆戻りさせられるような気持ちになるだろう。目が覚めても時間がわからず、今しがた眠ったばかりだろうなどと考えてしまう。ベッドではなく、たとえば夕食後に腰掛け椅子でうとうとしてしまったときなどは、別世界の魔法の椅子に座っているかのように、ものすごい速さで時間と空間を移動してしまい、目を開けると、何か月も外国で寝ていたような気持ちになるだろう。

今がそうだ、真夜中、ぼくはいったいどこにいるのか、ぼくとはだれなのかもわからなくなっている。ぼくはただ、いる、ということだけしかわからない。動物の体のなかでぶるぶる震えているような感覚しかなく、ほらあなに住む大昔の人間よりも、何も持っていない。けれど、住んだことのある場所や、訪れたことのある場所といった記憶が、ゆっくりと戻ってきて、自分がだれかもわからない虚無から、ぼくを救い出してくれる。そして石油ランプが見え、折襟シャツの影が見え、ああ、ぼくはぼくだと理解する。

ぼくたちのまわりにある事物は、ほかのものではなくまさにその事物である、という確実さ、それらを前にしたときにぼくたちが確実な事物を認識する、そのことによって不動のものとなるのではないか。目覚めたとき、ぼくたちはその事物を見て、どこにいるのか理解しようとする。けれど今、うまくいかず、周囲のものはすべて闇のなかでぐるぐるとまわっている。ぼくを取り巻くものも、土地も、歳月も。体はしびれて動かず、疲れ具合から手足の位置を見定め、そこから壁の方向と家具の位置を推測し、この体が横たわっている住まいをそんなふうにあらためて作り上げ、どこだか言おうとする。肋骨の記憶も、膝の記憶も、肩の記憶も、体という体の記憶は、かつて眠ったことのあるすべての部屋を次々と思い出させる。そして部屋のほうでは、こちらの想像にあわせて、見えない壁が位置を変えながら闇のなかをくるくるまわっている。いつ、どこで眠った場所かわかるより先に、ぼくの体は、ベッドのかたち、ドアの位置、窓の採光、廊下の有無を思い出す。同時に、そこで眠ったときの気持ち、目覚めたときの気持ちを思い出す。

自分の体の向きをたしかめようとして、天蓋つきの大きなベッドで、壁を向いて寝ている自分の姿が浮かぶ。すると反射的にぼくは「ママがおやすみを言いにくるまえに眠っちゃったのか」などと考えている。何年も前に死んだ祖父の、田舎の家にぼくはいるのである。ボヘミアンガラスの電飾のきらめきや、大理石の暖炉までもが見えてくる。ずっと昔、コンブレーの祖父母の家の、ぼくの寝室にあったものだ。正確に思い出せはしないけれど、ぼくは今でも現在もそこにあるように思い浮かべる。すっかり目を覚ませば、もっとはっきり思い出すだろう。

横たわる姿勢を変えれば、べつの記憶が浮かぶ。田舎にあるサン＝ルー夫人の住まいで、ぼくにあてがわれた寝室だ。ああ、もう十時か！――とぼくは思う――夕食は済んでしまっただろう。サン＝ルー夫人と散歩したあとは、夕食用に正装する前にひと眠りするのだが、寝過ごしてしまったようだ。コンブレーでは、どんなに遅く帰ってきても、自分の部屋の窓からは夕陽の赤い照り返しが見えた。タンソンヴィルのサン＝ルー夫人の家での生活は、コンブレーとはまったく異なり、夜になってからようやく外出し、かつて日向で遊んだ道を、月の光を浴びながらたどるのだった。だから、よく夕食前に正装せずに眠ってしまった。ぼくにあてがわれたその部屋を、散歩帰りに遠くから眺めると、ランプの明かりが透けて見えて、闇に輝く灯台のようだった。

こうした思い出がぐるぐると渦巻いてはごっちゃになった。キネトスコープで走る馬を見たとき、次々と変化していく馬の姿をひとつひとつ切り分けられないように、思い出されるあれやこれやは区別できないほどひとつながりになっている。そうしてぼくは、今まで暮らしたことのある部屋を、ひとつ、またひとつと思い出していき、目覚めたあと長い夢想にふけるあいだに、すっかりすべての部屋を思い起こしていた。

今や、ぼくはすっかり目覚めていた。最後に向きを変えたが、部屋のものは何もかもが本来の場所に固定され、ベッドカバーに包まれて横たわったまま、闇に浮かぶいつも通りのタンスや机、暖炉や通りに面した窓を眺めた。

もうそこにはいないとわかったのに、思い浮かべたいくつもの部屋がまだ頭にこびりついていて、そのままふたたび眠ることをせず、かつての生活を思い出して夜を過ごした。コンブレーの大叔母の家、バルベック、パリ、ドンシエール、ヴェネツィア、もっともっとほかの場所、といった具合に思い出していくと、そこで会った人たちも、彼らと交わした会話も思い出す。

2 おやすみのキス

コンブレーの祖父母の家では、夕暮れどきになると、たったひとりで寝室にいき、眠くなくてもベッドでじっとしていなければならないのがつらかった。その時間が近づくと、表情が暗くなるぼくに気づいて、だれかが寝室のランプに幻灯を取りつけてくれた。壁に、不可思議な幻や七色の虹が浮かび上がり、揺れてはたちまち消えていくステンドグラスを見ているようにうつくしかった。けれどそれを見ていてぼくはますますかなしくなった。この見慣れない幻灯が、見知った部屋をまったく知らない部屋に変えてしまったせいだ。今ではもとの部屋のようには思えず、まるで列車を降りてはじめて着いた山荘の部屋にいるみたいで、ますます不安になった。

夕食が済むと、ぼくは母から離れなければならない。天気がよければ庭で、悪ければサロンで、母はほかの人たちとおしゃべりを続ける。

祖母は、天気に関係なく、「こんな自然のなかで部屋に閉じこもるなんて、情けない」と考える人で、雨の日、部屋で本を読むようぼくに言い聞かせる父と、よく言い合いをしていた。「これじゃあ元気な子にはなれないね。この子には体力をつける必要があるよ」祖母がかなしそうに言うと、不承不承父は晴雨計をしらべる。

土砂降りになって、女中のフランソワーズがあわてて庭に出した肘掛け椅子を片づけているときも、祖母はだれもいない庭に出て、体にいいんだと言って空を仰いで雨に打たれていた。新しい庭師が、あまりにも人工的に作り上げた庭を、祖母は雨にぬれながら歩きまわり、それを洗うフランソワーズの苦労も考えずに、スカートを泥はねだらけにするのだった。

この祖母は、父の家系ではかわりものと見なされて、からかわれたり、いじめられたりしていた。庭を歩きまわる祖母に向かって、大叔母は、「バチルド！　ご主人がコニャックを飲むっていってるわ、止めてちょうだい！」と叫ぶ。祖父はアルコールを禁じられていたが、大叔母はわざと飲ませて、祖母に向かってそんなふうに叫ぶのだ。大叔母が祖母をからかっているのだということは、子どものぼくにもわかった。ぼくはそれを、わからないし聞かなかったふりをした。そんな自分がいやで、家の二階にある小部屋にひとりでいき、泣いた。

その小部屋は、屋根裏の、勉強部屋の隣にあって、ぼくの秘密基地だった。唯一鍵のかけられる部屋だったからだ。小部屋のなかは消臭のために置かれたアイリスが香り、半開きの窓から は、野生のクロスグリが入りこみ、甘いにおいをただよわせている。その窓からは、ルーサンヴィル・ル・パンの城塞の主塔が見える。ぼくはここで読書をし、夢想にふけり、涙を流し、快楽を味わった。

けれど祖母は、夫である祖父の健康なんかよりも、ぼくの覇気のなさや体の弱さをずっと心配してくれていた。そうしたことが将来、ぼくのためにはならないと祖母が不安がっていたことを、そのころのぼくには知るよしもなかった。斜めに空を仰ぎながら、何度も前を通る祖母の、しわの寄った褐色の頬は、年齢のせいでほとんど薄紫色になっている。その頬には、寒さのせいか、何かかなしいことでもあるのか、いつも一滴の涙のあとがあった。

コンブレーの家で、夕暮れどきになって二階にゆくのは憂鬱だったけれど、ひとつ救いがあった。ベッドに入っていると、母がキスをしにきてくれることだ。一瞬のことだ。キスをして、母はすぐに階下にいってしまう。そのことを思うと、二階に上がってくる母の足音や衣擦れの音が聞こえても、胸が苦しくなった。母の「おやすみなさい」を心待ちにしているのに、母がやってくるのがもっと遅い時間になるよう、ぼくは願った。母が部屋を出ていくとき、もう一度キスしてと、つい言ってしまいそうになるが、いつも言葉を飲みこんだ。母が嫌な顔をするのはわかっていたからだ。父がこうした儀式をくだらないと思っているせいで、母はこの平和の挨拶をやめようとしていた。まして、もう済んだのに、もう一度キスをしなおす習慣を、ぼくにもたせてはいけないと考えていただろう。怒った顔の母を見ると、その前の安らぎが台無しになるのだが、今しがた母はベッドにやさしい顔を向け、平和の聖体拝領のためのパンを差しだすように、その顔をそっと突き出し、キスをするぼくのくちびるは母の実在と、眠るための安心をそこから汲み尽くすのだった。

母がすぐに出ていってしまうのはさみしかったけれど、それでも、「おやすみなさい」を言いにこない日にくらべれば、ずっとずっとうれしかった。

夕食に客人があると、その相手をする母は二階へは上がってこない。客人といっても、スワン氏だけだ。コンブレーの家を訪ねてくるのは、たまたま立ち寄った知らない人をのぞけば、スワン氏だけだった。ぼくの両親は、スワン氏の結婚を間違いだったと思っていて、スワン夫人を避けていたから、スワン氏はいつもひとりで、夕食や、夕食のあとに、ふらりとやってきた。来客用の鈴の音が鳴り響くと、それがスワン氏だと知りながら、「あら、お客さんだわ。だれかしら」と、みんなは言い合うのだった。

この家でスワン氏を歓迎しないただひとりが、ぼくだった。スワン氏がやってくると、母が「おやすみなさい」を言いにきてくれないからだ。ぼくは家族より先に夕食を終えて、八時までは食卓にいてもいいが、その後は寝室にいかねばならない。いつもは寝室で母にキスをできるのに、その日は、食堂でしたキスの感触を、何ひとつ失わないように、食堂から寝室まで運ばなければならない。消えないように、こわされないよう、寝間着に着替えるあいだもずっとキスの感触を持ち続ける。こういう晩は、だからよほど慎重にキスを受けなければならないのに、みんなの前で奪うようにぶっきらぼうにキスをもらわなくてはならない。たとえばドアを閉めるときに、ドアを閉めることしか考えない偏執的な人間がいる。あとから、ドアを閉めたかどうか、病的なくらい不安になっても、閉めた記憶を不安に置き換えてなんとかドアのことは考えまいとするが、ぼくはそんなこともできなかった。

家族のみんなは庭にいたのだが、そのとき、鈴の音が鳴った。スワン氏に違いないのに、家族は顔を見合わせて、見てくるように祖母に告げる。

「ワインのお礼をはっきり言っておくれ」と、祖父は二人の義理の妹に言った。

「ひそひそ話をはじめないで。家にいったらみんながちいさな声で話しているなんて、どんな気持ちになるかしら！」と大叔母が言い、

「ほら、スワンさんだ！　明日は晴れるかどうか、訊いてみよう」父が言う。

母はスワン氏に話があったようで、入ってきたスワン氏をみんなから離れた場所に連れていった。スワン氏が結婚してから、この家の人間が彼にさせたつらい思いも、自分が一言言えば消えるだろうと母は考えていたのだ。ぼくもいっしょについていった。スワン氏がいるときは、母はおやすみのキスをしにきてはくれまい。だから眠るまでは母と離れたくなかったのだ。

「スワンさん、お嬢さまのことを話してくださいませんか。おとうさまに似て、美しい作品を見るのがお好きになりまして？」

けれどもそのとき、

「みんなヴェランダにいますよ、ごいっしょにどうぞ」

と祖父が声をかけ、母の話を中断してしまった。母はあきらめず、小声でスワン氏にささやく。

「そのお話は今度また二人きりのときにいたしましょう。母親にしかわからないことってありますから。お嬢さまのおかあさまも、そうしたほうがいいと思っていらっしゃいますわ」

そうしてスワン氏を連れてヴェランダに向かい、ぼくたちはテーブルのまわりの椅子に腰掛けた。母がおやすみを言いにきてくれないだろうその夜のことを、できるだけ考えまいとしていた。寝室でひとり、眠れずに過ごす何時間もの不安な時間のことなど、考えたくなかった。そんなのはたいした時間ではない、朝になればすっかり忘れてしまうと自分に言い聞かせ、もっと先の、もっと未来のことを考えようとつとめた。けれどぼくは心配のあまり緊張しきって、母から目を離すことができなかった。ぼくに夜更かしは許されておらず、人前で母にキスをすることを、父も母もいやがっていた。だから、ぼくは決めた。食堂で、夕食がはじまろうとしたら、寝にいく時間が近づいてきたら、みんなの前でこそこそとしなければならないだろう短いキスのために、自分でできることはなんでもやっておこう。キスする頰の位置をじっくりと見て選ぼう。何度もキスを想像しよう。そして母が許してくれる最大限の時間をかけてくちびるで母を感じよう。モデルに時間がないときに、画家が、モデルがやってくる前にパレットの用意をし、メモをもとに記憶で描きはじめておくようなものだ。

けれどもこの日、夕食の合図もまだなのに、そんなことをまったく知らない祖父はそれを台無しにする一言を放った。

「この子は疲れているようだ。もう寝なさい」

「そうだね、もうおやすみ」母や祖母のように約束を守るわけではない父までが言う。

ぼくは母にキスをしようとしたが、その瞬間に、夕食を告げる鐘が聞こえた。

「さあ、おかあさんを放してあげなさい。おやすみはじゅうぶん言っただろう。そんな子どもっぽいことをしていると、笑われてしまうよ」

父に言われて、最後の聖体拝領も受けずにしぶしぶ母の元を離れ、階段を上りはじめた。階段のニスのにおいは、ぼくを絶望的な気分にさせた。いつもかなしい気持ちで二階に上がるとき、そのにおいを吸いこんでいるものだから、そのにおいは条件反射的にぼくをかなしくさせるのだった。知性は嗅覚にはかないそうもなかった。寝ているときに猛烈に歯が痛んでも、そうとは知覚できず、二百回も水から少女を助け出し続けているような、あるいは、休みなくモリエールのせりふをくりかえしているような夢を見たりする。目が覚めて、みんな歯痛が見せた夢だったと知性で考えて、ほっとする。ニスのにおいを吸いこみながら、ぼくは陰険で絶望的なかなしみに襲われていて、ほっとする気持ちとは反対の感情に浸された。

部屋に入れば、あらゆる出口はふさがれて、ぼくはしかたなく墓場のようなベッドに入り、死に装束のようなパジャマを着なければならない。その前にぼくは、ふと受刑者の使う策略のような悪知恵を思いついた。

手紙では言えない重大なことがあるから、二階に上がってきてほしいと母に手紙を書いて、給仕係のフランソワーズに渡してもらおう。でも、はたしてフランソワーズはちゃんと手紙を渡してくれるだろうか？　来客時にそんなことをするのは、劇場の門衛が舞台の上の俳優に手紙を渡すのと同じくらい無理なことだと考えるのではないか？　でも、やれるだけのことはやってみよう。ぼくはそう決意し、ママがぼくに返事を書くように言ったんだとフランソワーズに嘘をついて手紙を託した。さがしてほしいものがあるって頼まれて、そのことについて返事をちょうだいと言われているんだ、もしこの手紙を渡さなかったらママはすごく怒るはずだよ、と念も押した。

自分の仕える家族たちについて、なんでもかんでも知り尽くしているフランソワーズは、きっとぼくの言ったことを信じなかったろう。なぜなら、原始人が現代人よりも鋭い感覚を持っているように、彼女はぼくたちにはわからないようなしるしを見つけ、彼女に隠しておきたいどんな真実もたちまち見抜いてしまうからだ。彼女は五分ほど封筒を見つめた。まるで紙質を調べ、筆跡を見れば、何が書かれているかたちまちわかり、それにたいして彼女の法典の何条を参照すればいいのかわかるかのように。それから諦めたように階下に向かったけれど、こんなふうに言っているみたいだった。「こんな子を持つなんて、なんて気の毒な親だろう!」

しばらくして彼女が戻ってきた。「みなさんはまだアイスクリームを召し上がっています。みなさんの目の前で手紙を渡すことは私にはできません」と言ってから、続けた。「でも食後にお口をゆすぐコップをお出しするとき、なんとか渡せるかもしれません」

ようやく不安は鎮まった。明日まで母に会えないわけではないのだ。あの短い手紙は母を怒らせるだろうし、もしスワン氏に気づかれたら呆れられ、そのことにも母はなおさら怒るだろうけれど、でもその手紙は、ぼくをだれにも見えない存在として母のいる部屋に入りこませ、母の耳元でささやかせてくれる。立ち入り禁止になっている食堂や、グラニテと呼ばれるアイスクリームや口をすすぐコップを、ひどく有害でかなしい快楽を秘めたもののようにぼくは思っていた。なぜなら母がそこで、ぼくと離れてその快楽を味わっているからだ。けれどその部屋は今、ぼくに開かれようとしている。熟れた果実がはじけるように、手紙を読んだ母のいたわりの気持ちが、食堂いっぱいにあふれるだろう。それはぼくにも伝わってくるだろう。ぼくは今や母から切り離されてはいなかった。ぼくたちを隔てる柵は崩れ去り、二人は甘美な糸で結ばれていた。それだけではない、きっと母はきてくれる!

3 母の「捨て子フランソワ」

その夜、母はこなかった。しかも母は、ぼくの自尊心に向かってまったく容赦なく「返事は何もございません」とフランソワーズに言わせたのだ。

その後、成長したぼくは何度もこのせりふを聞くことになる——超高級ホテルのフロント係やカジノのボーイが言う、「返事は何もございません」。そう言われた気の毒なむすめは「なんですって、あの人、何もおっしゃらなかったの？ そんなはずはないわ、お手紙は渡してくださったんでしょう？ いいわ、待ってますから」と驚いて言い、彼女のためにフロント係がガス灯をつけようとするのもかたくなに断り、その場を動かず、フロント係とドアボーイの交わすどうでもいい話を聞くともなく聞いている——。

まさにぼくはそうしたむすめのように、ハーブティーをおいれしましょうか、とか、おそばにいましょうか、といったフランソワーズの申し出をかたくなに断って、彼女を部屋から出し、ベッドでかたく目をつむり、庭から聞こえてくる談笑を聞くまいとつとめた。またしても絶望が戻ってくる。一度期待をしたために、さっきよりよほど深く濃い絶望である。

そして気づく。母がくるまで眠らなければいいのだ。そう決めたとたん、強い痛み止めの薬をのんだみたいに、苦痛も不安も消えて、ぼくは指先まで幸福感に満たされる。ママに怒られたってかまわない、何がなんでもママとキスをしてから眠るんだ。

スワン氏を送っていく家の人の足音が聞こえ、続いて、スワン氏が帰ったことを知らせるかのように門の鈴が鳴る。ぼくは窓辺にとんでいった。家族たちの会話が聞こえてくる。伊勢エビはスワンさんの口に合ったかどうか、コーヒー味のアイスクリームをおかわりしていたかどうか、母が父に訊いている。

「あのアイスクリームはいまひとつだったわね。今度はべつのにするわ」と母が言い、「それにしても、スワンの変わりようったらないわ」と大叔母の声がする。「おじいさんじゃないの！」大叔母はずっとスワン氏を若々しい青年だと思いこんでいるので、思いの外彼が年老いていることに気づき、びっくりしたのだ。

スワン氏の老け込みかたは異常で、長いあいだ独身だったからあんなふうになってしまったのだと、両親も思っているようだった。独り身の者は、明日のない空っぽの一日を迎え、家族のためでも子どものためでもない、ただの時間が積み重なっていくだけで、だから一日がほかの人よりずっと長く感じられるはずだと思っていた。

「ひどい奥さんのせいで気苦労が多くていらっしゃるのよ、スワンさんは。あの奥さんはシャルリュスとかっていう男の人と暮らしてるんだって、コンブレーじゅうの人たちが噂してますよ」母は言葉を切って、続けた。「それでも前よりはだいぶお元気になられたわ。目をこすったり、額に手をやったりする、おとうさま譲りの仕草も減ったわ。よく考えれば、あの方は、もう奥さんを愛してらっしゃらないと思いますわ」

「あたりまえさ、もう愛しておらんだろう」祖父も同意する。「それについてはだいぶ前にスワンから手紙をもらったんだ。スワンが奥さんをもう愛してない、ってことについては、疑う余地もない。そんなことより、あなたがた、アスティ・ワインのお礼を言わなかったね」祖父は二人の義妹を振り返って言った。

「あら、私たち、スワンさんに、大げさにならないように、ちゃんと礼節を尽くしたお礼を言ったつもりですわよ」フローラ叔母が答え、

「そうよ、うまい言いかただって、私感心したもの」セリーヌ叔母が言う。

「でも、あなただって上手だったわ」

「そうね、ご親切なご近所さん、って、さりげなくて、とてもうまい言いかただったと思うわ」

「なんだって、そんなことをあなたがたはお礼の言葉だと言うのか！」祖父が大声を上げる。

「それならちゃんと聞こえていたが、まさかあれがスワンへのお礼だなんて思いもしなかった。きっとスワンだって、お礼だと思わなかっただろうさ」

「まあ、スワンさんは馬鹿じゃないんだからわかってくださってるわ。それに、ワインを何本いただいて、きっといくらかかったわね、とでもいうようなこと、とても言えないじゃない」

彼らは話しながら家に入り、庭には父と母だけが残される。辛抱強くぼくは見つめていた。

「さて、そろそろ寝るとするか」ようやく父が言う。

「そうですわね、でも私、ちっとも眠くならないんですの。あのつまらないコーヒー味のアイスクリームのせいだとも思えないんだけど。でも、台所に明かりがついているわね。かわいそ

うに、フランソワーズが起きて待ってくれているのね。あなたが着替えているあいだ、私はドレスのホックを外してもらいにいくわ」

そうして母は、ようやく玄関の戸を開けた。寝室の部屋の窓を閉めに、階段を上がってくる母の足音が聞こえる。ぼくはそっと部屋から出た。あまりにもどきどきして、うまく歩けないほどだ。不安でどきどきしているのではなくて、おそれとよろこびに胸を高鳴らせているのだった。

母のろうそくの光が見える。それから、母自身が。ぼくはぱっと母に近づいた。母は驚いた顔でぼくを見つめ、やがてその驚きは怒りに変わっていく。母は一言も発さない。もしこのとき、母がぼくに何か言葉をかけてくれていたら、そのほうがずっとこわかっただろう。

母は、化粧室から出て階段を上る父の足音を聞きつけて、怒りで声を震わせながらも、言った。

「早く自分の部屋に戻りなさい。頭のおかしい人みたいにこんなところで待ってるなんて。そんな姿をおとうさんに見せてはなりません。早くいっておしまいなさい」

「おやすみを言いにきて」ぼくは言った。父のろうそくの明かりが近づくのにびくびくしながら、でも、母が根負けしてぼくのお願いを聞いてくれるのではないかと思いながら。

遅すぎた。父は今、ぼくらの前に立っている。「もうおしまいだ!」とぼくは口のなかでつぶやいた。

けれど、おしまいではなかった。

父のしつけにはそもそも一貫性がなかった。母や祖母がぼくに許してくれたことでも、許さないことがあった。さっき、もう寝なさいといったのも、ただ思いついて言ったのだ。このときも、驚いたような、気分を害したような顔でぼくを見たが、母が事態を説明しようと口を開くと、遮って、言った。

「この子の寝室にいっしょにいってあげなさい。眠くないと言っていたじゃないか、ちょうどいい、この子の部屋にしばらくいておやり。私は先に休んでいるから」

「でも、私が眠くないことなんて関係ありませんわ。この子に癖をつけてしまうと……」

「癖なんてことではないよ」父は肩をすくめる。「見てごらん、この子はさみしいんだよ。かなしそうな顔をしてるじゃないか。私たちは血の通った両親じゃないか。この子が病気にでもなったら胸が痛むなんてものじゃないよ。この子の寝室には二つベッドがあるだろう。フランソワーズに言って、大きいほうのベッドを調えてもらいなさい。今晩はこの子のそばで寝てやりなさい。私はひとりでだいじょうぶだから」

その夜、母はぼくの部屋で眠ることになった。勘当される覚悟でやったことなのに、すばらしいことをしたと褒められ、ご褒美までもらった気分だった。父の振る舞いには、厳しいときもやさしいときも、いつもこうした過分さがあった。深く考えてのことではなくて、思いつきを口にするからだろう。

もう寝なさいと言うときの厳しさも、母や祖母のそれとくらべれば、厳しいとはとても言えなかったのかもしれない。

たとえば、ぼくがひとりで眠ることを苦痛に思っていると、父は思いもしなかったに違いない。祖母と母はそのことは知っていた。だからこそ、甘やかすのではなく、その苦痛をのりこえ、強い意志を持つように、厳しくしていた。父にとっては、そんなことはどうでもよかったのだ。ただ、目の前の子どもが泣きそうな顔をしている、だから「そばにいっておやり」と言ったに過ぎない。

母はその夜、ずっとぼくの部屋にいてくれた。枕元に腰掛け、泣くぼくを叱ることもなく、ずっと手を握っていてくれた。そんなことははじめてだったので、フランソワーズは驚いて母に訊いた。

「奥さま、坊ちゃまはどうして泣いてらっしゃるんですか」

母はぼくをかばうかのように、

「この子ったら自分でもわからずに泣いているのよ。興奮したのね。大急ぎでそっちのベッドの用意をしてね。それが終わったら休んでちょうだい」

と答えた。

ぼくのかなしみは、罰するべき過ちなんかではなく、自分ではどうすることもできない病であると、こうしてはじめて認められた。もう自分の苦い涙について悩まなくてもいいのだと知って、ほっとした。一部始終を知っているフランソワーズの前で、こうして人間的に扱われたことで、得意だった。母がぼくの部屋にくるのをことわり、寝なくてはいけないと軽蔑したようにに返事をよこしたそのあとに、人間的に扱われ、一人前になったような気にさえなって、苦悩の思春期、涙の解放といったものに達してしまったのだ。有頂天になって当然だった。

けれどそうはならなかった。母に決まりを破らせてしまった、という思いがあったからだ。ぼくをこうしつけよう、ぼくのためにこうしようと決めていることを、母ははじめて放棄したのだ。あれほど意志の強い母が、はじめて負けをみとめたのだとぼくは思った。勝ったのはぼくだということになる。病気やかなしみや年齢を利用して、母の意志を弱まらせ、理性を屈服させたのだ。この夜を、ぼくはかなしみとともにずっと覚えているだろう。あたらしい時代のはじまりとして。

もし今のぼくなら、思い切って母に言うだろう、「いいんだ、ママ、ここで寝ないでよ」と。母のなかに、祖母譲りのはげしい理想主義的な性質が、今では現実主義的と呼ばれる、現実的な知恵によって、和らげられているのをぼくは知っていた。そして今や、決まりを破るような悪いことをしてしまった以上、少なくとも、気持ちを鎮めるような悪いことのたのしみをぼくに味わわせてやりたい、父の邪魔をしたくない、と母が思っていることもわかっていた。

その晩、やさしくぼくの手を握り、泣き止ませようとしてくれた母のうつくしい顔には、若さがきらめいていた。だからこそ、こんなことがあってはいけないのだと思った。今まで子どものぼくが知らなかったそんなやさしさを見せられるより、母に怒られたほうがかなしくなかっただろう。ぼくは卑怯な見えざる手で、母のたましいに最初の皺を刻み、そこに最初の白髪を生えさせたような気がした。そんなふうに考えて、ぼくはますます激しく泣いた。そしてぼくは見たのだった。ぼくに同情などしたことのない母が、ぼくの泣く姿を見て、泣きたいのをこらえようとしていた。ぼくに気づかれたと思った母は、笑いながら言った。
「かわいいいたずらっ子のおいたさん、私までつられてお馬鹿さんになりそうだったわ。もうだいじょうぶ。私たち、眠くないんだから、そんなふうに泣くのはやめて、何かしましょう。ご本を読みましょうか」けれど部屋には本はない。「おばあさまがおまえの誕生日にと用意した本を今持ってきたら、たのしみが減ってしまうかしら。明後日、何もいただかなくても、今読んだほうがいいかしら。よく考えて」ぼくは驚喜して、今読みたいと伝えた。母は本をとりにいき、包みを手にして戻ってきた。その包みからすると、分厚い本のようだった。包みをほどいて出てきたのは、今年の正月にもらった絵具箱も、去年の蚕も色あせるほどすばらしいものだった。ジョルジュ・サンドの小説、『魔の沼』、『捨て子フランソワ』、『愛の妖精』、『笛師の群れ』である。

母は枕元に腰掛けて、『捨て子フランソワ』を手にした。その赤みがかった表紙と意味のわからないタイトルに、いっぺんで心を奪われた。ぼくはこのとき、一度も本当の小説というものを読んだことがなかった。ジョルジュ・サンドは典型的な小説家だとは聞いていた。それだけで、『捨て子フランソワ』には甘美な何かがひそんでいるような気がした。小説に慣れ親しんだ人なら、好奇心や感動をあおるような語り口や、不安や憂鬱をかきたてるような言いまわしといったものが、小説にはよく使われると知っているけれど、ぼくにとっては、『捨て子フランソワ』だけが持っている本質だと思いこんだ。本というものは、多くの本のなかの一冊ではなく、それ自身のなかにしか存在理由を持たない、ただひとりの人格のように思っていたのである。ここに書かれている日常的なできごとや、平凡でありふれた言葉のなかに、一種の抑揚があり、奇妙なアクセントがあるとぼくは感じた。

話の筋がはじまった。このころのぼくは、本を読むときに何ページにもわたってまったく違うことを夢想することがよくあり、そのせいで話の筋はあいまいになってしまう。しかも、母は恋愛の場面をすべて飛ばして読んでしまうので、ますますよくわからなくなる。粉ひきの妻と少年とのあいだの、奇妙な変化は、芽生えつつある恋について説明しなければまったく意味不明なものとなるのに、そこは読んでくれないものだから、ぼくには深い謎ばかりが残った。その謎の核心は、「捨て子《シャンピ》」という心地よい発音の言葉にあるに違いないと思いこんだ。シャンピ、という音は、そう呼ばれる少年に、はつらつとした、うつくしい真っ赤な色を与えた。

母は、ジョルジュ・サンドの文章の力強い流れを遮ることのないよう、その声からいっさいの視野の狭さも気取りもとりはらい、まるで自分が読み上げるために書かれたものであるかのような文章、母の感受性の声域にすっぽりおさまるその文章に、求められている自然のやさしさやゆたかさをたっぷりとこめて読み上げた。母はそれらの文章をふさわしい声で読むために、文章より先に、その文章を作者に書かせた心のアクセント、しかし言葉では書かれていないアクセントを見つけ出していた。だからこそ、動詞の時制の生々しさをすべて和らげ、半過去にも単純過去にも、やさしさのなかにある甘やかさ、愛情のなかにあるかなしみをあたえ、終わろうとする文章を次の文章のはじまりに導き、ときにゆるめときに速めて音節を読み、ひどく平凡なこの文章に、けっして消えることのない感情に満ちた、一種のいのちを吹きこむのだった。

さっきまでのことなどすっかり忘れて、ぼくはただただ、母と過ごす夜の幸福を味わった。こんな夜は、もう二度とないにちがいない。母がぼくの部屋で夜を過ごしてくれることが、ぼくの最大の願いだった。でも、それでは生活もめちゃくちゃになり、家族もそんなことは望まない。だからこんなことはもう二度と起きない。明日にはまた、今までどおりの不安な夜がやってくる。けれどいったんその不安が消えてしまった今、ぼくはもうそれがどんなだったか、思い出せないのである。明日の夜なんて、ずっと先のことに思える。まだ考える時間がある、とぼくは思った。けれども、こんなに幸福な今の時間も、その不安に耐える力など、ひとつも与えてはくれないのだった。今のこの時間だけ、それから逃れられているに過ぎないのだった。

4―紅茶とマドレーヌ

夜中に目を覚まし、こんなふうにつらつらとコンブレーを思い出していると、記憶は、ある部分にだけ光をあてる。闇のなかで、大きな建物の壁に光をあてたとき、そこだけまぶしく浮かび上がるが、建物のほかの部分は闇に沈んでいるのと似ている。

ちいさな客間、食堂、ぼくをかなしくさせる原因である、スワンさんがやってくる道、玄関、その玄関からぼくは入り、階段の一段目へと向かう。階段は、いびつなピラミッドみたいな形状の、ひどく狭いもので、上がるだけでたいへんに重労働だ。階段のいちばん上にはぼくの寝室があり、ガラスのはまったドアがある。母が開けて入ってくるドアだ。周囲にあるいっさいのものから引き離されて、同じ時刻に、それだけが闇に浮かび上がっている二つの舞台装置のようなものだ。ぼくにとってコンブレーといえば、狭い階段で結ばれた二つの階でしかなく、そしていつも、時刻は午後七時。

本当のことを言えば、尋問されればぼくだって、コンブレーにはほかのたくさんのものがあり、ほかの時間も存在していたと答えただろう。けれどもそんなふうにしてコンブレーについて何か思い出したとしても、それは意志的な記憶、つまり知性によって記憶しているものにすぎない。そのような記憶がよみがえらせる過去は情報に過ぎず、過去の何ものをも本当には保存していないから、ぼくは残りのコンブレーを思い浮かべる気にはならなかっただろう。そういうものは、ぼくのなかで死んでしまったに等しい。

永久に死んでしまったのだろうか？　そうかもしれなかった。

コンブレーについて、あの眠るときのできごとと時間以外、いっさいがぼくにとって存在しなくなってから、すでに何年も経っていた、ある冬の日のことだ。

家に帰ったぼくが寒そうなのを見て、母が、紅茶でも飲んだらどうと勧めたことがあった。いや、いらないよと答えたものの、気がかわって、やっぱりもらうことにした。母は女中に命じて、紅茶と、マドレーヌ菓子を用意させた。ほたて貝の貝殻のような模様の入った、ふっくらした菓子である。今日もかなしい一日だったが、明日もきっと同じだろうと、ぼくはふさいだ気分で、マドレーヌを紅茶に浸し、口に運んだ。その瞬間、ぼくは震えはじめた。何かとんでもないことが、ぼくの内側で起こっていた。恍惚とするようなよろこびが指の先までひろがっていくが、その気分はほかの何とも結びつかず、その原因がわからない。たちまち、人生の苦難などどうでもよくなり、どんな不幸なできごとも無害で、人生が短いなんてことも迷信に思えた。まるで恋をしているときみたいに、その気分は貴重な本質でぼくを満たした。いや、そうではない、その貴重な本質はぼくの内側にあるのではなくて、ぼくそのものだった。ぼくは今や自分を、退屈で平凡な、死に向かって生きている存在だとは思えなかった。この、力強いよろこびはどこからきているんだろう？　紅茶とマドレーヌに何か関係があるのにちがいないが、あまりにも軽々とこのふたつを超えるよろこびで、同列に並べられるようなものではない。

どこからきた？　どういう意味だ？　どこでそれをとらえるんだ？　ぼくは紅茶を飲む。最初に感じたほどのよろこびはない。もう一度飲む。また、よろこびは目減りする。もうやめたほうがいい。紅茶にはもう効力はない。真実は、紅茶に、ではなく、ぼくの内にある。紅茶はその真実を呼び覚ましたが、正体は知らず、だんだん力を弱めながら、いつまでも同じ証言をくり返すだけで、ぼくにはどう解釈していいかわからないままだ。

ぼくはカップを置いて、自分自身の心をのぞく。精神と向き合う。今度は精神が真実を見出す番だ。けれど、どうやって？　深刻な不安だ。精神が、精神自身を超え、手の届かないところへいってしまったと感じるたびに生じる不安だ。そのとき、真実を求める精神そのものが、真っ暗な世界となってしまい、いっさいの知識の蓄えがなんの役にもたたないなかで探求しなければならない、そのときに生じる不安である。探求する？　それだけじゃない、創造するのだ。精神はまだ存在していないものに直面している。それにかたちをあたえ、ふさわしい言葉をあたえ、光のなかに招き入れることができるのは、ぼくの精神だけだ。

この、感じたことの未だないものは、いったいなんなのかと、ぼくはもう一度自分に問うてみる。論理的な証明など何ひとつないにせよ、けれど、この幸福感は絶対的に在った。その実在感の前では、ほかのすべてのものが存在を消してしまうほどだ。

もう一度、あの感覚を味わいたい。頭のなかでさっきの瞬間を再現してみる。さっきと同じ状態になることはできるけれど、あらたな光はもう射してこない。精神を集中させる。今や逃げるように消えようとしているあの感覚を、今一度連れ戻そうとする。その感覚をふたたびつかまえようとする精神の集中を、何ものも邪魔立てしないよう、すべての障害物を遠ざけ、すべての無縁な観念を取り払い、隣室のもの音を聞かないようにし、注意をそらさないようにする。けれど精神が疲れてきて集中が途切れると、反対に、今まで禁じた気晴らしを強いて、精神にべつなことを考えさせたりリラックスさせたりし、すっかり回復させてから、最後にもう一度試そうとした。ふたたび精神を覆うものをとりのぞき、あの最初の一口の味わいと向き合わせる。すると、ぼくの内で何かがおののき震え、それがどんどんせり上がってくるのを感じる。それが何かはわからない、けれどゆっくりと上がってくる。その手応えを感じる。長い距離を通ってやってくる、その響きが聞こえる。

ぼくのなかで震えているものは、たしかにイメージであり、視覚的な記憶だ。それとこの味が結びつき、味に連れられるようにして、ぼくのところまでやってこようとしている。けれどその記憶はあまりにも遠いところで、あまりにもぼんやりともがいている。その反映は見てとれるが、そこにはいくつもの色彩がまざりあって、ひとつの渦になっている。けれどもそのかたちは見分けられず、たとえばひとりしかいない通訳に、引き離すことのできない伴侶――つまりあの味――の語る証言を翻訳してくれと、その反映に向かって頼むこともできない。過去のどんなとき、どんな特殊な状況の記憶なのか、教えてくれと求めることもできない。

この記憶、つまり昔の瞬間は、ぼくの内側から出てきて、その正体を見せてくれるだろうか。似たような記憶が牽引力となり、はるか遠くからやってきて、ぼくの奥底に眠るその昔の瞬間を揺り動かし、かき立てるだろうか。わからない。今はもう何も感じないし、記憶は停止して、また沈澱してしまった。その闇のなかから、いつか記憶が浮上するかどうかなんて、だれにもわからない。ぼくは十回もやりなおし、記憶と格闘しなければならない。そしてそのたびごとに、難しい仕事や重大な作業から、ことごとく顔を背けさせてきたぼくの怠け癖が、そんなことはやめて、お茶でも飲みながら、苦もなく反芻できる今日の悩みや明日の欲望だけ考えていればいいよと、ささやくのだった。

そのときだ、とつぜん記憶がはっきりと姿をあらわした。

紅茶とマドレーヌ。この味を、ぼくはコンブレーで味わったことがあった。毎週日曜日の朝に、ぼくはレオニ叔母におはようございますと言いにいっていた。そのとき叔母が、紅茶か菩提樹のお茶に浸したマドレーヌを食べさせてくれたのだ。あの味だった。

　プチット・マドレーヌは、眺めるだけではだめで、味わわないと何ひとつ思い出させてくれなかった。あのころ以来食べていないマドレーヌを、パティスリーの棚でよく見かけてはいたが、そのイメージがコンブレーの幼い日々と離れてしまい、もっと最近の日々に結びついたせいだろう。また、この思い出は、記憶の外にあまりにも長くうち捨てられて、すっかり消滅してしまっていたからだろう。このかたちは――パティスリーの店頭に並ぶ、厳格で信心深い襞の下に、むっちりとした官能性を隠したちいさな貝殻のかたち同様――消え去るか眠りこむかしてしまい、ふくらんでぼくの意識にたどり着く力を失っていたのだ。

　けれども、いつか人々が死んで、かたちあるものは壊れ、古い過去が何ひとつ残らなくなると、においと味だけは、こんなにももろく、かたちなんてないのに、いや、ないからこそ、変わることなくしぶとく魂のように残る。ほかのすべてが廃墟となっても、忘れられることなく、待ちわび、期待し、ほとんど触れることのできないそのちいさな滴の上に、記憶という巨大な建築を、たわませることなく支えているのだ。

　叔母のくれたマドレーヌの味を思い出したとたん――なぜこの記憶があんなにもぼくを幸福で満たしたのかは、依然としてわからなかったが――記憶はずるずるとあふれ出てきた。叔母の部屋から見えた、通り沿いの古い灰色の家が芝居の背景のようにあらわれて、庭に面した、両親のために建てられたちいさな別棟とぴったり合わさった。それらとともに今度は町が立ちあらわれた。朝の町、夜の町、雨の日の町、晴れた日の町、あらゆる天気、あらゆる時間ごとの町。お昼の前に買いものを命じられて歩いた広場が、買いものをしにいった通りが、天気のいい日はかならず歩いた道があらわれた。縮れた紙を水に浸すと、それがどんどん伸び広がって、花や家のかたちになっていく、そんなふうに、今や家の庭のすべての花々ばかりか、スワン氏の庭園の花々も、ヴィヴォンヌ川の睡蓮も、善良な村人たちの住まいも、教会も、コンブレーの全体も周辺も、すべて、生き生きとかたちをなし、あざやかに色づき、ゆるぎなく立ち上がった。この町も庭も、ぼくの口にした紅茶とマドレーヌから飛び出してきたのである。

5―ふたつのほう

コンブレーでは、散歩にいくのにふたつの道があり、それぞれべつの門から出なくてはならなかった。ひとつはメゼグリーズ゠ラ゠ヴィヌーズへと向かう道で、途中、スワン家の所有地の前を通るから、スワン家のほうとみんなは呼んだ。もうひとつは、ゲルマントのほうである。

メゼグリーズ゠ラ゠ヴィヌーズについてぼくが知っていたのは、そういう道が続いていて、日曜日になると見知らぬ人たちが散歩にやってくる、ということくらいだった。家族のだれも、その人たちのことをまったく知らなかったので、見かけると、「メゼグリーズからきたらしい人たち」と言った。ゲルマントのほうについては、のちによく知るようにはなるのだが、このときはやっぱりよく知らなかった。

メゼグリーズは、コンブレーとはまるでちがって起伏に富んでいて、子どものぼくには、歩いても歩いてもたどり着かない地平線のように、近づきがたいものに思えた。それに対して、ゲルマントは、そちらの道の終着地のようにとらえていた。実際の終着地というよりも、赤道線とか、北極、南極とか、東方とかいうような、抽象的な概念としての終点だ。だから、メゼグリーズにいくのに、「ゲルマントを通って」と言うのは、あるいはその逆でも、西へいくのに東を通る、と言うくらい意味のない表現だった。

父は、メゼグリーズを世界でいちばんうつくしい平野であるかのように語り、ゲルマントをたいして特徴のない川沿いの風景であるかのように話すので、見たことがなくてもぼくは知っているような気持ちになっていた。ふたつのほうの先に、メゼグリーズとゲルマントというそれぞれすばらしい場所が広がっている。芝居を見るためにわくわくと劇場に向かう人が、劇場に続く通りまでたんねんに眺めたりしないように、ぼくにとって魅力的なのはその方向の先であって、道ではなかった。そのふたつの方向は、ぼくの頭のなかでは、実際の距離よりずっと遠く隔たっていた。離れている、というよりも、その二つはべつの地図にのっているほど、離れているように思えた。そしてこの境界線は、さらに絶対的なものにされた。なぜなら同じ日にふたつの方向へいくことはなかったからだ。あるときはメゼグリーズのほうへ、あるときはゲルマントのほうへといくのが家族の習慣で、それぞれ二つをわざと遠ざけ、たがいに知らないままにしておいて、それぞれまったく違った壺に閉じこめたのだ。

6―スワン家のほう

メゼグリーズの散歩道は、そう長くはないので、早い時間でなくても、曇っていてもよかった。メゼグリーズのほうにいこうとするときは、どこへいこうというあてもなく出かけるのだったが、サン＝テスプリ通りにある叔母の家の門を抜けていく。その並びにある鉄砲店の主人に挨拶され、ポストに手紙を投函し、フランソワーズの「油もコーヒーも切れてます」という言《こと》づてを通りがかりのテオドールに伝え、それから、スワン家の庭園の、白い柵に沿って歩いていくと、町の外に出る。けれどスワン家の庭園に着くまえに、客人を迎えるようなリラの香りに出会うのだった。リラは、射手の家と呼ばれる、庭番の、瓦屋根のちいさな家で半分隠れていたけれど、バラ色のミナレットみたいな姿を、この家のゴシック風の切妻に突き出していた。リラは、ペルシャの細密画に描かれた生き生きとした色合いの、うら若き天女のようで、これに比べたら春のニンフたちでも下品に見えるだろう。ぼくはその美女たちの腰にまとわりつき、香りを放つ、星をちりばめたような巻き毛を引き寄せたかったけれど、みんな立ち止まらずにいってしまうのだった。

スワン氏が結婚すると、ぼくの家族はこのタンソンヴィルにいくのをやめてしまった。庭をのぞきこんでいるように思われたらいやだからだ。だから、この庭沿いの道ではなく、遠まわりだけれどべつの道を通って野原を目指した。そんなある日、祖父が父に言った。

「昨日、スワンが言ってたことを覚えているかい。娘さんと奥さんがランスに発つが、パリにも寄って一日過ごすって。ご婦人がたがお留守なら、あの庭沿いにいってもだいじょうぶだろう。近道だしな」

それでぼくたちは出かけたのだった。リラの季節はもうじき終わりだ。いくつかはまだ薄紫のシャンデリアみたいな花をつけているが、いくつかはしおれて黒ずみ、なんの香りもしなかった。

ぼくたちは足を止め、スワン氏の庭の、一本の小径を眺めた。ジャスミン、パンジー、クマツヅラに縁取られていて、色あせたピンク色のストックもみごとに咲いている。砂利の上には、穴の開けられた緑色のホースがのびて、その穴からほとばしる水滴がそれぞれ虹の扇を作り、かぐわしい花の香りを湿らせていた。

ぼくはふいに立ち止まった。それ以上動けなくなった。目に映る光景が、たんにこの目に映っているというだけではなくて、もっと深いところに触れ、ぼくたちの全存在をすっかり自由にしてしまうようなことが起きたのだった。

赤みを帯びた金髪の少女がぼくたちを見つめていた。庭いじりのシャベルを片手に、散歩から戻ってきたばかりであるかのように、そこに立っている。ぼくは彼女の、バラ色のそばかすのある顔を見つめた。彼女の黒い瞳は輝いていた。けれどそのころのぼくは、強烈な印象を客観的な要素に変えることができず、それ以降もそんな方法を学ばなかったので、また、「観察の精神」も欠けていたせいで、彼女の瞳が何色だったか、すぐにわからなくなってしまった。

長いこと、彼女を思い浮かべるたびに、この思い出のなかに立つ彼女の輝く目は、金髪なのだからあざやかな青だろうと思ってしまうのだった。したがって、彼女の瞳があれほど黒くなかったら――はじめて会う人に、彼女はその黒い瞳をじつに強く印象づけるのだが――ぼくは彼女に、あのようには、とくにその青い瞳を恋い慕うことはなかっただろう。

ぼくは彼女を見つめた。ただ目で見ていただけではなく、彼女の肉体に触れ、つかまえ、心も連れ去りたいと願う視線だった。父と祖父がこの少女に気づいたら、ここを離れなくちゃいけなくなるととっさに思ったぼくは、無理にでもこっちに注意を向けさせよう、知り合いになってもらおうと、無意識に懇願するような視線を投げた。少女は父と祖父の顔を確かめるように視線を動かしたが、きっとぼくたちを滑稽だと思ったのだろう、人を馬鹿にしたような無関心な態度で、二人から見えない位置にずれた。祖父と父が彼女に気づかないままぼくのわきを通りすぎていくあいだ、彼女はじっとぼくのほうに視線を向けていたが、笑うわけでも、表情を作るわけでもなく、ぼくを見ているという素振りすらもなくじっとしていて、その態度はぼくにとって、ひどく無礼な、軽蔑のしるしとしか思えなかった。同時に、彼女の手は何かの合図をするかのようにつつしみなく動いていた。公衆の面前で見知らぬ人にそんな仕草をするということを、ぼくの心の作法辞典に照らし合わせれば、ひとつの意味しかない。意図的に無礼なことをしている、という意味だ。

「ジルベルト、いらっしゃい。何をしているの？」白い服を着た女性が甲高い声で呼ぶ。知らない人だった。彼女のそばにはデニムを着た男性もおり、まるで顔から飛び出そうなほど目をむいてぼくを見ている。少女はシャベルを手に取り、素直そうに、けれど心の内を隠した陰険な様子で、ぼくに背を向けて遠ざかっていった。

ジルベルト。ぼくのわきを通りすぎたその名は、いつかまた彼女に会えるためのお守りのように思えた。一瞬前まで、あいまいなイメージでしかなかったひとりの少女は、今や、その名前によって人格を持った個人になった。こうしてジャスミンとストックの上で発せられた名前は、緑のじょうろからしたたる水滴のように、ひんやりと甲高く通りすぎていった。その名前は、澄み切った周囲の空気を切り離して虹色に染めて、ぼくはそこに少女の生活の神秘を見るのだった。その名前は、彼女とともに暮らし、彼女とともに旅をする幸福な人々に、これがジルベルトだと指し示している。その人たちとの、ぼくの知り得ない親密さが、バラ色のサンザシの下にしみ出していくかのようで、その親密さはぼくをつらい気持ちにさせた。

メゼグリーズのほうに向かうとその先には野原があり、野原に出るとその先もずっと野原だった。そこには姿の見えない浮浪者のように、ずっと風が吹き渡っている。ぼくにとってその風は、コンブレーの精霊みたいなものだった。

毎年コンブレーに着くと、コンブレーにきたのだということを実感したくて、ぼくはよく野原を目指した。風は溝を駆けめぐっていて、その風を追いかけるのだった。遮る山のない野原では、風はどこまでもどこまでも流れていく。スワン嬢が、パリの北東にあるランという町にいってては滞在することをぼくは知っていた。何キロも離れているその町も、何にも遮られることなく野原と続いているように思えた。夏の暑い午後、地平線の果てから、はるか遠くの麦の穂を次々と垂れさせ、広大な野原いっぱいに波のように広がりながら吹いてくる風が、ぼくの足元まで届き、何かつぶやくように、クローバーやイワオウギのなかに身を横たえる。少女とぼくだけが知っているこの野原が、ぼくたちを近づけ、結びつけてくれるような気がした。この風は、彼女のわきを通りすぎてきた風だ、よく聞き取れないけれど、彼女からの伝言をささやいてくれているのだと思い、ぼくは風を抱きしめるのだった。

7―モンジューヴァンの秘密

メゼグリーズ方面のモンジューヴァンという場所に、ヴァントゥイユ氏は住んでいた。沼のほとりの小高い丘を背負うように立つ家だ。その丘を、二輪馬車に乗ったヴァントゥイユ氏の娘さんが猛スピードで下りていくのをよく見かけた。けれどひとりでいる彼女を見かけたのは、ある年までだった。それ以降、彼女は評判のよくない年上の女とつるむようになった。そのうち、その女友だちはモンジューヴァンに居着いてしまった。

メゼグリーズの散歩道はゲルマントのほうの道より短いので、天気があいまいなときにいくことにしていた。だから、メゼグリーズを散歩しているときの天候は、たいてい今にも雨が降り出しそうなときが多く、ぼくたちはいつもルーサンヴィルの森を見失わないようにしていた。雨が降ってきたら、その森で雨宿りをするつもりだった。

ときおり太陽は雲に隠れ、その楕円は歪んで、雲の縁を黄色く染めた。あらゆる生命がいっとき停止したような野原からは、生き生きした輝きが消え、反対に、ルーサンヴィルのちいさな村の白い屋根は、曇天にくっきりと映えていた。少し風が出てくるとカラスが一羽飛び立った。白く染まった空を背景にして、カラスは遠くに舞い降りた。遠くの森はさらに青みがかって見え、まるでその光景は、古屋敷の窓間の壁を飾る単彩画のようだった。

眼鏡屋の店先にある晴雨計が警告していたように、雨が降り出すこともあった。雨は、いっせいに飛び立っていく渡り鳥のように、空から隙間なく並んで落ちてくる。離れることなく、でたらめに列を乱すこともなく、雨の滴はまっすぐに落ち、そして空はツバメの群れが飛び立つときより暗くなる。ぼくたちは森へと逃れるのだった。雨粒の旅は終わったように見えても、まだひ弱な粒が落ち続けている。そのくらいの小降りになると、ぼくたちは森を出た。森に降った雨粒が、葉脈の上にとどまって、葉の先にぶらさがったり、休んだり、日射しに輝いたりしながら、突然、枝をつたってぽつりと落ちてくる。

数年後、ぼくはこのモンジューヴァン近辺で忘れがたい体験をすることになる。そのときは起きていることの意味をわかってはいなかった。ずっと後になって、サディズムとは何かについて理解したが、それは、このときの印象がもとになっている。そしてまったくべつの理由から、このときの記憶はぼくの人生で重大な意味を持つことになる。

それはひどく暑い日だった。両親はまる一日家を空けることになっていて、ぼくも、帰りは遅くともいいと言われていた。ぼくはモンジューヴァンの沼まで散歩をし、ヴァントゥイユ家のすぐ近く、丘の斜面の木陰で大の字になって目を閉じた。そのまま眠ってしまい、はたと気づくと日が暮れかけている。起き上がろうとしたぼくの目の隅に、ヴァントゥイユ氏の娘さんが見えた。子どものころの彼女しか知らなかったけれど、その若い娘はたしかにヴァントゥイユ嬢だった。

ヴァントゥイユ家の窓の向こうに彼女はいた。今部屋に戻ってきたところだろう。その部屋は、ぼくのいる位置からほんの数センチのところにあった。そこは、かつて、ぼくの父がヴァントゥイユ氏を訪ねたときに通された部屋だった。どうやらそこは、今は彼女のサロンになっているようだった。窓は半開きで、明かりはついたまま、部屋のなかは隅々までよく見えたが、彼女からはこちらが見えなかったろう。のぞき見をしているみたいで居心地が悪かったけれど、帰ろうとすれば藪が音をたてて見つかってしまう。見つかれば、それこそのぞき見をするためにぼくがそこに潜んでいたと誤解されないともかぎらない。

父親が少し前に亡くなったので、ヴァントゥイユ嬢はまだ喪服を着ていた。ぼくの家族はだれもお悔やみにいかなかった。善意の押しつけみたいなことはしたくないと、慎み深く母が言ったからだ。けれども母は彼女に同情していた。ヴァントゥイユ氏の気の毒な晩年について、母はよく知っていた。母親役も乳母役もヴァントゥイユ氏がひとりでこなして娘を育て、今度は成長した娘の問題に悩み抜いていた。母は、晩年のヴァントゥイユ氏の苦悩の表情をずっと見ていたのだ。晩年の全作品の清書を完成させることを、ヴァントゥイユ氏が永遠にあきらめたことも母は知っていた。

年老いたピアノ教師で、村の教会の元オルガン奏者の手になるあわれな楽曲に、世間一般的に価値があるかといえばそうはいえないけれど、けれどヴァントゥイユ氏本人にとっては何にも代えがたく価値あるものだったし、娘のためにそれをあきらめるまでは、人生を賭けるに値するものだった。ぼくたちもまた、これらの曲を軽蔑なんてしていなかった。その大部分は楽譜にもなっておらず、彼の記憶のなかにあるだけだった。いくつかは紙に書きつけられていたが、散らかったまま、判読もできず、このまま世に知られることなく埋もれたままになるだろうと思えた。

けれども、楽譜の断念よりも、ヴァントゥイユ氏はもっとべつなものをあきらめなければならず、そのほうがずっと残酷だと母は思っていた。たいせつな娘の、平穏で幸福な未来をあきらめなければならなかったのだ。大叔母たちのピアノ教師だった老紳士の苦悩を思うと、母は胸がふさがれる思いだった。そして娘であるヴァントゥイユ嬢もまた、父親を苦しめていることにさぞや苦しんだだろう、自分が父の寿命をすり減らしたように感じているだろうと、母は彼女にも深く同情していた。

「なんて気の毒なヴァントゥイユさんでしょう。あのかたはお嬢さんのために生きて、お嬢さんのために亡くなったのに、何も報われなかったわ。亡くなってから報われることはあるのかしら。でも、報いを与えられるのは、お嬢さんだけだというのに」と、母は言った。

ヴァントゥイユ嬢のサロンにある暖炉の上に、父親であるヴァントゥイユ氏のちいさな肖像写真が飾られていた。おもてから馬車の音が近づくのに気づくと、ヴァントゥイユ嬢はさっとその写真を手にして、ソファに身を投げるように座り、ちいさなテーブルを引き寄せてそこに写真を置いた。かつてヴァントゥイユ氏が、ぼくの両親に弾いて聴かせようと思った楽譜を、自分のそばに置いたのとまったく同じように。

ドアが開き、彼女の女友だちがあらわれた。ヴァントゥイユ嬢は立ち上がって挨拶することなく、両手を頭の後ろで組んだまま、ソファの反対側に腰をずらして、女友だちに場所を空けた。けれども、女友だちはべつの場所に座りたいかもしれないと考えて、自分の差し出がましさを恥じたのかもしれない、ヴァントゥイユ嬢はソファを占領するように横たわると、目を閉じ、あくびをして見せた。荒っぽくて虚勢をはった、なれなれしい態度だったけれど、そのなかに、おもねるようなためらいがちな仕草を見て取り、父親譲りの不器用な繊細さをぼくは感じた。

ヴァントゥイユ嬢は立ち上がり、鎧戸を閉めようとして、うまく閉まらないふりをした。

「開けっ放しでいいわよ、暑いもの」女友だちが言うと、

「でも、うんざりよ、見られちゃうじゃない」ヴァントゥイユ嬢は、女友だちを挑発して、自分の聞きたい言葉を言わせようとしたが、そのことを悟られてはいけないと思ったのだろう、彼女は、祖母を大いに喜ばせたかもしれない顔つきになって、つけ加えた。

「本を読んでるところを見られちゃう、っていう意味よ。どうでもいいようなことをしていても、なんでもかんでもまる見えじゃ、うんざりじゃないの」

本能的な寛大さと、持ち前の礼儀正しさのせいで、彼女はあらかじめ考えていた、自分の欲

望を満たすためにはどうしても必要と思った言葉を、口にすることができなかった。どんなときにも彼女のなかには、おずおずと哀願するひとりの処女がいて、もうひとりの、えばりくさった乱暴者にしがみついて、尻込みさせてしまうのだった。

「そうね、この時間じゃ外からはまる見えね。こんな田舎でも人通りは多いから」女友だちは皮肉な口調で言い、「だからなんだっていうの?」と続け、「見られちゃうなんて、願ってもないことだわ」と、わざと冷たく聞こえる口調でつけ加えた。

ヴァントゥイユ嬢はちいさく身震いすると立ち上がった。生真面目で繊細な彼女は、自分の肉体的欲望にぴったり見合った言葉を見つけることができなかった。彼女は、本来の真面目な性格からできるだけかけ離れた、自分がなりたいと願うみだらな少女にふさわしい言葉遣いをさがしていた。けれどそういう言葉を見つけても、彼女が口にすると、嘘っぽくなってしまう。思い切ってそうした言葉を言ってみても、わざとらしくなってしまい、彼女の身に染みついた遠慮のせいで、大胆な気持ちもたちまちしぼみ、

「あなた、寒くない? 暑すぎるんじゃない? ひとりで本でも読みたいんじゃないの?」などと言ってしまうのだった。

とうとうヴァントゥイユ嬢は、「お嬢さまは、今晩、とてもいやらしいことを考えているようよ」と言ったが、女友だちがかつて言ったせりふをくり返したのだろう。

女友だちはいきなり、ヴァントゥイユ嬢のブラウスの切り込みからキスをした。ヴァントゥイユ嬢はちいさく叫び、逃げる。女友だちがそれを追い、二人は、ブラウスの袖をひらひらさ

せて飛び跳ねながら追いかけ合い、愛し合っている庭の小鳥のようにぴいぴいとさえずりあった。そうしてヴァントゥイユ嬢がソファに倒れこむと、女友だちがそれに覆い被さる。女友だちはかつてのピアノ教師の肖像写真には背を向けていた。ヴァントゥイユ嬢は、自分が気づかせなければ女友だちが写真には気づかないとわかると、たった今写真に気づいたかのように、言った。

「あら！　おとうさまの写真が私たちを見てるわ。だれがこんなところに写真を置いたのかしら。写真を動かさないよう、何度も言ってあるのに」

このせりふをぼくは聞いたことがあった。ヴァントゥイユ氏が楽譜のことを父にこう言っていたのだ。

ヴァントゥイユ氏のこの写真が、おそらくふだんから、二人の冒瀆の儀式を盛り上げていたのだろう。典礼の受け答えのような女友だちの言葉から、ぼくはそんな推測をした。

「そんなの、放っておきなさいよ。何をうるさく言おうが、もうここにはいないんだから。こんなふうに窓を開け放して、こうしているあんたを見つけて、あいつがめそめそとコートでもかけてくれると思っているの？　あの醜い猿が」

「ちょっと、そんな」ヴァントゥイユ嬢はやさしく非難するように言った。この言葉は彼女の善良さを証明していた。父親を悪く言われたことに憤って、そんなふうに言ったのではない。もし憤りを感じたとしても、彼女はまさに感情をおもてに出さずに抑えこむことに慣れていた。そうではなくて、自分がエゴイストだと思われないために、女友だちが自分に与えようとしている快楽に、彼女は歯止めをかけていたのである。あの冒瀆の言葉にたいするこのおだやかな態度、偽善的でやさしい批難は、率直で善良な彼女にしてみれば、彼女があこがれる邪悪さの、もっともおぞましいかたちであり、やさしさをよそおったかたちであるように思えたのに違いない。

けれども結局、死者にたいしてひどい言葉を投げつける冷酷な人間に、ひどくやさしく扱われる、その陶酔にヴァントゥイユ嬢は抗うことができなかった。彼女は女友だちの膝に飛び乗って、父親にキスをせがむように額を差しだした。そんなふうに、墓場まで追いかけていって父親から父たる資格を奪う、その残忍さの極みに二人は酔いしれて恍惚となった。女友だちはヴァントゥイユ嬢の頬を両手で包み、その額に求められるままキスをした。ヴァントゥイユ嬢への深い愛情と、現在ではひどくさみしいものになってしまったこの孤児への同情とで、キスをするのはたやすいことだった。

「この醜いおやじに私が何をしてやりたいか、わかる?」と言いながら、女友だちは写真を取り上げた。そうして何ごとかをヴァントゥイユ嬢の耳元でささやいたが、ぼくには聞こえなかった。

「まあ、できるはずがないわ」

「わたしにできないって言うの? こいつに唾を吐きかけるなんて、できっこないって?」

女友だちは乱暴に言い放ち、その後の会話はもう聞こえてこなかった。というのも、ヴァントゥイユ嬢が窓と鎧戸を閉めてしまったからだ。そのとき見えたヴァントゥイユ嬢は、くたびれながら焦っていて、素直でありながらかなしそうに見えた。今や、ぼくはわかってしまった。ヴァントゥイユ氏が生涯にわたって、娘のためにあらゆる苦痛を堪えしのんだ代償に、死後、彼が娘から何を受け取ったのか。

けれども、こうも思うのだ。もしこの場面を、ヴァントゥイユ氏が見ていたとしても、娘のやさしさを父親はきっと疑わなかったろう、と。そしてその点において、彼は間違っていなかったのかもしれない。

たしかにヴァントゥイユ嬢のこの習慣は、全面的に悪にぬりこめられているように見え、サディストの女でなければこれほど完璧に悪を体現できないはずに思える。自分のためだけに生きた父親の写真に、女友だちに唾を吐きかけさせる、なんて場面は、田舎の家の一部屋ではなく、メロドラマを上演する劇場のライトの下にこそふさわしい。そして、人生においてメロドラマの美学の基盤たるものは、サディズム以外にあり得ない。現実には、サディストでなくとも、ヴァントゥイユ嬢と同じくらい、死んだ父親の遺志と思い出に残酷に背く娘もいるかもしれないが、これほど単純にわかりやすく、父親への裏切りを端的に示すことはないだろう。そうした娘の行為の犯罪性は、他人にはなかなか気づかれず、自分自身にも、はっきり悪いことをしていると意識もされないまま悪を犯していることにある。けれどうわべとはべつに、ヴァントゥイユ嬢の心に巣くう悪は、少なくとも最初は、混じりものがなかったわけではない。彼女のようなサディストは、悪の芸術家である。心の底からの悪人は、悪の芸術家にはなれない。というのも、本物の悪人には、悪は外部のものではないからだ。ごく自然なものとして、自分自身との区別もつかなくなるだろうから。そして美徳にも、故人の思い出にも、子どもとしての愛情にしても、本人がそれらを信じていなければ、それを汚したところで冒瀆の快楽は得られないだろう。ヴァントゥイユ嬢のようなサディストは、ごく純粋な感傷家であり、自然と徳を備えているから、官能の快楽ですらどこかうしろめたい、悪人の特権のように思えるのだ。そしてサディストが本来の自分を手放して、いっとき官能の快楽にふけるとき、悪人の皮をかぶろうとし、相手にもそれをかぶせようとし、生真面目で思いやりある自分のたましいから逃れて、快楽に支配された非人間的な世界に逃げこんだという錯覚を得ようとする。

ヴァントゥイユ嬢が完璧な悪人になることは不可能だと知り、彼女がどれほどそれを望んでいるかをぼくは理解した。彼女が父親とまったく違う人間になろうとするときにも、彼女を見ていると、老ピアノ教師の考えかたやしゃべりかたが思い出された。父の写真より、彼女がはるかに冒瀆したもの、彼女が快楽に利用したもの、けれども彼女と快楽のあいだにつねに居座り、彼女が快楽をじかに味わうのを邪魔したもの、それこそ、父が家族代々に伝わる宝石のように譲り与えた、父とよく似た顔立ちであり、父親の母から受け継いだ青い目であり、思いやりにあふれた仕草だった。それらによって、ヴァントゥイユ嬢と悪徳のあいだには、独特の言葉遣いや、悪徳にふさわしくない気質がつねに入りこんでいて、だからこそ彼女は、ふだん自分が身を捧げている礼節義務と、悪徳とは、まったくべつのものだと認識することができなかったのだ。悪が彼女に快楽の概念を与えたのではない。悪が彼女を魅了したのではない。快楽が、彼女にとって悪に思えたのだ。彼女が快楽におぼれるたびに、以前には思いつくことすらなかった悪しき思考がつきまとうようになったので、ついに彼女は快楽のなかに悪魔的なものを見出して、それを「悪」と同一視するようになったのだ。おそらくヴァントゥイユ嬢も、女友だちが根っからの悪人ではなく、あの冒瀆の言葉も本気で言っているのではないと感じているだろう。けれども彼女は、相手の顔に浮かぶ微笑みやまなざしにキスをすることに快楽を覚えたのだろう。それが演技だとしても、相手の顔に浮かぶみだらでいやしい表情は、やさしい人や悩んでいる人の微笑みやまなざしではなく、残酷で、快楽にふける人のそれに見えたからだ。

彼女は一瞬、父親の思い出にたいして野蛮な気持ちを感じた娘なら、同じような無情な共犯者とともに演じたかもしれないお芝居を、自分が実際にやっていると思ったかもしれない。もし彼女が、すべての人のなかに、また自分のなかにも、他人の苦悩などなんとも思わない無関心があって、その無関心こそ真に残酷だと知ったら、悪というものがこんなにも異常で居心地が悪いと思わないだろう。悪のなかに逃げこむことが、こんなにも心休まるものだとは思いもしなかっただろう。

8—ゲルマントのほう

メゼグリーズには気やすく出かけたけれど、ゲルマントへはそうはいかなかった。何しろ道が長いので、出かける前に天気を調べなければならない。

何日も晴れが続いて、ついにフランソワーズが畑の作物が気の毒だと絶望し、青空にちいさな白い雲が浮かんでいるのを見つけて、嘆くように叫ぶ。「見てごらんよ、まるでサメそっくりじゃないか、鼻先を突き出して遊んでいるようだよ。ああ！　かわいそうなお百姓さんのために、一雨降らそうと思っているのかもしれないね。そして麦が穂をのばすころには、雨はひっきりなしにしとしとと降り続けるんだからね」

さらに庭師と話し、晴雨計を調べた父が、その日の夕食の席で「明日もこんなふうに晴れたら、ゲルマントのほうへいこうじゃないか」と言い出す。それでようやく、翌日の昼食がすむと、みんなすぐに裏庭から出かけたのだった。

ゲルマントのほうの最大の魅力は、ずっとヴィヴォンヌ川に沿っているところだった。家を出て十分も歩くと、ポン＝ヴィユという橋があり、ここではじめてぼくらはヴィヴォンヌ川を渡る。

ぼくはよく、コンブレーに着いた翌日、復活祭のお説教がすむやいなや、雨が降らなそうなことを確認し、この橋まで駆けてきたものだった。こうした大きな祝日の朝は混乱していて、豪華に準備されたものが、出しっ放しの掃除用具をみすぼらしく見せていたりする。黒い土がむき出しの道に挟まれて、スカイブルーの川は流れ、その上では時期の早いキズイセンやサクラソウが咲いている。

ポン＝ヴィユは曳舟用の小径に通じているが、夏になると、麦わら帽子をかぶった男をよく見かけた。その男は道に座って釣りをしている。コンブレーなら、もしだれかが教会の守衛や聖歌隊の少年の扮装をしていても、それが蹄鉄工なのか食料品店の下働きなのか、ぼくはすぐにわかってしまうのだが、この男だけは、だれだか知らなかった。男はぼくの家族を知っているらしかった。ぼくらが通るとき、彼はかならず帽子を持ち上げて挨拶したから。あれはだれなのか、ぼくが訊こうとすると、みんな、静かに、という合図をした。魚が逃げてしまうから、静かに、と。

土手を上って、川を見下ろせる小径に入る。反対側の岸は低く、広大な牧場が広がっていて、その先には村があり、遠くの駅がある。そのあたりには、コンブレーの伯爵たちの城館跡が散らばっている。

川には、少年たちが仕掛けたガラスの壺があって、ぼくはそれを眺めるのが好きだった。ガラス壺に水が入っているのではなくて、壺のかたちをした水そのものみたいで、テーブルに置いてある水差しの水なんかより、よほど新鮮でおいしそうに見えた。あとで釣り竿を持ってぼくもここへこよう、といつも思った。

やがて川の流れは、睡蓮の花にとってかわったようになる。一本の睡蓮が川に垂れ、一方の岸から対岸へ、対岸から此岸へと、永遠に舞うように流れている。岸のほうに押しやられると、花柄はのびて長くなり、さらに水に押されてぴんと張って向こう岸に届くやいなや、また水によって巻き戻されて、出発点に戻される。ぼくは散歩のたびに、この睡蓮を見つめずにはいられなかった。

散歩に出たぼくらは、水辺のアヤメのなかでよく休憩した。祭日の空を、退屈そうな雲がゆったりと移動している。退屈に飽きたのか、鯉がちゃぽんと川面から飛び出して不安そうに息を吸う。やがておやつの時間になり、ぼくらは果物やチョコレートを食べた。サン＝ティレールの鐘の音が響いてくる。遠くからやってくるその音は空気をふるわせるごとく響き渡り、足元の花はかすかに揺れた。

有名な作家になるのが、子どものころからのぼくの夢だった。けれどゲルマントのほうを散歩するたび、そんなのは無理だと思い知らされた。その願いをあきらめなければならないのは、どれほど情けなく思えただろう。

みんなと離れた場所に座ってもの思いにふけっているときなど、ぼくはこうした無念さにひどく苦しめられた。あまりにその苦しみがつらいので、その無念さを二度と味わわなくていいように、ぼくの精神は少しでも苦痛を感じると、一種の抑制をするようになり、詩のことも小説のことも、才能がないためにあてにできなくなった詩人としての未来も、すっかり考えなくなった。

そうした文学的執着とはまったくべつなところで、それとは関係なく、ふいによろこびがわき上がってくることもあった。屋根や、石に照り返す日射し、道に漂うかぐわしいにおい、そうしたものがぼくをとらえ、脚を止めさせた。それらはただの光景ではなく、その奥に、何か重要なことを隠しているように思えた。そのヒントは目の前にあるのに、考えてもぼくにはそれがなんなのかわからない。でも、何かがある。それを見極めるために、ぼくは立ち止まり、見つめ、嗅いだ。そうすることでその光景やにおいの彼方にいけるかのように。もし祖父に追いついて、散歩を続けなければならないとしても、目を閉じて、その光景を思い出そうとした。懸命になって、屋根の色や石の色合いを正確に思い出そうとつとめた。それらのなかには、ぼくのほしいものがぎっしり詰まっていて、今にもはじけそうになっていて、今にも蓋を割ってぼくの前にあらわれそうに思えた。いつの日か作家や詩人になれるという、失った希望をぼくに返してくれるのは、こうした印象ではなかった。そうした印象とは、知的にはまったくの価値のない特殊な対象であるにすぎず、抽象的な真実とはなんの関係もないものだったからだ。けれど少なくとも、そうした印象は、理由もわからないよろこびを、一種のゆたかさとでもいうような幻想をぼくにあたえ、偉大な文学作品を作ろうと、哲学的なテーマをさがしもとめるたびに、ぼくの無力感やけだるさを取り去ってくれた。しかし、このかたちや色や香りといった印象の奥に何があるのか見極めようとすることは、じつにむずかしく、ぼくはすぐに何か口実を見つけてはそうした努力から逃れ、つらいことから離れようとしてしまう。幸運なことに家族のだれかに呼ばれたりすると、今この探求を続けるには適した状況ではない、家に帰るまでこんなことを考え続けないほうがいい、がんばってへとへとになったりしないほうがいい、という気がするのだった。だからぼくは、ひとつのかたちや色や香りに隠された、この未知なるものとかかわることをやめてしまう。釣りにいかせてもらった日、釣った魚がぐったりしないよう、魚籠を草でくるんで持ち帰るように、その未知なるものをさまざまなイメージで守るように包み、そのまま持ち帰ることができると思っている。けれども家に帰ると違うことを考えてしまい、記憶にも、部屋にも、散歩の途中で摘んだ花とか、だれかにもらったものが積み重なってしまう。光の戯れていた石や屋根、鐘の音や木の葉の匂い、幾つもの雑多なイメージが積み重なって、それらに埋もれ、持ち帰ったはずの未知なるものはぼくに見つけてもらえずに、もう息もしていないのだった。

けれども一度だけ、その何かをぼくはとらえかけたことがある。

その日、いつもより長い散歩からの帰り道、日も暮れかかっていたころに、全速力で馬車を駆ってきたペルスピエ医師に出くわした。医師は馬車に乗らないかとぼくらに声をかけてくれ、ぼくは馭者の隣に乗せてもらうことになった。コンブレーに帰る前に、マルタンヴィル＝ル＝セックの患者の家を訪ねるところなのだが、そこで待っていてもらえば送っていくと、医師は話した。馬車が角を曲がり、ぼくの目がマルタンヴィルの二つの鐘楼をとらえたその瞬間、例によってよろこびが体の奥底からわき上がってきた。

鐘楼は暮れゆく日を受けて輝いていた。その向こうにヴィユヴィックの鐘楼が見えた。道が曲がりくねっているせいで、実際はそれらの鐘楼は丘ひとつ谷ひとつを隔てているのに、位置関係を変えて、すぐそばにあるように見えた。

鐘楼の尖塔。その輪郭。表面を照らす夕陽。ぼくは目をこらして凝視したが、それでも光景の印象をとらえきれない気がした。この光景を包む光の奥には何かが潜んでいて、その何かは、鐘楼に含まれているのと同時に、鐘楼にかすめ取られてもいるからだ。

鐘楼はとても遠くに見えて、いっこうに近づけるようには思えなかった。だから馬車がマルタンヴィルの教会の前に停まったときはびっくりした。すぐそこに、正確な位置でまっすぐ建つ鐘楼を見ても、もう何も感じなかった。その奥にあるものをとらえようとするのが、ひどくたいへんなことに思えた。さっき見た景色は心のなかにしまって、もう何も考えたくなかった。けれどもし、それで考えるのを本当にやめてしまったら、鐘楼の光景が、今まで見てきた多くの木々や屋根や、かいできたにおいや聴いてきた音と、まったく同じく、よろこびを喚起するその理由をぼくは解明しようとせずに終わってしまっていたことだろう。こうしたものがとつぜんぼくにあたえるよろこびのために、ほかのものとこれらを区別してきたのだが、そのよろこびを一度も掘り下げて考えたことがない。

馬車から降りて、両親と会話しながら医師が診察を終えるのを待った。医師が戻ってきて、ぼくはふたたび馭者の隣に腰掛け、馬車はまた走り出した。もう一度鐘楼を見るためにふり返った。しばらく走ってから、ふたたびふり返ったが、そのとき見えた鐘楼が最後で、馬車が角を曲がると見えなくなった。馭者は無口で、話しかけてもほとんど返事をくれず、ほかに話す相手もいなかったので、しかたなくぼくは今見た鐘楼を思い出そうとつとめた。そのとき、鐘楼の輪郭と、夕陽を浴びたその表面が、表皮であるかのように裂けて、内側に隠れていたものがほんの少しだけ姿をあらわした。今まで考えたことのない思いが浮かび、それは徐々に言葉へと変換していった。さっき鐘楼を見て感じたよろこびがふくれあがり、ぼくは恍惚としてそれに浸り、ほかのことはもう考えられなくなった。

このとき、馬車はマルタンヴィルを遠く離れていた。振り返ると、太陽はもう沈み、鐘楼は真っ黒に染まっていた。道を曲がるたびに鐘楼は見えなくなり、最後の道でもう一度だけ姿をあらわし、ついには見えなくなった。

　ゲルマントのほうへの散歩で、ぼくたちは一度もヴィヴォンヌ川の水源までたどることができなかったので、ぼくはよく水源について思いをめぐらせた。あんなにいってみたいと思っていたのに、最終地点、つまりゲルマントまでも、ぼくは一度もいってみたことがなかった。そこに、館の主人であるゲルマント公爵夫妻が住んでいることを知っていたし、夫妻が生身の人間として実在していることもわかっていた。けれども二人のことを考えようとすると、タペストリーに描かれた人物や、教会のステンドグラスにあるジルベール・ル・モーヴェの、光で変化する人物が思い浮かんだ。ときに、ゲルマント家の祖先であるジュヌヴィエーヴ・ド・ブラバンのイメージみたいに、この手で触れることのかなわない人物として思い浮かぶくらいだった。

　ようするに、ゲルマント公爵夫妻はつねにメロヴィング朝時代の神秘に包まれていて、その「ゲルマント」の「アント」というシラブルから放射されるオレンジ色の光に照らされ、まるで夕陽をたっぷりと浴びているかのように思えるのだ。けれどもやっぱり、ぼくにとって二人は、不思議な人たちではあったが現実の人間である。反面、その公爵という肩書きが持つ人格は、途方もなく巨大化して、非物質化してしまい、この二人を公爵と公爵夫人としているゲルマントの名そのものをのみこみ、それればかりか、日射しを浴びた「ゲルマントのほう」すべてを、ヴィヴォンヌ川の流れや、川面に浮かぶ睡蓮や、高い木々や、いくつもの晴れた午後、それらすらのみこんでしまうのだった。

ある日、母がぼくに言った。「おまえはしょっちゅうゲルマントの奥さまの話をしているけれど、四年前にペルスピエ先生があのかたをすっかり治療なさったでしょう、そのご縁で、ゲルマントの奥さまは先生の娘さんの結婚式に出るためにコンブレーまでいらっしゃるはずよ。そのお式でおまえもお姿を拝見できるわね」

たしかにぼくは、ペルスピエ医師からゲルマント夫人の噂をしょっちゅう聞いていた。その結婚式のミサで、教会の守衛が体をずらしたときに、教会内の小聖堂に座っているブロンドの夫人が見えた。青くて鋭い目をした、鼻の高い夫人で、すべらかに輝く薄紫色の、ふんわりしたシルクスカーフを巻き、鼻のわきにちいさな吹き出ものができていた。夫人の顔を見ると、まるでひどく暑いみたいに紅潮しており、その顔つきには、ひどく淡くではあるものの、かつて見せてもらった肖像画と似た部分がたしかにあった。その夫人の特徴を言葉にしようとすると、まさにそれは、ペルスピエ医師がゲルマント夫人を描いたときに使った言葉と同じ、高い鼻、青い目、ということになる。だからぼくは「この女の人はゲルマント夫人に似ているぞ」と思ったのだった。

ところで、この夫人がミサに出ていた小聖堂こそジルベール・ル・モーヴェのもので、のっぺりした墓石は蜂の巣のように金色にふくらんでいて、その下に昔のブラバン伯爵たちが永眠している。そこはゲルマント家のだれかが儀式に出るためにコンブレーにきたときに一家が専用にしている小聖堂だと、ぼくはだれに聞いたのだったか思い出そうとした。そんな場所に、ゲルマント夫人がくるはずの日に、まさに今日だ、夫人の肖像に似ている女の人なんて、どう考えてもたったひとりしかいないではないか。あの人だ！　ぼくの幻滅は大きかった。

よく眺めきらないうちに夫人が席を立ってしまったらたいへんだとぼくは思った。なぜならもう何年ものあいだ、ぼくは夫人を目にしたいと願っていたことを思い出したのだ。そしてぼくは、こちらの投げかける視線のひとつひとつが、高く突き出た鼻や赤い頰といった夫人の顔のすべてを、パーツごとにもぎとってきて、その思い出を自分の内に保存しておけるというかのように、彼女から目を離さなかった。それらの特徴が、そのまま彼女の顔立ちについての正確で貴重な、ぼくだけの情報のように思えたのだ。今では、みずからつけ加えたすべての観念によって、ぼくは夫人の顔立ちをうつくしいと思うようになり、ふたたび夫人をほかのすべての人間とは異なる場所に位置づけた。このミサのときは、夫人の姿をただたんに見たというだけで、ぼくは夫人をほかの人間と同列に考えてしまったのだが、だれかが、夫人とほかの連中を比べるような言いかたをしているといらいらした。そしてぼくの視線は、ブロンドの髪や青い目や襟足にはりついて、べつの顔を思い出させかねないすべての特徴をとりのぞき、そんなふうにわざと不完全にしたスケッチの前に立って、ぼくは叫んだ。「なんてうつくしい人なんだろう！　なんて気高いのだろう！　まぎれもなく誇り高いゲルマント家の夫人が、ジュヌヴィエーヴ・ド・ブラバンの末裔にあたる女性が、今このぼくの目の前にいる」と。

9―シャンゼリゼでのジルベルトとの再会

　ある年、ぼくの父は復活祭の休暇を、家族を引き連れてフィレンツェとヴェネツィアですごそうと決めた。ぼくは自分の部屋をヴェネツィアの空気でいっぱいにした。夢のなかの空気と同じく、いわく言いがたいとくべつな海の空気で、ヴェネツィアという名前に閉じこめた想像の産物だった。

　ところがその日が近づくにつれ、不思議なことに、自分のなかで魂と肉体が離脱しているような感覚が広がりはじめた。さらには喉がひどく痛み出すときに感じる吐き気まで覚えた。家の者は、なかなか熱の下がらないぼくをベッドに寝かせて看病しなければならなかった。医者は、今となってはフィレンツェやヴェネツィアにぼくをいかせるのはあきらめなければならないと言い、それればかりか、完治しても、少なくとも向こう一年は、旅の計画も含め、ぼくを興奮させそうなものはいっさい避けなければならないと、きっぱりと言ったのだった。

　女優のラ・ベルマを劇場に聴きにいくのをたのしみにしていたのに、それも医者に止められてしまった。しかたなく、家のものは、ぼくがあまり疲れないように見張りをつけて、毎日シャンゼリゼに遊びにいかせるにとどめたのだが、その見張り役こそ、レオニ叔母の死後、我が家で働いていたフランソワーズだった。シャンゼリゼになど、ぼくはいきたくなかった。

　シャンゼリゼ公園の木馬のあたりを散歩することに飽きたぼくを、ある日、フランソワーズは、飴売りの屋台が並ぶ、国境であるかのような境を越えて、隣の異邦区域に連れていった。何頭もの山羊に引かれた車が走り、見知らぬ顔ばかりだった。月桂樹の木の根元に置いた椅子に、忘れ物をしてきたと言ってフランソワーズがその場を離れ、ぼくはひとり、彼女を待ちながら、日射しで黄色く染まった、しおれた芝生を歩いた。芝生の先に彫像の建った泉があった。泉の前でバドミントンをしている赤毛の女の子に向かって、マント姿のべつの女の子が、ラケットを握りながらぶっきらぼうに言った。

「さようなら、ジルベルト。私、帰るわ。夕食をすませたらあなたの家にいくから、忘れないでね」

ジルベルト、という名が、ぼくのわきを通りすぎていく。その名は、ただ噂されている、そこにいないだれかの名前ではなく、そこにいるひとりの女の子に向けられたもので、だからこそ、その少女の存在がくっきりと際だった。ジルベルト、というその響きは、まるで躍動するようにぼくのわきを過ぎていった。その響きには、名前を呼んだ少女が持つ記憶や体験——彼女たちの毎日のやりとり、おたがいの家への行き来——が詰まっていて、ぼくは胸が苦しくなった。なぜならぼくの知らない、彼女たちのその親密さに、入ることはおろか触れることもできないと思い知らされるようだったからだ。

ジルベルト。少女が呼んだその名前は、スワン嬢の生活、夕食後の時間、そうしたものを濃厚に感じさせ、それればかりか、ほかの子どもたち、付き添いの女中たちまでをも彷彿とさせ、それらを吸いこんで膨らんだイメージは天井を漂い、プッサンの庭園の絵に描かれた雲のように、軍馬や戦車が描きこまれたオペラの書き割りの雲のようになって、そこにあらわれた神々の生活を映し出している。その雲は、触れることのできないひとすじの帯のように伸び、うっとりとその上を歩くような心地になっていたぼくは、フランソワーズの声で我に返った。

「さあ、コートのボタンをおかけなさい。とっとと帰りましょう」

彼女が下品な言葉遣いをしていることにいらだち、そしてその帽子に青い羽根飾りがついていないことにはじめて気づいて、それにもいらだちを覚えた。

ジルベルトはまたシャンゼリゼにくるようなことがあるだろうか？

その翌日は、彼女は姿をあらわさなかった。けれどもその次の日から、たびたび彼女を見かけるようになった。ぼくはつかず離れずの距離で、彼女たちが遊んでいるのを眺めていた。陣取り遊びで人が足りないとき、人を介して、自分たちの組に入ってもらえないかと誘われることもあった。そんなわけで、ぼくは彼女たちといっしょに遊ぶようになったのだが、毎日、というわけではない。ジルベルトには、ぼくの生活とはまるでちがって、稽古事や教理問答やお茶会などの予定がたくさんあった。そうしたものがジルベルトという名前に凝縮されて、ぼくに痛みを味わわせながら、一度はコンブレーの坂道で、もう一度はシャンゼリゼの芝生の上で、ぼくのわきを通り抜けていくのを感じたことがあった。

そういう予定があるときは、彼女はあらかじめ、いかれないと断った。その予定が勉強にかんすることだと、彼女は不満げに言うのだった。

「つまらないわ、明日はこられないの。私がいなくてもみんなは遊ぶのよね」

彼女が不満げであることに、ぼくはほっとしていた。反対のときもあった。お茶会の予定があるとき、彼女にうっかり、明日はどうするかなんて尋ねると、

「くるはずないわ、きたくもない。ママがお友だちのところにいかせてくれるって言うのに」

などと答えた。

予定が入っていない日でも、彼女の母親が唐突に彼女を買いものに連れていくこともあった。そんなとき、翌日の彼女は当然のように「そうよ、ママといっしょに出かけたわよ」と言う。まるで、彼女に会えないことがだれかにとってどれほどの不幸になるかなどと、思いつくこともないかのように。それから天気の悪い日は、自分が雨に濡れたくない家庭教師が、彼女をシャンゼリゼには連れてこなかった。

ある日、彼女はぼくに言った。

「ねえ、私のこと、ジルベルトって呼んでもいいわよ。そのかわりに私もあなたのことを名前で呼ぶわ。『あなた』なんて気詰まりでしょ」

けれどもそれからしばらくは、彼女はぼくを「あなた」と呼び続けた。そのことを指摘すると、彼女はふざけて、新しい単語を使わせるための外国語文法みたいな、不自然な文章を口にして、最後にぼくの名前をつぶやいた。そのとき感じたことをあとから思い出してみると、ぼくは彼女の口のなかで一瞬裸にされ、いっさいの社会的形式にも守られていないように感じていた。その社会的形式は、彼女のほかの友だちに属していたり、また名字で呼ばれるときには、ぼくの両親に属しているものだった。

そして彼女のくちびるは――いくぶん父親に似て、強調しようとする言葉を懸命に句切って発音し――まるで果肉の皮をむくように、ぼくからいっさいの社会的形式をはぎ取り、ぼくを裸にしていくようで、一方、彼女のまなざしは、口にした言葉と同じような親密さをたたえつつも、もっと直接的にぼくに届き、指摘してもらったことへのよろこびや感謝までにじませて、微笑むのだった。

ジルベルトを迎えにやってきたスワン氏の、グレーの帽子やフード付きのマントが目に入ると、ぼくはひどく緊張し、また感動した。歴史上のある人物の一連の書物を読んだばかりだと、その人のどんなに些細な特徴にも心が躍るのと似ている。オルレアン家出身のパリ伯とのつながりにしても、コンブレーでは耳に挟んでもなんとも思わなかったけれど、今は、スワン氏だけがオルレアン家と唯一つながりのある、すばらしい人物のように思えるのだった。シャンゼリゼのスワン氏は、小径を歩くさまざまな階級の人たちを俗悪な背景にして、ひときわ目立って立っているかのようだった。それでいながら彼自身は、その俗悪なるものたちに敬意を要求することもなく、彼らの無関心をも受け入れている。高貴な身分を隠すかのようにそこにいることに、ぼくは驚嘆すら覚えた。

ジルベルトの友だちが挨拶すると、スワン氏もていねいに挨拶を返した。ぼくの家族と仲違いをしているのに、ぼくにも挨拶してくれた。もしかして、ぼくがだれだかわからなかったのかもしれない。ぼくの記憶では、彼は田舎でしょっちゅうぼくを見かけていたはずだった。ぼくはもちろんスワン氏のことを覚えていたけれど、そのことはひた隠した。シャンゼリゼでジルベルトに再会してから、ぼくにとってのスワン氏はコンブレーのスワンさんではなく、ジルベルトの父としてのスワン氏となった。その両者はぼくのなかでまるきり異なっていて、スワン氏という名前から、かつての記憶を思い出すようなことはなかった。彼はあらたな人間になっていたのである。

それでもぼくは、ときどき昔の家を訪れた、お客人としてのスワンさんを思い出すことはあった。そうすることで、彼の存在を自分の恋に利用しようとしたのだ。あの遠い昔、スワンさんや父や祖父母といっしょにコーヒーを飲んでいる母のところに、二階の自分の部屋に来てくれるよう手紙を書いて人に渡してもらった。そのころを思い出すと、この記憶が消せないのが悔やまれ、恥ずかしく思ったが、今シャンゼリゼでぼくの目の前にいるスワン氏は、ジルベルトからぼくの名前を聞いてはいないようだった。彼はジルベルトに、もうひと遊びしてもいいよ、十五分くらいなら待てるから、と言って、鉄製の椅子に腰掛け、フィリップ七世が確実に握りしめたその手で、利用券の代金を払った。ぼくたちがふたたび芝生の上で遊びはじめると、鳩たちが飛び立ってしまい、鳩の、リラの花のようなハート型をした虹色のうつくしいからだは、隠れ家に身を隠すように逃げていってしまった。ある一羽は大きな石の水盤に降り立ち、餌をついばんでいるのか、くちばしは隠れて見えなかった。べつの一羽は彫像に止まり、まるで彫像に七宝の品をひとつのせたように見えた。

そんな天気のいい日のこと、ぼくは思い切って、ぼくの感じている失望をジルベルトに打ち明けることにした。

「きみに訊きたいことがいろいろとあるんだ」と、ぼくは話しかけた。「今日という日は、ぼくらにとって友だちの絆をふかめるだいじな日だとぼくは思っていたんだ。なのにきみは、着いたばかりでもういってしまうんだね。明日は早めにきてくれないかな。今度こそ、きみとゆっくり話がしたいんだ」

彼女はぱっと顔を輝かせ、飛び跳ねるようにして答えた。

「明日ね、どうぞそうなさってちょうだい。でも、私はこられないの。大切なお茶会があるの。明後日もだめ。お友だちの家で、テオドシウス王がお着きになるのを窓から見るのよ。すばらしいに違いないわ。その次の日は、ジュール・ヴェルヌの『ミシェル・ストロゴフ』を見にいくことになっているし、そのあとはもうクリスマス、お正月の休暇と続いてしまうわね。休暇は、南仏にいくことになると思うわ。すてきでしょ？　そのかわり、クリスマスツリーはなしですって。もしパリにいることになったとしても、ここにはこないわ。だってそうしたら、ママとお年始の挨拶にまわらなきゃならないもの。さようなら。パパが呼んでるから、いかなくちゃ」

10―ジルベルトととっくみあい

晴れた日には、ぼくは相変わらずシャンゼリゼ公園に出かけた。水彩画の展覧会が非常に流行っていた時期で、通りに面した瀟洒《しょうしゃ》なバラ色の家々が、軽やかにたゆたう空に浸っているみたいに見えた。
そのあいだずっと、ジルベルトはシャンゼリゼに姿をあらわさなかった。それでも、どうしても彼女に会わなくてはならないとぼくは思っていた。だんだん彼女の顔も思い出せなくなって、彼女自体も忘れてしまい、彼女をもう愛してなどいないと思いそうになっていたからだ。

けれども、ふたたび彼女は公園にあらわれ、以前のようにほとんど毎日やってくるようになった。彼女はぼくの前で、明日はこうしてもらおう、こう頼んでみようと思うようなあらたなことを次々とやってみせ、その都度、ぼくの愛情はあたらしく書き換えられるのだった。けれども、あるできごとが起こった。そのせいで、この午後二時前後のぼくの恋は、ふたたび様相を一変させることになった。

ぼくがどれほど彼女の両親を尊敬しているかを彼女に話していると、彼女は、言いたいことをのみこんだようなもったいぶった顔をして、ぼくに言った。「私のパパもママも、あなたのことをあんまりよく思ってはいないみたい」と。

それを聞いてぼくは、心のなかにあることを洗いざらい長い手紙にしたためて、スワン氏に渡してくれるようにジルベルトに頼んだ。

翌日、ジルベルトは月桂樹の陰にぼくを呼んだ。椅子に座り、ぼくにも座るように促すと、彼女は話し出した。前日の手紙をスワン氏に渡したところ、彼はその場でそれを読み、肩をすくめて言ったというのだ。「こんなことをしたって何も変わらない、私の考えが間違ってなかったと思うだけさ」と。

なんてことだろう。正直に、素直に手紙を書いたのに、スワン氏の誤解を解くばかりか、ますます誤解を強めてしまった。そう思うと腹がたった。そのころのぼくは、スワン氏のぼくへの評価が、誤解だと信じて疑わなかったから。

縁のないジョッキー帽を目深にかぶったジルベルトは、その帽子の下で目を伏せた。ぼくがコンブレーではじめて彼女を見たときと同じ、夢みるようで、同時にどこかずるがしこそうな顔つきだ。

誤解を解くために、スワン氏と直接話すことはできないだろうかとぼくは尋ねた。私もそう言ってみたけれど、その必要はないと父は言ったとジルベルトは答え、「はい」と、ぼくの手紙を差しだした。「これ、忘れないでね。わたしはもうお友だちのところへいくわ。彼女たち、みんな私をさがしているでしょうから」

その手紙の誠実さをわかろうとしなかったスワン氏は、なんて非常識なのだろうとぼくは思っていたのだが、もしそのときスワン氏がこの場にやってきたとしたら、自分は正しかったと思っただろう。なぜならそのときぼくは、手紙を差しだしながらも渡そうとしないジルベルトに近づいたとき、彼女の体にどうしようもない魅力を覚えて、こう言ったのだ。

「その手紙、取り返してみせるから、邪魔してごらんよ。どっちが勝つかな」

ジルベルトはさっと手紙を背中に隠す。ぼくは両手を彼女の首にまわし、編んだ髪を持ち上げた。お下げ髪がふさわしいほど実際彼女は幼かったのか、それとも、彼女の母親が娘を子どものままにしておきたくて編んだのか。ともかくぼくらはじゃれ合うように取っ組み合った。ぼくが彼女を引き寄せようとすると、そうはさせまいと彼女は踏ん張った。彼女の頰はみるみるうちにサクランボみたいに赤くなり、ぼくにくすぐられたかのような笑い声を上げる。ぼくは木によじ登ろうとするときみたいに、両脚で彼女の体を挟んで締めつけた。この遊びに夢中になり、息を切らしたぼくは、数滴の汗をしたたらせるみたいに、唐突に快楽が流れ出たのを感じた。その快楽を味わう余裕もなかった。ぼくはさっと手紙を取り上げた。するとジルベルトが思いがけないことを言った。

「もしよかったら、まだ続けてもよくってよ」

きっとジルベルトは、ぼくの提案したこの遊びが、たんなる子どものお遊びではないことをうすうす感じ取っていたのだろうけれど、ぼくが遊びの終了に達してしまったことは気づかなかったはずだ。ぼくのほうでも、彼女に恥をかかせたくなかったし、ぼくが終えてしまったことを気づかれたくはなかったので、彼女の提案にのることにした。

11 ― バルベック出発

二年後、ぼくは祖母といっしょにバルベックに出発した。このときには、ジルベルトにもうなんの感情も抱いていなかった。べつの少女の顔に惹かれたり、また違った少女に導かれて、ゴシック式の大聖堂や、イタリアの宮殿や庭園を見たい、知りたい、と焦がれるように思い、そんなとき、ぼくはかなしい気持ちで思った。ぼくたちの愛は、その対象が人間であるかぎり、真実のものとはなり得ないだろう、と。なぜなら、幸せな夢が結合し、あるいは苦しい夢が結合し、しばらくはひとりの女に結びつき、その女のなかにぼくらはその夢を見るが、ときに自分の意志で、ときに無自覚に、その夢から解放されることがある。それでもまた愛は生まれて、こんどはべつの女に自分を捧げることになる。けれどもそうした愛は、コントロールできないまま勝手にあらわれるかのようだ。

それでも、バルベックへ出発したときでも、そこで滞在しはじめたときにも、ジルベルトへの無関心は、点滅を続けていた。ぼくたちが生きているのは、ただたんに前に進む時間軸ではない。今まで過ごしてきたすべてが順不同に混在するなかで生きている。だから、昨日や一昨日よりずっと前、ジルベルトを愛していた日々を、今日生きることがあった。するともう彼女に会えないことが急にぼくを苦しめて、まるであのころそのままの自分に戻ったようだった。彼女を愛していた自我は、すでに完全にべつの自我に変わっているのに、大きなことではなくむしろちょっとしたことで、かつての自我がふたたびぼくの手に戻されるのだった。

たとえば、ノルマンディー滞在のときだ。バルベックの堤防ですれ違った見知らぬ人が、「郵政省の官房長の家庭」と言うのを耳にした。そのときは、その言葉はただ意味のないものとして聞こえたに過ぎない。このときはまだ、その家庭がぼくの人生にどれほど影響を及ぼすか、わかっていなかったから。けれどもその言葉は、そののち激しい苦悩をもたらした。もうとうに消えたと思っていた、ジルベルトと引き離されるときに感じた、ずっと昔の苦悩である。

ジルベルトが、ぼくの前で父親と「郵政省の官房長」の家庭について交わした会話など、ぼくはずっと忘れて思い出すこともなかった。

愛にかんする思い出も、一般的な記憶の法則の例外にはならない。一般的な記憶の法則自体、一般的な習慣の法則に規定されている。くり返しやることで習慣となったことは、深く記憶されない。だからある人をもっともよく思い出させるものは、まさにぼくたちが忘れてしまった、とるに足らないことだ。

記憶の最良のものは、ぼくらの外界にある。雨まじりの風、閉め切った部屋のにおい、ぱっと燃え上がる炎のにおいなどにあって、知性が必要なしと見なして忘れたこと、忘れることのできなかったこと、すっかり泣き尽くしたのにまだ流れる涙の理由など、外界の、どこにでも見出せる。では記憶とは、ぼくらの外側にしかないのだろうか。いや、きっと違う、ぼくらの内側、しかも、多かれ少なかれ長引いた忘却のなかにこそ記憶は隠れている。忘れてしまったからこそ、ぼくらは思い出し、思い出したその過去に連れ戻される。過去と同じくその事態とふたたび向き合い、過去と同じ苦しみを味わう。というのも、そうなっている自分というのは今の自分ではなく、過去の自分だからで、その過去の自分は、今の自分にとってどうでもいいものを愛していたからだ。

記憶という白日のもとにさらされると、過去のイメージは少しずつ色あせて消えていき、やがてそのイメージはあとかたもなくなり、もう二度と、過去を見出すことはないだろう。だから、もし「郵政省の官房長」といった言葉が、忘却のなかに入念に保管されていなければ、ぼくたちはもう二度と過去を見出すことはないのだ。ちょうど国立図書館に一冊の書物を寄託するようなものだ。そうしなければ、その書物は永遠に見つからなくなってしまう。

まっすぐバルベックにいくのはつまらないと思った祖母は、一日、女友だちの家に遊びに寄ることにした。ぼくは二人の邪魔にならないよう、その晩、彼女の家を辞して、翌日の昼間にバルベックに着く列車に乗った。

目覚めると、窓の外ではちょうど夜が明けようとしていた。黒くそまった林の上に、えぐれたように雲が流れていた。やわらかそうな雲の輪郭はバラ色に染まっていた。闇のなかで不自然だったその色が、だんだんいきいきと息づきはじめ、空全体がバラ色に染め上げられていく。ぼくは何か神秘的なものを感じて、ガラス窓に額をつけて目をこらした。けれど列車は弧を描いて曲がり、窓の外の光景は、夜明けの光景が夜の村にかわってしまった。民家の屋根は、月明かりの下、青く光り、共同洗濯場は、暗闇のなか、乳白色の真珠のようで、空には無数の星が瞬いていた。

さっきぼくが見とれていた夜明けの光景は、今度は反対側の窓に見えた。さっきまでのバラ色は、赤にかわっていた。ぼくは急いでそちらの窓に駆け寄ったが、ふたたび列車がカーブして、反対の窓に映し出された。この夜明けの光景を追って、ぼくは左右の窓に何度も駆け寄った。そうすることで、この光景をおさめた一枚の大きな絵が手に入るかのように。

やがて窓の外は、険しい起伏が多くなり、列車は山間のちいさな駅に停車した。渓谷の底、流れる川のそばに一軒の番小屋が見えた。

その土地独特の魅力を備えた人というものが、ときどきいる。かつてメゼグリーズやルーサンヴィルの森をひとりで歩いていたとき、この地方でしか会えないような、純朴な農家の女をぼくはよくさがしていた。そんなことを思い出していると、その思いが現実になったかのように、番小屋から大柄な少女が出てきた。彼女は朝日に照らされた小径を、大きなミルク瓶を提げてこちらに向かって歩いてくる。山々に囲まれたこの谷間で、彼女が会う人々といえば、ほんのひととき停車する、この列車の乗客だけだろう。彼女はホームを歩き、目を覚ましている何人かの乗客にカフェ・オ・レを売っていた。朝の日射しを受けた彼女の顔は、空よりもうつくしいバラ色だった。うつくしいものを目にし、幸福を覚えるたびに、ぼくは生きたいと思うのだったが、この欲望を、この少女を前にしたときも強く感じていた。

カフェ・オ・レを注文したが、彼女は気づかない。もう一度叫んだ。金色とバラ色に輝いたその顔が振り返り、こちらに近づいてくる。だんだんはっきりしてくるその顔から目をそらすことができない。まるで、じっと見つめることが可能な太陽みたいで、見とれていると、赤と金でこちらの目をくらませる。彼女は射貫くような視線でぼくを見たが、ちょうどそのとき乗務員が昇降口を閉め、列車は動き出した。

バルベック＝プラージュ駅に向かうローカル線に乗り換えると、祖母が乗っていた。彼女はたったひとりだった。どうやら、到着前の準備のためにフランソワーズを先に発たせたのだが、間違って、ナントに出発させてしまったらしい。今まさにナントいきの列車に乗った気の毒なフランソワーズは、ボルドーあたりで目を覚ますのだろう。

夕暮れの、今にも消えそうな光と、午後の執拗な暑さが充満した車内で、ぼくは祖母の向かいに腰を下ろした。顔を上げた祖母が、その暑さにまいっているのがかなしいくらいありありとわかった。ぼくがきっと大いに楽しんでいるらしいと思いこんで、「どう、バルベックは?」と訊く祖母に、あまり期待していないと正直な答えを言うのははばかられた。

終着駅まではあと一時間以上もあるけれど、この旅の終わりに出会うことになる、バルベックのホテルの支配人をぼくは想像した。その支配人にとって、ぼくという人間はまだ存在していないわけだが、彼の前に立つときに、祖母以外の、だれか立派な人といっしょにいたかったとぼくは思った。その支配人に、祖母はきっと値引きしてくれと言うだろうから。支配人は尊大な男に違いないが、けれどその輪郭はまだ曖昧だった。

12―グランド・ホテル

グランド・ホテルのロビーには、模造大理石の堂々とした階段があり、ぼくはその前で打ちひしがれていた。案の定祖母が、これから取り囲まれて暮らすことになる人たちの、敵意も軽蔑も気にとめることなく、支配人を相手に「条件」について掛け合いはじめたからだ。

グランド・ホテルの支配人は、起き上がりこぼしのような体つきの太った小男で、顔にはたくさんのつぶしたにきびの跡が、言葉にはあちこちで暮らした幼年期の名残らしい、さまざまな訛りが残っていた。タキシードを着て、心理学者のような顔つきで、乗合馬車が着くたびに、大貴族を吝嗇家と、ホテル荒らしを大貴族と取り違えるような男だった。自分の給料は五百フランにも満たないはずなのに、五百フランを「けっこうな大金」だと思う人々を、賤民と決めつけて軽蔑し、グランド・ホテルにはふさわしくないと考えていた。

けれどもこの豪華なホテルで、金払いはよくないのに支配人の尊敬を得ている客もいた。貧しいからではなく、節約のために出費をおさえていると支配人が理解すればいいのだった。節約は悪いことではないし、社会的な地位とは関係がない。つまり、社会的地位というものが、支配人にとって唯一重要なことだった。正確にいえば、社会的地位が高そうに見える「しるし」こそが重要だった。たとえば、ホールに入っても帽子をとらないでいること、ニッカーボッカーやウエスト丈のパルトーを着ていること、なめしたモロッコ革のケースから、深紅と金色の紙に包まれた葉巻を取り出すこと――かなしいことに、ぼくが持っていないあれやこれやだ。そうすると支配人は、考え抜いた言いまわしを自分の商談に取り入れるのだが、いつも意味を取り違えていた。

帽子も取らず、口笛を吹きながら話を聞く支配人に、祖母は腹をたてることもなく、「お値段はおいくらになりますの？　まあ！　私たちのささやかな予算ではとても高価すぎますわ」などと、わざとらしい口調でやり合っている。ぼくは長椅子に腰掛け、自分自身の思考の奥へと逃亡し、何も見ず、何も聞こえず、何も感じないふりをした。危険を察知するや、死んだふりをする動物さながらに。

孤独感はますます強まり、気分がよくないから、パリに二人で戻らなくてはならないだろうと、たえかねてぼくが言うと、祖母は異を唱えることなく、戻るにせよとどまるにせよ、必要になるものを買いにいくと答え、ぼくを置いてホテルを出ていった。フランソワーズが荷物とともにナントにいってしまったので、ぼくの着替えも何もなかったからだとあとでわかったのだが、このときはただひたすらにぼくは孤独を覚えた。祖母が戻るまでのあいだ、ぼくは外に出て、人でごった返す往来を歩いた。人混みは、室内と同じくらい暑かった。床屋や菓子店が店を開けていて、デュゲ＝トルアンの銅像前の店先では、常連客たちがアイスクリームをなめていた。

バルベックでぼくが過ごすことになった部屋は狭苦しかった。なじみのないもので部屋はあふれ、ぼくがそれらを眺めまわすように、それらもぼくを冷ややかに眺めているかのようだった。振り子時計はかちかちと耳障りな音を立て続け、ひどく高い天井から垂れ下がる紫のカーテンは、その音をまったく意に介さないように、けれどもよそ者がいることにいらつき、そのことを示すために肩をいからせている人みたいだった。カーテンは、この部屋を歴史的といってもいいくらい古くさく見せ、眠れそうには思えなかった。壁際のあちこちにある書架用のガラスケースは邪魔なだけで、足元用の大きな鏡にも慣れることができず、それをどけてしまわないかぎり、この部屋でくつろぐのは不可能にすら思えた。パリの部屋の家具や装飾品は、ぼくの一部になっていて、そこにあることすら意識せずにすんだのだが、ここ、祖母がぼくのために選んでくれた、ホテル最上階の展望台のような部屋では、見慣れないものから逃れるように、天井のずっと高い部分ばかり見つめていた。そのとき祖母が入ってきた。すると縮こまっていたぼくの心はぱっとふくらみ、たちまち無限の空間が広がった。

ぼくは祖母の大きな顔を飽くことなく眺めた。赤々と日に照り映える雲みたいにくっきりと際だった祖母の顔は、あふれるばかりの愛情をたたえていた。祖母の周囲にあるすべてのもの、祖母に属しているすべてのものが、精神性を帯び、神聖なものとなった。尊敬とやさしさをこめて、祖母の白髪交じりの髪をそっと撫でた。祖母はぼくを愛するあまり、自分が苦しいときはぼくの苦しみの身代わりになっているのだと信じて、苦しみをよろこんでいた。ぼくが疲れてぐったりしていると、祖母はよくアンクルブーツを脱がせてくれようとした。それを止めて自分で脱ごうとすると、祖母はぼくの手を押しとどめて言うのだった。

「どうか私のしあわせを奪わないでちょうだい。おまえのおばあさんにはとてもうれしいことなんだから。もし今夜、何かほしいものがあれば壁を叩くようにね。薄い壁を挟んで私たちのベッドは隣り合わせになっているから、安心おし。横になったらすぐに試してみたらいいわ。うまく通じるかどうか」

その晩、ぼくは壁を三つ叩いた。ぼくの具合が悪いときにはすぐに牛乳を持っていきたいのだと祖母が言うので、それから数日もしばらく、壁を叩いた。隣から、祖母が起き出す音がすると、ぼくは遠慮がちに、でもはっきりと三回、壁を叩く。もしぼくの聞き間違えで、祖母がまだ寝ていたら起こすのは気の毒だし、でも、起きているのに聞こえなくては困る、とぼくは思っていた。そうすると隣の部屋からも、壁を叩く三つの音が返ってくる。まるで、「だいじょうぶ、聞こえましたよ。すぐいきますからね」とでも言うような、頼もしい音が、二度、くり返される。そしてぼくの部屋に祖母があらわれる。聞こえないんじゃないかと、ほかの部屋のノックと間違えるんじゃないかと思った、と言うと、祖母は笑みを浮かべて言った。

「こんなにかわいい子の合図の音を、ほかのだれかとまちがえたりするものですか！　千の合図があったっておまえのを見分けることができますよ。もし私が寝ていたら起こしたくないし、でも、聞こえなかったらどうしよう、というふたつの思いに引き裂かれている、このおばかさんの合図が、二つとあるものですか。ああ、なんて気の毒なねずみさん。さっきから、私には聞こえていたんですよ、ねずみさんがベッドのなかでもぞもぞ動いたり、しきりに体を動かしていた音が」

祖母は鎧戸を半分開いた。ホテルから突き出した別館の屋根は、すでに陽に照らされていた。早起きの屋根職人が早々と、まだ眠っている町を起こさないよう、黙って仕事をしている。町はぴくりとも動かないので、屋根職人の動きはやけに俊敏に見える。祖母は、ぼくがわざわざ窓辺までいかなくてもいいように、今が何時でどんな空模様か教えてくれる。海に靄がかかっているとか、パン屋がもう開いているとか、今走っていったのはどんな車か、なんてことも。

一日のはじまりの、だれも立ち会うことのない、このささやかな二人の入祭唱のことを、昼間、ぼくは進んでフランソワーズやそのほかの人たちに話した。知っているとひけらかしたいのではなく、ぼくだけが受けた愛情のしるしを見せびらかしたくて、朝の六時には非常に濃い霧が出ていたなどと語るだろう。ぼくらの三つの合図は交響曲のように幕を開け、愛とよろこびの奏でる和音となり、壁は壁ではなくなって、天使がうたうようにべつの三つの合図を伝え、それはぼくの願いどおりに二度、くり返される。ぼくらのあいだにある壁は、祖母がやってくる予兆と祖母の愛情深いたましいそのものであり、お告げのよろこびと音楽的な正確さをも有していた。

13—少女たち

ある朝、ホテルの食堂のドア前で、ぼくたちはヴィルパリジ侯爵夫人とばったり鉢合わせした。祖母と夫人はともに驚き、ためらいがちに挨拶をした。二人は少女時代の学友だったのだ。こうしてぼくらとヴィルパリジ夫人のバルベックでのつきあいははじまったのだった。

ひどく暑いある午後のこと、ホテルの食堂の、陽を遮るカーテンのこちら側、薄暗がりにいたぼくは、浜辺から街道に通じる通路を歩いてくる、細身で、鋭い目つきの青年を見かけた。襟元を開け、誇らしげに頭を高く上げた彼は、肌もブロンドなら髪も金髪だった。彼こそヴィルパリジ夫人の姪の息子だった。

べつの日にこの姪の息子とばったり会った。狭い道で向き合う格好になり、ヴィルパリジ夫人はぼくたちを紹介した。彼はぼくの名を聞いても聞いていないかのように、顔の筋肉ひとつ動かさなかった。翌日、彼から名刺を渡されたときに、てっきり、これは決闘になるなと思いこんだ。けれど彼はぼくに向かって文学の話ばかりして、長いおしゃべりのあとで、ぜひとも毎日こうして数時間お目に掛かりたいと言った。

たちまち、二人は永遠の親友になったとぼくたちは了解した。ロベール・ド・サン＝ルーが「ぼくたちの友情」と言うと、まるで何か、とてつもなく重大で甘美なものについて話しているかのようだった。ところがあるとき、約束していた夕食を延期しなければならなくなった。サン＝ルーは、二日ほどヴィルパリジ夫人のもとで過ごす叔父を待つことになり、外出できなくなったからだ。その叔父はみんなからパラメードと呼ばれていたが、その名前は先祖にあたるシチリアの王族から受け継いだものだった。サン＝ルーがぼくに言うには、パラメードは貴族社会のなかでことのほか近づきにくく、他人には侮蔑的で、狂信的なところがあって、兄嫁やほかの選ばれた人たちと「不死鳥クラブ」とやらをこしらえているらしい。

叔父を待ちながら、その叔父についてサン＝ルーが語った翌日の午前中、ホテルに戻ろうとしてぼくがカジノの前を通ったとき、そう遠くない位置からじっと見られている気がした。背が高く、でっぷりとしていて、真っ黒な口ひげを生やしている男だ。細身のステッキで神経質そうにズボンを叩きながら、かっと目を見開いてぼくに視線を注いでいる。

いっしょに近所をひとまわりしてから、いったんホテルに戻った祖母を、一時間後、ホテルの前で待っていると、ヴィルパリジ夫人とロベール・ド・サン＝ルーと見知らぬ男がホテルから出てくるのが見えた。その男はまさしくカジノの前でぼくをじっと凝視していた男だった。ぼくに気づいたヴィルパリジ夫人は、

「ご機嫌はいかがでいらして？　甥をご紹介しますね、ゲルマント男爵よ」と紹介したが、こ

の見知らぬ男はこちらを見もせず、口のなかで曖昧に「よろしく」ともごもご言い、続けて「ふうん、ふうん、ふうん」と言いながら不本意そうな様子で、小指と人差し指と親指を折って中指と薬指だけを差しだした。そのスエードの手袋の上からぼくは二本の指を握ることになったが、指にはひとつも指輪をしていなかった。こちらを見ることもなくその男はヴィルパリジ夫人のほうを向いた。

「あらまあ、わたくし、頭がどうかしちゃったのかしら」夫人は言った。「今、あなたをゲルマント男爵なんて呼んで。ご紹介するわ、シャルリュス男爵よ。いずれにしても大きな間違いではないけれどね。まさにゲルマント家の一員なんですもの」

祖母と夫人とその男をその場に残し、ぼくはサン＝ルーをうしろのほうに呼び、言った。

「ねえ、ヴィルパリジ夫人はきみの叔父さんがゲルマント家の一員だと言ったよね」

「そうさ、もちろんだよ、パラメード・ド・ゲルマントなんだから。ぼくの叔母がヴィルパリジ夫人の姪で、この姪が夫人に育てられて、自分の従兄と結婚したんだけど、その従兄もまた夫人の甥にあたるってわけさ、今のゲルマント公爵は」

「そうすると、きみのおじさんは？」

「叔父はシャルリュス男爵という称号を持っているのさ」

そのころのぼくには特定の恋人はいなかった。だからいつでも、うつくしい女性をさがし求めていた。前を歩く女性がうつくしいに違いないと思うと、胸が高鳴り、もしや知っている人かもしれないとぼくは足を速めた。

その日、ぼくはひとり、グランド・ホテルで祖母を迎えにいく時間になるのを待っていたのだが、堤防の突端を、いくつかの点が移動しているのが見てとれた。それは五、六人の少女たちだった。バルベックの人たちとは見かけも振る舞いも違う。どこからやってきたのか、彼女たちはまるで、浜辺を一歩一歩踏みしめて歩くカモメたちのようだった。遅れた数羽が翼をばたつかせて、前の数羽に追いつくのである。海水浴客たちにはない、はっきりとした散歩の目的が、このカモメたちにはあるかのようだった。

彼女たちのひとりが自転車を片手で押して歩いていた。ほかの二人はゴルフクラブを持っている。彼女たちの服装は、バルベックの少女たちとは対照的だった。バルベックでは、スポーツ好きの少女もいたけれど、わざわざとくべつな格好はしていなかった。

彼女たちがあらわれるのはきまって、紳士淑女が堤防を一巡りしにくる時刻だった。紳士淑女たちは、俳優のように見られていることを意識して歩き、野外音楽堂の前に並んだ椅子に腰掛けると、今度は他人を品定めする批評家になった。堤防に沿って歩く人たちはみんな、船の甲板を歩くかのように縦揺れしながら進み、隣を歩く人や向こうからやってくる人とぶつからないように気をつけているのに、いき交う人々を見下すための観察に夢中になりすぎて、あちこちでぶつかり合っている。

人というのは、だれしも、群衆への愛情――恐怖と言い換えてもいい――を持っているものだ。人に気に入られたい、驚かせたい、軽蔑していることを見せつけたい。だれしもそんなふうに思っている。一生涯、閉じこもって暮らす孤独を好む人でさえ、群衆にたいする過度の愛情を持っていて、それはほかの感情よりも勝っているものだから、外出する際に、門番や通行人や馬を止めた馭者の賞賛を得られないくらいなら、彼らに見られないほうがましなのだ。そのためには、外出の必要となるいっさいの活動をやめてしまおうと思うほどなのだ。

けれどもこの少女たちは、そうした自意識から解放されているように見えた。自分たち以外の人間を軽蔑しきっていて、ためらわずのびやかに自由に動き、好き勝手に歩いていた。いや、自由に好き勝手に見えても、たとえばワルツの達人みたいな、揺るぎない芯があった。彼女たちが近づくと、みんなそれぞれ異なった魅力の持ち主だということがわかった。正直を言えばぼくは彼女たちを目にとめただけで、正視することができず、もちろんひとりひとりを見分けることもできないでいた。ひとり、褐色の肌をした鼻筋の通った、ルネッサンスの絵にある東方の三博士を思わせる女の子がいて、際立っていた。彼女をのぞいてぼくに見分けられたのは、気の強そうなあざけり笑うような目をしたひとりと、バラ色のゼラニウムの花を連想させるもうひとりきりで、けれどもその二人の特徴ですらも、ほかの女の子たちと、切り離せないハーモニーのようにまじりあって、彼女たち全体でひとつの大きな美となっていた。

彼女たちの一団は光を振りまく彗星のように堤防を進んできた。彼女たちは、周囲のだれも彼もを、自分と同じ人間だとは認めていないように見えた。自分たち以外の人間が苦しもうがかなしもうが同情なんかきっとしないのだろう。いや、そもそもそんな人間など眼中にないのだ。その通りに立ち止まっている人たちは、ひとりでに動き出した自動車が自分を避けていってくれるとは思わないように、彼女たちを避けて道を空けた。そしてその少女たちから、触るのも汚らわしいし、存在すら認めたくないと思われたどこかの老人が、びくびくと、あるいは怒りながら、滑稽な素振りで彼女たちから逃げ出したとしても、彼女たちはせいぜい顔を見合わせて笑うくらいだった。彼女たちは、自分たちのグループ以外の人にたいして、馬鹿にするような態度をとることはなかった。そんなことをしなくても、ただ心のなかで馬鹿にしているだけで、彼女たちにとっては充分だった。

　けれども彼女たちは、何か障害物を見つけると、弾みをつけたり両脚をそろえたりして、それを飛び越してたのしまずにはいられなかった。彼女たちのはじける若さがじっとしていることを許さず、たとえかなしくても苦しくても、そんな気分よりも若さにせきたてられるように、跳んだりすべったりするチャンスを見逃さず、入念に体を動かした。ゆっくり歩いたかと思うと急に止まったり、ショパンの、この上なく哀愁を帯びたフレーズのように、優雅に歩いてみせたりと、気まぐれに名人芸が混ざっている。

　そのとき、老銀行家の夫人が、堤防を向いた折りたたみ椅子に夫を腰掛けさせようとしていた。そこならば、野外音楽堂が盾になって、太陽も風もやわらいだからだ。夫が座ると、夫人は夫に読んであげるための新聞を買いにいった。五分もしない、ほんのちょっとの時間だ。夫人には長く感じられたが、それでもそんなふうに夫をひとりきりにすることが幾度となくあった。自分はまだひとりでちゃんと生きていける、介護される必要なんてないと夫に思ってもらうためだった。

老人の頭上に位置する音楽用のステージは、跳躍台のようなかたちをしていた。すると少女たちのうち、年嵩のひとりが、ためらうことなくぱっとそちらに走り出すやいなや、老人の頭の上を飛び越して見せた。その敏捷な脚が老人の官軍士官帽をかすめ、老人はおびえたが、少女たちは大喜びで歓声を上げた。人形のような顔をした少女の緑の目は、よろこびと感嘆で輝いていた。そこにぼくはいくらか臆病な気配を見たように思ったが、臆病といっても、恥ずかしそうにも虚勢をはっているようにも見え、ほかの少女には見られない表情だった。

「かわいそうなおじいさん。半分くたばっちゃったみたい、見るのも痛々しいわ」と、少女たちのひとりが、しゃがれ声で皮肉をこめて言った。彼女たちはまた歩き出し、通行人の邪魔になっていることなど気にも留めずに、立ち止まったり、まるで飛び立つ前に集まって内緒話をする鳥たちみたいに、ぴいぴいと騒ぎながら群れたり離れたり、海を見下ろす堤防を好き放題に歩いていった。

そのときにはもう、ぼくにとって彼女たちは、その魅力をぜんぶ混じり合わせた集合体ではなくなっていた。ぼくはひとりひとりの特徴を知り、名前を知らないかわりにその特徴で覚えた。老銀行家の頭上を飛びこえた大柄の少女がいた。ふっくらしたバラ色の頬と緑の目を持つ小柄の少女がいた。日焼けした肌と、すっとした鼻筋の、ひときわ目立つ少女がいた。卵形の白い顔の、ひよこの嘴《くちばし》みたいにちいさな鼻の、子どもっぽい顔つきの少女がいた。ケープをかぶったべつの大柄の少女がいた。そのケープは彼女をずいぶんとみすぼらしく見せていたが、ぼくが思うに、彼女にはひときわすぐれた両親がいたのではないか。海水浴客や自分の子どもがどんな優雅な服を着ているかということより、自分たちの自尊心が重要だと考えていて、だから子どもが、貧しく見えるような格好で堤防を散歩していても、まったくかまわなかったのではなかろうか。

笑みをたたえ、目を輝かせた少女は、黒い縁なし帽を目深にかぶり、腰を左右に振って自転車を押しながらぼくのわきを通りすぎた。彼女たちは不良じみた言葉で怒鳴るように話していたせいで、ぼくはてっきり、ケープからつくり上げた推測とは裏腹に、この少女たちは競輪場に入り浸り、競輪選手に囲われているに違いないと思いこんでしまった。彼女たちの話し声から、「好きなように生きる」などといった言葉が聞こえてきたにもかかわらず。彼女たちの振る舞いや話し言葉から、品行方正などという言葉はまったく不釣り合いに思えたし、彼女たちが目配せする様子や、艶のない頰をした少女のぶしつけな視線から、彼女たちがきよらかな少女たちであるはずがないと決めつけた。さらに、ぼくは祖母からこまやかな思いやりで監視され続けていたので、してはいけないことというのは分割できない集合体だと思っていた。だからこんなふうに決めつけたのだ。老人への尊敬もなく、ただ自分たちが楽しむためだけにその頭上を飛びこえる、そんな少女たちなら、そのほかの快楽にだっていともたやすく屈してしまうだろう、と。

自転車を押す、褐色の髪の、ふっくらとした頰の少女と、すれ違いざま目が合った。笑いを含んだその視線は、ぼくにとってはまったく未知のものだった。まるで、少女たちだけが生きている小宇宙の、見たこともない生物が送る視線のように。帽子を目深にかぶった彼女は、ぼくと目が合ったとき、おしゃべりに夢中になっていたが、はたしてその目はぼくを認識したのだろうか。認識していたとしたら、ぼくはどんなふうに見えたろう？　どんな宇宙から、彼女の目はぼくをとらえたのだろう。そんなふうに考えるのは、望遠鏡をのぞくのに似ていた。望遠鏡から、彼方の星がくっきりと見えたからといって、そこにどんな生物がいて、どんなふうにこちらを見ているか、もし見たとして何を思うかなんて、わかりっこないのだ。

もしその少女の目が、きらきら光るまるい雲母にしかすぎないとするなら、彼女の生活を知りたいとか、その生活に入りこみたいとは願うこともないだろう。彼女の瞳の輝きは、物質的な成分によるものではない。ぼくの知らない人や場所、たとえば競馬場の芝生、自転車で走る砂地の道、彼女が思い描くそれら、これから彼女が帰る場所、たてている計画、そうしたものについて彼女が抱く観念の黒い影を、彼女の瞳は宿しているのだ。そしてその輝きこそ、欲望を持ち、共感を持ち、反感を持ち、自分でもわかってはいない意思を持つ、彼女という人そのものなのだ。瞳のなかにある、そんなすべてを所有しないかぎり、彼女を所有したとはいえないとぼくは悟った。ぼくは彼女のすべての生活に欲望を覚えていた。それは、不可能だと知りつつも、うっとりするほどの欲望だった。今までぼくのすべての生活で成り立っていた世界は今や、少女たちのすべての生活をも含む世界の片隅になってしまったのだ。でもそれは同時に、その片隅から自分自身を延長し、増大していく可能性ができた、というよろこばしいことでもある。

ぼくと少女たちには、おそらく何ひとつの共通点もなく、だから、親しくなるのは難しいはずだ。ぼくは今まで自分の生活に、渇きにも似た興味を持っていたが、今や、何ひとつ共通点のない彼女たちの生活に心を奪われていた。そうした生活から、ぼくのたましいは一滴の水たりとも受けたことがなかったので、それをごくごくと、いっそうむさぼるように、完全に吸収するまで吸い尽くすだろう。

14―もうひとりの少女

その数日後、祖母に付き添ってカナプヴィルまで散歩に出たぼくは、帰り道、浜辺に出る小径で、ひとりの少女とすれ違った。彼女は、ゴルフクラブを片手に、いやいや家畜小屋に戻される動物みたいにうなだれて歩いていた。その後ろを、イギリス人家庭教師らしき居丈高な女が歩いている。その女はホガースの描いた「ジェフリーズ」の肖像に似ていた。紅茶よりジンが好きとでも言いたげな赤ら顔、口ひげの延長のように見える、噛み煙草の黒いあと。

前を歩く少女は、このあいだの少女の一団のなかに見た、黒い縁なし帽の少女に似ていた。ふっくらした頬をして、顔はこわばっているのに目だけが笑っていた少女だ。今目の前にいる彼女も黒い縁なし帽をかぶっていたが、このあいだの少女よりはるかにうつくしかった。鼻筋はよりまっすぐとおり、小鼻も肉付きがよく、ふっくらしていた。このあいだの少女は、青白くて、どうも高慢ちきに見えたが、今日の少女はきちんとしつけられた子どものように見え、顔はバラ色だった。それでも、彼女たちの押す自転車はそっくりで、トナカイの手袋までが同じだ。もしかして二人は同一人物で、ぼくの心持ちによって印象が異なっているのではないかと思った。このバルベックに、こんなによく似た顔立ちで、持ちものまでみな似通っている少女が二人いるなんて、考えにくいことだからだ。

少女はちらりとぼくを見た。

それからのちになってても、あの少女たちの一団みんなと知り合いになってからも、この日に会った少女が彼女たちのうちのだれかだったのか、それとも違ったのか、まったく確信が持てないままだった。少女は、前の日にぼくが見かけた少女と、似てはいても、やっぱり似ていないところもあったのだ。

それまではずっと、ぼくは大柄の少女のことばかり考えていたが、この日の午後から、このゴルフクラブの少女——おそらくシモネ嬢——のことが気になりはじめた。

彼女はよく、ほかの少女たちに囲まれてわいわいと歩き、ときどきふいに立ち止まった。すると彼女を尊敬しているらしいほかの少女たちも、否応なく足を止めた。縁なし帽の下で目を輝かせた彼女の姿は、透明で紺碧の海を背景に、くっきりと浮かび上がっていた。その姿をぼくは今でもありありと思い出す。それからずっと時間がたち、ぼくの記憶にある顔のイメージは、ひどく薄れ、欲望の対象となり、追い求められ、そして忘れられ、ふたたび見出されることになる。以来、彼女の顔をときどき過去に重ね合わせ、ぼくの部屋にいる少女を見て、「彼女だ！」とひとりつぶやくのだった。

15―エルスチールのアトリエ

バルベックには、ひとりの画家が別荘を持っていた。堤防よりずいぶん離れた場所、最近できた新しい通り沿いにその別荘はある。その周辺はけばけばしい建物ばかりで、その画家、エルスチールの別荘もまた見苦しいほど豪華だった。バルベックじゅうの別荘のなかで、もっとも広いアトリエを有するという理由で、彼はそこを借りたということだった。

このエルスチールを、もっとも偉大な芸術家のひとりだと思っている祖母は、ゴルフやテニスに夢中になるばかりで、彼の絵を見にいったり、話を聞きにいったりしようとしないぼくを軽蔑しきっていた。

それである日、ぼくは祖母の言葉に従ってエルスチールを訪ねなければならなくなった。昼間は暑いので、海岸沿いを走る軽便に乗らなくてはならず、ぼくは窓の外のけばけばしい建物群を見ないようにつとめ、自分が今いるのはキンメリア人の王国か、マルク王の祖国か、ブロセリアンドの森のあとだと思おうとした。

エルスチール邸にたどり着いたときも、そのけばけばしさから目を背けて庭を横切った。そこは、パリ郊外のブルジョワの、どんな家にもあるようなちいさな庭だったが、粋な庭師の像や、鏡のようなガラス玉があり、小径に沿ってベゴニアが植えられ、緑に覆われたあずまやがあり、その下にテーブルとロッキングチェアがあった。

ところが、都会の醜さを刻印したような庭を過ぎて、アトリエに一歩足を踏み入れると、別世界が広がっている。あちこちに置かれた習作を見ると、現実世界から、ぼくらが切り離すことを思いつきもしない幾多の光景が、ゆたかなよろこびに満ちた詩のように描き出されていて、ぼく自身もそこまで高められたように思えた。それらの習作が並ぶアトリエは、新たな世界創造の実験室のようだった。エルスチールは、さまざまな向きに置かれた大小の画布に、ぼくたちがいつも見ているすべてのものを描き出し、さらにその混沌から、砂の上で怒ったようにライラック色の泡を潰す海の波を引き出したり、船の甲板で肘をつく、亜麻色の服の青年を引き出していた。青年の着ている上着、飛沫を上げる波は、それぞれありのままに描かれているわけではないのに、もはや、だれをも濡らすことのできない波や、だれにも着られることのない上着として、絵のなかであらたな威厳を有していた。

ぼくがアトリエに足を踏み入れたとき、この創造者は、手にした絵筆で沈もうとする夕陽を創り出そうとしているところだった。

ほとんどすべての日よけが下ろされていて、アトリエはひんやりとして薄暗かった。一か所だけ、スイカズラに縁取られた窓から、日射しがさしこんで壁を照らし出していた。薄闇を裂く光は湿って輝いていて、まるで岩石のなかの水晶みたいだった。エルスチールに手を休めないように頼み、ぼくは光と陰の交差するアトリエを歩き、一枚ずつゆっくりと絵を見ていった。

彼の第一期、第二期の作品は、日本美術の影響を受けた、神話的な手法で描かれたもので、両方ともゲルマント夫人のコレクションにあり、主要な位置を占めている、と、グランド・ホテルのサロンにあった美術雑誌でぼくは読んだ。けれどそのどちらの作品も、このアトリエにはなく、ここにあるものはほとんどがバルベックで描かれた海の絵ばかりだった。けれどもぼくは、ひとつひとつの絵の魅力は、その一連の変容《メタモルフォーズ》にあり、その変容は、詩でいう隠喩《メタフォール》と似ていると気づいた。神が、すべてのものに名前を与えながらそれらを創造したとするならば、エルスチールは、すべてのものから名前を奪い、まったくあたらしい名前を与えることで世界を再創造している。ものの名前は、ぼくらの真の印象ではなく、知性につねに対応している。知性は、そのものの名前が持つ概念しか、ぼくらに与えない。

たとえば、バルベックのホテルから見える海だ。朝なら、フランソワーズが光を遮るためにかけておいた毛布を外すとき、夕方ならロベール・ド・サン゠ルーと出かける時間になるのを待っているとき、日射しのせいで海は変容し、遠くの丘の斜面に見えたり、空の一部に見えたりすることがある。海が海でなく山に見えたり、空に見えたりする印象を、知性はたちまちただしてしまう。海は海で、山は山だと。

こんなこともあった。パリの自室にいたときだ。暴動のような騒ぎが聞こえてきたのだが、ぼくはそれが、馬車の轟音だと思いこんだ。ぼくの耳は調子外れな怒鳴り声を聞いているのに、馬車の車輪が怒号を発するはずがないと思っている知性が、怒号を聞こえなくしてしまう。

ごくまれに、知性に邪魔されることなく、ありのままに、詩的に眺めることのできる瞬間があって、エルスチールの作品はそういう瞬間から生み出されていた。今まさに彼が描いている一連の絵で、海と陸の境界をいっさい消し去るという試みが、隠喩のように用いられていた。

こうした試みが同じ画布のなかで幾度もくり返され、変容しながらも力強い統一をもたらしている。それが、ときに美術愛好家がエルスチールの絵に熱狂する原因なのだが、そうしたことをわかっていない愛好家たちもいた。

エルスチールとぼくは、午後の涼しい空気を吸うために、アトリエ奥の窓辺までいった。窓の外の、ひなびた田舎道を眺め、ぼくはあの少女たちのことを思った。祖母に勧められるままエルスチールに会いにこんなに遠くにきたけれど、そのせいで、彼女たちに会う機会を一回逃してしまった、などと考えた。田舎道は窓すれすれを通っているが、別荘の敷地内ではなかった。

突然ぼくはあの少女の姿をとらえた。あの一団にいた、自転車の少女だ。黒い髪の、縁なし帽を目深にかぶった、少しぶしつけな、輝く目をした少女だ。ひなびた田舎道は奇跡的に希望に輝きはじめた。彼女は木陰からエルスチールに親しげに笑いかけて挨拶した。それは、陸と海、混じり合うはずのない世界を結ぶ虹の架け橋のようにぼくには思えた。彼女はこちらに近づいてきて、画家に手を差しだした。彼女のあごにはちいさなほくろがひとつあった。

彼女が去った後、いつか彼がこの少女を紹介してくれるかもしれない、家に上げてくれるかもしれない、と思いながら、「お知り合いですか」とぼくは訊いた。窓からひなびた景色しか見えないアトリエのなかが、甘美で満たされた。まるで、どこかの家で、子どもはとうに満足しているのに、まわりのうつくしいものや、高貴な人たちが、気前よくもっと贈りものをしようとし、その子のためにお茶会を準備しているさなか、当の子どもに見つかってしまうようなものだ。エルスチールは、彼女の名前はアルベルチーヌ・シモネだと言った。ぼくが、かつて彼女たちの一団を見たと話すと、それぞれの少女たちの名前も教えてくれた。

そしてぼくは、彼女たちについてずいぶん誤解していたことを知った。バルベックでぼくは、馬に乗る小売業者の息子を、どこかの王子さまだと思うような誤解をよくするが、今度はその反対だった。産業界、実業界に属す富裕層たるプチット・ブルジョワジーの娘たちを、いかがわしい女たちと思いこんでいたのだから。産業界も実業界も、ぼくはまったく興味の持てない階層だった。そこには庶民の神秘もなく、ゲルマント家のような社交界の神秘もない。けれども、海辺の生活のまばゆい空虚に魅惑されたぼくの目には、彼女たちは不思議な魅力を持った存在に見え、その魅力はけっして失われることはなかった。そうでなかったら、彼女たちが大商人の娘たちだなどと聞いたとたんに興味を失っていただろうから。フランスのブルジョワジーは、じつに多様な彫像を生み出す魔法のアトリエで、そのことにぼくはどれほど驚いてきただろう。なんと多くの思いがけない顔立ちがあり、それらがなんと変わった特徴をそなえていることか！　その顔立ちは、なんと生き生きしていて、なんとあどけなさに満ちていることか！　こうした女神を生み出した、欲深い昔ながらのブルジョワたちは、もっとも偉大な彫像制作者に思えた。

大商人の娘たちだと聞いて、彼女たちの社会的なメタモルフォーズにぼくがまだ気づくより先に——ある人を誤解していたとか、間違っていたと気づくのは、化学反応のように一瞬のことなのだが——、自転車の選手やボクシングのチャンピオンの愛人だとばかり思っていた、彼女たちの不良じみた顔の背後に、もしかしたら彼女たちはぼくの知っているさる公証人の家族と深い親交があるかもしれない、という考えが、すでにぼくのなかに根づいてしまった。

アルベルチーヌ・シモネが何ものなのか、ぼくはまるで知らなかった。彼女ももちろん、自分がぼくにとってどんな存在になるのか、知らなかっただろう。すでに浜辺で耳にした、シモネという名を書いてみろと言われたら、この一家がnの文字がひとつしかないことを重視しているなどとは思いもせず、nを二つ続けてSimonnetと書き綴っただろう。社会の階層が下になるほど、スノビズムはとるに足らないものにしがみつく。それは、貴族の持つ差別意識よりくだらないとは言えないかもしれないが、もっと曖昧な、本人たちにしか意味のない特殊なもので、それだけ人には驚かれてしまう。ひょっとしたらnの二つあるシモネ家が存在し、よからぬことをしたか、それ以上のことをしでかしたのかもしれない。いずれにせよ、nがひとつのシモネ家は、うっかりnを二つ書かれると、中傷されたかのように腹を立ててしまうらしい。彼らは、二つのnではなくひとつのnのシモネ家は自分たちだけだということに、モンモランシー家がフランスで最初の男爵であることに持っているのと同じくらいの誇りを抱いていたのだろう。

あの少女たちはバルベックに住んでいるのかと尋ねると、何人かはそうだとエルスチールは答えた。ひとりの住む別荘は、浜辺のいちばん端、カナプヴィルの断崖がはじまるあたりで、この少女はアルベルチーヌ・シモネの親友だと彼は説明した。ということは、祖母と出かけたときに浜辺への小径で見かけた少女は、やはりアルベルチーヌ・シモネだったのかもしれない。

あの周囲には同じような小径がたくさんあって、どの小径だと特定することはできそうもなかった。ちゃんと思い出したいと思っても、その瞬間に光景は不鮮明なものになってしまう。それでも、女友だちの家に入っていくあの少女とアルベルチーヌが同一人物であることは確実だった。にもかかわらず、褐色の髪のゴルフの少女が、その後、ぼくの前で見せた無数のイメージは、どれほど異なっていようと重なり合い、この記憶の糸をさかのぼっていくと、この同一人物だということを証拠として、内部につながっている道をたどるように、ひとりの人物から離れることなくすべてのイメージをふたたび通りすぎることができる。それに反して、祖母といっしょにいるときにすれ違ったあの少女までさかのぼろうとすると、ぼくは広々とした見知らぬ場所に出されてしまう。ぼくが再会するのは、あのアルベルチーヌ、海を背景にくっきり浮かび上がり、女友だちに囲まれてよく立ち止まっていたあの少女だと、確信している。けれども、この祖母といっしょにいるときすれ違った少女のイメージと、そのほかのすべてのイメージは、いつまでたってもべつのもので、同一人物にはならない。あの日、衝撃的に目に焼きついたあの瞬間の少女が、ほかのときに見た少女と同一ではないかぎり、あの日までさかのぼって同一人物にすることはできないからだ。確率の問題ではない。浜辺へ続く小径で、ためらうことなくぼくをじっと見た、ふっくらした頰の少女、彼女にだったらぼくは愛されたかもしれないと思わせた少女と、再会という言葉の厳密な意味においては、けっして再会することができなかったのである。

彼女は遠ざかり、アトリエの窓からはもうその姿は見えない。堤防にいる女友だちにこれから合流するのだろう。エルスチールといっしょにそこへいけば、彼女たちと知り合いになれる。ぼくはエルスチールを散歩に連れ出そうとあれこれ言いつのった。彼女の姿を見る前の、絵画で満たされていた自分にはもう戻れなかった。エルスチールは散歩には同意したが、絵を完成させてからにしてほしいと言う。彼が描いていたのは花の絵だった。白いさんざし、バラ色のさんざし、矢車菊、りんごの花。エルスチールは描きながら、植物について話してくれたが、ぼくの耳には何も入らなかった。彼は今や画家ではなく、あの少女たちとぼくとの仲介者に過ぎなかった。才能あふれる彼は威信に満ちていたけれど、今では、紹介してくれるときに、少女たちの目にうつるぼくに、その威信を授けてくれる存在としてしか、価値を持っていなかった。

ようやく彼は絵を仕上げた。外に出ると、思いの外明るかった——もう日の長い季節に入っていた。ぼくたちは堤防に向かって歩いた。彼女たちがあらわれるかもしれない場所に彼を引き留めるため、ぼくはなんとたくさんの策略をめぐらせたことだろう。断崖のわきを通りながら、断崖について話してもらえないかとせがみ、彼に時間を忘れさせようとした。浜辺の端まででいけば、少女たちに会えるような気がしたのだ。少女たちのひとりがよくそちらに向かうのを思い出して、「もう少し近寄ってあそこの断崖を見てみたいですね」と言ったりもした。

ゆっくりと夜になろうとしていた。もう帰らなければならない。エルスチールとともに彼の別荘に向かって歩きはじめた。そのとき、唐突に少女たちの一団があらわれた。まるで、虚弱で自意識過剰で、過度に知的なぼくの前に、それとはまるきり正反対の、野蛮で力強い生命力が、姿を持って立ちあらわれたかのように。彼女たちはぼくに気づかないふりをしていたが、まちがいなく、ぼくにたいして批判的な判断をくだしているようだった。彼女たちと出会うことは避けられないだろう。エルスチールが呼んでくれるだろうと思って、ぼくはくるりと背を向けた。そうして立ち止まり、わが有名な道連れを先にいかせ、ちょうどそこにあった骨董品店のショーウィンドウをのぞき、何か見つけたかのように足を止めた。彼女たちに気づかないふりができてほっとしていた。漠然とではあるが、この先起こることはわかっていた。もしエルスチールがぼくを呼んだら、もの問いたげなまなざしをしよう。驚いたことを示す視線ではなく、驚きを表現したいという欲望を示す視線だ。それほど人はだれもが大根役者だし、他人は立派な人相見なのだ。さらにぼくは、自分を指して、「お呼びになったのは、このぼくですか？」と訊きさえするだろう。すなおに彼に呼ばれるまま、紹介してほしいわけでもないのに急いで近づき、でも、眺めていた骨董品から引き離された迷惑を、顔に出さないようにするだろう。そんなことを考えながら、ぼくはショーウィンドウを見つめ、エルスチールがぼくの名を呼ぶのを今か今かと待ちかまえていた。

　エルスチールはぜったいに彼女たちにぼくを紹介するという確信は、ぼくに彼女たちへの無関心を演じさせただけでなく、本当に無関心にさせてしまった。彼女たちと知り合うという未知のたのしみは縮み、しぼみはじめていた。ロベール・ド・サン＝ルーと話したり、祖母と夕食を食べたり、近くを散策する日常的なたのしみよりも、ちいさくなっていくようだった。それに、未知のたのしみを減らしたのは、彼女たちと知り合う現実が目前に差し迫っているからではなく、成り行きまかせだからだ。イメージの積み重ねというものは厳密になされなくてはならず、一定の順番にしたがって形成されるのだが、こうして事件が切迫してくると、その順番がかき乱されてしまう。今までぼくは、彼女たちとどうやって知り合うか、浜辺や自室でさんざん想像してきた。でも今、そのどんな想像ともかけ離れて異なっていた。これから起ころうとしているのは、ぼくが想像していたのとはまったく異なる事件であり、ぼくにはなんの準備もできていなかった。もはや欲望も、欲望の対象も、そこにはなかった。自分がそうし向けたのに、エルスチールと散歩に出たことを、ぼくは後悔しはじめていた。ずっと思い描いていた快楽がしぼんでしまったのは、何があってもその快楽は自分からは奪われないだろうという確信のせいだった。そして、弾力にしたがうかのように、快楽がふいにもとどおりふくらんできたのは、この確信から解放されたからだった。

心を決めて振り返ると、少し先で彼女たちと話していたエルスチールが、別れの挨拶をしているのが見えた。彼の近くにいる少女の顔はふっくらしていて、瞳はきらきらと輝いていた。一点を見ていても、たえず動いているような目である。風の強い日、青空の下で空気が素早く移動していくのを、目には見えないが感じるようなものだ。その少女が一瞬こちらを見て、ぼくらの視線は重なった。嵐の日に、空を旅する雲と雲のように近づいたけれども、たがいを知らない旅人は風に流されふたたび離ればなれになるしかない。ぼくたちは、自分たちのさまよう空という未来に、どんな約束が、どんな不吉な予兆があるかも知らなかった。けれども彼女がぼくから目をそらすとき、その瞳はほんの少し翳りをおびた。ちょうど明るい晩に、横切る雲によって月が一瞬ヴェールをかけられ、またふたたび輝き出すように。別れの挨拶がすむと、エルスチールはぼくを呼ぶことなく、彼女たちから離れた。ぼくのもくろみはみごとに外れたのである。

16―アルベルチーヌ

それでも結局、アルベルチーヌに会える機会を得ることになった。エルスチールが、彼女もくるだろう午後の集いを開いてくれることになったのだ。

グランド・ホテルから出かけるこのころのぼくは、だれが見ても魅力的で優雅だったはずだ。もちろんそれなりに身なりに気を配り、それなりに出費をかけたからである。この魅力と優雅さをもってすれば、どんな女性もぼくに心を寄せるように思えた。そう思うと、この魅力と優雅さを、アルベルチーヌにだけ向けるのはもったいないようにも思えた。

会えることが確実になると、ぼくの知性は、そんなことはたいしたことではないとみなす。けれどぼくの内部で、意志はそれには賛同しない。意志とは、刻々と変化し続けるぼくたちの従順な従僕で、粘り強く、闇に潜み、軽蔑されても従順で、ぼくたちの自我の変化など気にもかけず、必要なものが欠けないようにいつも心がけている。意志は、知性や感受性と同じく揺るぎないのに、ただしさを主張することもなく、存在していないかのようにじっと黙っている。自我のほかの部分は、自分たちが変化しやすいことはわかっているものの、意志の決定に従っているとは気づかない。ぼくの感受性と知性は、アルベルチーヌと知り合いになる、そのたのしさの価値について議論をはじめていたが、ぼくの意志はそれらを無視し、駅者にエルスチールの住所を告げたのである。賽は投げられた。ぼくの知性と感受性は残念なことをしたと思っていたかもしれない。かりにぼくの意志がべつの住所を告げたとしても、知性と感受性は従うしかなかったろう。

エルスチールの家に着いたとき、シモネ嬢はいないと思った。アトリエに絹のドレスを着た少女が座っていたが、ぼくはそれが彼女だとは思わなかった。みごとな髪にも鼻にも、顔色にも見覚えがなく、あの縁なし帽をかぶった少女のようにはまったく見えなかった。けれど、それがアルベルチーヌだった。そうとわかっても、ぼくはすぐに話しかけたりはしなかった。

社交の集いにおいては、どんなサロンもひとつのあたらしい世界で、そこに入っていくためにはぼくらは一度死に、生まれ変わらなければならない。サロンでは、まるでそれがものすごくたいせつなものであるかのように、人々やダンスやトランプの勝負をじっと見つめるけれど、翌日にはけろりと忘れてしまう。アルベルチーヌとしゃべるためには、まずは関係のない道を進まなければならない。その道にはまずエルスチールがいて、ほかの招待客たちがいる。ぼくはいちいち立ち止まり、その人たちに紹介され、そこから立食テーブルに沿って進み、苺のタルトを食べ、そうしているうちに演奏がはじまったので音楽に耳を傾けた。気がつけば、こうしたさまざまなことが、シモネ嬢に紹介されるのと同じくらい重要なことに感じられた。というより、シモネ嬢に紹介されること自体、そうしたいろいろのひとつに過ぎないように思えた。

さっきまではそれが唯一の目的だったことをすっかり忘れていた。

もっとも、ぼくたちの活動的な生活では、真の幸福も大きな不幸も、こんなふうではないだろうか？　大勢の人がいる前で、ぼくたちは愛している女から、好意的なものにせよ致命的なものにせよ、一年も待ち望んでいた返事を受け取ったとする。けれどもおしゃべりをそこでやめてはいけない。致命的な返事だった場合、さまざまな思いが次々めぐり、水面のように広がり、その水面下で、不幸なことになってしまったという記憶が、深くて狭い場所にちらちら姿をのぞかせるに過ぎない。もし好意的な返事だった場合、その幸福をじっくりと噛みしめることなく、きちんと意識することもできない。この幸福を期待して社交の場にいったのだと、何年もたってからようやく思い出すかもしれない。

アルベルチーヌを紹介したいとエルスチールが声をかけてきたとき、ぼくはちょうどエクレアを食べて、その場で知り合った老紳士に、ノルマンディーの縁日について訊いているところだった。老紳士はボタンホールに挿したバラの花を褒めてくれ、あとでそれをあげようかと思っていた。そのくらいぼくは彼との会話を楽しんでいたが、エルスチールの提案を断るほどでもなかった。いや、ぼくの胸は高鳴った。けれど実際のところ、真のよろこびはこの瞬間ではなく、ホテルに帰ってひとりになってからじわじわと訪れた。よろこびは写真のようなものだ。愛する人の前で撮ってもフィルムに焼き付けられるだけだ。その後帰って、自身の内の暗室——他者がいるときには「使用禁止」とさけている部屋——で現像してはじめて写真になる。

よろこびはそんなふうに実感するまで時間がかかったが、この出会いの意味の大きさを、ぼくは即座に理解した。今この瞬間、未来の快楽を得るための「チケット」が突然手渡され、何週間も待ち望んでいたその「チケット」の持ち主になったと感じたところで、なんだというのか。この「チケット」を手に入れたことで、ぼくのつらかった追求にも終止符が打たれ、そればかりか、ある人の存在にも終止符が打たれるのだ。その人は、ぼくの想像力によって姿をゆがめ、けっして知り合いにはなれないだろうという不安から、大きな存在となっていた。紹介者がその名前を賞賛の言葉でつつむとき、ぼくが近づきたいと願っていた女性の姿は消えてしまう。そもそも、以前の彼女と同じ人物でいるはずがない。昨日まで、意識的にこちらを見てくれることを希い、ぼくの知り得ない思いに満ちたその瞳には、奇跡のように、ごく自然に、鏡に映し出されたように微笑むぼくが映っている。彼女の名前、彼女の親戚、それらは、ぼくの予想のなかでひとつひとつ確実なものとなった。

彼女に近づくと、頰のほくろが目に入った。そのほくろも、愛想のよさも、確実なものとなった。さらに驚いたことに、彼女は「まったく」というときに「完全に」と言った。たとえばある人のことを「あの人は完全に頭がどうかしているけれど、でもとても親切なの」と言い、また別の人を「あの人は完全に平凡で、完全に退屈な紳士なのよ」と言うのである。この「完全に」というあやまった言い方は、不愉快ではあったけれども、自転車を押す彼女を遠くから見ていたときには、想像もできないような発見ではあった。もっとも、知り合ってのちも、ぼくはアルベルチーヌにさまざまなあたらしい発見をしていくのだけれど。長所と短所というのは顔に出てしまうが、でもべつの角度から見ると、それらもまた違うふうに見える。町に建つ記念碑が、一見ばらばらに並んでいるように見えても、少し離れてみれば、計算されて並んでいて、全体の大きさにはじめて気づかされるようなものだ。アルベルチーヌは気が強いどころか、おどおどしているように見えた。「あの娘は下品で、マナー知らず」などと言ったりするので、彼女自身は品のいい家の娘なのだろうと思った。彼女の顔のなかで目を引くのは、今までずっと思い描いていたその瞳ではなくて、炎症を起こしたようなこめかみだった。その後もずっと、ぼくは彼女のそうした像を修正し続けることになる。彼女の真実の姿を認識するために。けれどもそれが不可能であることも、知っていた。ぼくは彼女のあらたな面に気づき続けるだけではなく、彼女自身も、変わり続けていくのだから。彼女の姿をとらえた、と思っても、それは古いイメージでしかない。彼女の認識はどんどん過去のものになっていって、彼女そのものにはなり得ない。

そのあとで幻滅することになるとしても、ぼくらはすれ違っただれかを思い浮かべ、あれこれと好きなだけ想像すべきだ。それこそ官能にとってただしい、また、欲望を抱き続ける唯一の方法なのだ。怠惰からか臆病からか、知り合った当初から夢見ることもない友人の家に、どんな出会いも期待せず、欲望をそそる人とすれちがっても立ち止まることなく、馬車を駆って直接向かう連中は、なんと陰鬱な退屈に満ちた生活をしているのだろう！

帰り道、ぼくはこの午後の集いのことを思い返した。アルベルチーヌのところにたどり着くまでの、カフェ・エクレアだとか、老紳士に進呈したバラの花、そうした細部がありありと浮かんできたが、その光景は、偶然そこにありながら、ぼくたちの最初の出会いの背景となっていた。この光景はぼくの内にしか存在しないと思っていたのに、その数か月後、アルベルチーヌと話していると、驚いたことに、エクレアや老人にあげたバラのこと、ぼくしか知り得ないことを、彼女はこのぼくにありありと思い出させた。アルベルチーヌの思考に、異本として転写されたそれらの光景を、ぼくはまったく別の角度から眺めている気分だった。

その日ホテルに戻ったぼくは、もう一度ぼくと会話していたアルベルチーヌを思い描いた。すると彼女は、ぼくが浜辺への小径で見かけたあの少女とは似ても似つかないと気づいた。まるで完璧な手品でもって、すり替えられたかのように。

ぼくがさがし求めていた少女は、ぼくが作り上げた架空のだれかに過ぎないのだと、彼女と話しているときに気づきそうなものだった。エルスチールと話しているうちに、そんなことをすっかり忘れてしまって、ぼくがずっと恋い焦がれていた少女と、目の前のアルベルチーヌを同一人物だと決めこんで、空想のなかで少女に捧げた愛の誓いを、アルベルチーヌにたいして感じてしまったのだ。代理人をたてて婚約を交わす人が、このあいだに入った代理人と結婚しなければならないと、やがて思いこむようなものだ。

そのうえ、上品な物腰や、「完全に平凡で」といった表現、炎症を起こしたようなこめかみのことを思い出すと、一時的にせよぼくの人生から不安が消え、ある種の欲望を呼び覚ました。その欲望は、いつか危険なものになるとしても、おだやかで苦痛を伴わず、兄弟愛にも似て、彼女のその感じのいい態度や臆病さ、思いがけないやさしさにぼくはほろりとし、感謝の気持ちすら抱きそうだった。

記憶はただちに何枚も写真を撮りはじめる。一枚一枚は切り離され、一連のつながりや順序を消し去る。だから、いちばんあたらしいものが、それよりまえのものを打ち消すわけではない。平凡さゆえにぼくをほろりとさせるアルベルチーヌと向き合いながら、ぼくは海を背景にした神秘的なアルベルチーヌの姿を見ていた。今となっては、これらは思い出、つまり一枚の絵であって、どちらがどちらよりも真実だとは思えない。

彼女に紹介されたこの最初の夕方について、ほくろのことを最後に述べようと思う。目の下にあった彼女のほくろを思い浮かべようとすると、エルスチールのアトリエで会った彼女を思い出した。去ろうとする彼女の顎にほくろがあるのをぼくは見ていた。ようするに、彼女を見たとき、ほくろがひとつあることには気づいたのだが、ぼくのあいまいな記憶は、そのほくろを目の下や顎といったあちこちに移動させてしまうのだった。

現実のシモネ嬢は、どこにでもいる平凡な少女だった。そのことで、期待は裏切られたけれど、失望はしなかった。たとえばバルベックの教会を見て失望したからといって、ヴェネツィアにいきたいという気持ちにはまったく変わりがない。それと同様、彼女が期待していたような人でなくとも、彼女をとおして、あの少女たちの一団と知り合いになれるだろうとぼくは思うのだった。

それからしばらくたったある日のこと。雨上がりの肌寒い朝、堤防で、縁なし帽とマフを身につけた少女がこちらに向かって歩いてきたが、エルスチールのお茶会で会った少女とは似ても似つかず、それがアルベルチーヌだとはよもや思いもしなかった。けれどよくよくみれば、やはりアルベルチーヌである。このぼくの驚きを、アルベルチーヌは見逃さなかったらしい。以前お茶会で会った彼女は、ぼくを感動させるほど感じのいい平凡な少女だったのだが、そのときは、少女たちの一団にふさわしい、生意気で乱暴な少女になっていたので、よけい驚いたのだ。彼女のこめかみを見たが、そこにはもう炎症はない。反対側のこめかみだったのか、それとも、もうなおって消えてしまったのか。

「ひどい天気ね！」彼女はぼくに言った。「バルベックの気候が温暖だなんてひどい冗談よ。あなた、ゴルフ場でもカジノでも、ダンスホールでも見かけないけれど、ここにいるあいだ何もなさらないの？ 乗馬もなさらないなんて、退屈じゃなくて？ いつもぼーっと浜でひなたぼっこなんかしていたら、馬鹿になるんじゃない？ 私とはまったくタイプが違うのね。私はスポーツならなんでも好き。ラ・ソーニュの競馬場にいらしたことはある？ 私たちは軽便でいったんだけれど、でも、わかるわ、あんなおんぼろ列車に、あなたは乗りたいとは思わないでしょうね。二時間もかかるのよ。自転車でいけば三往復できたはずだわ」

何度もローカル線の小鉄道に乗っている友人のサン＝ルーは、その遠まわりして走る列車を「くねくね列車」なんて呼んでいたけれど、アルベルチーヌの「軽便」「おんぼろ列車」という自然な言い方にぼくはたじたじとなった。なんてうまいことを言うのだろう。そういうことのできないぼくを、彼女は軽蔑するのじゃないかととっさに不安になった。この鉄道の呼び名については、この一団はじつにゆたかな語彙力を持っていることを、このときぼくはまだ知らなかった。

アルベルチーヌは、話すとき、頭を動かさず、鼻をつんとさせ、唇の先だけで話した。だから鼻にかかった間延びした声になる。おそらく、地方訛りや、気取って真似たイギリス風の冷静さや、外国人家庭教師のレッスンや、鼻の粘膜の充血肥大なども、その声と話し方には影響していただろう。こういう声も話し方も、相手を知れば知るほど、生き生きとは聞こえず、子どもっぽく思えてきて、さほど魅力的ではなくなるのだろうけれど、このとき、彼女のこの独特な話し方にぼくは魅了された。彼女に会えない日が続くと、「ゴルフ場でも見かけないけれど」という、鼻にかかった声を思い出してはうっとりとしていた。彼女ほど欲望を刺激する人はいない、とまで考えた。

　ぼくらはその日の朝、堤防のあちこちで顔を合わせるカップルの一組として、立ち止まって二言三言交わして別れ、それぞれの散歩に戻った。この短いあいだに、ぼくの想像のなかでは移動し続けていた彼女のほくろが、いったいどこにあるのか見極めようとしていた。頬の上に、顎に、目の下に、と想像のなかではさだまらなかったほくろは、この日、鼻の下、上唇の上にぴたりとおさまり、永遠に動かなくなった。

17―環さがしゲーム

この少女たちの一団は、ぼくの感情の波をずいぶんとうねらせたけれど、ある波が大きくなればほかの波が大きくなってそれを打ち消す、そんなふうに、調和のとれた状態だった。けれど、みんなで環さがしゲームをして遊んだある日の午後、アルベルチーヌによってその調和は壊された。

環さがしゲームというのは、車座になって、ちいさな指輪を歌いながらまわし、真ん中に座った鬼が指輪を持っている人をあてるゲームだが、その日、断崖の上にあるちいさな森でそのゲームをすることになった。人数が多いほうがおもしろいという理由で、少女たちのグループ以外の少女二人が混ざっていた。その二人に挟まれて座ることになったぼくは、アルベルチーヌの隣に座る青年をうらやましげに見つめ、ぼくがあそこに座っていたら、彼女と手をつなぐことができただろうにと考えていた。二度と戻ってこないその時間は、はるか先までぼくを連れていくだろう。アルベルチーヌの手に触れられれば、それがその後どんな発展につながらなくても、それだけで素敵なことに思えた。

ぼくがそんなにも触れたかったのは、彼女の手がだれよりもうつくしかったからではない。彼女の友だちのアンドレは、もっとうつくしい手をしていた。すらりとしながら生き生きとして、物憂げで、夢みるような表情を持ち、その動きは自由で気高くさえあった。エルスチールはアンドレの手の習作を何枚も描いていた。そのなかに、アンドレが両手を火にかざしているものがある。火に照らし出されたその手は、薄い木の葉のように金色に透き通っている。

アルベルチーヌの手といえば、もっとぽってりしていた。握りしめると、こちらの手に包まれながらも押し返してくるような弾力がある。そんなふうにこちらの手を締めつける力には、彼女のバラ色の肌にふさわしい、官能的な心地よさがあった。彼女の手を握ると、彼女自身の奥深くへ、官能の深みへ、分け入っていくかのようで、笑い声の響きと同じく、鳩の鳴き声かある種の叫び声のようにみだらに思えた。

　挨拶のひとつとして、握手というものが若い男女に許されているこの社会にぼくは感謝したいくらいだ。もし握手という習慣がべつの何かにとってかわられたら、ぼくは、彼女の頬に口づけたいと願うのとまったく同じように、触れることに焦がれてその手を見つめ続けるだろう。もし、このゲームでぼくが彼女の隣に座ったとしたら、彼女の手を握ることだけがぼくの目的ではなかった。内気なぼくが言えないたくさんのことを、彼女の手を握ることでぼくの手は伝えられるかもしれず、彼女の手もまた、握り返すことでその返事を伝えることができるはずだと考えたのだ。これこそまさに共犯であり、官能のはじまりではないか！　彼女の隣でそんなふうに数分を過ごすことができれば、ぼくの愛は、彼女と知り合ってからのすべてよりずっと、はるかに先に進むことができる。でももしそんなことができたとしても、この馬鹿げたゲームが終わってしまうまでの短い時間だ。そして終わってしまえば、もう何もかも遅すぎるのだ。そう思うと、ぼくは彼女の隣に一刻も早く座りたくてじりじりした。

　わざと指輪をあてられるように、ぼくは鬼になって真ん中に進み、さりげなく移動する指輪を目で追って、アルベルチーヌが隣の青年に指輪を渡す瞬間を待ちかまえていた。アルベルチーヌはこのゲームがおもしろくてしかたないらしく、顔をバラ色にそめて笑い転げている。

「ねえ、私たち、なんてきれいな森にいるのかしら」とアンドレはぼくに言い、木々を指して見せた。彼女はぼくだけを見てそう言うので、なんだか、ゲームに興じているほかの人たちが幼稚で、ぼくらだけがゲームのたのしさを味わいながらも、同時に森のうつくしさに気づいているように思えた。アンドレはこまやかな心遣いから、うたいたくもないだろうに、「森のイタチが、今ここ通った、奥さんがた、きれいな森のイタチが、今ここ通った」とうたい出した。まるで、ある場面のために書かれた曲を、その場面になったらうたわなければ興が削がれると思いこんでいる連中のように。

けれどぼくはそんなことはどうでもよかった。ぼくがへまばかりして、なかなか指輪を見つけられないので、みんなは呆れはじめていた。ぼくが見つめるアルベルチーヌは、じつにうつくしく、平然としていて、陽気で、彼女の気づきもしない、それればかりか彼女が知ったらかんかんに起こるだろう手口を使って、しかるべき人のところにまわってきた指輪をぼくがおさえたら、ぼくは彼女の隣に座ることになっていた。ゲームに興奮した彼女の長い髪はほどけてしまい、カールした髪の房が頰に落ち、その褐色の髪はバラ色の肌をよりいっそう鮮やかに見せている。

「きみの髪型は、ラウラ・ディアンティやエレオノール・ド・ギュイエンヌのようだね。いつもそんなふうに、髪を少し垂らしておくといいよ」とぼくは、彼女に近づくために耳元で言った。そのとき、ようやく、指輪がアルベルチーヌの隣の青年に渡った。ぼくはすかさず彼に飛びかかり、その手を開かせ指輪をつかんだ。彼はぼくのかわりに鬼になり、ぼくはようやくアルベルチーヌの隣に座ることができた。けれども恥ずかしいのと感動で、彼女の手を握ることはなかなかできず、心臓ばかりが早鐘のように鳴る。彼女は、ここに指輪がきていると鬼をだますために、そのふっくらしたバラ色の顔をぼくに向けて笑いかけた。彼女がそんなふうに目で伝える策略をぼくは理解し、それがゲームの上でのことだとわかってもいるのだけれど、ぼくと彼女のあいだにそれまでは存在していなかった秘密や了解を、こんなふうに共有していることにぼくは心を乱された。そういうことがぼくたちはできる関係であるように思え、そう思うことはじつに甘美だった。

そのとき彼女は、その手をぼくの手のなかにもぐりこませ、ぼくの指に指を絡ませ、周囲に気づかれないようそっと目配せをした。今まで見えなかった希望がはっきりと見えた。彼女はゲームをしているふりをしながら、ぼくに思いを告白していると思いこんだぼくは有頂天になった。

しかしそれは一瞬のことだった。アルベルチーヌのいらだった言葉で、ぼくは一気に転落した。

「早く指輪をとりなさいよ。一時間も前から渡そうとしているのに」

かなしみのあまり呆然として、指輪を取り落としてしまった。鬼がぼくに飛びかかる。ぼくは真ん中に出ていき、絶望的な気分でゲームの再開を見つめた。少女たちはぼくをからかい、何もおかしくないのに、それに応えるために笑わなければならなかった。

18 拒まれたキス

その一月後のことである。ボンタン夫人を訪ねることになっているアルベルチーヌは、早朝の列車に乗らなければいけないため、前夜グランド・ホテルに泊まると、人から聞いた。彼女は今女友だちの家に泊まっているのだが、ホテルから乗合馬車を使えば、その女友だちに迷惑をかけることなく始発列車に乗れるということだった。ぼくはそのことをアンドレに話した。「だからどうしたっていうの」アンドレはおもしろくなさそうに言った。「あなたには関係のない話じゃないの。アルベルチーヌがひとりでホテルに泊まったとしても、あなたに会おうとはしないはずよ。そんなの、しきたりにかなわないもの」

　しきたりにかなう、というのは、このごろアンドレが好んで使う表現で、マナーとしてまちがっていないこと、という意味だった。

「アルベルチーヌのことをよく知っているから、あなたにこう言っているだけよ。実際のところ、あなたたちが会おうと会わなかろうと、どうだっていい、私には関係ないことだわ」

　そこへオクターヴがやってきて、前の日にやったゴルフのスコアについてアンドレに話し出した。アルベルチーヌもあらわれた。彼女は散歩しながら、熱心に空中独楽《ディアボロ》を操っていた。この玩具があれば、彼女は何時間でもひとりでいられるのだ。

　彼女がぼくらの輪に加わったとき、彼女のいたずらっぽい鼻の先が目に入った。この数日、彼女のことを幾度も思い描いたが、このとがった鼻の先を忘れていた。黒い髪の下、額が際立っている。今にはじまったことではないが、やはり現実の彼女はぼくの抱いていたイメージとは異なっている。しかし、額のその白さは、忘れがたく目に映る。こんなふうに記憶の塵を逃れ、幾度もアルベルチーヌはぼくの前で復元されていく。

ゴルフもそうだけれど、ディアボロも、没頭すると人は周囲から切り離される。孤独な遊びなのだ。アルベルチーヌはぼくらの輪に加わりながらも、ディアボロをやめようとはしなかった。友だちが訪ねてきたのに、編み物の針を動かし続ける婦人のように。

「ヴィルパリジ夫人がね」アルベルチーヌはディアボロをしながらオクターヴに言った。「あなたのおとうさまに苦言を呈したそうよ」

この「そうよ」という言い方に、アルベルチーヌの特徴が凝縮されていた。この声と台詞を思い出すたび、同時にアルベルチーヌの、いかにもフランス人らしい強気の顔も思い浮かんだ。もしぼくの目が見えなかったとしても、この「そうよ」を聞けば、彼女のとがった鼻の先と、そうした口調に残る少々野暮くさく、すばしこい性質を、知ることができただろう。彼女の鼻先とその口調は、たがいに代用できるくらい、切っても切れないものだった。そして彼女の声は、未来の写真電話のように、音のなかにすっかり彼女のイメージを立ちあらわしてみせるのだった。

「しかもあの夫人ときたら、あなたのおとうさまだけじゃなく、バルベックの町長にも、堤防でディアボロをするのを禁止してほしいという手紙を書いたんですって。だれかが夫人の顔に球を当てちゃったんですって」

アンドレは会話に加わらなかった。彼女はヴィルパリジ夫人を知らなかったのだ。しかしながらアルベルチーヌもじつは夫人を知らなかった。

「どうしてそんなことで大騒ぎするのか、わからないわ」とアンドレは言った。「カンブルメールの老夫人にも球が当たっちゃったことがあるけれど、怒ったりしなかったわ」

「その違いを教えてあげようか」とオクターヴは言って、マッチを擦った。「カンブルメール夫人は社交界の女性。たいしてヴィルパリジ夫人はただの成り上がり者。それだけさ。ねえ、今日の午後、ゴルフにいく?」彼は立ち上がると、輪から離れた。アンドレは彼についていき、ぼくとアルベルチーヌだけが残された。

「見て、私の髪」と彼女は言った。「みんなおかしいって笑うけど、あなたが褒めてくれたときみたいに結ったのよ。この髪の房、見てちょうだい。みんなこの髪型を笑うけど、だれのためにこうしているのかはだれも知らないの。叔母からもきっとからかわれるわ。でも私、叔母にも言わないつもりなの」

　ぼくはアルベルチーヌの頬を盗み見ていた。いつも青白く見える頬はバラ色に染まり、冬の朝のようにつややかにきらめいている。そしてある欲望を覚えた。その頬にどうしようもなくキスをしたかった。グランド・ホテルに泊まるというのは本当なのかどうか、ぼくは訊いた。

「ええ」彼女は答えた。「今日の夜はあなたと同じホテルに泊まるのよ。でも風邪気味だから、夕食の時間より前には横になるつもり。私がベッドで早めの夕食をとるのを、部屋にきて見ていてもいいわよ。そのあとで何かして遊びましょう。あなたのしたい遊びでいいわ。明日の朝、駅まで見送りにきてくれたらうれしいけれど、みんなに変に思われないか心配だわ。気がきくアンドレのことではないわ。ほかの人も駅にくるでしょ。叔母にでも伝わったりしたら、一悶着起きるに決まってるもの。でも今晩は叔母に知られずにいっしょに過ごすことができるわ。

アンドレに挨拶してくるわね。じゃあね、またあとで。早くいらっしゃいね、そうすればたくさんいっしょにいられるでしょ」彼女はそう言ってほほえんだ。

この言葉を聞いて、ぼくは過去に戻された。ジルベルトを愛していたよりもっと前、ぼくにとって愛が、外的なことがらであるばかりか、実現可能だった時期に。シャンゼリゼで会っていたジルベルトは、ぼくがひとりのとき心に見出すジルベルトとはべつの少女だった。けれど、毎日会っているアルベルチーヌのうちに、突然、ぼくの想像に過ぎなかったアルベルチーヌが息づきはじめた。ブルジョワの偏見に満ちた、叔母に何もかも打ち明ける現実のブルジョワ娘のうちに、まだ知り合う前の、堤防でこっそりこっちを見ていたアルベルチーヌ、ぼくが遠ざかるのを見ながらしぶしぶ帰っていくようだった、あのアルベルチーヌがあらわれた。

その日、祖母といっしょに夕食に出かけたが、祖母の知らない秘密を抱えてしまったことをぼくは自覚した。同じように、明日、彼女といっしょにいる女友だちは、ぼくたちのあいだにあたらしい事態が起きたことを知らず、叔母のボンタン夫人でさえ、姪の額にキスしながら、その髪型の理由を知ることはないだろう。

ぼくはボンタン夫人をずっとうらやましく思っていた。家族づきあいも、つきあう親戚も、冠婚葬祭も、アルベルチーヌと同じであることがうらやましかったのだ。でも今、ぼくはその叔母以上の存在になった。叔母といっしょにいても、彼女の頭のなかはぼくでいっぱいのはずだ。

これからどうなるのか、ぼくにもわからなかった。けれどもぼくはもう、グランド・ホテルも夜も、空虚だとは思わなかった。どこもかしこも幸福で満たされていた。谷側に面した彼女の部屋にいこうと、エレベーターの呼び鈴を鳴らした。エレベーター内の椅子に座ることすら幸福を覚えた。エレベーターの昇降機も、階段の一段も、ぼくのよろこびが作り上げたものに見えた。廊下をあと数歩歩けば、彼女のバラ色の体を閉じこめている部屋にたどり着く。その部屋のなかで、もし甘美な行為がくりひろげられたとしても、室内の調度品はぜったいに口を割らない目撃者に、誠実な親友に、秘密の快楽を守る鉄壁になる。行為が終われば、部屋は何ごともなかったようにとりすまし、だれもその秘密に気づくことはないだろう。アルベルチーヌの部屋までの数歩を、もうだれにも止めることのできないその数歩を、ぼくは恍惚としながらも、慎重に歩いた。前に進むことでゆっくりと幸福を移動させているように。感じたことのない全能感を抱きながら、そして、とうに自分のものだった遺産をようやく手に入れられると感じながら。

そしてふいに気づいた。疑いを持つなんて間違っている。彼女は、横になっているときにきてね、と言ったのだ。疑いようがないではないか。ぼくは躍り出したいくらい興奮し、目を輝かせ、廊下にいたフランソワーズをひっくり返しそうな勢いでアルベルチーヌの部屋に向けて走った。

部屋に入ると、アルベルチーヌはベッドに入っていた。襟元の大きく開いた白いネグリジェを着た彼女の顔は、寝ているせいか、風邪のためか、夕食を食べたからか、充血しているようで、いっそうバラ色に染まっていた。数時間前に隣にいた彼女の顔を思い浮かべた。ついにぼくは、彼女を知ろうとしているのだ。

彼女は、ぼくをよろこばせるために、長く編んだ巻き毛をほどき、こちらを見てほほえんだ。部屋の窓から、月に照らされた谷が見えた。アルベルチーヌのむき出しののど元やバラ色の頬を目の前にしてすっかり恍惚とし、ぼくの存在のなかをめぐる広大で不滅の生命と、それにくらべてひどく貧弱な宇宙の生命との均衡が、破壊されてしまった。谷の向こうの海、丸く張り出した乳房のような断崖、月が昇りきっていない夜空。それらは今、羽より軽く持ち上げられそうに見えた。急にぼくの眼球は膨張し、力をみなぎらせ、どんな重い荷物も、世界じゅうのどんな山も、その繊細な表面にのせて持ち上げられるような錯覚を味わった。ぼくの胸を上下させている呼吸に比べれば、いかなる自然のもたらす生命体も薄っぺらいものに感じられ、海のいかなる息吹にしても短いものに見えただろう。

アルベルチーヌを抱きしめようとしてベッドの上にかがんだ。抱きしめるその瞬間、今死んでもちっともかまわないと思いながら、そんなことがあるはずもないと知ってもいた。いのちは、ぼくの外側ではなく内側にあった。もし哲学者が、遠い未来のある日ぼくは死に、自然の永遠の力はその後もずっと続き、自然の力の神々しい足元では、ぼくなど塵芥にしかすぎず、ぼくが死んだあとも、この断崖、この海、この月の光、この空はずっとここにあり続けるのだと言ったとしてもぼくはあわれみをもって笑っただろう。そんなことがあるはずないじゃないか。どうしたら世界がぼくより長く存続し得るのか？　ぼくは世界のなかで破滅するのではない、世界がぼくのなかにあるのだ。そのぼくは、世界をまるごと内含しても、まだまだ広大な余裕があり、その片隅に、海も断崖も軽蔑するように放りこんだ。

「やめてちょうだい。呼び鈴を鳴らすわよ」

抱きしめようとしたぼくに向かって彼女は叫んだ。意味がわからなかった。若い娘が叔母に黙って手はずを整え、若い男をこっそり部屋へ招いておいて、何もさせないなんてあり得ない。やってきたチャンスを逃さない人というのは、大胆にふるまうべきだと思い込んでいた。すっかり興奮していたぼくの目に、アルベルチーヌの顔は内部から光り輝くように、浮かび上がって見えた。このバラ色のうつくしい果実のにおいと味を、いままさに知ろうというそのとき、耳元でけたたましい音が鳴った。アルベルチーヌが思い切り強く呼び鈴を鳴らしているのだった。

アルベルチーヌへのぼくの愛が、肉体的な欲望から生じたものではないと思っていた。けれどもこの晩、彼女を肉体的に手に入れることは不可能だと思い知った。最初に浜辺でアルベルチーヌを見かけたとき、ふしだらな少女だと決めてかかっていたけれど、その後さまざまなことがあり、彼女がまったく清廉潔白であることが決定的に明らかになった。

一週間後、叔母のところから戻ってきたアルベルチーヌは、「許してあげるわ」とぼくに言った。「あなたにつらい思いをさせて悪かったわ。私、後悔さえしているの。でも、もう二度とあんなことはしないでね」

それを聞いたぼくは、友人のブロックが「どんな女でももものにできるさ」と言ったときに抱いた思いとは反対に、生身のだれかではなく、蠟人形と知り合ったような気分になった。以前思っていた、彼女の生活に入りこみたいとか、子ども時代を過ごした場所を見てみたいとか、彼女の得意なスポーツを教わりたいとか、そういった気持ちも薄れていった。彼女が何を考えているか知りたいと思う気持ちも、彼女を肉体的に手に入れられるという確信とともに、消えてなくなった。彼女を知りたいという夢は、肉体的な欲望とはまるきり異なるものだと思っていたが、欲望の糧が潰えると、夢は彼女を見捨てたのである。

あの一夜の一悶着のことを、アルベルチーヌは言いふらしたりはしなかった。おそらく、自分がもてるのだとわざわざ言う必要がないためだろう。もし醜い女だったら世界じゅうに触れまわっただろう。

それにしてもぼくは納得がいかなかった。彼女はきまじめで貞淑で完璧に品行方正なのだと仮説をたてるしかなかったが、その仮説にしたって幾度もたてなおさなければならなかった。アルベルチーヌをはじめて見たときの印象と、この仮説はまったく正反対だった。そして、彼女のそれまでのぼくへの態度ににじみ出るやさしさ――愛撫するようなやさしさや、アンドレとぼくへの嫉妬――が、ぼくから逃れようと呼び鈴を引いたときの彼女の行為をのみこんでしまう。そもそもどうして彼女は、その晩ベッドのかたわらで過ごしてほしいとぼくに言ったのだろう？　どうしてそれまでは愛情にあふれる言葉を言い続けていたのだろう？　ひとりの男友だちに会いたいと思い、その友だちが自分よりほかの女の子を好きになるのを恐れ、その彼に気に入られようとして、自分のベッドのわきで一晩過ごしてもその女友だちにはばれやしない、と小説のように彼に伝え、それでいて、あれほどかんたんな快楽を拒むとすれば、しかもそれが彼女にとっては快楽ではないとすれば、いったい彼女はなにをどうしたかったのだろう？

完璧な品行方正の仮説が崩れそうになり、とうとうぼくは自問するに至った。たとえば、身だしなみにかんする理由があったのではないか。自分の体臭はくさいと思いこんでいて、ぼくに嫌われるのを恐れたのではないか。あるいは、愛の営みについて無知すぎて、キスをすることでこちらの落ちこんだ気分が伝染するとでも思ったのではないか。

ぼくを失望させたことを、彼女はもうしわけなく思ったのに違いない。ちいさな金のシャープペンシルをプレゼントしてくれた。けれどそれは相手のやさしさに胸打たれながら、そのやさしさが求めるものを与えられない人が、何か別のことで相手をよろこばせようとする、立派な行為に見せかけた悪意にすぎない。批評家が、その批評で小説家をよろこばせるべきなのにそうはせず、そのかわり夕食に招待するようなものだ。伯爵夫人がスノッブな人を劇場には誘わず、自分が使わない日に自身の桟敷席を譲ってやるようなものだ。そんなふうに、何もしない人こそが、やろうにも何もできない人こそが、良心がとがめて何かせずにはいられなくなるのだ！

ぼくは彼女に言った。シャープペンシルをもらったのはうれしいけれど、あの夜、キスさせてくれていたら、もっともっとうれしかっただろう、と。

「キスできたら、ぼくはどんなにしあわせだったろう！　キスしたからって、どうなるっていうの？　あんなふうに断られてびっくりしたよ」

「なぜびっくりするのか、こっちが驚くわ。あんなことでびっくりするなんて、あなた、いったいどんな女の子たちとつきあってきたの」彼女は怒って言った。

「怒らせるつもりはないんだ。ただぼくは、あれしきのことで、なんであんなに大げさに拒まれなきゃならなかったのかわからないんだよ。誤解のないように話したいんだけれど」

ぼくは言葉を切り、彼女とその女友だちが、どんなふうに女優レアの女友だちを悪く言っていたか思い出した。自分は品行方正であるという彼女の誇りを尊重しながら、続けた。

「ぼくは何も、女の子が何をしてもいいいと思っているわけじゃない。ほら、このあいだ、バルベックに住んでいる女の子と女優の噂をきみたち話していたろ、二人には何かよからぬ関係があるとかないとか……。そういうことは汚らわしいと思うよ。二人をよく思ってない人が作り上げたデマじゃないかと思うくらいだよ。そんな汚らわしいことはあってはならないと思うよ。だけど、キスくらい、もしかしたらそれ以上のことだって、友だちが相手なら……ぼくのこと、友だちと言ってくれたよね？」

「ええ、あなたはお友だちよ。でもあなたのほかにお友だちは大勢いるわ。今までだってたくさんの男の子が、あなたと同じように親しく接してくれたわ。だけどあんなことをしようとした子はひとりもいない。そんなことをしたら往復ビンタをくらうってわかってるのよ。ううん、その子たちはそんなことを思いつきもしなかったはずよ。素直に、友情をこめて、仲のいい友だちとして、握手をしたくらいよ。キスなんて一言も言わなかったし、キスしないからって友情が目減りするとも思っていなかったはずよ。もし私との友情がたいせつなら、そういうことは我慢するべきだわ。私だって、とても愛しているからこそ、あなたを許せるもの。でも本当は、私のことなんてどうでもよくて、あなたはアンドレが好きなのよね。正直に言ったらいいわ、アンドレを気に入ってるって。もっともな話だわ、アンドレは私よりずっとやさしいし、すてきだもの。あーあ、いやになっちゃうわ、男の人って」

彼女に失望したばかりだというのに、こういうまっすぐな彼女の言葉にぼくは心を動かされ、彼女を尊敬せずにはいられなかった。そしてこのときの印象が、ずっとあとになって、ぼくにとって重大な致命傷となるのである。彼女のこのまっすぐでまじめなきよらかさこそ、ぼくの彼女への愛の中心となるわけだが、こうした愛の感情は、ひどい苦しみの原因にもなり得る。なぜなら、完全にひとりの女を信じ切っていれば、まさにその女に苦しめられることになるからだ。

19―アルベルチーヌの訪問

今年のアルベルチーヌは、例年の避暑とは異なり、だいぶ早く滞在を切り上げて、バルベックから直接パリに戻ってきた。彼女に会うのは久しぶりだった。

パリで彼女がつきあっている人たちの名前すら知らないので、ぼくに会わないあいだ、どんなふうに彼女が過ごしているのか、わかりようもなかった。ずいぶん長いこと姿を見せないこともあった。そしてとつぜんあらわれるのだが、いつも彼女はあまり自分のことを話さなかった。会っていないあいだの彼女の暮らしは、暗闇に埋もれ、ぼくもそこに目をこらそうとはしなかった。

それでも今回は、彼女の生活に何かあたらしいことが起きたのは明らかだった。アルベルチーヌの年ごろでは、人はあっという間に変化するものだ。彼女は前よりずっと聡明に見えた。いつだったか、彼女たちの修了試験の課題で、ソポクレスが地獄から『アタリー』の不成功をなぐさめる手紙を書く、というのがあった。そこでアルベルチーヌはソポクレスに「親愛なるラシーヌよ」と手紙を書かせようと躍起になって提案し、言い合いになったのだが、そのときのことに触れると、「あれはアンドレの言うことのほうがもっともだったわ」と彼女は笑い出した。「私はばかだったわ。ソポクレスは《謹啓》と書くべきだったのよ」それでぼくは言った。アンドレの言う「謹啓」にせよ「拝啓」にせよ、アルベルチーヌの主張した「親愛なるラシーヌよ」やジゼールの言った「親愛なる友よ」にせよ、同じくらい滑稽だけれど、結局のところ、ソポクレスにラシーヌ宛の手紙を書かせた教師ほど愚劣なものはないよ、と。アルベルチーヌはそれ以上何も言えなくなった。なぜそれが愚かなのか、彼女にはわからなかったからだ。あのとき、彼女は聡明になりつつあったが、充分に聡明だというわけではなかった。

けれど今、ぼくのベッドのかたわらに座った、このかわいらしい少女のなかに、ある変化を見て取った。視線や表情がいつものように彼女の意志を語っているが、そこにはまっとうな変化──罪を認め神に立ち返る人にも似た変化が感じられた。バルベックで、ぼくがぶつかって砕けたあの抵抗も今や崩れ去ったかのようだった。

すでにはるか昔に思えるあの夜と、今、ぼくたちはちょうど反対の位置にいた。つまりぼくが横たわっていて、彼女がそのかたわらにいる。今なら彼女はキスをさせてくれるかどうかたしかめたいと思いながら、思い切ってできずにいた。彼女が立ち上がって帰ろうとするたびに、もう少しいてほしいとぼくはせがんだ。了解してもらうのはむずかしかった。何も用事などないくせに（もしあれば、彼女は大急ぎで外に飛び出していっただろう）時間にはうるさく、しかもぼくにたいして無愛想で、たのしいようには見えなかった。それでも、いっしょにいてほしいと頼むたびに彼女は腕時計を見、不承不承腰を下ろし、その結果、何時間もぼくと過ごすことになった。いっしょにいること以外の何もぼくは求めなかった。心では欲望を抱きながら、口ではまったく関係のないことを話し続けた。欲望と言葉は交わることなく平行線をたどり続けた。欲望ほど、心で思うこととまったくかけ離れたことをしゃべらせるものはない。時間は刻々とたつのに、時間かせぎをするみたいに、頭のなかとはまったく無関係のおしゃべりばかりが無駄に続いた。

ぼくはアルベルチーヌをちっとも愛していなかった。屋外の靄から生まれた彼女は、あらたな天候がぼくの内に目覚めさせる想像力ゆたかな欲望を満たすことができるだけだった。たとえるなら、すばらしい料理の腕前によって満たされる欲望と、記念建造物の彫刻芸術によって満たされる欲望との、中間にあるものだった。その欲望がぼくに夢見させるのは、自分の肉体に熱い異質なものを混じり合わせ、同時に、横たわったぼくの肉体を、ある一点でべつの肉体に結びつけることだった。バルベック大聖堂の、ロマネスク様式の浮き彫りのようなものだ。

その浮き彫りには、アダムと、その体とほとんど直角に、彼の腰に両の足をくっつけたイヴがいる。ひどく高貴でおだやかな浮き彫りは、古代のレリーフのように、今でも女性の創造を表現している。

もしぼくの欲望がかなえられれば、快楽はそうした夢想からぼくを解放してくれるだろうし、また、ぼくはうつくしい女ならだれかれかまわずよろこんで快楽を求めただろう。それでも、こんなふうに念頭にあるたったひとつのことを言わずに、だらだらとおしゃべりを続けながら、彼女は色よい返事をするのではないかとぼくは楽観的に考えていた。もしだれかがその根拠について尋ねたら、彼女の語彙について語っただろう。

彼女の言葉には、今までになかった語彙が増え、あるいは、少なくとも彼女が正しい意味で使ってはいなかった単語があった。エルスチールの話になったとき、彼女は彼を馬鹿だと言い、ぼくが反論すると、

「私の言うことがわかってないのね」と、彼女はほほえんで言い返した。「この状況においては馬鹿だったたって意味よ。私だってちゃんと知ってるわ、あの人がどんなに卓越した人かってことくらい」

ほかにも、フォンテーヌブローのゴルフ場の話になったとき、そこがエレガントな場所だと説明しようとして、

「あれはまったくの選り抜きだわ」

と言った。断言してもいいが、去年には知らなかった言葉さえ口にするようになり、今まで

の彼女とこんなにも変わったのだから、もしかして――と、ぼくは考えたわけである。この前ジゼールに会ってから多少の「時の経過」があったわ、などとまで言った。

ぼくがバルベックにいたとき、アルベルチーヌは裕福な家の出であるとわかる、行儀のいい言いまわしをすでに身につけていた。きちんとした家庭では、娘が成長するにつれ、重要な機会を見つけては、母親が自分の宝石を与えるように、言葉や言いまわしを娘に譲り渡すものなのだ。ある日アルベルチーヌが、見知らぬ人から贈り物をされ、礼を言おうとして「私、困惑してしまいます」と言っているのを聞いて、彼女はもう子どもではないと実感したのだった。そのときともにいたボンタン夫人は、びっくりして夫を見た。

「この子ももう十四歳になるのだからね」と彼は答えた。

こんなこともあった。身だしなみの悪い少女について話しているとき、アルベルチーヌは言った。「あの子がきれいかどうか見分けがつかないわ。だって厚化粧しているんですもの」まだ少女でありながら、彼女はレディのような物腰を身につけているのだった。だれかがしかめ面をしようものなら、「とてもあの人を見ていられない。だって私もしかめ面になってしまいそう」と言い、だれかがふざけて人まねをしようものなら「あなたが彼女のまねをすると、おもしろいことに本人そっくりになってしまうのよ」と言った。こういうもの言いは社交界の決まり文句だった。そのなかで、ぼくがもっともびっくりしたのは、

「私の考えるところでは、それが最良の策よ。最上の解決法、エレガントな解決法だと思うわ」

と、したり顔で言ってのけたときだった。

そう言う彼女はぼくにとってあまりにも新鮮で、彼女がもう子どもっぽいまねはしないだろうと実感できた。「私の考えるところでは」と聞くやいなやぼくはアルベルチーヌを引き寄せ、「だと思うわ」と言い終えたときベッドの隣に座らせた。

昔の彼女を思うと、今の彼女の言葉が信じられないほどだった。かつて彼女は、おかしな人のことを「変わったヤツ」と奔放に言い放ち、賭けごとをしないかと誘われると「負けるお金なんてないわ」と答え、女友だちに不当に責められると、「まあ！　あなたって本当にご立派だこと」と言っていた。こういう言いまわしもまた、ブルジョワ界では典型的な決まり文句で、腹をたてた若い娘が、自分にはそう言う資格があると思っている場合、「ごく自然に」口にする言葉であり、その言葉もやはり母親から、祈りや挨拶を習うように教わっていくものだ。今まで彼女にそうした言葉を教えていたのはボンタン夫人だ。ユダヤ人にたいする憎しみも、黒い色への敬意も、ボンタン夫人が教えこんだものだ。黒い服を着ていればいつも礼儀にかなっていると、ボンタン夫人は言葉で教えたわけではないが、彼女は叔母のふるまいによって教わっていた。

それでもやはり、「選り抜き」という言葉は使いかたとして不自然に思えたし、「だと思うわ」という言葉でぼくに希望を与えているように思えた。アルベルチーヌはもう以前と同じではない、だから以前と同じような行動はしない、同じような反応もしないはずだ。

ぼくは彼女に、前のような愛情を抱いてはいなかった。そればかりか、バルベックであんなに心配したのが嘘みたいに、彼女がぼくにたいして抱く友情をぶちこわさないだろうかとおそれる必要もなかった。そんな友情は、もはや存在していなかった。しばらく前からもう彼女に無関心になっていたことには、疑う余地がなかった。彼女もまた、ぼくが彼女の一団のひとりとは見なしていなかった。ずっと前は、彼女たちのその一団に加えてもらおうと懸命になっていたのに。そして実際に加わることができたときはあんなにうれしかったのに。

彼女は以前のようにまっすぐでもなくやさしいわけでもなかったから、無関心であることにぼくはさして気もとがめなかった。それでも心を決めたのは、最後の文献的な発見だったような気がする。自分の欲望をひた隠しにして、うわべでは言葉の連鎖にあらたな環をつけ加えていたぼくは、アルベルチーヌをベッドのわきに座らせて、あの彼女の一団にいたひとりの少女のことを話題にした。ほかの少女にくらべて小柄な、かわいらしい少女だ。

「そうね、あの子はちいさなムスメみたいだわ」と、彼女は言った。ピエール・ロチの『お菊さん』で一躍話題になったムスメなんて日本語を、ぼくと知り合ったころの彼女は知らなかったし、また覚えることもなかっただろう。それでぼくもちっともかまわなかったろう。なぜならこんないらだたしい言葉はないからだ。この言葉を耳にすると、大きすぎる氷のかたまりを頰張ったときのようなうずきを感じる。けれどもアルベルチーヌのようなかわいらしい少女が「ムスメ」と口にしても、ぼくはいやな気持ちにならなかった。むしろそれは、外部から手ほどきされたのではないにしても、内部の変化を示すもののように思えた。

残念なことに、夕食の時間が近づいていた。彼女を夕食に間に合うように帰さないといけないし、ぼくも、夕食をとるために起きなければならない。ぼくの夕食を準備しているフランソワーズは、料理が放置されるのを好まなかった。それに、ぼくの両親が留守のときにアルベルチーヌがこんなに長居して、何もかも遅らせることについて、フランソワーズの作法条項のひとつに違反しているとすでに思っていたに違いない。けれども彼女の口から「ムスメ」という言葉を聞いたぼくは、そんなこともどうでもよくなって、言った。

「ねえ、ぼくはくすぐられても何も感じないんだよ。たとえ一時間くすぐられたとしても、ぜんぜん平気だろうね」

「本当?」

「本当だとも」

アルベルチーヌは、これが不器用な欲望の表現であることをおそらく理解したのだろう。

「私が試してさしあげましょうか」とへりくだるようにして言った。

「やってごらんよ。でもそれなら、きみもベッドに横たわったほうがやりやすいと思うよ」

「こう?」

「もっと思い切り」

「でも私、重すぎないかしら」

彼女がこの言葉を言い終わるか終わらないかのうちに、ドアが開き、ランプを持ったフランソワーズが入ってきた。アルベルチーヌは椅子に座りなおすのがやっとだった。フランソワーズはわざとこの瞬間を狙ってドアを開けたに違いない。ドアの前で聞き耳をたてていたか、鍵穴からのぞいてさえいたかもしれない。いや、そんな憶測は無用だった。のぞく必要もなく、フランソワーズは本能的に、この事態を充分に察したに違いない。ぼくたち家族とあまりにも長くともに暮らし、心配や慎重さや注意や策を重ねたせいで、こと家族については、ほとんど予知的ともいえる本能的な察知力をフランソワーズは身につけていた。海にかんして船乗りが持っているような、猟師にかんして獣が持っているような、病気にかんして医者が持っているような、とまではいえないが、少なくとも、病人が持っているような察知力ではある。

そんなわけで、フランソワーズが、ぼくとアルベルチーヌの上にランプをかざすと、ベッドカバーには彼女の肉体が作ったくぼみがはっきりと照らし出された。そのフランソワーズの様子ときたら、『罪を照らし出す正義』といった様子だった。ランプに照らされたアルベルチーヌの頬は、バルベックでぼくを魅了したときと同じように、日に焼けたつややかな輝きを放っていた。アルベルチーヌの顔は、屋外で見ると、全体が一種の青ざめた色を帯びるのだが、屋内でランプに照らされると、反対に、じつに輝かしく生き生きと色づき、ふっくらとしてなめらかで、いつまでもみずみずしい花を思わせた。

フランソワーズの思いがけない闖入《ちんにゅう》に驚いて、ぼくは大声を上げた。

「どうしてもうランプなの？　なんてまぶしいんだ！」

ぼくの狙いでは、この言葉の後半で動揺を隠し、前半で、ぐずぐずしていたことの言い訳をしようとしたのだろう。フランソワーズは素っ気ないあいまいさをこめて言った。

「明かりを消したほうがよろしいですか」

「意地悪ね、消えろ、じゃなくて?」アルベルチーヌはぼくの耳元でささやいた。それはぼくを教師のようにも、共犯者のようにも見なし、文法問題を尋ねるような口調で、なおかつ打ち解けた口調で、心理的主張をほのめかしたので、ぼくはすっかりうれしくなった。

フランソワーズが部屋を出ていくと、アルベルチーヌはふたたびベッドに腰掛けた。

「ねえ、ぼくが何をこわがっているか、わかる?」ぼくは言った。「こうしていると、我慢できなくなって、きみにキスしてしまうんじゃないかってことさ」

「それは困るわね。すてきなことだけれど」

その誘いにはすぐにはのらなかった。ほかの男ならこんな誘いすら不要と思ったかもしれない。そのくらい、彼女の言い方は官能的で、すでに抱きしめられているような気持ちにさせられた。彼女からの一言は好意のしるしであり、彼女との会話はキスでおおわれることだった。同じ年ごろの、ほかのかわいらしい女の子がこう言ってくれたとしても、ぼくはうれしかっただろう。けれどもアルベルチーヌがこうまでなびきやすいと、快楽以上に、美の刻印されたさまざまなイメージを付き合わせることになった。まず思い出したのは、浜辺を前に、海を背景にしたアルベルチーヌの、ほとんど描かれたような姿で、ぼくのなかで舞台の一場面のように現実味がなかった。あのアルベルチーヌにキスすることが可能だと知ることは、実際にキスをするより、よほど大きなよろこびだった。

ひとりの女を手に入れること。たんなる肉体としての女性にこちらの肉体を押しつけて手に入れるのと、ある日浜辺への小径で見かけた少女を手に入れるのとは、なんという違いがあることだろう。一方は、なぜその日であってべつの日でないのかわからない、だからもう一度会うことはないかもしれないとおそれを抱かせる少女なのだ。

これまでの日々は、この少女のロマンを暴き、いろんな角度から見る機会を与えてくれ、肉体への欲望と、それを百倍にも多様化する伴奏をつけ加えてくれた。それは、より精神的だが満たされることのない欲望という伴奏である。そうした精神的欲望は、肉体的な欲望が肉片を追い求めているあいだは、無気力状態にとどまり、肉体的欲望のなすがままにさせるが、しかし自分が思い出から追放されるように感じ、思い出の全領域をひとりじめしようといったん決めると、肉体的欲望の隣に嵐となって立ち上がり、これを肥大化する。けれども精神的欲望は、物質ではない現実を、思いどおりにし、そこに同化することはできない。途中で立ち止まり、思い出や回帰の瞬間を待ってはふたたび肉体的欲望に付き従っていくのである。名前も過去も知らない女の頰ではなく、かくも長いこと夢見てきた頰にキスするということは、今まで幾度も目にしてきた肌の色を知り、風味を知ることになる。

ひとりの女を見たとする。それは人生の舞台装置のなかの、たんなるイメージに過ぎない。海を背景に立つアルベルチーヌと同じだ。やがてぼくたちはそのイメージを切り離し、自分の隣に置き、立体鏡のレンズをとおして眺めるように、少しずつその量感や色彩を見ることができるようになる。だからこそ、かんたんにはなびかない女たち、すぐにはものにできず、また、いつかものにできるかもわからない女たちだけが、興味を惹くのである。なぜなら、彼女たちと知り合いになり、近づき、我がものにするということは、そのひとりの人間にさまざまなイメージのかたちや大きさや色合いを与えていくことだからで、一個の肉体やひとりの女の評価など、相対的なものにほかならないのである。そうした女が、人生の舞台装置にほっそりした影絵のような姿を取り戻すと、あらためてそのうつくしさに気づく。やり手女を仲介にして会う娼婦の女たちが興味を惹かないのは、彼女たちがいっこうに変化しないからだ。

「もし本当にキスしてもいいのなら、もっと先の、ここぞというべき絶好のタイミングを選ぶことにするよ。ただしそのとき、キスを許可したことを忘れてちゃだめだよ。ぼくはキスの引換券を手に入れたんだから」

「それには私のサインがいるのかしら」

「それをもしすぐに使っても、あとでもまたさせてもらえるのかな」

「引換券はおもしろいわね、ときどきそれを発行するわ」

「もうひとつだけ、教えてほしいんだ。バルベックで、まだ知り合いになっていないころ、きみはたびたびずる賢いような、きつい目をしていたんだけど、ああいうとき、何を考えていたの？」

「まあ！　ちっとも覚えていないわ」

「ほら、友だちのジゼールが、椅子に座る老人の頭上を飛び越えたことがあったろう？　ああいうとき、何を考えていたの？」

「ジゼールは私たちとはいちばんつきあいのなかった子よ。あのグループのひとりと言えなくもないけど、でも完全に一員というわけではなかったわ。私、あの子のこと、本当に育ちが悪くて下品だと思っていたはずだわ」

「へえ！　そうなの？」

キスするのなら、知り合う前にこの目に映ったような、神秘的なもので彼女を満たしたかったし、彼女が以前に暮らした土地を彼女の内に感じたかった。その土地をぼくは知らないけれど、そのかわり、バルベックでのぼくたちの生活にまつわるすべての思い出を、ぼくの部屋の窓の下で砕ける波音や子どもたちの叫び声を、そこにそっとこめることができるのだ。

けれど、目の前の彼女のバラ色の頰を見、額の上で波打つ黒い髪を見、変化に富んだ山の連なりのような髪を見ると、こんなふうに思わずにはいられなかった。「いよいよだ、バルベックではうまくいかなかったけれど、これからアルベルチーヌの頰という未知のバラを味わうことになる。ぼくたちは一生のあいだに、そう多くの人やものごとを体験できるわけではないのだから、今、すべての顔のなかから、花開いたようなこの顔を選び、このあらたな場面に持ってきて、くちびるでそれを知ることになるならば、ぼくの一生はいわば完了したと見なすこともできるかもしれない」

なぜそんなことをかんがえたのかといえば、ぼくは、くちびるで他人を「知る」ことができると信じていたからだ。

ウニや鯨とくらべて、ぼくたち人間はあきらかに発達した生物であるのに、いくつもの本質的な器官を欠いていて、とりわけ、キスに役立つ器官をひとつも持っていないなんて、今まで考えたこともなかった。この欠けた器官を、人間はくちびるでおぎなっている。そのために、恋人を牙みたいな硬いもので愛撫せずにすんでいるのだろう。けれどもくちびるは、おいしそうなものを口蓋に送るための器官で、使う対象をまちがえていると気づかずに、頬の表面をさまようだけで我慢するしかない。その上、くちびるは器官としてずっと熟練して巧妙になっているとしても、頬に触れても、頬の味自体をたのしむことはできないだろう。糧を見つけることのできない荒涼とした地帯で、視線にも嗅覚にも見放され、くちびるは孤立無援でさまよわなければならない。はじめて、頬にキスするように命じたのは視線のはずなのに、くちびるが頬に近づくにつれ、視線は移動して今まで知らなかった頬を見つける。間近にあるせいで、きめの粗い、たくましい首筋が見え、顔の様子を一変させてしまう。

けれども、写真の最新技術のような側面が、くちびるにはあるとぼくは思う。

最新技術では、遠近法を変えることで、家が塔ほどの高さになったり、離れて建つ柱を重ね合わせたり、広大な水平線を窓のなかにおさめたり、といったことができる。つまり、ある角度から見える画一的な景色が、くちびるで知ることによって、さまざまな角度からとらえた多様な姿をたちあらわすと考える。まさにアルベルチーヌの頬にくちびるを寄せる短い瞬間に、ぼくは、十の異なる彼女を見た。このたったひとりの少女は、いくつもの顔を持つ女神のようだった。最後に見た少女に近づこうとすると、べつの少女にとってかわっている。少なくとも、ぼくが触れないかぎり、その顔は見え、かすかなにおいも伝わってきた。けれどなんということだろう、この鼻も目も、キスするのには具合の悪い位置にある。ふいに目が見えなくなったかと思うと、今度は鼻が押しつぶされて、もうなんのにおいも嗅ぎとれなくなり、だからといって求めていたバラ色の味がそのぶんよけいにわかるわけでもなく、こうした忌まわしいしるしによって、とうとうぼくは、アルベルチーヌの頬にキスしているところだと知ったのである。

かつてはあんなに激しく拒んだのに、今、いともたやすく受け入れるのは、体勢が逆のせいだろうか。前は彼女が横たわっていて、ぼくが覆い被さった。今はぼくが横たわっていて、彼女が覆い被さる格好だから、ぼくが手荒なことをしようとしても彼女は楽にかわせるし、彼女の好きなように動けるからだろうか。この体勢のように逆のことを、ぼくらは演じているのだろうか。以前も今も、ぼくが顔を近づけたときに彼女は官能的な表情を見せたが、その二つは決定的に隔たっていた。負傷者にとどめを刺そうとする動作と、負傷者を救おうとする動作くらい、異なったものだった。彼女をこんなふうなレディにしてくれただれかに感謝すべきなのかもしれないが、具体的に何があったかわからないぼくは、この位置関係が変化のいちばんの原因だろうと考えていた。ところが、アルベルチーヌによると原因はほかのところにあるという。

「あら！　バルベックでのあの夜、あなたのことをよく知らなかったの。きっと、あなたが何かとんでもないことを企んでいると思ったのね」

これを聞いてぼくは当惑した。おそらくアルベルチーヌは本心からそう言ったのだろう。女は、男友だちと差し向かいのとき、知らず知らず過ちをおかしていることになかなか気づかない。そうした過ちへ彼女たちを突き落とすのは、よく知らない男だと心配しているのだ。

いずれにしても、彼女の生活に起こった変化がどのようなものであれ、その夜、もっと驚くべきことが、アルベルチーヌの身に起きた。

　彼女の愛撫がぼくを満足させたすぐあとだった。彼女はちゃんとそれに気づいたはずだった。ぼくもまた、以前、月桂樹の木の陰で、ジルベルトとくすぐり合いをしたときに、ぼくの満足のせいで彼女を嫌な気持ちにさせ、羞恥心を傷つけたことを思い出し、彼女が動揺しないよう危惧したほどだった。

　あのときとまったく逆だったのだ。彼女をベッドに寝かせ、その体を愛撫すると、彼女は見たこともないくらいおとなしく好意的に、それでいて子どもみたいに正直に、それを味わった。快楽に先立つ瞬間、彼女からいつも身につけている気取りや気がかりがはぎ取られ、無垢な幼児にも似た表情を見せた。才能を開花させた人は、みな謙虚で熱心で、魅力的になる。自分の才能でだれかをよろこばせることを実感し、そのことに満たされるからだ。そしてもっと満たされるために、さらに人をよろこばせようと努力する。このときの彼女の表情は、けれどそんなプロフェッショナルさすら超えていた。一種の献身のようですらあった。彼女が戻っていったのは、自分の子ども時代よりさらに遠い、いわば種族の青春時代だった。ぼくは単純に、肉体的に満足していたが、彼女は、この快楽に何か道徳的な意味づけを与えないと、堕落してしまうと思っている節があった。キスは愛の一部で、愛は何より勝ると思うことで、彼女は快楽を正当化していたのかもしれない。夕食の時間だよと告げると、さっきは時間を気にしていたのに、今や言うのだった。

「そんなことどうだっていいわ。私には時間がたっぷりあるんだもの」

あんなことをしたすぐあとでぱっと起きるのはばつが悪かったのだろうし、また彼女の礼儀作法にかなうことではなかったのだろう。飲みたくもないのにワインを勧められたときのフランソワーズが、礼儀正しくそれを受け取り、上機嫌で飲み、何か急ぎの用事があっても、最後の一口を飲み干すやいなや立ち上がったりはけっしてしないように。

彼女は、教会の石像に掘られているような、フランスの百姓娘の化身だった。それが、ぼくが知らぬ間に彼女に欲望を覚えた理由のひとつだ。もうひとつの理由は、もっとあとになってわかるようになる。

この後、フランソワーズにとって、アルベルチーヌはけっして相容れることのない憎き敵となるのだが、それでも彼女は、雇い主やその他の人々に礼儀正しく接し、性的なことには慎みと尊重をもって接していたのである。

20—シャルリュスとマルハナバチ

ゲルマント大公夫妻を訪問するにあたって、ぼくはその日の朝からずっと、大公のいとこのゲルマント公爵夫妻が帰宅するのを待っていた。このぼくが大公夫妻の夜会に招待されるなんて夢のようなことが本当かどうか、確かめようと思っていたのだ。そんななかで、シャルリュス氏についてある発見をしたのだった。あまりにも重要な発見なので、このことについてじっくり語るのを、ぼくは今このときまで先延ばしにしていたのである。

ゲルマント公爵夫妻の帰りを見張るには最適な場所があった。それは家の最上階で、改修されて快適だった。ブレキニーの館に続く坂を一望でき、その坂にはフレクール侯爵家のバラ色の小鐘楼がイタリア風にはなやかに飾られていた。

けれどそこよりも階段のほうが最適だと考え、彼らが帰るころあいを見計らってぼくはそちらに移動した。景色の見渡せる高い場所を離れるのは心残りだったけれど、昼食を終えたこの時間なら、そんなに残念なことでもないはずだと思いなおした。朝ならば、羽根ばたきを持ったあちこちの館の召使いたちが、絵に描かれた豆粒みたいに行き来するのが見えたけれど、午後にはそんな姿も見られなくなる。そんなふうに遠方を眺め地質学者の気分を味わうのをあきらめて、階段の鎧戸越しに、植物学者よろしく高価な植物や公爵夫人の所有する灌木を眺めた。中庭で執拗なほど外気にさらされている植物や木々は、まるで結婚させようとしている男女をしきりに外出させるようなものだと考え、ぼくはふと疑問を抱いた。起こりそうもないことだけれど、思いがけない偶然から、昆虫が雌しべを訪れるようなことがあるのだろうか、と。

そのことを知りたくなったぼくは大胆にも一階の窓まで降りていった。窓は開いていて、鎧戸も半分しか閉まっていなかった。出かける支度をするジュピヤンの声がはっきりと聞こえたが、向こうからは、日よけの陰にいるぼくの姿は見えなかったろう。そのときシャルリュス氏が中庭を横切るのが見え、見つかってはいけないと思ったぼくはさっと身を隠した。腹の突き出たシャルリュス氏は、髪に白いものが目立ち、昼間の日差しの下では老いが目立った。具合の悪くなったヴィルパリジ夫人を訪ねてきたようだった。彼がこんな時間にだれかを訪問するなんて、おそらく生涯ではじめてのことだったろう。そういう面でゲルマント家の人たちは変わっていた。社交界なんてまったくくだらないと思っているゲルマント家の人々は、生活習慣を社交界に合わせるのではなく、自分たちの習慣に合わせてしまう。自分たちは社交界など関係ないと思っている彼らは、自分たちの習慣のほうがよほど重要で、社交界のつまらない生活なんかよりはるかに優先すべきだと考えているのだ。マルサント夫人などは面会日を決めず、毎朝十時から正午まで女友だちの訪問を受けていた。シャルリュス男爵も、その時間には読書や骨董品あさりをして過ごし、人を訪ねるのは夕方四時から六時と勝手に決めて、頑なに守っていた。六時になると、彼はジョッキークラブに出かけるか、ブーローニュの森を散歩しにいく。

そろそろジュピヤンが事務所にいく時間だと気づいたぼくは、さらに位置を変えて、だれにも気づかれないようにした。事務所に出かけると、彼は夕食までは戻ってこない。さらに、見習を連れて、姪が田舎のお得意先にドレスを仕上げにいってしまってからのこの一週間は、夕食時に帰ってくるともかぎらなかった。

だれにも見られる心配がなくなると、昆虫の起こす奇跡を見守るために、ぼくはそこから動かないことにした。もしかりに奇跡が起こるとすれば、その昆虫は使者としての使命を受けて、はるか彼方から、いくつもの障害や距離の長さ、いく手を阻む脅威や危険を乗り越えて、まだかまだかとその到来を待ち望んでいる受精前の雌しべへと飛んでくる。その望むべくもない飛来を見逃してはならない。

雄花の雄しべは、虫が入りやすいよう向きを変えているのだが、雌花も完全な受け身というわけではなく、虫が飛んできたらなまめかしく花柱をたわませるだろう。そして情熱的な娘が猫をかぶっているみたいに、だれにも気づかれずに虫を誘いこむだろう。植物世界の法則はじつに高度に秩序だっている。花の子種による自家受精だと、同一家族内で婚姻を繰り返すのと同様、退化や生殖不能をもたらすが、昆虫による交配は次世代にさらなる活力をもたらす。けれどそれが過ぎるとその植物が繁殖しすぎることがある。そうなると、抗毒素が病気から守るように、甲状腺が肥満を抑制するように、敗北が慢心を罰するように、疲労が快楽を罰するように、あるいはその疲労が睡眠を奨励してくれるように、自家受精が例外的に効力を発揮し、繁殖を抑えるのである。ぼくはそんな植物の秩序と、文学作品の無意識的部分の関連について思いを巡らせていたのだが、そのとき、訪問を終えてヴィルパリジ夫人のところから出てくるシャルリュス氏が目に入った。彼が入っていってから、まだ数分しかたっていなかった。たぶん彼は、だれかから、ヴィルパリジ夫人は気分がすぐれなかっただけで、もうだいぶ、いや、完全に回復したと聞いたのだろう。シャルリュス氏はだれにも見られていないと思いこんでいて、日射しに目を伏せたその顔からは生気も緊張も、空元気すらも感じられなかった。もはやゲルマント一族の一員でしかない彼、パラメード十五世は、コンブレーの礼拝堂の彫像のように見えた。シャルリュス氏もまた、ゲルマント一族がみな受け継いでいる目鼻立ちをしていたが、とりわけおだやかな繊細さが漂っていた。

ヴィルパリジ夫人のところから出てきたとき、だれにも見られていないと思いこんでいる彼の顔には、無邪気なやさしさや善良さが広がっていた。残念なことに、ふだんの彼は、陰口や冷酷や短気や傲慢さをこめて、暴力的に振る舞ったり不快なことを言ったり、見せかけの粗暴さの陰にそのやさしさを隠している。日差しに目を細めた彼は、ほほえんでいるようですらあった。その姿は、あまりにもくつろいでいて素のままで、しかも愛情深くて無防備に見えたので、もしだれかが見ていたと知ったら、シャルリュス氏はどれほど怒るだろうかと考えた。男らしくあることに心を砕き、男らしくあることを自負していたこの男の顔は、このとき、なぜかひとりの女性を連想させるのだった。

シャルリュス氏に気づかれないよう、ぼくはふたたび位置を変えようとしたが、その余裕も必要もなかった。ぼくが見たのはいったいなんだったのだろう！

中庭で、シャルリュス氏は店から出てきたジュピヤンと向き合っていた。この二人は今まで顔を合わせたことはなかったろう。シャルリュス氏がここにくるのはいつも午後の時間で、その時間、ジュピヤンはかならず事務所に出かけていたから。

シャルリュス氏は細めていた目を大きく見開き、目の前の元チョッキ職人を見つめた。その元チョッキ職人は、シャルリュス氏を前にして根を下ろした植物のように動けなくなり、感嘆したような顔つきで、老けた男爵の太った全身を凝視していた。さらに驚くようなことが起きた。シャルリュス氏の態度が変わると、秘法の掟に従うように、ジュピヤンの態度もそれに合わせて変わるのだった。

シャルリュス氏は相手への無関心を装いつつも、なかなか立ち去ろうとせず、いきかけては戻り、自分の瞳のうつくしさが映える角度で宙を見つめ、投げやりで滑稽でうぬぼれた表情を浮かべた。するとジュピヤンは、ぼくの知っているやさしくて謙虚な態度ではなく、頭をまっすぐ起こしてうぬぼれたっぷりの様子で、片方の手を腰にあてて尻を突き出し、媚びを売るようにしなを作った。こんなに感じの悪い彼を見たことがなかった。二人は初対面のはずなのに、こうした場面を長いこと稽古してきたように息が合っていた。

しかしこの光景は、けっして滑稽ではなかった。ますますうつくしくなっていく奇妙さが、いや、自然さが、そこには刻みこまれていた。

シャルリュス氏は何にも動じないふりをして目をそらそうとしていたが、無駄だった。彼はちらちらと目を上げて、ジュピヤンを注意深く見つめた。彼がジュピヤンを見つめるごとに、その視線は、他人や知人に向けるものとはまったく異なり、何か言葉を発しているかに見えた。彼はジュピヤンをじっと見つめているだけだが、それはまるで、「ぶしつけに申し訳ありませんが、背中に白い糸がついていますよ」とか「チューリッヒの方ではありませんか？　骨董品店でよくお見かけしたような気がするのですが」などと言っているようだった。ひとつの問いが二分ごとにくり返されるようなシャルリュス氏の流し目は、いつまでも一定間隔を置いてくり返され、新しいモチーフを加え、転調させ、反復させるベートーヴェンのフレーズのようだった。

男爵とジュピヤンの視線のうつくしさは、少なくとも一時的には、その視線がいき着く先を持っていないからだった。そんなふうなうつくしさを醸し出す男爵とジュピヤンをはじめて見た。彼らの目に映っているのはチューリッヒの空ではなく、どこかオリエントの都市に思えたが、その都市の名前をぼくは知らない。シャルリュス氏とこの元チョッキ屋を引きとめたのがなんであったにせよ、二人は無言のうちに何か協定を結んだようだった。もう見つめ合う必要はなく、今までの数分は儀式的なプレリュードに過ぎず、婚姻に先立って催される祝宴のようなものだった。

彼らの姿は二羽の鳥にたとえることができた。オスであるシャルリュス氏が一歩前に出ると、メスであるジュピヤンは駆け引きにはのらず、じっと相手を見つめ、じっと動かないほうが相手をそそるらしいと判断して羽根づくろいするにとどめる。オス鳥が求愛することを確信したメス鳥は、自信たっぷりにその場を去ろうとする。そんなふうにジュピヤンも二、三度振り返りながら館の正門から出ていった。シャルリュス氏は、はやる気持ちを隠すかのように口笛を吹き、門番に「じゃあ、また」と形式的に声をかけ、ジュピヤンを追うように正門を出ていった。その瞬間、大きなマルハナバチが中庭に入ってきた。もしかすると、中庭の蘭の花はずっとこのハチを待っていたのかもしれない。ハチがその花粉を運ばなければ、受精されないままなのだ。けれども、虫が受精をさせるのを見ようとしていたのに、今やぼくは興味をそがれてしまった。というのも、出ていったばかりのジュピヤンが戻ってきたからだ。そしてそのあとをシャルリュス男爵がついてくるではないか。男爵は元チョッキの仕立屋に火を貸してくれと頼み、それからはたと気づいて言った。

「火を頼んでおきながら、ごらんのとおり、葉巻を忘れてきたようだ」

「どうぞお入りください。お望みのものを差し上げますから」と元チョッキの仕立屋は言ったけれど、つい一瞬前までよろこびに満ちていたその顔には、軽蔑の色が浮かんでいた。

二人の背中でドアが閉まると、あたりは静まりかえった。マルハナバチもう見当たらなかった。蘭の受精を手伝ったかもわからない。けれどもぼくは確信した。めったにこないような虫が、とらわれの身の花と結ばれることが、たしかにあるのだと。いつもジュピヤンのいない時間にここを訪れていたシャルリュス氏が、たまたまヴィルパリジ夫人の不調のおかげでジュピヤンに会い、そして二人が幸運を手に入れたように。男爵のような年をとった紳士しか愛さない男もいるのだ。ときには、ジュピヤンよりずっと若く、うつくしい男たちのなかにも。

もっとも、何が起きたのか理解するのには、数分かかった。そのときには二人の会話はまったく聞こえなくなっていた。ジュピヤンの店と薄い仕切りの壁だけで隔てられた貸店舗があることに気づいた。そこにいくためには、もう一度我が家のアパルトマンに上がってから、台所を過ぎ、使用人専用の階段を通って地下貯蔵庫まで下り、まっすぐ進み、数か月前まで家具職人が木材を置いていた場所までいき、今度は階段を上がらなければならない。今思い浮かべた道順をいけば、だれかに見られる心配もないはずだ。けれどぼくはそうせずに、だれかに見られないようにしながらも、中庭の壁沿いに進んだ。人に見られなかったのは、ぼくの賢明さによるものではなく、たまたまだろう。

なぜ地下貯蔵庫を通る安全な道を選ばず、無謀な決心をしたかというと、三つの理由がある。ひとつには、気が急いていたからだ。それからもうひとつ、ヴァントゥイユ嬢の窓の前に隠れていたモンジューヴァンのあのことを思い出していたからかもしれない。こうした秘密の暴露は、危険に満ちた行為をしたものだけに与えられる報酬のように、その場面を見たぼくは思っていたのかもしれない。最後の理由は、いささか子どもっぽく、打ち明けるのに勇気がいるが、じつのところ、いちばん大きな理由だろう。

軍務についているロベール・ド・サン＝ルーから、軍事原則を聞いたことがある。それを理解するために、かつてぼくは十九世紀末のボーア戦争について考察したことがあった。それをきっかけに、昔の探検物語や旅行記を読み返すようにもなった。そういうものに夢中になったぼくは、日常の生活のなかで探検や冒険をしているつもりになった。発作が起きて幾日も幾晩も眠れず、飲み食いもできず、弱り切って、ただひたすらに苦しいとき、本で読んだ冒険者を思った。砂浜に打ち上げられ、毒草を食べて中毒を起こし、海の水で濡れた服のまま高熱に震え、二日後にようやく持ちなおして、住人をさがしに島の奥へ進むが、その住人はもしかして人食い人種かもしれない。そんな冒険者に比べれば、まだ楽なはずだった。へこたれている自分を恥じた。

そしてこのときも、イギリス人と敵対していたボーア人のことを思い出していたのだ。茂みを見つけるまで平坦な地を横切らなければならないときも、彼らはおそれることなく堂々と歩いた。彼らよりぼくが臆病であるはずがない。作戦地域は自分の家の中庭だ、恐れるべきことは何もない。ぼくの恐れるべき唯一の剣は、だれかの視線だなんて。近所のだれも彼も、うちの中庭なんかよりよほど見るべきものがあるだろう。

もの音をたてないよう貸店舗に入ると、ジュピヤンの店からはどんなにかすかな音でも筒抜けなのがわかった。それはつまり、ジュピヤンとシャルリュス氏がどれほど大胆で、どれほど幸運なのか、知ることでもあった。

ぼくはその場で動けなくなった。ゲルマント家の馬丁が、主人たちの留守のあいだに運び込んだのであろう梯子が店内にあった。それに上って、上部についている小窓を開ければ、まるでジュピヤンの店にぼくもいるかのように、二人のやりとりをはっきり聞くことができただろう。もの音をたてるのはこわかった。けれど、そんなことをする必要はないとすぐにわかった。貸店舗にくるのが遅れたことを悔やむ必要もなかった。

はじめのうち、聞こえてきたのは不明瞭な音だった。会話ではなく、けれども激しい音で、それに続いて一オクターヴ高いうめき声が聞こえてこなければ、隣の部屋ではだれかがだれかの喉をかき切ろうとしてかなわず、いのちをつなぎとめた犠牲者と加害者がいっしょに風呂に入って血しぶきを洗い流しているのではないか、と思っただろう。のちにぼくは思った。苦痛と同じくらい騒々しいものがあって、それは快楽だ。快楽の直後に、すぐにその痕跡を消そうとする場合、なおのこと騒々しくなる。

この二人なら、子どもができる心配はいらないが、それでも『黄金伝説』には、ネロが奴隷に子を産ませようと媚薬を使い、その奴隷はカエルを産むという、ありそうもない例がある。三十分ほどたったころ——そのあいだ、ぼくは梯子を上って小窓からのぞこうとしたが、開かなかった——、ようやく会話が聞こえてきた。シャルリュス氏が渡そうとする金を、ジュピヤンは断固拒んでいた。

シャルリュス氏が外に出ようとすると、

「どうしてそんなふうにあごをそっていらっしゃるんですか？」ジュピヤンが男爵に甘い声で訊いた。「立派なひげは、じつにすばらしいのに」

「やだやだ、うんざりだ」男爵は答える。彼はドアの敷居のあたりでぐずぐずし、この界隈のことをジュピヤンに訊いている。「角の焼き栗屋についてはなにか知っているかい？　いや、左側のじゃない、ありゃあひどい。そうじゃなくて、偶数番地のほうの、真っ黒な髪のたくましいやつだよ。向かいの薬屋には、自転車で薬を配達する感じのいいのがひとりいるね」

これらの質問はジュピヤンの気分を害したに違いない。それに答える彼の声は、男に裏切られた魅力的な若い娘みたいに、恨みがましかった。

「わかりましたとも、あなたは気の多い方なんですね」

かなしげで冷淡なその非難は、シャルリュス氏にきちんと伝わったようだ。男爵は今しがたの質問を謝罪するかのように、ジュピヤンに何か頼んだ。あまりにちいさい声だったので、何を頼んだのかまでは聞き取れなかった。おそらく、二人が店に居続ける必要のある頼みごとのようだった。ジュピヤンは今までの非難などすっかり忘れたように、銀髪の下の脂ぎった男爵の顔をまじまじと見つめ、自尊心をくすぐられたかのように幸福に浸りきった顔をし、頼まれごとを引き受けたと言わんばかりに、「あんたはでかいケツをしてるよ！」とわざと品なく言い放った。そして男爵に向かって、感動したかのような笑顔で、優位に立ちながらも感謝をこめて、「よしよし、さあ、大きな坊や！」と言ったのだった。

21 ソドムの住人

悪癖というものは他人の目には見えない。それは透明な妖精のように、ぼくらひとりひとりにつきまとっている。善良さや陰険さ、ぼくたちの名前も、社交的なつきあいも、容易には明かされず、人はそれらを隠すように身につけている。オデュッセウス自身にしても、最初はアテナがアテナだとわからなかった。けれど神々ならばほかの神々を見てすぐにわかるはずだ。似た者はたちまち似た者にはわかるのだ。そんなふうにしてシャルリュス氏はジュピヤンに気づかれたのである。

今までそんなふうにしてシャルリュス氏を見たことのないぼくは、彼に対しての認識を変えなければならなかった。今までのぼくは、妊娠している婦人が「ちょっと疲れていますの」と言っているのに、彼女が妊婦と気づかないせいで、「どうしたんです、だいじょうぶですか、どうかなさったのですか」と執拗に訊くぶしつけな男のように、シャルリュス氏に接していたわけだ。だれかが彼女は妊娠しているのだと教えてくれれば、ああそうかと気づき、もうその婦人は妊婦にしか見えない。こんなふうに目を開かせてくれるのは、理性だ。あやまりをひとつただすと、あらたな感覚が目覚める。

ちょうど腰から下が馬になっているケンタウロスのように、シャルリュス氏の体に、ほかの男たちとは違うべつのものが存在していようと、この存在が男爵と結びついていようと、ぼくは今までいっさい気づかなかった。けれど今、抽象的なものは具体化され、ついに正体をあらわしたこの存在は、隠れる力を失って、人目につくようになった。ぼくのなかで、シャルリュス氏は完璧にあたらしい人間となった。そして、これまでのぼくとの関係の不安定さや、支離滅裂に思えていた彼のいっさいが、それぞれつじつまを合わせ、理解できた。文章をばらばらにして、でたらめに並べると意味をなさないが、ただしい順番に置きなおせば、とたんにひとつの思想を表現し、忘れられないものとなるのと同じことだ。

そしてぼくは、さっきヴィルパリジ夫人のところから出てきたシャルリュス氏を見て、なぜ女性的だと思ったのかも理解した。まぎれもなく女だったのだ！　彼が属している種族のような連中は、一見矛盾しているようだがそんなことはない。男らしくあろうとするのは、まさに彼らの気質が女性的だからで、彼らが実生活で男に見えるのは、見かけのことにしかすぎない。だれもがその目のなかに刻印されたシルエットを持っていて、それを通して宇宙の万物を眺める。瞳に彫りこまれたそのシルエットが、彼らにとってはニンフではなく青年の姿なのだ。

この呪われた種族は、嘘と偽りの誓いのなかで生きることを余儀なくされる。あらゆる人が生きる上で最大のよろこびとする欲望が、彼らにとっては、罰せられるべきもの、恥ずかしいもの、口にしてはいけないものと見なされていると、この種族は知っている。自分の神を否定しなければならない種族である。なぜならたとえキリスト教徒であれ、被告人として証言台に立てば、キリストの前で、キリストの名で、誹謗から身を守るかのように、みずからの真実を否定しなければならないのだから。母の目を閉じてやるときでさえ、その母に嘘をつき通さなければならない、母を持たない息子たち。

マルハナバチが蘭の受精を手伝ったのかどうか、シャルリュス氏のせいで知り損ねた。蘭の咲いているときにマルハナバチが舞いこんでくるなんて、一種の奇跡といってもいい偶然だったのに。けれども、このときぼくが目撃したことだって、それに劣らぬものすごい奇跡だと言えた。二人の出会いをそんなふうにとらえると、あらゆるものが美の刻印を押されているように見えてくる。

雄花と雌花があまりにも離れているために、虫の力を使わないと花は受精できず、だから自然は、昆虫が花のまわりを飛びまわるように仕組んでいる。あるいは、虫の助けを借りない場合、風が花粉を飛ばすわけだが、そのときは無用になる花蜜の分泌を止め、花冠の鮮やかさも失わせ、ただ花粉が飛びやすいよう、とらえやすいよう、花はみずから角度を変える。さらに巧妙な仕組みは、その花でしか実を結ばない花粉だけを受け取るように、べつの花粉に対する免疫を、汁にして花に分泌させることだ。

けれども、年老いた同性愛者に、愛の快楽を提供できる亜変種の同性愛者という存在もまた、この自然の仕組みに負けず劣らずすばらしいものに思えた。亜変種の同性愛者とは、すべての男に惹かれるのではなく、自分よりはるかに年長の男だけに魅力を感じる男のことだ。学名リュトルム・サリカリアというミソハギの一種は、三種の異なる花柱を持つ花々の受精をコントロールするが、それに匹敵する調和と照応だとぼくは思う。

人間という植物の採集家や、精神という植物の研究者がいたとして、だれでもが観察できるほど亜変種の例は多くはない。まさにその一例である、華奢な青年は、頑健で腹の出た五十男に言い寄られるのを待っていて、ほかの若者が近づいていってもまったく興味を示さないのだ。学名プリムラ・ヴェリスという雌雄両性花があるが、この花の花柱が短い場合、やはり花柱の短いプリムラ・ヴェリスによってしか受精せず、花柱の長いプリムラ・ヴェリスの花粉を受け入れても、実を結ばない。それと似ている。

シャルリュス氏の性癖について、ぼくはのちに知ることになるのだが、彼の欲望の満たしかたはじつに多様で、目にもとまらないくらいの早業で、肉体的接触を必要としないこともあるから、よけいに庭の花を連想させるのだ。たとえば、決して触れてもいない隣家の花の花粉から受精する花である。シャルリュス氏は、ある種の人々に欲望をかき立てられても、彼らを自宅に呼びつけ、長々と話をすることで、火のついた欲望を鎮めることができた。ただ言葉をかけただけで、結合はかんたんに行われ、滴虫類で起こる結合と同じくらいシンプルだった。

ゲルマント家の晩餐のあとで呼びつけられ、激しい罵倒の言葉を浴びせられたことがぼくにもあったのだが、そうすることで彼は性的充足を得ることができた。ちょうどある種の花が、ゼンマイのような仕掛けによって水滴を振りまき、受精を手伝おうとしていた虫を驚かせるようなものだ。

シャルリュス氏は、支配されるのではなく支配する側になることで、不安が一掃され心が鎮まり、同時に欲望も鎮まって、もはや欲望を感じない相手を追い返してしまうのだった。要するに、倒錯というものは、倒錯者があまりに女性的であるが故に女と有効な関係が持てないことに起因しているが、そのことによって、いっそう高次の法則に結びついている。その法則によって、多くの雌雄両性花は受精しないままで、自家受精で実を結ぶことはない。同性愛者とは、雌雄両性花や、雌雄同体動物のようなものだ。男を求める倒錯者が、自分たちと同じくらい女性化した倒錯者の男で我慢することはある。けれど倒錯者が女性に分類されることはない。彼らは自身の内に女性の萌芽を抱えていながら、それを発芽させることができない。一匹のカタツムリが両性を持ちながら、単体では受胎できず、ほかのカタツムリを必要とするように。

こうして倒錯者たちは、古代オリエントやギリシャの黄金時代といった古代へとさかのぼり、さらにはるか昔にさかのぼって、雌雄異株の植物も単性の動物も存在しない試行時代を、原初の雌雄同体の時代を目指す。女性を解剖すると男性器官の痕跡がいくつか見られ、男性を解剖すると女性器官の痕跡が見られるが、それらは原初の雌雄同体時代の名残のようにも思える。

キク科の植物は、昆虫に受精を手伝わせるために、誘惑の身振りをおこなう。遠くからも見えるように外周部の小花を高く掲げたり、雄しべをたわめてひっくり返し、昆虫のための道を作ったりするのだ。はじめは理解できなかったジュピヤンとシャルリュス氏の無言劇も、そうした植物のように興味深く思えてきた。その日から、シャルリュス氏はヴィルパリジ夫人を訪問する時刻を変えるのだが、それはそうしないとジュピヤンに会えないからではなく、午後の日差しと花々が、出会いの思い出と結びついてしまったからだろう。ぼくにとってもそうであるように。

そのうえ、シャルリュス氏は、ヴィルパリジ夫人やゲルマント公爵夫人をはじめ、そうそうたる顔ぶれを、顧客としてジュピヤンとその姪に紹介した。彼の紹介を無視した何人かの婦人が、シャルリュス氏の激怒をかったり、復讐めいたことをされたため、多くの女性たちが刺繡職人であるジュピヤンの姪のところに通い詰めた。シャルリュス氏はジュピヤンをそのようにして裕福にし、あげく、彼を秘書として雇い、ぼくたちがやがて知ることになる身分に落ち着かせたのである。

「まったくジュピヤンは幸せな男だわね」とフランソワーズは言うのだった。好意が自分に向けられたか他人に向けられたかで、過小に見たり過大に見たりしがちなのだが、この言葉には羨望の響きはなく、過小評価でも過大評価でもなかった。彼女はたんに、ジュピヤンを本当に気に入っていた。

「男爵さまは本当にすばらしい方だわ！」とフランソワーズは続ける。「信心深くて、申し分のない理想的な方！　もし私がお金持ちの社交界の人間で、嫁入り前の娘がいたら、目をつぶって男爵さまに差し出すんだけどね」

「でもね、フランソワーズ」と母は穏やかに言ったものだ。「もしあなたに本当に娘さんがいたら、彼女はたくさんのお婿さんをもらうことになるわ。思い出してごらんなさい、あなたはジュピヤンにも嫁がせたいと言っていたじゃない」

「あらまあ、奥さま」フランソワーズは言った。「あの人だって女を幸せにできますとも。お金持ちがいて、貧乏人がいる。それだけのことで、そんなこと、生まれ持った性質にはなんにも関係ないんですもの。男爵さまとジュピヤンはまったく同じ種類の人たちなんですから」

　このときぼくははじめて事実を知り、この奇跡のような出会いについて、大げさに考えていた。シャルリュスのような男たちはだれにせよ、途方もない人間である。なにしろそうした人間は、人生の可能性に譲歩しないかぎり、もっぱらノーマルな男を愛する。女を愛する男、男を愛せない男、自分とは種族の異なる男を。だから彼と出会ったジュピヤンは、庭にさまよいこんだマルハナバチのように稀少だとぼくは思ったけれど、実際のところ、そんなことはないとのちのち知ることになる。ジュピヤンのような人間は大勢いる。彼ら自身が、少なすぎるのではなく多すぎることに愚痴をこぼすほどだ。

「創世記」によれば、神のもとに届いた悪業のいっさいをなしたのは、すべてソドムの住人なのかどうか調べるために、二人の天使がソドムの町に送られたとされている。けれどこの二人の天使自体、主によるあやまった選択である。主はこの役目を、ひとりの肛門性交者《ソドミスト》に託すべきだったろう。ソドミストであれば、「私は六人の子どもの父親で、二人の愛人がいます」と言う住人にたいして、炎の剣をしまったり、制裁をやわらげたりはしなかったはずだ。ソドミストならば、「おまえの妻は嫉妬に苦しんでいる。しかもゴモラの町からこの女たちを選んでこなくても、夜になればヘブロンの羊飼いとともに過ごすことになるのだ」と告げただろう。そして彼は、火と硫黄の雨で破壊されようとしているソドムの町から逃がすことをせず、逆戻りさせただろう。二人の天使はそうせずに、卑劣なソドミストたちをすべて逃げるにまかせ、たとえ彼らが気になる少年を見かけて振り返っても、ロトの妻のように塩の柱に変えたりしなかった。その結果、逃げおおせたソドミストたちは子孫を繁栄させ、彼らの習慣も受け継がれた。

だからソドミストの子孫は非常に多い。連中に「創世記」の一節を当てはめて、「もし人が地の塵を数えることができれば、その子孫も数えることができよう」と言うこともできる。彼らは地上のあらゆるところに定住し、あらゆる職業に就き、どんな閉鎖的なクラブにも巧妙に入りこんでいる。もしひとりのソドミストがクラブの入会を認められない場合は、反対票の過半数はソドミストによるものだ。彼らは、ソドムの祖先のように嘘を受け継いでいるので、躍起になって同性愛を批難する。連中がいつかソドムに戻る日がくるかもしれない。彼らは各地でコロニーを形成している。東洋風で教養のある、音楽的で口さがないコロニーで、いくつかの魅力的な特徴と、たえがたい欠陥を有している。彼らは致命的な誤りに先手を打っておきたかったのだ。その誤りとは、人々がユダヤ復興運動《シオニズム》を鼓舞するように、ソドミストの運動を生み出し、ソドムの町を再建しようという点だ。ところがソドミストたちは、ソドムの町の者と見られたくないがために、町に居着いてもすぐほかに移り、妻をめとり、べつの町に愛人を囲い、しかもそこでありとあらゆる気晴らしを見つけるだろう。彼らがソドムの町に赴くのは、そうせざるを得ないときで、そのときばかりは彼らの住む町はがらんとする。何もかも、ロンドンやベルリンやローマやペトログラードやパリと同じようになるだろう。

しかしながら、その日、公爵夫人を訪問する際にぼくが考えていたことは、そんな未来のことではなかった。ジュピヤンとシャルリュス氏の出会いに気をとられて、マルハナバチが蘭を受精させるところを見損ねたことを、ただ残念に思っていただけだった。

22—アルベルチーヌを待つ

ゲルマント大公夫人邸での最初の夜会に話を戻そう。この日、ゲルマント公爵夫妻がぼくを馬車で送ってくれることになっていたので、大公夫人に別れの挨拶をして馬車に乗った。箱馬車のなかは狭く、ゲルマント公爵夫人の赤い靴とぼくの靴はぶつかりそうだった。

「ねえ、『奥さま、今すぐ私に愛しているとおっしゃってください、でもそんなふうに足をお踏みにならないで』——ってどこかの風刺画で読んだけれど、そんなふうに私に言う羽目になりそうですわね」と、ぼくの足を踏まないように気をつけながら、夫人は言った。アルベルチーヌと会う約束のあったぼくは上の空でそれを聞いていた。仮面舞踏会にいくおつもりはありませんかと公爵に訊かれても、いいえと答えた。アルベルチーヌは『フェードル』を観にいっているが、十一時半には終わるだろう。

馬車がアパルトマンに着くと、公爵夫妻に別れを告げ、ぼくは真っ先にフランソワーズのところに向かった。

「アルベルチーヌさんはきている？」と訊くと、

「どなたもお見えになっておりません」とフランソワーズは答えた。

ああ、それはだれもきやしない、という意味だろうか。アルベルチーヌはこないかもしれないと思うと、いっそう待ち遠しかった。

門が開くたび、門番が階段の電気をつけるのだが、その日、住人はみな帰っているらしく、階段は暗いままだった。ぼくは台所から出て控えの間で腰掛け、カーテンの隙間から階段をうかがった。そのカーテンはほんのわずかに幅が足りず、このアパルトマンのガラスのドアを完全には覆っていなかった。縦に隙間ができていた。もしこの隙間がぱっと金色に光り輝いたら、アルベルチーヌの登場の合図だ。その二分後にはぼくの隣にやってくるだろう。こんな遅い時間にほかに来訪客などないはずだから。

ぼくはそこに座り続け、カーテンの隙間を凝視し続けたが、隙間は暗いままだった。前屈みになってさらに目をこらすが、いくら見つめても何も変わらない。この縦の隙間が、魔法をかけられたように輝く金色の格子に変わったら、どんなにうれしいことだろうと思うが、そのうれしさは与えられないままだ。

ゲルマント大公邸の夜会で、彼女のことを三分だって思い出したりはしなかったのに、こんなに不安になるなんて！　かつてほかの少女たちが、とりわけジルベルトがなかなかあらわれないときに、こんなふうにじりじり待ったものだったが、今は、肉体的な快楽が得られないと思うだけで、過酷な精神的苦痛を覚えるほどだった。

自分の部屋に戻らねばならない時間になった。ボタンホールに挿したバラをとるために、フランソワーズもついてきた。彼女がぼくの服からバラをとるのを見ているといらいらした。まるでアルベルチーヌはもうこないと断言されているようだったし、アルベルチーヌに見せるためにバラを挿したままでいた気持ちを、見透かされたように思えた。彼女の手を払って花をとろうとし、かえって花はぐちゃぐちゃになった。「ああ、花が台無しになってしまった。ちゃんと外させてくれればよかったのに」と言って、ぼくをいっそういらだたせた。だれかの不在に苦しんでいるときは、べつの人の存在に耐えられないのだ。

フランソワーズが部屋から出ていくと、にわかに不安になった。これまで何度も夜に彼女を呼び出し、愛撫をくり返してきたのに、ひげも剃らなかったことを思い出した。無精ひげを生やした顔を、いったいどのくらい彼女にさらしてきたのだろう。だから彼女も愛想を尽かしたのではないか。

今ごろになってバラの花をさして、洒落っ気のあるところを見せようとする自分に気づき、今までのことを悔いた。これまで何度もアルベルチーヌを呼び、二人で愛撫をくり返したのに、そのときぼくはひげも剃らず、ぼうぼうのひげ面を平気でさらしていたのだ。そんなだから彼女はぼくのことなどどうでもよくなって、こうしてひとりで放っておくようにも思えた。

それでももしかして、これからアルベルチーヌがきたらいけないと思い、ぼくはトルコ石のはまったペーパーホルダーをベッドわきのテーブルに置いた。そんなことをするのは何年かぶりだったけれど、少しでも部屋をおしゃれに見せたかったのだ。ぼくの持っているもののなかでもっともうつくしいそのペーパーホルダーは、あこがれの作家、ベルゴットの小冊子をまとめるようにと、ジルベルトがわざわざ作らせたものだ。昔は、瑪瑙《めのう》のビー玉といっしょに、かたときも離さず持っていようと思っていた。

ふとぼくは、ここに彼女がいないということは、ここではないところに彼女がいる、ということなのだと気づいた。そう気づくと、苦しみは倍増した。ここよりもたのしいと思う場所に、ぼくの知らない場所に、今彼女はいる。ついさっきの夜会で、ぼくは嫉妬できない質だとスワン氏に話したのをむなしく思い出す。アルベルチーヌのところに使いを送りたかったが、夜も更けすぎている。

きっと彼女はどこかのカフェで女友だちと食事でもしていて、気まぐれに電話をかけてきてくれるかもしれない。この時間は門番の部屋につながるようになっている電話のスイッチを切り替え、ぼくの部屋にかかってくるようにし、両親を起こしたりしないよう、呼び出し音ではなく回転音になるよう設定した。それも聞き逃すことのないよう、ぼくはもの音をたてないようじっとした。振り子時計のチクタクという音に、数か月ぶりにようやく気づいたほどだ。

フランソワーズが何かを片付けに部屋にやってきた。話もしたくないのにフランソワーズはあれこれ話しかけ、ぼくはおざなりに答え、答えているうち、心配は不安へ、不安から幻滅へとかわっていった。彼女をねぎらうようなことを言わなくてはと思いはするが、自分が苦しい表情をしているのがわかるので、リューマチが痛むのだと言って、うわべの何気なさと苦痛の表情とのギャップを説明した。フランソワーズがそうしてしゃべっていたら、電話の音は聞こえないに違いなく、ぼくはますます暗い気持ちになったが、彼女はようやく休むために部屋を出ていった。彼女が出ていくときにたてるもの音で、電話の音がかき消されてしまうかもしれないと思ったぼくは、しずかに彼女を送り出した。そしてふたたび電話に耳を傾け、苦しみを覚えはじめた。何かをこうして待っているとき、もの音を聞き取る耳から、なんの音か分析する精神へ、精神からその結果を伝えられる心へと、素早く二つの道筋をたどる。けれどぼくたちは二つの道筋をたどる時間を知覚できず、耳で聞いたことはすなわち心で聞いたと思うのだ。

呼び出し音を聞きたい。聞きたい。聞きたい。願いはいっこうにかなえらず、螺旋《らせん》を描いて上昇していく孤独な不安に苦しみながらその頂点に達していくかのようだった。そしてまさに頂点に達したそのとき、多くの人が眠らずにざわめいているパリの底から、ふいに何かが頭をもたげてぼくのほうへと近づいて、突然、電話を知らせる回転音が鳴りはじめた。それはまるで、楽劇『トリスタン』のなかで打ち振られる肩掛けか、牧人の草笛のようだった。ぼくは電話に飛びついた。アルベルチーヌの声が聞こえた。

「こんな時間にお電話して、ご迷惑じゃなかったかしら」

「まさか」と、はずむ気持ちを抑えて答えた。彼女はきっとこれからやってくるのに違いない。

「どうする、ここにくる?」ぼくはどうでもいいような口調で言った。

「やめておこうかしら……どうしても私にきてほしいというわけではなさそうだし」

ぼくの一部はアルベルチーヌのうちにとりこまれていて、ぼくのほかの部分が、その一部を取り戻したがっていた。そのためには彼女にきてもらわなくてはならない。けれどもそのことを彼女には言わなかった。電話はこうしてつながっているのだから、彼女がくるか、ぼくがいくか、無理を言えばどうにか会えるはずだろうと思っていた。

「私、もうちょっとで家なのよ」と彼女は言った。「あなたの家からはずいぶん遠くにいるの。手紙をちゃんと読まなかったものだから、今読み返して、もしかして私を待っているんじゃないかって気になって電話をしたの」

きっと嘘だ。急に腹立たしくなった。会いたいというより困らせたくて、無理矢理にでもこさせたい気分になった。でも、彼女はいったいどこにいるのだろう?

彼女の声の背景に耳をすます。自転車のベルが聞こえ、歌っている女の声が聞こえ、遠く吹奏楽団が聞こえた。まるで、現在はその場所にいるアルベルチーヌが、今、まさしくぼくの近くにいるように感じられた。ぼくが耳にしている音を彼女も聞いていて、その音に注意をそらしている。これはまったく本筋と関係ない真実の細部で、なんの役にもたたないが、それだけになおさら、この電話という奇跡は際立つのだ。パリのどこかの通りで流れているこの魅惑的な音、過酷で生き生きとした夜、こうしたもののためにアルベルチーヌは『フェードル』がはねてもぼくのところにこなかったのだから。

「言っておくけど」ぼくは口を開いた。「きてほしいわけじゃないんだ、こんな夜遅く、こちらだって迷惑だから。眠くて倒れそうだしね。いろんなことがあったし。でも言っておきたいのは、ぼくの手紙を読み違えるはずなんかない、ってことだよ。きみだって、了解という返事をくれたじゃないか。それで、ちゃんと読まなかったなんて、いったいどういう意味なんだい?」

「たしかに了解しましたと書いたけれど、自分でも何を了解したんだか、よく覚えていなかったの。怒ってるの？　『フェードル』なんて観にいかなければよかった。こんなことになるとわかっていたら、いかなかったのに」

彼女はそう言った。悪いことをしておいて、べつなことでとがめられているふりをする、すべての人と同じように。

「『フェードル』なんてぼくにはなんの関係もないよ。それに、観にいくように勧めたのは、このぼくだよ」

「やっぱり私のこと、怒ってるのね。困ったわ、今夜はもう遅いもの。もう少し早ければよかったんだけれど。ねえ、明日か明後日ならお詫びに伺うことができるわ」

「お願いだからやめておくれよ、アルベルチーヌ。一晩無駄にさせたんだから、しばらく放っておいてよ。こっちも、明日から二、三週間は忙しくなるし。もしわだかまりが気になるなら、それをなんとかするのは今しかないんじゃないかな。きみの言いぶんがただしいかもしれないしね。まだ家に帰っていないんだろう？　ぼくだって、こんな時間まで起きて待ってたんだ。コーヒーでも飲んで目を覚ましておくよ」

「明日じゃだめかしら？　だって今からなんて……」

アルベルチーヌの声を聞きながら、ぼくははじめて会ったころの、海を背景にしたバラ色の顔を思い出していた。どんなにあの顔を見たかっただろう。今、その気持ちにはまったく異なる苦しみがともなった。

そのような苦しみをともなう強い欲望を、ぼくはコンブレーである人にたいして抱いていた。

ある人とは母だ。母に偽りの手紙を書いたことを思い出す。あのときフランソワーズに、二階へはいけないと母が言づけたら、死んでしまおうとまでぼくは思い詰めていた。その思い出と、今の苦しい欲望は重なり合ってしまいそうなほどよく似ていたが、それでも混じり合うことはなかった。

電話でのアルベルチーヌの返答を聞きながら、実際にはそう遠くないけれど、でも、彼女はぼくとはかけ離れた生活をしているのだろうと思った。それを理解するにはずいぶんと時間も手間もかかるだろう。彼女の暮らしは、戦闘用の要塞のように組織されていて、しかもいっそうの安全のために、のちのち「カムフラージュ」と呼び習わされる迷彩をもほどこされた要塞になっているはずだから。アルベルチーヌは社会的にはぼくより一段上に位置するが、彼女が属する階級というのは不可解で、たとえば、町で出会った女性から住所を聞き出し、手紙を書いたとして、それを届けにいくと、「お帰りになったらお渡しいたします」とそれを預かろうとする門番の女が、まさにその女性で、しかもその住所は売春宿で、彼女はそこのおかみさんで、実際にそこに住んでいる——あるいは、その界隈では彼女はよく知られていて、共犯者めいた近所の人はあなたに彼女の秘密を漏らすことはなく、手紙もちゃんと届けはするが、彼女自身はそこには住んでおらずに身のまわりのものを置いているにすぎない——つまりその生活には五本も六本も退路が敷かれていて、この女に会いたい、この女を知りたいと思ってやってきて、ノックをしても、右すぎたり左すぎたり、前すぎたり後ろすぎたりして、何か月も、何年も、その女のことは何ひとつ知ることができない。彼女たちの暮らしというのは、こちらが知ろうとしておいそれと知れるような類いのものではない。アルベルチーヌのことも、真実の細部と嘘の事実がごちゃ混ぜになって、きっとぼくは彼女のことを何ひとつ知り得ないに違いない。彼女を監獄に閉じこめないかぎり、最後までずっとこんな調子だろうという気がした。監獄に閉じこめても彼女はすぐに逃げ出すのだろうが。この晩は、そんな不安な確信がちらりとよぎっただけだったけれど、そこに、長く続く苦悩の予感がぶるぶるとふるえているのをぼくは感じ取っていた。

「明日じゃだめだね」ぼくは言った。「さっきも言ったけれど、この先三週間は忙しくなるんだ。明日もほかの日もだめだね」

「それなら……今から走っていくわ……でも困ったわ、今お友だちの家にいるの。そのお友だちが……」

今からいくと言えばぼくが止めるだろうと彼女は思っている。だから彼女は本気で言っているのではない、と感じたぼくは、決断を迫るような口調で言った。

「それがぼくになんの関係があるの？　きみの友だちなんか知らないよ。くるもこないもきみが決めることとさ。きてくれとぼくが頼んだんじゃない、いかせてくれときみのほうが言い出したんじゃないか」

「怒らないで。辻馬車に飛び乗って、十分でいくわ」

夜の深みに沈んだパリからぼくの部屋まで、遠くにいる彼女の活動範囲を計るように電話がつながり、このお告げのあとで今からここにあらわれるのは、かつてバルベックの空の下で知り合った、あのアルベルチーヌなのだ。アルベルチーヌがどうしてこんなに遅くなったかなんて、もうどうだってよくなった。

そのときフランソワーズが部屋に入ってきて、「アルベルチーヌさんがおいでです」と告げた。

ぼくは興味のないふりを装って、そちらを見もせずに、

「こんな遅い時間にどうしたんだろうね」

とつぶやいた。本心を隠したこの問いを真に受けているだろうフランソワーズの答えを待つかのようにちらりと彼女を見て、感嘆と怒りを覚えつつも、はっと気がついた。身にまとった衣服や顔の表情だけで、名女優ラ・ベルマにひけをとらないフランソワーズは、疲れと服従を全身で表現していた。疲れ切った首に目立つ白髪が、彼女を憐れむかのようにかかっている。年老いたフランソワーズは、眠っているところを起こされて、肺炎にかかる危険を冒して、大急ぎで服をひっかけて部屋から出てきたのだ。こんな様子のフランソワーズに、アルベルチーヌの常識外れの訪問を弁解していると悟られないように、

「ともかく、彼女がきてくれてうれしいよ。すばらしいことだ」

と言って、心からのよろこびを隠すことなく表現した。けれどフランソワーズの続く言葉を聞いて、そのよろこびはふと消えた。

フランソワーズは起こされたことの不平ひとつ言わず、こみ上げてくる咳を抑え、羽織ったショールの前を寒そうにかき合わせ、叔母の様子を忘れずに訊いたことも含めて、アルベルチ

ーヌになんと伝えたのか再現してみせたのである。

「だから申し上げたんです。お坊ちゃまは、お嬢さまがもうこないのではないかと心配に違いありません、と。もう人を訪ねるような時間ではありませんし、夜明けのほうが近いことでしょう。あの方はこの夜じゅう、ほうぼうで楽しんできたようでしたよ。お坊ちゃまを待たせて悪いことをしたなんて、一言も言わないのですから。まるで人を馬鹿にしたように『こないより遅れたほうがましでしょ』なんて答えたんですよ」そして彼女はとどめを刺すように、付け加えた。「あんな口をきくってことは、おおかた体でも売ってたに違いありませんよ。隠しておきたいんでしょうけれどもね」

23―バルベック再訪

二度目にバルベックに着いたときは、一度目とは大違いだった。支配人みずからがポン＝タ＝クールーヴルまで迎えにきて、爵位のある客をどんなにたいせつにしているか、くどくど話しはじめたので、ぼくは貴族にさせられるのではないかと驚いたが、次第に理解した。この支配人の言葉づかいはいちいち間違っているのだった。ごひいき《アティトレ》と言っているつもりで、爵位《ティトレ》と言っていたのである。しかもこの支配人は、何かひとつあたらしい言葉を覚えると、古い言葉を話すのが下手になるらしい。ぼくの部屋は最上階に用意したと言おうとして、こう説明した。

「失礼を欠くとお思いになりませんように。お客さまにはもったいないお部屋を用意して申し訳ありませんが、静かなお部屋のほうがいいかと思いまして。ここならば、穿孔器《トレパン》を疲れさせるような音は上階からは聞こえてこないはずですから。窓ががたがたしないように、しっかり閉めさせておきます。私が耐えられないものですから」

失礼を欠く、も、お客さまにはもったいない、も間違っているし、従業員が、窓のことにかんして支配人は容赦がない、と言っているのを耳にしたに違いない。耐えられないのではなくて、穿孔器《トレパン》というのは、おそらく鼓膜《タンパン》と言い間違えたのだろう。

ともあれ、ぼくが通されたのは以前と同じ部屋だった。このていねいさを思うと、どうやら支配人のなかで、ぼくは評価を上げたらしい。

暖炉は使ってもかまわないが、天井にいび（ひびのことだろう）が入らないか心配だと支配人は言い、とくにあたらしく火をおこすときは、前の火が消費された（燃え尽きた、だろう）ことを確認してほしいと伝えてきた。「と申しますのも暖炉で火を燃え上がらせないことが肝心ですから。部屋に彩りを添えるために、暖炉の上に古くて大きな中国磁器のかつら《ポスティシュ》（花瓶《ポティシュ》、だろう）を置いておりますので、それが傷むといけませんから」

それから支配人はひどくかなしげに、シェルブールの弁護士会会長が亡くなったと告げた。「あの人は頭の古い《ルティニエ》（頭の回る《ルブラール》、だろう）老人でした」と言い、失意のなかでの暮らしが死を早めたというようなことを言った。けれど言いたかったのは、失意《デボワール》ではなく、放蕩《デボーシュ》だったろう。

「しばらく前から気づいていたんですが、夕食後、あの方はいつもうずくまって《サクルピセ》（うとうとして《サスピセ》、だろう）らしたから。最後のほうは、すっかり変わられて、ご覧になってもあの方だとは、ありがたく《ルコネッサン》なかったでしょう（見分けがつか《ルコネッサーブル》なかったでしょう、だろう）」

その晩、ぼくの全人格は動揺した。到着した最初の夜から、心臓発作のような苦しみを覚えていたぼくは、なんとかこらえながら、ゆっくりと身をかがめて慎重にアンクルブーツを脱ごうとした。最初のボタンに触れたとたん、神々しいものに体じゅうを満たされ、気がつくとぼくは嗚咽し、ぼろぼろと泣いていた。神々しいものとは、かつて、孤独と苦悩のなかに沈み、自分が何ものだかもわからなくなるほどかなしみに暮れているとき、助けに駆けつけ、ぼくがぼくであることを思い出させてくれた人――疲れて横たわるぼくの上にかがみこんだ、愛情に満ちた、心配そうな祖母の顔だった。はじめてここに着いた晩の祖母の姿だった。

思い浮かぶその顔は、悼む気持ちを持たないぼくを責める顔ではない。今や、名前しか残っていない祖母ではない。本物の祖母である。

シャンゼリゼで祖母が発作に襲われたとき以来はじめて、無意志で完全な記憶のなかに、祖母の生き生きした真実の姿を見出したのだった。こうした真実というものは、ぼくたちの思考によってふたたび創造されないかぎり、ぼくたちにとって存在しない。そうでなければ、途方もない戦闘に巻きこまれた人間ならだれでも、叙事詩人になっているだろう。祖母の埋葬から一年以上が経った今、祖母の腕に飛びこみたいというくるおしい願いを抱きながら、ぼくはようやく祖母が亡くなったことを知った。感情のカレンダーと、事実のカレンダーが、ぴたりと重なったかのように。

祖母の死後も、よく祖母のことを考えたり話したりしたけれど、恩知らずで残酷なぼくが考えたり語ったりしたのは、本物の祖母とは似ても似つかないものだった。あまりにも長いこと病気の祖母を見慣れていたせいで、それ以外の姿を自分の奥深くにしまいこんでしまったのだ。

ぼくらの魂は、多くの富を持つことができるけれども、どんな瞬間にその魂を考察してみても、魂じたいは虚構の価値しか持たない。現実の富であれ、想像の富であれ――たとえば、ぼくの場合ならば、ゲルマントという代々続く名にまつわるものであれ、それよりはるかに重大な、祖母の真実の思い出という富であれ――、あるときには一方が、べつのときには他方が、意のままにはならないからだ。なぜならば、記憶が混乱するのは、働いたり働かなかったりするぼくたちの意志と関係しているからである。つまり、自分の内部のすべての財産、過去のよろこび、いっさいの苦悩を、ぼくたちがたえず所有しているように想像させるのは、ぼくたちの肉体の存在だ。ぼくたちにとって肉体とは、あたかも自分の精神を閉じこめている壺のように見える。そうした過去のよろこびや苦悩が、その壺から逃げ出したり、戻ってきたりすることはない。けれどそれらが内部に残ったままだとしても、多くの場合は未知の領域にとどまっていて、ぼくたちにとってはなんの役にも立たず、そのなかでもっとも日常的な記憶にしても、違った種類の回想のせいで押し殺されてしまう。その違った種類の回想は、意識のなかでよろこびと苦悩が同時に存在することを拒んでいる。けれども、忘れ去られていた感情がひとたびよみがえると、その感情がみずからとは相容れないほかのものを排除して、その感情を抱いたときの自分だけをぼくたちの内部に確立する。

今しがたぼくの内部に確立された自我は、バルベックに着いたときに祖母が服を脱がせてくれた、あのはるかに遠い夜以来、存在してはいなかった。だから、その自我の知らない今日の終わりではなく、まさにあの夜に戻って、祖母がぼくのほうに身を屈めた瞬間と同化したのである。まるで、時間のなかに異なった系列が併行して存在しているかのように。これほど長いあいだ姿を消していた当時の自我が、ふたたびすぐそばにあらわれたので、あの直後に祖母が発した言葉が耳に残っているかのようだった。けれどもそれはひとつの夢でしかなく、夢から覚めきらない人が、夢のなかのもの音をすぐそばで聞いている気がするのと同じことだ。

今やぼくは、祖母の腕に飛びこむ存在でしかなく、祖母の心の痛みをキスでやわらげようとする存在にすぎない。もしもぼくが、少し前から自分の内で次々とあらわれては消えていった存在のどれかだったとしたら、この今の存在を想像するのはむずかしかっただろう。今は逆に、少なくともしばらくのあいだは、そうした次々と継続し更新していく存在ではないので、内部のべつの自我の欲望やよろこびを思い浮かべようとすると、たいへんな努力を、しかも不毛な努力を必要とする。このときぼくが思い出していたのは、祖母がアンクルブーツを脱がせようとしてくれた一時間前のことだ。その、ひどく暑い夏の一日、ケーキ屋の軒先を眺めながら通りを歩いていたぼくは、唐突に祖母を抱きしめたい思いに駆られ、これから祖母なしではひとときも過ごすことなどできないと思ったのだった。そしていまやそのときとまったく同じ欲求がよみがえってきたのに、何時間待とうとも、けっして祖母が近くにきてくれないことをぼくは承知していた。そのことを発見したばかりだった。つまり、ぼくははじめて生き生きとした真実の祖母を感じ、ぼくの心ははち切れんばかりに祖母で満ち、ついに真実の祖母を見つけたのに、それと同時に永遠に祖母を失ったことを悟ったばかりだった。永遠に失ったのだ。ぼくには理解できなかった。この矛盾になんとか耐えなければならなかった。

矛盾とはつまり、こういうことだった。一方では、ぼくの内にぼくの知っているとおりに、ぼくのために作られ、ぼくのために生き残っている存在や愛情がある。その愛情とは、ぼくがまったき完成形であり、生きる目的であり、法律のようなものだから、祖母にとって、世界がはじまって以来存在したすべての天才も、すべての偉人の才能も、ぼくの欠点のひとつにも値しなかったろう。けれど他方では、こんなふうに愛される幸福が今もなおあるかのように味わったとたん、祖母は死んでいるという事実が幸福を貫き、肉体的苦痛のようにぶり返してはうずき、ぼくの内に残っている愛情のイメージを消し去り、ぼくの内に残っている存在を破壊し、過去にまでさかのぼって、ぼくと祖母が運命によって結びついていたという事実も消滅させ、鏡のなかに見るように祖母を見出した瞬間に、祖母はただの見知らぬ女となり、たまたまぼくの近くで何年か過ごしただけの、ほかのだれかと取り替えのきくひとりの女性になり、彼女にとってぼくもまた、以前も以後も何ものでもなくなってしまう。

少し前からぼくが体験するようになった快楽ではなく、今この瞬間に味わうことのできるたのしみは、過去を修正し、かつて祖母が感じた苦しみを少しでも軽減することだったかもしれない。ぼくの思い出す祖母は、あのガウンを着ただけの祖母ではない。たしかにそのガウンは、作業をするのに適していて、というよりほとんど作業着で、不衛生にも見えたけれど、ぼくには心和むものがあった。祖母はぼくのためにそのガウンを着ていてくれたのである。ぼくは少しずつ思いだしはじめる。ぼくは苦しいことをアピールすることで、ときには大げさに見せ、祖母を苦しめていた。いくら苦しめても、ぼくがやさしくすれば、キスのひとつでもすれば、祖母を幸福にできるとぼくは信じていた。もっとひどいことに、子どもじみた怒りにかられて、祖母の顔から幸福もよろこびもぜんぶ取り去ろうとしたこともあった。ロベール・ド・サン＝ルーが写真を撮ってくれた日のことを思い出す。薄明かりのなかで、つばの広い帽子をかぶり、しなを作る祖母を、子どもっぽくてみっともないと思ったぼくは、ひどい言葉をいくつか投げつけたのだった。その言葉を真に受けて、祖母が本気で傷ついたのが、引きつった顔を見てわかった。その顔に笑みを取り戻すためキスのひとつもできない今となって、自分の発した言葉に引き裂かれるような思いがする。

あのときの祖母の引きつった顔を、消し去ることはできそうもない。あのときの傷を、祖母から、というよりも、ぼく自身から、消すこともできない。死者たちは生きているもののなかにしか存在しないのだから、彼らを傷つけたことを思い出そうとすれば、ぼくたちは休みなく自分自身を殴りつけることになる。この苦痛がどれほど過酷であっても、ぼくは全力でそこにこだわる。なぜならこの苦痛こそ祖母との思い出の証であり、その思い出がぼくの内に間違いなくあり続けると確認できるからだ。その痛みを通してしか真実の祖母を思い出すことができない、とぼくは感じていた。だとすれば、祖母とぼくを結びつける自分に打ちこまれたこの釘が、さらにしっかりと打ちこまれることを望んでいたのかもしれない。ぼくはその苦い思い出を甘美なものに変えようとせず、また美化しようともしなかった。また、離ればなれになってもおたがい忘れずに、切れない絆で結ばれている人みたいに、サン＝ルーの撮った祖母の写真、今では肌身離さず持っているその写真に話しかけたり祈ったりして、祖母は一時的に不在なだけだという振りもしなかった。けっして、そんなことはしなかった。苦しむことに執着しただけでなく、望んでもいないのにふいに被った苦悩というものを尊重したかったからだ。まるで交差するように、祖母はぼくの内で生き続けているのに、どんどん消滅していく。このひどく奇妙な矛盾がよみがえるたび、ぼくは苦悩の持つ法則にしたがって苦悩を受け続けたかった。

この苦しみから、いつの日にか、多少の真理を見出すことがあるのだろうか。それはわかりようもない。でもぼくはわかっていた。もしぼくが多少の真理を引き出すのだとしたら、苦悩の印象からでしかあり得ないだろうと。じつに特殊でじつに自発的な印象で、ぼくの知性で描くことはできず、ぼくの意気地のなさに歪められたり弱められたりすることもないだろう。死によって、死による突然の啓示によって、人智を越えた図式にしたがって、雷のようにぼくの内に穿たれた印象である。それはまるで神秘的な二本の稲妻のようだった。

今まで祖母を忘れて過ごしていたが、その忘却から真理を引き出すために、忘却に固執しようとは考えもしなかった。何しろ忘却それ自体はまさに否定に過ぎず、思考の低下にほかならないからで、その思考には人生の真実の瞬間を再創造することなどできず、そのかわりに、型にはまったどうでもいい印象を創り出すことしかできないのだ。

それでもおそらく、自己保存本能や、苦悩から身を守る巧妙な知性が、まだくすぶっている廃墟の上にすでに建築をはじめ、有用で不吉な仕事の土台を築きはじめていた。どうやらぼくは、このたいせつな人がくだすいろいろな判断を思い出すたのしさを味わいすぎたらしく、まるで彼女が判断をまだ持てるかのように、彼女がまだこの世に存在していて、ぼくが彼女のために存在しているかのように、彼女の判断を思い出していた。けれども眠りこみ、外部のものごとに目をつむる真実の時間に到達すると、たちまち眠りの世界（その世界の入り口では知性も意志も一時的に麻痺し、過酷な真実の印象からぼくを引き離すことができなくなる）が、祖母の生と死を苦痛の内に総合し、体の奥深く、神秘的に照らされ半透明になった内臓に反射させ、屈折させるのだった。眠りの世界では、内的な認識が器官の不調の支配下に置かれていて、心臓や呼吸のリズムを早めている。なぜなら、同じ量の恐怖やかなしみや後悔が、もし血管に注射されたら、何倍もの力で作用するだろうから。地下都市の動脈をくまなくめぐろうとして、まるで六つも蛇行して流れる忘却の河のような、自分の内に流れる血管の黒い流れに乗ると、たちまちおごそかな大きな顔があらわれては去っていき、ぼくたちを悲嘆にくれさせる。

薄暗いポーチに出て、祖母の顔をさがしたが、見つかるはずもない。けれど祖母はまだ存在しているとぼくは知っていた。ただし生命はもう衰えていて、記憶と同じくらいその顔に血の気はない。どんどん暗くなり、風も出てきた。祖母のところに連れていってくれるはずの父は、いっこうにやってこない。突然息ができなくなり、心臓がこわばったように感じられた。何週間も前からずっと祖母に手紙を書くのを忘れていたことを思い出した。祖母はぼくのことをどう思うだろう？　ああ、おばあさんはこんなちいさな部屋に押しこめられて、どんなにつらい思いをしていることだろうとぼくは思った。狭くて、昔の使用人の部屋みたいじゃないか。この部屋で、世話をしてくれる付添人と二人きりで、体の麻痺したおばあさんけ自由に動くことも、起き上がることもできない。死んだあと、ぼくがおばあさんを忘れるだろうと思っているに違いない。どれほどさみしいことだろう、どれほど見捨てられたと感じているだろう。そうだ、今から走っていって、おばあさんに会おう。もう一分だって待てない。父のことなんか待っていられない。でも、どこにいるんだ？　どうして住所を控えなかったんだろう。おばあさんがぼくのことをまだわかるといいんだけれど！　どうして何か月ものあいだ、ぼくはおばあさんを忘れていられたんだろう？

真っ暗だ。これでは見つけられない。風が強くて前に進めない。ところが、父が前をふらふら歩いているではないか。ぼくは大声で呼びかけた。

「おばあさんはどこ？　住所を教えてよ。元気なの？　何も不自由していないんですよね？」

「もちろん」と父は答えた。「安心しなさい。付添婦もきちんとした人だし、少しだけれど、必要なものは買えるくらいのお金も送っている。それより、おまえのことを心配している。だから、おまえが一冊の本を書くことを伝えておいた。うれしそうだった。涙をぬぐっておられたよ」

それを聞いて、思い出すような気がした。亡くなって少したってから、祖母がしゃくり上げながらぼくの前にあらわれ、まるで暇を出された老いた女中のように、まったく知らない人みたいに、やけにへりくだってぼくに言ったのだ。「ときにはおまえに会わせておくれ。何年も放ったらかしにして、顔も見せないなんてことはしないでおくれ。思ってもみてごらん、おまえは私の孫だったのですよ。祖母は孫のことを忘れるなんてことはないのだから」

かなしげで、やさしくて、愛に満ちた祖母の顔を思い浮かべ、あのとき言うべきだった言葉を、今にも駆けつけて伝えたかった。

「おばあさん、ぼくたちはいつだって会えるよ。ぼくのおばあさんはあなただけだもの、二度と離れたりするもんか」

寝たきりだった祖母を何か月も訪ねなかったせいで、祖母はきっとすすり泣いただろう。いったい祖母はどんな気持ちだったことだろう。ぼくもすすり泣きながら、父に言った。

「早く、早く住所を教えて。早くぼくを連れていって」

けれども父は言った。

「おばあさんに会えるかどうか、わからないんだよ。いいか、おばあさんは今とても衰弱していて、おまえの知っているおばあさんには見えないかもしれない。会ったらむしろつらくなるだろう。それに、並木大通りの何番地だったか、正確に思い出せないんだ」

「でも、知っているでしょう、死んだ人はもう生きていないなんて、嘘っぱちでしょう。人がなんと言おうと、そんなことはあるはずがないんだ。おばあさんはまだ生きているよ」

父はかなしげにほほえんだ。「おまえは会いにいかないほうがいい。おばあさんは何も不自由していないし、何もかも片づいているから」

「でも、よくひとりぼっちになるんでしょう?」

「ああ、でも、おばあさんにはそのほうがいいんだよ。本人は何も考えないほうがいいんだ。何か考えるとつらくなるばかりさ。考えるってことは、たいていつらくなるってことだ。おまけに、おばあさんは今にも消え入りそうなんだよ。おまえが迷わないように、正確に書いてあげるけれど、おまえにできることは何もないと思うよ。しかも、付添婦がおばあさんに会わせてくれるかどうかもわからない」

「おとうさん、ぼくがこれからおばあさんのそばで暮らしていくことをご存じでしょう。シカだ。ほら、シカだ。フランシス・ジャムだ、フォークか」

ぼくは上の空で言いながら、真っ黒くうねる川を横切って、生者たちの世界へと戻ってきたのを感じていた。シカだ、フランシス・ジャムだとくり返しながら、それらの言葉が何を意味しているのか、今ではもうはっきりと思い出せなかった。つい今しがたまで、それらの言葉はごく自然に意味を持ち、論理をあらわしていたのに。さっき父がぼくに、アイアス、と言ったが、なぜそれが疑いもなく「冷えないように気をつけて」という意味になるのかもわからなかった。

閉め忘れた鎧戸から差し込む、昼間の日差しで目が覚めたのだろう。かつて祖母が何時間も見つめていた海が目の前にあり、それを見ていることはできそうもなかった。波立つ海を見ていてぼくが思うのは、祖母がもうこれを見ていない、ということだけだった。波の音が聞こえ、耳をふさいでしまいたかった。今では海岸いっぱいに広がる日射しの氾濫は、ぼくの心にぽっかりと空疎な穴を空けた。子どものころ、おばあさんを見失うと、散歩道や芝生がいっせいに「おばあさんは見かけなかったよ」とささやいているように感じられたが、今もそうだった。そして淡い色合いの崇高な大空を見上げると、自分が、水平線を閉じこめている巨大な青い釣り鐘のなかに入れられたように息苦しく、ここにも祖母はいないのだった。

もう何も目に入らないように、ぼくは壁を向いた。けれど、ああ、なんということだろう！その壁こそ、かつてのぼくと祖母との使者ではないか。ヴァイオリンのように素直に、あらゆるニュアンスの感情を伝えてくれ、ぼくの不安をじつに正確に祖母に伝えてくれた使者。不安とは、祖母を起こしはしないだろうか、それは同時に、もしすでに祖母が起きていたとしたら、聞こえなかったのではないかという不安でもあったのだが、するとすぐさま、第二の楽器が応えるように、今いきますよと告げてぼくを安心させた。この仕切り壁にも近づけないように、祖母が弾き、そのタッチがまだ響いているピアノにも、近づく気にはなれなかった。今この壁をどんなに強く叩いても、祖母を起こすことはできないし、ノックが返されることも、祖母が現れることもないと、ぼくにはわかっている。もし天国があるとするなら、ぼくが願うただひとつのことは、天国でこの仕切り壁をちいさく三度ノックできますように、ということだった。そうすれば祖母は、千の合図からそれを聞き分けて、ノックを返してくれるだろう。そのノックはこう告げるのだ。いらいらしてはいけませんよ、ちいさなネズミさん。待ちきれないことくらい、わかっています。すぐにいきますよ。そうしてあらわれた祖母と、ぼくはいつまでもいっしょにいられるだろう。それだって、ぼくらにとっては長い時間ではないだろう。

支配人がやってきて、陛下にいらっしゃいませんかと尋ねた。食事の時間なのにぼくがあらわれないので、かつてのように呼吸困難に襲われたのではないかと心配してくれたらしかった。喉の痛み程度であればよいのですが、と言ったあとで、カリプチュスという植物で痛みは鎮められると聞きましたが、と付け加えた。ユーカリ《ユカリプチュス》と言いたかったらしい。

支配人は、アルベルチーヌからの短い手紙を渡してくれた。今年はバルベックにくる予定はなかったが、予定を変えて、三日前から、バルベックから軽便で十分ほどのところにある保養地にきている、と手紙にはあった。ぼくが疲れているといけないので、到着する昨日は遠慮したけれど、いつ会えるだろうかと書かれている。アルベルチーヌ本人がこの手紙を届けたのかとぼくは訊いた。会いたいからではなく、会わずにすますためだ。

「そうです」と支配人は答えた。「それもできるだけ早く、というご希望です。あなたさまに貧窮の理由がなければ、とのことです」と彼は言ったが、貧窮の、ではなく、必要な、と言いたかったのだろう。「ここではだれも彼もあなたさまにお目にかかりたいんですよ」と支配人は続けたが、ぼくはだれにも会いたくなかった。

24—花盛りのリンゴの木

日中はずいぶん暑くなりそうなその日、浜辺から、子どもたちの遊ぶ声や、海水浴客の笑い声、新聞売りの声がまじりあい、焼けつくような浜辺の光景が、花火のように思い浮かんでは消えた。波は涼しげに浜辺に打ち寄せている。波の音にまじって交響曲のコンサートがはじまり、波音にまじって、海面をさまようミツバチの群れのようにヴァイオリンの音色が響いた。突然、アルベルチーヌの笑い声をまた聞きたい、と思った。彼女の女友だちにもまた会いたい。ぼくにとって彼女たちはバルベックとは切り離せない魅力であり、バルベックのある特定の場所にしか生えない植物であるかのように、ぼくの記憶に残っていた。

アルベルチーヌに手紙を書こうと思い立った。フランソワーズに届けてもらおうと、短い手紙を書いているあいだ、波の音は高まって、水晶のような流れとなって交響曲のメロディをかき消してしまった。

そうしてアルベルチーヌはやってきたのだが、その日の天気は崩れ、冷えこんでいて、しかも彼女はひどく不機嫌だった。笑い声など聞けそうもなかった。

「今年のバルベックは退屈だわ」と彼女は言った。「私ももうバルベックを出たいわ。復活祭からもうひと月以上こっちにいるけれど、だれもいやしないんだもの。おもしろいはずがないわ」

雨が上がっても空模様は不安定だったけれど、ぼくはアルベルチーヌをエプルヴィルまで送っていった。彼女の滞在先、ロズモンドの両親の家があるアンカルヴィルと、彼女の叔母、ボンタン夫人の別荘があるこのちいさな海岸を、彼女の言葉によると「いったりきたり」しているらしかった。彼女を送っていったあとで、ぼくは通りのほうへぶらぶら歩いていった。ずっと昔、ヴィルパリジ夫人と祖母といっしょに散歩した道だ。雨は上がり、太陽が顔を出していたが、あちこちに水たまりができて道はぬかるんでいた。そうしてぼくはまた、この道を数歩もいかないうちに泥まみれになった祖母を思い出した。

けれども大通りに出ると、目のくらむような光景が広がっていた。祖母と歩いたときはリンゴの木々は緑の葉をつけていただけだったが、今、見渡すかぎりリンゴの木は花をつけていた。信じられないほど豪華で、根本は泥に浸かりながらも、まるで豪華なサテン地の衣装さながら、あちこちで開いた花が日差しを受けて輝いているさまは、舞踏会のようだった。木々の向こうに水平線が見え、その光景は、遠近法で描かれた日本画を思わせた。空を見上げると、澄みきった空は強烈な青に染まり、離れ合って咲く花は楽園の深さを示しているようだった。この青空の下、軽やかで冷たい風が、赤く染まりつつある木立をふるわせている。青いシジュウカラが枝にとまり、花から花へと飛び移っている。こんなふうに生きている美は、異国趣味と色彩の美術愛好家が人工的に創り出したかのようだった。けれどもこうした景色が、人を涙ぐませるほど感動させるのは、それが自然に根ざしたうつくしさだからだ。田園のまっただなかにあるこれらのリンゴの木は、フランスの街道にたむろする農夫を思わせた。やがて日射しの帯が消えると、かわりに雨が幾筋も線を描き出した。雨が水平線に縞模様を描き、リンゴの木を灰色に染めた。けれどもリンゴの木は、降りはじめた驟雨をうけ、凍るように冷たい風に吹かれても、その花々はうつくしさを誇るようにバラ色に咲き乱れていた。春の日の午後のことだ。

25ー踊るアルベルチーヌ

連絡が取れやすいようにと、アルベルチーヌは留守にする日の日時と、その日に泊まる女友だちの住所をぼくにメモさせた。彼女たちの家はそう離れておらず、遠くに住んでいる人はいなかった。アルベルチーヌのまわりで、花の絆が結ばれたのはそういうわけだった。思いきって告白すると、アルベルチーヌとまだ交際をはじめていなかったぼくは、こちらの浜辺やあちらの浜辺で、彼女たちに快楽を与えてもらっていた。そういう関係になった仲間はそんなに多くはないが、最近になってそのことを思い出し、彼女たちの名前が思い浮かんだ。数えてみると、このひとシーズンだけで十二人だ。十二人の娘が、ぼくにひそかな愛のしるしをゆだねてくれたのだ。いや、もうひとりいた。もうひとりの名前をあとから思い出した。ぜんぶで十三人。ぼくは子どものように、十三という数が、そのままであることをおそれた。そして、なんたることか、いちばん大切な人を忘れていることに思い至ったのだ。アルベルチーヌだ。彼女が十四番目の人ということになる。

アルベルチーヌが女友だちの家に遊びにいっている日、ぼくはむしろヴェルデュラン夫人の借りている別荘にいきたいと考えていた。いろいろな女性に、つねに同じだけの欲望を抱いているかというと、そうとはかぎらない。ある夜には、どうしてもその人といっしょにいなくては気がすまないとしても、翌日からは、一か月も二か月も会わなくても平気なこともある。性交を終えてぐったりしているときに、ずっと頭から離れなかった女が目の前にあらわれたとしても、できることはせいぜい額へのキスくらいだろう。

このころのアルベルチーヌとぼくは、そう頻繁に会っていたわけではない。どうしてもアルベルチーヌでなければだめなときにしか、ぼくから会うことはなかった。どうしても彼女に会いたいのに、フランソワーズを使いに出せないくらい彼女が遠くにいるときは、ぼくはエレベーターボーイに彼女を迎えにいってもらった。仕事を早く終わってもらい、エプルヴィルやラ・ソーニュやサン゠フリシューにいってもらうのだった。

力いっぱいドアを閉めてから、「あの若い娘さんを連れてきておくれ」とドアボーイに言った。「知っているだろう、アルベルチーヌ・シモネ嬢だ。ぼくからですと、これを渡してくればいい」と、ぼくは彼らに封筒をゆだねた。「すごくよろこんでやってくると思うよ」とつけ加えたのは、そう言ったほうが、彼らが迎えにいきやすいだろうと思ったからだ。

「ええ、きっとおよろこびになるでしょう」と彼らは言う。

「それがそうともいえないんだ。くるかというと、当たり前とはいかない。ベルヌヴィルからここまではずいぶん不便だから、こようと思ってもなかなかたいへんだ」

「ええ、本当です」

「彼女に、きみといっしょにくるように言ってくれないか」

「ええ、ええ、ええ、そういたしますとも」と、彼は抜け目なく答えたが、ぼくはだいぶ前から彼に「好印象」を抱いていなかった。はきはきと抜け目なく返事をするが、実際にはそこには曖昧な軽率さが含まれていた。

「戻ってくるのは何時ごろになるだろう？」

「そんなにかかりませんよ」とエレベーターボーイは言い、続ける。「そこにいくくらい、わけないことです。ちょうど今日の午後、外出する予定がなくなったものですから。お昼に、大広間で二十人の会食があったんですよ。午後は私が外出する番だったんですが、今晩ちょっと出かけてもおあいこですよ。今からちょいと自転車でいってきます。そうすれば早く着くでしょうし」

そんなふうに言いながら出かけたものの、その日、彼はひとりで戻ってきた。彼女を連れてきてもらわないと困るのだとぼくが言うと、彼は笑いながら、こう言うのだった。

「ご存じでしょう、彼女を見つけられなかったんです。それに私もあれ以上向こうに長居するわけにもいかなかったんですよ。仕事に戻れなくなるかもしれませんし」

この男が笑っていたのは、悪意からではなく、臆病さのせいだった。自分の失敗を冗談めかして言えば、ことの重大さを減じさせられると思っていたのだ。「ご存じでしょう」と言ったのは、実際にぼくがそのことを知っていると思ったからではない。ぼくが知るはずのないことを彼は知っていて、そのためにおびえていたのである。だからこそ、見つけられなかったと伝えたときに味わう恐怖を避けようとして、「ご存じでしょう」と言ったのだ。

悪事の現場をおさえられた人がこんなふうに笑っても、ぼくらは断じて腹を立てるべきではない。彼らが笑うのは、ぼくらを馬鹿にしているからではない、ぼくらが気にくわないのではないかとおびえているからだ。だから、笑っている人を見たら、ぼくらは大いに同情し、深いやさしさを見せようではないか。

そのようにすると、発作でも起こしたかのように、エレベーターボーイは顔を赤らめて混乱し、言葉づかいも含めて急になれなれしくなった。そうして、今まで言わなかったことをべらべらと白状した。アルベルチーヌはエプルヴィルにはいなかったが、九時になれば戻るかもしれず、もしそれより前に戻ってきたら、だれかが彼女に伝言を伝えることになっていて、それを彼女が受け取れば午前一時前にはこちらに到着するだろう、と。

のちにぼくはアルベルチーヌに強い不信を抱くことになるのだが、まだその晩のことではなかった。いや、ただちに告白してしまえば、それはこの数週間後に起きた。コタール医師と話しているときに、その不信は生じたのである。

その日、アルベルチーヌと女友だちは、ぼくをアンカルヴィルのカジノに連れていこうとしていた。けれどもぼくはラ・ラスプリエール荘のヴェルデュラン夫人を訪ねようと思っていたので、もしトラムの故障で、アンカルヴィルで足止めをくらわなければ、彼女たちと合流することもなかっただろう。修理には時間がかかると聞き、周辺をぶらぶらしていたぼくは、コタール医師にばったりと出会った。アンカルヴィルまで診察にきているということだった。こちらから手紙を出したのに返事も何もなかったので、話しかけるのはためらわれたが、コタール医師はまったく気にするそぶりもなく、手紙をそのままにしたことを謝罪し、ぼくがこちらにきていることをヴェルデュラン夫妻に知らせておいたと語った。夫妻はきみにとても会いたがっていると言い、なんならいっしょに夫妻のところにいこう、と彼は言った。診察を終えたコタール医師もその日、ヴェルデュラン夫妻の晩餐に招かれていて、だからこのトラムに乗ろうとしていたのだった。ぼくは彼といっしょにいくかどうか決めかね、まだ修理が終わるまでずいぶん時間がありそうなので、彼をカジノに誘った。

以前きたときは、このカジノはずいぶんさびれた印象だったのだが、このときは、少女たちの陽気な声が響き、彼女たちには男性のパートナーがいないので、女同士で踊る姿も見られ、ずいぶんとにぎやかだった。アンドレがステップを踏みながらぼくに近づいてくる。アルベルチーヌの笑い声が聞こえる。急にぼくは心を決めて、ヴェルデュラン夫妻のところへはいかないと、コタール医師に告げた。笑い声が聞こえたことで、アルベルチーヌといっしょにいたいという思いがせり上がってきた。その声は、バラ色の肌とかぐわしいにおいの肉体を思い起こさせた。笑い声は、官能的なゼラニウムの香りのように、興奮を刺激する重さのない微粒子のように、ぼくのもとに運ばれてきたのだった。

ぼくの知らない少女がピアノを弾き、アンドレはアルベルチーヌにワルツの相手を申しこんでいた。この子たちといっしょにここに残ると思うと、にわかにうれしくなって、彼女たちはなかなかダンスがうまいですねとコタール医師に言った。すると彼は、ぼくとこの少女たちが知り合いで、こんにちはと挨拶したのを見たはずなのに、無遠慮に言う。

「自分の娘をこんなところに入り浸らせるなんて、親御さんはずいぶん軽率ですな。私だったら自分の娘がこんな場所に出入りするのを許しませんよ。この女の子たちはせめてかわいいのかな？　顔立ちがよく見えませんが」そうして彼は、体をぴったりくっつけてワルツを踊るアンドレとアルベルチーヌを指さし、続けた。「眼鏡を忘れてきたので、よくは見えませんが、あの二人、ごらんなさい、オーガズムに達していますよ。女性が乳房でどれほど性的刺激を受けるか、あまり知られていないのです。でもほら、彼女たちはあんなに乳房をくっつけているでしょう」

たしかに、アンドレとアルベルチーヌは乳房を押しつけ合うように近づけている。コタールの指摘が聞こえたのか、視線で察したのか、二人は踊りながらそっと体を離した。アンドレはアルベルチーヌに顔を近づけて何かささやき、アルベルチーヌはさっきと同様の、官能的な笑い声を上げた。けれどぼくはさっきのように興奮することはなく、その声にただ動揺していた。残酷な動揺だった。アルベルチーヌはそうした笑いでアンドレに、秘密の官能的な戦慄か何かを伝え、確かめさせているように見えたのだ。その笑い声は、未知の祝宴のはじまり、あるいは終わりを告げる調べのように響いていた。

結局ぼくはコタール医師とともにカジノを出た。コタール医師は何か話していたが、今目にしたものが消えず、ぼくは上の空で返事をしていた。

26―アルベルチーヌの矛盾

アルベルチーヌとアンドレについてのコタール医師の言葉は、ぼくにとってたいそうな苦痛だったが、そのときはまだ半信半疑だった。ちょうどある種の毒が一定の時間を経なければ作用しないように、まだ最大の苦しみはやってきてはいなかった。

ともあれ、エレベーターボーイを使いに出した日に話を戻そう。結局その日、彼が請け負ったにもかかわらず、アルベルチーヌはやってこなかった。

ある人の魅力そのものよりは、その人の「だめなの。今夜はふさがっているの」という言葉のほうが、ときとしてひんぱんに恋の原因になり得る。けれど友だちといっしょにいる場合、人はこうした言葉には注意を払わない。友だちとひと晩じゅう陽気に過ごし、その言葉のもたらしたイメージには関心さえ抱かない。そのあいだこのイメージは必要な溶液につけられている。帰宅してネガを見つけ、現像するとすっかり鮮明に写っている。そうして人は気づく。昨日までの人生なら、つまらないことがあればすぐにでも訣別できたのに、もはやそうした人生ではなくなってしまったことに。相変わらず死をおそれないとしても、もはやその人と別れることなど考えられなくなっているからだ。

エレベーターボーイの言っていた午前一時が過ぎ、三時ともなると、もう彼女はこないだろうと確信した。以前はそれで苦痛を感じたけれど、このときはもう、そう確信できることの安堵とすがすがしさしか感じなかった。今夜も、彼女と会わなかったほかのいくつもの夜とまったく変わらない。そう考えることからぼくは出発した。そう思うと、翌日、もしくはべつの日には会えるかもしれないとほのかな期待がわき起こり、そして心地いいものとなったのだった。愛する人を待っているときの苦痛は、もしかしたら、服薬している薬のせいということはないだろうか。薬の副作用で胸がどきどきするのに、待ち人がこないせいで不安なのだと思いこむようなことはないだろうか。恋愛はときに、苦悩や不安のまちがった解釈から生まれる。けれどそのまちがいを訂正しても、どうしようもない。恋愛は、つねにあやまった感情に支配されているのだから。

その翌日、アルベルチーヌから手紙がきた。エプルヴィルにようやく帰ってきたところで、だからタイミングよくぼくからの手紙が読めなかった、もしよければ今晩そちらにいきましょうかと書いてあったが、ぼくはなんだか彼女を信じられなくなっていた。ぼくより好きなだれか、ぼくといるよりたのしい時間が、彼女にはあるのだなと感じはじめていた。そしてふたたび、昨晩彼女はいったい何をしていたのか知りたいというつらい好奇心によって、つまり人がつねに内に持っている潜在的な愛によって、ぼくの全身は揺さぶられた。一瞬、そうした愛によってぼくはアルベルチーヌにつなぎとめられるだろうと思えたが、その愛はその場で震えただけで、歩みはじめることもなく、その最後のざわめきも消えてしまった。

はじめてバルベックに滞在したとき、ぼくは――おそらくアンドレも同じだったと思うが――アルベルチーヌのことをよくわかっていなかった。ぼくたちがどんなにいっしょにいたいと願っても、ガーデンパーティだのピクニックだのと彼女は飛びまわり、それをだれも止めることができないのは、彼女の無邪気な軽薄さのせいだと思っていた。こうして二度目のバルベックとなると、この軽薄さは巧妙な見せかけなのではないかと思えてきた。ガーデンパーティだピクニックだというのは、嘘ではないだろうけれど、何かのカモフラージュなのではないか。

そんなふうに思ったのは、こんなことがあったからだ（それはぼくから見た、つまりレンズのこちら側から見たできごとにすぎず、しかもレンズは透明ではないから、レンズの向こう側にどんな真実があるのか、ぼくにはわからないのだが）。

この上なく情熱的に、ぼくへの愛を誓ったときに、アルベルチーヌが時計にちらりと目を走らせたことがあった。アンフルヴィルに住むあるご婦人を訪ねることになっていたからで、そのご婦人は毎日五時に訪問客を迎えることになっているらしかった。何か不審を抱き、体調もすぐれなかったので、訪問をとりやめていっしょにいてくれるように頼んだ。けれども無理だと彼女は答え、あと五分しかいられないと言う。そのご婦人は退屈で、怒りっぽく、もてなしも下手だから、いきたくはないけれど、でも約束を破ればご婦人を怒らせてしまうと言う。

「そんなにつまらない相手なら、今日はいかなくたっていいじゃないか」

「だめよ。いつも礼儀正しくしていなさいって叔母にくり返し言われているの」

「ぶしつけなきみもずいぶん見たけどな」

「それとこれとは話が違うわ。もしいかなければ、ご婦人は怒って、叔母にあることないこと言いつけるに決まってる。あの人と、私はそんなにうまくいっていないの。だからこそ、私から訪ねてくるべきだってあの人は思っているのよ」

「でも毎日お客を迎えているんだろう、今日じゃなくてもいいじゃないか」

ここでアルベルチーヌは、自分が矛盾したことを言っていると気づいたのだろう、

「もちろん、毎日お客さんを迎えているわ。でも今日は、その人のおたくで何人かのお友だち

と会う約束もしているの」

「ってことは、アルベルチーヌ、きみはぼくよりそのご婦人や友だちのほうがだいじなんだね。退屈な訪問でも友だちがいてくれるなら、病気のぼくのそばにいるより、ずっとたのしいんだね」

「訪問が退屈だろうが私にはどうでもいいの。私の二輪馬車で友だちといっしょに帰る約束になっているのよ。もし私がすっぽかせば、彼女は帰ることができなくなっちゃうわ」

アンフルヴィルなら、夜の十時まで列車があるとぼくは言った。すると彼女は、

「そうかも知れないけど、夕食に誘われてそれより遅くなるかもしれないじゃない。あの人、誘うのがとてもうまいのよ」

「夕食を断ればいいんだよ」

「そんなことをしたらますます叔母に怒られちゃうわ」

「夕食を食べても十時の列車には間に合うだろう」

「ちょっとぎりぎりね」

「そんなこと言っていたら、ぼくも外食なんかできなくなるよ。じゃあ、こうしようよ。ぼくも外の空気を吸えば体調もましになるかもしれない。きみもぜったいにご婦人を訪ねるんだろ。アンフルヴィルまでぼくがいっしょにいくよ。心配しないでいいよ。ご婦人の別荘までついていくわけじゃないし、そのご婦人にも、友だちにも、会わずに帰るから」

この提案に、アルベルチーヌはぎくりとしたように見えた。彼女の言葉はとぎれがちになっ

た。海風にあたらないほうがいいのではないか、などと言い出したりした。

「ぼくがついていくと何か困るの?」と訊くと、

「どうしてそんなことを言うの?」と彼女は言う。「あなたといっしょに出かけるのが、私のいちばんのたのしみだって知ってるくせに」そして突然、彼女は話の方向を変えた。「どうせ二人で出かけるのなら、バルベックの反対側にいってみない? そこで夕食にしましょうよ、ねえ、すてきじゃない? 知らないでしょ、あっちの海岸のほうが、ずっときれいなのよ。私、正直、アンフルヴィルにはもううんざり。濃い緑も見飽きたの」

「でも、今日いかないと、そのご婦人は怒るんだろう?」

「怒らせておけばいいわ。じきに機嫌もなおるでしょ」

「だめだよ、約束を破るなんて」

「でもきっと、あの人、気づきもしないかもしれないわ。だって毎日お客さんを迎えているんですもの。明日でも明後日でも、一週間後でも二週間後でも、いつでもかまわないのよ」

「じゃあ、きみの友だちはどうなるの」

「彼女ってね、何度も私を放ったらかしにしているの。今度は私の番だわ」

「でも、きみの言うほうにいくと、九時過ぎには列車が終わってしまうんだよ」

「平気でしょ? 列車の時間になんてこだわることないわ。荷馬車でも自転車でも、何かあるでしょ。なければ歩くまでじゃない」

「何かあるでしょ、なんてよく言うね。アンフルヴィルのほうなら、木造のちいさな乗り場が軒を連ねているけど、反対側のほうは閑散としているじゃないか」

「だいじょうぶ。約束するわ、ちゃんと無事に帰してあげるわ」

アルベルチーヌはぼくのために、あらかじめ決まっていた何かをあきらめたのだとぼくは感じ取ったが、その「何か」が何であるか、彼女は言いたくないらしかった。そしてかつてのぼくがそうだったように、すっぽかされただれかがつらい思いをするのだ。ぼくがついていくと言ったのがいけなかったのだろう。ついてこられたら、できない何かだったのだろう。そして、すっぽかしたからといって、取り返しのつかないわけではないと、彼女は承知していたのだろう。実生活でいろんなことをしている女性の例にもれず、彼女もけっしてぐらつかないよりどころを持っているからだ。つまりそれは、嫉妬と疑惑である。たしかに彼女のほうから、相手のそれをかきたてようとしたわけではない。その逆だ。けれども恋する男というのはとても疑い深く、すぐさま嘘をかぎつける。したがって、アルベルチーヌはほかの女よりまさっているわけではないのに、経験から、それが男の嫉妬のおかげであるとはまったく思いもせず、ある晩すっぽかした相手がいつでも会ってくれると知っているのである。

今日、彼女にすっぽかされたぼくの知らないだれかは、きっと苦しむだろう。その苦しみによって、いっそう彼女を愛するようになるだろう。彼女は、まさかすっぽかしたためにより愛されるなんて思いもしないだろうけれど。そうしてもう二度と苦しまないように、自分のほうから彼女のもとに戻ってくるだろう。ぼくだったらそうしたように。

ぼくはだれのことも苦しめたくなかった。あちこち歩いて疲れたくもなかったし、これ以上詮索し、あの手この手で監視するようなこともしたくなかった。

「アルベルチーヌ、きみのたのしみを台無しにしたくないよ。やっぱり、そのアンフルヴィルのご婦人のところにいったほうがいいよ。いや、そういう名前で呼んでいるだれかのところへさ。なんだかどうでもよくなってきたよ。ぼくがきみと出かけたくないのは、きみがそんなこと望んでいないからさ。散歩しようっていうけど、それはきみのしたい散歩じゃないってことだよ。気づいていないだろうけど、きみ、五回以上も矛盾したことを言っているよ」

気の毒に、アルベルチーヌは自分が口にした矛盾が、深刻なものだったのではないかと心配になったらしい。自分でも、どんな嘘をついたのかわからなくなっていたのだ。

「そうかもしれない。つじつまの合わないことを口にしたかもしれないわ。海の空気のせいで頭が働かないの。しょっちゅう名前も間違っちゃうし」

そうして彼女は、思いもしないことを言って、ぼくを痛めつけた。

「じゃあ、わかったわ、私、いきます」つらそうに彼女は言ったが、またしても時計をちらりと確認した。いまやぼくと夜を過ごさなくてもいいという口実をあたえられて、もうひとりの相手にたいして遅れないか確認するために。「あなたって意地悪よね。あなたとたのしいひと晩を過ごそうと思って予定をすっかり変えたのに、あなたはそうしたくないって言うんだもの。その上、私が嘘をついてるととがめるし。こんなに残酷なあなたを、今まで一度も見たことがないわ。海が私のお墓になるかもしれないわ。私、もう二度とあなたと会うことはないでしょう。海に身を投げて、おぼれてしまうのよ」

それを聞いて、鼓動が速まったが、明日になればきっと彼女はけろりとしてあらわれると思いなおした。

「ギリシャの詩人、サッポーみたいにね」ぼくは言った。

「またそんな憎まれ口をたたく。あなたって、私の言ってることだけじゃなくて、やってることも疑っているのね」

「誓って言うけど、なんの意図もないんだけどな。サッポーが海に飛びこんだのは知っているだろ？」

「あるわ、意図はたっぷり。あなたは私のことを少しも信用していないのよ」

彼女は時計を見て、二十分前であることに気づき、今からやろうとしていることをし損じることを心配したのだろう、別れの挨拶を手短にすまそうと決めたようだった。

「さようなら、永遠に」と、痛々しい声で言い、急ぎ足で出ていった。彼女もかなしかったに違いない。彼女は自分が何をしているのか、ぼくよりずっとよくわかっていただろうし、だから、ぼくが彼女にたいしてそうである以上に自分にたいして厳しく、同時に寛大で、自分がこんなふうな別れかたをしたからには、ぼくがもう二度と彼女に会おうとしないだろうと思っていたに違いない。けれども、今にして思えば、このとき彼女が会いにいったもうひとりも、ぼく以上に、ぼくにたいして嫉妬を覚えていたに違いない。彼女はそのくらいぼくに執着していた。翌日も、彼女は想像どおり何ごともなくぼくのまえにあらわれて、前の晩のことを詫びた。この日はもうひとりに予定が入っていたのだろう。

数日後のこと。バルベックで、ぼくたちがカジノのダンスホールにいるとき、友人ブロックの妹と従妹が入ってきた。二人ともじつにうつくしく成長していたが、ぼくは女友だちの手前、彼女たちに挨拶しなかった。その若いほうの従妹は、ぼくの最初のバルベック滞在のときに知り合った女優と、おおっぴらに同棲していたせいもある。アンドレは、そのことをだれかが小声でほのめかすと、ぼくに言った。

「ああ、そのことなら私もアルベルチーヌと同じよ。あれくらい二人揃ってぞっとさせられることってないわね」

入ってきた二人に背を向ける格好でぼくとおしゃべりをしていたアルベルチーヌは、ちらりと振り向いて、評判のよくないその二人の少女を目にとめた。その目に深い関心がよぎるのをぼくは見逃さなかった。それはときどき、このやんちゃな少女の顔に、真剣な、深刻とさえいえる表情が浮かび、そのあと彼女をかなしそうにさせるのだった。彼女は二人からすぐ目をそらし、ぼくを見たが、その目は奇妙に静かで、夢見ているかのようだった。ブロック嬢と従妹が馬鹿笑いをし、場違いなほどの大声で騒ぎながら奥へいくと、ぼくはアルベルチーヌに、今のブロンドの子は、昨日花馬車のレースで賞をとった子ではなかったかと訊いてみた。

「あら、ブロンドの子なんていた？　私、あの人たちのことなんにも知らないし、興味もないの。よく見なかったけど。ブロンドの子なんていたかしら」と、彼女は強調するようにその場にいたみんなに言った。毎日のように堤防で見かけている二人のことを、何も知らないなんてにわかには信じがたかった。嘘をついているとしか思えなかった。

「あの子たちのほうでも、こちらのことなんて見てもいなかったけれどね」

とぼくはアルベルチーヌに言ってみた。はっきりと自覚的に考えてそう言ったのではなく、アルベルチーヌが女を愛したことがあるという仮定に立っていたからだ。つまり、アルベルチーヌが彼女たちの興味を惹かなかったこと、もっと一般的にいえば、どんなに背徳的な女にとっても、見ず知らずの少女を気にかけたりしないのがふつうだと伝えて、彼女ががっかりしないようにしてやりたかったのだ。

「見てもいなかったですって？」と彼女はうっかりぼくに言った。「私たちのことを見ることしか、していなかったじゃないの」

「でも、そんなことときみにはわかるはずないだろ？　背中を向けていたんだから」ぼくが言うと、

「これがあるじゃない」と、彼女は真向かいの壁にはめこまれた大きな鏡を指した。

つまり彼女は、おしゃべりに夢中になっているふりをしながら、鏡に映る二人の姿に、そのうつくしい視線を注ぎ続けていたのだ。

アンカルヴィルのカジノにコタール医師といっしょにいった日から、彼の言葉に納得したわけではないが、しかしアルベルチーヌが以前の彼女と同じ人物だとは思えなくなっていた。彼女を見ているだけで、怒りがこみ上げてくる。彼女が別人になったのと同じように、きっとぼくも変わったのだと思う。彼女に好意的に振る舞うこともやめた。彼女がいなくても、その場の話が彼女に伝わりそうなときは、ぼくは彼女のことをもっともしゃくにさわるように話した。

それでも、休戦のときもあった。

アルベルチーヌとアンドレが二人そろって画家のエルスチールから招待を受け、出席すると答えたことをたまたま知った。二人は帰り道に寄宿生がするように、たちの悪い少女たちを真似してたのしんでやろう、ぼくの胸を締めつけるような秘密の快楽を味わおうとしていると思いこみ、その邪魔をして、たのしみにしている快楽をアルベルチーヌからとりあげてしまおうと考えた。そこでその日、招待も受けていないのに、出し抜けにエルスチールの家を訪れた。ところがそこにはアンドレの姿しかない。アルベルチーヌは、叔母に合わせてべつの日にくることにしたらしかった。

コタール医師の言っていたことは間違いではないかとぼくは思った。二人がいっしょにいなかったことで、ぼくは安心した。持ちはじめていた疑念が晴れると、アルベルチーヌにやさしく接することができるようになった。けれどそれは、体の弱い人の、ときどきの健康と似ていて、長く続かず、一時期よりいい状態になっても、ちょっとしたことのせいで、また病気に伏せってしまうようなものだった。疑念はすぐに戻ってきた。

アルベルチーヌはアンドレをそそのかして遊んでいるのだろうが、そんなに深入りしていないものの、まったくの潔白のはずはないだろう。その疑惑にとりつかれたぼくは、その疑念をとうとう遠ざけた。けれどもそこから立ちなおったと思っても、すぐさま疑念はべつのかたちで戻ってくる。今しがた、アンドレが、彼女特有の優雅な身のこなしで、アルベルチーヌの肩にその頭をそっとのせ、目を細めて首筋にキスをするのをぼくは見てしまった。それだけではない、二人が目配せするのも見た。二人で海水浴にいくのを見たと、人から聞くこともあった。ある種のウィルスは始終空気中に漂っていても、毎日それを吸いこんでも病気にならない人がいる一方で、体の弱い人が吸いこめば、なんらかの症状があらわれて病気となる。

そんなふうに、アルベルチーヌの姿もないのに、ぼくはジゼールといっしょにいたときの彼女の姿勢を、そのときは罪のないものに見えたその姿勢を思い出している。それを思い出すだけで、ようやく得た心の落ち着きは破壊されてしまう。ぼくはもう危険なウィルスを吸いに外に出る必要すらなく、コタールなら、自己中毒を起こした状態だと言うだろう。そうなるとぼくは、スワン氏の夫人、オデットへの愛について、そして彼がオデットに一生涯どんなふうに弄ばれたか、自分が耳にしたすべてを思い出さずにはいられなかった。

今思えば、ぼくは、推測によってアルベルチーヌの全性格を作り上げていたし、完全には支配できなかった女の生活の瞬間をつらく苦しい想像で埋めていた。けれどその推測も想像も、出どころは、かつて耳にしたスワン夫人の性格への固定観念や、その記憶だった。スワン夫人への悪評が一役買って、アルベルチーヌは善良な少女ではなく、もと売春婦だったオデットと同じように背徳を持った、人をだます能力にめぐまれた女ではないかと推測していたのだ。そしてぼくは、そんな彼女をもし本当に愛してしまったら、スワン氏のようにあらゆる苦悩を背負うことになると考えていた。

27 架空の恋

ある日、グランド・ホテル前の堤防でみんなで集まっていたとき、ぼくはアルベルチーヌにひどく侮辱的なことを言った。それを聞いていたロズモンドは、

「まあ、なんて変わりようなの。あなた、アルベルチーヌにご執心で、なんだってアルベルチーヌがいちばんだったじゃないの。なのに今は犬にくれてやる価値もないような言いざまじゃないの」

ぼくはアルベルチーヌへの当てつけのように、アンドレに思いつくかぎりのやさしい言葉をかけていた。アンドレがアルベルチーヌの共犯者だとしても、まだ許す余地があるように思っていた。何しろこのとき彼女は病気で、精神的に不安定だったのだから。

ロズモンドとジゼールが帰ろうとしてぼくに別れを告げたのに、アルベルチーヌはその場から動かずにいた。

「アルベルチーヌ、もうこんな時間よ、帰りましょうよ」

驚いた彼女たちはそう促したが、

「帰ってちょうだい」とアルベルチーヌはきっぱり言った。「私、彼に話があるの」とぼくを指した。ロズモンドとジゼールは見なおしたような視線をぼくに向けた。アルベルチーヌにとって、帰る時間や女友だちよりも、ぼくが大切なのだと言われた気がして、また、ぼくらのあ

いだに、だれも立ち入ることのできない秘密があるような気がして、ぼくはひそかによろこんだ。

「じゃあ、今夜は会えないの？」

「わからないわ。この人次第よ。どちらにしても、明日また会いましょう」

二人が去るのを見送って、

「ぼくの部屋にいこうか」とぼくは言った。

ぼくらはホテルに戻り、エレベーターに乗った。エレベーターボーイがいるので、彼女は黙ったままだった。

エレベーターを降りて廊下を二人で歩きはじめるとすぐに、彼女が口を開いた。

「私の何に怒っているの？」

彼女に冷たくしたのは、ぼく自身にはもっとつらいことだったのだろうか。ぼくにたいして、アルベルチーヌが以前のように畏怖と懇願の態度をとれるようにするための、無意識の策略だったのだろうか。そうなれば、ずっと彼女についてぼくが作り上げてきた二つの推測のうち、どちらがただしいか問いただして、知ることもできただろう。どちらにしても、彼女のその質問を聞いて、長いこと待ち望んでいた目標を達成したかのようなよろこびを感じた。ぼくは答える前に、彼女を自分の部屋まで連れていった。ドアを開けると、部屋を照らしていたバラ色の光があふれ出た。ぼくは窓辺にいき、暁色に染まるカーテンを引いた。波にのって休むカモメたちもバラ色に染まっていた。そのことをアルベルチーヌに告げると、

「話をそらさないで」と彼女は言った。「私のように正直に話して」

ぼくは、アンドレに激しい恋をしていると嘘の告白をした。芝居のせりふのように、シンプルに、率直に。でもそれは、実際に抱いてもいない愛を告白するときにしか見せないシンプルさであり、率直さだった。

最初のバルベック滞在の前に、ジルベルトについた嘘を少しずつ変えて話しながら、もう愛していないという自分の言葉をアルベルチーヌに信じさせようと、こんなことまで言った。かつては彼女に恋をしそうになったけれど、あまりに時が経過して、今は彼女を友だちとしてしか見ることができないし、もし自分でそう願ったとしても、この先も彼女に熱烈な恋をすることはないだろう、と。こんなふうにアルベルチーヌを前にして、彼女にもう無関心だなどと力説するのは、彼女の気を引きたかったからなのだ。自分を信じることができないせいで、女性を愛することにも、愛されることにも自信のない人間は、こんなふうに愛を試す。そうした人間は自分自身をよく知っていて、自分は相手がだれであれ、同じ希望と同じ不安を抱き、同じロマンに酔い、同じ言葉を口にするとわかっている。自分の感情や行動は、愛するだれかと密接で不可欠の関係にあるのではなくて、岩に沿って流れこむ満ち潮のように、女の脇をただ通り抜け、せいぜいできるのは彼女に水しぶきをかけることくらいだとわかっている。そうなると、自分の移り気な感情のせいで、あれほど愛されたいと願っていた当の女たちも、愛してくれないのではないかと不信感が心のなかでいや増す。女はたまたまぼくたちのほとばしる欲望の前にいるにすぎないのに、いったいなぜ、ぼくたちがその女の欲望の標的になるなんて偶然があり得るだろうか？　女性に、恋愛感情という、このやっかいで特殊な気持ちを告白すればいいものを、そんなことを直接言おうものなら、嫌われてしまうのではないかと不安で、自分が言おうとしている言葉が彼女に向けたものではなく、どこかべつの女のところで使用済みのものなのではないかと思って恥ずかしくなり、こちらを愛してくれない女に何を言っても理解してもらえないに違いないと決めつけ、ならば野暮にも、何も知らない人に、衒学者よろしく小難しいことをくどくどと言ってしまったと恥じ入るのだ。こういう不安や恥ずかしさは、突然反転して引き潮となり、最初は後退して以前に告白した思いを引っ込めるが、やがて、相手に敬意を払わせたい、相手より優位に立ちたいという攻撃へと変化する。こうした二重のリズムは、自分を買いかぶった人よりも、自分を念入りに分析するすべての人において、ひとつの恋のさまざまな時期にあらわれる。ぼくが今アルベルチーヌにしている話のなかで、このリズムがいつもよりいくぶんはっきりと強調されているのは、ぼくの愛情が逆のリズムにすぐに移れるようにと思ったからに過ぎない。

あまりに時間が空いてしまったので、もしかしてもう愛せないと言われてもアルベルチーヌが信じないのではないかと思い、いろんな人を例に挙げ、自分の風変わりな性格を強調して話した。今までも、相手が悪いのか自分が悪いのか、愛するタイミングを逸してしまい、どんなに愛したいと願ってもその後二度とそんなことはなかったと話した。こんなふうに、ふたたび愛することができないということを、非礼を詫びるようにあやまるふりをし、そうした心理的な問題はぼく特有の問題であるかのように話してきかせた。ジルベルトの場合どうだったかについても長々と話しながら、ジルベルトにとってはまったくの真実だったものが、アルベルチーヌにとってはそうではないかもしれないと思い、自分の言うことが信じられないふりをしつつ、同じくらい信じられるものにし続けていた。

ぼくが胸の内を正直に話していることにアルベルチーヌが満足し、しかもぼくの話の明快さに感心してくれているはずだと思い、こんなにあけすけに話していることを詫びた。ぼくが本当のことを話すとたいてい人をいやな気持ちにさせてしまうし、今の話も理解してもらえないとわかっていると彼女に伝えた。ところが彼女は、ぼくの真摯さに感謝し、しかも、二度と愛せないというぼくの心理もよくわかるし、それはよくある自然なことだとつけ加えてくれた。

アンドレにたいする嘘の恋心と、アルベルチーヌにたいする無関心を告白し、それが完全に真摯で誇張のないものと受け取ってもらえるように、言葉どおりには受け取りすぎないようにと断言した。アルベルチーヌへの愛を悟られることなく、おだやかにわくわくと話していることとは、じつに心地よかった。話し相手を愛撫しかねないほどだった。ぼくの好きなアンドレのことをアルベルチーヌに話していると、泣きそうな気分になった。けれども泣かずに本題に入った。

彼女は愛がどんなものか知っている。愛の傷つきやすさも、苦しさも知っている。ぼくのずいぶん前からの友だちとして、自分が巻き起こしたこのかなしみをもう終わらせたいと思っていることだろう。とはいえぼくが愛しているのは彼女ではないので、正直に言うけれどどうか気を悪くしないでほしい、直接的にではなく間接的に、アンドレへの恋からぼくを救い出してくれないか。

とうとうぼくはそう言って、話を中断し、アルベルチーヌを見た。窓の外で、一羽の大きな鳥が、空気を震わせるように羽ばたき、浜辺を全速力で飛んでいった。引き裂かれた破片のように夕日の照り返しで赤く染まる浜辺を、鳥は、速度を落とすことなく、注意もそらさず、重要なメッセージを伝える使命を持っているかのように横切った。

「少なくともあの鳥は、目的地にまっすぐ向かっていくわ」

とアルベルチーヌはぼくを責めるように言った。

「そんなふうに言うのは、ぼくの言わんとしていることを理解していないからだよ。でもきっと、かんたんなことではないから、言うのをやめたほうがいいのかもしれない。ぜったいにきみを怒らせてしまうだろうしね。そうなれば、いきつくところはこれしかないさ。恋する人といっしょにいてもうれしくないし、だいじな友だちも失ってしまう」

「だけど私は、怒ったりしないって誓っているわ」彼女はかなしいくらいおとなしく、ぼくの幸福を願うかのようにそう言うので、ぼくは押さえきれず、こらえきれず、母にキスしたときと同じ恍惚を覚えながら、彼女の顔にキスをした。かつていたずら好きの生意気なメス猫みたいだったその顔から、活発な表情が消え、打ちひしがれたようなかなしみが広がり、やさしさに溶けていくようだった。彼女とは無関係のぼくの恋は考慮に入れず、彼女の立場になって考えてみれば、そのけなげさにほろりと心を動かされた。他人から誠実で親切な対応しかされたことがない彼女が、友だちだと思っていた男から、何週間も嫌がらせをされ、ついにその嫌がらせも頂点に達したのだ。

「要するに私はどうすればよかったの?」とアルベルチーヌは訊いた。

そのときドアがノックされ、エレベーターボーイが顔をのぞかせた。アルベルチーヌの叔母が、ちょうど馬車で通りかかって、念のためにホテルに寄って、もし彼女がいるなら連れて帰ると言っているという。アルベルチーヌは、まだ帰ることができないので、先に夕食をとってほしい、自分は何時に帰るかわからないと伝えてくれと言った。

「でも叔母さんは怒るんじゃない?」ぼくが言うと、

「とんでもない! わかってくれるはずよ」と彼女は答えた。

こんなことは二度とないだろうけれど、少なくとも今は、ぼくと話すことが何よりの重要事項のようだった。そして彼女は、家族がたいへんなときは叔母さんもわかってくれるのだから、夕食に参加しなくても平気なのだと、今まで家族内であったあれこれを例に挙げながら説明した。家族と分け合うだいじな時間を、彼女は今ぼくのために差し出してくれているのだ。そしてそれを、ぼくは自由に使うことができる。ぼくはついに、彼女がどんなふうに噂されているかについて思い切って話した。そういう悪徳におかされた女性にぼくは不快感を覚えるが、それでも気にはとめていなかった、けれどアンドレを愛していると気づいた今、共犯者のなかに彼女の名を聞き、どれほど苦しんでいるかアルベルチーヌにはたやすくわかってもらえると思う、と告げた。ほかの女性たちの名前も挙がっていたけれど、それはどうでもいいことだ、と言ったほうがずっと巧妙だったかもしれない。

コタール医師の突然の、あのおそろしい指摘が、ぼくの心に突き刺さり、ぼくを引き裂いてしまったということにすぎない。もしコタール医師がワルツを踊る二人の姿勢を指摘したりしなければ、アルベルチーヌがアンドレを愛しているとか、少なくともアンドレと愛撫して戯れることができるなどとは、けっして思いつかなかっただろう。それと同様に、このときのぼくは、アルベルチーヌがアンドレ以外の女たちとも関係が持てるなどとは、思いつきもしなかった。いくら愛情があったとしても、悪徳の関係のいいわけにはならないのだから。

アルベルチーヌは、そんなことは嘘っぱちだと言うより先に、そんな噂をされただれしもがそうであるように、怒り、嘆き、だれがそんなデマを流しているのか知りたがり、その中傷者と対決し、こらしめてやりたいという顔をした。けれどこの告白をしたぼくのことは恨んでいないと言った。

「もしそれが事実なら、あなたには話しているわよ。でも私もアンドレも、そういうことが大嫌いなの。たしかに私たちくらいの年齢になるまでに、髪を短くして男みたいに振る舞う人もいるし、あなたの言うような趣味の人も知らないわけじゃないわ。でも、こんなに腹立たしいことはないわ」

アルベルチーヌは断固としてそう言ったが、だからといってそうではないという証拠にはならない。そうわかっていても、彼女の言葉は何よりぼくの心を鎮めてくれた。嫉妬という病的な疑惑は、内容が本当かどうかというよりも、断固とした否定によって鎮められる。もっとも、恋愛というものは、人を疑いやすくもすれば、信じやすくもする。愛するからこそいち早く疑い、愛するからこそすぐに信じる。貞淑な女ばかりがいるわけではないと知るには、恋をしなければならない。同じように、貞淑な女が存在するとたしかめるためには、やはり恋をしなければならない。人は、苦痛を求めながら、すぐさま苦痛から逃れようとする。苦しみから解放してくれそうなことは、すぐに信じようとする。効き目のある鎮痛剤にけちをつける人はいないのだ。それに、ぼくたちの愛する人がどんなに多様であろうと、その人が自分を愛していると見るか、その人の欲望が自分以外に向いていると見えるかで、その人は二つの本質的な人格を見せるだろう。第一の人格は、第二の人格の実存を信じさせない能力を持ち、また、第二の人格がもたらした苦痛をやわらげる独特の秘密を持っている。愛する人は、痛みにもなれば、薬にもなる。その薬にしても、痛みをやわらげるだけでなく、ひどくさせる場合もある。その人が、こちらを愛してくれるかどうかで、それはまったく異なるのだ。

ずっと前、スワン氏の話を聞いていたせいで、自分が望むことではなく、おそれていることこそが真実だと考えるようになりつつあった。だから、アルベルチーヌの断言で安堵したものの、オデットにまつわる話を思い出し、安堵を打ち消してしまいそうになった。以前ぼくはスワン氏の苦しみを理解するために、彼の立場を想像したことがあった。過去に、何人もの男性と関係を持った女性を愛する気持ちを想像したのである。そのときも、自分の身に問題が起きている今も、まるで他人ごとのようにぼくは真実を求めている。最悪のものに価値を認めるのは正しいとしても、自分自身に過酷を強いて、もっとも役に立つ持ち場ではなくもっとも危険にさらされる持ち場を選ぶ兵士のように、もっともつらいという理由だけで、ひとつの推定を真実だと決めつけるのはまちがっている。

裕福なブルジョワ家庭で育ったアルベルチーヌと、子どものときに母親に売り飛ばされた娼婦のオデットのあいだには、越えがたい深い溝があるはずだ。二人の言葉は比較できるようなものではない。そもそもアルベルチーヌは、スワン氏にたいするオデットと違って、ぼくに嘘をついたってなんの得にもならない。それにオデットはスワン氏に、アルベルチーヌがぼくに否定したようなこともちゃんと打ち明けている。それゆえぼくは、二人の境遇の実質的な違いを考えず、この女友だちの現実の生活を、ぼくの知るオデットの生活に照らし合わせて作り上げるとしたら、つらい推測が真実だと決めつけるのと同じくらい重大なあやまちとなるだろう。

今、ぼくの前にいるのはあたらしいアルベルチーヌだった。最初のバルベック滞在の終わりごろに何度も見かけた、正直でやさしいアルベルチーヌで、彼女はぼくの一方的な疑いを許し、消してくれようとしている。彼女はぼくをベッドに座らせた。彼女の言ったことへの礼を言い、仲なおりしたのだから、もう二度とつらくあたったりしないとぼくは誓った。だから今日は、すぐ夕食にいったほうがいいんじゃないかと提案すると、「こうしているのがいやなの?」と彼女は訊いた。

そしてぼくの顔を両手で包み、仲なおりのしるしのように、今までにないほどやさしく撫でてくれた。アルベルチーヌは顔を近づけ、舌でぼくのくちびるを開こうとした。ぼくが口を引き結んでそうさせまいとすると、

「あなたってなんて意地悪なの!」と言った。

本当は二度とアルベルチーヌに会わずに、その晩バルベックを出発するべきだったと、のちに思うことになる。相思相愛でない恋愛において、いや、もし相思相愛でないことがふつうである人なら、ただたんに恋愛において味わうのは幸福の幻にすぎない。女性の気まぐれやちょっとした好意や、ただの偶然で、本当に愛し愛されている人たちと寸分変わらない幸福を、つかの間感じることができる。こうした幸福のちいさなかけらを、好奇心を失わずに見つめ、無上のよろこびとともに持ち続けることこそ、賢明というものだ。その幸福がなければ、自分より気むずかしくない人たち、もっと恵まれた人たちにとって、幸福がいったいどんなものか考えることなく死ぬことになっただろう。この幸福のかけらは、もっと大きくてもっと長続きする幸福の一部で、今この瞬間に自分のもとにあらわれたのだと考えることこそ、賢明なのだろう。そして翌日になってもこうした見せかけの幸福が否定されないように、瞬間的なごまかしで手に入れた恩恵で満足し、さらなる恩恵を求めようとしないことこそ賢明なのだろう。ぼくはバルベックを離れ、孤独のなかに閉じこもるべきだったのかもしれない。一瞬だけ自分の願うように変えられた、恋する声の最後の震えを抱いて、孤独にとどまるべきだったかもしれない。その声にぼくが求めるのは、もうこれ以上こちらに話しかけないでくれ、ということ以外になかったろう。あらたに声をかけられても、それはもう違ったものでしかなく、もろい静寂を耳障りな音で破ってもいけない。そうした静けさのなかでなら、どこかのペダル鍵盤を踏みでもしたかのように、幸福のしらべはいつまでもぼくの内に鳴り響き続けただろう。

28—ゴモラの女たち

さらにもうひとつ、あるできごとのために、ぼくはいっそうゴモラに関心を寄せるようになった。

あるとき、浜辺で、すらりとしたうつくしい女性を見かけた。彼女の目はまるで星座のようにあちこちに光を放っていた。この女性のほうがよほどアルベルチーヌよりうつくしく、アルベルチーヌなんてあきらめたほうが賢明ではないかとすら思えた。けれども、彼女のうつくしい顔の下に、生活が見えないようにいやしい鉋《かんな》がかけられているようだった。そのせいで、目は気高いのに、ものほしそうな欲望が全体からにじみ出ていて、下品なやり方をいつも受け入れてきたのだろうと思わせた。

翌日、彼女をカジノで見かけた。だいぶ離れたところに座っているのに、ぐるぐるまわる灯火のような視線を、たえずアルベルチーヌに送っているのがわかった。まるで彼女に灯台から暗号を送っているかのようだった。こんなにも見られていることを、女友だちも承知しているようだった。もしかしたら、この絶えず燃えているような視線は、明日のデートの約束をするような意味が含まれているのではないか、と心配になった。それが最初のデートではないかもしれない。それがあり得ないこともない。この輝くような目の女性は、前にもバルベックにきていたのではないか？　すでにアルベルチーヌはこの女の欲望や、べつの女友だちの欲望に屈しているからこそ、この女は輝くような合図を彼女に送っているのではないか？　とすると、この視線には、現在だけではなく、過去に二人が過ごした快楽の時間も含まれていることになる。

その場合、彼女たちはもう何年もこうしたゲームを行ってきたことになる。実際、女の視線は「いかが？」と尋ねるふうではなかった。アルベルチーヌを見かけるやいなやこちらを向いて、思い出の詰まった視線をきらめかせたのだ。まるでアルベルチーヌが思い出さないのをおそれているふうでもあったし、唖然としているふうでもあった。

アルベルチーヌは気づいている様子なのに、なんの反応も示さなかった。だから女は、昔の愛人がべつの男といっしょにいるのを見かけた男みたいに遠慮して、アルベルチーヌから目をそらし、彼女などそこにいないかのようにふるまった。

ところが数日後、やはりこの女はアルベルチーヌを前から知っていたという証拠をつかんだ。カジノのホールで、若い女同士がたがいに欲望を抱き合うと、発光現象に似たものが発生する場合がある。一種の燐光みたいな筋が二人のあいだに流れるのだ。

ついでにいうと、計算できなくとも、このような発光現象により、ちりぢりになったゴモラが、それぞれの村や町で、離ればなれになった仲間とふたたび合流し、聖書にあった都市を再建しようとしているのである。一方、そのあいだも至るところで、断続的な再建を目指してであれ、望郷の念に駆られた者たちや、偽善者たち、ソドムから追放された勇敢な者たちによって、同じような努力が続けられている。

た。彼女の目は星のようにきらめいたが、この二人が知り合いではないことはあきらかだった。彼女はブロックの従妹に心惹かれたのだ。けれど彼女はアルベルチーヌを見ていたときとは違って、相手が気づいてくれる確信を持てないようだった。ブロックの従妹が冷たい態度で通りすぎると、彼女はショックを受けたようだった。パリによく観光にくる外国人が、ひさしぶりにやってきて、楽しく過ごしていた劇場が銀行にかわっているのを知った、そのときのショックと似ているはずだ。

ブロックの従妹が通りがかったとき、アルベルチーヌが知らないふりをしたその女を見かけ

ブロックの従妹はカフェのテーブルに座って雑誌をめくりはじめた。そこへ若い女性があらわれて、隣に座った。やがてテーブルの下では、二人が足に脚をからませ、手をからませているのが見えたことだろう。それから会話がはじまるのである。

妻をさがしまわっていたその女の夫は、自分の妻が知らない女と親しげに会話しているのを見つけて驚く。女は、ブロックの従妹を幼なじみだと紹介するが、名前をうまく言えない。妻は名前を訊き忘れていたのだ。けれども夫が目の前にいるせいで、二人はよりいっそう親密になり、子どもみたいなあだ名で呼び、修道院の寄宿舎で知り合ったのだと夫に嘘をつく。あとになって、このときのことを二人は思い出して大笑いし、ついでにまんまとだまされた夫のことも笑うのだが、そんなことも彼女たちの距離を近づけていく。

アルベルチーヌは、カジノでも浜辺でもどこでも、女性相手にそんな奔放な態度をとったことはない。女性になど目もくれず、態度も冷たすぎるので、もしかしたら、それはしつけのよ

さからではなく、疑惑を打ち消すためにわざとそうしているのかもしれない。

アルベルチーヌはある女の子に、冷淡に、つつましく、大声で返事をする。

「ええ、五時ごろテニスにいくのよ。泳ぐのは明日の八時ごろ」

そう言って女の子からすぐ離れるのだが、何かごまかしているように見える。そんなふうに言うことで、会う約束の確認をしたのかもしれないし、べつの約束をごまかすために意味のないことを大声で言ったのかもしれない。そうして、自転車に乗って一目散にどこかにいくアルベルチーヌを見ていると、今の女の子とこれからどこかで会うのではないかと、思わずにはいられなかった。

とはいえ、見かけないうつくしい女が浜辺の外れで自転車を降りると、アルベルチーヌは振り返って見ずにはいられなかった。そしてすぐに言い訳するように言う。「海水浴場の新しい旗を見てたのよ。もっとお金をかけるべきじゃない？　前のもあまりよくなかったけれど、新しいのはもっとひどいわ」などと。

アルベルチーヌは一度、冷淡な態度をとるだけではすまないこともあった。

ボンタン夫人の友人に、「よからぬ趣味」を持つ女性がいた。彼女は、ボンタン夫人のところによく泊まりにきて、二、三日滞在する。そのときにアルベルチーヌと顔を合わせることもあって、そのことをぼくが心配しているのを彼女は知っていた。その心配を打ち消すように、その人がきていても、もう挨拶なんかしないのだと彼女はわざわざぼくに言った。その女性が叔母の元を訪ねてきたときに、こんなふうに言うこともあった。

「あの人、今もきているみたいなの。あなたの耳にもう入っているかしら?」その人と彼女がこっそり会ってなどいないと伝えるためのように言う。そしてそう言った同じ日に、こうつけ加えたのである。「浜辺でばったり会っちゃったの。すれ違うとき、わざとぶっきらぼうにぶつかってやったわ」

それを聞いて、かつてのボンタン夫人の言葉を思い出した。スワン夫人とボンタン夫人が話していたときのことだ。姪であるアルベルチーヌがどれほど恥知らずかを、ボンタン夫人はぼくのいる前でスワン夫婦に、まるで自慢するかのように説明した。どこそこの役人の奥さんの話をし、その奥さんの父親が皿洗いだったとどんなふうにアルベルチーヌが言ったかを話したのである。けれども、愛する女の言葉は、いつまでも純粋なまま保存されるわけではない。それは傷み、腐っていく。

ひと晩かふた晩かして、あのアルベルチーヌの言葉を思い返したとき、その意味するものは、彼女が自慢しているしつけの悪さ——それだけならまだほほえましいが——ではなく、まったくべつのことだと思い当たった。アルベルチーヌは、これという目的もなくただその女の官能を刺激しようとしてわざとその体に触れたか、あるいは、以前その女から口説かれたことがあり、受け入れたかもしれないその申し出を意地悪く本人に思い出させようとして、ぶつかったのだ。人前でそんなことをしたものだから、いつかぼくの耳に入るだろうと思い、あらかじめ都合よく話しておこうと思ったのに違いない。

しかしアルベルチーヌが愛したかもしれない女たちによって引き起こされるぼくの嫉妬は、

ふいに終わろうとしていた。

29―唐突な心変わり

アルベルチーヌと決定的に別れるきっかけを、ぼくはひたすら待ちかまえていた。

そんな折、母がコンブレーにいくことになった。病に伏せっている祖母の妹の最期が近づいてきて、彼女に会いにいくのだった。ぼくは、祖母がいたらそう望んだとおり、もう少しバルベックの空気のなかで静養することになっていた。

母が出発する前日、ぼくはアルベルチーヌと結婚しないと最終的な決断を出したと母に伝え、近いうちに会うこともやめるつもりだと言った。出発前に母を安心させられたことがうれしかった。実際、心から安心したことを母は隠そうともしなかった。

アルベルチーヌとも話し合わなければならない。彼女といっしょにヴェルデュラン夫妻のラ・ラスプリエール荘から戻ってくるとき、ほかの友人たちと列車に乗りこんだのだが、みんなそれぞれ途中の駅で降りてしまい、最終的に列車の座席にはぼくたちだけになった。彼女から解放されたような心持ちになって、幸福を感じ、二人きりの今こそ例の話を持ち出そうと決めた。それに本当のことをいえば、バルベックの少女たちのなかでぼくが愛していたのは、今ここにはいないがやがてくるはずの少女、アンドレだった。アンドレは数日後にバルベックに戻ってくることになっていた。戻ってきたらすぐにぼくに会いにくるだろう。そのときにはぼくはもう自由の身でいたかった。その上で、もしアンドレと結婚したいと思わなければ、結婚なんてせずにヴェネツィアにいくこともできるし、そうなったとしても、出発まではアンドレとともに過ごすことができる。

とはいえ、アンドレにはこちらからあんまり近寄らないほうが得策だとぼくは思った。アンドレが帰ってきたら、ぼくはこう言おう。「残念だな、もう何週間か前にきみに会えていれば、きみを好きになっていたのに。今じゃもう、ほかの人に恋してしまっているんだ。でもそんなことはどうでもいい。ぼくたち、これからもっとたくさん会おうよ。ぼくはものすごくつらい恋をしているから、なぐさめてほしいんだよ」言うべきせりふを思い浮かべて、ぼくはほくそ笑んだ。こう言うことで、アンドレにたいして本気ではないと思わせることができる。そうすれば彼女はぼくに飽きることなく、ずっとやさしくしてくれるはずだ。

そのようにするためには、無神経な行動をしないように気をつけねばならない。ともかくアルベルチーヌとちゃんと話をしなくてはいけない。彼女の友だちに心を決めたのだから、もう彼女を愛していないとわかってもらわなくてはならない。今すぐに。アンドレは明日にも帰ってくるかもしれないのだから。

けれども、ぼくたちの乗った列車がパルヴィルに近づくと、今日はもう時間もないし、そう話すのは明日でもいいんじゃないかという気になった。そもそもぼくの気持ちは変わらないのだし。だからぼくは、彼女と二人、列車に揺られながら、ヴェルデュラン家での晩餐について話すにとどめた。列車がパルヴィルの手前のアンカルヴィルを離れると、彼女はコートを羽織りながらぼくに言った。

「じゃあ、明日もまたヴェルデュランさんのところでね。忘れないでね、あなたが迎えにきてくれるんでしょ」

ぼくはかなり素っ気なく答えた。

「ああ、もしいくのをとりやめなければね。だってぼくは、こんな生活、本当にくだらないと思いはじめているんだよ。いずれにしても考えなくちゃならないのは、ラ・ラスプリエール荘での時間が無駄にならないよう、ヴェルデュラン夫人に、何かぼくの興味を満たしてくれるものを用意してもらわないと。研究対象となるようなものとか、たのしませてくれるものをさ。今年のバルベックはまったくつまらないよ」

「ずいぶん私にたいして失礼なのね。でも、恨んだりしないわ。あなたがいらいらしてるのはよくわかるから。その、たのしませてくれるものって、どんなもの?」

「ヴェルデュラン夫人はぼくのために、ある作曲家の作品を演奏させてくれるって言ったんだ。ぼくもひとつは知っているけど、ほかにもあるらしいんだ。楽曲が出版されているのか、初期の作品とどう違うのか、知りたいんだよ」

「なんていう作曲家?」

「ねえきみ、それがヴァントゥイユという名前だってぼくが教えたとして、きみに何かいいことがあるの?」

ぼくたちがどんなに深く観念に没頭しても、そこに真実はけっして入ってこない。真実は、まったく予期せぬときに外側からやってきて、ぼくたちをおそろしい針で刺し、永遠に癒えない傷を残すのだ。

「それを聞いて私が今どれほど愉快な気持ちになったか、わからないでしょうね」

列車が止まりそうになり、アルベルチーヌは立ち上がりながら言った。

「その名前を聞いただけで、あなたには想像もつかないくらいいろんなことが思い浮かぶわ。ねえ、ヴェルデュラン夫人に頼まなくても、あなたの知りたいことならなんでも私が手に入れてあげるわ。覚えていない？　前に、年上の女友だちについて話したのを。母親代わり、姉代わりになってくれて、彼女といっしょにトリエステで、何年か最高の時間を過ごしたの。あと何週間かしたら、シェルブールで彼女と会って、いっしょに旅行することになっているの。ちょっとへんだけど、私がどれほど海が好きか、知ってるでしょ？　でね！　彼女なの。やだ、あなたが想像するような趣味の人じゃけっしてないわよ。彼女、そのヴァントゥイユってかたの娘さんの親友なの。だから私もヴァントゥイユ氏の娘さんはよく知っているわ。私、この二人のことをおねえさんって呼んでいるのよ。私は音楽なんてわかっていないと思っているのよね。その音楽のことで、あなたのかわいいアルベルチーヌが役立てることがあるなんて、まんざらでもないわ」

列車がパルヴィル駅に到着するときにこの言葉を聞いて、あるひとつのイメージがぼくの内でざわざわとうごめきはじめた。コンブレーやモンジューヴァンからこれほど離れているのに、そして、ヴァントゥイユ氏が死んでからこれほど時間が経ったのに。

かつてはそのイメージは有害な力を持っているとわかっていたのに、あんまりにも長いこと自分の内にしまいこんでいたので、その有害な力もすっかり消えてしまったとばかり思っていた。ところが、そのイメージはその力を持ったままぼくの内に保存されていた。ぼくへの拷問であるかのように。ぼくへの罰であるかのように。ぼくが祖母を死に追いやったからだろうか。永久に埋もれているかに思えた闇の奥深くから、そのイメージは、まるで復讐者のように襲いかかり、ぼくの生活を一変させてしまう。ぼくは受けるべき罰によって今までとはまったく異なる生活をはじめなければならないだろう。その不吉な結果は、邪悪な行為が連鎖して生み出す不吉な結果を、ぼくは突きつけられるのだろう。その不吉な結果は、邪悪な行為をおかした本人ばかりでなく、好奇心をくすぐられておもしろい光景を見ただけの者にも、見たと思っただけの者にも降りかかる。

ああ、なんということだろう！　ずっと昔、一日の終わりに、モンジューヴァンの茂みに身を隠していたぼくにも、その不吉な結末は降りかかっていたのか。ただそこにいながら、スワン氏のいくつもの恋愛話をいい気になって聞いてしまったように、ぼくは危険で不吉な「知る」ことの道を広げてしまった。その道は、苦悩へと続いていくばかりなのに。

そうしてこのとき、同時に、ぼくの抱いたもっとも大きな苦悩について、誇らしいような、よろこばしいような気持ちになった。それは、あまりに強い衝撃を受け止めたせいで、努力などでは到底及ばないほど高く跳躍させられた人の抱く感情だろう。アルベルチーヌは、レズビアンをプロのように実践しているヴァントゥイユ嬢とその女友だちの、友だちだったのだ。思いもしなかった苦悩の扉が開こうとしていた。洪水のようにぼくらをたやすくのみこむ現実の巨大さに比べれば、ぼくらの推測なんてまったくちっぽけなものだが、ぼくの推測はこの巨大な現実を予感していたのだ。アルベルチーヌと密着したアンドレを見て、ぼくがあれほど不安を覚えたのは、今しがた知ったこと――アルベルチーヌとヴァントゥイユ嬢が親しい関係にあるという、想像もできないようなこと――を、漠然とおそれていたからだ。

人が、苦しみのいちばん深いところまで掘り下げられないのは、創造的な精神が欠如しているからだ。そして、どんなにぞっとするような現実でも、苦しみと同時に、うつくしい発見のよろこびもあたえてくれるものだ。なぜなら、そのようなおそろしい現実は、ぼくらがそうと気づかず長いあいだ反芻してきたものに、明快であたらしいかたちを与えただけのものだから。

列車はパルヴィルに停まった。乗客はぼくらだけだった。「パルヴィル！」と告げる車掌の声は、疲れのせいか、同じことをくり返している、正確さと無気力さのためか、それより、ただ眠たかったのか、力が抜けていた。真向かいに座っていたアルベルチーヌは、車両の奥から二、三歩進み、昇降口のドアを開けた。下車をしようとした、この彼女の動作は、ぼくの心を耐えられないくらいに引き裂いた。彼女はただ、ぼくより二歩ほど離れていただけだった。けれどももし誠実な画家がこの光景を描いたら、この二歩の隔たりなど、ただの外観にすぎないだろう。真実の現実を描こうとすれば、アルベルチーヌは二歩離れたところではなく、ぼくの心の内に描かねばならないだろう。遠ざかる彼女を見ていたら、ぼくは次第につらくなり、彼女を追いかけ、死にものぐるいでその腕を引いた。

「ねえ、今夜、バルベックに泊まることはできないの？　どうしても無理？」ぼくは訊いた。

「どうしても無理よ。私、たまらなく眠いわ」

「きてくれると、すごく助かるんだけど……」

「それなら、そうしてもいいけど。でも、それならどうして早くそう言ってくれなかったの？とにかく、残るけど」

ホテルに彼女と戻り、別の階に彼女の部屋をとってから、自分の部屋に向かった。母は寝ていた。ぼくは自分のベッドルームの窓辺に腰を下ろし、薄い仕切り壁の向こうで寝ている母に聞こえないよう、嗚咽を堪えた。鎧戸を閉めようと思いつくこともなかった。なぜなら、ふと目をあげたとき、正面の虚空に、リヴベルのレストランで見たエルスチールの絵とそっくりの光が見えたからだった。日没を描いたその作品には、色あせた、赤く淡い光が描かれていた。バルベックに着いた最初の日も、列車から似たような光を見て、高揚したことを思い出した。もっともそのときは、沈む太陽ではなく、一日のはじまりを告げる太陽だった。

けれども今、ぼくにはいかなる一日もあたらしくはじまることはないだろうし、ぼくが未知なる幸福を願うこともないだろう。ぼくは耐えうるかぎり、苦悩し続けるだろう。アンカルヴィルのカジノで、コタールから聞いた真実を、もはやぼくは疑っていなかった。ぼくがおそれていたこと、ずっと前からアルベルチーヌにたいして漠然と持っていた疑念、ぼくの本能で嗅ぎ取っていた彼女の正体、ぼくの欲望に左右される憶測のせいで少しずつしか否定できなかったこと、それらは事実だったのだ！　アルベルチーヌの背後に見えるのは、もはや青い山並みのような海ではなくて、モンジューヴァンの部屋だった。その部屋で、彼女はヴァントゥイユ嬢の腕のなかに崩れ落ち、快楽のうめきがまじった、聞いたこともない笑い声をたてている。というのも、ああした趣味を持つヴァントゥイユ嬢が、アルベルチーヌのようなきれいな女に、その趣味を満足させてくれと求めないはずがない。アルベルチーヌはそれをいやがることなく受け入れた証拠に、二人は仲違いしなかったばかりか、さらに親密になったのだ。

ずっと前、ロズモンドの肩に顎を乗せたアルベルチーヌが、微笑みながら相手を見つめその首筋にキスをしたのを見たとき、その優雅な身のこなしに、ぼくはヴァントゥイユ嬢を思い出していた。けれど身のこなしが似ているからといって、性的な好みが同じだと決めつけることを、ぼくはためらったのだった。けれどアルベルチーヌが、その性的嗜好を、まさしくヴァントゥイユ嬢から学んでいない、と言い切ることもできない。

少しずつ空が明るくなってきた。今まで、目覚めるとぼくはなんにでも微笑みかけていた。一杯のカフェ・オ・レにも、雨音にも、激しい風の音にも。けれども、もうじきはじまる一日も、そのあとに続くすべての日々も、もう二度と、未知なる幸福への希望をぼくに与えることをせず、苦痛をのみ与え続けるだけだろう。ぼくはまだ、生きることに執着していた。しかし人生に期待できるのは、もはや過酷さ以外に何もないとぼくは学んだ。部屋を出るとエレベーター乗り場まで駆けつけ、非常識な時間なのを承知で、ベルを鳴らして夜勤のエレベーターボーイを呼んだ。そして彼に、重要なことを伝えたいから部屋で待っていてほしいと、今すぐアルベルチーヌに言いにいってほしいと頼んだ。

戻ってきた彼は、「お嬢さまは、こちらにうかがうほうがいいとおっしゃっています」と言い、「もうじきこちらにおいでになります」と続けた。

その言葉通り、ガウン姿のアルベルチーヌは、すぐにぼくの部屋にあらわれた。アルベルチーヌ、とぼくは小声で呼びかけ、母を起こさないようにちいさな声で話してほしいと伝えた。かつて祖母とぼくのあいだにあって、まるで音楽のように感じられた薄い仕切りは、今ではただ煩わしかった。

「こんな時間にきてもらって、申し訳ないんだけど、理由があるんだ。わかってもらうには、ひとつ、きみの知らないことを打ち明けなきゃならないんだ。ぼくはここにくるときに、結婚するはずだった女性と別れてきたんだ。その女性は、ぼくのために、すべてを棄てる用意ができていたんだけどね。彼女は今朝、旅行に出かけることになっていて、それで一週間前から毎日毎日、ぼくは自問していたんだ、彼女のところへ戻ると電報を打たずにいられるか、って。そうできる勇気はあった。だけどあんまりにもつらいから、いっそ死んでしまおうかと思ったくらいさ。ゆうべ、きみにバルベックに泊まってほしいと頼んだのは、そういうわけだったんだ。死ぬとなれば、きみにお別れを言いたかったたんだ」ぼくは話しながら涙を流した。ぼくの嘘は、その涙をほんものに見せただろう。

「なんてかわいそうに。もしそうだと知っていたら、一晩じゅうだってそばにいたわ」とアルベルチーヌは言った。もしかしたらぼくがその女性と結婚してしまうのではないかとか、そうなると自分が「玉の輿」にのりそこねる、なんてことは、彼女はこれっぽっちも思わないようだった。本気でぼくのかなしみに寄り添ってくれていた。そのかなしみの本当の理由を、ぼくは彼女には言えなかったけれど、そのかなしみのはげしさは隠せなかった。

「ねえ」と彼女は言った。「昨日、ラ・ラスプリエール荘から帰ってくるあいだじゅう、あなたがいらいらしてかなしそうなのは、わかってたわ。何かあったのかしらと心配していたの」

実際は、ぼくのかなしみはパルヴィルに着いてからはじまった。彼女の言ういらだちはまったくべつだったのだが、さいわいなことに、彼女はそれも混同したのだろう。まだとうぶんアルベルチーヌといっしょに過ごす、そのやっかいさにぼくはいらいらしていたのだけれど。彼女は続けた。

「私、もうあなたから離れない。ずっとここにいるわ」

彼女がぼくに差しだしてくれるのは――彼女しか差しだすことができないのだが――ぼくのこの、ひりついた痛みを抑える唯一の治療薬なのだが、その治療薬は、毒薬でもあった。そのおだやかさも、その過酷さも、どちらもアルベルチーヌから生じるのだ。ぼくを痛めつけるアルベルチーヌは、今このときは、ぼくに苦悩を与えることはせず、回復しつつある病人のようにぼくをやさしい気持ちにさせてくれている。彼女は治療薬だ。けれども彼女は、やがてバルベックを去ってシェルブールにいき、そこからトリエステに出発する。そうすれば、彼女のあの習性がすぐに戻るだろう。ぼくは、彼女がシェルブール行きの船に乗るのを阻止して、なんとかしてパリに連れていきたかった。もし彼女がそう望むのなら、バルベックより、パリからのほうが、よりかんたんにトリエステにいけるだろう。けれどそれは、パリに着いてからのことだ。パリには、もしかしたらアルベルチーヌの気を引くような女がもっとたくさんいるかもしれない、と考えてもよかったかもしれないが、嫉妬の動きは特殊で、その動きをかき立てた人物、つまりヴァントゥイユ嬢の女友だちの痕跡を帯びている。ぼくに今気がかりなのは、ヴァントゥイユ嬢の女友だち、その人だけだった。

かつてぼくは、アルベルチーヌがそこからやってきたという理由で、オーストリアの、その地理、その地に住む人々、その地の記念建造物、その地の風景などに不思議な情熱を持って思いを馳せ、それらをアルベルチーヌの微笑みや仕草に重ねることがあった。それと似た不思議な情熱を、ぼくは今、おぞましさのなかでくり返そうとしていた。そうなのだ、アルベルチーヌがやってきたのはそこからだった。彼女はどの家を訪ねても、ヴァントゥイユ嬢の女友だちにも、あるいはそのほかの女友だちにも再会できる。幼いころの習性がよみがえるだろう。もう三か月もすればクリスマスで、みんな集まるだろう。元旦にも。こんな日付も、ぼくにはもうかなしかった。かつては、新年の休暇のあいだジルベルトと引き離されてかなしみを味わったが、無意識のうちにそのかなしみを思い出していた。

長い晩餐がすみ、夜通しの祝宴が終わり、にぎやかになれば、アルベルチーヌはかつてアンドレとしていたようなことを、ほかの友だちとやるのだろう。アンドレにたいするアルベルチーヌの友情は罪もないものだろうけれど、もしかしたら、以前モンジューヴァンでぼくが盗み見た、ヴァントゥイユ嬢と女友だちのしたようなことをはじめるかもしれない。あのときの、ヴァントゥイユ嬢をくすぐり、彼女に襲いかかろうとした女友だちを思い出す。そのヴァントゥイユ嬢の顔を、ぼくはアルベルチーヌのほてった顔にすげ替えた。アルベルチーヌは逃げ、やがてつかまって身をゆだね、奇妙な笑い声をもらす。

男に嫉妬できればどんなによかっただろう。今のぼくのライバルは、男でもなく持つ武器も違う。同じ土俵で戦うことができない。アルベルチーヌに同じ快楽を与えることはできないし、その快楽がどんなものなのかすらもわからない。人生のさまざまな局面で、人は、ちっぽけな支配力とひきかえに、すべての未来を失ってしまうことがあるものだ。たとえば、ぼくはアルベルチーヌをトリエステにいかせないようにするために、どんな苦痛にでも耐えることができる。それでも無理ならば、彼女にも苦痛を与えるだろう。彼女を連れ去り監禁し、彼女のわずかばかりの所持金も取り上げて無一文にし、旅行などできないようにするかもしれない。かつては、ペルシャ風の教会や明け方の嵐を見たいという思いで、ぼくは駆り立てられるようにバルベックに向かった。今、アルベルチーヌがトリエステにいくかもしれないと思ったとたん、ぼくの気持ちが引き裂かれるのは、彼女がそこでヴァントゥイユ嬢の女友だちとクリスマスイブを過ごすことになるからだ。想像力というものは、そんなふうに性質を変え感受性のなかに息づいても、同時にたくさんのイメージを抱けるわけではないらしい。

もしだれかが、その女友だちはシェルブールにもトリエステにももういないから、アルベルチーヌには会えっこないと言ってくれれば、ぼくは安堵し、よろこびのあまり泣き出すだろう！　ぼくの人生も、ぼくの未来も、まったく変わるだろう！

自分の考えがあまりにも限定的であることをぼくは自覚していた。その女友だちでなくとも、アルベルチーヌが例の趣味を持っているかぎり、ほかのだれとでもその趣味を楽しむことができるのだ。もっとも、そうした若い女が、どこかほかの場所でアルベルチーヌと会うのだったら、ぼくはこんなにも苦しまなかったかもしれない。

この、説明のできない敵意に満ちた雰囲気がたちのぼってくるのは、トリエステ——彼女がたのしんでいることが感じられる場所、彼女の思い出や友情や幼い恋がたくさん詰まっている未知の世界——からなのだ。それは、コンブレーの部屋で聞いた、階下の音に似ている。フォークの音に混じって、客人と話す母の声が聞こえてきて、母はおやすみのキスをしにきてはくれないことがわかる。今やトリエステと聞いてぼくが思い浮かべるのは、もの思いにふける人々や、黄金色の夕陽や、ものがなしい教会の音で満ちた甘美な場所ではなく、たちどころに火をつけて燃やし、現実の世界から消し去りたい呪われた都市なのだった。間もなくシェルブールやトリエステに発つアルベルチーヌを見送ると思うと、ぞっとした。ぼくがバルベックに残ることにも。

だから、ずっとここにいる、という彼女の言葉を聞いて、ぼくは言った。

「ねえ、ぼくはパリにいきたいんだけど、いっしょにいかない？　そしてパリでしばらくいっしょに暮らすつもりはないかなあ」

是が非でも彼女をひとりにしてはならない。少なくとも、何日間かはぼくのそばにいさせて、ヴァントゥイユ嬢の女友だちに会わせないようにしなくてはならない。実際、ぼくらはふたりきりで暮らすことになるだろう。父が視察旅行にいっているあいだ、母は義務を果たすように、祖母の遺志どおり妹のところにいこうとしている。祖母は、自分の姉妹たちのもとに母がいくことをずっと望んでいたのだ。それで、病気の叔母を見舞いにいくことにしたのだった。「そんなの、今はとても無理だわ」とアルベルチーヌは答えた。「どうしてそんなに急いでパリに帰る必要があるの？　だって、あなたの話してくれたその女性、もう出発したんでしょ」「バルベックにいるより、彼女を知っていた場所にいるほうが、落ち着くと思うんだ。バルベックは彼女がまったく知らない場所だし、ぼくもここが好きじゃないんだよ」

あとになってアルベルチーヌは、そんな女性など存在しないと知っただろうか。そのときぼくは本当に死のうと思ったのだが、その原因が、ヴァントゥイユ嬢の女友だらとの関係を、彼女が軽率にも自分からもらしたからだと、理解しただろうか。理解したかもしれない。そう思える瞬間は何度もあった。いずれにせよこのときは、彼女はぼくの話を信じていた。

「でもあなたは、その女性と結婚すべきだわ」と彼女は言った。「そうすればあなたはしあわせになれる。その女性だってしあわせになれるわ」

ぼくもそう思ったからこそ、もう少しで決心するところだったと話した。それに最近、莫大な遺産をもらい、妻となる女性には贅沢で楽な暮らしをさせてやれる、だから愛する人の、ぼくと結婚するという犠牲を受けようとしていた、とも話した。彼女に耐えがたい苦痛を与えられた、すぐそののちにやさしくしてもらって、ありがたい気持ちでうっとりとなっていたぼくは、六杯目のブランデーを注いでくれるカフェのボーイによろこんで一財産受け渡す約束でもするみたいに、べらべらと語った。ぼくと結婚すれば自動車もヨットも手に入る、自動車もヨットも好きなきみが、ぼくの愛する妻ではないことは残念なことだ、ぼくはきみの申し分ない夫になるだろう、この先きっとかわるはずだ、ぼくらはこの先も気持ちよく会えるだろうから。

ジルベルトを愛していたころなら、不用意なことを言ったりやったりしたかもしれない、けれど今、ぼくが愛しているのはアルベルチーヌ、きみなんだ、などとは言わないようにした。たとえ酔っぱらっていても、殴られるかもしれないから通行人にやたらとからんだりしないように。

「わかるだろう、もう少しでその人と結婚するところだったんだ。それでもやっぱり、思い切って結婚する気にはなれなかったんだ。若い女性が、ぼくみたいな病気がちで退屈な男といっしょに暮らすのはあんまりにも気の毒だと思って」

「まあ、あなた、どうかしてるわ。みんながあなたといっしょに暮らしたがっているわよ。みんなああなたを追いかけまわしているじゃないの。ヴェルデュラン夫人のところでは、あなたの噂で持ちきりよ。上流社交界でもそうだって聞いたわ。その人、あなたにやさしくなかったんじゃない？　あなたがそんなふうに思うんだもの。私にはわかる、そんな人、意地悪よ、私大嫌いだわ。ああ！　もし私がその人だったら……」

「そうじゃない、その人はとてもやさしかったんだ、やさしすぎたくらいだよ。ヴェルデュラン家の人とか、ほかの人とか、ぼくにはどうでもいいんだ。ぼくが愛している人、そしてあきらめた人をのぞけば、ぼくが大切に思っているのはかわいいアルベルチーヌだけ、きみだけだよ。こうしてぼくとよく会ってくれて。最初の何日かはね」ここ数日、あれこれと頼みごとをできるよう、ぼくは前もってそう言い、続けた。

「ぼくがパリにいかないかと誘ったら、断る？」

「今私がいくことを、叔母は望んでいないでしょうね。すぐじゃなくても、もう少しあとだったとしても、あなたのおうちに泊まっていたらへんだと思われるわ。パリでは、私があなたの従妹じゃないことくらいすっかりわかってしまうもの」

「それじゃ、ぼくたちはフィアンセみたいなものだと言えばいいじゃないか。それならかまわないだろう。嘘っぱちだって、きみ自身がわかってるんだから」

ネグリジェからあらわに見えているアルベルチーヌのうなじは、たくましく、日に焼けて、きめが粗かった。ぼくは汚れのない気持ちで彼女にキスをしたが、それは幼い日、かなしみを鎮めるために母にしたキスとまったく同じだった。あのころ、心からかなしみをはぎ取ることなどけっしてできないだろうと思っていた。

アルベルチーヌは着替えにいった。もうすでに、彼女の誓った献身的な態度は変わりはじめていた。ついさっきまで、一秒たりともぼくのそばを離れないと言ったのに、今になって、午後になったら戻ってくるから、メーヌヴィルに寄りたいなどと言い出した。前の晩に帰っていないし、自分宛の手紙がたまっているかもしれない、叔母もきっと心配しているだろうから、と言うのである。ぼくは言った。

「それだけのことなら、エレベーターボーイを使いにやって、ここにいると叔母さんに伝えてもらって、手紙も持ってきてもらえばいいじゃないか」

するとやさしいところを見せようと思うのに、言われたとおりにするのが癪《しゃく》なのだろう、彼女は眉間にしわをよせた。けれどそれは一瞬で、彼女はやさしく言った。「その通りね」そして彼女は、エレベーターボーイを使いにやった。

アルベルチーヌが席を外したとき、エレベーターボーイがドアをノックした。アルベルチーヌと話しているあいだに、メーヌヴィルまでいって戻ってきたとはとても思えない。実際、彼が伝えたのは、アルベルチーヌが叔母に手紙を書いたので、その日のうちにもパリに発つことができるということだった。アルベルチーヌはそんな伝言を頼むべきではなかった。そんなことをするから、早朝の忙しい時間、その伝言を聞きつけた支配人が取り乱してやってきて、何かご不満でもおありでしょうか、本当にお発ちになるのですか、せめてあと何日かお待ちになれませんか、何しろ今日はかなり風が心配《クランティフ》しているから（風が心配《クランドル》だからと言おうとしたらしい）、と騒ぎ立てることになった。ぼくは支配人を追い返した。どんなにちいさな声で話していても、母を起こしてしまうのではないかと不安になったからだ。ぼくはひとりで部屋に残った。

天井が高すぎる、あの部屋だ。ここに最初に泊まったとき、あんなにも惨めな気持ちになった部屋だ。この部屋からぼくは、浜辺に止まった渡り鳥のように、アルベルチーヌやその女友だちが通りすぎるのをじっと眺めていた。この部屋で、エレベーターボーイに呼びにやらせたアルベルチーヌをさして感動もなくものにし、また、この部屋で祖母の思いやりを知ったのだ。

そうしてまた、この部屋で、祖母が亡くなって、永遠にいなくなったことを思い知ったのだった。この鎧戸を最初に開けたとき、山脈のように広がる海を、はじめて目にしたのだった。抱き合っているところを人に見られないように、閉めてくれとアルベルチーヌが言ったのも、この鎧戸だ。

部屋や鎧戸という、変わることのないものに記憶を照らしてみると、自分自身の変化がよくわかった。

人は、人間に慣れるように、物質にも慣れる。慣れてしまったあるとき、それらのものがまったく異なる意味をはらんでいたことを思い出し、やがてその意味を失ってしまっても、今起きていることがらとはまったくべつのことがらの背景になっていたことに気づく。この同じ天井の下、同じガラス戸のついた本棚、そこで演じられたさまざまな行為の多様性と、人々の心や生活の変化が、変わらない舞台装置のなかでいっそう目立つように、ここでもやはり強調されるのである。

視覚とは、なんと人をあざむく感覚だろう。人間の肉体は、アルベルチーヌのように愛する人の肉体ですら、数メートル、数センチメールと離れただけで、ぼくらから隔たったように感じる。そしてその肉体に宿る魂さえも、そのように感じる。けれども、相手の魂の位置が何かのきっかけで大きく変わり、彼女がぼくではなくほかのだれかを愛しているとわかると、ぼくらのぼろぼろになった心臓が打つ鼓動によって、いとしい女性がいるのは数歩隔たったところではなく、ぼくらの心の内だと感じる。心の内、とはいっても、表面的な部分にすぎない。ところが、「その女友だちというのが、ヴァントゥイユの娘さんよ」という言葉は、ぼくには見つけられない「開けごま」の呪文そのもので、この呪文を唱えることでアルベルチーヌはぼくの心の奥深くへと入ってしまったのだ。扉は彼女の背後で閉められてしまい、たとえぼくが百年のあいださがしたとしても、その扉をふたたび開ける呪文をさがしだすことはできないだろう。

「その女友だちというのが、……」という言葉が、ついさっき、アルベルチーヌがそばにいた短いあいだ、聞こえなくなったのだ。不安を鎮めるためにコンブレーで母を抱擁したように、アルベルチーヌを抱きしめていたぼくは、その身の潔白を信じそうになった。いや、少なくともそのときは、彼女の悪癖について考えるのをやめていた。けれども今、こうしてひとりになってみると、その言葉がふたたびよみがえった。ちょうどぼくに向かって話していただれかが口を閉ざしたとき、耳の奥に聞こえる音みたいに。今や、彼女の悪習はぼくのなかで確固たる事実になっていた。太陽の光がさしこんでくると、部屋はまったく様相を変えて、一瞬、彼女にたいするぼくの位置すらも変えるように見せかけながら、いっそう残酷にぼくの苦悩をふたたび自覚させるのだった。

ぼくはこれほどうつくしく、これほどつらい朝のはじまりを、今まで一度も見たことがなかった。朝日に照らされた、超然とした風景をいろいろと思い浮かべると、昨日までは見にいきたいと思えたのに、今、ぼくは嗚咽をおさえることができなかった。一生のあいだ、毎朝すべてのよろこびを捨てて行わねばならない血まみれの儀式——夜が明けるたびに厳粛に行われる、毎日のかなしみの更新、そしてぼくの傷から流れる血の更新——を象徴しているように思えた。そのとき、黄金色の卵みたいな太陽が、押し出されて均衡を崩したように、ぎざぎざの炎に縁取られて、一気に膜を突き破ってあらわれた。機械的に行われるミサの奉献のように。それまで、太陽は膜の向こうで震えながら出番を待っていたように感じられたのだが、すっかり姿をあらわすと、光の氾濫となり、神秘的に覆っていた膜など消し去ってしまった。自分の泣く声が耳に届いた。突然ドアが開き、目の前に祖母があらわれたような気がし、心臓が鼓動を速めた。これまでに何度も、夢のなかでだけだが、その幻は見たことがあった。ということは、ぼくは今も夢を見ているのだろうか？　いや、ちがう、ぼくはすっかり目覚めていた。

「私があなたのかわいそうなおばあさまにそっくりと思っているのね」と口にしたのは、母だった。そう、母だった。ぼくの不安を鎮めるようにおだやかで、媚態とは無縁の、つつましく誇り高い笑みを浮かべている。白髪交じりの乱れた髪は、心配そうな目と年老いた頰にまとわりついている。羽織っているのも祖母のガウンそのものだった。ぼくは一瞬それが母だとわからず、夢を見ているのか、それとも祖母がよみがえったのか、わからなくなったのだった。しばらく前から、母は、ぼくが子どもだったころの、若くてよく笑う母よりも、ずっと祖母に似てきていた。けれどもぼくはそのことに気づかずにいた。たとえば読書に没頭しているとき、時間がたつのにも気づかず、ふと気づくと、太陽が毎日たどる軌道をたどっていて、昨日とまったく同じ時刻の太陽を思い出させるのに、すでに日没だったりする。母は微笑みながらぼくの勘違いを指摘してくれた。母は、自分の母とまちがえられることがうれしかったのだ。

「私がきたのはね」と母は言った。「眠っていたら泣き声が聞こえたからなの。それで目が覚めたの。でも、どうしてあなたは寝ていないの？　そんなに目に涙をためたりして。何があったの？」

　ぼくは母の顔に両手で触れた。

「ママがぼくのことをすごく気まぐれだと思うんじゃないか、心配なんだ。昨日、アルベルチーヌのことを悪く言ったけれど、ぼくが言ったことはまちがいだったんだ」

「それがいったいどうしたの？」と母が言った。そして朝日を見やると、祖母を思い出したのか、かなしげに微笑み、ぼくに窓を指した。ぼくが一度も見ないと言って祖母が悔やんでいた光景を、ぼくに見せようとしたのだろう。けれども、母が指さす、バルベックの浜辺や海や、日の出の向こうにぼくが見たのは、モンジューヴァンの部屋だった。バラ色に染まったアルベルチーヌが大きな雌猫のように体を丸め、いたずらっぽい笑みを鼻に浮かべ、ヴァントゥイユ嬢の女友だちにかわって、はじけるような官能的な笑い声を上げて言う、「いいわよ！　人に見られるなんて、願ってもないことじゃない。この私にできないって言うの！　この老いぼれ猿に唾を吐くことくらい」。窓の向こうにぼくが見たのは、こうした光景だった。窓から見える海辺は、その光景を覆う気の滅入るようなヴェールに過ぎず、照り返しのようにそこに重ね合わされていた。実際、海も日の出も書き割りみたいで、現実のものとは思えなかった。正面に見える、パルヴィルの断崖の突端に広がるちいさな林は、ぼくたちが環さがしゲームをしたところだったが、まるで葉叢の絵そのものだった。林は傾いて坂になり、海へとなだれこむ。

その海も、金色のニスを塗られたように見えた。アルベルチーヌと昼寝をしによくそこに出かけ、午後遅く起き上がって見た沈む太陽も、そう見えたものだった。夜の霧がバラ色と青の端布となって未だ水面を漂うなか、真珠色の夜明けの光が螺鈿のかけらみたいに散らばりはじめる。そこを何艘もの船が、帆や舳先を黄色に染めながら、斜めに射す陽に微笑みかけるように過ぎていく。夕方になって船が帰ってくるときも同じ光景が見られた。まるで人影のない幻想的な朝の光景は、ひたすら夕陽を喚起させるのだった。この情景は、昼間の何時間もの連続の上に成り立つ夕方とはちがって、いつも昼間の前にあらわれ、繊細で、すぐに変化し、モンジューヴァンのぞっとするような残像よりもはるかにもろく、だから、モンジューヴァンの残像を破棄する力も覆い隠す力も持たなかった。現実の光景はまるで、記憶と夢想が作り上げた、詩的でむなしい心象だった。

「まあまあ」と、母はぼくに言った。「あなたはあの娘のことを悪く言ったりはしなかったわよ。あの娘がちょっと退屈になった、あの娘と結婚するのをあきらめたけど、それでよかったと思うと言っただけよ。だからそんなふうに泣いているんじゃないでしょうね。考えてごらんなさい、あなたのママは今日発ってしまうのよ。こんな状態で大きな狼さんを置いていったら、さぞかしかなしむと思わない？　あなたをなぐさめてあげる時間がないだけに、残念だわ。支度はととのっているけれど、出発の日っていうのは何かと時間がないものなの」

「そのことじゃないんだ」ぼくは言いながら、自分の未来を計算し、自分の意思を確認し、理解した。アルベルチーヌがこんなにも長く、ヴァントゥイユ嬢の女友だちを慕っているかぎり、彼女が潔白であるはずがない。彼女のどんな仕草を見てもわかるように、そもそも彼女は悪習への傾向を持って生まれてきて、さらに手ほどきを受け、ぼくが何度も予感してきたように、彼女はその悪習にふけるのを一度としてやめたことなどないに違いない。ひょっとしたら今だって、ぼくがいないのをいいことに、その悪習に身をゆだねているかもしれない。

「ママにつらい思いをさせることはわかっているよ。最初に言っておくよ。ママには悪いけど、ぼくはここに残らずにママといっしょに出発するよ。でもそれは、まだなんでもないんだ。ここにいると体の調子がよくないから、帰りたいだけなんだ。そして、ちょっと聞いてほしいことがある。あんまりかなしまないでね。こういうことなんだ。ぼくは間違っていた。昨日、悪気はないのにママをだますことになってしまった。ひと晩じゅう考えたんだ。どうあってもこうしなくちゃいけない。それもすぐに決めなくちゃいけないと思うんだ。今になってよくわかったし、もう気は変わらないよ。そうじゃなきゃぼくは生きていかれない。どうしたってアルベルチーヌと結婚しなくちゃならないんだ」

母につらい思いをさせるのを承知でぼくは母に言ったのだが、母はそのつらさをおくびにも出さなかった。けれど今母は、ぼくをかなしませるか、苦しめるか、そのどちらが重大かを比べるときに浮かべる深刻な表情を見せ、ぼくは母がつらいことを理解する。その表情は、コンブレーで、ぼくのそばで一晩過ごすと決めた母が浮かべたもので、コニャックを飲むことをぼくに許した祖母が見せた表情とそっくりだった。

30 朝の歌

朝、カーテンからもれる光の加減を見ず、壁を向いたままでも、ぼくはその日の天気がわかった。通りから聞こえる物音が、湿気に和らげられているか、広々と冷たく澄んだ朝に、矢のようにうつろに震えて響くかで、天気がわかったのだった。始発電車が、雨に打たれて寒さに震えているか、青空に向けて走り出していくのか、ぼくは聞き分けていた。そして、こうしたもの音より先に、何か、もっと鋭くもっと素早く発散されているものがあって、ぼくの眠りに忍びこみ、雪を告げる陰鬱な気分を呼び覚ましたり、うれしいときぼくの内にあらわれるちいさな人に、太陽をたたえる賛歌を歌わせ、ついにはその賛歌がすばらしい目覚めをもたらし、まだ目の覚めないうちからぼくは微笑み、閉じたまぶたがすでにまぶしげに動くのだった。

この時期のぼくは、外で起きていることを自分の部屋から察知していた。友人のブロックが夜に訪ねてきたときに、ぼくがひとりで会話している声が聞こえる、と噂したことも知っている。母はコンブレーにいっていたし、ぼくの部屋でだれひとり見かけなかったから、独り言を言っているとブロックは結論を出したのだ。当時アルベルチーヌがぼくといっしょに住んでいたと、ずっとあとになって知ったブロックは、人目に触れないようぼくが彼女を隠していたと理解し、そのころのぼくがまったく出かけたがらなかった理由がやっとわかったと言った。彼がそう考えても無理からぬことではあるが、それは間違いだった。現実はたとえ必然的であっても、完全に予測できるものではない。他人の生活にかんして、正確な細部を知ると、人はそこからたちまち正解ではない結論を引き出し、あらたな事実を発見すると、それとはまったくなんの関係のないことがらまで、説明できると思いこむものだ。

バルベックから戻り、パリで、恋人がぼくと同じ屋根の下に住むようになり、船での周遊旅行もあきらめてくれ、ぼくの部屋から二十歩ほどの廊下の突き当たり、壁掛けのさがった父の書斎を自分の部屋にし、毎晩夜更けには、ぼくの前を立ち去るときにその舌をぼくの口にすべりこませた。それはまるで日々のパンのようであり、滋養に満ちた糧のようであった。ぼくたちの堪えた苦悩のおかけで、ぼくたちの肉体には一種の精神的な甘美さが付加され、ほとんど神聖ともいえるほどだった。そのことを今思うと、まるで比較するように思い浮かぶのは、母が部屋にやってきた夜である。ぼくのベッドの隣のちいさなベッドで眠るように、父が母を寄越してくれたあの夜だ。こんなふうに、避けがたいと思えた苦悩から、人生がぼくたちをもう一度救ってくれるとき、まったく異なる、ときには正反対の方法でそうしてくれるので、与えられた恩恵が同一のものだと認めるのが、あきらかな冒瀆のように思えるほどだ！

カーテンを閉め切ったままの部屋で、ぼくがもう目覚めていることをフランソワーズから聞くと、アルベルチーヌは化粧室で風呂に入り、気兼ねもせずに音をたてた。そうするとぼくも、彼女と隣り合った浴室に入った。浴室は快適だった。かつて、さる劇場の支配人は、数十万フランを費やして玉座に本物のエメラルドをちりばめ、そこでプリマドンナが皇后の役を演じたのだった。ところがディアギレフやニジンスキーのバレエ・リュスによって、照明をその場でうまく操作すれば、同じくらい豪華で変化に富んだ宝石をふんだんにばらまけることがわかった。この舞台装置ですら、実物とはほど遠いかたちのないものだけれども、それよりさらに優雅なのは、午前八時に陽の光が浴室に作り上げる装置だった。これは、正午になってようやくベッドから起き上がって見かける装置とは、比べものにならない。この二つの浴槽の窓はどちらも、外から見られないように、つるりとした窓ガラスではなく、時代遅れの、窓全体に霜のおりたような模様がついていた。とつぜん陽があたると、このガラスのモスリンは黄色く染まり、金色に彩られた。この光は、習慣によって長らく内に隠されていたかつての青年が音もなく姿をあらわし、まるで自然の真ん中で黄金色の葉叢を前にしているかのように、ぼくを追憶でうっとりとさせた。その葉叢には、もう一羽の鳥さえいた。アルベルチーヌのさえずる歌が、絶えず聞こえていた。

胸の痛みは愚かなものよ
それに耳かすさらなる愚か

ぼくはアルベルチーヌを愛しすぎていたから、彼女の音楽にたいする趣味の悪さも、ついたのしくなって微笑んでしまうのだった。もっとも、この歌は去年の夏、ボンタン夫人を夢中にさせたが、まもなくこの歌は馬鹿げたものだと言う声を耳にしたので、来客があると、ボンタン夫人はアルベルチーヌにこの歌をうたわせず、こんなものをうたわせた。

別れの歌はかき乱された泉から湧く

今度はこの歌が、「耳にたこができるくらいあの娘が聞かせてくれる、マスネーの古くさい流行歌」と言われるようになったのだった。

雲が太陽を覆い隠すと、葉叢のような恥じらい深いガラスの仕切り戸が翳り、ふたたびくすんだ色合いに戻った。

二つの化粧室の仕切り壁はとても薄かった。アルベルチーヌとぼくの化粧室は同じ造りで、どちらも浴室を兼ねていたが、家の反対側にもうひとつ浴室があり、母はぼくにうるさいもの音を聞かせないよう、こっちの浴室を使うことはなかった。

ぼくとアルベルチーヌは、体を洗いながらその薄い仕切り壁越しにおしゃべりを続けることができた。水の音のほかにおしゃべりをさえぎる音はなかった。狭いホテルの部屋では、こんなふうな親密さを感じることがあるが、パリではめずらしかった。

そうでないときは、ぼくはベッドに横たわったまま、好きなだけ夢想にふけった。ぼくがベルを鳴らすまでけっして部屋に入らないようにと言ってあったし、スイッチはひどく不便な場所についていて、さがしてベルを鳴らすのもめんどうだった。ひとりでいるのも気に入って、横たわったまままたうとうとしかけることもよくあった。とはいえ、アルベルチーヌを家に滞在させていることに、まったくの無関心だったわけではない。アルベルチーヌを彼女の女友だちから引き離すことができて、ぼくの心はあらたな苦しみから逃れることができた。そのおかげで気持ちが安らぎ、ほとんど不動の状態に置かれ、傷も癒えていきそうだった。けれど結局は、女友だちがぼくに与えたようなこの安らぎも、よろこびというよりは苦痛の沈静にすぎなかった。安らぎが、激しすぎる苦悩が今まで奪ってきた多くのよろこびを、味わわせてくれなかったわけではない。けれどそのよろこびは、アルベルチーヌとともにいることでもたらされるものではなかった。そもそもぼくは彼女をうつくしいとはもはや思わなくなっており、いっしょにいると退屈し、彼女を愛していないとはっきり感じてしまい、そばにアルベルチーヌがいないときにこそ、よろこびを感じるのだった。

だから、起き抜けにすぐ彼女を呼んでもらうことはなかった。とくに天気のいい日はそうだった。太陽の賛歌を歌って挨拶をする、ぼくの内のちいさな人のほうが、彼女よりぼくを幸福にしてくれた。だからぼくはそのちいさな人の歌にずっと耳を傾けていたのだ。

ひとりの人間は、じつに多くの人格によって形成されているが、そのなかでもっとも目を引くものが、もっとも本質的なものとはかぎらない。ぼくのなかで、しまいには病気になってひとり、またひとりとそうした人格たちが打ち倒されていっても、二、三のものがほかのよりしぶとく生き残るだろうし、なかでも、ひとりの哲学者はきっと残るだろう。この哲学者は、二つの作品のなかに、二つの感覚のあいだに、共通する部分を見出したときにはじめて幸せを感じる。けれども、最後に残るのは、コンブレーの眼鏡屋のショーウィンドウにあった、天気を告げる人形、陽がさすとフードを脱ぎ、雨になるとフードをかぶるその人形そっくりの、ぼくの内のちいさな人ではないかと、ときどきぼくは考えた。こいつがどれほど身勝手か、ぼくはよく知っている。呼吸困難でぼくが苦しんでいるとき、ひと雨降ればおさまるだろうと思っても、こいつはそんなことも気にかけず、ようやく待ちかねた雨が降り出すと、元気をなくし、不機嫌そうにフードを目深にかぶる。反対に、ぼくが臨終を迎えても、ほかのすべての「自我」が死に絶えても、たまたまひと筋の日射しが照り輝けば、このちいさな人はすっかりうれしくなって、ぼくが最後の息を吐こうとしているのにもかかわらずに、ちいさなフードをとって「ああ！　やっと天気になったぞ」と、うたい出すだろう。

ベルを鳴らしてフランソワーズを呼ぶ。ぼくは「フィガロ」紙を開いた。紙面をさがして確認したが、ぼくが送った原稿、というか、原稿と称するもの、はのっていない。かつてペルスピエ医師の馬車に乗せてもらい、マルタンヴィルの鐘楼を眺めながら書いた文章を最近見つけ、少し手なおししたものだ。それから、母からの手紙を読んだ。母は、若い娘がぼくと二人きりで暮らすのはふつうではないし、とんでもないと思っていた。最初バルベックを出発する日、ひどくかなしげな様子を見て、ぼくをひとりにしておくのを母は心配していたが、アルベルチーヌがぼくたちといっしょに発つのを知り、また、アルベルチーヌのトランクがぼくたちのトランクと並んで、くねくね鉄道に積みこまれたのを見て、たぶんよろこんだに違いない。アルベルチーヌのトランクは黒くて細長く、棺桶を思わせるかたちをしていて、それが我が家に生をもたらすか死をもたらすか、ぼくにはわからなかった。しかしぼくはそんなことを考えることもなく、光り輝くあの朝、バルベックに残るという不安も消え、アルベルチーヌを連れていけるというよろこびに浸りきっていた。けれどもこの計画に、母ははじめこそ反対しなかったが（重傷を負った息子を献身的に介抱してくれる恋人に感謝するように、母はアルベルチーヌにやさしく話しかけていた）、計画があまりにも完全に実現され、我が家への、しかも両親不在の我が家への、若い娘の滞在が長引くにつれ、これに反対するようになった。それでも、母は反対の意をぼくにはっきり示したとは言えない。かつて母は、ぼくの神経質なところや怠惰なところを非難しなくなったことがあった。ぼくは完全には見抜いておらず、また見抜こうとも思わなかったが、そのときと同じく、ぼくが婚約すると言った娘にたいしてあれこれ言い連ねればぼくの生活は暗いものになるかもしれず、そのせいでのちのちぼくが妻を愛せなくなり、母の死後、アルベルチーヌと結婚して母をかなしませたという後悔の種をまくことになると、母は考えていたのではないか。母は、ぼくの決心をかえさせることは自分にはできないと思い、その決心に賛成するように見せたかったのだ。けれどもそのころの母に会った人はこぞって、自分の母親を亡くしたかなしみにくわえて、たえず何かを気にかけているようでもあったとぼくに言った。そうした心の緊張や、内心の葛藤のせいで、こめかみが火照って、母はしじゅう窓を開けて頭を冷やしていた。けれども、ぼくの幸福と思えるものを損ねてしまうのではないか、ぼくに間違った「影響を与え」はしないかとおそれ、母はなかなか決心をつけられずにいた。一時的に、アルベルチーヌを我が家におくのをぼくにやめさせる、という決心さえつかない。ボンタン夫人より厳しいと思われたくなかったのだ。この件にかんしては、何よりもボンタン夫人に関係しているのに、夫人はこれをだらしないとも思わず、そのことに母はひどく驚いていた。いずれにしても、母はこのときちょうどコンブレーに発つことになり、ぼくたちをふたりきりで残さなければならないことを悔やんでいた。コンブレーにいけば、大叔母が昼も夜も母の手を必要としていて、そのせいで何か月にもわたって滞在しなければならないかもしれないからだ（事実そうなるのだが）。

31—ひとりの時間

肉体的に見てもアルベルチーヌは変わった。その青い切れ長の目は、もっと長くなって、もとのかたちをとどめていなかった。たしかに同じ色をしていたが、液状に変わってしまったようだった。だから、彼女が目を閉じると、まるでカーテンを引いて海を隠してしまうかのようだった。毎晩、彼女と別れてからぼくがとくに思いだしたとすれば、おそらく彼女のこの目だろう。朝になると逆に、彼女の髪が細かくカールされていて、まるで見たことのないような新しいものを目にしたときと同じように驚いた。それにしても、微笑む若い娘の瞳の上の、黒いスミレのようなカールの冠ほどうつくしいものがあるだろうか？　たしかに微笑みは、いっそう多くの友情を呼びこむだろう。けれども花咲くようなつややかな髪の巻き毛は、より官能と近しく、まるで官能がさざ波にかたちを変えているかのようで、いっそう欲望をそそるのだった。

彼女はぼくの部屋に入るなり、ベッドに飛び乗り、ときにはぼくがどんなに頭がいいかを説明しようとしたり、興奮して、ぼくと別れるくらいなら死んだほうがましだと誓ったりしたが、それはきまってぼくがひげを剃ってから彼女を招き入れたときだった。なぜ自分がそのように感じるのかをわからない女がいるけれど、アルベルチーヌもそういう女のひとりだった。こういう女は、生き生きとした肌で快楽を感じても、それを、自分の未来を幸福にしてくれそうな男の精神的長所だと解釈する。もっとも、ひげをのばすにつれて、こうした幸福はしぼんでいき、不可欠なものではなくなるのだ。

その日、どこにいくのかとぼくは彼女に尋ねた。

「アンドレはね、私の知らないビュット＝ショーモン公園に連れていきたがっているみたいだわ」

たしかに、多くのさまざまな言葉のなかから、この言葉の裏に嘘が隠されているかどうかなど、ぼくに見抜くことはできなかった。それにぼくはアンドレを信頼していて、アルベルチーヌとどこにいったたか、すべて教えてくれると思っていた。バルベックで、アルベルチーヌに飽き飽きしたとき、アンドレに嘘をついてこう言おうとしたことがあった。「ねえアンドレ、もっと早くきみに再会していたらなあ！　そしたらきみのことを好きになっていたのに。でも今はもう、ぼくの心はほかの人に決まっている。それでも大いに会ってくれていいんだよ。だって、その娘を愛したせいでひどく苦しむことになっちまったんだから。きみになぐさめてもらいたいんだよ」と。けれども三週間もしたら、この嘘の言葉が真実になっていたのだった。アンドレは、バルベックで思ったのと同じく、パリでも、こんな話は嘘で、ぼくに愛されているのは自分のほうだと思ったかもしれない。というのも、ぼくたちの真実は頻繁に変わり、他人にはなかなか見当がつかないからだ。

そしてアンドレなら、アルベルチーヌとしたことを隠さず話してくれるとわかっていたから、毎日のように彼女を誘いにきてくれるよう頼み、アンドレも了解してくれたのだった。そうすれば、ぼくは心置きなく家に残ることができる。それに、アンドレは少女たちの一団のひとりだったから、こちらが知りたいことをなんでもアルベルチーヌから聞き出してくれるだろうと、ぼくは信頼していた。じっさい、今となっては、彼女こそぼくの心を静めることができるとアンドレに伝えても、けっして嘘にはならないだろう。

アンドレは、バルベックに戻る計画をあきらめてたまたまパリにいたのだが、ぼくの恋人の案内役にそのアンドレを選んだのは、バルベックにいたとき、この女友だちがぼくに愛情を抱いていたとアルベルチーヌから聞いたからだった。そのころのぼくは、彼女をうんざりさせないか恐れていて、もし当時そのことを知っていたら、ぼくが愛したのはアンドレだっただろう。「あら、あなた、知らなかったの?」とアルベルチーヌはぼくに言った。「でも私たちの仲間内では、からかいの種になっていたのよ。気づかなかった?　あの娘にあなたの話しかたや考えかたが身につきはじめていたのよ。とくにあなたと会った直後は目立ったわ。あなたと会ってきたと私たちに言う必要もないくらい。あの娘がくると、あなたのところからきたのかどうか、ひと目でわかっちゃうの。私たち、顔を見合わせて笑っちゃったわ。まるで炭屋が、自分は炭屋じゃないって思われたいようなものよ、真っ黒に汚れてるのに。粉屋なら自分が粉屋だって言う必要はないでしょ。見れば体じゅう真っ白、袋をかついだあともちゃんと残ってる。

アンドレも同じ。眉の動かしかたもあなたそっくりだし、あの長い首もね。つまり、どう言えばいいのかしら。私があなたの部屋にあった本を一冊持ってきて、外で読むとするでしょう。それでもその本はあなたのものだって、人にはわかるものなのよ。だってあなたのやっているいやな吸引の臭《にお》いが残ってるんですもの。どうでもいいことだわね。ささいなことよ。でも結局、それってなかなか感じいいことよね。だれかがあなたのことを素敵に話したり、大いに尊敬している様子だと、アンドレはうっとりしてしまうのよ」

それでもやはり、ぼくの予期せぬようなことがあるかもしれないので、今日のところはビュット＝ショーモン公園はやめて、サン＝クルーかどこかにいったほうがいいんじゃないか、と勧めた。

自分でもわかっていた。ぼくはもうこれっぽっちもアルベルチーヌを愛していなかった。おそらく恋愛とは、強い情動のあとの、魂を揺り動かす余波にほかならないだろう。バルベックで、アルベルチーヌからヴァントゥイユ嬢の話を聞いたときから、余波のせいでぼくの魂は揺れ動いていたが、今はそれも止まってしまった。ぼくはもうアルベルチーヌを愛してはいなかった。バルベックのトラムのなかで、アルベルチーヌがどんな思春期を過ごしたか、おそらくモンジュ－ヴァンを訪れただろうと知ったときに感じた苦しみは、ぼくの内から跡形もなく消え去っていた。そうしたことについてぼくはいやというほど考えたが、今はもう癒えていた。

けれどもときどき、どういうわけか、アルベルチーヌのある種の話しかたを聞いていると、まだ若い彼女は今までにもずいぶん多くの賛辞や愛の告白を聞いてきたに違いないと思えた。

それらを聞いて、彼女は快感を、それも快楽的快感をかきたてられただろう、とも。

彼女が何かにつけて、「ほんと？　ほんとなの？」と言うのは、だからだ。もし彼女がオデットかだれかみたいに「それはほんとうなの、そのとんでもないたわごとは？」と言ったとしたら、ぼくは心配などしなかっただろう。こうした言いかたが滑稽なのは、その女の頭が鈍くて平凡だということを説明しているからだ。けれどもアルベルチーヌの「ほんと？」というもの問いたげな様子は、ものごとを理解できない人間であるかのような、奇妙な印象を抱かせた。ほかの人と同じ能力を持っておらず、他人の証言にたよらずにいられない人間のような。たとえば、だれかに「出発してから一時間たったよ」とか、「雨が降ってるね」と言われると、彼女は尋ねるのだ。「ほんと？」

けれども残念なことに、「ほんと？　ほんとなの？」という口癖の、真の原因は、外界で何が起きているか理解する能力がないせいではなかった。むしろこうした言葉は、彼女の早熟な思春期以来、「あなたほどうつくしいかたにお目に掛かったことは一度もありませんよ」とか、「あなたを熱烈に愛しているんです、ものすごく興奮しています」と言われたときの返事だったように思えるのだった。そんなふうにはっきり言われたときに、なまめかしく控えめな態度で、「ほんと？　ほんとなの？」と返していたのに違いない。この言いかたは、けれどもはやぼくにたいしては、「きみは一時間も眠ったんだよ」という断定にしか、アルベルチーヌは使うことはできなかったわけだが。「ほんと？」

パリに戻った当初は、アンドレや運転手が、ぼくの恋人とドライブをしたときの一部始終を伝えてくれたが、ぼくは満足できなかった。パリの近郊はバルベックの郊外と同じくらい厄介だという気がして、何日かアルベルチーヌを連れて旅行をしたこともあった。けれどもどこへいっても、彼女の疑わしさは同じことで、それがよからぬものである可能性もいっこうに減じず、監視もますますむずかしくなるだけなので、結局ぼくは彼女とパリに戻ってきた。実際、バルベックを離れるとき、これでゴモラとはおさらばで、アルベルチーヌをゴモラから引き離せると思っていた。なのに、なんということだ！　ゴモラは世界のいたるところに散らばっていたのだ。そして、半分はぼくの嫉妬から、半分はこの快楽についての無知から（この種の快楽はじつにまれなのだ）、ぼくは知らないうちにかくれんぼのゲームに巻きこまれていて、いつでもアルベルチーヌはこちらの目を逃れてしまう。

こうしてこちらの動揺を抑えるために、アンドレと運転手にアルベルチーヌを監視させると、思いもしなかったのだが、だんだん無気力になり、人がこれからやろうとすることを見抜いて妨害するための想像力が働かなくなり、あらゆる意志によるインスピレーションも鈍ってきた。今までぼくにとって、現実の偶然性の世界より、可能性の世界のほうがつねに大きく開かれていただけに、これはますます油断ならないことだった。可能性の世界は人の心を知る手助けになるが、それだけではその人にだまされることもある。ぼくの嫉妬は、苦しみのためにさまざまなイメージから生まれていて、こういうことなら起きうるだろうという公算にはもとづいていなかった。

人間であれ民族であれ、その生涯には、つまりぼくの生涯にも、自分の内に警視総監や、目の利く外交官や、警察庁長官をひとりくらい必要とする時期がある。そうした人物は、東西南北へと広がる世界のどこにどんな可能性が潜んでいるか、夢想ではなく正確に推論し、こう考える。「ドイツがこう宣言しているのは、べつのことを企んでいるからだ。それも漠然とべつのことをしたいというのではなく、まさにこれかあれを望んでいて、それはすでに着手されているかもしれない」「この人物が逃げていったのは、目的地A、B、Dに向けてではなく、Cに向けてであり、したがってわれわれの捜査を行わなければならない場所は……」

そもそもこうした能力はぼくのなかでたいして発達していなかったのに、かわりの者に監視を任せて自分は安らぐことに慣れてしまって、この能力は麻痺し、力を失い、ついには消滅していった。ぼくが家にいたがる理由をアルベルチーヌに説明するとなったら、さぞや不愉快だったろう。彼女には、寝ているように医者に命じられたと言っておいた。これは本当のことではない。もし本当だとしても、医者の指示によって、ぼくが恋人と出かけられないはずはないだろう。医者には、アルベルチーヌやアンドレがいるときは家にこないよう頼んでおいた。

数ある理由のなかからひとつだけ、達観ということについてのみ、述べておこう。アルベルチーヌといっしょに外出すると、つかの間でも彼女をひとりにするのが不安になり、ひょっとして彼女はだれかと話したいのではないか、それともだれかを見つめただけなのか、と想像してしまう。彼女が上機嫌でないときは、ぼくのせいで何かの計画が駄目になったか延期になったかしたのかと思ってしまう。現実とは結局、未知のものにたいする端緒でしかなく、その端緒の先に進もうと思っても、いくことはできない。だとするなら、何も知らず、できるだけ考えず、具体的な細部をできるかぎり嫉妬に供給しないでおくにこしたことはない。残念なことに、外界での生活がなくても、内的な生活によってもささいな事件はもたらされる。アルベルチーヌの外出につきあわなくても、ひとり考えにひたっているときに、たまたま思いついたある偶然によって、現実のちいさな断片がもたらされることがあるのだが、その断片が磁石のように未知のものを引き寄せてきて、そうするとたんにぼくは苦しくなる。ポンプの空気室のようなものに入っても無駄で、連想や記憶はやむことなく働き続けるのだ。

けれどもこうした内面の軋轢は、すぐには起こらなかった。アルベルチーヌがドライブに出かけてしまうと、たとえわずかなあいだでも、ひとりになったぼくはたちまちわくわくして、元気を取り戻した。はじまったばかりの一日から、自分だけの快楽を手に入れるのだった。でも、その快楽を味わおうとする自分勝手な欲望だけでは、快楽を本当にはものにすることはできない。そのときがとくべついい天気で、それが過去のイメージを思い出させるだけでなく、今まさに快楽が本当であると肯定してくれなければならなかった。だれもが即座に手に届くような本当であることがのぞましかった。

アルベルチーヌの遠出についていかないとき、ぼくの心はいっそう奔走する。自分自身の感覚ではなく、想像のなかの過去の朝も未来の朝も、ぼくは同時にたのしんだ。その朝というのは、毎回ではなく、一定の間隔をあけて訪れるのだが、訪れた瞬間にぼくはそれだとわかった。たとえば、激しい風が吹いて、勝手にしかるべき本のページをめくり、目の前にすべてがすでに示されていて、ベッドからでも読むことができ、するとそれはまさにその日の福音書となる。

こうした理想的な朝は、ぼくの精神を、同じようなすべての朝と同じ永続的な現実で満たし、ぼくをよろこばせた。ぼくの虚弱な体調もそのよろこびを減じさせることはなかった。ぼくたちにとって幸福感は、健康なときよりも使わない体力が余っているときに生まれやすい。幸福感に至るには、体力を増強してもいいし、ぼくたちの活動を制限してもいい。ぼくはベッドから動かず、あふれる力を潜在的に保っていたが、その力がぼくの胸を跳び上がるほど高まらせた。まるで、場所の移動を止められたエンジンが、ぐるぐると空ぶかしをしているようなものだ。

フランソワーズが火をおこしにきて、暖炉に粗朶《そだ》を数本投げこむと、夏のあいだじゅう忘れていたそのにおいが暖炉のまわりに魔法の環を描き出す。そのにおいの環に包まれていると、コンブレーやドンシエールで読書をしている自分の姿が見える気がして、ぼくは嬉々として、パリの部屋にいながらメゼグリーズの道へまさに散歩に出かけようとしていたか、または、野戦演習を行っているロベール・ド・サン＝ルーとその友人たちに会いにいこうとしているかのように思えた。記憶によって集められた思い出をふたたび目にすると、だれもがよろこびを感じるものだが、そのよろこびをもっとも強く感じるのは病人ではなかろうか。病人は、治癒への希望を抱きつつも、肉体的苦痛におさえつけられているせいで、思い出に似た光景を自然のなかに求めていくことができない。けれども、自分もやがてそうできる日がくると確信し、強く欲しながら思い出に向き合い続けているので、それをたんなる思い出や、それと似た光景と見なしはしないのだ。つまり、たとえぼくにとってそれがたんなる思い出でしかないとしても、この感覚のおかげで、思い出はぼくをそっくりまるごと、その光景を見たときの少年に作り替えてしまうのだ。外の天気や室内のにおいが変わっただけではなく、ぼくの内では年齢が変わり、別人になっている。凍てつく空気のなかに粗朶のにおいが漂うと、過去の断片がかつての冬から切り離されて、見えない流氷みたいに部屋のなかを進んできて、この香りが、あの薄明かりが、異なる歳月のようにぼくの部屋に筋をつけ、ぼくはその歳月に浸りきって、いつの思い出なのか判断もつかないうちに、長くうち捨てていた希望のよろこびに満たされるのだった。日射しはベッドまで届き、やせ細ったぼくの体という透明な仕切り壁に浸透し、ぼくをあたため、まるで水晶を通したようにぼくは燃えるほど熱くなった。そうしてぼくは、腹を空かせた病み上がりの男が、禁じられている料理を想像で味わうように、自問するのだった。アルベルチーヌと結婚すると、他人に身を捧げるという、ぼくにとっては重荷を負うことになり、同時に、彼女がいつまでもいることによって、自分自身はいないかのように暮らさざるを得なくなり、ひとりきりのよろこびを永久に奪われて、自分の一生を台無しにするのではないだろうか。いや、ひとりきりのよろこびだけではない。その一日に欲望しか求めないとしても、欲望には幾種類もあって、事物ばかりか人によってわき上がる欲望もあり、その特性はまったく異なる。

ぼくがベッドから出て少しのあいだカーテンを開けてみるのは、音楽家が束の間ピアノの蓋を開けてみるのと同じなのである。バルコニーや通りの陽射しが、記憶のなかの音域とまったく同じか確かめるためであり、同時に、洗濯かごを抱えたクリーニング屋の女、青いエプロンを着けたパン屋の女、牛乳瓶を何本もつるした鉤付き棒を持つ、白い麻布の胸当てをした牛乳屋の女、家庭教師のあとをついていくブロンドのすました娘、それらの姿を眺め、ほんの少しの輪郭の違いだけでまるきり変わってしまうイメージを確認するためだった。音楽家にとっても、二つの音がちがうだけで音楽のフレーズはまるきり違うものになってしまうのと、それはよく似ている。

こうしたイメージを目にしないと、ぼくの幸福な欲望を刺激するさまざまな要因から成る一日が、貧しいものになってしまうだろう。アプリオリに思い描くことのできないこうした女たちの姿を目にすることで、ぼくは愉快な気持ちになり、通りや町や世界はずっとすばらしい、探求に値するものに思え、なおりたい、元気になって外出したい、アルベルチーヌから離れて自由になりたいと渇望するのだった。ぼくが夢見るような未知の女が、家の前を徒歩や自転車で通りすぎるとき、ぼくの視線は窓という銃眼から銃弾のようにその女に襲いかかっているのに、体はその視線についていくこともできず、逃れていくその面影を止めることもできず、何度ぼくは苦しんだことだろう。その面影には幸福がひそみ、ぼくを待ちかまえていたというのに、こんなふうに閉じこもっていては、その幸福を味わうことなどけっしてできないではないか!

そしてアルベルチーヌから学ぶべきものは、ぼくにはもう何もなかった。日に日に彼女はうつくしくなくなっていくように思えた。彼女がほかの人たちの欲望をかき立てたと知ると、そのときだけぼくは苦しみ出し、そうした連中と張り合いたくなり、彼女を高く位置づけようとするのだった。彼女はぼくにとって苦悩の種にはなり得ても、よろこびの種にはまるでならなかった。ひとえに苦しみによってだけ、ぼくの厄介な愛情は続いていた。苦しみが消え、それとともに苦しみを鎮める必要もなくなると、たちまちぼくは集中力を総動員して、彼女は自分にとって無意味であり、自分も彼女には無意味だろうと感じようとした。こうした状態が続くのはつらかった。だからときどき、ぼくが全快するまでに、ぼくたちが仲違いするような何かおそろしいことを彼女がしでかして、それをぼくが知ることができたら、と思った。そうなればぼくたちはその後に仲なおりして、二人の絆を今とは違う、もっと柔軟なものに作り替えられただろう。それまで、ぼくは傍らにいる彼女に、さまざまな状況やたのしみを利用して、自分ではとても与えられないような幸福の幻影を手に入れさせようとした。

病気がよくなったらすぐにでもヴェネツィアに発ちたかったが、アルベルチーヌと結婚したら、そんなことができるのだろうか。そもそもぼくは彼女にたいしてひどく嫉妬深く、パリにいたって体を動かそうと決心するのは、彼女と外出するためだけだというのに。午後ずっと、ぼくが部屋に残っているときも、心は散歩する彼女を追いかけ、はるかな青みがかった地平線を思い描き、ぼくを中心にした不確かで漠然とした外界の光景を作り上げるのだった。「こうした散歩中に、ぼくがもう結婚を話題にしないことに気づき、ぼくの元には戻らないと彼女が決心し、こちらからさよならを言うまでもなく叔母さんの家にいってしまったら、アルベルチーヌはぼくからどれほどほかの苦悶を取り払ってくれることだろう！」とぼくは心で思った。

ぼくの心は、傷口がふさがってみると、もう恋人の心とはぴったりと合わなくなっていた。

彼女が遠くにいってしまい、ぼくからずっと遠ざかることを想像しても、苦痛を感じなくなっていた。ぼくがいなければ、おそらくだれかべつの男が夫になるだろう。そして自由な身となった彼女は、ぼくをぞっとさせたあのアヴァンチュールをはじめるだろう。

けれどもその日の天気はすばらしく、夕方になれば彼女が帰ってくるのは間違いなかったので、彼女が過ちを犯すかもしれないと考えても、その考えを頭の片隅に閉じこめておくことができた。頭の片隅では、架空の人物の悪習が現実の生活では重要ではないように、そうした考えはまるで問題にならなかった。ぼくはやわらかくなった思考の蝶番《ちょうつがい》をゆるめながら、頭のなかにあると感じている肉体的かつ精神的エネルギーを用い、筋肉を動かし、精神に主導されるように、これまで閉じこめられていたいつもの気がかりな状態を飛びこえ、自由な場所へと動き出していた。その場所から見ると、アルベルチーヌがほかの男と結婚するのを妨げ、また、彼女の女たちとの趣味を邪魔するために何もかも捧げているのは、ぼく自身の目からも、おそらく彼女を知らない者の目からも、常軌を逸したものと映るのだった。

32—眠るアルベルチーヌ

バルベックにきたころは、ぼくの世界とアルベルチーヌの世界は交わってはいなかった。けれどもエルスチールのアトリエを訪れたのをきっかけに、ふたつの世界は近づき、バルベックで、パリで、ふたたびバルベックで、二人の関係が進むにつれ、やがてひとつになった。最初のバルベック滞在のときと、二度目のそれが見せる光景を構成しているものは、いくつかの別荘、そこから海に向けて飛び出してくる少女たち、と変わらないのに、その二つはなんと異なっているのだろう！

二度目の滞在時にはぼくはアルベルチーヌの女友だちをすでによく知っていて、それぞれの顔に短所も長所も見つけることができるほどだった。けれどそのよく知っている彼女たちの顔に、かつて別荘のドアをきしませ砂浜にあらわれ、揺れてざわめく御柳《ぎょりゅう》の花をいたずらにむしって歩き、そのたびぼくの胸をどきどきさせた、あのみずみずしくて神秘的な少女の姿を、重ねることはできるだろうか？　はじめて見たときの、少女たちのぱっちりと大きな目は少しずつ消えてしまった。彼女たちは少しずつ子どもではなくなっていったのだ。それと同時に、はじめての滞在時には、ぼくがあれこれと知りたくてたまらなかった魅惑的な未知の少女たちが、今や未知でも神秘でもなくなったからでもある。今、ぼくにとって彼女たちは、こちらの意のままにもできる、ただの花咲く乙女たちになってしまった。そしてぼくはそのなかからもっともうつくしい一輪のバラを摘みとり、だれにも触れさせないことで、誇り高い気持ちになっていた。

最初と二回目、大きく異なるバルベック滞在のあいだに、パリで過ごした何年もの時間がある。その長い時間に、アルベルチーヌは幾度もぼくを訪問した。目に浮かぶ彼女の姿は、ぼくの人生のさまざまな時期にそれぞれ異なった位置にいて、その位置は、そのときの空間のうつくしさや、彼女に会わずに過ごした過去の長い時間を感じさせた。そうした空間の半ば透き通った深みを背景に、ぼくの目の前にいるこのバラ色の少女は、神秘的な陰影を帯びて、力強い立体感をもって映った。もっともこの浮き彫りは、次々に変わっていくぼくにとってのアルベルチーヌのイメージだけでなく、思いもよらなかった知性や心情の大いなる長所や、性格の短所がたがいに重なり合うことによって生まれていた。また、それらの長所や短所を、彼女自身の発芽期、増殖期、暗い色を帯びるその肉の開花期に、かつてはほとんど無に等しかった彼女の本性につけ加えていった。その結果、今はほとんど掘り下げるのも困難なほど深いものにしていた。

ぼくたちはある人々のことをあまりに夢想するがために、その人がひとつのイメージにしか見えなくなることがある。たとえばベノッツォ・ゴッツォリの描く緑がかった背景に立つ人物のようなイメージだ。その人々の変化は、彼らを眺めるぼくたちの位置、彼らとのあいだの距離、あるいは照明の具合によって起こるのだと思いがちだが、その人々もまたぼくたちの関係とともに変化し、彼ら自身の内でもまた変化する。

そんなふうに、海を背景にした輪郭にすぎなかったアルベルチーヌの姿も、ゆたかで強固でずっしりした量感を持つようになったのである。海といっても、一日の終わりのあの海ばかりではなく、月明かりの夜の、まどろむような海でもあった。

実際、ときおり、父の書斎に本をさがしにいこうとすると、恋人は、ちょっと横になってもいいかしらと訊き、いいよと答えて部屋を出て、ほんの数分で戻ると、午前から午後にかけた長い散歩でくたびれたらしく、もう眠りこんでいることがあった。ぼくは彼女を起こさなかった。ぼくのベッドに、思いつかないような自然な格好でながながと寝そべる彼女を見ると、花をつけた一本の長い茎が置いてあるように思えた。

そして実際それは、そのとおりだった。彼女がいないときしか持てない夢見る力を、こういうときにぼくは取り戻した。まるで彼女は眠りながら植物になったみたいだった。そして彼女の眠りはある程度まで愛の可能性を実現していた。

彼女がいないとき、ぼくは想像のなかで彼女を思うことはできるが、その不在はさみしく、所有することはできない。彼女が目の前にいれば、話しかけることはできるが、その会話によって自分が自分から離れていくようで、うまく考えられなくなる。彼女が眠っていれば、こちらから話しかけることもなく、彼女から見られていると意識することもない。ぼく自身、何も取り繕う必要がない。アルベルチーヌは、目を閉じ、意識を失うことで、知り合ったときから幾度もぼくを失望させてきた数々の性格を、ひとつまたひとつと脱ぎ捨てたのだった。彼女は植物や樹木のように、無意識の生命に生かされているにすぎず、それはぼくの生命とはまったくかけ離れた、ある種異様な、けれどぼくのものとなった生命だった。

二人で会話しているときとは違って、彼女の自我は、のみこまれた言葉やちょっとした視線からにじみ出ることがない。彼女は外の世界にある自分をすべて自己に呼び戻し、自身の肉体のなかに避難し、閉じこもり、凝縮していた。彼女を見つめ、両手で触れると、彼女のすべてを自分のものにした気になった。彼女が目覚めているときには決して抱くことのできない感触である。彼女の生命はぼくに服従し、かすかな寝息をたてている。ぼくはその、軽やかで穏やかで、神秘的ですらある寝息に耳を傾ける。海のそよ風のような、月光のように夢幻的な彼女の眠り。この眠りが続くかぎり、ぼくは彼女を夢想しながら眺めることができ、さらに眠りが深くなれば、彼女に触れ、キスすることもできた。そのときぼくが抱いていたのは、神秘的にうつくしい自然を前にして感じるのと同じくらい、純粋で神秘的で汚れのない愛情だった。眠りが深くなると、彼女はたんなる植物ではなくなり、その眠りのそばにいるぼくは、ぜったいに飽きることのない新鮮な官能を夢見て、その眠りをいつまでも味わうことができただろう。深く眠る彼女はぼくにとって、まるでひとつの光景だった。彼女の眠りがぼくの隣に置いてくれたのは、まるで湖のように穏やかなバルベック湾の満月の夜と同じくらい静かで、欲望をそそるほど甘美なものだった。そこでは、木の枝もそよがず、砂の上に寝転んだまま、いつまでも砕ける引き潮の音を耳にしていられるだろう。

部屋に入ろうとして、ぼくは敷居で立ち止まったまま、音をたてないようにした。聞こえてくるのは彼女の唇に吸いこまれる息づかいだけで、それは断続的で規則正しく、引き潮を思わせたが、もっと弱くて穏やかだった。耳に届くその神々しい音に、目の前に横たわる魅力的な囚われの女の全人格、全生命が、凝縮されているように思えた。車が何台も騒々しく通り過ぎていくが、彼女の額はぴくりとも動かず、端正で、必要なだけ軽やかに息を吸い、吐いている。彼女の眠りが乱されることはないと見て取ると、ぼくは慎重に近づき、まずベッドわきの椅子に腰を下ろし、それから、ベッドに腰掛ける。アルベルチーヌと話したり遊んだり、素敵な夜を幾晩もすごしてきたが、眠る彼女を眺めるときほど甘美な夜はなかった。おしゃべりしているときもトランプをしているときも、彼女は女優顔負けの自然さでふるまっていたが、眠っているときはもっと深い、段違いの自然体だった。

バラ色の顔に沿って垂れた髪が、ベッドの上の彼女のわきにあった。ときにはひと房の髪だけがぽつんとまっすぐ立っている。それは、ラファエロ風のエルスチールの油絵の背景にまっすぐ立つ、月光を浴びた木々と同じ遠近法の効果を見せていた。アルベルチーヌの口はしっかり閉じているのに、ぼくの位置からだと、まぶたが閉じていないように見え、本当に眠っているのかと疑いたくなる。それでも彼女はちゃんと目を閉じていて、彼女の顔は目の動きによって変わることはなく、完全な連続性を与えられていた。わずかでも視線を失うだけで、いつにない威厳とうつくしさをその顔に帯びる人がいるものだ。

足元に横たわるアルベルチーヌをぼくは目測するように眺める。ときどき彼女は不可解な動きをした。それは突然の微風に震える葉叢を思わせた。たとえば髪に手をやり、おろし、ふたたび手を髪に持っていく。何か意志があるような動きなので、すぐに目を覚ますのだろうと思うが、そんなことはない。彼女はまた眠りに戻り、離れようとはしない。それからはぴくりとも動かない。胸に無頓着にのせた片方の手が、あまりにも無邪気にあどけなく、ぼくはつい頰をゆるめてしまう。まじめくさって見せたり、天真爛漫にふるまったりする幼い子を見ていて、つい微笑んでしまうように。

ひとりのアルベルチーヌのなかに、何人ものアルベルチーヌがいることをぼくは知っていた。同様に、横たわるアルベルチーヌも何人もいるように思えた。弓形に反った眉毛が、伝説の鳥アルキュオンの心地よい巣のようにまぶたを縁取っている。血統も、遺伝特性も、悪癖も顔に浮かんでいる。顔の位置を変えるたび、彼女はあらたな女を創り出す。たいていは思いもかけない女だった。たったひとりの娘ではなく、何人もの娘を所有しているような気持になる。

呼吸は少しずつ深まり、規則正しく胸を上下させ、その胸の上で交差した手や真珠の首飾りがずれていく。まるで、波に揺れる小舟や、船をつなぐ鎖のように。彼女の眠りが満潮に達し、今では意識という暗礁も深い眠りの大海原に覆われている。暗礁に乗り上げることはなさそうだと思うや、ぼくは決然として音をたてないよう素早くベッドに上がり、彼女の隣に身を横たえ、片方の腕でその腰を抱き、頬や胸に唇を押し当て、もう一方の手で彼女の体に触れていく。彼女の呼吸に合わせて動く手や真珠の首飾りのように、ぼくの手も、ぼく自身もわずかに位置をずらされる。アルベルチーヌの眠りに、ぼくも乗船したのだ。

ときには、彼女の眠りはもっと不純な快楽をぼくに与えた。そのために動く必要はなく、オールを水にまかせっきりにするように、彼女の片足にぼくの片足をつけて揺すり、かすかな振動を伝えてみる。飛びながら眠る鳥が、翼を断続的にしか動かさないのと同じように。ふだん決して見ることのないような、とびきりうつくしい彼女の表情のひとつを選んで、ぼくはじっと眺める。その人本人と、その人の書く手紙がまったく異なって、二人いるかのように思えることは、よくある。けれどそうではなくて、シャム双生児のように二人の女がひとりになっていて、それぞれの持つうつくしさが、それぞれの性格をかたち作っている。一方の女を見るには横からしか見られず、もう一方の女を見るには正面からしか見られない、そんな奇妙な気分になる。

彼女の寝息の音は、快楽のあえぎと錯覚するほど強くなり、ぼくの快楽が終わって彼女にキスをしても、その眠りは乱れなかった。こんなとき、ぼくは彼女を完全に所有したような気がしたが、手に入れたのは、もの言わぬ自然のなかの、意識も抵抗もない事物のようだった。

ときどき彼女が口にする寝言もぼくは気に留めなかった。意味が理解できなかったし、口にするのがだれかの名だったとしても、突然ぴくりと引きつる彼女の手はぼくの手と頬の上にあるのだ。何時間もじっと波の音に耳を傾けるように、ぼくは利害のない落ち着いた愛で彼女の眠りを味わうことができた。ふだんはこちらをひどく苦しめる人だからこそ、こんなふうな自然と同じ心落ち着くやすらぎを与えることができるのだ。彼女がしゃべっているとき、たとえぼくが黙って聞いていたとしても、実際そうしていることが多かったのだが、それでもその声が聞こえてくると、こんなふうに深く彼女のなかに踏み入っていくことはできない。彼女の寝息の、清らかで心休まる軽やかな音を、刻一刻と聞き続けていると、物理的な存在がそっくりそのままぼくの目の前にあり、ぼくのものになる。かつて月の光を浴びながら浜辺に寝そべっていたときのように、いつまでも彼女を眺め、寝息を聞いていたかった。ときおり海が荒れて湾まで嵐の気配が届き、その嵐に耳を傾けるように、ぼくはいびきをかいている彼女の、うなるような息づかいに耳を傾けるのだった。

暑すぎる日には、彼女は寝巻にしているキモノを脱ぎ、肘掛椅子に投げてベッドに横たわった。そのキモノの内ポケットに、彼女宛のすべての手紙が入っていることをぼくは知っていた。

その手紙の差出人や待ち合わせの約束を確認すれば、彼女の嘘が明らかになるか、ぼくの疑いが晴れるかするだろう。アルベルチーヌをベッドの足元で身動きせずに見守っていたぼくは、彼女がぐっすり寝入ったとわかるや、激しい好奇心に背を押されるように一歩踏み出した。この肘掛椅子に、彼女の生活の秘密が無防備に引っかかっている。アルベルチーヌが目を覚まさないか絶えず振り向きながら、抜き足差し足で肘掛椅子まで歩く。そこで立ち止まり、アルベルチーヌをじっと眺めていたように、キモノを長いこと見つめたままでいる。それなのにぼくは(おそらく間違っていたのだと思うが)、キモノには触れず、ポケットに手をのばすこともなく、手紙を見なかった。そうする決心がどうしてもつかず、また足音を忍ばせてベッドのわきまで戻り、眠る彼女をふたたび見つめたのだった。彼女は何も語ってはくれなかったが、ぼくが見ていた肘掛椅子のキモノは、多くのことを語ってくれたかもしれない。

海辺の空気を吸うために、バルベックのホテルの一室を一日百フランで借りる人がいるように、ぼくは彼女のためならそれ以上の金をつかうのも当然だと思っていた。何しろぼくの頰のすぐ近くで彼女は寝息を吐き、キスをして彼女の唇を開き、舌を差し入れればじかに彼女の生命が伝わってくるのだから。

眠る彼女を見る快楽は、動きまわる彼女を感じるのと同様に甘美だったが、あるとき、あらたな快楽によってそれは幕を閉じた。それは、目覚める彼女を見るという快楽だった。これは、彼女がぼくの家に住んでいるからこそ得られる、一段と深く神秘的な快楽だった。

午後、車から降りた彼女が帰る場所がぼくのアパルトマンであることもうれしかったが、もっとうれしいのは、眠りの底から夢の階段を上りきった彼女が、意識と生命の世界へとよみがえるのがまさにぼくの部屋で、一瞬、ここはどこ？　といぶかり、部屋を見渡し、まぶしいランプの光に目をとめて、ぼくの部屋だと理解し、そうだここに住んでいるのだと自分に納得させる、その様子を見ることだった。

この目覚めの瞬間に立ち合ったとき、ぼくはあらためて、より完全に彼女を所有した気になった。外出先からここに戻るのとは違い、アルベルチーヌがぼくの家だとわかったとたん、彼女を取り囲み、彼女を内側に含み持つものはぼくの部屋であり、しかも恋人のまなざしに不安の色はいっさいなく、眠る前と同様に落ち着いている。目覚めたことに戸惑うように彼女は黙っていたが、自分の部屋にいる安堵がその目にはあった。

意識がはっきりしてくると、「わたしの」だとか「わたしのいとしい」と言ってから、ぼくの洗礼名のどれかひとつを口にするのだった。家では両親もそんなふうにぼくを呼んでいたけれどそれは、アルベルチーヌの呼びかけとはまったく異なっていた。彼女の呼びかけはぼくには唯一無二の甘美なものだった。彼女はそう呼びかけるとき口を少しとがらせて、そのままぼくにキスをするのだ。あっという間に眠りこむように、あっという間に目覚めてしまうのだ。

バルベックに滞在したはじめのころと今とでは、アルベルチーヌはまったく違う人に見えたが、その原因は時間の経過によるものでもなく、海辺の日差しではなく、もっと親密なランプの光に彼女が照らされているからでもなく、彼女が成熟し精神的にゆたかになったからでもない。もっと長い年月が彼女の二つのイメージを隔てたとしても、これほど完全な変化は起ききなかっただろう。この恋人が、ヴァントゥイユ嬢の女友だちに育てられたも同然だとぼくが知ったことによって、この本質的な変化は起きたのだ。

かつては、アルベルチーヌの瞳に神秘的なものを見たと思うとぼくは興奮した。けれど今、瞳と同じように何かを反射してときにはとてもやさしく、しかしたちまち無愛想になるその頰からも、神秘的なものを見るのは堪えられなかった。ぼくの求めたイメージとは、安らぐことのできるイメージとは、それが手に入るなら死んでもいいと願ったイメージとは、もはや未知なる部分を持ったアルベルチーヌではなく、隅々まで知ることのできるアルベルチーヌだった（恋愛に、神秘が求められると仮定すれば、だからぼくたちのこの恋愛は、不幸ではないかぎりは長続きするはずもなかった）。ぼくの知らないはるかな世界を持つアルベルチーヌではなく、ずっとぼくといっしょにいて、ぼくのようになりたいと願うアルベルチーヌだった。実際、そんなふうに見えることもあったのだ。つまり、未知のものではなくぼくの所有物のイメージとしてのアルベルチーヌだった。

恋愛は、ひとりの人にかんする苦難に満ちたひとときから、また、その人を引き留められるか逃げられてしまうかという不安から生まれる。そうした恋愛には、激しい動揺の痕跡が残るので、その人のことを考えるたびに目に浮かぶものを、ほとんど思い出さないようになる。アルベルチーヌへのぼくの思いにも、はじめて会ったころの、波打ち際で見た彼女の印象がいくらか残っているかもしれない。実際は、知り合う前のそうした印象は、この恋において、恋の力において、この苦悩において、平穏であってほしいという願いにおいて、ほんのわずかな位置しか占めていない。ぼくたちは穏やかで心落ち着くその思い出に逃避して、愛する女に忌わしいことがあっても、いっさい知りたくないと思いすらする。しかし、以前の印象ばかりを思い出しても、そのような恋はまったくべつのものからできているのだ！

ぼくはときどき、部屋の明かりを消して彼女を待った。真っ暗ななか、かろうじて残っている暖炉の熾火をたよりに、彼女はぼくの隣に横たわる。この手とこの頬で触れ、彼女だとわかるが、姿は見えない。明かりをつけてみたら彼女は別人になっているかもしれないとぼくはおそれた。こうした見えていない愛のおかげで、彼女はいつもよりやさしくされているように感じたかもしれない。

ぼくは服を脱いで横になっていて、ベッドの隅に腰を下ろしたアルベルチーヌと、ゲームや会話に興じたが、いつもそれらはぼくのキスでとぎれてしまう。ひとりの人間の存在や性格に興味を持つのは、欲望があるからだ。欲望だけが、ぼくたちを自分の本性に忠実にさせる。次々に違う人を愛して、次々捨てていったとしても、それは本性に従っただけのことだ。「かわいい娘」とささやいてアルベルチーヌにキスした瞬間、鏡をちらりと見やると、情熱的だがかなしそうな自分が目に入る。かつてジルベルトのそばでも同じような顔をしていたのだろうけれど、もう思い出せない。いつの日かアルベルチーヌを忘れることがあれば、ぼくはまた別の女のそばでそんな表情をするのだろう。

その自分の顔を見てぼくは考えた。ぼくは相手の若さと美に供物としてささげられ、熱烈で、苦悩に満ちた献身の義務を果たしているのではないか、と。毎晩アルベルチーヌにそばにいてほしいというぼくの願いには、その若さを「奉納の品」で称えたいという気持ちやバルベックの思い出にまじって、これまでの人生で知らなかったものがあり、ぼくの生涯にまったくなかったとは言えないまでも、少なくともこれまでの恋愛においてはなじみのないものがあった。それは、コンブレーでのはるか昔の夜、母がぼくのベッドにかがみこみ、キスで安らぎを与えてくれたとき以来、ひさしく感じたことのない、心を鎮める力だった。

このころのぼくが完全な善人だったかといえばそんなことはない。おまえはいつかだれかから、快楽を奪い取るだろうと言われても驚いただろうけれど、それは自分のことをよくわかっていなかったからだ。アルベルチーヌをこの先もずっと、ぼくの家にしばりつけておくということは、肯定的な快楽であるどころか、だれもが順繰りに彼女を味わえる世界から、この花咲く乙女を引き抜いたという快楽であり、こうして彼女は、ぼくに大いなるよろこびをもたらさないにしても、他人からはよろこびを奪うことになったからだ。野心や栄光なんかのためではない。憎しみも関係ない。けれども、ぼくにとって、肉体的に愛するということは、ほかの多くのライバルに勝利するということだったのだ。くりかえし言っても言い足りないのだが、これは何よりも心を鎮めることにほかならなかった。

アルベルチーヌが帰ってくる前、いくら彼女を疑い、モンジューヴァンの部屋にいるのを想像しても無駄だった。帰ってきた彼女がガウンをまとってあらわれ、ぼくの座る肘掛椅子の正面に座るか、あるいはぼくの横たわるベッドの足元に腰を下ろすと、ぼくはそうした疑いを彼女に預けてしまう。疑惑を彼女にゆだね、疑惑から解放される。信仰を持っているものが、祈ることで自分を放棄するようなものだ。宵のあいだじゅう、彼女はぼくのベッドで丸まり、大きなメス猫のようにぼくと戯れることがあった。バラ色のかわいらしい鼻先をいっそう細め、媚びた目をし、ぽっちゃりした人特有の繊細さを帯びると、茶目っ気のある火照った顔つきになる。長い黒髪のひと房を、バラ色の蠟でできたような頰にぱらりと垂らし、半ば目を閉じ、組んだ腕をほどき、まるで「私を好きにしてちょうだい」と言っているように見えることもあった。自分の部屋に帰る際、おやすみなさいを言うために彼女が近寄ってくると、ぼくは彼女の、家族的なやさしさのにじみでている首の両側にキスをする。そのころのぼくは、もっと日に焼けた、きめの粗い肌が好みで、アルベルチーヌもそうであれば、彼女の誠実なやさしさによく似合うのにと思っていた。

「明日はいっしょにいらっしゃる？　意地悪さん」と、部屋を出る前に彼女は尋ねた。

「どこにいくの？」

「お天気次第ね、それにあなた次第。午後は何か少しくらい書いたの？　書かなかったの？　じゃあ散歩にこないなんて、ご苦労なことだわ。ねえ、さっき私が帰ってきたとき、私の足音だってわかった？　私だと見破れた？」

「もちろん。間違えるはずがないよ。かわいいおばかさんの足音だよ。いくつもの足音がしていてもすぐに聞き分けられるさ。寝にいく前に、おばかさんの靴を脱がせてあげようか？　脱がさせてくれたらうれしいんだけど。本当に素敵だよ。真っ白なレースに包まれて、すっかりバラ色だ」

今ぼくは、幼かったころ母に向かって話していたように、祖母がぼくに話しかけたように、アルベルチーヌに向かって話すのだった。ぼくらはある年齢を過ぎると、かつての子どものときの心と、ルーツである今は亡き祖先の心から、富と悪運をすっかり受け継ぐのではないか。ぼくらはそこから古い刻印を消し去り、あらたな感情に流しこみ、独創的なものにつくりかえる。そんなふうにして、ぼくのもっとも古い時代から過去のすべてと、そのかなたにある両親の過去のすべてが、アルベルチーヌへのぼくの不純な愛に、子としての、と同時に母としての愛情のやさしさを加えていた。ぼくたちは、あるときから、はるか彼方からやってきてぼくらのまわりに集まった、すべての祖先を迎えなければならないのだ。

アルベルチーヌが靴を脱がないうちに、ぼくは彼女のネグリジェを少し開いてみる。二つのかわいい乳房は、丸くてぴんと反っていて、肉体の一部というよりは、二つの果実がそこで熟したかのようだった。下腹部は、男ならば壁から取り外された彫像に、釘が突き刺さったままのような醜い部位がなく、腿のつけ根は閉ざされた二つの貝殻のようだ。その貝殻が描くカーブは、太陽が沈んだあとの水平線のようにまどろみ、安らぎ、修道院の禁域を思わせる。彼女は靴を脱ぎ、ぼくのそばに横たわる。

男と女のこの姿勢の偉大さたるや！　天地創造によって切り離されたものたちが、太初の日々の無垢さのうちに、ふたたびひとつになろうとする。イヴはそのかたわらで目覚めると驚いて「男」の前に服従するが、それはまだひとりのときの「男」が自分を作った神に服従するのと似ている。アルベルチーヌは黒髪の後ろで両腕を組み、腰を上げ、片足を白鳥の首のようにしなやかに曲げる。彼女が完全な横向きになると、正面からは想像もつかない顔つきになることがある。正面から見ればあんなにやさしそうでうつくしいのに、横から見ると、ダ・ヴィンチの戯画にあるみたいに鉤型に曲がっていて、意地悪さや強欲さ、女スパイの腹黒さを暴露しているように見える。そんな女スパイが家にいたらどんなにぞっとするだろう。そうした横顔によって面が割れたようにも思え、ぼくはすぐにアルベルチーヌの頬を両手でつつんで正面を向かせる。

「もし明日いっしょにこないのだったら、仕事をすると約束して」と彼女は言いながら、ネグリジェを身につけなおす。

「わかったよ。でもまだガウンを羽織らないで」ぼくは答える。

ときには彼女のわきで、ぼくが眠りこんでしまうこともあった。部屋は冷え切っていて、薪が必要だった。背後にあるベルをさがすが、見つからない。ぼくがベルをさがして銅の手すりをあちこちさわりだすと、アルベルチーヌはあわててベッドから飛び降りる。二人でいっしょに寝ているところを、フランソワーズに見られたくないのだ。

「降りちゃだめだよ、まだベッドの上にいてよ。ベルが見つからないんだ」とぼくは言う。

表面的には、甘やかでやさしく、無邪気な瞬間だけれど、そこには破綻の可能性が幾重にも潜んでいる。恋愛は、生活におけるほかのどんなことよりも、コントラストが激しい。これ以上ないほどたのしい時間を過ごしたあとで、予測もできない硫黄と松脂の雨が降り出すのだ。その不幸から何かを学ぶ勇気もないから、不幸が去ればまたすぐに、不幸を予測することなく噴火口の中腹に家を建てようとする。そしてまた、破局がやってくる。なのにぼくは、幸福が長く続くと信じる連中みたいに無頓着だった。苦悩を生み出すには、こうした甘やかな時間こそが必要なのだ——同時に、この甘やかさこそが、苦悩をやわらげることもある。恋人から自分がいかに愛されているかを自慢げに話すとき、だれしも、心の底から自分たちは相思相愛だと信じて疑わないが、実際のところその関係の奥では、苦悩に満ちた不安がたえず秘密裏に流れている。そしてそれはある日ひょんなことから明らかになる。

けれども、そもそもこの不安も、この甘やかな時間がなければ生まれなかったものだ。こうした時間があればこそ、苦しみをこらえることができ、別れを回避するためにはこの甘やかさが断続的に続く必要がある。愛する女との生活が、じつはひそかな生き地獄であることに気づかないふりをして、親密さが心地よいと言い張るのも、まちがったことではない。甘やかさと苦悩は、ここでは原因と結果のようにひとつながりだ。

アルベルチーヌがそばにいて、翌日もぼくかアンドレといっしょでなければ外出しないことになっている、ぼくはもうそのことには驚かなかった。こうした暮らしの習慣が、ぼくの生活を限定し、その内部にはアルベルチーヌしか入れないという主要な方針、さらには主要な方針に並行した広い範囲にわたる間接的な方針——これら幾つもの方針によって、ぼくの内部には、人里離れた隠者の住まいみたいな、将来の恋愛のストイックで単調なひな形ができていた——が具体的に示されたのは、バルベックのあの夜でのことだった。ちいさな列車のなかで、アルベルチーヌのその性的嗜好はだれに育てられたかを、図らずもぼくに打ち明けた直後だ。ぼくはなんとしても彼女を、そうしたものの影響から守り、数日にわたってぼくのそばから離さないと思ったのだった。

日々が過ぎるにつれて、ぼくらのこうした習慣も機械的なものになっていった。劇場にも足を向けないほどの隠遁生活を送ることになんの意味があるの？　ともしだれかに訊かれたら、ぼくは答えたくなかったとしても、こう答えたかもしれない。彼女の幼いころからの悪癖を知り、不安に駆られたぼくは、今後彼女がそれを求めたとしても、その誘惑に身をさらす可能性は皆無だと、自分自身に証明させる必要があった、と。

その可能性について考えることは、もうだいぶまれになっていたけれど、決して無にはならず、ぼくのなかに存在していた。毎日その可能性を破壊する——破壊しようとつとめる——という事実を思うと、とりたててうつくしいわけではない彼女の頬にキスをすることも心躍るものになった。深い官能的な甘美さの下には、いつだって危険が潜んでいるのだ。

33—嘘の応酬

フランソワーズが「フィガロ」紙を持ってきた。ちらりと見ただけで、ぼくの原稿はあいかわらず載っていないことがわかる。フランソワーズはそれを渡しながらアルベルチーヌからの伝言を伝えた。今日はヴェルデュラン家訪問をあきらめて、ぼくの勧めたトロカデロの特別マチネーを見にいくつもりだが、その前にアンドレと馬でちょっと散歩しようと思うという伝言で、ぼくの部屋にいってもいいかと尋ねているそうだ。ヴェルデュラン家訪問をあきらめたということは、よからぬ欲望をあきらめたということでもある。ぼくは安心して、きてもいいと笑って答えた。彼女はどこだっていきたいところにいけばいい、ぼくには関係ないさ、と考えた。午後になって黄昏が訪れるころには、ぼくはまったく別人のようになって、かなしみに沈み、アルベルチーヌのどんな外出にも気をもむことはわかっていたけれど、こんな天気のいい早朝には、彼女がどこへいこうと気にならなかった。こんなふうに無頓着でいられる理由はすぐに判明するのだが、判明してもぼくは無頓着なままだった。

「あなたはもう起きているから、迷惑ではないだろうってフランソワーズが請け合ってくれたわ」と言いながら、アルベルチーヌが部屋に入ってきた。ぼくが風邪をひくのではないかとアルベルチーヌはいつも気にしていたが、同様に、ぼくが眠っているときに部屋に入ることをひどく気にかけていた。

「だいじょうぶよね？」と彼女は言った。「こんなふうに言われるといけないと思ったの。死を求めるのはどこの不埒《ふらち》な人間じゃ？　なんてね」

そして彼女は、ぼくが困惑するような笑いかたをした。ぼくも同じようにふざけた調子で答えた。

「かくも厳しき命令のなされしは、そなたのためか？」

それでも、彼女がいつか命令に背くのではないかとおそれて、

「もっとも起こされたりしたら、ぼくは怒り狂うだろうね」と言い添えた。

いた。

「ちゃんとわかってるわ。心配しないで」とアルベルチーヌは言った。場を和ませようとして、ぼくは『エステル』の場面を彼女と演じながら、こう付け加えた。通りでは物売りの声が響いていたが、ぼくらの会話がそれを消し去って、聞き取れなくなっていた。

わが心をたえず酔わせ、飽きさせぬこの魅力は
なんと、そなたをおいて求めるもあたわず

と言いながらも、心のなかでは、「いや、彼女にはしょっちゅう飽きるのだけれど」と思っていた。

そしてぼくは、彼女がヴェルデュラン家訪問をあきらめたことに大げさに感謝しながら、今後も何かべつのことで同じようにこちらの言うことをきいてもらおうと考え、

「アルベルチーヌときたら、きみを愛しているぼくを信じないで、きみを愛していない連中を信じるんだね」と言った（愛している人間を信じないなんてあり得ないという口ぶりだが、じつは愛している人間だけが嘘をついて得をし、相手のことを知ったり邪魔したりできるのだ）。そしてぼくはさらに嘘の言葉を重ねた。

「きみはぼくに愛されていないと思っているんだろう、へんな話だね。たしかに、ぼくはきみを激しく愛しているわけではないけれど」

するとこんどは彼女が、ぼくしか信じていないと嘘をついた。ぼくに愛されていることはじゅうぶん理解していると断言したが、これは本心だろう。けれどそう断言したからといって、彼女がぼくを嘘つきとは思っていない、という意味ではなく、自分が監視されているとは思っていない、という意味でもないようだった。そして彼女はぼくを許してくれているように見えた。まるでこうしたことは、大恋愛のやりきれない結果だと思っているようで、というよりも、彼女は自分のほうがひどい人間だと思っているみたいだった。

「ねえアルベルチーヌ、お願いだから、この前の、曲芸みたいな馬の乗りかたはもうしないでくれないか。もし万が一のことがあったらどうするんだ？」

もちろんぼくは、彼女の身に何か悪いことが起きればいいなどと、これっぽっちも思っていなかった。けれども、彼女が名案を思いついたように、馬に乗ったままどこか好きな場所に出発して、二度と家に帰ってこなければどんなにうれしかっただろう！　彼女がどこかべつのところで、それがどこだってかまわない、幸福に暮らしてくれたら、何もかもがどんなにかんたんになるだろう！

「あら！　よくわかってるわ。そんなことになったら、あなたは二日も生きていられないもの。きっと自殺してしまうわ」

こんなふうに、ぼくたちは偽りの言葉を交わしていた。けれども、この偽りのなかには、本気になって口にする真実よりもっと深い真実が、誠実さとは違う意味で語られ、予告されることもありうる。「外の音、うるさくない？」と彼女は言った。「私は大好きなんだけど、あなたは眠りがとても浅いから」

いや、ぼくの眠りはときどきとても深かった。これから起きるものごとのために、ぼくはもう一度言っておかなければならない。とりわけ、朝方に眠りについたときなど、ぼくの眠りは非常に深かった。

34―割ってもらう

その晩のことだ。家に帰ったぼくは、彼女を部屋に呼びにいって、自分の部屋に連れてきた。自分でもよくわからないのだが、一種の気詰まりを感じていたのだと思う。その日、ぼくは社交界にいくと告げてはいたけれど、どこにいくかはわからない、たぶん、ヴィルパリジ夫人か、ゲルマント夫人か、カンブルメール夫人のところだろうと言って出かけた。ヴェルデュラン夫人の名前だけは出さなかった。そしてぼくは彼女に言った。

「どこの家にいってきたか、あててごらん。ヴェルデュランさんのところだよ」

ぼくが言い終わらないうちに、アルベルチーヌは表情を一変させ、言葉がひとりでに爆《は》ぜるかのように口を開いた。

「そうじゃないかと思ってたわ」

「ヴェルデュランさんのところにぼくがいったら、きみが困るとは思わなかったよ」

ぼくは言った。彼女が困ると言ったわけではないが、一目瞭然だった。彼女を困らせようと考えていたわけではないが、彼女の怒りの炸裂を目にすると、過去を見据える千里眼でもって過去のできごとを今見ているようで、それ以外のことはまるで予期していなかったように思えてくるのだった。

「私が困るですって？　だからなんだと言うの？　そんなこと、どうだっていいわ。ヴァントゥイユのお嬢さんがくることになっていたんじゃない？」

彼女のこの言葉でぼくは逆上し、彼女が思うよりこっちはもっとずっと知っているのだと見せつけるために、

「このあいだヴェルデュラン夫人に会ったこと、ぼくに言わなかったんだね」と言った。

「私が？　夫人に？」彼女は夢を見ているみたいに訊いた。まるで記憶をかき集めようと、自分に問いかけているふうでもあり、彼女にそれを教えてやれるのはぼくだけだと思って、訊いているふうでもあった。実際そう訊くことで、ぼくの知っていることを言わせようとしたのかもしれない。あるいは、返事を考えるあいだの時間稼ぎかもしれない。けれどぼくは、ヴァントゥイユ嬢などどうでもよくなっていて、先ほどふっと抱いた危惧に心を奪われていた。その危惧はじつに強くぼくの心をとらえた。ヴェルデュラン夫人は、ヴァントゥイユ嬢とその女友だちがくると言っていたけれど、ただ見栄を張って嘘をついたのだと思っていた。だから落ち着いた気分で帰ってきたのだった。それをアルベルチーヌは、「ヴァントゥイユ嬢がくることになっていたんじゃない？」という台詞で、最初の疑惑が間違いではなかったと証明したのだ。

それでも結局のところ、ぼくは今後のことについて、心配していなかった。なぜならアルベ

ルチーヌはヴェルデュラン家にいくのをあきらめて、ヴァントゥイユ嬢よりぼくを選んだのだから。

「それにさ」とぼくは怒って言った。「まだほかにたくさんあるよね、きみが隠していること。ごくごくちっぽけなことでもさ。たとえば、三日間バルベックに旅行したことさ、ついでに言っておくけど」

ごくごくちっぽけなこと、を強調するために、ついでに言っておくとぼくは言ったのだった。もしアルベルチーヌに、バルベックへの小旅行がなぜいけないの、と言われたら、もう覚えてないよ、人に言われたことが頭のなかにあふれかえってるんだ、そんなに重要ではないと思ってるし！　と答えられるように。

運転手をつけてバルベックまで三日間のドライブをした彼女は、絵葉書を送ってくれたのだが、これはずいぶん遅れて到着したのだった。その話を持ち出したのは、まったくの口から出まかせで、たとえの選び方を間違えたと後悔したほどだ。バルベックにいって帰ってくるまで、三日間でぎりぎりだったのはたしかだし、このドライブ旅行で、相手がだれであれ彼女がゆっくり会えるような時間はなかったはずだからだ。

けれどもアルベルチーヌは、ぼくが真実を知っていると誤解したらしい。知っているそのことを、ぼくが彼女には隠してきたにすぎないと。

ぼくがなんらかの手をつかって彼女のあとをつけさせ、嗅ぎまわり、彼女自身の生活についてぼくが「彼女以上に知っている」と、前の週、アルベルチーヌは友だちのアンドレに話していた。少し前からそう思いこんでいたらしい。このとき彼女がぼくの話をさえぎって、突然、無用な告白をはじめたのは、だからだろう。ぼくはたしかに彼女に言われたことを疑ってはいなかったが、その告白には打ちのめされた。それほど、嘘つき女がねじ曲げた真実と、その嘘つき女を愛する男がその嘘のもとに真実だろうとつけた見当とのあいだには、大きな開きがありうるのだった。ぼくが「三日間バルベックに旅行したことさ、ついでに言っておくけど」と言いかけたとたん、彼女はぼくの言葉をさえぎって、まるで至極当然といったように、こう告白したのだ。

「そのバルベック旅行なんてなかったって言いたいのね？　もちろんよ！　それで私、ずっと不思議に思ってたの、どうしてあなたはあの旅行を信じているふりをし続けているんだろうって。でもあれは、まったくどうしようもないことだったのよ。運転手に三日間、しなくてはならない用事ができたのよ。運転手はあなたにそう打ち明ける勇気がなかったのね。だから運転手によかれと思って、バルベックへの旅行を私がでっちあげたのよ。そうよ、まさにこの私よ。いつだってごたごたが起きるときは私がいけないんだわ。運転手はオートゥイユのアソンプシオン通りにある女友だちのところで私をおろしただけ。そこで三日間、死ぬほど退屈してすごしたの。たいしたことじゃないでしょ。べつにどうってこともなかったし。絵葉書が一週間も遅れて着いたとき、あなたが吹き出すのを見て、あなたは何もかも承知しているってわかったのよ。絵葉書のタイミングが滑稽だったことは私も認めるわ。絵葉書なんて出さなければよかったのよ。でも私のせいじゃないのよ。前もって絵葉書は買ってあって、オートゥイユでおろしてもらうとき、運転手に渡したんだもの。そしたらあのとんま、ポケットに入れたまま忘れちゃったの。絵葉書を封筒に入れてバルベック近くにいる運転手の友だちに送って、その人があなたに絵葉書を転送する算段になっていたの。絵葉書が今くるか、今くるかと私ずっと思っていたの。なのに運転手のやつ、五日もたってようやく思い出したのよ。そのことをこっちに言ってくれればいいのに、あのばか、絵葉書をすぐにバルベックに送ったのよ。そう言われたときには、面と向かって怒鳴りつけたわ、まったく！　あのおおばかものときたら、家族のささいな用事を片づけるようにいかせてあげたのに、そのお返しに、私を三日間も閉じこめたばかりか、無駄な心配までかけて！　オートゥイユじゃ人に見られちゃいけないと思って、外にも出なかったのよ。一度だけ外出したけど、男に変装して、まあ、おふざけしたわけなんだけど。どこへいっても私にツキがついてまわったわ。私がつきまとった最初の人が、あなたのユダ公の友だちのブロックよ。でも、バルベック旅行が嘘だったとあなたが知ったのは、ブロックからじゃないわよね？　だってあの人、私だって気づかなかったみたいだもの」

驚きに打ちのめされたようにも、嘘の山に押しつぶされたようにも見られたくなかったので、ぼくは黙っていた。何を言っていいのかわからなかった。ぞっと身の毛もよだつ思いだったが、アルベルチーヌを追い出す気にもならず、いや、そんなことより泣き出してしまいたかった。泣きたかったのは、嘘をつかれたからではない。本当だと思っていたことがすっかり消えてなくなった――ぼくはまるで、壊滅した町にいる気持ちだった。一軒の家も残っておらず、むき出しの地面が、壊れた建物の残骸で覆われている――からでもなかった。オートゥイユの女友だちの家で退屈してすごした三日間、アルベルチーヌはこっそりぼくに会いにこようとも、オートゥイユまで会いにきてと速達でぼくに頼むことも思いつかなかったのだと思い、泣きたいような憂鬱な気分になったのだった。

実際は、こうした思いにふける余裕もなかった。ことのほか、驚いたと思われたくなかったのだ。ぼくは微笑み、もっといろいろ知っているふうを装った。

「でもそんなこと、氷山の一角だろう？　まさに今夜、ヴェルデュランさんのところで知ったんだけど、きみが話していたヴァントゥイユのお嬢さん……」

言いかけると、アルベルチーヌは苦しそうな表情になり、ぼくが何を知っているのかさぐるかのように、じっとぼくを見つめた。ぼくの知っていること、今まさに彼女に言おうとしていることは、ヴァントゥイユ嬢の正体だった。ぼくがそれを知ったのは、ヴェルデュラン家ではなく、もっと以前、モンジューヴァンでのことだ。けれど今までぼくは一度もこの話をアルベルチーヌにしたことはなかった。だから今夜はじめて知ったふりをして、言おうと思ったのだ。そしてぼくは、あのちいさな列車のなかで、あんなにも苦悩を味わったというのに、このモンジューヴァンの思い出を持ち続けていたことに、よろこびすら感じるのだった。モンジューヴァンでのことはずいぶん前のことだけれど、のっぴきならない証拠として、アルベルチーヌにとって決定的な一撃になるだろう。少なくともこのことにかんしては、ぼくは「知っているふりをする」必要はないし、アルベルチーヌに「口を割らせる」必要もない。ぼくは知っているのだ、モンジューヴァンの窓越しにぼくは見たのだ。アルベルチーヌが、ヴァントゥイユ嬢やその女友だちとの関係は清らかなものだと言い張ったところで、ぼくは二人のおこないを知っているのだと彼女に断言できるのだ。その二人と親密に暮らし、二人のことを「おねえさん」と呼んでいたアルベルチーヌが、二人から誘われたことなどないと、どうして反論できるだろうか。もし反対に彼女がその誘いを断っていれば、二人と別れることになっていただろう。

ところが、ぼくはその真実を伝えることも許されなかった。バルベックの偽旅行と同じく、ぼくが本当のことを知っていると思いこんだアルベルチーヌが、またしてもぼくが話し出すより先に、ある告白をしたのである。

その告白は、ぼくの予想とは正反対だった。さらに、彼女が相も変わらずぼくに嘘をつき続けていることを証明していた。ぼくはもうヴァントゥイユ嬢に嫉妬してはいなかったが、さらなる苦しみを与えられることになった。

「今晩聞いたって言いたいんでしょ。私がヴァントゥイユのお嬢さんの女友だちに、半分育てられたって言い張って、あなたに嘘をついたってことをね。たしかに私、あなたに少し嘘をついてたわ。でも私、ずっとあなたに軽蔑されているって感じていたの。そしてまた、あなたがヴァントゥイユの音楽に夢中だと知ってもいた。だから、クラスメイトの女の子が——本当よ、誓ってもいいわ——、ヴァントゥイユのお嬢さんの女友だちの、そのまた女友だちだったから、彼女たちをよく知ってるって作り話をすれば、あなたにちょっと見なおしてもらえるんじゃないかしらって愚かにも思ったのよ。あなたを退屈させてるなって思ってたの。あなたに、ばかな女だと思われてるなって。彼女たちと親しくしているから、ヴァントゥイユの作品について細かいことまでお伝えできるって言えば、ほんのちょっとあなたも見なおしてくれて、私たち、もっと近づけるんじゃないかって思ったの。私があなたに嘘をつくのは、いつだってあなたへの好意からなのよ。そうしてとうとう今夜、ヴェルデュランさんの夜会で、あなたは真相を知らされたってわけね。もしかして誇張されていたかもしれないけれど、でも、賭けてもいいわ。ヴァントゥイユのお嬢さんの女友だちは、私のことなど知らないってあなたに言ったでしょ。さっき言ったクラスメイトのお宅で、そのお友だちに少なくとも二回は会っていると思うけれど、私がシックじゃなさすぎるのね、あんな有名人たちからしたら。だから、私になんて一度も会ったことがないって、言いたがるのよ」

あわれなアルベルチーヌ。あのとき、ヴァントゥイユ嬢の女友だちととても親しいと言えば、「捨てられる」のを遅らせて、ぼくにもっと近づけると思ったのだろう。そして彼女は通ろうとしていたのとはべつの道を通って、真実に近づいていたのだ。

あの夜、ちいさな列車のなかで、ぼくが彼女と別れようと決めていれば、ぼくが思うよりずっと音楽にくわしいと思わせたところで、なんの役にもたたなかったろう。皮肉なことに、そうした目的で彼女が放った言葉が、別れられないということ以上のものをもたらしたのだ。ただし彼女は解釈を間違えている。その言葉が及ぼす結果ではなく、その結果を生み出す原因についての解釈を間違えている。ぼくが彼女と別れなかった原因は、その音楽的素養なんかではなく、彼女のふしだらな交際を知ったことだ。とつぜんぼくを彼女に近づけ、それどころか彼女の内に溶かしこませたものとは、快楽——快楽というのは言い過ぎだ、軽いたのしみといったところか――への期待ではなく、ぼくにとりついた苦悩にほかならなかったのだ。

今度もまた、驚いていると知られたくなかったぼくは、長いこと黙っているわけにはいかなかった。こんなにも謙虚で、ヴェルデュラン家の取り巻きに嫌われていると思いこんでいる彼女にほろりとして、やさしく言った。

「ねえきみ、何百フランでもあげるから、どこへでも好きなところにいって、シックなご婦人ぶりを見せびらかしたらいいよ。なんならヴェルデュラン夫妻をすばらしい晩餐に招待したらどう?」

なんということだろう！　アルベルチーヌは何人もの人格から構成されているのだ。彼女は不快感をあらわにしてぼくに答えたが、そこには、もっとも不思議で、もっとも単純で、もっとも残忍なアルベルチーヌがあらわれていた。じつのところ、ぼくは彼女の言葉をよく聞き取れなかった。彼女は途中で言いよどんだし、出だしの言葉もよくは聞こえなかった。しばらくのちに、彼女の思いにようやく察しがついて、なんとか思い出したのだ。人は、意味を理解してようやく、その言葉自体を聞くのである。

「まっぴらごめんよ！　あんなおいぼれ連中のために、一銭だって使うくらいなら、一度でも私を自由にしたらどうなの、そしたら私、割ってもらいに……」

そう言うと同時に、彼女は顔を真っ赤にし、申し訳なさそうな表情をして、口に手を当てた。まるで、今吐き出した言葉を口のなかに押し戻すかのように。ぼくにはさっぱり意味がわからなかった。

「なんて言ったの、アルベルチーヌ?」

「なんでもないの。寝ぼけてたんだわ、私」

「そんなはずはないよ、きみははっきり目を覚ましてるよ」

「ヴェルデュランさんとのお夕食を考えていたのよ。ご親切がとてもうれしかったの」

「ちがうよ、きみが今なんと言ったのか訊いてるんだ」

彼女はいくつも説明を並べたてたが、どれも説明にはなっていなかった。彼女の言ったことの説明になっていないというのではない、彼女は途中で言葉を切って、はっきりしないままなのだから。そうではなくて、言いよどみ、顔を真っ赤にさせたことの説明になっていないのだった。

「ねえ、本当は何を言おうとしていたの? どうして途中でやめたりしたの?」

「だって、自分で頼んだことが厚かましいと思ったんだもの」

「頼んだって、何を?」

「晩餐にお呼びすること」

「そんなはずはないよ、ぼくたちのあいだで、厚かましいも厚かましくないもないだろう」

「いいえ、あるのよ。好きな人の好意につけこんじゃいけないわ。とにかく、誓っていうけど、そういうことなの」

彼女が誓うと言うのなら、それ以上疑うことはできないが、けれどぼくの理性は、その説明に納得していなかった。だから食い下がった。

「せめて勇気を出して言おうとしたことを最後まで言ってみてよ。割る、ってところで言いよどんだよね」

「ああ！　やめて、もうたくさん！」

「どうしてさ？」

「だって、ものすごく下品なんですもの。そんなこと、あなたの前で口にするなんて恥ずかしすぎるわ。私、何を考えていたのかわからない。その言葉の意味だって、私はよく知りはしないのよ。いつか、通りでいやらしい人たちが口にしてる言葉が耳に入ったの。それが口をついて出ちゃったんだわ、なんの理由もなく。私にもだれにも関係のない言葉よ、寝言を言っただけよ」

　これ以上はアルベルチーヌから聞き出せない気がした。厚かましすぎて話を中断したと彼女は断言したが、それは嘘だった。今では、ぼくの前で下品なことを言ったのが恥ずかしいと話を変えた。けれどこれだって嘘だ。アルベルチーヌと二人きりで愛撫を交わしているときは、どんなに背徳的な話題でも、どんなに下品な言葉でも、彼女は口にするのだから。いずれにしても、今は食い下がっても無駄だった。けれどぼくの記憶に、この「割る」という言葉がとりついてしまった。アルベルチーヌはよく、だれそれをうんと罵倒してやったわ！　と言うときに、だれそれに薪を割ってやる、砂糖を割ってやる、あるいは手短に「うんと割ってやったわ」といった表現を使った。以前からそんなふうには言っていたし、そういうことを言おうとしていたのなら、なぜ真っ赤になって両手で口を押さえたのか、そしてぼくが「割る」という言葉を聞き取っていたとわかるや、でたらめな説明をはじめたのか？　けれども、どうせ答えてもらえない尋問を続けてもしかたがない。もうそのことを考えていないふりをするほうがましなのだが、ぼくが女主人のところに出かけたことにたいする彼女の非難を思い返して、ぼくはひどくまずいことを彼女に言ってしまった。それは一種の愚かな弁明だった。

「今夜はヴェルデュランさんの夜会にいくように、きみに頼もうと思っていたんだ」

と言ったのだが、これは二重に不用意な言葉だった。ぼくはずっと彼女といたのだから、そのつもりだったらとっくに言っているはずで、今さらそんなことを言うべきではなかったのだ。ぼくの嘘を見抜いた彼女は怒り狂い、ぼくのおずおずした態度を見て大胆になり、こう言った。

「千年かけて頼まれたっていくもんですか。ずっと私のことを目の敵にしている連中だもの。ずいぶんいろんな迷惑をかけられたわ。バルベックじゃ、ヴェルデュランの奥さんにはありったけの親切をしてあげたのに、さんざんなお返しをされたもんだわ。いまわの際に呼ばれたっていくもんですか。許せないことっていうのがあるのよ。あなたにしても、これまでになく無神経な真似をしてくれたわね。あなたが出かけたって、フランソワーズは嬉々として伝えにきたけれど、それを聞いて頭をまっぷたつにされたほうがよほどましだったくらいよ。なんとか気づかれないようにしたけれど、人生でこんなに侮辱を感じたこと、一度もなかったわ」

彼女がこうして話しているあいだにも、創造的で活発な無意識の眠りのなかにいるように（その眠りのなかでは、ちらりと頭をかすめただけのことでも刻みこまれていて、それまでさがしても見つけられなかった鍵を眠りこんだ手がちゃんと持っている)、あの言いよどんだ先に彼女が何を言おうとしていたのか、ぼくは考え続けていた。彼女はなんと言おうとしていたのか、知りたかった。そして突然、考えてもみなかった言葉が、降ってきたかのように思い浮かんだ。

「壺《かま》」という言葉だった。一度に理解できたのではない。長いあいだ不完全な記憶に支配されていると、ゆっくりと慎重にその記憶を広げようとしても、記憶に屈服させられたままはねつけられてしまう。そんなふうにふだん何かを思い出す方法ではなく、漠然と二つのことを考えていたのだった。ひとつは、アルベルチーヌの言葉だ。それだけでなく、ぼくがお金を出すからすばらしい晩餐を開けばいいと言ったときの、彼女のいらだった目つきについても考えていた。あの目つきはまるで、「けっこうよ、うんざりするようなことにお金を使うなんて! お金がなくたってたのしいことはできるんだもの」と言っているかのようだった。この目つきがヒントとなって、ぼくは彼女が何を言おうとしていたのか、わかってきたのだろう。彼女は何を割ると言おうとしていたのか? 薪を割る? いや、違う。砂糖を? 違う。割る、割る、割る。そして突然、晩餐の話のときの目つきを思い出し、彼女の言葉をたどってみた。そして、彼女は「割る」と言ったのではなくて「割ってもらう」と言ったことに気づいた。壺を割ってもらう……。

なんてひどい! 彼女がしたかったのはそういうことか。二重の意味でぞっとする! 最低の娼婦だって、たとえそうすることに同意し、あるいはそうすることを欲したとしても、これを受け入れる男にたいしてはそんなおぞましい表現は使わない。そんなことを口にすれば、自分がひどく堕落した気になるだろう。かりに女を好む娼婦なら、女を相手にするときだけ、このような言葉を口にして、すぐまた男に身をまかせることを詫びるのだ。アルベルチーヌが寝ぼけていたと言ったのは、嘘ではなかった。衝動的になったあまりぼうっとして、ぼくといることも忘れて肩をすくめ、そのような女のひとりと話している気になって口走ったのだろう。それはもしかしたら、花咲く乙女たちのグループの、だれかだったかもしれない。そして我に返って、恥ずかしさのあまり真っ赤になり、言おうとしていた言葉をのみこもうとして必死になり、もう二度とそのことには触れまいとした。ぼくが絶望したことを彼女に知られたくないのなら、一刻も時間を無駄にできない。けれど怒りがこみあげてきて、目は涙でにじんできた。バルベックで、ヴァントゥイユ家の人たちと親しいとはじめて告げられたあの夜のように、もっともらしい理由を、同時にアルベルチーヌに深刻な痛手を負わせられる理由を、ただちに思いつくべきだ。そうすれば、心が決まるまで、数日の猶予ができる。

だから、ぼくが出かけたとフランソワーズから聞き、人生でこんな侮辱を受けたことはない、死んだほうがましだったと彼女が言ったとき、その自尊心の、滑稽なほどの傷つきやすさにぼくは不快になり、そんなことはちっともとるに足らないことで、気分を害するようなことじゃないと言おうとしていた。そのとき「割る」の謎を解明してしまい、一気に投げ込まれた絶望を、とっさに隠すことができず、ぼくは自分の非を認めることにした。

「ねえ、アルベルチーヌ」と、こみあげてきた涙のために、ぼくはやさしい口調で言った。

「きみは間違ってるよ、ぼくのしたことはなんでもないよ、と言うこともできるけれど、そうしたら嘘になってしまうね。ただしいのはきみだ。きみは本当のことを理解している。ねえ、もし半年前や三か月前、ぼくがまだきみのことを強く愛していたときだったら、ぼくも決してあんなことはしなかっただろうね。ささいなことだけど、今夜のことが、ぼくの心が大きく変わった証拠になるのだとしたら、それは見過ごせないよね。この心変わりは隠しておきたかったけれど、きみに見抜かれた以上は、もうこう言うしかない。ねえ、アルベルチーヌ」ぼくは深いかなしみとやさしさをこめて言った。「そうなんだ、きみがここで送っている生活にうんざりしているんだから、ぼくたち、別れたほうがいいんだ。別れるときにいいのは、できるだけ素早くすませてしまうことさ。ぼくもこのかなしみを長引かせたくない。お願いだから、今夜別れを告げたら、明日の朝、きみに会わなくてもすむように、ぼくが眠っているあいだに出ていってくれないか」

彼女は呆然として、何が起きたのかわからないといった様子で、すでに悲痛に暮れているようでもあった。

「なんですって？　明日なの？　本気なの？」

二人の別れがすでに過去のことであるかのように話すのは苦痛だった。あるいは苦痛だったからこそ、この家を出たらすべきことをいくつか、きわめてこまかく、アルベルチーヌにアドバイスをしはじめた。

一瞬だけ、ぼくは彼女に憎しみのようなものを感じたが、それは彼女を引き留めようとする気持ちに勢いをつけただけだった。その晩、ぼくはずっとヴァントゥイユ嬢に嫉妬していて、トロカデロのことを考えようとしてもなんの興味も持てなかった。ヴェルデュラン家にいかせないために彼女をそこにやった、その場所としてのトロカデロにも、その特別マチネーに女優のレアが出ていることを思っても、やっぱり興味が持てなかった。アルベルチーヌとアンドレをトロカデロを見にいかせておいて、そこにレアが出演すると聞いて、二人を知り合いにさせないために、ぼくはわざわざフランソワーズに彼女を連れ戻させたというのに。

ぼくはよく考えもせずにレアの名前を口にした。するとアルベルチーヌは疑り深そうな顔になり、おそらくまたしてもぼくがいろいろ知っていると思ったのか、顔を隠すようにしながら、先手を取ってべらべらとしゃべりだした。

「レアなら、私よく知ってるわ。去年、女友だちとレアの舞台を見にいったの。お芝居がはねてから、楽屋にいったの。レアは私たちの前で着替えてたわ。とってもおもしろかったわ」

それまでぼくの心を占めていたヴァントゥイユ嬢は、その瞬間、その位置をレアに譲った。ぼくは楽屋にいったというアルベルチーヌの言葉を反芻した。ぼくは彼女に好きにできる時間などないことを知っているし、彼女自身そのように何度も誓っている。だから、楽屋を訪ねた以上の、何かよからぬことがあるとは思えない。けれども、ぼくが感じている疑念は、真実に向けられたアンテナではないだろうか。

そもそも、ヴァントゥイユ嬢がくるとわかっていたから、ヴェルデュラン家に彼女をいかせないようにした。それで彼女はトロカデロにいくことにしたのだが、そのマチネーにレアが出ていることを知って、ぼくはフランソワーズを使いにやって、彼女を呼び戻させた。レアがゴモラの女だとぼくは知っていたから、アルベルチーヌと彼女を知り合いにさせたくなかったのだ。彼女はトロカデロをあきらめて、ぼくといっしょに散歩をしたのだった。けれど今、アルベルチーヌは、ぼくの不安を笑うかのように大胆に、レアを知っているとはっきりと言った。それに、いったいだれが楽屋まで彼女を連れていったというのか。なんともあやしげな状況である。

この日、ぼくを苦しめたのはヴァントゥイユ嬢とレアの二人だったが、ヴァントゥイユ嬢による苦しみが終わったのは、レアによる苦しみがはじまったときだった。

そんなふうにだれかひとりに嫉妬する、というのは、ぼくが、一度に多くの光景を思い浮かべることができないせいもあるだろう。それに、ぼくの神経の動揺が、それぞれぶつかり合うせいもあるだろう。神経の動揺の反響、それこそ、嫉妬なのである。

アルベルチーヌはヴァントゥイユ嬢のものではなく、同様に、レアのものでもない。それなのに、彼女がレアのものだと考えてしまうのは、ぼくがレアのことで苦しみはじめたからだ。ひとつの嫉妬が消えてしまっても、真実の予感とはまったく関係なく、嫉妬は次々生まれていくだろう。見たい、知りたいと願う場所と空間のすべてを占めることなどぼくには不可能だ。もし本能でそれらの地点を結びつけることができたら、アルベルチーヌの不意をついて、レアといるところを、バルベックの少女たちといるところを、彼女が軽く体を触れたボンタン夫人の女友だちといるところを、肘でつついて合図をしたテニスコートの少女といるところを、ヴアントゥイユ嬢といるところを、見つけることができるだろう。

「アルベルチーヌ、ぼくと約束をしてくれてありがとう。少なくともこの先何年かは、きみのいきそうな場所にはぼくはいかないようにするよ。この夏はバルベックにいくかどうか、決めている？　もしきみがいくんなら、ぼくはなんとかしていかないようにするからね」

こうして話をどんどん進め、先を越して嘘までつくのは、アルベルチーヌを傷つけるためというより、今や、自分自身を痛めつけるためだった。最初はそんなに怒っていなかったのに、大声を出すうち自分に酔いしれて、不満があるからではなく、怒りから生まれた激怒にのみこまれる場合があるけれど、そんなふうに、ぼくもかなしみの斜面を、底の見えない絶望に向かって、どんどん加速しながら転がっていくのを感じていた。それも、寒さに襲われているのに何も対処せず、がたがた震えることに一種のよろこびを見出している人のように、無気力になっていた。

もしぼくが、立ちなおり、反発し、後戻りする気力を持ち合わせていたら、彼女からのおやすみのキスで、なぐさめられたいと願っただろう。帰ってきたときの諍《いさか》いでぼくをかなしませたからではなく、架空の別れ話の手順を想像し、その手順を決めるふりをし、その結果を予想することで感じているかなしみをこそ、なぐさめてもらいたかった。いや、おやすみと、彼女から先に言わせてはならない。彼女がそう言ってしまったら、話を方向転換させて、やっぱり別れるのはやめようとは言いづらくなる。それでぼくは、もうそろそろおやすみの時間だと、注意を促すように幾度か口にした。もう夜も更けていて、二人とも疲れていることをほのめかしながら、彼女に質問をし続けた。主導権を自分が握り、おやすみを少しだけ遅らせるために。「私、どこにいくかわからないわ」ぼくの質問に、彼女は気がかりな様子で答えた。「たぶん、トゥーレーヌの叔母のところにいくと思う」

彼女の口にした、このおおまかな計画を聞いて、ぼくはひるんだ。その計画がぼくらの別離を決定的なものにし、実現させたかのように思えたのだ。彼女は部屋を見まわし、自動ピアノを見やり、青いサテンを張った肘掛椅子に目をとめた。

「こういうものみんな、明日も明後日も、もうずっと見られなくなるのね。そんな実感はまだわいてこないけど。かわいそうないとしいお部屋！　まさか本当なんて思えない。どうしても考えられないわ」

「そうするより仕方ないさ。だってきみは、ここにいて不幸だったんだろう」

「いいえ、私は不幸なんかじゃなかった。まさに今から不幸になろうとしているんだわ」

「違うよ、そうするほうがきみのためなんだよ」

「そうじゃないわ、きっとあなたのためなのよ！」

ぼくは虚空をじっと見つめた。まるで頭に浮かんだ考えと格闘し、ものすごく迷っていると言わんばかりに。

「ねえアルベルチーヌ、きみはここにいるほうがしあわせで、これから不幸になっていくと言うんだね」

「もちろんよ」

「それを聞いてぼくは混乱しているんだ。それなら、今すぐじゃなく、何週間か先にのばしてみるかい？　あり得ないことじゃないよ。一週、また一週とのばしていって、いつの間にかずっと先までいっしょにいられるかもしれない。仮のつもりが、いつまでも続くってことがあるんだからね」

「まあ！　あなた、なんてやさしいことを言ってくれるの！」

「だけどそうするなら、こんなふうに何時間もどうでもいいことで傷つけあうなんて、正気の沙汰じゃないよ。せっかく準備万端なのに、旅行を取りやめるようなものだよ。ぼくはかなしくってもうへとへとだよ」

ぼくはアルベルチーヌを膝に乗せ、彼女がとてもほしがっていた作家ベルゴットの自筆原稿を取り上げ、その表紙にペンを走らせた。「いとしいアルベルチーヌへ。契約更新の記念に」と書き、言った。

「さあ、明日の晩までぐっすりおやすみ、きみもへとへとだろう？」

「私、うれしくてたまらないわ」

「少しはぼくのこと、愛してる？」

「前よりも、百倍もよ」

35 消えたアルベルチーヌ

「アルベルチーヌさんがお発ちになりました！」

心理学で説かれているより深く、苦しみというものはぼくらの心につきささる。つい今しがたまで、もし別れるとするなら、こんなふうに顔も見ないまま別れることが望ましいとぼくは思っていた。アルベルチーヌの与えてくれる退屈な快楽と、彼女のせいで得られない現実の快楽を比べ、そうしている自分のずる賢さを自覚し、もう彼女の顔を見たくないし、愛してもいないと結論づけていた。しかし、アルベルチーヌさんがお発ちになりました、という言葉を聞いたとたん、これ以上たえられそうもないくらいの苦しみがわきあがってきた。ぼくが考えていたことなど、なんの意味もなかった。まさしく彼女はぼくのいのちそのものだったのだ。人は、自分のことをなんとわかっていないものだろう。ただちにこの苦しみをなんとかしなければいけない。死に瀕した祖母に母がそうしたように、愛するものを苦しませたままにしてはいけないという思いやりでもって、ぼくは自分にやさしく言い聞かせた。

「もうちょっとの辛抱だよ。すぐにお薬を見つけてあげるからね。安心おし、そんなふうに苦しんでいるのを、放ってなんかおかないから」

ぱっくり開いた傷口にぬるために、ぼくの自己保存本能はなんとかして痛み止めをさがした。

「こんなこと、本当にどうでもいいことさ。だってぼくはすぐに彼女を呼び戻すから。その方法を考えよう。どっちにしたって彼女は今夜にはここにいるのだろうから。だから、やきもきしたってどうしようもない」

そう自分に言い聞かせて満足したわけではなく、フランソワーズにも理解してもらおうと思い、フランソワーズの前では苦しんでいるなどとおくびにも出さないようにした。アルベルチーヌを嫌い、その誠実さをずっと疑っていたフランソワーズには、とくにぼくらが相思相愛だと思わせることが重要なのだとぼくは思った。そうなのだ、先ほどフランソワーズがやってくるまでは、ぼくはもうアルベルチーヌなんて愛していないと思いこんでいたし、分析家のように客観的に見て、自分の心の奥底まで知り尽くしていると思っていた。けれどもぼくらの知性は、どんなにすぐれていても、心のすべての要素を把握することはできず、そうした要素はたいてい気化しやすく、その気化を食い止める何かがあって固体化していかないかぎり、ぼくたちが意識することはない。自分の心を明晰にとらえているつもりだったが、ぼくは間違っていた。しかしどんなに鋭敏な知覚をもってしても意識できなかったものが、苦しみを与えられることによって、まるで塩の結晶のようにきらきらした奇妙なかたちで、目の前に突き付けられたのだった。アルベルチーヌがそばにいることにぼくは慣れきっていたけれど、不意に「習慣」のあたらしい相貌が見えたのだった。今まで、「習慣」とは、知覚の独創性を無視し、意識をも消し去って無にひとしくする力だと思っていた。けれど今はその力が、ぼくにしっかりと根づいたおそるべき神のように見えてきた。あまりにも自然に、あまりにも深く心にはめこまれているので、ふだんは見分けがつかないけれど、顔を背け離れていってしまうと、この「習慣」

という神はどんな苦しみよりもおそろしい苦しみをぼくたちに課す。それはときに死とかわらないくらい過酷なものだ。

アルベルチーヌからの手紙を急いで読まなければならなかった。何しろ彼女を連れ戻す算段をはじめなければならないのだから。そうする方法をぼくはすでに知っているはずだった。なぜなら、未来はまだぼくらの考えのなかにしか存在していないし、ぼくたちの意志でもって、最後の瞬間になんとかしようと思えば、未来は変わるに違いないからだ。けれど同時にぼくは思い出した。未来には、ぼくの気持ち以外にほかの力も働きかける。そうなると、もっと時間をもらったとしても、その力にはあらがえない。未来に起きることにぼくたちが無力なのだとしたら、未来はまだ決定されていないと主張したところで、いったいなんになるだろう。アルベルチーヌが家にいるときには、ぼくが主導権を持って彼女と別れようと決めていた。なのに彼女のほうから出ていってしまったのだ。ぼくはアルベルチーヌの手紙を開いた。こんなことが綴られていた。

「あなた、これから書くことを直接口頭で伝えることができなくて、ごめんなさい。だって私は本当に意気地なしで、あなたの前に出るといつもおどおどしてしまい、無理やりしっかりしようとしても、勇気がわいてこないのです。あなたに申し上げなければならなかったのは、こういうことです。

私たち二人の生活は不可能になりました。あなたもお気づきでしょうが、このあいだの口げんかで、私たちの関係は変わってしまいました。あの夜はおさまっても、何日もたてば取り返しがつかなくなるでしょう。さいわいにも、あのとき私たちは仲なおりできたのだから、よいお友だちとしてお別れしたほうがいいのです。そんなわけで、いとしいあなたにこのお手紙を差し上げることにしました。あなたをいくらかかなしませるかもしれませんが、私も計り知れないくらいかなしんでいると思って、どうかお許しくださいい。それに、わたしはあなたに嫌われたくありません。少しずつ、けれどあっという間にあなたにとってどうでもいい女になっていくと思うと、それだけでとてもつらいのです。

私の決心は変わりません。この手紙をフランソワーズに頼んであなたに渡してもらう前に、私のトランクを持ってきてもらうことにします。お別れですね。私のいちばんいいところを、あなたのところに置いていきます。

アルベルチーヌ」

こんなことにはなんの意味もないと、ぼくは自分に言い聞かせた。想像していたよりましなくらいだ。彼女はこんなことを本当に考えているわけではなく、ただぼくを不安に陥れるためにこんな手を打ったにすぎない。真っ先にしなければならないことは、アルベルチーヌが今晩のうちに帰ってくるようにすることだ。ボンタン夫妻はあやしげな人たちで、姪を利用してぼくから金をだまし取ろうとしている、と考えるのはなさけない。いや、そんなことはどうでもいい。アルベルチーヌを連れ戻すために、ぼくの財産の半分をボンタン夫人に渡さなくてはならないとしても、それでもアルベルチーヌとぼくが快適に暮らすには充分な額は残る。同時にぼくは、彼女のほしがっていたヨットとロールス・ロイスを今朝のうちに注文しにいけるだろうかと考え、それらを彼女に買ってやることがいかに良識を欠いているかと考えたことさえ、もう念頭になかった。ボンタン夫妻の同意だけではなく、もしアルベルチーヌが彼らの言うことなど聞かず、今後は完全に自分の思い通りに暮らさせてくれるなら戻る、という条件をつけたとしても、いいさ！　それでどんなにかなしむことになっても、そうしてやろう。彼女が好きなように、ひとりで外出もさせよう。彼女が執着していることのためなら、どんなにつらい犠牲を払ってもかまわない。彼女の執着とはつまり、今朝がたぼくが確信したこととは違って、アルベルチーヌがここで暮らすということなのだから。それに、彼女に自由をあたえることが、そんなにもぼくを苦しませると言い切れるだろうか？　言い切れると言えば嘘になる。今までも感じたことはあったけれど、家にいて、彼女が退屈していると感じているときに抱く苦しみと比べて、遠く離れたところで勝手に悪さをさせておく苦しみのほうが、はるかに楽なのではないか。たしかに、どこかに出かけたいと言われたときに、乱痴気騒ぎが行われることを知りながら送り出すのは、ぼくにはたえがたいだろう。けれども、「ぼくの船でいくといいよ。列車でもいいさ。ぼくの知らない土地でひと月くらいすごしてきたらいいよ、そこで何が起きているかなんて、ぼくには到底わからないんだから」と送り出してやれば、その遠く離れた土地で彼女はぼくに感謝するだろうし、帰ってきてもしあわせだろう。彼女もきっとそうしたがっている。彼女は、本当はそんな自由など少しも求めてはいない。だから、毎日そんなたのしみを与え続けていれば、その自由を日に日に制限していくこともかんたんにできるだろう。

いや、違う、そんなことじゃない。アルベルチーヌが求めているのは、ぼくが彼女に冷たくしないことだし、ほかでもない、かつてオデットがスワンに望んだように、ぼくが彼女との結婚を決意することなのだ。結婚してしまえば、彼女だって自立にはそんなにこだわらないだろう。ぼくたちはこの家で二人ともしあわせに暮らすのだ！

そうなったら、ヴェネツィアいきはあきらめるしかない。けれどもあんなにいきたかったヴェネツィアですら——この上なく感じのいいサロンの女主人や、数々の気晴らしや、ゲルマント公爵夫人や観劇などなおさらのこと——ぼくたちがつらい絆で結ばれて離れられないとなれば、色あせた、どうでもいい、死んだ町になるだろう。結婚問題については彼女が全面的にただしかった。母でさえ、こんなふうに先延ばしにするのはみっともないと思っていた。ぼくはもっと早く結婚すべきだったのだ。それこそぼくのやるべきことで、一言も本心に触れない手紙を彼女に書かせたのもそのせいだ。彼女が望んでいるものは結婚、それだけなのだ。それこそが、この行動の真意なのだ。ぼくの思いやりある理性は、そう告げる。

しかしながら、そのようにつぶやきつづける理性は、最初の仮説にとどまったままだ、とぼくは感じていた。ずっと立証され続けていた、もうひとつの仮説だ。その仮説では、アルベルチーヌがヴァントゥイユ嬢と、その女友だちと、密接につながっているとは、一度たりともはっきり表明しなかった。それでもあのアンカルヴィルに到着する列車のなかで、数々の話が重なり合っておそろしい裏付けとなり、この仮説の正しさは立証された。とはいえ、この仮説は、その後彼女が予告もせずに、引き止める暇もくれずにぼくのもとを去るとは一度も予想させなかった。

それでも人生は、ぼくにあらたな飛躍を迫る。物理学者の発見や、犯罪の裏面についての予審判事の調査、歴史家が暴く革命の隠された真実は、ぼくたちをあたらしい現実に直面させるけれど、今ぼくが直面しているのは、そういった予想もしなかった現実だった。この現実は、ぼくの仮説の貧弱な予想をうわまわっているけれど、同様に、その仮説を実現してもいた。

この仮説は、知性によるものではない。アルベルチーヌがぼくにキスをしなかった晩や、窓を開ける音が聞こえた夜、ぼくは理由なく恐怖におそわれた。まったく根拠のないこの恐怖は、知性とはかけ離れている。けれども、知性が、真実を理解するためのもっとも強力でもっとも鋭くてもっとも適切な手段ではない。しかしだからこそ、ぼくたちは知性をめぐらせるべきだ。無意識の直観にたよるべきでも、安易な予感にたよるべきでもない。たしかに、心や精神にとってもっともたいせつなことを教えてくれるのは、理屈ではなく、さまざまなべつの力であり、そのことを少しずつ学んでいくのが人生だ。だからこそ、知性からはじめはしても、直観や予感などの別の力がすぐれたものだとわかり、考えることによってそれらの力の前に降参できる。そのとき、知性はそれ以外の力に協力し、その召使となることを受け入れる。これは経験にもとづく信仰である。今、ぼくが格闘している思いがけない不幸にしても(アルベルチーヌと二人のレズビアンの愛情のように)、数多くのしるしによって予想していたからこそ、すでに知っているもののように思えるのだ。それらのしるしを通して、ぼくはすでに、彼女がとらわれの身のような暮らしを嫌い、うんざりしていることを見抜いていた。アルベルチーヌの従順でかなしげな瞳の裏や、不意に不可解な赤みのさした頬、突然開けられた窓の音に、見えないインクで記されたように示されていた！　たしかに、ぼくはそれらをとことん読み解いて、彼女が急に出ていくと予想することはできなかった。アルベルチーヌが目の前にいることで安心して、彼女が出ていくとすればぼくの決めたいつか遠い日、現実ではない時間のいつかでしかないと思っていた。

それはまるで、人々が健康であるときに、死を思ってもこわくないのと同じように、たんに、いつかそういう日がくるのだろうと思っていたにすぎない。実際、人々は健康なときに、否定的なことをちょっと考えてみているだけで、死が近づけば健康の意味が変わってしまうだろう。アルベルチーヌが自分で決めて出ていってしまうことを、どんなに鮮明に、どんなにくっきりと、幾度も思い描いていたとしても、自分にかかわりのあることだと見抜くこともできなかっただろう。彼女の出奔が、まったく思いがけない、たえがたい、経験のないことで、味わったことのない不幸であるのか、想像することもできなかった。もし、ぼくがこの出奔を予想していたとして、何度も何度も思い描いてきたとしても、フランソワーズの「アルベルチーヌさんがお発ちになりました！」という言葉で、ヴェールをはいであらわれた、想像を絶したこの地獄とは、似ても似つかないものだったろう。未知なるものを思い描くときには、想像力は既知のものを寄せ集めるしかなく、だから本当の未知を思い描くことはできない。けれども感性は、どんなに肉体的な感性であっても、あらたなできごとから、長く消えない特徴的なサインを、稲妻のように受け取ることがある。ぼくがもしこの出奔を予想していたとしても、その過酷さを想像することはできなかっただろうし、また、もし彼女が、私は出ていくと前もって言っていて、ぼくが脅したり泣きついたりしたところで、やめさせることはできなかっただろう。

ヴェネツィアにいきたいと願っていた気持ちは、今や、ぼくから遠く離れてしまった。ちょうど昔、コンブレーで、ゲルマント夫人と知り合いになりたいという気持ちが遠く去っていってしまったのと同じだ。母に部屋にきてもらうというたったひとつのことしか考えられなくなると、そうして、ぼくのあたらしい苦悩の叫びにかけつけたのは、ぼくが子どものころから味わってきたありとあらゆる不安で、苦悩をさらに深め、苦悩と不安はとけあってひとつのかたまりとなり、ぼくを息苦しくさせるのだ。

別れの精神的な苦痛は、肉体のおそるべき記憶力によって、現在感じている苦痛と、過去に感じたことのあるすべての苦痛とを同化させる。もし、激しい未練を味わわせようと女が願えば、この心の打撃につけ込むだろう。それくらい、人は他人の苦痛など気にもとめないものだ。ことによると、彼女はよりよい暮らしを手に入れるために偽りの出奔をしたのかもしれないし、あるいは、永遠に——永遠に、だ！——戻らないことでぼくに打撃を与え、復讐したいのか、それとも、もっと愛され続けたいのか、いや、いい思い出だけ残して、網の目のように張り巡らされていた退屈と倦怠を打ち砕こうとしているのか——。こんなふうに相手を傷つけることはやめようと、ぼくたちは約束をしたし、別れるなら仲のいいまま別れようと言いあった。けれど結局、仲のいいまま別れる人なんてまれにしかいない。仲がよければ別れないからだ！　それに、女というものは、つれなくされても漠然と感じているものだ。習慣ができあがってしまえば、男はますます自分に執着するはずだ、と。そうして女は、仲よく別れるために不可欠な要素のひとつは、相手に予告して出ていくことだと考える。けれど予告なんかしたら、とめられるのではないかと心配になる。女はだれしも、男よりも自分が優位である場合、行方をくらます唯一の方法は逃げ出すことだと思っている。女王だからこそ、逃げ去るというわけだ。たしかに、女のせいで先ほどまで感じていた倦怠と、女が出ていったために感じる会いたいという狂おしい欲求は、いちじるしく隔たっている。

女が出ていくのは、男につれなくされた場合が多い。真のつれなさかもしれないし、つれないと思わせただけかもしれない。そのとき、振子の揺れ幅は極限に達し、女は自分に言い聞かせる。「もうだめだわ、こんなこと、とても続けていられない」と。男が別れると言い出すか、そのように考えていることがわかるからだ。そのとき去るのは、男ではなく女である。すると振子は、反対の極限へと揺れて、隔たりが最大となる。一秒すると、振子はその点に戻る。それはごく自然なことだ。

心臓の鼓動が早くなる。出ていった女は、ここにいた女とは別人になっている。ここにいたときの女の暮らしは、わかりすぎるくらいわかっていた。その暮らしに突然、女がこれからすごすだろう暮らしが入り混じる。女はその暮らしをするためにここを去ったのかもしれない。つまり、これから女の過ごすことになる暮らしのあたらしいゆたかさが、そばにいながら出奔をたくらんでいた女にも関係してくる。女の心に起きたことをひとつひとつたどっていくと、あらわれるのは、ともに暮らしていた女の一部でもあるが、同時に、こちらが女に感じたあからさまな倦怠の一部、女への嫉妬の一部でもある。何人かの女に去られた男は、その性格のせいか、変わらない反応のせいか、ほとんどいつも同じような去られかたをしているのは、そういうわけだ。だれにでもその人なりの風邪のひきかたがあるように、その人なりの裏切られかたというものがある。

そうしてたどる一連の心理的な事実は、さほど不思議なものではないが、それに対応して、こちらが気づかなかった一連の事実もあったのだろう。しばらく前から、女は、使いの者を通して、手紙でか口頭でか、ある男、もしくはある女と、関係を持ち続けていたのだろう。たとえば、X氏がぼくに会いにきた翌日に、X氏と落ち合うことを決めておけば、「昨日X氏が会いにきたよ」と言うだけで、こちらは意図しないまま彼らの合図を伝えてしまうことになる。その合図を女はずっと待っていたのだろう。

なんと多くの仮説が可能なのだろう！　ただし、可能だというだけだ。ぼくはただ、可能性のなかでだけたくみに真実を組み立てているのにすぎない。

以前のことだが、そのときの恋人宛に届いた手紙を、うっかり開けてしまったことがあった。その手紙には、示し合わせた様子で「サン＝ルー侯爵家へいく合図をずっと待っています。明日、電話でお知らせください」と書いてあり、ぼくは一種の逃亡計画を読み取った。サン＝ルー侯爵の名前は、本人ではなく、何かべつのことを意味していたのだろう。なぜなら、ぼくの恋人はロベール・ド・サン＝ルーとは面識もなく、ぼくが彼の話をしたのを聞いたことがある程度だった。しかも、手紙の署名もあだ名のようなもので、きちんとした名前ではなかった。しかしながら、この手紙は、じつはぼくの恋人に宛てられたものではなく、この邸に住む別人宛てのもので、ぼくが名前を読み間違えたに過ぎなかった。手紙は示し合わせるような内容ではなく、ただ下手なフランス語で書かれていただけだった。書いたのはアメリカ人女性で、ロベール・ド・サン＝ルー本人に訊くと、実際に彼の友だちだったのだ。そのアメリカ人は、いくつかの文字にへんな癖があり、しかも外国人の名前があだ名のように読めたのだった。つまり、ぼくの抱いた疑いはすべてまちがいだったということになる。

すべてまちがいだったけれども、そうとわかる前まで、ひとつひとつの事実を知的につないだその結論は、正当で強固でひとつの真実を形作ってはいる。だからその三か月後、一生を過ごすつもりだった恋人が去った今、あのときと同じだと思ってしまうのである。一通の手紙が届き、その手紙には、以前ぼくが読み違えたのとそっくりの特徴があり、今回は、それはは っきりと合図だった。ぼくの人生で最大の不幸だ。それでも、その不幸がもたらす苦悩より、その不幸の原因を知りたいという好奇心が大きかった。アルベルチーヌはいったいだれを求め、だれと再会したのだろう。

こうした大きなできごとの原因は、川の水源のように、大地の表面をいくら駆けめぐっても見つけることはできない。アルベルチーヌはいったいいつから出ていくことを考えていたのだろう？

ぼくが彼女にキスしなくなった日から、かなしげで、体を棒のようにかたくして、どうでもいいことにも沈んだ声で答え、のろのろとした動作になり、けっして笑顔を見せなくなったが、ぼくはそれについて何も言わなかった（そのときは、ただ気取っているか不機嫌か、フランソワーズの言う「むくれている」としか、見えなかったからだ）。外のだれかと何か示し合わせていたのかどうかも、ぼくにはわからない。

そのあとでフランソワーズの語ったところによると、彼女が出ていく前々日、アルベルチーヌの部屋にいくと、だれもおらず、カーテンは閉まっていたが、外のにおいと音で、窓が開いているように感じたという。そして実際彼女は、バルコニーに出ているアルベルチーヌを見つけたのだった。けれどもそこからアルベルチーヌがだれと連絡をしていたのかはわからない。ではなぜ窓が開いているのにカーテンは閉まっていたのか。風にあたるのをぼくがいやがると彼女が知っていたから、という説明で落ち着くこともできる。また、カーテンくらいでは風は防げないと考えるなら、鎧戸が早くから開いているのをフランソワーズに気づかれなくてすむから、と言うこともできる。けれど実際、ぼくに思い当たることは何ひとつない。あるのはただ、前日からアルベルチーヌは自分が出ていくことを知っていた、それを示すささやかな事実だけだ。したがって前日、アルベルチーヌはぼくの部屋から大量の包装用の紙と布を持ち出し、一晩かけてけっこうな数のガウンや部屋着を包んで荷造りし、朝の出発に備えたに違いない。それが唯一の事実で、あるのはそれきりだ。ぼくには重要だと思えないのだが、まさに前の晩、彼女はぼくに借りていた千フランを無理やり返してきた。けれどそれはとくべつなことではない。彼女は金銭のことには極端なくらい几帳面だったから。

そうだ、彼女が包装紙を持っていったのは前日だが、自分は出ていくのだとその日になってはじめてわかったわけではないのだ！　彼女が出ていったのは、かなしみに打ちひしがれたからではなく、夢見ていた暮らしをあきらめようと決心したからで、それで彼女はかなしそうに見えたのだ。かなしいというより、ぼくにたいして厳かなほど冷淡な態度で、けれど最後の晩だけはべつだった。彼女はいつも少しでも長くいようとするのに、「じゃあ、さようなら、あなた、さようなら」とドアのところで言ってぼくを驚かせた。けれどその言葉もぼくは気に留めなかった。

フランソワーズが言うには、その翌朝、アルベルチーヌに出ていくと告げられたとき（自分の部屋や化粧室に置いていない持ち物をかき集めるわけにいかず、それらをフランソワーズに頼み、着替えもしないで一晩じゅう荷造りでかかりっきりだったらしいから、たんに疲れていたのかもしれないが）、彼女はまだかなしげで、前日までと比べると棒みたいにぴんとこわばっていて、「さようなら、フランソワーズ」と言ったとき、そのまま倒れてしまうのではないかと思ったほどだという。

こんな話を聞かされると、散歩していて出会うどんな女より、すっかり魅力を感じなくなった女が、その女のためにほかのすべての女をあきらめなければならないせいで、恨めしく思いさえするその女が、反対に、今では千倍も好ましい女に感じられるのも、もっともなことに思えてくる。なぜなら、問題は、ある種の快楽——慣れのために、また相手がつまらないために、ないにも等しくなった快楽——と、その他の快楽、魅力的で生き生きとした快楽、その二つの快楽のあいだから生じるのではなく、快楽と、快楽よりもっとはるかに強烈なもの——相手の苦しみへの憐憫、そのどちらを選ぶか、という選択になるからだ。

アルベルチーヌは今夜ここに戻ってくるだろう、とぼくは応急処置的に思いながら、これまでともに暮らしていた女を失った、その傷跡に、あらたな信念の包帯を巻いて、手当てをしようとした。けれど自己生存本能を総動員させても、フランソワーズから話を聞いたとき、ぼくは一瞬たよるべきものを一気に失い、今夜戻ってくると言い聞かせても、どうにもならなかった。彼女は帰ってくると、まだ自分に言い聞かせる必要のなかったとき（「アルベルチーヌさんがトランクを持ってくるようにおっしゃいました」、「アルベルチーヌさんがお発ちになりました！」という言葉に続く瞬間）、ぼくが味わった苦しみが、またまざまざとよみがえり、それはさっきとまったくいっしょだった。つまり彼女は戻ると言い聞かせても、その苦しみは減じなかったのだ。それにもし彼女が戻るにしても、自分の意思でそうしなければならない。あらゆる推測を重ねてみたり、だれかに奔走してもらったり、戻ってくれと彼女に嘆願したりしても、まったく意味がない。かつてジルベルトにそうしたのとはちがい、ぼくにはもうアルベルチーヌをあきらめるだけの力がなかった。アルベルチーヌと再会することよりも、この肉体的な苦しみから抜け出すことが、ぼくの願いだった。以前よりずっと悪くなったぼくの心臓は、もはやこの苦痛にはたえられなかった。それに、仕事であれほかのことであれ、何かをしようとしない、ということに慣れきってしまい、ぼくはさらに臆病になっていた。しかしとりわけこの苦痛は、ほかのものとは比べ物にならないくらい強烈だった。ゲルマント夫人やジルベルトとは、ぼくは官能的な快楽を一度も味わったことがなかったが、それが理由なのではない。この二人とはいつも会っていたわけではなく、そうする可能性も必要もなかったから、この二人への恋には「習慣」という大きな力が欠けていたのだ。ぼくは何かをする意欲を失い、苦痛に耐えることもできず、可能な解決策はたったひとつ、何がなんでもアルベルチーヌに戻ってもらうことだけだった。それしかなくなった今となっては、それとは反対の解決策、自分の意思であきらめたり、じょじょに忘れたりといった解決策は、ジルベルトのときに体験していなかったとしたら、現実にはあり得ない、小説のような解決策だと思えただろう。

しかしかつて体験したのだから、ぼくはその解決策も受け入れられるはずだった。以前のぼくと今のぼくはおなじひとりの人間なのだから。けれども、時間はすでに役割を果たし、状況は変わってしまっていた。時間はぼくに年をとらせていたのだ。そのうえ、ぼくたちがともに暮らすあいだ、時間はつねにアルベルチーヌをぼくの隣に置いていた。そんなわけで、アルベルチーヌをとうていあきらめられないのだが、かつてジルベルトにたいしておかした失敗をくりかえしたくないという自尊心がある。人をつかかって彼女に戻るように伝えることで、アルベルチーヌにとって見るのもいやな笑いものになりたくない、という自尊心だ。戻ってきてほしいというそぶりをこちらが見せることなく、彼女に戻ってきてほしかった。

ぐずぐずしてはいられない、とぼくは起き上がろうとしたが、苦痛が邪魔をする。アルベルチーヌが出ていってから、はじめて起きるのだ。起き上がり、着替え、アルベルチーヌの住まいの管理人に様子を訊きにいかなくてはならない。

苦悩、つまり延々と続く精神的打撃は、かたちを変えようとする。さまざまな計画をたてたり、情報を求めたりして、人は苦悩を発散させたいと願う。苦悩を、さまざまなかたちに変貌させてしまいたいのだ。そのほうが、苦悩をそのまま抱えこむより、ずっと楽だからだ。苦悩とともに身を横たえているには、ぼくのベッドはあまりにも狭く、かたく、冷たい。だからぼくは起き上がった。用心に用心を重ねて、ぼくは部屋のなかを進む。アルベルチーヌの椅子や、彼女がよく金色のスリッパでペダルを踏んでいた自動ピアノが目に入らないように、慎重に。そうした品物たちは、ぼくの思い出が教えたとくべつな言葉で、彼女が出ていったことを翻訳し、異なる説明を加えて、もう一度ぼくに告げているかのように見えた。

しかしぼくが見なくても、それらは視界に入っていた。体から力が抜けて、青いサテン地の肘掛椅子にぼくは倒れこむように座った。一時間ほど前、日射しのせいで麻酔をかけられたようになったこの部屋の薄明かりのなか、椅子の表面の艶を見て、ぼくはあれこれと夢想していた。あのとき強く抱いた夢想も、今ではぼくからはるか遠く離れてしまった。ああ！　この瞬間まで、アルベルチーヌがここに住んでいるときしか、ぼくはこの椅子に座ったことがなかったのだ。そう思うと、もう座っていることができなくなり、ぼくは立ち上がった。そんなふうに、一瞬一瞬、ぼくたちを構成する無数のぼくがひとりひとりいて、この無数のぼくはまだアルベルチーヌが出ていったことを知らず、それを伝えなければならなかった。まだこの不幸を知らないすべての存在に、このすべての「ぼく」に――もしそれらが、見ず知らずのだれかで、ぼくの感受性を借り受けて苦しむことなどない存在だったら、これほど酷くはなかっただろうが――今起きたばかりの不幸を知らせなくてはならない。そうして、この無数のぼくが順番に、「アルベルチーヌがトランクを持ってくるよう頼んだ」――バルベックで、母のトランクの隣に積まれていた、あの棺桶のようなかたちのトランクだ――、さらに「アルベルチーヌは出ていった」と、聞かされ続けなければならなかった。この部屋に残るすべての瞬間のぼくに、このかなしみを伝えなければならなかった。このかなしみは、不幸なできごとの全体から、好きに取り出した客観的な結論などではさらさらなく、外部から押しつけられた特殊な印象としてのかなしみであり、それは、ぼくらの意思とは関係なく、断続的によみがえるものだ。そうした大勢のぼくのなかには、ずいぶん久しぶりに会うものもいた。たとえば、髪を刈ってもらっているときのぼくがそうだ。すっかり忘れていたそのときのぼくが、こうしてあらわれると、ぼくはしゃくりあげて泣いた。まるで埋葬のときに、死者の知り合いの、今では退職している老いた召使が顔を見せるだけで、泣けてくるようなものだった。

そしてぼくは思い出した。この一週間、ぼくは急に恐怖に襲われていたが、そうと認めはしなかった。恐怖がせりあがってくると、「彼女がふいに出ていくかもしれないなんて仮説を検討するのは、時間の無駄だ。ばかげている。もしそんな仮説を、だれか良識ある聡明な男に打ち明けたら、その男は間違いなく『頭がおかしいんじゃないのか？　そんなこと、あり得ないだろう』とぼくに言うはずだ」と自分に言い聞かせ、恐怖に異議を唱えていた。そして実際に、このところぼくたちは喧嘩ひとつしていなかった。「出ていくには動機が必要だ。人は、この動機を告げようとする。答える権利を相手に与えるためだ。何も言わずに出ていくことなんてあり得ない。子どものやることじゃないか。だから、こんな仮説だけなら、ばかげている」そう思いつつも、毎日、朝になるとベルを鳴らし、彼女が家にいることがわかるとぼくは安堵のため息をついた。

フランソワーズがアルベルチーヌの手紙を渡してくれたとたん、今まで自分を安心させてきた論理的な理屈があったのにもかかわらず、とっさにぼくは確信した。起きてはいけないことが起きたのだ、と。数日前から感じ取っていたように、これはアルベルチーヌの出奔に関係する手紙だ。ぼくは絶望に沈みつつ、自分の炯眼《けいがん》に満足すら覚えながら、そう思っていた。あたかも、発覚することはあり得ないと確信しつつもびくついている殺人者が、自分を呼び出した予審判事のもとで、自分の殺した犠牲者の名が、関係資料の冒頭に記されているのを目にしたようなものだ。せめて、アルベルチーヌがトゥーレーヌの叔母のところに発っていてくれれば、とぼくは願った。あそこなら、じゅうぶんに目もいき届くし、ぼくが連れ戻すまで、彼女もたいしたことはできないだろう。最大の気がかりは、彼女がパリに残っているか、アムステルダム、もしくはモンジューヴァンに発っていることだった。どんなふうに事前に示し合わせたかわからないけれど、なんらかの情事にふけるために彼女が逃げ出したことになるからだ。けれどもぼくはただ、パリだのアムステルダムだのモンジューヴァンだのといくつもの場所を挙げながら、可能性を数え上げていたにすぎない。

だから、アルベルチーヌのパリの住まいの管理人が、あのかたはトゥーレーヌへお発ちになりましたと答えたとき、そこに向かってくれと願っていたその場所が、なかでももっともおそろしい場所に思えた。なぜならそれを聞いたとき、トゥーレーヌの住まいは現実になり、はじめて現実の確実さと未来の不確実さに苦しめられ、ひょっとすると長いこと、いやもしかしたら永遠に、ぼくと離れて暮らそうと思っているアルベルチーヌが思い浮かんだからだ。その暮らしのなかで、彼女はあの未知なるものを実現するかもしれない。かつてしばしばぼくを動揺させたもの。しかしながらそのときはさいわいにも、ぼくはその未知なるものの輪郭をとらえてはいても、あのやさしい顔を、所有し、愛撫することができた。この未知なるものこそ、ぼくの彼女への、愛の根底をなしていたのである。

36 — 電報と手紙

「本気かい？」とロベール・ド・サン＝ルーは言った。「その夫人の夫の選挙後援会に、三万フランも提供してかまわないの？　夫人はそんなにがめつい人かな？　たぶん、三千フランも出せば充分だと思うけど」

「だめだよ、お願いだ、気が気ではないことだから、けちけちしないでほしいんだ。こんなふうに言ってくれないか？　もっとも一部分は本当のことだけど。『ぼくの友人は、婚約者の叔父さんの後援会のためにと言って、親戚のさるお方にこの三万フランを頼んだのです。そこで友人は、アルベルチーヌに少しでも知られたらいけないので、ぼくに届けてほしいと頼んだのです。ところがそのあとで、アルベルチーヌが友人の家を出ていってしまいました。友人は途方に暮れています。もしアルベルチーヌと結婚しないのなら、この三万フランは返さなければなりません。結婚するのであれば、ほんのかたちだけでも、彼女にすぐに帰ってきてもらわなければなりません。出奔が長引くようですと、まずいことになりかねませんので』って。これがわざわざ作った話に思えるかい?」

「とんでもない」とサン=ルーは思いやり深く答えたが、それは、思った以上に奇妙なことが世のなかには起こり得る、と彼が承知していたからでもあった。

いずれにせよ、サン=ルーに語った話は、真実の可能性がないわけではない。あり得ることだが、しかし、真実ではなかった。この真実とされた部分が、まさに嘘だったのだ。けれども、絶望的な恋にさいなまれている友人に、心から力になろうとするとき、口から嘘ばかり出るように、ロベールとぼくもたがいに嘘をつき合っていた。友人は、助言をし、支えになり、慰めてくれ、相手のかなしみに同情することはできるが、それを自分のものとして実感することはできない。だから親友であればあるほど、嘘をつくことになる。

時刻表を調べて、夜まで出発できないとロベール・ド・サン=ルーは気づいた。

「書斎にあるアルベルチーヌさんのベッドを片づけておきましょうか?」とフランソワーズに訊かれ、「とんでもない」とぼくは答えた。

「ベッドメイキングはちゃんとしておいてよ」

彼女が戻ってくることをぼくは信じていて、フランソワーズに疑わしいと思われたくなかった。アルベルチーヌが出ていったのは二人で決めたことで、ぼくへの愛が薄れたからではないように見せなければならなかった。けれどもフランソワーズは、まったく信じないというのでもないが、少なくとも疑わしげな顔つきでぼくを見つめた。彼女もまた二つの仮説をたてていたのだ。鼻の穴をふくらませた彼女は、ぼくたちの仲たがいを嗅ぎ取っていた。ずっと前から感づいていたのに違いない。そのことを彼女が完全には信じなかったのは、ぼくと同じ、ぬか喜びになるかもしれないことを警戒していたからだろう。

彼女はいったい何をしているのだろう。何を思い、何をほしがっているのだろうと、しょっちゅう自問しながら、その都度、彼女は帰ってくるつもりだろうか、果たして帰ってくるだろうかと考え、ぼくの心の内にできた連絡口を開け放しておこうと決めた。その開かれた水門を、もしほかの女の生命がとおり、貯水池に流れこむとしたら、それはそれでいいことじゃないかと自分に言い聞かせた。貯水池の水がよどむよりはましだ。

やがて、あまりにも音沙汰なしの状態が続くので、ぼくの心はサン＝ルーからの電報や電話を待つことでいっぱいになった。それが心の大部分を占め、アルベルチーヌが戻ってくるかどうかという懸念は覆い隠された。電報が今くるか、今くるかと待つうちに、そのことしか考えられなくなり、それがぼくの苦悩に終止符を打ったかのように思えた。

けれども、ようやくロベールからの電報を受け取ったのだが、それには、ボンタン夫人に会いはしたものの、用心に用心を重ねていたのに、アルベルチーヌに見られてしまい、すべては水の泡になったと書かれていて、ぼくは怒りと絶望を爆発させた。それこそ、ぼくがもっとも避けたいことだった。サン＝ルーに出かけてもらったのに、アルベルチーヌに知られてしまったら、ぼくがいかに執着しているかを知らしめてしまい、彼女が帰ってくるのに水を差すことにしかならない。上階の人が、『マノン』のアリアを弾いているのが聞こえてきて、思わずぼくの知っているその歌詞に、アルベルチーヌとぼくを重ね合わせた。かなしみがせりあがってきて、涙があふれた。こういう歌詞だ。

ああ、みずからを奴隷と思いこんだ小鳥は、
しきりにそこから逃れようと
必死に羽ばたき、闇のなか、窓ガラスにぶつかってしまう。

そしてマノンの死である。

マノンよ、さあ答えておくれ！　わがたましいのただひとりのいとしい人よ、
きみの心のやさしさを、今日はじめて知ったのだ。

マノンがデ・グリユーのもとに戻ったのだから、ぼくもアルベルチーヌにとって、生涯ただひとりの恋人であるように思えた。ああ、彼女が今この瞬間に、同じアリアを聴いていたら、デ・グリユーの名のもとに彼女が思い描くのは、ぼくではなさそうだ。それにもし彼女がこの

歌を聴いていて、そんな気持ちになったとしても、ぼくの思い出に邪魔されて、ほろりとすることはないだろう。

この曲は、ほかの曲よりよく描かれていて、しごく繊細なのに、アルベルチーヌの好きなジャンルの音楽に含まれていた。ぼくはといえば、アルベルチーヌに「わがたましいのただひとりのいとしい人」と呼ばれたり、自分を「奴隷と思いこんだ」のは間違いだとわかりましたと言われることを思い浮かべて、甘い気分に浸る勇気はとてもなかった。人は、小説を読むとき、愛している女の顔立ちをヒロインと重ねるものだが、本の結末がハッピーエンドだとしても、現実の恋が一歩前進しているわけではない。そして本を閉じると、愛する女は、小説ならばこちらに向かって歩いてくるのに、現実ではこちらをさらに愛してくれるようになるわけではない。

ぼくは怒りにかられて、一刻も早くパリに戻るようにとサン＝ルーに電報を打った。あれほど隠しておきたかったのに、しつこく続けて事態を悪化させるようなことは避けたかったのだ。けれどもサン＝ルーが戻ってくるより先に、ぼくはアルベルチーヌ自身から電報を受け取ったのである。

「トモヨ、アナタハオトモダチノサン＝ルーサンヲ、オバノトコロニヨコシマシタ。トンデモナイコトデス。イトシイヒト、モシワタシガヒツヨウナラ、ドウシテワタシニチョクセツテガミヲヨコサナイノデスカ。オオヨロコビデモドリマシタノニ。モウコンナバカゲタマネハ、ナサラナイデクダサイ」

「大喜びで戻りましたのに！」

彼女がそのように言うのなら、つまり出ていったことを後悔していて、戻るための口実をひたすらさがしていることになる。だからぼくは、彼女の言うとおり、ぼくにはきみが必要だという手紙を書くだけでいいのだ。そうすれば、彼女は戻ってくるだろう。彼女と再会できるのだ。彼女、バルベックのアルベルチーヌに（彼女は出ていってから、ぼくにとってふたたびバルベックのアルベルチーヌに戻っていた。箪笥の上にいつもあるときには注意も払わない貝殻が、だれかにあげたりなくなったりして、目の前から消えると、以前はそんなことがなかったのに、貝殻について思いをはせたりするように、彼女がいまや思い出させるのは、海の、青々とした山のような陽気なうつくしさだった）。

彼女だけが想像のなかの存在に、つまり望ましい存在になったのではない。彼女との暮らしもまた想像となり、いっさいの困難から解放された。だからぼくは思った。「どんなにぼくたちは幸福になるだろう！」

けれども、彼女に戻る気があるとわかった以上、せかしているように見せてはいけない。それればかりか、サン＝ルーの画策によるまずい結果を、なかったものにしなくてはならない。あとから、サン＝ルーはずっとぼくたちを結婚させたがっていたから、勝手にあんなことをしたのだと言えば、それでまるくおさまるだろう。

そんなことを考えながら、ぼくは彼女の電報を読みなおした。そしてその文面に、その人らしさがほとんどあらわれていないことに失望した。たしかに記された文字には、思考が表現されている。それはぼくたちの表情と同じことだ。ぼくたちはいつでも思考と向き合っている。それでもやはり、思考がその人にあらわれるのは、顔という花冠に思考が広がり、睡蓮のように花開いてこそなのだ。それは思考を大幅に変えもする。

ぼくたちが恋愛に幻滅をくりかえすのは、たえまなく幻想に裏切られるからだ。愛する人を待っていると、逢瀬にあらわれるのは、ぼくたちの夢想とは異なる生身の人間だ。ぼくたちがその人に何かを求めているとき、その相手から手紙を受け取ると、その人らしさなどすっかり消えてしまう。代数で使うそれぞれの数字には、計算の確定された数値が残っていないのと同じだし、また、その数値には足し算された果物や花の面影がもはや感じられないのと同じだ。

それでも相手からの手紙はおそらく、愛するにしても愛されるにしても、その関係がアンバランスであろうと、現実の翻訳ではあるのだろう。何しろ手紙は、読んでいれば不充分に思えるが、こなければ死ぬほどの苦しみを味わうことになり、手紙がきただけでぼくたちの不安は鎮まるのだ。もっとも、そこに書かれた文字という記号が、欲望を満たしてくれることはない。文字は文字で、言葉や微笑みやキスではなく、せいぜい、それらの等価物にすぎない。

ぼくはアルベルチーヌに手紙を書いた。

「友よ、ちょうど手紙を書こうとしていたところでした。もしぼくがあなたを必要としていたら、駆けつけるのにと言ってくださって、ありがとう。旧友への献身を、このように気高く理解していただけるのは、じつにすばらしいことです。あなたへの尊敬は増すばかりです。でも、そのようなことをぼくはあなたに求めてはいませんでしたし、これからも求めることはないでしょう。少なくとも今後しばらく、冷淡な若い娘であるあなたにとっては、ぼくたちが再会したとしてもつらくはないでしょう。けれど、ときにあなたに、ひどくつれない人間だと思われていたぼくには、とてもつらいでしょうね。

人生はぼくたちを引き離しました。あなたはじつに賢いと思われる決心をしました。すばらしい勘でもって、じつにみごとなタイミングで決断しました。というのも、あなたへの結婚申し込みの同意を母からもらったその翌日に、あなたは出ていったからです。目が覚めて、母からの手紙を受け取ったとき（あなたからの手紙も同時に！）、あなたにそれを告げようと思っていました。そのことを知ったうえで出ていくことになったら、ぼくを苦しめることになるとあなたは察したのでしょう。そしてぼくたちが人生をともにしていたら、二人とも不幸になっていたかもしれません。ありえないことではありません。ぼくたちが再会したら、そうした賢明さのたまものも、すべては無駄になります。とはいえ、ぼくが再会を望まないわけではないのです。それにあらがえるほどぼくは立派ではありません。

ご存知のようにぼくは移り気で、なんでもすぐに忘れます。だから、同情するには及びません。あなたが言っていたけれど、ぼくは何より習慣に生きる人間なのです。あなたのいない暮らしには慣れはじめたばかりで、まだ習慣には至っていません。もちろん今のところ、あなたと暮らしていたときの習慣が、あなたの出奔ですっかり乱されてしまったけれど、ぼくに未だに影響しているのです。でも、いつまでもその習慣が続くわけではないでしょう。だからこそ、ここ数日なんとかしようと思ったのです。率直に言って申し訳ないのですが、あと二週間もすれば、いやもっと早く、あなたに会うのは煩わしいことになるでしょう。ですから、まだそうならないうちに、すっかり忘れてしまわないうちに、この数日のうちに、細かな具体的問題をあなたと片づけてしまおうと思ったのです。

あなたはやさしくて魅力的な人だから、今ならば、つかの間婚約者だったぼくに協力してくれると思ったのです。

母が結婚に同意してくれることは疑ってはいませんでしたが、一方で、ぼくたちがそれぞれ完全に自由であることをぼくは望んでいました。その自由を、これまであなたはぼくのために惜しげもなく犠牲にしてくれましたね。数週間の同棲生活なら許されることかもしれませんが、これから一生をともに過ごすことになったとして、そんな犠牲は、あなたにもぼくにも忌まわしいものとなってしまうでしょう（あなたにこの手紙を書きながら、危うくそうなりかねなかった、すんでのところだったと思うと、本当につらくなります）。ぼくは二人の生活を、できるだけ独立したかたちで築きたいと考えていました。その手はじめに、あなたが自分のヨットを持てるようにしたいと思ったのです。そうすればあなたは旅行ができるし、そのあいだ、病気がちのぼくは港であなたを待っています。あなたはエルスチールのセンスを気に入っていたから、彼に手紙を出してアドバイスを乞うていました。また、あなたには車も持たせてあげれば、それに乗って気の向くまま出かけたり、旅行してもらえると思っていました。ヨットはほとんど準備が整っていました。名前は、あなたがバルベックでそうしたいと言っていたように、

〈白鳥号〉とつけました。そしてあなたがほかのどんな車よりロールス・ロイスが好きなのを思い出して、一台、注文しておいたのです。

もう二度と会うことはないでしょうから、それに、船も車もあなたに受け取ってもらうわけにもいかないので（ぼくにはどちらも不要なのです）、——仲介業者にあなたの名前で注文してしまったので、あなた自身にその注文を取り消してもらって、無用のヨットや自動車にぼくがかかわらないですむようにしてもらえないだろうかと、ぼくは考えたのです。

それだけではなく、もっとほかの多くのことでも、話し合う必要があると思ったのです。ところで、思うのですが、ぼくがあなたをふたたび好きになる可能性があるかぎり——その可能性も長く続かないとは思いますが——ヨットやロールス・ロイスのことでわざわざ会えば、あなたの人生の幸福を邪魔してしまうことになるかもしれません。とんでもない話ですよね。だってあなたは、ぼくとは離れて暮らすのが幸福だと思っているのですから。いや、ヨットもロールス・ロイスも、ぼくが持っているほうがましですね。ぼくはどちらも使わないから、一方は艤装を解かれて港に、もう一方は車庫に置きっぱなしになるでしょうけれど、ヨットの……（ああ、正確な名称が書けません、間違いを書いてひんしゅくをかってもいけませんから）に、あなたのお気に入りのマラルメの詩句を彫らせましょう。

かつての白鳥は思い出す

不毛の冬の倦怠が光り輝くときに
生きる境地を歌わなかったために、自分は華麗な姿をしていても
解き放たれても希望を持てない。

覚えていますよね。――「無垢で、生気に満ちて、うつくしい今日」ではじまる詩です。残念ながら、今日という日は、もう無垢でも、うつくしくもありません。けれどもぼくみたいに、そうした今日をなんとかたえられる「明日」にしてしまおうと思っている人間も、たえがたい連中なのです。

ロールス・ロイスのほうは、同じ詩人のべつの詩句がむしろふさわしいように思います。あなたが理解できないと言っていた詩です。

雷鳴とルビーを車軸にちりばめ
それでも私は嬉しくはないと
この火がうがつ空中に

王国をあたりにけ散らして
車輪が真紅に染まり、息絶えるのが見えて
唯一の夕べは、わが戦車の。

永遠にさようなら。かわいいアルベルチーヌ。ぼくたちが別れる前の日の、すばらしい散歩のお礼をもう一度言います。あの散歩をよい思い出に、しっかりと胸に刻みます。

追伸。サン＝ルーがあなたの叔母さんに何か提案をしたということですが、これには答える用意もありません（それに、サン＝ルーがトゥーレーヌにいること自体、まるで思いがけないことです）。まるでシャーロック・ホームズにあるようなお話ですね。あなたはいったいぼくのことをなんだと思っているのですか？」

たしかに、かつてぼくがアルベルチーヌに「愛していない」と言ったのは、彼女に愛してもらうためであり、「ぼくは会っていないと人を忘れてしまうのだ」と言ったのは、彼女に頻繁に会ってもらうためであり、「ぼくはあなたと別れることに決めた」と言ったのは、別れようという考えをいっさい封じこめるためだった。同様に、今ではどうしても一週間以内に彼女に帰ってきてもらいたいから、「永遠にさようなら」とぼくは書き、彼女に再会したいからこそ、「あなたに会うのは危険だと思います」と書き、彼女と別れて暮らすのが死ぬよりつらいから、「あなたは正しかった。いっしょにいたら二人とも不幸になるでしょう」と書いたのだ。

この偽りばかりの手紙を書いたのも、彼女に執着していないように見せるためだった。このひとつの誇りだけが、ジルベルトとの昔の恋から、アルベルチーヌへの恋に残されたものだった。また、ある種のことを書き綴る甘美さのためでもあったが、それで心が動かされたのはぼくだけで、彼女ではなかった。

37—ボンタン夫人からの電報

どうしてぼくは、アルベルチーヌが女たちを好きではないと思ったのだろうか？　彼女自身が、女など好きではないと言ったからだ。けれどもぼくたちの生活は、そもそも嘘を基盤にしていたのではないか？　彼女は一度たりとも、「どうして私、自由に外出できないの？　どうしてあなたは、ほかの人に私が何をしているか根掘り葉掘り訊くの？」とぼくに言わなかった。けれども実際、あまりにも奇妙な生活だったのだから、彼女はそう訊けばよかったのだ。そして彼女を閉じこめている理由をぼくが言わないものだから、彼女のほうでも、数え切れない思い出や、やむことのない欲望や希望について、同じようにずっと口にしなかった、それはそれでもっともな話ではないか。

フランソワーズは、アルベルチーヌは間もなく戻ってくるとぼくが言ったとき、嘘をついているとわかっているようだった。主人というものは、使用人の前で恥をかくことをいやがり、使用人に聞かせる話は、たとえ本当の話でも、尊厳を保つのに都合のいい作り話と変わりない、それは我が家での真理でもあったのだが、フランソワーズが嘘だと確信しているのには、もう少しべつの理由があるようだった。そんな真理よりも、ちゃんとした根拠があるようだった。まるで彼女自身が、アルベルチーヌに猜疑心を植えつけ、繁殖させ、その怒りをかきたて、出ていかざるを得なくなるほどまで追いつめたように見えた。もしそのとおりだとすれば、彼女の家出は、ぼくも了解済みの一時的なものだなどという説明を、フランソワーズが信じるはずもないのだった。

それでもフランソワーズは、アルベルチーヌは打算的な女だと思いこんでいて、彼女がぼくから引き出したと思える「実利」を、憎しみのあまり誇張してより多く見積もっていたから、帰ってくることもあるとは思ったかもしれない。だから彼女に、もうすぐアルベルチーヌは帰ってくると当たり前のように伝えると、彼女はぼくの顔をまじまじと見つめるのだった（ちょうど、給仕頭が彼女をからかって、新聞の記事を作り上げ、たとえば教会の閉鎖とか、司祭の追放といった、彼女にはにわかには信じられないような新政策を読み上げるふりをしてみせると、台所の隅にいた彼女は、文字も見えない新聞のほうをむさぼるように眺めるのだったが、それと似ていた）。まるで彼女には、本当にその記事が書かれているのか、ぼくが作り話をしていないかどうか、わかるかのようだった。

けれども、ぼくが長い手紙を書き終えて、ボンタン夫人の住所をさがしているのを目にすると、フランソワーズは、アルベルチーヌが戻ってくるのかもしれないという、それまで漠然と抱いていた疑念を強めたようだった。

翌朝、フランソワーズはぼく宛ての郵便を渡そうとして、そのなかにアルベルチーヌからしい手紙を見つけ、その疑念に文字どおりの驚愕が加わった。彼女は、アルベルチーヌの出奔は茶番ではなかったのかといぶかり、そうならば自分を二重にかなしませることになると思ったようだ。つまり将来この家でアルベルチーヌが暮らすのが決定的になるばかりか、フランソワーズの主人であるぼくも、彼女も、アルベルチーヌにしてやられたという屈辱を受けたことを意味するからだ。

ぼくはアルベルチーヌの手紙を早く読みたくてたまらなかったが、一瞬、フランソワーズの目をじっと見ずにはいられなかった。その目からはいっさいの希望が消え去っていた。それを見て、アルベルチーヌは本当にじき戻ってくると確信した。ちょうど、ウィンター・スポーツの愛好家が、ツバメの飛び立つのを見て、寒期の到来も遠くないとわくわく思うように。ようやくフランソワーズが出ていったとき、彼女がドアを閉めたのを確認すると、ぼくは音をたてないように手紙を開封した。不安にかられていると思われたくなかったのだ。これがその手紙である。

「友よ、親切な言葉をかけてくださったことに感謝しています。ロールス・ロイスの注文の取り消しですが、もし私が何かのお役にたてるのでしたら、もちろんなんなりと承ります。その業者の名前を手紙で知らせてください。売ることしか考えていない連中ですから、一杯食わされてしまいますよ。それにあなたが自動車の持ち主になって、どうなさるのですか？　まったく外出なさらないのに。私たちの最後の散歩について、よい思い出を持たれているとのこと、とても感動しています。どうか信じてください。私もあの散歩のことを決して忘れないでしょう。二重の意味で黄昏の散歩でしたもの（日が暮れかかっていましたし、私たちも別れようとしておりました）。あの散歩が私の心から消え去るのは、完全に夜のとばりが降りたときでしかありません」

この最後の一文は言葉だけで、アルベルチーヌはあの散歩の甘美な思い出を、死ぬときまで持ってはいられないだろうと、ぼくにははっきりとわかった。彼女は別れたくてじりじりしていたのだから、あの散歩のあいだ、よろこびなどひとつもなかったはずだ。けれどぼくが感心したこともある。バルベックでは自転車とゴルフが好きなだけの少女が、ぼくと知り合う前にはラシーヌの『エステル』しか読んだことのなかった少女が、じつは才能に恵まれていて、ぼくの家にきたことで、どれほどゆたかな資質をあたらしく身につけ、いっそう完璧な、かつてとは見違えるような女になったか、ということだ。そういえばぼくは、バルベックで彼女に、「ぼくと友だちになることは、あなたにとって貴重な体験となるだろうし、ぼくはまさに、あなたに欠けているものを与えることができる人間だと思うよ」と言っていた（彼女に渡した一枚の写真には、「救いの神であるという確信をもって」と献辞をしたためた）。信じてもいないそんな言葉を口にしたのは、ただただ、ぼくと会うのは得になると彼女に思わせるためだった。実際に会って退屈だと感じたとしても、目をつぶってくれるだろうと思ったのだ。けれどその言葉もまた本当になったのである。要するに、好きになるといけないからあまり会いたくないと彼女に言ったときと同じだった。ぼくがそう言ったのは、たえず会っているとぼくの愛はさめて、会えないと燃えあがることを自分でよく知っていたからだ。けれど実際のところ、たえず会っていたせいで、バルベックの最初のころとは比べものにならないくらいぼくは強烈に彼女を愛することになった。その言葉もまた、本当になったのだ。

しかし結局、アルベルチーヌの手紙によって事態はなんら進展しなかった。仲介業者の名前を知らせろとしか書かれていないからだ。急いでなんとかしなくてはいけない。それでこんなことを思いついた。ただちにアンドレのところに手紙を持っていかせよう。その手紙に、アルベルチーヌが叔母の家にいってしまって、さみしくてたまらない、何日かこちらにきて泊まっていってくれないか、と書こう。同時に、アルベルチーヌからの手紙をまだ受け取っていないふりをして、彼女にこんな手紙を書いた。

「友よ、よくわかってくれているとは思うのですが、許してもらわなければならないことがあります。ぼくは隠しごとをするのが大嫌いなので、アンドレとぼくの二人からあなたにお知らせしようと思いました。あなたがぼくのところにいてくれて本当に楽しかったので、ひとりではいられないという悪い習慣が身についてしまいました。あなたは戻らない、とぼくたち二人は結論を出しました。あなたのかわりに最適な人、ぼくを変えることなく、あなたのことをいちばんよく思い出させてくれる人といえば、アンドレしかいません。そこでぼくは、アンドレに家にきてくれるよう頼みました。あまり彼女を驚かせてもいけないので、ほんの数日でかまわないと言ってありますが、ここだけの話、今度こそずっといてもらおうと思っています。もっともだとは思いませんか？　ご存知ですよね、あなたがたバルベックの少女たちの一団は、長いあいだぼくに輝かしい光を投げかけた、社会的な核のようなものだったのです。いつの日か、一団に加えてもらうのがぼくの願いでした。おそらくその光は今も健在です。避けようもない二人の性格と人生の不運により、かわいいアルベルチーヌがぼくの妻になれない以上、ぼくはほかのだれかを妻にしなければなりません。その妻を――アルベルチーヌほど魅力的ではないけれど、性格的にはずっと相性のいい、ぼくといっしょになることでいっそうしあわせになれそうな人――あのアンドレに決めようと思います」

この手紙を出したあとで、突然疑惑が浮かんだ。アルベルチーヌは、「もし私に直接手紙をくださっていたら、大よろこびで戻りましたのに」と書いてきたけれど、それはぼくが直接彼女に手紙を書かなかったからそう言ってきただけで、もしぼくが彼女宛に手紙を書いていたとしても、やっぱり彼女は戻ってこなかっただろう。アンドレが我が家にやってきて、やがて妻となると知っても、アルベルチーヌは自分が自由でありさえすれば、満足していることだろう。なぜなら彼女は、ぼくが半年以上かたときも忘れず用心し、ずっと邪魔し続けてきた例の悪癖に、もう一週間も前から身をまかせているかもしれないのだ。そうだ、きっと彼女はあちらで自由を悪用しているだろう、とぼくは自分に言い聞かせた。こんなふうに考えても、かなしみは漠然としていて、特定のだれかというふうにはイメージできず、数かぎりない女たちが浮かぶだけで、ぼくの心は一種の永久運動のようにその周辺をまわるだけだった。苦痛を感じないわけではなかったが、具体的なイメージがないぶん、たえられる苦痛だった。

けれどもサン＝ルーがやってきたとき、苦痛はたえられるものではなくなり、すさまじいものになった。彼はこんなふうに口火を切った。

「きみはぼくが不満だったんだね。電報を見てわかったよ。でもそれはフェアじゃない。ぼくはできるかぎりのことをしたんだから。ぼくがもっときみに電話をすべきだったと思っているんだろう、でもいつでもふさがってますと言われたんでね」

苦痛がたえられないものになったのは、この先だ。

「最後の電報の続きから言うとね、納屋みたいなところを通って家のなかに入ったんだ。そして長い廊下の突当りで、サロンに通されたんだよ」

納屋、廊下、サロンという言葉を耳にしたとたん、話を聞き終えないうちから、ぼくの心臓は電流が通ったよりも速く鼓動を打ちはじめた。一秒間でもっとも多く地球をまわるのは、電気ではなく苦痛だからだ。サン＝ルーが帰ってから、納屋、廊下、サロンという言葉をぼくはどれほどくりかえし、理由もなく衝撃を受け続けたことだろう。

納屋になら、女友だちといっしょに隠れることもできる。それに叔母がいないとなれば、アルベルチーヌはサロンでも何をするか知れたものではない。それならばぼくは今まで、アルベルチーヌが住んでいるのは納屋もサロンもない家だと思っていたのか？　そうではない。ぼくはその家をまったく思い描いてなどおらず、漠然とした場所としか考えていなかった。ぼくが最初に苦痛を覚えたのは、彼女が向かった先が、考えられる二、三の場所ではなく、トゥーレーヌと地図上で特定されたときだ。彼女のアパルトマンの管理人の言葉を聞いて、まるで地図上に印をつけるように、ぼくの心に、苦しまなければならない場所がついに刻まれたのだ。

けれども彼女がトゥーレーヌの家にいるという考えにいったん慣れてしまうと、ぼくはその家まで想像しなかった。サロンや納屋といった忌まわしい考えは一度も浮かばなかったが、それが今ぼくの目の前で、それらを実際目にしてきたサン＝ルーの網膜の上で、アルベルチーヌが行ったりすごしたり暮らしたりする現実の部屋になったように思えた。その部屋だけが残り、無数にあるはずのほかの部屋は消え去った。納屋やサロンといった言葉によって、呪われた場所の存在が、たんなる可能性ではなく現実として明らかになると、そんな場所に一週間もアルベルチーヌを放っておいたぼくの軽率さも意識せざるを得なかった。

ああ！ そのサロンにいると、声を張り上げてうたうのが隣室から聞こえ、その声はアルベルチーヌのものだったとサン＝ルーは語ったが、そのときぼくは絶望とともに理解した。ぼくからようやく解放されて彼女はしあわせなのだ！ 彼女はふたたび自由を獲得していた。それなのにぼくは、彼女がアンドレの座を取り戻すだろうと思っていたなんて！ ぼくの苦痛は、サン＝ルーへの怒りに変わった。

「きみがきたことを彼女に知られるのだけは避けてくれって、あれほど頼んだじゃないか」とぼくは言った。

「そんなうまくいくと思うのかい！ 彼女は留守だってはっきり請け合ってもらったのさ。ああ！ よくわかってるよ。きみがぼくに不満を感じていることくらい、きみの電報を見て、はっきりわかったよ。でもそれはフェアじゃない。ぼくはできることはしたんだから」

わが家では、何日も何日も、ぼくの部屋に呼ぶことすらせず、彼女を鳥かごに閉じこめていたのに、その鳥かごから解き放たれた彼女は、すっかり自由のなかを羽ばたいて、彼女の真価を取り戻していた。ふたたびだれもがあとを追う女になっていたのだ。ぼくが会ったころの、すばらしい鳥になっていたのだ。

「とにかく、要約すると、お金の問題については、どう言ったらいいのかな。ぼくが話した女の人は、とても繊細そうだったから、傷つけやしまいかと心配だったんだけど、お金のことを切り出してもひとことも文句を言わない。そればかりか、しばらくたつと、おたがいによく理解できて感激したとまで言うんだよ。ところがそのあとで彼女が言ったことは、何もかもじつにこまやかで、じつに高尚で、だから彼女が『おたがいによく理解できて』と言ったのは、ぼくが持ちこんだお金の話であるはずがないという気がしたんだよ、だってよく考えれば、ぼくのふるまいは下品じゃないか」

「でもひょっとしたら彼女には、お金のことはわからなかったのかもしれないし、聞こえなかったのかもしれない。くりかえして言うべきだったんじゃないかな。そうすれば間違いなくうまくいったと思うんだけど」

「どうして彼女には聞こえなかったなんて言うんだ？　今きみにここで話しているように話したんだよ。あの人は耳が不自由なわけでもないし、頭がおかしいわけでもない」

「それで向こうはなんの意見も言わなかったの？」

「何も言わなかった」

「やっぱりもういっぺん言うべきだったね」

「もういっぺん言うべきだなんて、どうして思うんだろう。部屋に入って相手を見たとたん、きみは思い違いをしているって思ったよ。きみのおかげで、ぼくはひどいへまをやらかしている、って。だからあの人にお金を渡すのは、すごくむずかしかったよ。それでもきみの言うとおりにしなくちゃと思って、しかたなくやったんだよ。きっと追い出されるだろうと思いながらね」

「でも、追い出さなかったんだろう。だから、聞こえてなかったんだよ。だからくりかえすべきだったし、その話題を続けてもよかったんだ」

「きみは今ここにいるから、『彼女には聞こえてなかった』なんて言えるんだよ。あらためて言うけど、きみがぼくたちの会話に立ち合っていたらなあ。うるさい音は何もしなかったし、ずけずけ言ったんだから、わからなかったはずはないよ」

「でも結局さ、ぼくがずっと姪と結婚したがっていることは、充分納得しているんだろ?」

「ちがうんだ、それが。ぼくの意見を言ってもいい? きみに結婚するつもりなんてまったくないって、あの人は思っていたんだ。姪に、きみのほうから別れたいって言いだしたって、あの人は言ってたよ。きみに結婚の意思があるって、あの人が今思ってるかどうか、わからないけれど」

この話によれば、ぼくはさほど侮辱されたわけでもなさそうだった。つまりまだ愛される余地はあるし、決定的な手に出る自由もまだ残されていることに、ぼくは安堵した。

「困ったな、きみに満足してもらえなくて」

「そんなことはないよ、きみの好意に感謝しているし、感動している。でももう少しうまくできたら……」

「できるだけのことはしたんだ。ほかの人だったら、これ以上も、いや、同じくらいのことすらできなかっただろうな。ためしにべつの人に頼んでみたら」

「とんでもない。そんなことを思ってたら、きみに頼まないよ。でも、きみのちょっとした失敗のせいで、べつの手も使えなくなったけど」

ぼくは彼にあれこれと文句を言った。彼はぼくの役にたとうとして、果たせなかったのだ。サン＝ルーは、その家を辞去するとき、ちょうど入れ違いにやってきた何人かの若い娘とすれ違ったという。アルベルチーヌは近所の若い娘を知っているだろうと、それまでにもよく憶測したことがあった。でもこらえがたい苦しみを感じたのは、それがはじめてだった。自然の摂理として、ぼくたちの精神は、解毒剤も分泌する。そのおかげで、どんなに憶測をしても、それは解消されることを知っている。けれど、サン＝ルーが出くわしたこの若い娘たちにたいする免疫を、ぼくは持っていなかった。

いや、アルベルチーヌにかんすることで、こうした細部についてこそ、ぼくは知りたかったのではないか？　そうした細部をいっそう正確に知ろうとして、連隊長に呼び戻されているサン＝ルーに無理を言い、何がなんでも家に寄ってもらうよう頼んだのは、このぼくではないか？　してみると、その細部を望んだのはこのぼく、ということではないか？　このぼくか。

むしろ、そうした細部を糧にしてしか肥れない、腹を空かしたぼくの苦痛ではなかっただろうか？

最後にサン＝ルーが語ったのは、じつに驚くべきことだった。その家のすぐそばで、見知った顔にばったり会って昔を思い出したのだが、それはかつての彼の恋人ラシェルの旧友で、その近所に保養にきているうつくしい女優だという。その女優の名前を聞いただけで、「おそらくその女が相手なのだろう」と考えることができた。それだけで、ぼくの知らない女の腕に抱かれ、快楽に火照った顔で微笑むアルベルチーヌの姿をぼくは思い浮かべている。よく考えてみれば、どうしてそうしたことがないと言えるだろう？ ぼくだってアルベルチーヌと知り合ってからも、平気でほかの女たちのことを考えていたではないか。はじめてゲルマント大公夫人邸にいった日の夜、帰宅してぼくが考えていたのは大公夫人のことではなく、サン＝ルーから聞いた、売春宿に通うという娘のことであり、ピュトビュス夫人の小間使いのことではなかっただろうか？ ぼくがふたたびバルベックに戻ったのも、この小間使いのためではなかっただろうか？ ずっと最近も、ぼくはそのためにヴェネツィアにいきたいと思ったのだ。どうしてアルベルチーヌがだれかに会うためにトゥーレーヌへいきたいと思わなかったといえるのか？

ただ、今気づくのは、それでもぼくは彼女から離れられなかっただろうし、ヴェネツィアにいきもしなかっただろう、ということだ。「近いうちに彼女と別れよう」と自分に言い聞かせながら、心の奥底では、彼女と別れることはもうないだろうと信じていたのだ。ちょうど、仕事にとりかかったり、健康な生活を営んだり、ようするに、明日からこそ、と毎日決めながら、自分が何もできないのを知っているようなものだ。

しかし心の底でどう思っていようと、たえず別れの脅威にさらされた生活を送らせることが、ずっと巧妙な手だとぼくは思っていたのだ。

おそらくその救いのない巧妙さのせいで、ぼくはあまりにも巧みに彼女を説得してしまったのだった。

いずれにしても、今となってはそんな状態が長続きしていいわけがない。彼女をトゥーレーヌに、そうした娘たちや例の女優といっしょに残しておけやしない。ぼくの目の届かないところで、そうした暮らしをさせていると考えただけで、たえられない気持ちになる。とりあえず手紙の返事を待とう。たとえ彼女が悪さをしていても、ああ！　一日くらい早くても遅くてもどうでもいい（以前の暮らしでは、彼女の行動を分刻みで報告させて、一分でも自由な時間があれば逆上していたのに、そんな習慣を失うと、嫉妬も、もはや以前の目盛りを持ちえないのだろう、だからそんなふうに思えるのだ）。

もし返事を受け取っても彼女が戻ってこないようだったら、ぼくはすぐに迎えにいこう。否が応でも彼女を女友だちから引き離すのだ。

それに、今までは気づかなかったサン＝ルーの意地悪さを知った今となっては、ぼく自身が出かけたほうがいいではないか？　ひょっとして、ぼくとアルベルチーヌを別れさせるためにすべてを謀ったのかもしれない。

ぼくが変わったのか、こんな状況に陥ると想像できなかったせいなのか、パリでたびたび言っていたように、彼女の身に何も起こらないことを願っています、などと手紙に書いたら真っ赤な嘘になる。ああ！　もし彼女の身に何か事故が起きたら、この絶え間ない嫉妬という毒を永久に盛られることなく、ぼくの生活は、幸福とは言わないけれど、少なくとも苦悩が消え去り、ただちに平穏なものとなるだろう。

苦悩が消え去る？　本当にそんなことを信じることができるだろうか。

死は、存在するものを抹消するだけで、ほかのものは現状のまま残していき、死は、もはや相手の存在そのものを苦痛に感じる心からその苦悩をとりのぞき、死は、苦悩を取り去るそのかわりに、何も置いてはいかない、とぼくは本当に信じることができるのだろうか？　苦悩が消え去る！　ぼくは新聞の三面記事に目を走らせながら、スワン氏とおなじ願いごとをする勇気が持てないことを残念に思った。どんなに嫉妬に苦しめられても恋人の死を願うことはできそうもなかった。

もしアルベルチーヌが何かの事故の犠牲者になってくれれば、命を取り留めた場合は駆けつける口実ができるし、死んでしまえばスワン氏が言ったように、ぼくは生きる自由を取り戻すだろう。でも、ぼくはそんなことを信じているのだろうか？　スワン氏は信じていた。じつに繊細な、自分をよく知っているはずのあの男は。人は心のなかにあるものを、なんとわずかにしか知らないのだろう！　スワン氏がもう少し生きていたら、彼の願いが犯罪的であると同時に馬鹿げていると教えてやれたのに！　愛する女が死んでも、ぼくたちは何ものからも解放されるはずがない。

ぼくはアルベルチーヌにたいして、いっさいのプライドを捨てることに決めた。そして一か八かの電報を打った。どんな条件でものむから戻ってきてほしい、やりたいことはなんでもやってかまわない、ただ寝る前に週に三度、一分だけ、キスさせてくれたらいい、と懇願した。もし彼女が「週に一度だけにして」と言えば、ぼくはそれを承諾しただろう。

彼女は二度と戻らなかった。電報を打った直後に、ぼくは一通の電報を受け取ったのだ。ボンタン夫人からだった。

だれにとっても、世界は一度かぎりで創造されつくされているわけではない。生きているあいだに、思いもしなかったことがそこにつけ加わっていく。ああ！　その電報の最初の一行がぼくにもたらしたのは、苦悩の消滅どころではなかった。


「カワイソウナトモヨ、ワタシタチノカワイイアルベルチーヌハモウイマセン。アンナニカノジョヲアイシテクダサッタアナタニ、コンナオソロシイコトヲオツタエスルノヲ、オユルシクダサイ。カノジョハウマデサンポチュウ、ウマニホウリダサレテ、キニゲキトツシマシタ。アラユルテヲツクシマシタガ、イキカエラセルコトガデキマセンデシタ。カノジョノカワリニ、ドウシテワタシガシナナカッタノデショウ！」

違う、苦悩の消滅なんてものじゃない。これまで知らなかった苦悩だ。彼女が二度と戻ってこないことを知る、という苦悩だ。

ぼくは今まで何度も、彼女は二度と戻ってこないかもしれないと、自分に言い聞かせてきたはずではなかったか？　たしかにそう言い聞かせてきた。けれども今気づくのは、一瞬たりともそんなことを信じていなかったということだ。疑惑が苦しみを生み出してもたえられるように、彼女を思い浮かべて、いつもキスをしてもらう必要があった。だからバルベック以来、いつもいっしょにいるという習慣が身についてしまい、彼女が外出しても、ぼくは想像のキスをしてもらっていた。彼女がトゥーレーヌにいってからもその習慣を続けていた。ぼくに必要だったのは、彼女の貞淑さではなくて、彼女が戻ってきてくれることだった。ぼくの理性は、彼女が戻ってくることを疑っていたが、ぼくの想像力は、彼女は戻ってくると休みなく思い描いていた。ぼくは本能的に、自分の手を首や唇に持っていった。彼女が出ていってからは、そうして彼女にキスされる自分を想像していたのだが、そんなことはもう二度とないのだ。ぼくは手を、首や唇にあてがう。母が、祖母が亡くなったときに「かわいそうな子、あんなに愛してくれたおばあさまが、もうおまえにキスしてくれないなんて」と言って、ぼくをそっと撫でてくれたように。

これからのぼくの人生が、まるごと心からもぎ取られてしまった。これからの人生？　アルベルチーヌ抜きの人生を送るかもしれないと、一度でも考えたことはなかったのか？　考えられるはずがない！　ということは、ずっと前からぼくは、自分の人生のすべての一瞬一瞬、死に至るまで彼女にささげるつもりでいたのか？　もちろんそうだとも！　彼女のいない未来など想像したこともなかったが、今、ぽっかりと口を開いたぼくの心で、その未来がどんどん重く広がっていく。

まだ何も知らないフランソワーズが部屋に入ってくる。腹立たしくてやるせないぼくは「どうしたっていうんだい？」と声を荒らげた。すると彼女は言ったのだ（ときどき、ぼくたちが見ている現実と同じ場所に、異なる現実を見せる言葉というものがあって、そうした言葉はめまいと同じようにぼくたちをくらくらさせる）。

「お坊ちゃまがお怒りになる必要なんてありませんよ。反対に大よろこびなさいますよ。ほら、アルベルチーヌさんから二通もお手紙がきているんですもの」

あとになって思ったことだが、ぼくはきっと精神のバランスを崩した者のような目をしていただろう。うれしいとは思わなかったが、信じなかったわけではない。部屋のある場所を占めているのは長椅子でもあり、同時に洞窟でもあり、ぼくはそれをじっと眺めているようだったのではないか。そのような者にはそれ以上の現実はもうないように思えて、その場にばったりと倒れてしまう。

アルベルチーヌの手紙は、散歩に出る直前に書かれたものに違いない。その散歩で彼女は死んでしまったのだ。

「友よ、アンドレをお宅にお呼びになると教えることで、私への信頼を示してくださり、お礼を申し上げます。きっとアンドレはよろこんで承諾するでしょう。それが彼女にとってもしあわせだと思います。才能に恵まれているアンドレですから、あなたのような人のそばにいることを活かし、人に与えるあなたのすばらしい影響力を活用できるでしょう。あなたのその考えは、彼女にもあなたにも、同じようによい結果をもたらすことと思います。ですから、もしアンドレが難色を示すようでしたら（そうはならないと思いますが）私に電話をください。責任をもって彼女を説得しますから」

もう一通の手紙は、一日あとの日付だった。本当は、この二通を、それぞれあいだをあけず、というよりほとんど同時に書いて、一方を前日の日付にしたのに違いなかった。なぜなら、馬鹿げたことに、彼女の意図はこの家に戻りたいということでしかないと、ぼくは決めつけてしまっていた。このことに無関係の人や、想像力のない人なら、平和条約の交渉者だとか商取引をする商人なら、ぼくよりもっと的確な判断がくだせただろう。その手紙に書かれていたのは、まさにこんな言葉だった。

「私がお宅に戻るのにはもう遅すぎるかしら？　まだアンドレに手紙を書いていないのなら、私をもう一度受け入れてくださいませんか？　あなたの決められることに従います。どうか少しでも早く私に知らせてくださいね。どんなにやきもきしながらお待ちしていることでしょう。私が戻ってもよいとおっしゃるのなら、すぐにでも列車に乗っていきます。心からあなたのものであるアルベルチーヌ」

アルベルチーヌの死がぼくの心の苦悩を消し去るためには、トゥーレーヌの事故でアルベルチーヌの命が奪われるだけではなく、ぼくの内なるアルベルチーヌの命も奪われなければならなかった。アルベルチーヌが、心のなかでこんなにも生きていることはかつてなかった。ひとりの人間がこちらの心に入るには、まずかたちをとり、時間の枠に従わざるを得ない。刻々と変化する時間のなかで、その時間ごと、人はたった一度にひとつの姿しか見せることはできないし、たった一枚の自分の写真を小出しにしていくことしかできない。おそらく人間にとっての大いなる弱点は、たんなる寄せ集めの瞬間の内にしか存在しないことだ。と同時に、それは大きな力にもなる。人間は記憶に依存しているが、ひとつの瞬間の記憶は、そのあとで起こったすべてのことを知らされていない。記憶が書きとめたその瞬間はまだ続き、まだ生きていて、その瞬間とともにそこにあらわれた人間もまだ生きている。こうした瞬間の細分化は、死んだ女を生かすだけでなく、死んだ女を増やしもするのだ。ぼくが自分を慰めるためには、ひとりのアルベルチーヌではなく、この無数のアルベルチーヌを忘れなければならなかった。ひとりのアルベルチーヌを失ったかなしみにたえられるようになると、もうひとりべつのアルベルチーヌにたいしても同じことをくりかえし、さらには百人ものアルベルチーヌにたいしても同じことをしていかなければならなかった。

38―エメからの報告

どうしてアルベルチーヌは自分の性的嗜好について話してくれなかったのだろうか。そうしてくれていれば、譲歩して、その趣味を容認しただろうし、今この瞬間もなお彼女を抱きしめていられただろう。ぼくのもとを去る三日前、ヴァントゥイユ嬢の女友だちとは断じてそんな関係を持ったことがないと誓い、それは嘘だったわけだが、そのことを思い出さなければならないとは、なんとかなしいことだろう！　しかもぼくにそう誓っているときに、彼女は顔を赤くしながら、その関係を告白していたのだ。あの日、ヴェルデュラン家にいきたいのは、ヴァントゥイユ嬢とその女友だちに会いたいからではない、と誓おうとしない誠実さだけは、少なくとも彼女は持ち合わせていた。もっとも、どんなに頼んでも、認めようとしない彼女にくじかれてしまって、それ以上訊きだそうとはしなかった。もしかしたら、彼女が告白してくれなかったのは、いくらかはぼくのせいだったのかもしれない。

たとえばバルベックで、カンブルメール夫人が訪ねてきてくれた日、そのあとアルベルチーヌとはじめて口論した。そのとき、彼女がアンドレにたいして情熱的な友情以上のものを抱いているとは夢にも思わなかったから、ぼくは女性同士のふるまいにたいする嫌悪感を、激しい言葉で言い募り、有無をも言わさない口調で非難した。そういったものは大嫌いだとぼくが馬鹿正直に言ったとき、アルベルチーヌが顔を赤らめたかどうか思い出せないが、それを聞き逃したはずがない。だから、のちに、彼女がぼくに告白しようとしたときに、おそらくそのときのぼくの言葉を思い出し、思いとどまったとも考えられる。そして今となってはもう、彼女はどこにもいない。たとえ地球を北極から南極まで走りまわっても、アルベルチーヌに出会うことはない。現実は、彼女をのみこんで閉ざされ、ふたたび平坦になり、深く沈んだ人間の痕跡まで消し去ってしまった。もはや彼女はひとつの名前でしかない。ぼくは一瞬、アルベルチーヌにはもう意識しようのないその現実を理解したが、それ以上は考えられなかった。ぼくのなかでは、恋人はあまりにも生きている。ぼくのなかでは、自分のいのちが終わってしまった今でも、彼女の生に結びついている。もしそれを彼女が知ったら、すべての感情、すべての思いが彼女に向けていただろう。恋人が自分を忘れずにいることに感動しただろうし、以前なら関心のなかったものにも、目を向けていただろう。けれども不実な行為は、どれほど人の目につかないものであっても、するべきではない。そのくらい、愛する人が不実な行為をやめないことを人は恐れている。もし死んだものたちがどこかで生きているとしたら、ぼくが忘れられないことをアルベルチーヌが知るように、祖母は、ぼくに忘れられたことを知るだろうと思い、ぎょっとした。

アルベルチーヌがいったい何をしていたのか、それを知りたいぼくの嫉妬深い好奇心はやむことがなかった。ぼくは何人もの女をお金で買収しようとしたが、それでも彼女たちは何も教えてくれなかった。これほどまでに好奇心が消えないのは、ぼくたちにとって死者はすぐに冷たくなってしまうのではなく、いのちのオーラに包まれてまだあたたかいからだ。それは不死というものとは違うかもしれないが、その人が生きているときと同じようにこちらの心をとらえ続ける。死者とは、旅に出ているようなものだ。これはじつに異教的な死後の生である。反対に、愛することをやめてしまうと、相手が死ぬより先に相手のかきたてる好奇心が死んでしまう。だから、ある夕方にジルベルトとシャンゼリゼ通りを散歩していた男はだれかを知ろうとしなくなったのだろう。

この好奇心自体はまったくよく似ていることをぼくは感じ取っていた。それそのものに価値はなく、長続きもしない。けれどもその一時的な好奇心を残酷に満たすために、ぼくはすべてを犠牲にし続けた。もっとも、死によって別れざるを得なかったアルベルチーヌにも、自分から別れたジルベルトと同じく、興味を失っていくだろうことはわかっていた。

ともかくぼくは給仕長のエメをバルベックにいかせた。彼なら現地でいろんなことを聞きだしてくれるように思ったからだ。ずっと心に残っていたシャワー室のことも、調べてもらうことになっていた。

もしアルベルチーヌが、やがて起きることを知っていたら、ぼくのそばに居続けただろう。けれどもそれは彼女が、死んだ自分をひとたび見てから、ぼくのそばで生きていたほうがよかった、と言うのと同じことだ。そんな想定は、そもそもがばかばかしい矛盾にもとづいている。こんなふうに考えるのは、まったく罪がないことではない。もし彼女が自分の運命を理解して、ぼくのそばに戻っていればどれほど彼女はしあわせだったろうと思うと、彼女にキスしたくなるのだが、かなしいことにそれは不可能なのだから。彼女はもう二度と戻ってこない。死んでしまったのだから。

ぼくの想像力は、夕方になると彼女の姿を空に求めた。その時刻になると、ぼくたちはよくいっしょに空を眺めたものだった。彼女が好きだった月の光の、今やその向こうにいる彼女のところにまで、この愛情を届けようと努めた。その愛情が、今はいのちを持たない彼女の慰めになればいいと思ったのだ。こんなにも遠くなった人へのこの愛は、まるで宗教のようだった。そして彼女に向けたぼくの愛は、祈りのように立ち上っていった。欲望とはじつに強烈なもので、信仰を生み出すのである。ぼくはアルベルチーヌが出ていくはずがないと思っていた。なぜならそう欲していたからだ。ぼくがそう願っているのだから、彼女は死んでいないと信じた。ぼくは交霊に使われる円卓についての本を何冊も読みあさりはじめ、霊魂は不滅であると信じるようになった。けれどもそれだけでは不充分だった。彼女をそっくり見つけ出すのには、ぼくが死ぬ必要があった。あたかも永遠とはたましいそのものであるかのように。「たましいだって？」、とんでもない！　ぼくはもっと欲が深い。ぼくは死によって快楽を奪われたくなかった。とはいえ、快楽を奪うのは死だけとはかぎらない。死が介在しなくても、快楽はしまいには弱まるはずだ。すでにぼくの快楽は、昔からの習慣とあらたな好奇心のせいで弱まりはじめていた。それに、生きていたとしてもアルベルチーヌは肉体的に変化していっただろうし、ぼくも日に日にその変化に順応していっただろう。ところがぼくが思い出すのは、ぼくの見知った姿のアルベルチーヌでしかなく、また、ぼくが会いたいと願うアルベルチーヌも、変わらないままのアルベルチーヌの姿だった。ぼくが思い起こすのは、過去から逃れられない記憶が勝手に作り上げてしまう、しかし自然な限界に見合った奇跡だ。

しかしながらぼくは、そうして生きている人間を、大昔の神学者のような素朴さで想像していた。そのとき自分にあたえる説明は、彼女がこちらにしたような説明ではなく、矛盾もはなはだしいが、彼女が生前いつも拒んでいたような説明だった。そんなわけで、彼女の死が一種の夢になってしまった以上、ぼくの愛は彼女にとって望外の幸せに思われたことだろう。ぼくが死から手にしたのは、すべてを整えて単純化してしまう結末の都合のよさと、楽観主義でしかない。

ときおりぼくは、そんなに遠いところではなく、べつの世界でもなく、二人が結ばれるのを想像した。かつてジルベルトとシャンゼリゼの遊び仲間でしかなかったころ、家に帰り、夕方になると夢想したように。今にジルベルトから手紙が届くぞ、その手紙で彼女はぼくに愛の告白をするはずだ、そして彼女はこの部屋に入ってくることになる、と。そして実際、ジルベルトから手紙はきたのだから、ぼくの欲望が勝利したと言ってもいい。だから、欲望の邪魔をしてくるものはいっさい気にかけず、ぼくは考えた。今にアルベルチーヌから手紙が届くぞ、その手紙には、こう書いてある。たしかに彼女は落馬事故に遭ったが、小説のように助かって、今は完治している、それをぼくに知られたくなかったが、今では後悔していて、いつまでもぼくといっしょに暮らしたい、と。

いかに理性的に見える人でもおだやかな狂気を隠し持っていることがある、とぼくは自分に納得させなければならなかった。ぼくの心のうちには、彼女は死んでしまったという確信と、部屋に入ってくる彼女を見たいという欲望が、まったく同時に存在していたのだから。

エメからの手紙はまだきていなかったが、彼はもうバルベックについているはずだった。たしかにぼくの依頼した調査は、じつに勝手に選んだ、どうでもいいようなことがらについてばかりだった。もしアルベルチーヌの生活が、本当に非難すべきものだったら、それよりもはるかに重大な多くのことが、その生活には隠されているに違いなかった。そうした重大なことにぼくはたまたま触れることができなかったが、シャワー室でのバスローブの話をしていたとき、アルベルチーヌが赤面したのもまた、たまたまのことだったろう。そのときのアルベルチーヌの赤面は、ぼくの目にはとまらなかったのだから、なかったことでしかない。けれどもぼくはその日のことを覚えていて、何年もたってからその日を思い出そうとするのには理由がある。

もしもアルベルチーヌが女たちを愛していたのなら、彼女の日々には、ぼくの知りえなかった無数の日々がべつにあり、ぼくはそれらの日々を知りたいと願っただろう。もし知ることができれば、ぼくはエメを、バルベックのほかの多くの場所へも、バルベック以外の多くの町へも、調査にやらせるだろう。けれどあのときのぼくには、そうした日々を知るすべがなく、想像することもできなかった。できごとや人がぼくのなかで存在しはじめるのは、それらが、この想像のなかで個別の存在になったときだ。存在しないものが無数にあるとき、存在するものがそれらの代表となる。たとえば、女への欲望という意味で、ほかにもたくさんの若い娘や小間使いもいるのに、ぼくが知り合いになりたかったのは、売春宿に通う若い娘と、ピュトビュス夫人の小間使いの二人だけである、ということだ。ほかにも多くの魅力的な女がいるだろうし、彼女たちの噂を耳にしたかもしれないけれど、何しろサン＝ルーから噂話を聞いたのはその二人で、だからぼくにとって個別に存在しているのもその二人、というわけだった。

　アルベルチーヌにかんしても、シャワー室で何があったのかぼくは知らないが、知りたいと願う時点でその日は存在した。サン゠ルーの言葉を借りれば、ぼくが何ごとも「一日のばし」にするせいで、いろんなことの実現がむずかしくなっているのだった。疑惑の解明も、欲望を現実にするのも、一日また一日、ひと月またひと月、一年また一年とぼくは先のばしにしてきた。けれどもその疑惑を記憶に残しておき、いつかかならず真相を突き止めようと心に誓っていた。ほかの疑惑はかたちにもならず、存在していないも同然なのに、その疑惑だけが頭から離れなかったからだ。その疑惑は、きっと彼女の真実の生活に触れている証拠だとぼくは思っていた。たったひとつのちいさな事実でも、ただしく選び出されたものなら、無数のほかの事実を浮かび上がらせて、真実を明かしてくれるものではないだろうか。

　アルベルチーヌは、生きているあいだ次々に異なる姿をぼくに見せた。記憶のなかでも、さまざまに分割された時のなかに彼女は存在している。けれどもぼくは、その分割され、異なる姿の彼女をまとめあげてひとりの人間にしようと思っていた。そうしてあらわれたひとりの人間を客観的に判断し、彼女が嘘をついていたかどうかを知り、彼女が女たちを愛していたのかどうかを知り、彼女たちと自由に交際するためにぼくのもとを去ったのか知ろうと思っていた。シャワー係の女は、もしかしてアルベルチーヌへのぼくの疑惑に、永遠に決着をつけてくれるかもしれない。

　ぼくの疑惑！　なんということだ。アルベルチーヌが出奔して、自分の気持ちがはっきりするまで、彼女の顔などもう見たくない、心地いいくらいだと思っていた。彼女の死を願えればいいのにと思ったこともあれば、そうすればぼくは苦痛から解放されると思ったりした。そして彼女の死によって、自分がどれほど間違っていたかを思い知らされた。

同様に、エメからの手紙を受け取ったとき、ぼくは理解した。それまでアルベルチーヌの貞淑さに疑いを持ちながらも、どうしようもないほどには苦しまなかったのは、実際にはぼくはちっとも疑ってなどいなかったからだ。ぼくの幸福もぼくの生活も、彼女が貞淑であってはじめて成り立つものだった。だから、彼女は貞淑だとぼくは決めこんだのだ。そう信じることで自分を護っていたからこそ、なんの危険もおかさずにかなしい憶測をすることができたのだ。その憶測にかたちを与えはしたけれど、それを信じていなかった。「彼女はおそらく女たちが好きなのだろう」と思いはしたが、それは「ぼくは今夜死ぬかもしれない」と思うのとそっくり同じことだった。人はそう考えはしても、信じてなどおらず、そう思った次の瞬間には翌日の計画をたてたりするのだ。だからこそ、アルベルチーヌが女たちを愛しているかどうか自分には確信がないと思いこんだぼくは、万が一彼女が非難されるべきことをしでかしていても、ぼくがしばしば予想したこと以上のことは何も起きていないと軽く考えていた。だから、エメからの手紙が呼び起こしたイメージ、ほかの人にはとるに足りないだろうそのイメージを前にして、思いもかけなかった苦悩を感じたのかもしれない。それはこれまでに感じたもっともたえがたい苦悩だった。その苦悩は、アルベルチーヌ自身のイメージから化学でいう一種の沈澱物を作ってしまい、そこではいっさいが不可分で、エメの手紙から書かれた文章だけを切り離しても、理解不能になってしまう。手紙に刻まれたひとつひとつの言葉は、それらが呼び起こした苦悩によってたちまちかたちをかえて、ある色を永久に与えられてしまうからだ。

「拝啓
もっと早く手紙を差し上げなかったことを、どうかお許しください。会うようにとおっしゃられたかたが、二日間お留守だったのです。お寄せくださった信頼にこたえたくて、手ぶらで帰る気にはなれませんでした。ようやくそのご本人と話しましたが、(A嬢)をとてもよく覚えておいででした」

エメはある種の教養を身につけていて、A嬢をイタリック体にするか、引用符をつけるか、どちらかにしたいと思ったのだ。けれども彼は引用符をつけたいときに丸かっこを書き、何かをかっこにいれたいときに引用符でくくってしまうのだった。同じようにフランソワーズも、だれそれが私と同じ通りに住んでいると言いたいときに、そこに残っていると言い、ちょっとのあいだ残っていてもいいと言いたいときに、住んでいてもいいと言うのだった。庶民のおかす間違いはたいてい、たんに用語を交互に取り違える点にある。そして数世紀のあいだにもそうした用語はすっかり互いに入れ替わってしまっている。

「そのかたの話によると、ご想像のことについて、絶対に確実だそうです。まず(A嬢)が風呂にくるたびに世話をしたのがそのかただということです。（Ａ嬢）は、年上でいつもグレーの服を着た背の高い女性と、じつによくシャワーを浴びにこられていたそうです。シャワー係のそのかたは、名前は知りませんでしたが、その女性のことを覚えておりました。若い娘たちをさがしていたのを見かけたからです。その女性は（Ａ嬢）と知り合ってからは、ほかの娘にはもう目もくれませんでした。その女性と（Ａ嬢）はいつも更衣室に閉じこもったきり、とても長いこと出てきませんでした。そしてグレーの服のご婦人たちは、私が話した係の人に、少なくとも十フランのチップをくれていたそうです。そのかたが私に言ったように、もし二人がただの暇つぶしをしていただけなら、十フランものチップをはずんでくれなかったのではないでしょうか。（Ａ嬢）はときには、とても肌の黒い女性ともきていたそうです。柄つきの鼻眼鏡をしているかたです。しかし（Ａ嬢）がいちばんよくいっしょにきていたのは、年下の若い娘たちとで、とりわけ髪のとても赤いかたといっしょのことが多かったそうです。グレーの服のかたとはべつですが、（Ａ嬢）がいつも連れてくるバルベックのかたたちではなく、かなり遠くからきていたかたもいたようです。そのかたたちは決していっしょに入るわけではありませんが、（Ａ嬢）は自分が入るとき、女友だちを待っているから、更衣室のドアは開けたままにしておくように、と言ったそうです。私が話したかたは、それがどういう意味かはわかっていました。その人はよく覚えていないからと言って、《ずいぶん以前のことなので、無理もありません》、ほかの細かなことまでは教えてはくれませんでした。もっとも、このかたは知ろうともしなかったようです。何しろとても控えめなかたで、そのほうが身のためでもあり、それに（A嬢）からたんまりご利益にあずかったからです。（A嬢）が亡くなったと知って、率直に胸を打たれていました。たしかに、あれほどの若さでは、ご本人にもご家族にもたいへんな不幸です。ここにいてもこれ以上わかることは何もないと思いますが、バルベックを離れてもいいかどうか、指示をお待ちしております。このように小旅行をさせていただいたことに、もう一度お礼申し上げます。これ以上ない天候に恵まれ、じつに快適な旅でした。今年もよいシーズン到来となりそうです。この夏にも、お姿を拝見できるのをたのしみにしております。

ご関心のありそうなことについては、これ以上申し上げるべきことはございません」

これらの言葉がどれほどぼくの心に深く突き刺さったかを理解するには、ぼくがアルベルチーヌのことで自問していたあれこれが、けっしてどうでもいいことではなかったと思い出す必要がある。実際ぼくたちは、いつだって他人にかんして、どうでもいいことばかりを気にかけている。だからこそ、苦悩や嘘や悪徳や死のまっただなかを、自分の思いをレインコートのようにまとって進んでいけるのだ。

けれどそうではなかった。アルベルチーヌにかんして、ぼくが抱いていたのは、どうでもいいことではなくて、本質だった。結局のところ、彼女の正体はなんだったのか？　彼女は何を考え、何を愛していたのか？　ぼくに嘘をついていたのか？　彼女との生活は、オデットと暮らしたスワン氏の生活のようにみじめなものだったのか？　エメからの手紙は、一般的なものではなく、特殊なものだった。それゆえに、その手紙はアルベルチーヌの、ぼくの、いちばん深いところへと到達したのだ。

ついにぼくは、過去のひとつの断片を、グレーの服を着た婦人と狭い通りを歩き、シャワー室に入るアルベルチーヌの姿を、この目にありありと見た。アルベルチーヌの視線や記憶だけが知っていたその過去を、ぼくはおそれていたが、そんなおそれとはくらべものにならないくらい、不可解でぞっとするものだった。ぼく以外の人ならだれでも、こんな細部はとるに足らないと思うだろう。アルベルチーヌが死に、そうした細部を彼女が否定することができない今、いっそう真実味を増したように思えた。そうした細部が真実であったとしても、いやきっとそうなのだけれど、それでももし彼女が自分の過ちとして告白したのなら――彼女の良心がそれを罪のないものだと思ったにせよ、とがめられるべきものだと思ったにせよ、また、彼女は官能的な快楽を感じていたにせよ、じつに味気ないものと感じていたにせよ――ぼくの抱く言葉にならない嫌悪は、拭われていたかもしれない。

ぼくだって女性たちへの愛情をかんがみれば、アルベルチーヌがほかの女と同じであるはずはないとしても、彼女が何を感じていたかくらいは想像ができる。ぼくが彼女以外のじつに多くの女性に欲望を覚え、そのために嘘をついたように、彼女も欲望を抱き、ぼくに嘘をつくことだってあったろう。ぼくがステルマリア嬢やほかの女たちに、田舎で出くわした農家の娘たちにたいしてそうだったように、彼女もあの娘この娘に気をとられ、多くの出費をしたのだろう。そう思うとぼくの苦悩はますます深くなった。そうなのだ、ぼくの欲望は、彼女の欲望を理解するのに役立っていた。それだけですでに苦痛は深いのに、これまでの自分の欲望が強烈であればあるほど、いっそう残酷な苦痛になるのだった。この感受性の代数学では、欲望は同じ係数であらわせられるものの、プラスの記号がマイナスの記号になってしまうのだった。

自分自身にあてはめて考えてみると、彼女の過ちは、どれほどぼくに隠そうとしていても――知られていることを彼女はおそれていたのか、あるいはぼくを傷つけるのをおそれていたのか――彼女自身の想像の明るい光のなかで欲望を育て、準備していたものである。だから、彼女にとっては、人生のそのほかのものごとと同じように見えていただろう。つまり、彼女には快楽に見えていただろうけれど、たんに拒む勇気がなかっただけのものだし、それはぼくにとって苦痛だったが、彼女がぼくに隠すことによって味わわせないようにした苦痛でもあった。そうした快楽も苦痛も、人生のほかの快楽と苦痛のうちのひとつだったのだ。けれどもぼくの場合、シャワー室についてチップを用意するアルベルチーヌのイメージは、なんの予告もなく、自分でそのイメージを作り上げる暇もなく、外部から、エメの手紙からもたらされたのだった。

グレーの服の婦人と連れ立って、口もきかずに決然としてやってきたアルベルチーヌの姿に、ぼくが読み取るのは、二人で決めた逢引であり、シャワー室の更衣室で行われる性交の合意であり、堕落していく生活であり、巧妙に隠された完全な二重生活だった。アルベルチーヌの罪深さがいまや決定的になり、ぼくは肉体的な苦痛を感じ、そのイメージと肉体的な苦痛は結びついてもう切り離せないだろう。けれどたちまち、この苦痛がイメージに影響を及ぼす。客観的な事実も、イメージも、それに近づくときの心の状態によってちがったものになる。苦痛は酔いと同じく、強力に現実を変えてしまうのだ。グレーの服の婦人、チップ、シャワー室、グレーの服を着た婦人とともにアルベルチーヌが決然と歩く通り――ぼくが一度も考えたことのなかったような嘘と過ちだらけの生活の断面――ほかの人が見たらそれだけの光景に見えるだろう映像は、ぼくの苦痛と強く結びついて、その素材をまるきり変質させ、あたかもまったくの別世界を見ているようだった。地上の光景を照らす光のなかのものでなく、見知らぬ呪われた惑星の断片だった。〈地獄〉の眺めだった。〈地獄〉とは、バルベック全体であり、近隣のすべての場所だった。エメの手紙によれば、アルベルチーヌがしばしばそこから若い娘たちを呼んで、シャワー室で過ごしていたせいだ。

ぼくはかつてバルベックの土地に神秘を感じていて、そこで暮らしてみるとその神秘は一掃されてしまったが、そののちアルベルチーヌを知ることになり、ふたたびあの神秘を呼び戻したいと思っていた。浜辺を通る彼女の姿を目にして、気難しい女でなければいいと願うほどに彼女に夢中になったとき、ぼくは彼女がその神秘を体現していると思ったのだ。

同じように今となっては、バルベックにかかわるすべてのことが、残酷なほどにその神秘にしみこんでいることだろう！　トゥタンヴィル、エヴルヴィル、アンカルヴィルといったような駅名も、ヴェルデュラン家から帰る夜などに耳にすると、じつに親しみを覚え、ほっとする名前になったが、アルベルチーヌがもしそのひとつの町に滞在し、もうひとつの町まで散歩をし、自転車に乗ってその隣町までいったかもしれない、と考えると、今では、はじめて未知なるバルベックを祖母とともに目指したときに、ちいさなローカル鉄道で不安に震えて目にしたはじめてのときよりも、いっそう残酷な不安を引き起こすようになってしまった。

ところで、アルベルチーヌが死んでからというもの、知らないことを彼女に訊きたいという第一の欲求に、ぼくの知ったことを彼女に知らしめたいという第二の欲求が加わった。こんなことも知っているよと教えようとしている会話が、知らないことを訊いている会話と同じくらい鮮明に目に浮かぶ。

なんだって？　シャワー室の話を聞いたんだと、そんなことをアルベルチーヌに教えてやりたいのか？　今や何者でもなくなったアルベルチーヌに！

これもまた、死についてじっくり考えなくてはならないときに、生以外のことを思い描けない、という、ぼくたちのおかれた不可能性の結果だった。アルベルチーヌはもはや何者でもない。けれどぼくにとっては、バルベックで女たちと何度も逢瀬を重ねていたのを隠し立てしていた人間なのだ。うまいことぼくをだましおおせたと思った人間なのだ。まるでぼくは広大な浜辺にひとりぽつんと取り残されて、どちらにいっても彼女にけっして会えないような、人生で迷子になったような気分だった。

ところがぼくはさいわいなことに、非常に都合よく自分の記憶の寄せ集めからあるものを見つけ出した。記憶の寄せ集めはばらばらで、危険なものもあれば、ためになるものもあって、ひとつ、またひとつと脈絡なく浮かび上がるのだが——そのなかから、見つけ出したのだ。さながら職人が自分の作ろうとしているものに役立つ品物を見つけるように、祖母の言葉を見出したのだ。

祖母は、例のシャワー室の女がヴィルパリジ夫人に語った、とても本当とは思えない話を聞いて、ぼくにこう言ったことがある。「あの女は、嘘をつかずにはいられない病気なんですよ」

この記憶は、ぼくにとって大いなる救いとなった。シャワー係がぼくに語ったことに、どれほどの信憑性があったというのか？　その女がかんじんなことを何も見ていないのであれば、なおさらではないか。女友だちとシャワーを浴びにくるからといって、それだけで何かよからぬことを考えているとは思えない。おそらくシャワー係の女は、自慢したくてチップの額を大げさに言ったのだろう。そのときぼくはあらためて、シャワー係の女の話がたしかに偽りなのかどうか、考えてみた。

真相を知るいちばんいい方法は、できるならエメをトゥーレーヌにいかせて、ボンタン夫人の別荘の近くで何日か過ごさせることだろう。もしアルベルチーヌが、女同士の快楽を好んでいて、彼女がここを出ていったのは、これ以上その快楽なしではいられなかったからだとしたら、彼女は自由になるやいなや、よく知っている場所でその快楽を得ようとして、うまくことを進めただろう。それに、ここでよりもずっとかんたんにそうすることができると思わなければ、そんな土地に引きこもることもなかったろう。

アルベルチーヌが死んでも、ぼくの考え続けていることはずっと同じだったけれど、これはきっと異常なことではない。ぼくたちの恋人が生きているときだって、愛と呼べるものをかたちづくるのは、恋人が目の前にいない時間に浮かぶものごとだ。そんなふうにして、そこにいない人間を思い描く習慣が身につき、たとえその人がいないのが数時間だとしても、その数時間がまさに思い出となる。それは、死による不在でもたいして変わらない。

エメが戻ってくると、今度はボンタン夫人が滞在しているというトゥーレーヌに発ってくれるよう頼んだ。

こんなふうに、ぼくのこの執着やかなしみにより、遠い場所にいたとしても、その名前がもたらす興奮により、それればかりか、ぼくのとったすべての行動、ぼくの行った調査、そのための出費によって、ぼくは断言できる、その一年のあいだじゅう、ぼくの日々は愛に満たされ、恋人と真の関係を持ち続けていた。その相手とは、死んだ女だ。人が死んでも、その人が芸術家であれば、作品のなかに何かしらその人が残ると言われることがある。それと同じように、ある人から摘み取られてべつの人に接ぎ木された挿し木は、摘み取られたもとの人が死んでも、接ぎ木された人の心で、生き続けることができるのだろう。

エメは、ボンタン夫人の別荘のそばに宿をとった。エメは小間使いと知り合いになり、アルベルチーヌが車を借りによくいっていたレンタカー屋と知り合いになった。彼らは何もあやしまなかったという。二通目の手紙でエメが伝えたところでは、その町の洗濯屋の娘から、洗濯ものを届けにいったときに、アルベルチーヌに親しげに腕をつかまれたと聞いた。「でも、あのかたはそれ以上のことはけっしてなさいませんでした、と娘は言っております」

ぼくはエメに金を送った。それは旅費の支払いでもあり、また、彼の手紙からぼくが受けた苦痛の代金でもあった。けれども彼女がそういうなれなれしい態度を見せたからといって、なんら悪い欲望の証明にはならないと自分に言い聞かせ、その苦痛を和らげようとしていたとき、ぼくはエメから一通の電報を受け取ったのだった。

「ジツニキョウミブカイコトヲシル、ジョウホウオオシ。イサイハフミデ」

翌日、一通の手紙が届いた。

その封筒を見ただけで、ぼくはぶるぶるとおそろしさに震えた。エメからの手紙だとわかったからだ。どんなにつまらない人でも、紙の上で眠るようにしずかに生きているちいさな親しい字を自分のものにでき、それこそがその人の筆跡である。まさしくその手紙の文字は、エメのそれだった。

「最初、洗濯屋の娘は私に何も言おうとせず、アルベルチーヌさんは腕をつねるだけだったとはっきり言いました。けれどこの娘にもっとしゃべらせようとして、夕食に連れ出し、酒を飲ませたのです。すると娘は、海水浴にいくときはよくアルベルチーヌさんに会っていた、と私に語ったのです。海水浴にいくために早起きの習慣のあったアルベルチーヌさんとは、いつも海辺のある場所で会っていて、そこは木々がこんもり茂っていて人目につかなかったし、そもそもそんな早い時間にはひとけもないそうです。それからこの洗濯屋の娘は、友だちの小娘たちを連れていき、みんなで海水浴をしたそうです。ひどい暑さになってきて、木陰でも日射しにたえがたくなると、先ほどの木の茂みにいき、体を乾かしたり、愛撫し合ったり、くすぐり合ったりして遊んだということです。洗濯屋のこの娘は、小娘たちと遊ぶのが大好きなのだと私に打ち明けました。

アルベルチーヌさんはいつもバスローブを着たまま娘たちに体をこすりつけてくるので、まずそれを脱がし、首や腕を舌でなめあげて愛撫し、アルベルチーヌさんが差し出す足の裏まで愛撫したそうです。洗濯屋の娘も身につけたものを脱いで、水のなかで押し合いをして遊んだということです。

その晩、娘はそれ以上は何も言いませんでした。さて、なんとしてもご指示に忠実に、お気に召すことならなんでもする所存ですので、私は洗濯屋の娘を連れこんで一緒に寝ようとしたのです。娘は、水着を脱いだアルベルチーヌさんにしてあげたことを、私もしてほしいかと訊いてきたのです。さらに娘はこう言ったのです〈あのお嬢さんがどんなに体を震わせていたか、あなたにも見せたかったわ。あの人は私にこう言ったのよ。〈ああ！ あなた、いってしまうわ〉って。そしてすっかり昂ぶってしまって、私を嚙まずにはいられなかったの〉。洗濯屋の娘の腕に今も嚙み跡が残っているのを私は確認いたしました。そして私も、アルベルチーヌさんが味わった快楽を理解できます。この小娘はまったく達者なものでしたから」

39 ―アルベルチーヌを許す

アルベルチーヌがヴァントゥイユ嬢と親しくしているとバルベックで聞かされて、ぼくはひどく苦しんだ。けれどもそのときはアルベルチーヌは隣にいて、ぼくをなぐさめてくれた。それから、アルベルチーヌの行動をさぐりすぎて、彼女がぼくの家から出ていってしまったとき、フランソワーズがそれを告げにきて、とうとうぼくはひとりぼっちになってしまったと、今まで以上に苦しんだ。けれど少なくとも、ぼくの愛したアルベルチーヌは心のなかに残っていた。

今ではそのアルベルチーヌにかわって――予想に反して、彼女の死をもってしても、好奇心を鎮めることができなかったぼくへの罰として――ぼくが見出したのは、嘘とごまかしを積み重ねるまったくべつの娘だった。ぼくの知っているアルベルチーヌは、そんな快楽など一度も体験したことがないと誓って、やさしくぼくを安心させてくれていたのに、彼女はふたたび手にした自由に酔いしれて出ていき、朝日の照らすロワール川のほとりで再会した洗濯屋の娘を相手に、嚙むほどまでの快楽を味わい尽くし、「あなた、いってしまうわ」と口にするのだ。まったく違うアルベルチーヌだ。それが他人だったときに、「違う」という言葉でぼくたちが理解する意味だけではない。その他人がたんに人違いだったとき、その違いはぼくたちを深くは傷つけない。そして本能という振子は、内側に向かって触れるのと同じ振幅しか外側に向かって振れないのだが、ぼくたちはそういった違いを、他人の表面で判断しているだけに過ぎない。

以前、女たちを愛する女の話を聞いたとき、その女が特別な本質を持ったべつの女とは思わなかった。けれども、自分が愛している女の場合、あれこれ考えて苦しむのをやめるために、その女が何をしたかだけではなく、そうしながら何を感じたか、自分のしたことをどう思ったかまで、知ろうとする。そのとき、ますます先へと掘り下げながら、人は苦悩の深さによって、神秘に、本質に到達する。

自分の知性と無意識が総力をあげて協力しているこの好奇心のせいで、自分自身の奥深く、体と心の奥の奥まで、いのちを失う恐怖がもたらす苦悩より、はるかにひどく苦しむはめになった。そして今ぼくは、アルベルチーヌについて知ったすべてのことを、彼女の心の奥底に映し出してみようとする。

アルベルチーヌの悪徳によって、ぼくの心の奥深くまで到達していた苦悩は、ずっとあとになって、最後の務めを果たすことになる。ぼくが祖母に与えた苦しみのように、アルベルチーヌがぼくに与えた苦しみは、彼女とぼくをつなぐ最後のきずなとなり、思い出よりもさらに長く生きながらえた。それというのも、苦痛には、記憶のもたらす教訓も必要ないからだ。たとえば、森のなかで月の光を浴びながらすごしたうつくしい夜を忘れた男でも、そこでかかったリューマチには今もなお苦しむことになる、というわけだ。

彼女が口では否定しながらも身につけていた悪癖。この悪癖を発見したのは、冷静な推論ではなく、「あなた、いってしまうわ」という言葉を読んだときに感じた、焼けるような苦痛である。こうした悪癖は、ヤドカリが新しい貝殻をかぶってそれを引きずっていくように、アルベルチーヌのイメージにつけ加わっただけでなく、むしろ塩《えん》がべつの塩との接触によって色を変え、一種の沈澱によって性質まで変えてしまうようなものだ。洗濯屋の娘は友人たちに、

「聞いてよ、思ってもみなかったけど、あのお嬢さんも、あっちなんだって」と言っただろう。ぼくもこれを聞いた友人たちと同じように、彼女と悪癖を結びつけようとし、彼女がべつの人間であることも発見したのだ。彼女は、この娘たちと同じ種類の人間だったのである。同じ言語で話すことで彼女たちの同国人となり、ぼくにとってはますます異邦人になっていった。

この発見は、ぼくが彼女について知っていたもの、考えていたことが、彼女のほんの一部に過ぎないことの証明でもあった。残りの部分は、ただ彼女の個人的な欲望というだけでなく、彼女とほかの女たちに共通したものへと広がっていった。その残りの部分を、彼女はつねにぼくに隠し、その部分とぼくを切り離しておいた。まるで自分が敵国からきたスパイであることを隠す女のように。スパイよりもっと陰険ですらあったろう。なぜならスパイは国籍だけを偽るが、アルベルチーヌはもっとも深い人間性を偽っていた。自分が一般的な人類には属しておらず、奇妙な人種の一員で、その人種は人類に交じり、人類のうちに潜み、しかし人類とはけっしてとけあわないということを、隠していたのである。

そういえば、木の生い茂った風景のなかに裸婦のいるエルスチールの絵を、ぼくは二枚見たことがある。その一枚の絵で、若い娘たちのひとりが片足を上げているものがある。アルベルチーヌが洗濯屋の娘に足を差し出すときも、きっとあんなふうだったのだろう。絵の娘は、もう一方の足でべつの娘を水際に押しやっていて、相手の娘は腿をあげて陽気にこらえようとしているけれど、その足先は青い水に危うく浸かりそうだ。絵のなかで膝をあげるその仕草は、その膝の角度で、白鳥の首のようにくねっているが、それはアルベルチーヌがぼくの隣で寝ているときに、腿を広げていたときと同じだった。そしてぼくは彼女に何度も、あのエルスチールの絵を思い出すと言ってやりたくなったものだった。それでもそうしなかったのは、女たちの裸体を彼女にイメージしてほしくなかったからだ。今のぼくには、洗濯屋の娘やその女友だちといっしょにいるアルベルチーヌの姿が思い浮かんだ。ぼくはバルベックで彼女の仲間にまぜてもらうのが大好きだったが、そのような一団を、彼女たちとその娘たちはまたしてもあらたに作り上げているのだった。もしもぼくがうつくしさにとことんこだわる美術愛好家だったら、アルベルチーヌは以前より何倍もうつくしくこの一団を作り上げたと認めることだろう。なぜなら、アルベルチーヌが再構成したあらたな一団は、ヴェルサイユ宮殿の植え込みの陰に置かれたり、泉水の愛撫で洗われ磨かれている、大彫刻家の手による彫刻のように、裸婦の女神たちなのだから。洗濯屋の娘の隣にいる彼女は、バルベックにいたときよりずっと海の似合う若い娘に見え、二人は大理石像のような裸体となって、むっとする熱気と草いきれに包まれて水に浸かり、さながら水上の浮き彫りのようだった。

ぼくのベッドにいたアルベルチーヌを思い出すと、彼女のたわんだ腿が見えるようだった。その腿を思い描いた。まさしく白鳥の首だった。そしてその首は相手の娘の口を求めていた。そのときぼくの目にはもう腿さえ見えなくなり、見えるのは白鳥の大胆な首になった。震えているような、習作にあるレダの口を求める白鳥の首みたいに見えた。そのレダが、女性の快楽につきものの痙攣に身を震わせているのがわかる。なぜならそこには一羽の白鳥しかいないからで、彼女はいっそうひとりぼっちに見える。声の調子が、実際にあっているときより電話で聞いたほうがよくわかるのと似ている。目の前の人の発する声は、その表情とまじりあって、かえって調子が聞き取れなくなる。その習作では、快楽を与えている女は描かれておらず、そのかわり、じっと動かない白鳥がいる。そのせいで、快楽は、与えている側ではなく、感じている女に集中している。

ときどきぼくの心と記憶のコミュニケーションは中断された。アルベルチーヌが洗濯屋の娘とやっていたことなど、ぼくにとってはまるで意味をなさない、代数の略記号のように思えた。けれども、中断した電流は一時間に百回ももとの状態に戻り、その都度、ぼくの心は地獄の業火で情け容赦なく焼かれた。その一方で、ぼくの嫉妬がよみがえらせたアルベルチーヌは、本当に生きているようで、洗濯屋の娘の愛撫を受けて体を硬直させながら、「あなた、いってしまうわ」と相手の娘に言っていて、その姿をありありと思い浮かべることができた。

彼女が過ちをおかしていたとき、それはつまりぼくがちょうど自分自身を見出そうとしていたとき、彼女はまだ生きていた。ぼくはその過ちを知るだけではなく、知っていることを彼女に知らしめたかった。もう二度と彼女に会えないと思っているぼくは、未練を感じてはいるけれど、その未練は、彼女を愛していたころの未練とは違い、つまりは嫉妬で、彼女にこう言ってやることのできない心残りでしかなかった。

「ぼくのところを出ていってからきみが何をしたか、ぼくには決してわからないと思っていただろう。でもね、ぼくは何もかも知っているんだよ、ロワール川の岸辺で洗濯屋の娘に《あなた、いってしまうわ》と言ったんだろう。噛んだ痕だって見たんだよ」

自分には、こんなふうにも言い聞かせていた。

「なぜそんなに傷ついているんだい？　洗濯屋の娘と快楽にふけった女はもうどこにもいないんだよ。だから、その行為に、もう、価値なんかないんだよ。彼女はぼくが知っているとは思っていない。でも、ぼくが知らないとも思っちゃいないんだ。だって彼女はもう、何も思わないんだから」

けれどもそんな理屈ではぼく自身が納得できず、それよりも彼女の快楽が目に浮かび、彼女が感じている瞬間へとぼくをまた連れ戻す。ぼくたちは、自分の感じているものだけが存在していると思っている。その感じているものを、死という虚構の柵に止められることなく、過去や未来に映し出す。彼女が死んでしまったというぼくの未練は、このとき、嫉妬のせいでこのようないびつなものになっていたが、そのいびつさは当然のように、神秘主義《オカルティズム》や霊魂不滅への憧憬にまで広がっていった。そうしたものに傾倒するのは、自分の願望を実現させようという努力にほかならなかった。

作家のベルゴットが可能だと信じていたように、交霊用のテーブルをまわしてうまく彼女を呼び出せたら、あるいは某神父が考えたように、来世で彼女に出会えるとしたら、などと思ったが、それはひとえに彼女にこう言ってやりたかったからだ。「洗濯屋の娘のことは知っているよ、きみは言ったんだよね、《あなた、いってしまうわ》って。嚙んだ痕も見たんだよ」

この洗濯屋のイメージからぼくを救ってくれたのは、しばらくあとのことになるが、このイメージ自体だった。なぜなら、ぼくたちが本当の意味で知るのは、新しいものだけだからだ。

ぼくらの感受性を驚かせる、突然の転調だけであり、習慣によって色あせたコピーになっていないものだけだからだ。とくに救いだったのは、アルベルチーヌが数多くの部分に分裂して多くのアルベルチーヌになり、それがぼくにとって唯一の彼女の存在様式になったことだ。彼女がひたすらやさしかったり、聡明だったり、生真面目だったり、何よりもスポーツを愛していたような一瞬一瞬が戻ってきたのである。よく考えてみれば、こうしたアルベルチーヌの分裂がぼくを鎮めてくれたというのは、もっともなことではないか？　この分裂は、現実的ではないけれども、彼女がぼくの前に次々と姿を見せた、そのときどきの場面が、そのままぼくの記憶の場面そのものであれば、彼女の分裂はそれなりの真実を、まさに対物的な真実をあらわしていることになる。幻灯機のゆがんだ映写像が、着色されたガラスのゆがみに過ぎないのとおんなじに。つまり、ぼくたちのだれしもがただひとりの人間ではなく、数多くの人間を含んでいて、その人間たちはそれぞれ異なる価値観を持っている。彼女のなかに倒錯したアルベルチーヌが存在しても、だからといってそれ以外のアルベルチーヌの存在を否定しない、という真実である。それは、ぼくの部屋でサン＝シモンについておしゃべりするアルベルチーヌであり、別れなければならないとぼくが告げた晩に、「このピアノも、この部屋も、こういうものみんな、明日も明後日も、もうずっと見られなくなるのね」ととてもかなしそうに言ったアルベルチーヌであり、自分のついた嘘にしまいには泣いてしまったぼくを見て、「ああ！　だめよ、あなたを苦しめるくらいなら、わかったわ、あなたとはもう会わないようにするわ」と、心からあわれんで叫んだアルベルチーヌである。

そう考えると、ぼくはもうひとりぼっちではなかった。このやさしいアルベルチーヌが戻ってきた以上、そのアルベルチーヌ本人がぼくに与えた苦痛への解毒剤を求めるべき唯一の人物を、ぼくはふたたび見つけたのだ。たしかに、今なおぼくは、洗濯屋の娘の話を彼女にしたいと思っていた。けれどそれは残酷な勝利を求めてのことではもはやなく、ぼくは知っているぞと意地悪く見せつけるためでもない。ぼくはアルベルチーヌが生きていたらそうしていたように、洗濯屋の娘の話は本当なのかと心のなかで彼女に問いかけた。彼女は、そんなことはない、エメはまったく間違えているとぼくに誓った。彼は、ぼくから受け取った費用に見合う働きをしているように思わせたくて、手ぶらで帰るわけにもいかず、洗濯屋の娘に言ってほしいことを言わせたのだと言う。たしかにアルベルチーヌは嘘をつくのをやめなかった。それでも、寄せては返す彼女の矛盾には、ぼくのおかげでひとつの進歩が見られた気がした。

はじめのころ、彼女が打ち明け話すらしなかったかどうか、したとしてもついうっかり漏らしてしまったのだろうが、ぼくはもうはっきりと覚えていなかった。それに、彼女はある種のものを自分なりの風変わりな呼びかたで言うので、そのものを指していなかった可能性もある。けれども彼女がぼくの嫉妬に気づくようになると、最初は得々と打ち明けていたことも、やがておどおどと打ち消すようになってしまった。そもそもアルベルチーヌは、そんなことをぼくに言う必要さえなかった。彼女の潔白を信じるには、ぼくはキスをするだけでよかったのだ。

そしてぼくたちを引き離す仕切り壁が崩れ去った以上、ぼくはいくらでも彼女にキスすることができる。仲たがいをすると二人のあいだに立ちはだかり、キスさえできなくなるほど頑丈な、触れることのできない壁こそが、その仕切り壁だった。

そうだ、彼女はぼくに何も言う必要なんかなかったのだ。かわいそうな娘。彼女がどれだけしたいことをしようが、ぼくたちを引き裂くものを越えて、二人を結びつけることのできる気持ちがあったのだ。あの話が本当だとしても、アルベルチーヌがその趣味をぼくに隠していたとしても、それはぼくをかなしませないためだった。ぼくはアルベルチーヌの口から、それを聞くよろこびを味わったのだ。そもそも、ぼくはこれまでに、ぼくを気づかわないアルベルチーヌを知っていただろうか？　他者との関係で相手を見誤ってしまう二つの大きな原因は、こちらが善良な心を持っているか、あるいは相手を愛しているか、それだけである。人は、微笑みを見ただけでも、まなざしを見ただけでも、肩を見ただけでも、恋してしまう。そうすると、長い時間のあいだ希望とかなしみをくりかえすうちに、相手の人格を作り上げ、性格を組み立ててしまう。そしてあとになって、その愛する人と頻繁に会うようになると、どのような過酷な現実のただなかにいても、あのまなざしやあの肩を持っている相手から、やさしい気持ちや、こちらを愛してくれる女性らしさを、取り去ることができない。ちょうど若いときから知っている人が年をとっても、その人から若さを取り去ることができないように。

ぼくはアルベルチーヌの、あのうつくしくやさしく、そしてかなしげなまなざしを思い起こし、そのふっくらした肌ときめの粗い首筋を思い浮かべた。それは死んだ女のイメージだった。けれどもこの死者は生きているのだから、生前に彼女がそばにいたら、ぼくが間違いなくやっていただろうこと（いつか来世で彼女に再会したら、そのときやるべきこと）を、すぐさまやるのは難しいことではなかった。つまり、ぼくは彼女を許したのだ。

40—ヴェネツィア滞在

母に連れ出され、ぼくは数週間をヴェネツィアで過ごした。そして——どんなにつましいものにも、どんなに貴重なものにも、等しく美は宿っているので——ぼくがヴェネツィアで味わったのは、かつてコンブレーで何度も感じていた印象を、そのまま豪華な様式に移し替えたものだった。朝の十時になると、だれかがきてぼくの部屋の鎧戸を開ける。そのとき目に入るのは、サン＝マルコ寺院別棟の鐘楼の、黄金の天使が燃えあがる姿で、コンブレーにあるスレートぶきのサン＝ティレール教会が光を受けて黒大理石に見えるのとは、似ていてもやはり違っていた。天使は太陽にきらきらと輝き、ほとんど見つめることもできないくらいで、ぼくに向かって大きく両手を広げていた。それは、三十分後に小広場にいくぼくを祝福してくれているかのようだった。天使は、善意の人々を祝福する役目を負っていたかもしれないけれど、それよりも完璧な祝福に思えた。

ベッドに横になっていると、ぼくに見えるのはこの天使だけだった。けれども世界は広大な日時計で、わずかに陽のあたる部分から時間が刻々と過ぎるのがわかり、第一日目の朝からぼくが思い浮かべたのは、コンブレーの教会広場に面した店のことだった。日曜日、ぼくがミサに出かけるころになると、それらの店はもう閉まりかかっている。市場に並んだ麦わら帽子は暑くなった日射しをあびて、強烈なにおいを放っていたものだった。

けれど二日目からは、目覚めたぼくが思い浮かべるのは、はじめて外出した朝のヴェネツィアだった。コンブレーの記憶は、ヴェネツィアの印象にすっかり取って代わられてしまったのだ。

ヴェネツィアでも、コンブレーと同じように日々の生活が現実のものとなり、日曜日の朝になると、コンブレーとかわらずに、人々はよろこんでうきうきした町にくりだすのだが、町はサファイア色の水に一面おおわれ、あたたかい風が水面を渡る。光景は色あせることを心配する必要もないくらい色鮮やかで、疲れた目を休ませるために、いつまでもじっと見つめていられた。

コンブレーのロワゾー街の善良な人々と同じく、この町でも、大通りに面して立ち並ぶ家々から人々が出てくる。その足元に影を作る家々ときたら、斑岩と碧玉でできた大邸宅にも匹敵し、アーチ門にはひげを生やした神の頭部がのっている。その家々の影は、褐色の地面ではなく、輝いているような水面の青さを、いっそう濃くしていた。コンブレーでは、影をのばしているのは流行品店の屋根や床屋の看板だが、広場の、陽のあたる敷石に青いちいさな花をばらまいているのは、ルネッサンス様式の建物正面に刻まれた浮き彫りだった。とはいえ、コンブレーと同じようにヴェネツィアでも、太陽が強く照りつけると、運河沿いでも日よけをおろさなければならなかった。しかしその日よけは、ゴシック様式の窓の四つ葉飾りと唐草の葉飾りのあいだにはられている。ぼくたちのホテルの窓も同じで、窓の欄干の前で、母が運河を眺めながら、コンブレーでは見せなかった辛抱強さでぼくの帰りを待っていた。
そのころ、母はぼくに期待していて、どれほど自分がぼくを愛しているかを見せまいとしていた。その期待は、以後、実現されずじまいだったのだが。今では母も、うわべだけ冷たくしても何も変わらないとわかったらしく、ぼくに惜しみなく愛情をそそいでくれているが、それはまるで、もう治らないことが確実となった病人に、禁じられた食べものを出すようなものだった。

ロワゾー街に面したレオニ叔母の部屋の窓は、そのみすぼらしさが個性的なものに見えた。両側の窓の距離が均等でなく、木の手すりは高すぎて、鎧戸を開ける棒は肘のように曲がり、青いカーテンは左右に大きく開かれたままとめられていた。ヴェネツィアのホテルにも、似たようなものがあった。そこでもまた、じつに表情豊かで個性的な言葉が聞こえてきて、ぼくたちが昼食に帰る住まいだと遠くからでもわかった。そののち、それはぼくたちの新しい住まいの記憶として残るのだ。

コンブレーやほかの土地と違って特徴的なのは、建物正面にあるアラビア風の尖塔アーチ《オジーヴ》だった。それは中世の住宅建築の傑作のひとつとして、写真入りのどんな美術書にも、複製建築を展示するどんな美術館でも再現されている。どんなに遠くからでも、サン＝マルコ広場の向かいにある、サン＝ジョルジョ＝マジョーレ島をやっと過ぎたあたりからでも、このオジーヴが目に入った。空に向かって跳ね上がるようなその尖塔アーチは、歓迎の笑みを浮かべ、気品あるまなざしを寄越すのだった。

色とりどりの大理石の欄干にもたれ、ぼくを待ちながら本を読む母の顔は、帽子に垂らした白いチュールのヴェールに包まれている。その白さは、ぼくにとっては母の髪の白さと同じく悲痛に見えた。母が麦わら帽子にヴェールをつけて涙を隠しているのは、ホテルの人々に「正装」しているふりをするためではなくて、喪服をもう着ることもなく、かなしみも薄らぎ、祖母の死からもうたちなおったと、ぼくに思わせるためだったように感じられた。ぼくに気付かない母にゴンドラから声をかけると、たちまち心の底から愛情深い笑みを浮かべた。母はその愛情を悟られまいと、くちびるを突き出して、ただの笑みを作るのだった。それは正午の太陽に照らされたオジーヴのほほえみとまじりあい、その一部となってぼくにキスをしてくれているように見えた。だからぼくの記憶のなかのその窓は、ぼくたちとともにその時間を共有したやさしさをたたえていて、そのとき鳴り響いた鐘は、ぼくたちにも周囲のものにも同じ時刻を告げたのだった。この華々しい窓は、どれほどみごとな表現様式に富んでいようが、まるで同じ保養地で過ごすうち親しくなった天才的人物との、他人にはわかりようもない親密さすらたたえていた。それ以来、美術館でその窓の複製を目にすると、ぼくは涙をこらえなくてはならなくなった。その窓が語り掛ける言葉が、胸に響くからである。「私はとてもよくあなたのおかあさんを覚えていますよ」と。

太陽がまだ空の高い位置にあるとき、ぼくは小広場で母と落ち合った。ぼくたちはゴンドラを呼んだ。

「かわいそうに、あなたのおばあさまが、これほど気取りのない堂々とした様子を見たら、どんなに気にいられたことでしょうね」

母は総督宮殿を眺めていった。宮殿は、建築家から託された思想を忠実に保ち、今はもういない総督たちを寡黙に待ちながら、海をじっと見つめて建っている。

「おばあさまは、このバラ色のやさしさをさぞや愛したことでしょうね。こんなにもすばらしい名所があって。ありのままの姿が完璧で、何も並べ替える必要がないわ。あの総督宮殿にしても、あなたがヘロデ王の宮殿のものだといった小広場の円柱にしても。それに、置き場がないからそこに置かれたというアッコのヨハネの柱も、サン＝マルコ寺院のテラスのあのブロンズの馬たちも！　おばあさまは、山の端に沈む夕日を見るのと同じように、総督宮殿に沈む夕日を見て感動なさったでしょうねえ」

たしかに母の言うとおりだった。ゴンドラに揺られ、大運河を帰路に向かいながら、立ち並ぶ宮殿を眺めていると、そのバラ色に染まった建物に光と時刻が映し出され、それが刻々と変わりゆくのを見ていると、住居や宮殿が、どこまでも続く大理石の断崖に思えてくるのだった。人々は夕方になると、夕日が沈むのを見ようと、その断崖の下まで小舟に乗って散策しにくる。それもあって、運河の両側に並ぶ建物は、よけいに自然の景観に見えるのだった。ただしそこにある自然ではなく、人間の想像力が作り出した作品のような自然である。しかし同時に（一日に二度、潮の干満によって水路は嵩が変わり、満潮時は、邸宅へ続く華麗な階段が水路にのみこまれる。ヴェネツィアは、ほとんど海の真っただなかにありながら、都会的な面もある）、まるでパリの大通りやシャンゼリゼ、ブーローニュの森や流行の並木道みたいに、夕方のきらめく光のなかで、この上なくエレガントな婦人たちとすれ違うのだ。婦人たちはたいてい外国人で、水にたゆたう舟のなか、クッションにふんわりと寄りかかり、乗り物の列の後ろに座り、女友だちの邸宅の前で舟が止まると、友だちが在宅かどうか、訊かせていた。

ところがある晩、思いがけないことが起きて、アルベルチーヌへの愛がふたたび燃えさかるかに思えた。

ぼくたちの乗ったゴンドラがホテルに上がる階段の前で止まったとき、ドアボーイが一通の電報を渡してくれた。もうすでに電報局員が、三度も届けにきているという。というのも、受取人の名前が正確に書かれていないので（イタリア人局員のゆがんだ文字を通して、自分の名前だとぼくにはわかった）、その電報がまさしくぼく宛てだと証明するために、受領書をくれるようにと言っていたそうだ。

部屋に入ると、ぼくはすぐに電報を開封した。間違って取り違えた言葉ばかりの電報にざっと目を通すと、およそのことはわかった。

「トモヨ、ワタシヲシンダトオオモイデショウガ、ユルシテクダサイ、ワタシハシッカリイキテイマス。オメニカカッテ、ケッコンノハナシヲシタイノデス。イツオカエリデスカ？　ココロヲコメテ。アルベルチーヌ」

そのとき、祖母にたいして起こったのとまったく同じことが、反対のかたちで起こった。祖母の死を事実として知ったとき、ぼくは最初、まったくかなしくなかった。実際に祖母の死がつらくなったのは、無意志的想起によって、ぼくにとって祖母が生きているように感じられるようになったときである。アルベルチーヌが生きてはいない今、彼女が生きているという知らせは、意外にもぼくをよろこばせなかったのだ。

アルベルチーヌはぼくにとって、思いの強さでしかなかった。その思いがぼくのなかで生きているかぎり、彼女は物理的な死を越えて生きのびていた。反対に、その思いが死んでしまった今となっては、アルベルチーヌはその肉体があったとしても、ぼくにはいっこうによみがえってこないのだった。

彼女が生きていてもよろこびを感じず、もう彼女を愛していないことに気づいたぼくは、長期の旅行や病気ですっかり白髪になり顔つきも変わり、中年や老人になっている自分の姿を鏡に見てびっくりする人より、もっともっとびっくり仰天してよかったかもしれない。彼らは思うだろう、「かつておれだったはずの男、ブロンドの若い男はもう存在していない。おれは別人になってしまった」と。ぼくのこの変化も、白いかつらをかぶりしわだらけになった自分を鏡のなかに見つけるのと同じくらい、深刻なものではなかろうか？　同じくらい以前の自分の全面的な死であり、同じくらい完全な自分の入れ替えではないだろうか。けれども、月日がたって、ときの経過とともに別人になっていっても、人はそのことに苦しまない。時間の経過とは関係なく、毎日毎日、次々と矛盾した存在になっても、苦しまない。意地悪な人になったりやさしい人になったり、繊細な人になったり下品な人になったり、無欲な人になったり野心的な人になったりと次々変わっても苦しまないのだ。苦しまない理由は同じである。消えた自分――後者の場合は、性格にかかわっていて、一時的に消え、前者の場合は、情熱とかかわっていて、永久に消えたものだ――はもうそこには存在していないから、べつの自分を嘆くこともない。そのべつの自分が、そのときもそれ以降もすっかりその人本人になっているのだから。下品な人間は自分の下品さをおもしろがる。なぜなら下品だからだ。忘れっぽい人間は、自分の記憶の欠如をかなしまない。まさに忘れてしまっているからだ。

そのときぼくは、かつての自分自身をよみがえらせることができなかったのだから、アルベルチーヌをよみがえらせることなどできなかっただろう。習慣にもとづいた人生とは、かぎりなくちいさなことを絶え間なく続けていくことで、世界の表面を変えていくことだ。だからぼくはアルベルチーヌの死の翌日に、その習慣をいっさい捨てて、「別人になれ」とは自分に課さなかった。けれども、変化とわからないようなちいさな変化をくりかえして、ぼくのなかのほとんどすべてのものが、そっくり一新されていたらしい。ぼくの思考は、従うべき主人が変わったことに気づいたときには、もうすでに、新しい主人――新しい自分――に慣れていた。

ぼくの思考を決めるのはその主人だ。アルベルチーヌへのぼくの愛や嫉妬は、甘美だったりつらかったりする、いくつかの核になる印象の、放射が作ったものだった。つまりそれは、モンジューヴァンのヴァントゥイユ嬢の思い出や、毎晩アルベルチーヌが首筋にしてくれたやさしいキスだ。それらの印象が薄まるにつれ、あの強烈な苦しみの色合い、強烈な甘美さの色合いも、ぼんやりとあいまいな色になってしまった。苦悩と快楽の頂点を、忘却が占領してしまうと、ぼくの愛情の抵抗は無力となった。ぼくはもうアルベルチーヌを愛していなかったのだ。

彼女を思い出そうとしてみた。アルベルチーヌが出ていって二日後に、彼女なしで四十八時間も生きられたことにぼくは啞然としたが、そのときすでに予感していた。以前ジルベルトに手紙を書いたときも、もしこの状態が二年つづけば、ぼくはジルベルトをもう愛していないだろうと自分に言い聞かせていた。そしてスワン氏に、またジルベルトに会いにきてほしいと言われたとき、ぼくはまるで死んだ女を迎えるくらい不都合なことに思えたのだが、アルベルチーヌの場合、死――あるいは死と思ったもの――が、ジルベルトの場合の長引いた仲たがいと、同じ結果を導き出したのだ。

死は不在のようにしか作用しない。怪物の出現にぼくの愛はぶるぶると震えたが、思ったとおり、しまいには忘却というこの怪物がみごとに愛を食らい尽くしてしまった。彼女が生きているという知らせを受け取っても、ぼくの愛は戻ってはこなかった。またどれほど以前の無関心に戻っているかを確認できただけではない。その知らせによってぼくは急激に無関心になったものだから、過去を振り返り、反対の知らせが、アルベルチーヌが死んだという知らせが、彼女の出奔を完成させ、かつぼくの愛を急激に高まらせ、その熱をなかなかさまさせなかったのではないか、とぼくは自分に問いかけた。

彼女が生きていると知り、彼女といっしょになれるとわかった今では、ぼくにとって彼女は突然、じつにどうでもいい女になってしまった。フランソワーズのあてこすりも、仲たがい自体も、そして死（想像にすぎない死ではあったが、でも信じていた）さえも、ぼくの愛を持続させる力となっていたのではないか。ぼくたちを女から切り離そうとするだれかの努力や運命の力は、それほど、ぼくたちを女につなぎとめることにしかならないのだ。

　今起きているのは、これとは反対のことだった。おまけにぼくは、彼女を思い出そうとしてみたが、ちょっと合図すればかんたんに手に入ると思うからか、浮かんでくるのは、すでに太ってしまって男みたいになった娘であり、その色あせた顔からは、すでにボンタン夫人の面影が、種子から芽生えるように浮き出ていた。彼女がアンドレやほかの娘たちと、いったい何をしていたのかももう興味がなかった。とても長いことなおらないと思っていた痛みにも、ぼくはもう苦しんではいなかった。よく考えれば、こうなることは予測できたのではなかったか。恋人への未練にしても、くすぶりつづける嫉妬にしても、結核や白血病と同様に肉体の病気である。しかし肉体の病気といっても、純粋に肉体的な要因で起こるものと、知性を介してしか肉体に作用しないものと、区別するべきだ。とくに、感染経路の役割を果たす知性の部分が、記憶だとすると——つまり原因が、今はなくなっているか、遠くにあるのなら——苦痛がどれほど過酷であろうとも、体の不調がどれほど深刻であろうと、思考には事態をがらりと変える力があるので、というより、思考には体の組織と違って保存する力がないので、病気の見通しが悲観的なものになることは非常にまれだ。がんにかかった患者なら、死んでしまうくらいの時間がたったときに、妻を亡くした夫でも、子どもを亡くした父親でも、慰めようのない男が、苦痛から解放されないのは至極まれである。ぼくもそうだった。今ぼくが思い浮かべている、ひどく太った娘のために、彼女の愛した女たちと同じく年をとった娘のために、昨日の思い出となってくれた輝くようなあの少女、明日の希望になってくれる少女を、なぜあきらめなければならないのか（もしアルベルチーヌと結婚したら、その少女にも、ほかの少女にも、何も与えられなくなってしまう）。

あの「新たなアルベルチーヌ」を、〈地獄〉で姿を見たような彼女ではなくて、「忠実で誇り高く、いくらかとっつきにくい」少女を断念しなければならないというのか？　この現在の少女こそ、かつてのアルベルチーヌだ。アルベルチーヌへのぼくの愛は、青春への献身の、一時的なかたちにすぎないのだ。

ぼくたちは、ひとりの若い娘を愛していると思いこんでいる。かなしいかな！　その娘を愛しながら、ぼくたちが愛するのは、今やはじまったばかりの青春でしかない。その顔は、一時的にその暁の赤みを映し出しているのだ。

夜が更けた。翌朝、ぼくはドアボーイに電報を返し、間違って配達されたもので、ぼく宛てではないと言った。ところが彼は、いったん開封してしまった以上、厄介なことになるので、持っていてくれたほうがいいと言う。やむなくポケットにそれをしまいこんだが、電報など受け取らなかったことにしようと心に誓った。ぼくは決定的に、アルベルチーヌを愛していなかった。この愛は、ジルベルトへの愛をもとに予想していたものと、ずいぶんかけ離れ、とても長くてとてもつらい遠まわりをこちらにさせてから、そんなふうに例外を作り、ついにはジルベルトへの愛とまったく同様に、これまた忘却という一般法則におさまったのである。

ヴェネツィアの町をぶらつかないときには、昼食後、自分の部屋に上がって母と出かける支度をし、そしてラスキンについてやっている仕事関係のメモを書くためのノートを取りにいった。ぼくがもっともよく足を向けるのはサン＝マルコ寺院だった。母とともに洗礼堂に入り、ふたりでそれぞれ舗石の大理石とガラスのモザイクを踏む。前方には広いアーケード状の天井があり、その口の広がったバラ色の表面をかすかに時がたわめている。そのために教会は、時間の経過によってその彩色のみずみずしさが損なわれていないところでは、細工ができるくらいやわらかい素材で建てられているように見え、まるで巨大な蜂の巣の蜜蠟のようだった。反対に、時間が素材を固くしてしまい、職人たちが透かし細工を施したり金箔で飾ったりしたところは、コルドバ革か何かでできた、ヴェネツィアの巨大な福音書の、高価な装丁に見えた。キリストの洗礼を描いたモザイク画の前にぼくがしばらく立っていると、母は、洗礼堂に凍えるような冷気が降りてくるのを感じてぼくにショールを掛けてくれた。

アルベルチーヌといっしょにバルベックにいたとき、彼女は、ぼくといっしょにあれこれ絵を見ることができたらたのしいでしょうね、と言ったことがあった。はっきりとものを考えない多くの人の精神を充たす、一貫性のない夢想を、彼女もなんの根拠もなくぼくに打ち明けたのだとそのときは思った。今になってみると、ぼくは確信しているのだが、ある人といっしょにうつくしいものを見るのではないにしろ、少なくともうつくしいものをいっしょに見た、というたのしみは存在するのだ。今、あの洗礼堂を思い出す。聖ヨハネがキリストに洗礼を施しているヨルダン川の流れが浮かび上がる。続いて、小広場の前にゴンドラを待たせているぼくと母が浮かび上がる。あのときのひんやりした薄暗がりに浸されて、ぼくの隣には、ヴェネツィアではカルパッチョの『聖女ウルスラ物語』に登場する老いた女に特有の、うやうやしくも熱狂的な好意に満ちた、喪服姿で悲嘆にくれた女がいる。

このことが、どうでもいいどころではなくなるときが、ついに訪れたのである。頬を紅潮させ、かなしい目をし、黒い被い布につつまれたその女を、これからどんなことがあったとしても、このサン＝マルコ寺院の聖域から外には二度と連れ出すことができないだろう。もし今サン＝マルコ寺院を訪れれば、その女を見いだせるとぼくは確信している。その女はそこに居場所を確保して、モザイク画のようにじっと動かないからだ。その女こそ、ぼくの母である。

夕方になると、ぼくはひとりきりで、魔法をかけられたようなこの町に出かけた。はじめて歩く界隈に入ると、まるで自分が『千夜一夜物語』の登場人物になったような気がした。たまたま散歩の途中に、どんなガイドブックも旅行者も触れていない、未知の広々とした広場にかならずいきあたる。ぼくは網の目のような小道や路地にどんどん入っていった。

林立するようなラッパ型の煙突は、夕陽をあびて鮮やかなバラ色に染まり、空に近い花盛りの庭のように見えた。その色はバラ色から明るい赤へと色をかえ、デルフトやハールレムのチューリップ愛好家の庭をも思わせた。接近して建つ家々の窓は、まるで絵の額縁だった。その絵には、窓から外を眺めて夢想にふける料理女がいたり、腰掛けた若い娘の髪を梳く、魔女さながらの顔つきの老婆がいたりする。ひっそりとした貧しい家々が、狭い路地に軒を接しているせいで、オランダ派の絵画を百枚も並べて展示してあるかのようだった。

すし詰めのようなこうした路地は、運河と水路に切り分けられたヴェネツィアの一片を、その溝で縦横に分断していて、まるで一片が、無数の薄く細かな結晶になったかのようだった。この細い通りの突きあたりで、突然その結晶が膨張を起こしたようだ。こんな細い道の先にあるなんて想像もできないような、広く壮大な広場があらわれ、瀟洒な邸宅に囲まれて、青い月の光に染まっていた。建造物の密集したこうした一角は、ほかの町だったら、何本もの通りがここに向かって続き、人を導き、この場所をわかりやすく示すだろう。この町では、入り組んだ路地の奥に、わざと姿を隠しているようにも見え、まるでオリエントのおとぎ話に出てくる宮殿のようでもある。夜にそこに連れていかれて、夜明け前に家に戻された人は、魔法のようなその場所を二度と見つけられず、しまいには、夢のなかでそこを訪れたと思うようになるだろう。

翌日、ぼくは前夜のあのすばらしい広場をさがしに出かけたが、たどる路地はどれも似ていて、ほんのわずかな手がかりも与えてくれず、ますます迷子になるばかりだった。ときおり、何か似た形跡を見つけたように思い、追放され、孤独と沈黙に幽閉されたあの広場がすがたをあらわすのを、ぼくは想像して歩き続けた。だがその先にあるのは、悪霊がすがたを変えたかのようなあらたな路地で、しかたなく道を引き返すと、突然大運河に連れ戻されていることに気づく。夢の記憶と現実の記憶はさしてかわりがなく、だからぼくは、暗いヴェネツィアの一片の結晶にまぎれて、あの奇妙な浮遊感のなかで路地を歩き、瞑想するような月明かりの下、邸宅に囲まれたあの広場にいきあたったのは、夢のなかのできごとではなかったかと思うようになった。ロマンチックな邸宅に囲まれた大きな広場は、浮遊しながら、瞑想のような月明かりに長いことさらされていたのだ。

けれどもいくつもの広場以上に、いつまでも失いたくなかったのは、何人かの女たちだ。そうした欲望は、ヴェネツィア滞在中ぼくの心を騒がせていた。母が決めた出発の日の夕方、ぼくたちのトランクがゴンドラに積まれ、すでに駅に送り出されたときになって、ホテルの外国人客リストに「ピュトビュス男爵夫人御一行」という文字を見たとたん、熱に浮かされたような動揺を覚えた。今出発してしまえば、肉体的快楽を味わえる時間をすべて逃してしまう、その気持ちが、ずっと抱いていた欲望をひとつの感情にまで高め、さらに憂鬱に浸した。出発を何日か延期するよう、母に頼んだが、母はぼくの願いを一瞬たりとも考慮することなく、本気で受け止めているふうもなかったので、ヴェネツィアの春に興奮したぼくは、昔からの欲望に目覚めた。つまり、そんなふうに無視するのは、両親がぼくにたいして何かたくらんでいるからだと考え、その想像にすぎない陰謀に抵抗してやりたい欲望であり、闘争心である。最愛の人たちにいきなりこちらの意志を押しつけるよう、ぼくを駆りたてたかつての欲望である。たとえ両親を屈服させてから、彼らの言うとおりにするとしても、だ。

母に、ぼくは出発しないと告げたが、こちらが本気で言っているなどと思わないふりをしたほうが賢明だと思ったらしい母は、返事もしなかった。いずれ本気かどうかわかるだろう、とぼくは続けた。そのときドアボーイが三通の手紙を持ってきた。二通は母宛てで、一通はぼく宛てだったが、ぼくはその封筒も見ずに、ほかの手紙の入っている紙ばさみに入れてしまった。そして母がぼくの持ち物をすべて従え駅にいく時間になったとき、ぼくは運河の見えるテラスに飲みものを運ばせて、腰を落ち着けて夕陽が沈むのを眺めていた。ホテルの正面にとまった小舟の上では、ひとりの歌手が「オ・ソレ・ミオ」をうたっていた。太陽は沈み続けている。母は、もう駅の近くまでいっているだろう。やがて出発してしまう。ぼくはひとり、ヴェネツィアに残されるだろう。自分のせいで母につらい思いを味わわせてしまった、そのかなしみをひとり抱え、なぐさめてくれる母もいないヴェネツィアに。列車の時刻が近づいてくる。取り返しのつかない孤独はすぐそこまできていて、もうすでに孤独は、全面的にはじまっているように思えた。ぼくはすでに、自分はひとりぼっちだと感じていた。周囲の事物がみな、よそよそしく感じられはじめた。ぼくはもう落ち着きを失い、心臓の鼓動が速くなり、周囲の事物をも落ち着かせることができない。目の前の町は、ヴェネツィアであることをやめてしまった。ヴェネツィアという名も人格も、ぼくには嘘っぱちの虚構に思え、そのことを石という石に教えてやる気も失せていた。壮麗な宮殿も、どこにでもある大理石と変わらない、たんなる量と部分に化してしまったように思えたし、運河の水にしても、ヴェネツィア以前のいつにでも、ヴェネツィア以外のどこにでもある、総督も知らなければターナーも知らない、たんに水素と酸素の化合物に見えた。

しかしながら、このありふれた場所には、着いたばかりでまだこちらを知らないような、出ていってもうこちらを忘れてしまっているような、そんな奇妙なところがあった。ぼくはもうこの町に、自分のことを何も伝えることはできなかったし、自分をこの町に託すこともできなかった。そのせいでぼくはこわばったままだった。もはやただの、どきどきと脈打つ心臓でしかなく、不安にさいなまれながら「オ・ソレ・ミオ」の展開を集中して追う意識でしかなかった。ぼくは必死で自分の思考を、特徴的なうつくしい曲折を持つリアルト橋に結びつけようとしてみたが、無駄だった。橋はあきらかに平凡で、橋としてぼくが思い描くものより劣っているばかりか、なんの関係もなかった。役者が、ブロンドのかつらをかぶり黒い服を着ても、本質においてはハムレットではないことが、こちらにもわかっているように。

そんなわけで、宮殿も〈大運河〉もリアルト橋も、それぞれの個性を作っていた観念を捨てて、ありふれた物質的な要素でしかなくなってしまった。けれど同時にまた、このつまらない場所が、ぼくには遠いものに思えた。造船所のドックは、風土のせいもあるのか、フランスのものによく似てはいるが、やはり独特で、異郷に追放された、無関係なものであるのはあきらかだ。ここから水平線まですぐ近くに思えて、舟に乗って一時間でたどりつけるような気もしたが、フランスの海で目にする水平線とはまったく異なる土地の作る湾曲で、旅の錯覚によってこんなに近く見えるが、やはりはるか遠くにあった。そのせいで、つまらなくもあり遠くもある造船所のドックは、ぼくの心を嫌悪と恐怖で満たした。それは、幼いころ、母についてはじめてドリニーのプールにいったとき感じたものと同じだった。空も太陽もない室内で、暗いプールの水が作る幻想的な光景は、それでも更衣室に囲まれていて、水着姿の人間の体がその表面をふさいでいる、目に見えない深みに通じている気がして、ぼくは自分に問いかけた。小屋に隠されてこんな場所があると人間どもは気づいておらず、水の深みがあるなどと思いもしないが、この水は氷の海の入り口で、ここがはじまりなのではないか、北極も南極もこのずっと奥にあるのではないか、この狭い場所こそ溶けて自由に動く北極の海の一部ではないのか、と。

こちらに同情もしてくれないこのヴェネツィアに、ぼくはひとり残ろうとしている。やはり孤独で、現実ではないように思え、まるでぼくの知っているヴェネツィアへの挽歌のように「オ・ソレ・ミオ」が高まり、ぼくの苦悩を証人にしているようだった。おそらく、今から母に合流していっしょの列車に乗ろうと思うのだったら、この歌声を聴くのをやめて、一秒も無駄にすることなく出発する決心をしなければならなかったが、まさにそれこそ、ぼくにはできなかったのだ。しなければならない決心を直視しないように、次々に展開される「オ・ソレ・ミオ」のフレーズを追うことにひたすら思考を没頭させ、歌手とともに心のなかで歌い、やがて歌手を突き動かすことになるフレーズの高まりを予想し、自分もその高まりに身をゆだね、ふたたび降下するのだった。百篇も耳にしたこのつまらない歌に、ぼくは少しも興味を抱いていなかった。最後まで一心にこの歌を聴いても、だれもよろこばせることもないし、自分自身もうれしくはなかった。要するに、通俗的なこの恋歌のどのモチーフも、ぼくに必要な決心をつけさせることはできなかった。おまけに、この歌のどのフレーズも、順繰りに聞こえてくると、決心しようという気持ちすら邪魔をして、それどころか、出発しないという逆の決心を強いてくるかのようだった。それというのも、聴いているだけで時間が過ぎてしまうからだ。そして「オ・ソレ・ミオ」を聴く、というそれ自体たのしくもないことが、絶望的ともいえる深いかなしみを帯びるのだった。じっとそこに動かずにい続けることによって、実際には出発しないという決心をしている、とぼくは感じていた。「ぼくは出発しない」とはっきり自分に言い聞かせることは不可能なのに、「もう一フレーズだけ『オ・ソレ・ミオ』を聴こう」と表現を変えると可能になった。こうした比喩を用いることの意味が自分ではわかっていないのに、「結局、あと一フレーズだけ聴くさ」と自分に言い聞かせながら、それが「ぼくはひとりヴェネツィアに残るのさ」という意味であることは承知していた。この歌の、絶望的だけれど、人の心を幻惑する魅力のみなもとは、しびれるような冷たいかなしみだった。筋肉を誇示するようにうたう歌手の放つ、力強いひとつひとつの音が胸のど真ん中にぐさりと突き刺さる。フレーズが低音になり、いきつくところまでいきつき、曲が終わったように思えても、歌い手は飽きもせず、まるでぼくの孤独と絶望をいま一度声高に告げる必要があるかのように、高い音で繰り返すのだった。

母はもう駅についているだろう。間もなく出発してしまう。ヴェネツィアの魂が消えてから、じつにちっぽけに思える運河や、もはや平凡なものとなってしまったリアルト橋の眺めはぼくを不安にさせ、さらに絶望の歌となった「オ・ソレ・ミオ」によって、ぼくの胸はしめつけられた。その絶望の歌は、このようなちぐはぐな宮殿の前でわめくように歌われると、建物をすべて粉々にして、ヴェネツィアを廃墟にしてしまうかに思えた。サン＝ジョルジョ＝マジョーレ島に沈んでいく太陽は、まるで驚いたように歌手を眺めている。一音ごとに、ぼくの不幸はゆっくりと築き上げられ現実となっていく、まさにその場にぼくは居合わせている。この夕暮れの光はぼくの記憶のなかで、戦慄を覚えるほどの感動と、歌い手の堅牢な歌声とともに、あいまいながら変わることのない悲痛な混合物をいつまでも残すことになるのだった。

こうしてぼくは、意志もなく、決心もつかず、じっとしていた。たぶん、このようなとき心は決まっているのだ。友人たちでさえ、たいていその決心の予想がつく。けれども本人は予想がつかないのだ。予想がつくのなら、ぼくたちはどれほど多くの苦悩を味わわずにすむだろう。

けれどもついに、彗星が飛び出すのが予想もできない宇宙の洞より、もっと暗い洞窟から、――根強い習慣の持つ予想外の防衛力のおかげで、ぎりぎりの瞬間になってとつぜん衝動的に、習慣によって混戦へ投入される秘密の予備軍のおかげで――、ついにこの身はあやつられるように動いた。ぼくは大急ぎで駆け出した。駅に到着したとき、列車の扉はすでに閉まっていた。それでもちょうど母を見つけた。母は興奮に顔を赤くして、泣くまいとこらえていた。というのも、ぼくがもう戻ってこないと思っていたからだ。そして列車は発車した。パドヴァが、ついでヴェローナが、列車を出迎えほとんど駅までやってきてぼくたちに別れを告げるのをぼくは見ていた。これらの町は遠ざかるぼくたちを見送って、もとの場所に戻っていつもの生活をはじめようとしていた。一方は平野で、もう一方は丘で。

41―思いがけない知らせ

何時間もが過ぎた。母は、二通の手紙を開封しただけで、急いで読もうとはしなかった。そしてぼくにも、ホテルのフロント係から渡された手紙を、すぐさま紙挟みから取りださせまいとした。母は、旅の疲れを気取られまいとして、ゆで卵を取り出したり、新聞を渡したり、こっそり買っておいた本の包みをほどくのを、すべてあとまわしにして、ぼくの気を紛らわせるために最後の数時間にとっておいた。

しばらくして母を見ると、驚いた表情で手紙を読んでいた。それから顔を上げたが、その目は次々と、べつべつの相容れない思い出を眺めているように見えた。そしてその思い出を、どうにも近づけることができないようだった。そのあいだにぼくは、自分宛ての手紙にジルベルトの筆跡を認めていた。開封すると、ジルベルトはロベール・ド・サン＝ルーとの結婚を報告していた。一度ヴェネツィアにいるぼくに電報を送ったのに、返事がなかったと書かれていた。言われていたとおり、ヴェネツィアの電報サービスが悪かったことを思い出した。電報など受け取っていなかったからだ。おそらく彼女は、そう言っても信じてはくれまい。突然、記憶に残っているあることがふっと消え、そこにべつの事実がおさまった。このあいだ受け取った電報は、アルベルチーヌからのものだとばかり思っていたが、ジルベルトからだったのだ。ジルベルトの筆跡の、いかにもわざとらしい独創的な特徴は、ひとつの行を書いていても、tの文字の横棒を上の行に書いてしまうので、上の行の文字がアンダーラインで強調されているように見えたり、iの文字の点が上の行の文章を中断する句読点のように見えたりする。反対に、上の行の言葉の語末や、アラベスク風の飾り部分が下の行に挿入されて重なっているように見えたりする。下の行のジルベルトGilberteという語の語末を《ine》と読んだとしても、しかたがないことだった。ジルベルトGilberteのiの文字の点が、上の行に混ざり、中断符のようになっていた。頭文字のGはゴチック体のAに見えた。だからてっきり、アルベルチーヌと読み間違えたのだ。ほかにも二、三の語がうまく読めず、ほかの語に取り違えられ（しかもいくつかはぼくには判読不明で）、ぼくは完全に思い違いをしてしまったのだった。けれどこんな説明も必要ないだろう。うかつな人間や、何か先入観を持っていて、手紙が特定の人からのものだと思いこんでいる人間は、ひとつの語のうちにどれだけの文字を読み取っているだろう？　ひとつの文のうちにどれだけの語を読んでいるだろうか？　人は読みながら見当をつけ、自分で創ってしまっている。すべては最初の思い違いから生じている。それに続く思い違いは（たんに手紙や電報を読む場合だけではなく、すべての読む行為にかぎられることでもなく）、同じ出発点をもたないものには、どれほど途方もなく見えようが、ごく自然なことだ。ぼくたちが信じていることの大半は、最後の結論に至るまで、頑固さと同じくらい誠意を持っていても、そんなふうに前提の思い違いからはじまってしまっているのだ。

「まあ！　とんでもないわ」と母が言った。「ねえ、いいかい。私くらいの年になると、ちょっとやそっとじゃもう驚かないけれど、この手紙が告げる知らせほど思いもよらないことって、本当に何もありゃしないわね」

「ぼくの話も聞いてよ」とぼくは言った。「そっちの手紙のことはわからないけど、どんなにびっくりする話だって、ぼくのほうの手紙ほどびっくりするものはないよ。結婚の話さ。ロベール・ド・サン＝ルーがジルベルト・スワンといっしょになるんだってさ」

「まあ！」母は言った。「それじゃあ、まだ開けてないほうの手紙は、きっとそのことが書いてあるんだわ。だっておまえのお友だちの字だってわかりましたもの」

そして母は、かすかな感動を浮かべてぼくに微笑んだ。母は、自分の母を亡くしてからというもの、どんなに些細なできごとでも、苦悩や思い出を持ち得る人や、近親者を亡くした人に接すると、そうした感動を見せるのだった。こうして母はぼくに微笑み、おだやかな声で話しかけた。母は、この結婚を軽々しく扱いでもしたら、スワン氏の娘とその母親、それからロベールを手放そうとしているその母親のうちに生じるだろうものがなしい感銘を、尊重し損ねることになるのではないかと恐れているようだった。彼女たちがぼくによくしてくれるのを知っている母もまた、彼女たちに好意と共感を持っていて、だからこそ、娘として、妻として、母としての自分自身の感動を、彼女たちに重ねていた。

「言ったとおりでしょ、こんなにびっくりする知らせはないって」ぼくが言うと、

「それが、あるのよ！」と母もおだやかな声で答えた。「この私は、とてつもないニュースを握っているのよ。もっとも大きな、とか、もっともちいさな、なんて言いかたはしません。だってセヴィニエ夫人のその言葉をだれもかれもひとつ覚えで引用しますけど、《刈り草を乾かすのはうつくしいこと》という引用と同じくらいに、おまえのおばあさまはうんざりなさっていらしたわ。私たちはね、だれもが使うセヴィニエ夫人の言葉をかき集めるようなこと、したくもないの。こっちのお手紙はね、カンブルメール家の息子さんの結婚を知らせてきたのよ」

「へえ！」とぼくはさして関心もなさそうに言った。「だれと？　でも、いずれにしたって夫になる男の人柄から見て、その結婚はたいしたことはなさそうだな」

「でもお嫁さんになる女性の人柄次第で、世間をあっと言わせるものになるかもしれないわよ」

「それで、だれなの、その女の人は？」

「まあ！　すぐに言ってしまったら値打ちがなくなってしまうわ。さあ、ちょっとあててごらん」と母は言った。

まだトリノにも着いていないと見て取った母は、長くなりそうな旅を見越して、とっておきのたのしみをいざというときのために残しておこうとしていた。

「でも、どうやってぼくにあてろと言うの？　だれかすばらしいお相手？　ルグランダンと彼の妹さんがご満足なら、きっとすばらしい結婚なんでしょうね」ぼくは言った。ルグランダンの妹はカンブルメール伯爵の妻であり、この息子の母だからだ。

「ルグランダンはどうか知らないけれど、この結婚を知らせてくれた人によれば、カンブルメール夫人はご満悦だそうよ。おまえがこれを素晴らしい結婚と呼ぶかどうかはわからないわね。私には、まるで王さまが羊飼いの娘をめとる時代の結婚のような印象ね。おまけに羊飼いの娘自体が、羊飼いの娘にも劣るんですもの。もっとも、感じのよいかたではあるけれどね。こんなことを聞いたら、あなたのおばあさまは開いた口がふさがらなかったと思うわ。でも、いやな気はしなかったでしょうね」

「それでいったい、その女の人はだれなの？」

「オロロン嬢よ」

「なんだか華々しい人みたいじゃないか、羊飼いの娘には思えないけど。でもその人がだれだか、わからないな。それ、ゲルマント一族に与えられた称号のひとつでしたよね」

「ご正解。シャルリュスさんがジュピヤンの姪御さんを養女にして、この称号を与えたのよ。カンブルメールの息子さんと結婚するのは、彼女なのよ」

「ジュピヤンの姪が！　まさか！」

「これが美徳のご褒美ね。まさにサンド夫人の小説の結末にありそうな結婚だわ」と母は言った。

「これは悪徳の代価だ、バルザックの小説の結末にありそうな結婚だ」とぼくは思った。

「結局、よく考えてみると」とぼくは母に言った。「これはかなり自然なことですよ。これでカンブルメール家は、あのゲルマント一族のなかに錨をおろしたわけです。とてもそんなところにあらたに根をはれるなんて思ってもいなかったでしょうけれど。そのうえ、シャルリュスさんが養女にした娘さんはとても金持ちになるだろうし、カンブルメール家は財産を失ってから、そのお金がどうしても不可欠だったんだから。要するに、その娘さんは養女だけれど、カンブルメール家の人たちにしたら、自分たちが正真正銘の王子と考えている人の、ひょっとしたら実の娘――つまり私生児――かもしれない、ということでしょう。ほとんど王族といってもいい人の私生児というのは、フランスの貴族からも、外国の貴族からも、満足できる縁組とずっとみなされてきたんですよ。リュサンジュ家ほど遠い昔にさかのぼらなくても、半年ほど前だけれど、覚えているでしょう、ロベールの友人が例の若い娘さんと結婚したのを。その唯一の階級的な理由というのが、本当かウソかは知らないけれど、さる王族の産ませた娘だと思われていたってことなんですって」

コンブレー特有の階級制的な側面からすれば、祖母はこの結婚に眉をひそめたかもしれないが、母もまたそうした側面を持ちつつも、かつて祖母がジュピヤンの姪に下した肯定的な判断を示そうとして、こう付け加えた。

「おまけに、あの娘さんは非の打ちどころがないわ。おまえのおばあさまはじつに思いやりがあって、とてつもなく寛大なかたでしたからね、カンブルメール家の息子さんの選択にはやかましいことを言わなかったでしょうね。覚えている？　ずっと以前に、おばあさまがスカートのほつれを縫ってもらいにお店に入ったときに、あの娘さんをどれくらい品のある娘だと思ったことか。あのころは、ほんの子どもにすぎなかったけれど。そして今じゃ、婚期に遅れたいき遅れだけれど、まるで別人のようになって、さらに何倍も非の打ちどころがなくなって。でもおまえのおばあさまはそうした点をぜんぶ一目で見抜いたのよ。チョッキ屋の幼い姪のほうが、ゲルマント公爵よりも《高貴だ》とお思いになったのね」

けれども母にとって必要だったのは、祖母を称賛すること以上に、祖母がここにいなくて「よかった」と思うことだった。それが母の持っている究極の愛情のかたちであり、まるで祖母に最後のかなしみを押しつけないようにしているかのようだった。

「でも、それでもおまえには考えられる？」と母は続けた。「スワンさんのおとうさん――たしかおまえは知らなかったでしょうけれど――あのかたが、いつの日か曾孫のなかに、《こんにちは、みなじゃま》と言っていたモゼルおばあさんの血とギーズ公爵の祖先の血が混ざって流れるだろうって、考えていたなんて！」

「だけど、いいですか、ママ、それはあなたの言っていることより、はるかに驚くべきことですよ。だって、スワンさんのご両親はとてもちゃんとしたかたたちですよ。その息子のスワンさんの地位からしたって、その娘だってもっと立派な結婚ができたはずなんです。でもスワンさんが高級娼婦なんかと結婚したものだから、元の木阿弥に戻ってしまったじゃないですか」

「まあ！　高級娼婦だなんて。ねえ、ひょっとしたら意地悪な悪口かもしれないでしょ。私、決して信じてませんよ、そんなこと」

「本当だってば、高級娼婦だったんだよ。またいつか、真相を話してあげるよ……家の事情なんかもね」

　母はもの思いにふけりながら、言った。

「おまえのおとうさまなら、私が挨拶するのをぜったいに許してくれないようなご婦人の娘さんが、ヴィルパリジ夫人の甥御さんと結婚するんですからね。あなたのおとうさまは、はじめのうち、ヴィルパリジ夫人に会いにいくのも許してくださらなかったのよ。私たちにはあまりに輝かしすぎる社交界のかただからってね！」それから「ルグランダンは私たちをあまりシックではないと思って、カンブルメール夫人に紹介の推薦状を書かなきゃならなくなるのをひどく恐れていたのに、そのカンブルメール夫人の息子さんが、ぜったいに使用人専用の階段からしか私たちの家に上がれなかったような人の姪御さんと結婚するなんて！……いずれにしても、かわいそうに、おばあさまが言っていたとおりね。覚えているでしょ、大貴族はプチ・ブルジョワのひんしゅくを買うようなまねをするって言ってらしたのを」と、母はかなしそうに言った。

42─パリに帰る

自分には文学の才能がないと強く思うときもあれば、いや、そうでもないと思うときもあったが、ここ何年ものあいだ、一度としてそんなことは考えなくなっていた。ぼくはとうに書くということをあきらめて、パリから遠いところにある療養所で病気の治療に専念していた。しかし一九一六年のはじめになると、療養所は、医療スタッフを見つけることもできなくなっていた。

それでぼくはパリに戻ったのだった。すでに一九一四年の八月に、診断を受けるために最初に戻ったのだが、そのときすでにパリはまるきりさま変わりしていた。

再びパリに戻ってきたわけだが、着いた翌日、ジルベルトからあらたな手紙を受け取った。彼女は以前にぼくに送った手紙の内容を忘れているらしく、あらたなこの手紙には、一九一四年の末にパリを離れた様子が、ずいぶん違ったふうに書かれていた。彼女はこう書いていた。

「親しい友よ、ご存じないと思いますが、私がタンソンヴィルにきてから、もうまもなく二年になります。ドイツ軍と同時に私はここに着きました。だれもが私を出発させまいとしました。

気のふれた女のような扱いを受けました。《いったいどうしたの、パリにいれば安全なのに、侵略された地域に出かけていくなんて。みんな今、そこから逃げ出そうとしているのよ》と言われました。その言葉がただしいことを、私だってわからないわけではありません。でも、しかたないじゃありませんか。私にはたったひとつしか長所がないのですから。卑怯ではない、ということです。あるいは、忠実だ、と言い換えてもいいかもしれません。大切なタンソンヴィルが脅かされていると知って、年老いた管理人ひとりに守らせておく気にはなれませんでした。私は管理人のそばにいるべきだと思ったのです。そして思うに、この決心のおかげで、どうにか館を守ることができたのです。それにひきかえ、近隣のほかの館はすべて、動転した持ち主たちが見捨ててしまったので、すっかり破壊されてしまいました。私は館を救っただけではなく、たいせつなパパがあれほど大事にしていた貴重なコレクションも救うことができました」

要するに、一九一四年にぼくに書いてきたのとは異なり、今やジルベルトは、自分がドイツ軍から逃れて安全な場所に避難したのではなく、反対に、ドイツ軍に立ち向かい、自分の館を守るためにタンソンヴィルにいったと思いこんでいるのだった。もっともドイツ軍は、タンソンヴィルにとどまっていたわけではなかった。しかし彼女のところには、ひっきりなしに軍人たちが出入りするようになって、その数たるや、かつてコンブレーの通りでフランソワーズの涙を誘った出征する兵士たちをはるかにうわまわっていて、今度こそいつわりのないその言葉によれば、前線の生活を送ることになったのである。そんなわけで彼女のみごとな行動は、新聞でも最大級の賛辞で語られ、勲章の授与まで取り沙汰されていた。彼女の手紙の最後の部分は、みなそのとおりだった。

「この戦争がどういうものか、道路や橋や高台がどれほど重要になるか、親しい友よ、あなたはよくおわかりにならないでしょう。あなたのこと、あなたのおかげでたのしかった散歩のことを、何度思い浮かべたことでしょう。ずいぶんあちこち、いっしょに歩きまわりましたが、あなたの好きだった道や丘を奪取しようと、大掛かりな戦闘が繰り広げられ、その土地も、こんにちではすっかり荒廃しています。ふたりの思い出の場所なのに！

ルーサンヴィル、そこから手紙が配達されたり、あなたが病気のときはそこまで医者を呼びにいったあの薄暗い町や、退屈なメゼグリーズが、遠い未来に有名な場所になるなんて、あなたも私も想像だにしませんでしたね。親しい友よ、これらの土地がアウステルリッツやヴァルミーといった戦場同様、永久に栄光の列にくわわったのです。メゼグリーズの戦闘は八か月以上も続き、ドイツ軍は六十万人以上の兵士を失いました。ドイツ軍はメゼグリーズを破壊しましたが、手に入れることはできませんでした。あなたがあれほど好きだったあの小径、私たちがサンザシの坂と呼んでいたあの小径で、子どものころにあなたは私に恋をしたとおっしゃっていましたが、本当のことを誓って言いますと、私のほうこそあなたに恋をしていたのです。その小径がどのくらい重要なものになったか、申し上げることもできません。あの小径を進むと広い麦畑に出ますが、そここそが有名な三〇七高地で、その名前は公式発表にしばしば登場しますから、ご覧になっていることと思います。フランス軍はヴィヴォンヌ川にかかるあのちいさな橋を爆破しましたが、それは、望むようには子どものころのことを思い出させてくれないと言ってらした橋です。ドイツ軍はべつの橋を架けました。こうして一年半にもわたって、ドイツ軍はコンブレーの半分をおさえたのです」

この手紙を受け取った日の翌日、ぼくはパリの暗闇を歩きながら、自分の足音が響くのを聞き、こうした思い出をすべてかみしめていた。その前々日に、前線から帰ったロベール・ド・サン＝ルーが、また前線に戻る前につかの間こちらを訪ねてきてくれて、その来訪を告げられたぼくは激しく感動したのだった。

43—ジュピヤンの宿

サン＝ルーのことを思い出しながら歩いていたぼくは、大きくまわり道をしてしまい、アンヴァリッド橋まできてしまった。まだ時間が早いのに、わずかばかりの明かりがともっている。すでにサマータイムになっていて、一定の時間になればおもてがまだ明るいうちから点灯するのだった。空は、サマータイムもウィンタータイムも知らず、八時半が九時半になったことを知ることもなく、町の明かりの上で、まだ青く明るかった。トロカデロの塔から町を見下ろすと、空はトルコ石の色に染まった巨大な海のように見え、その海が引いていくにつれ、黒い岩にも見える細い線があらわれ、それは猟師の仕掛けたただの網にも見えたが、ちいさな雲だった。このトルコ石の色をした海は、人間を巨大な回転に引きずりこみ、彼らが気づかないうちに運び去っていく。この地球上では、人間は夢中になって自分たちの革命を叫び、今このフランスを血に染めている戦争のように、むなしい争いを続けている。

時間の切り替えなどに無関係の空は、明かりのともった町の上で、青く染まり、ゆったりと昼間を長引かせていた。あまりにうつくしい緩慢とした空を眺めすぎたせいで、めまいに襲われ、すると空はもう広大な海ではなくなり、垂直にグラデーションを描く青い氷河になっている。トロカデロの塔は、トルコ石の色をした空の、すぐ近くにあるように見えたが、そこからものすごく離れているのに違いなかった。ちょうどスイスの町で、二本の塔を遠くから見ると、山の頂から続く斜面と隣り合って見えるように。

もときた道を引き返したが、アンヴァリッド橋を離れたとたんに、陽は沈み、町にも明かりがなくなりはじめていた。だからあちこちでゴミ箱にぶつかり、道を間違え、そのことにも気づかず、無意識に暗い通りの迷路をたどり、そうしてようやく大通りへと出た。

そしてぼくはふたたび暗い通りの迷路へと迷いこみながら、バグダッドの辺境に冒険を求めていく回教王、ハルン・アル・ラシッドのことを考えていた。蒸し暑さのなかを歩きすぎて、のどが渇いていたが、ずっと前からバーというバーは閉まっていて、ガソリンが欠乏しているためにタクシーも滅多に見なくなっている。タクシーが通ったとしても中近東人や黒人が運転していて、わざわざこちらの合図に応えてくれなかった。家に帰り着く気力を取り戻すために、何か飲みものを出してもらうとしたら、唯一ホテルくらいだ。

けれども、気がつけばパリの中心部からずいぶん外れた通りにきてしまっていた。ドイツの爆撃機がパリに爆弾を落とすようになってから、多くのホテルが休業している。ほとんどの商店も同様で、店員がいなかったり、店主自身が不安にとりつかれて田舎に逃げてしまい、戸口には、ずっと先になったら再開する旨を伝える手書きのお知らせが、お決まりのようにはられていたが、そもそも疑わしかった。まだ残っているほかの店舗にしても、週に二回しか店を開けないといった貼り紙がされていた。こういった界隈一帯には、困窮や放棄や恐怖がとりついているように感じられた。そうして見捨てられた家々に交じって、一軒だけ、極度のおそれや困窮に打ち勝ったかのように、生き生きとゆたかそうな家を見つけ、ぼくはすっかり驚いた。どの窓も鎧戸を閉ざし、鎧戸の奥では行政命令による灯火管制が行われていたが、その家の鎧戸から漏れる光は、節約などまるで無頓着なほど明るかった。しょっちゅうドアが開いて、あらたな客が出たり入ったりしていた。そこは家ではなく、ホテルだった。近隣のどの商店も(ホテルの経営者が稼いでいるに違いない金銭のせいで)、きっと嫉妬に駆られていることだろう。そして、十五メートルほど離れたところをひとりの将校が足早に出ていくのを見て、ぼくの好奇心はかきたてられた。この深い闇のなか、その将校の顔を見極めるにはあまりにも距離がありすぎた。

ぼくをとらえたのは、よく見えなかった将校の顔ではなく、ゆったりした外套の下の制服でもない。ホテルから出て歩いていくのに数秒しかかからなかった、その動きの素早さだった。明確に見分けたわけではなくて、その物腰や優雅さ、歩き方や迅速さで、そうだと確信したわけではないが、神出鬼没のサン゠ルーを、本人をというよりも彼特有の神出鬼没を思い浮かべたのだった。かくもあっという間に、その軍人はあらわれたかと思ううちに、こちらに気づくこともなく横道に姿を消した。ホテルの外観が質素なので、やはりサン＝ルーではあるまい、と思いながら、ぼくは立ち尽くし、そこに入ったものかどうか考えた。

その数段の階段を上がろうとぼくに決心させたのは、今しがたの出会いへの好奇心だけだったとはいえない。階段の上では、おそらく暑さのためだろう、ドアが開いて玄関のようになっていた。まず思ったのは、これではぼくの好奇心は満たされないだろうということだった。何人もの人がやってきて空き部屋を求めたが、もうひとつも部屋がないと応対されるのが、階段の暗がりに立っていたぼくに聞こえたからだ。しかしこうした人たちは、あきらかに、スパイの巣窟に所属していないという理由で断られているようだった。なぜなら、少ししてから姿を見せたひとりの水兵には、たちまち二十八号室があてがわれたからだ。

暗がりに立つぼくは、向こうに気づかれることなく、何人かの軍人と二人の労働者を認めた。彼らは息もつまりそうなちいさな部屋でしずかにおしゃべりをしていた。部屋にはこれ見よがしに、雑誌やグラビア誌から切り取られた女たちの肖像写真が飾られていた。彼らのおしゃべりに耳を傾けると、いかに自分が愛国精神にあふれているかを語り合っているようだった。

「どうしろって言うんだい、仲間と同じにやるだけなのに」とひとりが言った。

「ああ！　もちろん、おれは殺られるつもりはないけどね」と、もうひとりが、ぼくには聞こえなかっただれかの言葉に答えていたが、どうやら、その男は翌日危険な部署に出発するらしい。

「だけど二十二歳で、まだ半年しか経験していないのに、そりゃあんまりだよ」

とその男は言ったが、もっと長く生きたいという意味よりも、自分の考えかたがただしいと言っているような調子だった。二十二歳にしかなっていない以上、生還する可能性のほうが多いに決まっていて、殺されるなんてとんでもない、と言っているようだった。

「パリってすごいな」とべつの男が言った。「戦争なんて、まるで起きてないみたいだ。おい、ジュロ、おまえ、それでもまだ志願するのか?」

「もちろん志願するさ。おれはちょっとばかりあの汚ねえドイツのボッシュ野郎どもを、片っ端からやっつけにいきたいのさ」

「だがジョフルときた日にゃ、大臣の女房と寝る男なんだぞ。いっぱしのことをやった男なんかじゃありゃしねえ」

「そんなこと聞いて、情けねえな」と少し年上の飛行兵が言うと、今しゃべっていた労働者のほうを向いた。「前線にいったらそんな口きくんじゃねえぞ、忠告しといてやるよ。あっというまに兵隊たちに殺られちまってるだろうよ」

聞こえてくる会話はあまりにもくだらなく、それ以上聞きたくなくなり、なかに入ろうか、階段をまた下りようか、迷っていると、こんな文句が聞こえてきた。ぼくはぞっと身震いして、無関心から引き戻された。

「驚いたな、主人はもちろん帰ってきてないけど、こんな時間にいったいどこで鎖を見つけようっていうんだろう」

「だって相手はもう縛られてるんだぜ」

「もちろん縛られてるさ。ありゃ、縛られてるようだけど、そうじゃないのさ。おれだったら、あんなふうに縛られてても外してみせるよ」

「でも南京錠がかかってるぜ」

「ああ、かかってるさ。でもあんなものはともかくも開けられるよ。問題があるとしたら、鎖が充分長くないことだね。おまえさん、このおれにやりかたを説明しようってんじゃないだろうな。昨日はひと晩じゅうあいつをひっぱたいてやったから、こっちの両手まで血だらけなんだ」

「今夜もおまえさんが叩くほうか？」

「いや、おれじゃない、モーリスさ。おれの番は日曜だ。主人がおれにそう約束したからな」

今やぼくには、なぜ水兵が入れたのか理解できた。おとなしい市民などは必要なく、水兵の頑丈な腕っぷしこそが必要なのだ。ここはスパイの巣窟などではない。もしタイミングよくやってきただれかが犯罪を発見し、その犯人を逮捕しないとしたら、残忍な犯罪がここで遂行されてしまうだろう。それでもこの穏やかだが、危機の迫っている夜に、犯罪などは夢のような、おとぎ話のようなものに思えてきた。ぼくは裁判官のような誇りと、詩人のようなよろこびをいだいて、ホテルに決然と入っていった。

帽子に軽く手をやると、居合わせた人たちは座ったまま、こちらのあいさつにていねいに応じた。

「どなたにお話しすればいいのか、教えていただけますか？　部屋をひとつお借りしたいのと、そこに飲みものを持ってきていただきたいのですが」

「少しお待ちください。主人が出かけているのでね」

「でも、上にシェフがいるぜ」とひとりが言った。

「だから、わかってるだろ、あいつの手を煩わせるわけにはいかないって」

「部屋を貸してもらえそうですか？」

「たぶん」

「四十三号室が空いているはずだよ」と、二十二歳だから殺されないと確信している若者が言った。そしてその若者は、ソファの上でわずかに席をつめて、ぼくのために場所を作ってくれた。

「ちょっと窓を開けたらどうだ。ここは煙でもうもうだぞ」飛行兵が言った。たしかに、だれもがパイプか煙草を吸っていた。

「そうだ、でもそれならまず鎧戸を閉めろよ。わかってるだろ、ツェッペリンのせいで、明かりをつけるのは禁じられてるだろ」

「ツェッペリンなんてもうきやしないさ。新聞がほのめかしてるところじゃ、ツェッペリンはどうも撃ち落とされたらしいぜ」

「もうきやしねえ、もうきやしねえって、おまえに何がわかる？　おれのように十五か月も前線で過ごして、ボッシュ野郎の飛行機を五機は撃ち落としてから、そんな口をきくんだな。新聞なんざ、信用しちゃいけねえ。昨日だって、やつらはコンピエーニュに飛んできて、一家の母親と二人の子どもを殺してるんだからな」

「一家の母親と二人の子どもだって！」と、自分では殺されたくないと思っている若い男が、目をぎらつかせ、深いかなしみを浮かべて言った。この男は生き生きとしていて表裏のないような、とても感じのいい顔をしていた。

「ジュロの兄貴からの音沙汰がないんだよ。あいつの代母はもう一週間も手紙を受けとってなくて、そんなに長く手紙をくれないのははじめてらしいんだ」

「やつの代母ってだれだい？」

「オランピア劇場のちょっと先で公衆便所を切り盛りしているご婦人さ」

「二人はいっしょに寝る仲か？」

「何をぬかしやがる、結婚してるし、じつにお堅い女さ。毎週やつに金を送ってるそうだぜ、思いやりのある人だからな。ああ！　よくしてくれる女さ」

「じゃあおまえさん、やつを知ってるのか、あのジュロの兄貴を？」

「知ってるなんてもんじゃないよ！」と二十二歳の若者は熱っぽく言った。「あいつはおれのとびっきりの親友のひとりさ。そうザラにはいないな、あいつくらい、おれが高く買ってるやつは。いつでもだれかの役に立とうとする、じつにいいダチなんだよ。ああ！　もしあいつの身に何かが起きたとしたら、ふざけちゃいけねえ、まったくの災難だよ」

だれかがダイスの勝負をやろうと言い出した。すると二十二歳の若者が待ちきれないように興奮してサイコロを振って、飛び出るほど目を見開いて出た目を叫んだ。博打好きなのだとすぐにわかった。そのあとでだれかが彼につぶやいた言葉は聞き取れなかったが、彼はさげすむような口調で声高に言い放った。

「ジュロがヒモになってるだって！　つまりジュロがヒモだって、そいつが言ったんだな。いや、あいつはそんなことができる男じゃない。おれはね、あいつが自分の女に金を出してやるところを見てるんだぞ。そうさ、女に金をやったんだ。だからって、そのアルジェリア女のジャンヌが何もくれなかったとは言わないが、でも、せいぜいくれたところで五フランだったね。日に五十フラン以上稼ぐ娼婦が、だよ。五フランしか出せないなんて、男としちゃあまりに間抜けじゃねえか。今じゃあの女も前線にいるから、暮らしもつらいだろうよ。なるほどそうかもしれねえが、好きなだけ稼いでいるのさ。ところがこの女、やつに一銭も送りゃしない。なんだって、ジュロがヒモだって？　そういうことなら、ヒモと呼べる男なんていくらでもいるさ。あいつはヒモなんかじゃないし、おれに言わせりゃ、ただの間抜けってことさ」

このグループのなかで最年長の男は、年齢的にも行儀よくふるまうように主人から言われているのだろう。トイレにいっていた彼は、会話の最後しか聞いていなかったが、しかし彼はぼくの顔を見ずにはいられず、その会話がぼくにおよぼした影響を見てとると、あきらかに困惑した表情になった。金の絡む愛についてひとくさり語ったのは二十二歳の若者だったが、彼に、というのではなく、みんなに向かって、この年かさの男は言った。

「おまえたちはおしゃべりが過ぎるし、声もでかすぎるぞ。窓は開いているし、この時間に眠っているやつもいるんだからな。わかっているだろうが、もしパトロンが帰ってきて、そんなおしゃべりを聞いたら、あまりおもしろくはないだろうな」

まさにそのときドアの開く音がして、主人だと思ったみんなは口をつぐんだが、入ってきたのは自動車の運転手をしている外国人だった。みんな大いに歓迎した。けれども運転手の上着にみごとな時計の鎖を見てとると、二十二歳の若者は、笑いを含んだもの言いたげな一瞥を運転手に投げ、眉をひそめてぼくに厳しい目配せを送った。ぼくは理解した。最初の一瞥は、「いったいそれは何だい、盗んだのか？　おめでとうよ」という意味合いで、ぼくへの目配せは、「何も言うんじゃないぞ、こいつはおれたちの知らないやつだ」という意味だった。

そして突然主人が入ってきた。何人もの徒刑囚を縛りつけられそうな、数メートルもある太い鉄の鎖をかついだ、汗まみれの彼は言った。

「重いったらないぜ、おまえたちがこんなに怠け者じゃなければ、おれが自分でいかなくてもすむはずだけどな」

ぼくは彼に、部屋をひとつお願いしたいと言った。「何時間かだけでいいんです。車も見つからなくて、少々気分も悪いものですから。それで、何か飲みものを持ってきてもらいたいのですが」

「ピエロ、地下倉へいってカシスをさがしてこい。四十三号室を整えるように言ってくれ。ほら、七号室がまたベルを鳴らしてるぞ。あの連中は、自分たちは病気だと言ってる。病気だなんてとんでもない、あれはコカインをやってる連中さ。半分いかれてるんだ。外に叩きだす必要があるな。二十二号室にシーツをひと組置いたか？　わかった！　ほら、七号室がお呼びだ。ひとっ走りいって見てこい。さあ、モーリス、おまえはここで何をしてるんだ？　わかってるだろ、おまえをお待ちかねだぞ、十四号の二にいけ。ほら、もっと急いで」

モーリスと呼ばれた男は主人のあとから足早に出ていった。主人はぼくに鎖を見られて、いくらか困った顔をしたが、鎖を持ったまま姿を消した。

「どうしておまえはこんなに遅くくるんだい？」と、二十二歳の男が運転手に尋ねた。

「どうして、こんなに遅く、だって？　一時間も、早いよ。歩くと、暑すぎるよ。おれ、十二時の待ち合わせだから」

「いったい、だれと待ち合わせてるのさ」

「蛇つかいの女パメラさ」と中近東の運転手は答えた。笑うとうつくしい白い歯がのぞいた。

「ああ、そうか！」と二十二歳の若者は言った。

やがて四十三号室に案内されたが、部屋はじつにいやな雰囲気だったし、もっといろいろ知りたくなったぼくは、「カシス」を飲み終えると、階段を下りてみた。そしてふと思いなおして、四十三号室の階を通り越し、上までいった。突然、廊下の端にある切り離された部屋から、押し殺したようなうめき声が漏れてきたように思えた。ぼくはすばやくそちらに歩み寄り、ドアに耳を押し当てた。

「お願いです、もうやめてください、やめてください。ご勘弁を、私をほどいてください。そんなに強く打たないでください」と、声は言っている。「おみ足にキスします。屈服します。

二度と繰り返しませんから。お許しを」

「だめだ。この悪党め」べつの声がした。「きさまはわめいたりひれ伏したりするから、ベッドに括り付けてやる。許すもんか」

そして鞭の振り下ろされる音が聞こえたが、鞭にはとがった釘がついているのだろう、その音に続いて悲鳴が聞こえた。このときぼくは、この部屋の側面に丸窓がついているのに気付いた。丸窓のカーテンが引き忘れたままだ。暗闇のなか、抜き足差し足で丸窓に近づいた。そしてそこからのぞくと、神から火を盗み、山上に鎖でつながれたプロメテウスのように、男がベッドに括り付けられ、鞭の打擲《ちょうちゃく》を受けているのが見えた。案の定、鞭の先には釘が埋めこまれていて、モーリスに打たれている男は、すでに血まみれで、青あざだらけで、責め苦がはじめてでないことはわかった。そしてその男は、シャルリュス氏だった。

突然ドアが開いて、だれかが入ってきた。さいわいぼくには気づかない。ジュピヤンだった。ジュピヤンは敬意と共謀の薄笑いを浮かべながらシャルリュス男爵に近づいた。

「ところで、何かご用はございませんか?」

男爵はジュピヤンに、モーリスを少しのあいだ外に出すように頼んだ。ジュピヤンは彼をぞんざいに追い出した。

「だれかに聞かれやしないだろうね?」と男爵がジュピヤンに訊くと、相手はだいじょうぶですとはっきりと答えた。男爵は承知しているのだ。ジュピヤンは作家のように頭がいいが、実際的なところがまったくなく、いつも当事者のいる前で、だれにでもわかってしまうほのめかしを言ったり、みんなが知っているあだなを口にしたりするが、それを警戒しているようだった。

「ちょっとお待ちを」

三号室でベルが鳴り響くのを聞いたジュピヤンがさえぎった。

そこから出てきたのは、自由行動派の代議士だった。ジュピヤンはわざわざ表示板を見る必要もなかった。その代議士のベルの鳴らし癖を心得ていた。

代議士は毎日、昼食を終えるとここにやってきていた。ただしその日は時間の変更を余儀なくされてしまったのだった。何しろ正午に、サン＝ピエール・ド・シャイヨ教会で、娘の結婚式があったからだった。だから今日は夜にくるしかなかったのだが、とくに空襲のある時期に遅く帰ろうものなら、妻が心配するので、代議士は早く帰りたいのだった。ジュピヤンは、代議士の地位に抱いている尊敬の念を示そうと、お送りしますと言い張ったが、そこには個人的利害は含まれていなかった。何しろこの代議士は自分の持つ狩猟場に大臣連中を招待してよろこばれ、彼らとは仲がよかったものの、「アクシオン・フランセーズ」の暴走についていくことはできないのだ。もっとも彼には、シャルル・モーラスもレオン・ドーデも一行も理解できないだろう。ジュピヤンは、たとえ警察ともめごとを起こしても、これっぽっちもこの代議士の後ろ盾を求めたりはしないだろう。ジュピヤンにはわかっていたのだ。金持ちで臆病なこの議員にそうしたことをあえて話したとしても、いいことはひとつもない。なんの実害もない「ガサ入れ」すら避けられないだろうし、自分の客のなかでもっとも金払いのいい男たちをたちまち失うことになるだろう、と。

代議士は帽子を目深にかぶり、襟を立て、顔を隠しているつもりで、まるで選挙綱領をすばやく変えるように足早にすり抜けた。ジュピヤンは代議士を玄関まで見送りにいってから、シャルリュス氏のところに戻ってきて「ウージェーヌさんでしたよ」と言った。

ジュピヤンのところでは、療養所でよくやるように、客たちを名前だけで呼んだが、常連客の好奇心を満たすためか、この宿のステイタスのためか、その耳元であとからそっと本当の名をささやくようにしていた。しかしときには、ジュピヤンは客たちの正体を知らず、勝手に想像して、これは株式仲買人のだれそれさんです、貴族のだれそれさんです、芸術家のだれそれさんです、と言い、その間違いが、間違われた当人に気にいられることもあって、しまいにはジュピヤンも、ヴィクトールさんがだれのことなのか、ずっと知らなくてもいいとあきらめていた。

こうしてジュピヤンには、男爵に気に入ってもらおうと、一般的な会合で通用しているのとは反対のことをやる癖がついたのだった。「これからルブランさんをご紹介しましょう」と言って、耳元で、「あの人は自分をルブランさんと呼ばせていますが、じつはロシアの皇族なんですよ」とささやいたり、目配せをしながら、シャルリュス氏に牛乳屋の小僧を紹介したあとに「じつはあいつ、あのすさんだベルヴィル地区ではもっとも危険なごろつきのひとりなんですよ」とささやいたりした。彼が「ごろつき」と言うときの露骨な話しぶりは見物だった。そして、こうした素性紹介ではまるで足りないとでもいうように、ジュピヤンはなおもいくつかの「引用」を付け加えようとした。

「そいつは窃盗と別荘荒らしで何度も有罪になっています。通行人と殴り合いをして、相手を半殺しにしたせいで、フレーヌの監獄に入ったのです。アフリカの囚人部隊にもいました。自分の部隊の下士官を殺したそうです」などと。

男爵は、ジュピヤンをいくらか恨めしく思っていた。この宿は、シャルリュス氏がジュピヤンのために自分の執事に買わせ、その部下に経営させてきたのに、オロロン嬢の叔父であるこのジュピヤンがへまをやらかしたせいで、自分の名前と人となりが、この宿の人たちに多少とも知られてしまったからだった（とはいえ、多くの人は、それはあだ名だと思いこみ、発音を間違えて歪め、したがって男爵を救い護ったのは、ここの連中の愚かさであって、ジュピヤンの口の堅さではなかった）。

けれどこの男爵は、ジュピヤンの言いぶんを信じて落ち着いていたほうが楽だと思ったのか、だれにも聞かれないと知ってほっとしたのか、話し出した。

「あの小僧の前じゃ話したくなかったんだが、あいつはとてもやさしいし、最善を尽くしてくれているよ。でもね、乱暴さがいまひとつ足りないんだ。顔立ちは気に入ってるよ。でも私のことを悪党呼ばわりするけれど、まるでどこかで教わった教科書通りなんだよ」

「ああ！　とんでもない。あいつにはだれも何も教えちゃいませんよ」とジュピヤンは答えたが、その答えがどれほど嘘くさく聞こえるかには気づいていないようだった。「しかもあいつは屠畜場のあったラ・ヴィレットで、女の管理人殺しに巻き込まれたんですよ」

「おお！　そいつはけっこうおもしろいな」と男爵は笑顔になった。

「ところで、下に、牛を処理してるやつがきていましてね。屠畜場の男ですが、あいつに似てますよ。たまたま寄ったんですが、ひとつ試してみますか？」

「ああ、そうしよう、よろこんで」

屠畜場の男が入ってくるのが見えた。たしかにモーリスに少し似ていた。けれども奇妙なことに、彼もモーリスも共通した何かを持っていて、ぼくにはそれが何とはっきり言えないのだが、一時期シャルリュスが入れあげていた音楽家のモレルの顔にも存在する何かなのである。ぼくの知っているモレルに似ているというのではない。いったい何だろうと思ったぼくは、記憶のなかのモレルから借りた目鼻立ちを、ぼくではなくほかの人の目からはどう見えるのかを考えながら、もう一度並べ替えてみた。そしてようやく気づいたのである。モーリスは宝石屋の小僧、このもうひとりはホテルの従業員らしかったが、この二人の若者は、モレルのあいまいな代用品でしかなかったのである。シャルリュス氏は少なくともある種の愛情においては、同じタイプの男につねに忠実だと結論すべきだろうか。シャルリュスに次々に二人の若者を選ばせた欲望は、かつてドンシエールの駅のプラットフォームでモレルを呼び止めたのと同じだったのか。この三人は、シャルリュス氏の目というサファイアに刻まれた美青年に似ているのだろうか。その美青年の姿をシャルリュス氏の目に感じ取って、バルベックで彼にはじめて会ったときにぼくはぎょっとしたのだろうか。あるいは、モレルへの愛が、シャルリュス氏の好みをかえてしまって、モレルのいないさみしさをまぎらわそうと彼に似た男たちを求めるようになったのか。

　ぼくはもうひとつの推測を思いつく。ことによると、シャルリュス氏とモレルはただの友だちでしかなく、シャルリュス氏がジュピヤンに頼んで、モレル似の若者を連れてこさせて、モレルと快楽にふけっている錯覚を抱きながら彼らのそばで過ごしているのかもしれない。

　シャルリュス氏がモレルのためにしてやったすべてのことを思えば、そんな推測はどれも当たっていないように思えるが、人は、愛する人のためならどんな犠牲も払えるばかりか、ときには自分の欲望そのものを犠牲にできるのである。もっとも欲望というものは、愛している人にこちらがもっと愛していると知られれば知られるほど、ますますかんたんにはかなえられなくなるのである。

　ぼくは階段を下りていった。ふたたびちいさな控室に入ったが、そこではモーリスが、呼び戻されるかもしれないから念のため待っているようジュピヤンに言われ、仲間のひとりとトランプの勝負をしている最中だった。

　まだ主人が戻ってこないうちにジュピヤンが入ってきて、みんなの声がうるさくて近所から苦情がくるだろうと文句を言いだした。けれどもぼくの姿を認めると、唖然として話を中断して、言った。

「さあみんな、踊り場に出てもらおうか」

　みんながすでに立ち上がりかけたとき、ぼくはジュピヤンに言った。

「この若いかたがたにはここにいてもらって、ぼくとあなたがちょっと外に出たほうがかんたんですよ」

ジュピヤンはぼくについてきたが、ひどく動揺していた。ぼくは彼に、ここにきた経緯を説明した。そのとき階段をゆっくりと下りてくる足音がした。口の軽いジュピヤンは、下りてくるのは男爵だとぼくにばらし、どんなことがあっても彼に見られてはいけない、若者たちのいる控室の隣の部屋でよければ、男爵に知られないように、でも話は聞こえるように部屋上部の小窓を開けましょう、男爵のためではなくあなたのためにそうしましょう、と言うのだった。

「ただし、動いちゃいけませんよ」

そしてぼくを真っ暗な部屋に押しこめると、彼は出ていってしまった。もっとも、戦争中だというのに彼のホテルは満室だったから、ほかに部屋もないようだった。

やがて男爵がやってきた。今しがた受けた傷のせいで歩き方も気だるそうだった。おそらく彼はいつもそうした傷を負っていたに違いない。彼の快楽はもう終わっていて、そもそもそこに入ってきたのは、モーリスに払うべき金を渡すためだけのようだったが、シャルリュスは、集まっていたすべての若者と、プラトニックだがじつに愛情のこもった挨拶をじっくりと交わすかのように、好奇心とやさしさのまじったまなざしを、そのひとりひとりに向けた。彼は、このハーレムを前にして、怖気づくこともなく、じつに快活にうきうきとして見えた。そんな彼を見ていて、はじめてラ・ラスプリエール荘を訪れた晩の、彼の印象を思い出した。あの上半身を揺さぶる仕草や、目を細める顔つきだった。それは、ふだんの生活では、男性的な表情に隠されているが、ぼくも知らない彼の祖母から受け継いだ優雅さだった。ある状況、たとえば身分の低い人たちに気に入られようとしたときに、自分を貴婦人のように見せたいという気持ちから、シャルリュス氏はそうした優雅さを、その顔になまめかしく花開かせるのだった。

ジュピヤンはこの若者たちを親切な男爵に紹介するとき、こいつらはみんなベルヴィルの「ヒモ」で、二十フラン金貨を一枚もらえば、自分の妹とだって関係を持ちかねない連中だと請け合っていた。もっともジュピヤンの言ったことは嘘でもあり、本当でもあった。彼らはジュピヤンが男爵に話したよりずっと善良で、ずっと繊細で、野蛮なところなどまるでなかった。けれども彼らを野蛮だと思っている人たちは、このおそろしい連中にも誠実さはあるはずだと言わんばかりに、じつに誠意をもって話しかけるのだった。サディストは、いくら相手が人殺しだと思ったとしても、サディスト特有の純粋な魂はそれで変わることはない。だから、まったく人殺しではない連中が、「少しばかりの金」を楽に手に入れたいためだけに、彼らの嘘のなかでその父親や母親や妹が次々と生き返ったり死んだりするのを目の当たりにすると、サディストは唖然としてしまう。というのも、そうした連中は、相手に気に入られるためだけに、つじつまの合わないことを次々と言い出すからだ。無邪気にも、ジゴロについて勝手に思い描いていた客は、びっくり仰天してしまう。相手が数々の人殺しの犯人だと思いこんで有頂天でいた客は、相手の話す嘘や矛盾に混乱するのである。

この場にいる全員が、シャルリュス氏を知っているように見えた。そしてシャルリュス氏はひとりひとりの前にじっくりと立ち止まり、彼らの言葉遣いだと思いこんでいる言葉で話しかけた。地方の色合いをわざと強調しようとするせいもあり、また、この悪党たちの生活にまじろうとするサディスティックな欲望からでもあった。

「おまえはむかつくようなやつだな。おれは、オランピア劇場の前で二人のクソアマといるのを見ちまったんだ。銭ほしさであんなことしてるんだな。そうやっておれをだましやがって」

こう言われた男は幸いなことに、女から銭などもらったことは一度もないと言い返す余裕もなかった。もしそんなことを言ったら、シャルリュス氏の興奮に水を差してしまっただろう。それでも男は、シャルリュス氏の文句の最後にだけ抗議した。

「えっ！　とんでもない、だましてなんかいませんよ」

この言葉はシャルリュス氏にとって快感となったようだった。もともと持っている知性は、彼の意に反して、悪ぶっていてもにじみ出てしまう。シャルリュス氏はジュピヤンに言った。

「そんなことを言ってくれるなんて、親切なやつだな。じつにうまいことを言うもんだ！　まるで本当の話みたいじゃないか。結局、本当かどうかなんてどうでもいいのさ。だってこいつはこっちをそう信じこませたのだからね。なんてきれいでつぶらな目をしているんだろう！ほら、きみの労をねぎらって、大きなキスを二つやろう。塹壕のなかでも、おれのことを思い出すんだよ。つらすぎはしないかね？」

「ああ！　もちろんですとも、脇を手榴弾が飛んでいく日もしょっちゅうですから……」

そしてその若者は、手榴弾や飛行機の音を真似しはじめた。

「でも、ほかのやつらと同じにやらなきゃいけないんですからね、おまけにとことんまでいくのは絶対に確実ですから」

「とことんまでだって！　そのとことんがどんなとこか、わかってさえいればなあ！」と男爵は憂鬱そうに言ったが、彼はもともと〈ペシミスト〉だった。

「ご覧にならなかったんですか。サラ・ベルナールが新聞で言ってますぜ。《フランスは、とことんまでいくであろう。フランス人なら、最後のひとりに至るまで死をも辞さないだろう》ってね」

「おれはいっときたりとも疑っていないよ。フランス人が最後のひとりに至るまで勇敢に死をも辞さないってことをね」とシャルリュス氏は、まるでこれほどかんたんなことはないかのように言った。もっとも彼自身はなんであれ自ら動くつもりはなかった。ただ我を忘れると平和主義者のような印象を与えてしまうので、それを訂正しているに過ぎなかった。

「おれは疑っちゃいないよ。ただマダム・サラ・ベルナールが、どこまでフランスの名において語る資格があるのかわからないんだ。ところで、この魅力的な若いかたは、私の知らない人のようだが」とシャルリュス氏は、もうひとりの若者に気づくと、彼がだれだかわからなかったのか、一度も会ったことがなかったのか、そう付け加えた。シャルリュス氏は、まるでヴェルサイユ宮殿で王族にでも挨拶するかのように相手に挨拶すると、この機に乗じてただで快楽を味わおうと、その若者の手をとり、プロシアふうに長々と握りしめ、ほほえみながらいつまでも若者をじっと見つめた。それは、ボワシエやグアッシュといった菓子店で買いものをすると、カウンターの店員がガラスの壺のひとつから取り出して勧めてくれるボンボンを、幼いぼくが嬉々として口にするのを思い出させた。あまりにも長くそうしているので、写真屋が光の状態を見ながら、こちらにずっとポーズをさせておく時間のようだった。

「あなた、私はすっかり魅了されましたよ。知り合うことができてとてもうれしい」と言って、シャルリュス氏はジュピヤンのほうを振りむき、「こいつ、きれいな髪をしているな」とつぶやいた。それから彼はモーリスに五十フランを渡すために近づいたが、まずその腰に手をまわした。

「おまえ、一度もおれに言わなかったな、ベルヴィルの女管理人を刺し殺したなんて」そしてシャルリュス氏は恍惚感にあえぎながら、モーリスの顔に自分の顔を近づけた。

「とんでもない！　男爵さま」とそのジゴロは言ったが、それはあらかじめ話を合わせるように聞かされていなかったからだ。「そんなこと、信じているんですか？」

実際、その事件が嘘っぱちだったとしても、あるいは本当だったにしても、当の本人なら忌まわしいと思っただろうし、否定するほうが無難だと思っただろう。

「このおれが、同類に手をかけるなんて？　ボッシュ野郎ならそうするでしょう、なんせ戦争ですから。でも女をやるなんて、しかも婆さんをやるだなんて！」

この立派な信条の申し立ては、男爵に冷や水を浴びせたようなものだったらしく、男爵はそっけなくモーリスのそばを離れたが、金だけはきちんと渡した。けれども、もめごとを起こしたくないから金は払うが、うれしくもない、といった、さも忌々しそうな様子だった。それというのも、モーリスがこう続けたからだ。

「こいつを年老いた両親に送ってやりますよ。いくらかは前線にいる兄貴にもとっておきます」

この若者の、型にはまった農民ふうのもの言いに、シャルリュス氏はいらだち、その殊勝さに失望したようだった。もっともジュピヤンはこの連中に、もっと悪辣であれといつも注意していた。だから、そのなかのひとりは、何か悪魔的なことを告白するような面持ちで言った。「ねえ、男爵、私の言うことを信じちゃもらえないでしょうが、まだガキだったころ、鍵穴から両親が抱き合っているところを見ちまったんですよ。こんな卑猥なことってありますかね？でたらめ言いなさんなって顔してますけど、とんでもない、誓って本当のことですよ」

そしてシャルリュス氏は、こうした邪悪さのふりが、かえっておろかさを無邪気さを強調するばかりなのを見て、がっかりすると同時に激怒した。それに、どんなに極悪な泥棒や人殺しでも、彼を満足させられなかっただろう。なぜなら、そうした連中は自分たちの犯罪を口にしたりしないからだ。おまけに、サディストの場合——どんなに善良であろうとも、それどころか善良であればあるほど、——悪への渇望があって、それとはべつの目的で行動する悪人たちには、その渇望を満足させることはできないからである。

44—空襲

暗い洞のような部屋で、思い切り動くこともできずにいるぼくを、ジュピヤンが迎えにきた。「若者たちがたむろしている控室にちょっとのあいだお入りください。そのあいだに部屋を閉めてきますから。あなたは部屋を借りているんですから、当然のことですよ」

控室にいくと主人がいたので、ぼくは支払いを済ませた。そのとき、タキシードを着た若者が入ってきて、有無を言わせない口調で主人に言った。

「明日の朝、十一時じゃなくて十一時十五分前にレオンをお願いできるかな？　外で昼食をとることにしたんでね」

「それは、神父がやつを手放す時間次第ですね」

と主人は答えたが、この答えはタキシードの若者を満足させなかったようだ。若者は今にも神父に毒づこうとしているようだったが、ぼくに気づくと、怒りの矛先を変えて主人に近づいた。

「あいつはだれだ？　これはいったいどういうことだ？」と怒りを含んだ低い声でつぶやいた。

主人はすっかり困惑し、ぼくがここにいるのは、部屋を借りただけでたいしたことはないと説明した。タキシードの男は、この説明を聞いても気を鎮めることなく、くりかえし言い続けた。

「ひどく不愉快な話だ。こんなことがあっていいわけないだろう。わかっているだろう、ぼくはこういうことが大嫌いなんだ。今後もこんなことをするのなら、もう二度とここへはこないからな」

と彼は言ったが、このちょっとした脅迫をすぐに実行するようには見えなかった。なぜなら若者は、出ていきながら、十一時十五分前には、可能なら十時半には、レオンの体が空くようにしてくれと頼んでいたからだ。ジュピヤンはぼくを迎えにきて、いっしょに通りまで下りた。

「私のことを誤解なさらないでほしいのです」とジュピヤンは言った。「この宿はご想像ほど儲かってはいないのです。まじめな客も泊めなきゃいけないし、でもそうした客だけですと、金を食うばかりでしょうしね。ここは、厳格なカルメル会修道院とまるきり反対でしてね、悪徳のおかげで美徳も生かされるってわけです。いえ、私がこの宿を引き受けた……というか、先ほどお会いになった支配人に引き受けさせたのは、ただただ男爵のお役に立ちたいからでして、男爵の老後の憂さ晴らしのためでしてね」

ジュピヤンは、ぼくが目撃したサディズムの行為や、男爵の悪習だけを話題にしたくなかったようだ。男爵は、いっしょに話をするにせよ、相手をしてもらうにせよ、トランプをするにせよ、自分の金をだまし取る庶民階級の連中相手でなければ、もう楽しめないのだった。おそらく、悪党のスノビズムというものがあって、それは社交界のスノビズムと同様に、理解できるものなのだろう。しかもシャルリュス氏の内では、今まで長いこと、この二つのスノビズムがひとつにまじりあっていて、交互にあらわれていた。シャルリュス氏はだれを見ても、自分と社交界の交際ができるほどエレガントだとは思わず、もうひとつのつきあいができるほどには悪党だとも思わないのだった。

「私はどっちつかずのものが嫌いでね」と彼は言っていた。「ブルジョワ劇はもったいぶっているし、私に必要なのは、古典悲劇の王女さまか、粗野な喜歌劇だね。中間はないね。『フェードル』か、『曲芸師たち』か、というわけさ」

しかし、ついにこの二つのスノビズムの均衡が崩れたのだ。老いからくる疲労か、官能がもっとも下卑た関係にまで広がったせいか、男爵は「下々の連中」としか暮らせなくなり、無自覚ながら、みずからの偉大な先祖のなかのしかるべき人、たとえばラ・ロシュフーコー公爵、アルクール大公、ベリ公爵のあとを継ぐことになったのである。サン＝シモンが書き記したところによると、これらの人たちは従僕とともに暮らし、従僕たちに巨額の金を巻き上げられながらも彼らと賭け事に興じていた。この大貴族たちに会いにいかねばならない者は、彼らが召使いたちとたのしげに、腰を据えてトランプをしていたり、酒を酌み交わしていたりするのを目にして、ばつの悪い思いをするのだった。

「何よりもこれは」と、ジュピヤンは付け足した。「男爵に厄介をかけないためですよ。だって男爵ときたら、ね、大きな子どもじゃありませんか。今ではここでほしいものがなんでも手に入りますが、それでもまだいきあたりばったりにもめごとを起こすんですよ。それにご覧のとおり、気前がいいものだから、このご時世ではしょっちゅう面倒ごとを起こしかねないんです。先日もこんなことがありましてね。男爵がホテルのボーイを自宅に（自宅とは、またなんと軽率なんでしょう！）こさせようとして、大金を積んだんですが、それでこのボーイが死ぬほど怖がりましてね。こいつはしかし、女だけが好きというやつでして、男爵の目当てが何かわかってようやく安心したんですよ。大金をやろうというのを聞いて、男爵をてっきりスパイだと思いこんだんですな。国を引き渡せというのではなくて、自分の体を売り渡せと言われているとわかるや、すっかり気が楽になったってわけです。同じように道徳には反しますが、危険は少ないし、なんせ手っ取り早いですから」

ぼくはジュピヤンの話を聞きながら、考えていた。「シャルリュス氏が小説家でも詩人でもないのは、なんと不幸なことなんだろう！　彼の目に映るものを書いてもらいたいからではない。ただ、シャルリュス氏のような立場の人がその欲望のとおり生きようとすると、周囲にスキャンダルを引き起こすことになる。そうした人間は、人生を真剣に考えざるを得なくなり、快楽に感動をこめずにはいられなくなる。そうして、ものごとを外側から皮肉をもって見ることができなくなり、外側でじっとしていることもできなくなり、自分の内側で、苦悩の奔流がたえず口を開けていることになる。そのような人間が何か宣言すると、監獄いきの危険まではおかさないにしても、そのたびに侮辱をこうむることになる」

侮辱や屈辱は、子どもを教育するときにも威力を発揮するが、詩人の練磨にも有効なのである。

もしシャルリュス氏が小説家だったら、ジュピヤンが用意したこの宿は、彼を不幸にしたかもしれない。なぜならこの宿は、警察の手入れを依然として恐れているとしても、かなりの程度の危険を減少させたからだ。何しろ、外の通りなら、どんな手合いの、どんな性向を持った人間に会うかわからず、男爵も安心ではいられなかったはずだ。しかしともかく、シャルリュス氏は芸術において、一介の好事家《ディレッタント》にすぎず、ものを書くつもりもなければ、その才能にも恵まれていなかったのだ。

ジュピヤンはかなりぞんざいな挨拶をしながら、別れを告げようとした。というのも、貴族の客が、若者の一団を海賊のように引き連れて、馴れ馴れしく彼に近づいてきたからだが、そのとき、警報も鳴らないうちに一発の爆弾が炸裂する音が響いた。ジュピヤンは、もう少しこにいるようにぼくに勧めた。間もなく対空弾幕射撃が開始されたが、あまりにも激烈なので、ドイツの飛行機がすぐ頭上にいるのではないかと感じられるほどだった。

一瞬のうちに、通りという通りは完全に真っ暗になった。ときどき、かなり低空を飛行している敵機が、爆弾を投下しようとする地点を照らすだけだった。ぼくにはもう帰り道がわからなかった。ふいに、ラ・ラスプリエール荘にいく途中で、まるで神に出くわすかのように飛行機に遭遇し、乗っていた馬が後肢で棒立ちになった日のことを思い出した。今回の遭遇はそれとは異なり、もしかしたら悪の神に殺されるかもしれないと思った。悪の神から逃れるために、津波に追われて逃げ惑う旅人のように、足を速めた。いくら歩いても真っ暗な広場をぐるぐるまわるだけで、そこからどうしても抜け出せない。とうとう火の手があがって、その炎に照らされて、ようやく道がわかったが、そのあいだにもひっきりなしに砲声がぱちぱちと音をたてていた。そんななかで、ぼくはべつのことを考えはじめていた。ジュピヤンの宿のことだ。おそらく今ごろは灰燼となっているだろう。ぼくが出てきたほんのすぐあとに、すぐ近くに爆弾が落ちた。その宿に、シャルリュス氏は預言者らしく「ソドム」と書き記すこともできただろう。予知能力があったのか、それとも火山が噴火して破滅がはじまっていたのか、ちょうどポンペイの名もない住人が、そう記しているように。

けれども、快楽を求めてやってきた者にとって、警報や爆撃機なんて、どうだというのだろう。人は、自分の恋を取り巻いている、社会や自然の枠などほとんど考えないものだ。海上では嵐がはげしく荒れ狂い、船はあらゆる方向に揺れ動き、空からは、風にあおられて雪崩のような雨が降りかかってこようとも、嵐でこうむる迷惑にそなえるために、ぼくたちはほんの束の間、こうした巨大な背景に注意を向けるだけである。その背景のなかでは、ぼくたちも、ぼくたちの肉体も、まるでちっぽけなものだというのに。

空襲を告げる警報も、タイタニックから遠くに見える氷山と同じように、ジュピヤンの宿の常連客を動揺させなかった。それどころか、肉体的な危険が迫っているために、彼らは、自分たちが長いこと病的に責め苛まれている恐怖から解放されたはずだ。恐怖の規模が、恐怖をもたらすものの規模に相応する、というのは間違いだ。眠れないのは怖いのに、本気の決闘なら少しも怖くない、とか、ネズミは怖いのに、ライオンは怖くない、ということもある。数時間の空襲のあいだ、警官たちなら、じつにどうでもいいことだろうが、住民の生命のみを心配するだろうし、住民の名誉を傷つけるようなまねはしないだろう。ところが何人かの者は、道徳的な自由を取り戻しただけでは飽きたらず、暗闇になった外の通りへと駆り立てられたのだ。そうしたポンペイの住人たちには、すでに天の火が降り注いだが、彼らのなかの数人は、地下鉄の通路へと、地下納骨所の闇へと下りていった。そうした連中は、そこにいけば仲間がいるとわかっていたからだ。

ところで、すべてのものをひたすこの暗闇は、人によってはあらがえないほどの誘惑となり、快楽の第一段階を省いて、ふだんなら多少の時間がたってからでないと近づけない愛撫の段階に、わけなくこちらを立ち入らせてしまう。欲望の対象が男であれ、女であれ、恋の駆け引きなどすることなく、たやすく近づけたとしても、サロンならば（少なくとも真昼間の）、駆け引きはえんえんと続くだろうし、また夜の屋外ならば（どんなにわずかな明かりしかない通りであっても）、とりあえず前置きのようなものがあって、先に目線だけで快楽を味わうこともできるが、しかし通行人も気になり、求める相手のことも気になって、ただ眺めたり話しかけたりする以上のことは、そうできない。ところが暗闇だと、こうした古い駆け引きは捨て去られ、手やくちびるや体が先に動くこともある。受け入れてもらえなくても、暗闇を口実にして、人違いをしたと言える。もしうまく受け入れられた場合、相手は体を引かずに近づいてくるはずで、その言葉を用いない即座の応答に、その女（あるいは男）は偏見など持たない放蕩のかたまりのような存在に思え、そのために、ものほしげな視線を送ったり、許しを請う必要もなく、じかに果物にかぶりつくことのできた幸福感がいや増す。

そうしているあいだも、暗闇は続く。闇という、あらたな快楽にひたりきったジュピヤンの宿の常連たちは、旅をしてきた果てに、まるで津波や日食のような自然現象に立ち合ったような気になっていることだろう。あらかじめ用意された室内での快楽ではなく、未知の世界で偶然に出会う未知の快楽を味わおうとしているだろう。火山の噴火のような爆弾のとどろくなか、ポンペイのような悪所の足元で、地下納骨所の暗闇にすっぽりと包まれて、秘密の儀式を執り行っていることだろう。

ようやく警報解除のサイレンが鳴ったとき、ぼくは家に着くところだった。ひとりの少年が、消防士たちのたてるもの音についてあれこれと説明していた。地下倉から給仕係といっしょに出てくるところだったフランソワーズとばったり出くわした。フランソワーズはぼくが死んだものとばかり思っていたと言った。

ぼくはパリを発とうとしたが、ある知らせのために遅れてしまった。その知らせを読み、かなしみに打ちひしがれたぼくは、しばらく出発することができなくなってしまった。

その知らせとは、ロベール・ド・サン＝ルーが亡くなったというものだった。彼は前線に戻った翌々日に、部下たちの退却を守りながら命を落としたのだ。何日にもわたってぼくは部屋に閉じこもり、サン＝ルーのことを考えていた。彼がはじめてバルベックにやってきたときのことを思い出した。あのとき、白っぽいウール地の服を着ていて、くるくる動く緑がかったその目は海のようで、海に面したガラス窓のある大食堂の隣のロビーを、彼は横切っていった。そのときのサン＝ルーが、じつに特別の存在に思えたことを思い出す。彼の友だちになることを、ぼくはどれほど願ったことだろう。その願いは、ぼくの予想をはるかに超えて現実となったが、それでもそのときぼくは、ちっともうれしくなかった。それ以降、このエレガントな風貌の下に隠された、すばらしい美点の数々や、それ以外のことにも、ぼくは気づいていた。そうしたいっさいを、よいものも悪いものも、彼は気前よく毎日発揮していた。そして最後には、自分の持っているものをすっかりほかの人々のために役立てて、損得抜きで、敵の塹壕に突撃していったのだ。

45―不揃いな敷石

ぼくが引きこもったもうひとつの療養所も、最初の療養所と同じで、ぼくの病気をなおしてはくれなかった。そして、多くの歳月が過ぎてしまってから、ぼくはその療養所を出たのだった。いよいよパリに戻ろうとして乗った鉄道に揺られながら、ふたたび、自分には文学的な才能が欠けているという思いにとらわれた。もしもぼくに欠陥があるのではなくて、信じてきた理想がそもそも存在しないと見なすなら、苦痛は減るだろうけれど、気分はより滅入るだろう。そんなことはずいぶんと考えなくなっていたのに、かつてないほどせつなく、ふたたび襲い掛かってきたのだった。

だいぶ長くパリを離れていたが、それでも古くからの友人たちの名簿にぼくの名前が残っていたようで、彼らは律儀にも招待状を送り続けてくれていた。パリに帰ってみると、こうした招待状がきていて、一通は、ラ・ベルマが娘とその婿のために開くお茶会への招待状であり、もう一通は翌日ゲルマント大公邸でおこなわれる午後の集いへの招待状だった。いってみようかと思った理由のひとつは、パリへ戻る列車の、あの痛ましい考えである。社交界の人間らしい生活を自らに禁じる必要なんて、これっぽっちもないんだとぼくは自分に言い聞かせた。何しろずっと前から毎日、明日こそはとりかかろうと思っていた例の「仕事」にしても、ぼくはその仕事に向いていない、いや、もう向かなくなっていて、ことによるとその仕事はいかなる現実にも対応していないかもしれないからだ。

いや、じつをいえば、そうした理由はまったく消極的なもので、この社交界のコンサートにいくのをやめさせるかもしれない理由を、打ち消しただけにすぎない。そうではなくて、ぼくをそこにいかせようとする理由は、かなり長いこと忘れていたゲルマントさんという名前だった。招待状に記されたその名前を読んだとき、きらりと注意力が呼び覚まされて、記憶の奥底から過去の一断面を取り出してきた。あらわれたのはありとあらゆるイメージで、たとえばゲルマントの所有する森や、当時その森を守るように咲いていた背の高い花々だった。

ゲルマント大公邸にいくために馬車に乗った。大公は、かつての邸宅にはもう住んでおらず、ボワ大通りに建てさせた豪邸に住んでいた。社交界の人たちの間違いのひとつは、自分たちを信じてもらいたいならば、まず自ら自分たちのことを信じるか、少なくとも、ぼくたちの信仰の本質的な要素を尊重する必要がある、ということを理解しない点にある。

かつてぼくは、そんなことはないと知りつつ、ゲルマント家の人々が世襲の権利によってあのようなりっぱな御殿に住んでいるのだと思いこんでいた。そのころのぼくは、魔法使いや妖精の住むその御殿に忍びこみ、呪文を唱えないかぎり開かない扉を目の前で開けさせるのは、魔法使いや妖精自身と言葉を交わすのと同じくらい難しいことだと思っていた。御殿を守るのは、前日にやとったか、仕出し屋のポテル・エ・シャボから派遣された年老いた従僕にすぎないのに、大革命よりずっと前から一家に仕えていた者の末裔だと信じるほうが、ぼくにはたやすかった。その前の月にベルネーム・ジュヌ画廊で買い求めた肖像画を見て、先祖の肖像だと呼ぶくらいの惜しみない好意も、ぼくは持ち合わせていた。

けれども、魅力は移し替えることができず、思い出は分割できないものだ。ボワ通りに引っ越して、ぼくのそうした信仰が錯覚だと、白日の下にさらしてしまったゲルマント大公には、もはやたいしたものは残っていなかった。

けれどもときとして、すべてが失われたように思う瞬間に、こちらを救うことのできる知らせが届くこともある。あらゆるドアを叩いてみても、どこにも通じておらず、入ることのできたたったひとつのドアは、百年もさがしても見つからないと思っていたのに、何気なく叩いてみた場所がそのドアで、開くということもある。

今しがたの悲観的な思いを胸に、ぼくはゲルマント邸の中庭に入っていったのだが、もの思いにふけっていて、一台の車が進んでくるのに気づかなかった。運転手が叫んだときには、とっさにわきによけることしかできず、下がった拍子に、車庫の前にある敷石に思わずつまずいた。角のきちんと削られていないその敷石である。体勢を立てなおすために、さらに低い位置にある敷石にもう片足をのせた瞬間、ぼくの落胆はことごとく消え去り、ある至福感が心を満たした。

その至福感を人生のさまざまな時期にぼくに与えてくれたのは、バルベックの周辺で馬車に乗って散歩している途中、かつて見たと思った木々を見つけたときや、マルタンヴィルの鐘楼の眺めや、お茶にひたしたマドレーヌの味や、そのほかぼくが語ってきた——ヴァントゥイユの晩年の作品がそれらを統合しているような、多くの感覚などだった。ぼくがマドレーヌを味わったときと同じように、未来にたいするいっさいの不安が、いっさいの知的疑惑が一掃されたのだ。自分の文学的才能の有無について、文学そのものの現実についても、さっきまでぼくを悩ませていた疑惑は、魔法のように消え去っていた。

どんなあらたな理屈を作り出したわけでもなく、どんな決定的な手がかりを見出したわけでもないのだが、さっきまで解決できなかった困難は、すっかり重要性を失っていた。しかし今回こそは、お茶にひたしたマドレーヌを口にした日にそうしてしまったように、理由もわからないままこの感覚を手放してはならない、と心に決めた。たしかにぼくがいましがた感じた至福感は、かつてマドレーヌを口にしたときの至福感とまさに同じもので、あのときはその深い原因の探求を、先送りにしてしまった。ちがいは純粋に物質的なもので、思い浮かぶ映像がことなるだけだった。今は、深い青空がぼくの目をうっとりとさせ、すがすがしさとまばゆさの印象がぼくの近くでぐるぐると旋回している。それをとらえたいと思ったぼくは、マドレーヌの味が思い出させるものを自分の手でとらえようとしたように、あえて動かず、多くの運転手に笑われるのを承知で、片足を高いほうの敷石に、もう片足を低いほうの敷石にのせ、今のようにぐらぐらとよろめき続けた。ただこうして同じ動きを体にくりかえさせても、なんの役にもたたなかった。

けれども、ゲルマント家の午後の集いのことも忘れ、両足をそんなふうに置いて、さっきの感覚が見事に戻ってくると、ふたたび判然としないまばゆい光景がぼくを包み、まるで語りかけているようだった。

「もしおまえにその力があるのなら、通りがかりの私をつかまえてごらん。私がおまえに差し出している幸福の謎をといてごらん」

そうしてぼくはただちに、そのまばゆい光景がなんだかわかったのだ。ヴェネツィアだった。この町を、描こうと努力しても、ぼくの記憶が撮ったスナップ写真も、これまで一度も何ひとつ語ろうとはしなかったのに、サン＝マルコ寺院の洗礼堂にある二つの不揃いなタイルを踏んだときの感覚が、その日のその感覚と結びつけられたほかのすべての感覚とひとつになり、ヴェネツィアをぼくに返してくれたのだ。そうした感覚は、一連の忘れられた日々のなかに、しかるべく並んで待機していて、不意の偶然で、そこから否応なくおもてに引きずり出される。これと同様に、プチット・マドレーヌの味が、ぼくにコンブレーを思い出させてくれたのだった。けれどもなぜ、コンブレーとヴェネツィアのイメージは、それぞれの瞬間に、確信にも似たよろこびをぼくにもたらしたのか。ほかに根拠もないのに、死なんてどうでもよくなってしまうほどのよろこびを、ぼくにもたらしたのか。

そのことを不思議に思いながら、今日こそはその答えを見つけるぞと決心し、ぼくはゲルマント邸に入った。人は、果たすべき内的なことがらより、演じるべきうわべの役柄をつねに優先させるからだ。その日のぼくの役柄は、招待客である。けれども二階に上がると、給仕頭が、今演奏中はドアを開けないように大公夫人に言われているので、今演奏中の曲が終わるまで、少し、ビュッフェの隣にある小サロン兼図書室で待っていてもらえないか、と頼んできた。そしてこのとき、第二の知らせがやってきて、二枚の不揃いな敷石があたえた知らせを補強するとともに、それを解明する努力を根気よく続けるようにと、励ましてくれたのだった。

それは音だった。ひとりの召使いが、音をたてまいと気をつけていながら、皿にスプーンをぶつけてしまったのだが、そのとき、不揃いな敷石がもたらしたのと同じ種類の至福感が、ぼくを満たしたのだ。ものすごい暑さの感覚がまずぼくを包み、でもただの暑さとは異なっていて、そこに煙のにおいが混じり、その匂いを森のさわやかなにおいがやわらげている。そしてわかった。これほどぼくを気持ちよくしたのは、じっくり観察するのも描くのも面倒くさいと思った、あの一列に並んだ木々だったのだ。一種のめまいを覚えながら、まず思い浮かんだのは、その木々を眺めながら、車両に持ちこんだビールの小瓶を開けている自分で、スプーンが皿にぶつかるのと同じ音が、ぼくに落ち着きを取り戻させる余裕もなく、列車の車輪をなおしていた鉄道員のハンマーの音であるかのように錯覚させ、そのあいだずっと、ぼくの乗った列車はその森の前で停車していた。

まるで、その日、ぼくを落胆から引き出して文学への信頼を返してくれることになった兆しが、熱意をもってその数を増やしていこうとしているかのようだった。なぜなら、知らせはまだあったのだ。

ずっと前からゲルマント大公に仕えている給仕頭がぼくだと気づいて、わざわざビュッフェにいかなくてもいいように、いくつか選んだプチフールと一杯のオレンジエードをぼくのいる図書室まで持ってきてくれたので、ぼくはナプキンで口を拭った。するとたちまち、まるで『千夜一夜物語』の登場人物が、そうとは知らずに儀式を執り行ってしまい、自分にだけ見える魔神を登場させて、なんでも言うことをきくその魔神が今にも遠くに連れていってくれるように、突然、ぼくの目の前をあらたな青空の光景がよぎったのである。その青空は、澄み切っていて塩気を含んでいて、青みをおびた乳房のようにふくれあがった。印象がじつに強烈だったので、かつてどこかで体験したのではなく、今この瞬間に体験しているような気持になった。ずっと昔、ゲルマント大公夫人に自分は本当に迎え入れてもらえるだろうか、何もかもが潰えてしまうのではないかと自問したことがあったが、その日よりもぼくは呆然としていた。召使いが浜辺に面した窓を開けてくれたように思い、すべてが階下へ下りて満潮の堤防を散歩するように誘いかけてくる。ぼくが口を拭おうと手にしたナプキンは、かつてバルベックにはじめて到着した日に、窓の前で苦労して顔を拭おうとしたタオルと同じような堅さであり、同じような糊のきき加減だった。そして今、このゲルマント邸の図書室の前で、そのナプキンは、表面と折り目に、緑と青の大海原を羽毛のように振り分け、孔雀の羽のように広げていた。ぼくをたのしい気持ちにさせるのは、その色彩だけではなく、その色彩を高く掲げていたぼくの人生の一瞬、そのものだった。そうした色彩にずっと憧れていたのだが、バルベックでは、疲労とかなしみのせいでそれをたのしむことができなかった。そして今では、外部を知覚するときに兆す、不完全なものから解放されて、肉体を離れて純粋なものとなったこの人生の一瞬は、おおいなるよろこびでぼくをいっぱいにした。

演奏中の曲はすぐに終わるかもしれず、そうなればぼくはサロンに入っていかねばならないだろう。だからぼくは、たった今、数分のうちに三度も感じた同じような至福感の理由を、できるだけ素早く見抜き、ついでにそこから教訓を取り出そうとつとめた。われわれがものから受け取る真実の印象と、われわれが意志的に思い浮かべようとして自分にあたえるまがいものの印象とのあいだには、はなはだしい違いがあるが、そのことについて気をとられることはなかった。

かつてスワン氏は、自分の愛された日々について、どちらかといえば無頓着に語ったことがあって、それは、彼が言葉の奥に、そうした日々とはべつのものを見、感じていたからだ。ヴァントゥイユの小楽節を聴くと、スワン氏が思い出すのは、かつて自分の感じたままの日々そのもので、突然苦悩に引き戻されていた。それをよく覚えている。だから、不揃いな敷石の感覚や、ナプキンの堅さや、マドレーヌの味がぼくの内に呼び覚ましたものは、こちらがヴェネツィアやバルベックやコンブレーについて、一般的な記憶の力を借りて思い出そうとつとめるものとは、なんの関係もないことくらい、わかりすぎるくらいわかっていた。

そしてぼくは、いくつかの瞬間にはあれほどうつくしく見える人生が、つまらないものと判断されてしまうことがあるのも、理解していた。そうした場合、人生とはまるでべつのもの、本当の人生をまるで含んでいないイメージで、人生というものを決めつけたりけなしたりするせいだ。せいぜいそれに付随してぼくが気づいたのは、真実の印象について、それぞれに違いがあるということで——人生を画一的に描いた絵に、いっこうに真実味がないわけは、それで説明がつく——そうした違いは、次のようなことに起因しているのだろう。

つまり、ぼくたちが人生のある時期に口にしたごく何気ない言葉も、ぼくたちが行ったとるにたらない振る舞いも、さまざまなものにとりまかれ、それらを反映しているわけだが、知性でものを考えるとき、そうしたさまざまなものは不要だから、言葉やふるまいから切り離してしまうのだ。さまざまなものとは、たとえば、田舎のレストランの、花咲く壁に落ちるバラ色の夕暮れ、空腹感、女への欲望、ぜいたくなたのしみ、水の精の肩のようにちらちら浮かぶ楽節をつつみこんだ海の青い渦などだ。それらに取り囲まれて、ぼくたちのごく単純な行為や身振りは、蓋をした無数の壺にしまいこまれているようなものだろう。それらの壺ひとつひとつには、色彩もにおいも温度もまったく違うものが、びっしりと詰めこまれているのだろう。しかも、その壺は、ぼくたちが変化せざるを得なかった歳月、夢や思考のなかでの変化をもふくめた歳月と、同じくらい高く積み上げられ、ひどく多種多様な雰囲気を醸し出している。たしかにぼくたちは、そうした変化を感じないほどゆっくりと、成し遂げてきた。

けれども、突然戻ってきた記憶と、現在の状況は、時間も場所も歳月も、何ひとつ重なることのない、二つの思い出として、大きく隔たっているので、よみがえった記憶と現在の状況を比べることはできないだろう。そうなのだ、記憶は、忘却のおかげで、現在という時間とはいかなる絆も結ばず、いかなる鎖の環を投げ渡すこともできず、その過去にとどまり、日付にとどまり、その隔たりを縮めることなく、谷間のくぼみや山の頂で、ひっそりと孤立している。けれども突然、そうした思い出が、ぼくたちにあたらしい空気を吸わせてくれることがある。なぜならそれは、まさしくかつて吸いこんだことのある空気だからだ。詩人たちは純粋な空気で、楽園をよみがえらせようとむなしく試みているが、かつて吸いこんだことのある空気でなければ、何もかもを一新するあの深い感覚をもたらすことはできないだろう。真の楽園とは、失われた楽園にほかならないからだ。

こんなことを考えながら、はっきりと決心したわけではないが、いつでもとりかかれる状態にあると感じていた芸術作品には、大きな困難があることに気づいていた。作品のなかで、次々とあらわれる部分は、異なった素材で仕上げなければならないからだ。もしぼくがリヴベルでの夕べを描こうと思ったら、ヴェネツィアの午後の思い出や海辺での朝の思い出にふさわしい素材とは、まるで違ったものを使わなくてはならないだろう。そのリヴベルの、庭に向かって開かれた食堂では、暑さがやわらぎ、沈み、沈澱しはじめていて、壁にあるバラの花を最後の夕暮れが照らしていて、一方、空にはまだ昼間の最後の水彩画が見えている——その様子は、はっきりしたあたらしい素材、とくべつに透明で響きのいい、密度の高い涼しげなバラ色の素材を使わなければならない。

めまぐるしくそんな考えが浮かんでは消えた。あの至福感の原因や、至福感があらわれるときの、はっきりとした原因を知りたいと、ぼくは強く思ったのだが、かつてはそうした探求を先延ばしにしていた。その原因を、さまざまな至福の印象を比べることでぼくは見抜いた。それぞれの印象は、次のような共通点を持っていた。

皿にあたるスプーンの音や、不揃いの敷石や、マドレーヌの味を、現在の瞬間において感じるとともに、遠い過去の瞬間においても感じていて、だから過去を現在に食いこませることになり、自分がいるのが、現在なのか過去なのか、すぐにはわからなくなる。ぼくの内なる存在は、その印象を有する過去と今とに共通しているもの、つまり、超時間的なもののなかでそれらを感じていることになる。そうした存在があらわれるのは、現在と過去のひとつの同一性を用いて、その存在が生きることのできる唯一の環境にいるときでしかなく、また、事物の本質を享受できる唯一の環境にいるときでしかない。

つまり、時間の外に出たときだ。

そう考えると、無意識にぼくがプチット・マドレーヌの味を再認識したとき、死への不安がやんだことへの説明がつく。何しろ、そのときのぼくは、超時間的な存在となり、だからこそ未来に待ち受ける苦難など気にならない存在になったのだ。そうした存在は、ものごとの本質を糧として生きているが、その本質を現在においてつかまえることはできない。現在において、想像力は作動していないので、感覚はその本質を、想像力に与えることができない。行動が目指している未来も、行動にまかせて放っておく。ぼくの内なる存在は、行動するときではなく、ものの本質を手にしたときでもなく、それ以外のとき、過去と現在の類似という奇跡が起きてはじめて、ぼくをこの現実から逃れさせ、その都度ぼくのもとにやってきてはその姿を見せてくれるのだ。ひとえにこの存在だけが、ぼくにかつての日々を見出させ、失われた時を見出させる力を持っている。かつての日々や、失われた時を前に、ぼくの記憶も知性の努力も、つねに挫折していたのだ。

46 無意志的想起

過去の一瞬にすぎなかったのだろうか？　おそらく、それ以上のものだ。過去と現在に共通していて、そのどちらよりもはるかに本質的な何かだ。これまでの人生のなかで、何度も現実がぼくを失望させた。人は、目の前にあるものではなく、不在のものしか想像することができない、という不可避の法則がある。だから現実を知覚するとき、ぼくにとって美を味わう唯一の手段である想像力を、発揮することはできない。そして今や突然、この厳しい法則の効力が、自然の持つすばらしい手段によって、その力を失い、停止し、自然はひとつの感覚――スプーンの音とハンマーの音――を、過去とともに現在のなかにきらきらときらめかせる。過去だからこそぼくの想像力はその感覚を味わうことができ、同時に現在だから、ぼくの感覚は音やナプキンの手触りによって始動し、想像力の夢に、ふだんは過去にも現在にも欠けているものを、つまり存在の観念を見出すことができた。そしてこの巧妙な手口によって、ぼくの存在は、つかの間にすぎないもの、自分では決して把握できないものを獲得し、それを切り離して、固定することができたのだ。それが、つかの間の純粋状態の時間である。皿に触れるスプーンとハンマーの音と共通する音を聞いたり、ゲルマント邸の中庭とサン＝マルコ寺院の不揃いの敷石に足をとられたりして、幸福に震えながら、ぼくの内によみがえった存在。

この存在は、ものの本質だけでみずからを養い、ものごとの本質のなかにのみ糧を見出し、無上のよろこびを見出す。この存在は、現在を観察しているだけでは衰弱する。現在における感覚だけでは、存在は糧を得られないからだ。過去の考察だけでも衰弱する。知性によって過去が干からびたものにされるからだ。未来への期待においても同様だ。未来は、現在と過去の断片を用いて、意志が築き上げるものだが、意志はそうした断片から、自分の指定する実用的で、人間的な目的にふさわしいものだけを都合よく残し、さらに現実性を奪ってしまうからだ。

けれども、すでに耳にした音にしても、かいだにおいにしても、現在と過去において、同時にふたたび耳にし、かぐと、現実的ではあるが現実のものではなく、観念的ではあるが抽象的なものではなく、たちまち、いつもは隠れている不変の本質が解き放たれる。そして、ずっと死んでいるようだったが、完全には死んでいなかったぼくたちの真の自我が、目覚め、差し出された天からの糧を受け取って、生き生きとしはじめる。時間の秩序から解放された瞬間が、その瞬間を味わうために、時間の秩序から解放された人間を、ぼくたちの内にふたたび作ったのだ。たんなるマドレーヌの味自体には論理的なよろこびの理由などないように思えても、そうした人間は、湧きあがるよろこびを信頼することができる。そうした人間にとって「死」という言葉が意味を持たなくなることも納得できるだろう。時間の外に身を置いているのに、未来について何を恐れるというのか?

けれども、このだまし絵は、現在と両立できない過去の一瞬を、ぼくのそばに引き寄せてくれたが、それは長続きしなかった。自分の意志で記憶した光景なら、絵本のページをめくるくらいたやすく、ずっと覚えていることができる。

かつて、ゲルマント大公邸にはじめていくことになっていた日、パリの我が家の陽のあたる庭で、ぼくはのんびりと、コンブレーの教会前の広場や、バルベックの浜辺といった、気に入りの場所を眺めていることができた。まるで、いったことのあるさまざまな場所を描いた水彩画帖をめくって、その日の挿絵にしているかのように。そしてぼくは、記憶の挿絵の目録を眺めては、収集家の利己的な快楽にひたっては考えた。「それでもぼくは、これまでうつくしいものを見てきたんだな」と。そのとき、ぼくの記憶は感覚の違いを認めていただろう。それでも記憶は、同じ性質の要素同士を結び付けることしかしなかった。今しがた思い浮かべた三つの思い出の場合、事情は同じではなかった。そこでは、自我について自分の気に入るような観念を作るどころか、今ここにある自我の真実性を疑っていたのである。マドレーヌを熱いお茶にひたした日と同じように、ぼくがいる場所で、その場所がパリのぼくの部屋であれ、今いるゲルマント大公の図書室であれ、少し前のようにゲルマント邸の中庭であれ、ぼくの内部に、ぼくをとりかこむちいさな区域を放射するかのような感覚（お茶にひたしたマドレーヌの味、金属の音、踏み出した足の感覚）があって、その感覚は、そのぼくのいる場所とともに、もうひとつの場所（レオニ叔母の部屋、列車の車輌、サン＝マルコ寺院の洗礼堂）にも、共通したものだった。

そんなふうに筋道を立てて考えていたとき、水道管が甲高い音を発し、夏のバルベック沖合で、夕方に遊覧船が響かせていた長い汽笛とよく似たその音は、バルベックの午後の終わりにぼくが抱いていた感覚によく似たものというよりは、はるかにそれをうわまわった感覚を、ぼくに抱かせた（すでに一度、パリの大きなレストランで、夏の暑い盛り、半ば席の空いた豪華な食堂の眺めを見て、そんなふうに感じたことがかつてあった）。そのころになると、バルベックでは、すべてのテーブルにはクロスと銀の食器が用意され、ガラス張りの大きな窓という窓は堤防に向かって大きく開け放たれ、ガラスの壁にせよ石の壁にせよ「非開口部」はひとつもなくなる。海の上では太陽がゆっくり沈んでいき、船が汽笛を鳴らしはじめ、堤防を散歩しているアルベルチーヌやその友人たちといっしょになるには、くるぶしよりほんの少し高いだけの木の窓枠を、またぎさえすればよかった。ガラス戸は、ホテルの風通しのために、隅の蝶番の部分にすべてまとめて移動させてあった。この感覚に、アルベルチーヌを愛したというつらい記憶は混じっていなかった。それは、まさに死者にまつわるつらい記憶でしかない。死者はたちまち消え失せてしまい、その墓の周囲にも、自然のうつくしさやしずけさや澄み切った空気しか残らない。しかしながら、今しがた水道管の音がぼくに感じさせたのは、たんに過去の感覚の反響でもなく、そのコピーでもなく、感覚、そのものだった。

この場合も、今までの場合も、この共通の感覚が、ぼくのまわりに、かつての場所を再現しようとするのだが、今現在ぼくのいる場所が、一丸となって全力でこれに対抗する。ノルマンディーの浜辺や、列車の線路わきの土手は、パリの館に移動してくるのをいやがる。夕陽に包まれたバルベックの海に面した食堂は、祭壇布のようなダマスク織のクロスとともに、堅固なゲルマント邸をぐらつかせ、ドアをこじ開けようとし、一瞬、ぼくのまわりにあるソファを揺さぶった。ちょうどべつのときに、パリにあるレストランのテーブルを揺さぶったように。

共通の感覚に呼び覚まされたはるかなる場所たちは、一瞬、まるで格闘家のように現在の場所と取っ組み合う。そして、いつも現在の場所が勝利をおさめることになる。ぼくがいつもつくしさを感じるのは、敗者のほうだった。それがあまりにもうつくしいので、ぼくは恍惚となったまま、不揃いの敷石の上にも、一杯のお茶の前にもとどまり、はるかなる場所があらわれた瞬間には、そうしたコンブレーを、そうしたヴェネツィアを、そうしたバルベックを存在させ続けようとつとめ、はるかなる場所が逃れ去ってしまうと、またふたたび出現させようとするのだった。それらの町は、侵入してきたかと思うと押し返され、そびえたったかと思うと、次にはぼくをこの今いる場所に、しかし過去の浸透しやすい場所に見捨ててしまう。

しかしながら、もしこの現在の場所が勝利をおさめなければ、ぼくは意識を失っていただろうと思う。なぜなら、そのように過去が生き返ると、息を吹き返している短いあいだは、じつに強力で、ぼくたちの目に、現実の部屋を見えなくさせ、線路に沿った木々や上げ潮の海を眺めさせるだけではないからだ。過去が生き返ると、ぼくたちの鼻孔は、はるかなる場所の空気を呼吸させられ、ぼくたちの意志は、はるかなる場所が提案するさまざまな企てのなかからひとつを選ばされ、ぼくたちの人格は、はるかなる場所に自分がつつまれていると思いこまされ、あるいは少なくとも、はるかなる場所と現在の場所にはさまれてよろめかされ、不確かさのめまいに襲われる。その不確かさは、眠りに落ちるときのえもいわれぬ光景を見たときに感じる不確かさと、よく似ている。

こうした記憶の生き返りについて考え、ほどなく気づいたのだが、これまですでに何度か、漠然とした印象が、こうした無意志的記憶のように、コンブレーのゲルマントのほうでぼくの思考をうながしたことがあったのだ。けれどもそうした印象は、かつての感覚ではなく、あたらしい真実を、貴重なイメージを覆い隠していて、ぼくは何かを必死に思い出そうとするのと同じ努力で、それを見つけ出そうとしたのだった。ぼくたちの抱くもっともうつくしい観念は、聴いたこともないのによみがえってくる音楽の旋律のようなものだと思い、その旋律に耳を澄ませ、転写しようとしているかのようだった。そのことを思い出して、ぼくはうれしくなった。なぜならそれが、当時からぼくは一貫してぼくであり、そこにぼくの性質の基本的な特徴が含まれていることを示してくれたからだ。と同時に、その当時からいっこうに自分が進歩していないと思うと、かなしくもあった。

ぼくは思い出した。花とか、小石を、注意深く、自分の心に照らして、じっと見つめながら、その兆しの下には、ぼくの見つけるべきまったくべつの何かがある、ひとつの観念があると、すでにコンブレーで感じていたのだった。象形文字が、たんに物質的な対象をあらわしているにすぎないように、それらの兆しは何かしらの観念を伝えているのだった。おそらくこの解読は難しかっただろうけれど、その解読によってしか、読むに値する何かしらの真実は与えられないのだった。さんさんとそそぐ光の世界で、光を通して知性がじかにとらえる真実は、人生がぼくたちに思いがけずひとつの印象として伝えてきた真実と比べ、深くもなく必然でもないからだ。この印象が物質的であるのは、ぼくたちの感覚を通して入ってきたからだが、そこから精神を取り出すこともできる。要するに、マルタンヴィルの鐘楼の眺めが与える印象であれ、不揃いな敷石やマドレーヌの味のような無意志的記憶であれ、どちらにしても、感覚を、それに応じた法則や観念を持つ兆しとして、解釈しようとつとめつつ、思いをめぐらし、ぼくが感じたものを暗がりから引きずり出そうとし、精神的な等価値のものに変えようとしなければならない。

そうする方法は、ぼくはたったひとつだと思っていた。芸術作品を作ることをのぞいて、どんな方法があるというのか？　そしてもうすでに、ぼくの精神のなかではさまざまな結果がひしめき合っていた。スプーンの音やマドレーヌの味と言った類の無意志的記憶も、さまざまな形象で描かれた真実も、ぼくの頭のなかではいっしょくたになって、鐘楼や伸び放題の草と言った形象が、花で飾られた複雑な魔法の書となっていた。その第一の特徴は、ぼくにそれらを選ぶ権利がないということ、あるがままのかたちでぼくに与えられるということだった。そしてぼくは、それこそこれらが真実であることのあかしにちがいないと感じていた。ぼくがつまずいた中庭の二枚の不揃いな敷石も、ぼくが選んで踏みにいったのではない。偶然、避けられないこととして、その感覚に遭遇した。この偶然がまさに、よみがえる過去の真実や、そこから動きはじめるイメージの真実を支配していたのだ。そのときぼくたちは、感覚が、光に向かって浮上しようとしているのを感じ、見出された真実によろこびを覚える。そのような感覚は、意志的な同時に起こる印象で描かれた光景そのものの真実をも支配する。この偶然の感覚は、意志的な記憶や観察が決して見出せないような、間違いのないバランスの光と影を、起伏の有無を、記憶と忘却を伴った印象を有しているのだ。

47 『捨て子フランソワ』再会

夕日がななめにさしこみ、一度も考えたことのない時期のことをぼくは思い出していた。まだ幼いころ、レオニ叔母が熱を出し、ペルスピエ医師がチフスの可能性もあると言うので、教会広場に面した昔の使用人ウーラリのちいさな部屋に、ぼくは一週間ほど泊まらされたことがあった。その部屋は、エスパルト繊維のマットがひとつあるきりで、窓には金巾《かなきん》のカーテンがかかっていた。そのカーテンは陽があたるといつもざわめき、ぼくは慣れることができなかった。かつては使用人に使われていたこのちいさな部屋は、ぼくの過ぎ去った人生のなかではほかのものとかけ離れていて、そのせいで人生に甘美な奥ゆきをもたせている。けれど反対に、もっとも高い身分の貴族の館で、贅を尽くしたパーティは、ぼくの人生にはなんの印象も残していないことに気づかざるを得ない。このウーラリの部屋でひとつだけかなしかったのは、近くに鉄橋があって、夜になると、列車の遠吠えが聞こえることだった。けれどぼくは、それが整備された機関車のたてる音だとわかっていたから、先史時代のマンモスが咆哮しながらうろつきまわっているのではないかとこわがらなくてもすんだ。

すでにぼくは結論に達していた。ぼくたちは、芸術作品にたいして、いささかも自由ではない。芸術作品というものは、こちらが勝手に創るものではなく、すでに存在しているものであり、それは必然ではあるが隠れてもいるから、自然の法則を見つけるように、それを発見しないといけない。しかし、その発見すべきものとは、よく考えれば、ぼくたちにとってもっとも貴重なもの、しかも、ふつうは永久に知り得ないものではないだろうか？　つまりそれは、ぼくたちの真実の生ではないのか。ぼくたちの感じたとおりの真実なのに、ぼくたちが思っているものとはかけ離れた真実ではないのか。偶然によって本当の記憶がよみがえったとき、大きな幸福でぼくらは満たされるという発見ではないのか。

ぼくがそう確信したのは、いわゆる写実主義と言われる芸術の、誤りのためだった。この芸術の過ちとは、ぼくたちが生活のなかで感じるものに、ひどくかけ離れた表現を与え、しかもその表現をそのまま現実そのものと取り違える習慣を身につけたことだ。しばらくぼくを困惑させていた文学理論を気にする必要など、まったくないとぼくは思った。

今ぼくは理解した。表現すべき現実は、主題の見かけではなく、見かけなど問題ではないほどの、深遠さにある。それを象徴するのは、皿にあたるスプーンの音であり、糊のきいたナプキンのかたさであって、それらはぼくの精神をあらたに生かすのに、人道主義や愛国主義や国際主義や形而上学的な会話より、ずっと貴重なものだった。

「もはや文体ではない、もはや文学ではない、生きることだ」と、そのころぼくは耳にしたが、「フルート吹き」に反対する前大使ノルポワ氏の単純な理論さえもが、戦争以来どれほど花を咲かせたかを考えてもいい。芸術的センスを持ち合わせない人々とは、つまり内的な現実に従えない人々とは、芸術についてえんえんと理屈をこねる能力に恵まれている人のことだ。おまけにそうした連中が多少なりとも外交官や財界人で、現代の「現実」に首を突っ込んでいたりすると、彼らはますます、文学など精神のお遊びにすぎず、この先ますます排除される運命にあると、好んで信じたがる。小説など、事実を映画的につなげたものにすぎないと決めつける人もいる。この考えはばかげている。映画的な見方ほど、ぼくたちが現実で知覚したものから遠いものはないからである。

ちょうどこの図書室に入ってきたとき、ここにおさめられているうつくしい初版本について、ゴンクール兄弟が話していたのを思い出し、ここに閉じこめられているあいだに、それを眺めておこうと思っていた。そしてあれこれと自分の考えに耽りながら、あまり注意も払わず、貴重な書物を一冊また一冊と取り出し、そのなかの一冊を何気なく開くと、それはジョルジュ・サンドの『捨て子フランソワ』だった。そのときぼくは、今考えていたこととあまりにもそぐわない印象に襲われたような不快感を覚えたのだが、やがて、その印象が今考えていたこととぴったりであることに気づいて、感動のあまり泣きそうになった。

たとえば遺体を安置した部屋で、葬儀屋たちが棺を外に出す準備を整えているあいだ、祖国のために貢献してきたその男の息子が、引きも切らない弔問客の行列の、最後のひとりと握手を交わしているとする。そんなとき、窓の外でファンファーレが鳴り響いたとしたら、息子はだれかが自分のかなしみを侮辱したと思いこみ、憤慨するだろう。けれどもそれまでずっと自制してきた息子は、そのとき涙をこらえることができなくなる。なぜなら彼は今、理解したからだ。今耳にしている連隊の軍楽曲は、自分と喪のかなしみを分かち、父親の亡骸に敬意を表しているのだと。

それと同じように、ぼくはゲルマント大公の図書室にあった一冊の本のタイトルに不快感を覚えたが、その印象がどれほどぼくの考えていたこととぴったり一致しているか、理解したところだった。そのタイトルは、文学こそが、ぼくたちに神秘の世界をもたらすとかつてぼくに思わせたのだが、もはやぼくは、そうした世界を、文学のうちには見出してはいなかった。それはなんでもない書物だった。『捨て子フランソワ』である。けれどこの書名は、ゲルマントという名前と同様に、ぼくにとってはそのあとで知ったいくつもの名前とはわけが違った。母がジョルジュ・サンドの『捨て子フランソワ』を読んでくれたときに、この本の主題のなかにわからないところがあったのだが、その記憶がタイトルによって呼び覚まされたのである（長らくゲルマントの人々と会わなかったときに、ゲルマントという名前が——『捨て子フランソワ』という名前がこの小説の真髄であるのと同じように——封建体制にかかわる多くのことの象徴に思えたように）。

そして一瞬その記憶が、ベリー地方を舞台とするジョルジュ・サンドの小説についての、陳腐な見方にとってかわった。晩餐会の席で、表面的にものごとを考えているときなら、『捨て子フランソワ』についても、ゲルマント家の人たちにしても、どちらもコンブレーとは関係なく、ぼくは話題にできただろう。けれど今、こうしてひとりでいると、ぼくはずっと深いところに入りこんでいく。その深いところでは、社交界でぼくの知り合っただれそれがゲルマント夫人と縁続きだといったような考えは、ぼくにはまるで理解できないものとなる。まったく同じように、ぼくが読んだすばらしい何冊もの書物が——たとえそれら書物のほうが『捨て子フランソワ』を凌駕していたとしても、ぼくにはそんなふうには思えない――それどころか、あの並外れた『捨て子フランソワ』に肩を並べると言われても、理解できないだろう。じつにそれは昔の印象で、そこには子どものころの思い出や家族の思い出がやさしくまじりあっているのに、ぼくにはすぐにそれとわからなかった。最初のあいだ、こちらを苦しめにやってきたその見知らぬ者はいったいだれなのかと、ぼくは不快に思いながら自問した。その見知らぬ者こそ、ぼくだったのだ。子どものぼくである。その子どもを、この本が、ぼくのうちに呼び起こしたのだ。この本は、ぼくについてその子どものころしか知らず、だから、その子のまなざしで見つめられたい、その子にだけ愛されたい、その子にだけ話しかけたいと思ったのか、本がただちにその子を呼び起こしたのである。要するに、コンブレーで、母がほとんど朝まで大きな声で読んでくれたこの本は、あの夜の魅力をそっくり保っていてくれたのだ。

ソルボンヌの教授ブリショは一冊の書物について「軽快なペンで」書いていると言うのがとても好きだったが、その言葉を借りてジョルジュ・サンドの「ペン」と言うならば、そのペンは、母がぼくの好みに合わせて自分の文学的好みを徐々に作り上げる前には、長いこと、彼女にとって魔法のペンと映っていたようだが、ぼくにはまったくそうは思えない。それは、中学生がおもしろがってやるように、ぼくがついうっかりと静電気を起こさせてしまったペンである。そして、長いことぼくの目にもとまらなかった、コンブレーでの数えきれないささやかな事実が、それぞれ軽やかに飛び起きて、磁石となったペン先に列をなして飛びつき、きりのないひとつながりの記憶となって、こまかく打ち震えていたのである。

神秘を愛する人々は、事物が、それを眺めた人たちの視線の何かを保存していると思いたがり、記念建造物や絵画は、数世紀にわたる多くの賛美者の愛と視線が織り上げたヴェールを覆ってぼくたちの前にあらわれると、信じたがる。こうした突飛な考えも、それぞれの人にとって唯一の現実である、その人独自の感受性の領域に移し替えれば、真実となるだろう。その意味で、その意味でのみ（しかしその意味は、はるかに大きなものだ）、かつてぼくたちが眺めたものを、もう一度目にすることがあると、それはぼくたちがそそいだ視線とともに、当時のその視線を満たしていたすべてのイメージを、こちらにもたらしてくれる。つまり、ものは——ほかの本となんらかわらない赤い表紙の一冊の本でも——こちらに知覚されると、ぼくたちの内で何か非物質的なものになり、その当時のぼくたちの関心や感覚と同じ性質を帯びて、それらと分かちがたくまじりあうのだ。かつて本のなかで読んだ名前はみな、その音節のなかに、その本を読んでいたときの強い風やきらめく陽射しを含んでいる。だから「ものごとを描写する」だけでこと足りる、線や表面の貧弱な一覧表を作るだけでよしとする文学は、写実主義と呼ばれても、現実から最もかけ離れた文学であり、読み手を何よりも貧しくし、何よりもかなしませる文学である。なぜならそうした文学は、ぼくたちの現在の自我と、過去および未来とのいっさいのコミュニケーションを不意に切断してしまっているからだ。事物は過去の本質を保存していて、事物は未来においてその本質をふたたびぼくたちに味わわせようとする。芸術の名にふさわしい芸術が表現しなければならないのは、そのような本質なのだ。だから、そうした芸術がその表現に失敗しても、その無力さからひとつの教訓を引き出すことができる

（一方、写実主義が成功しても、なんら教訓は引き出せないだろう）。すなわち本質とは、主観的で伝達不可能な部分がある、ということだ。

しかも、ぼくたちがあるときに目にしたもの、読んだ本は、そのとき周囲にあったものだけに永久に結びついているのではない。それはまた、当時のぼくたちにも忠実に結びついている。それをふたたび感じられるのは、当時のぼくたちの感受性や思考や、人格だけなのだ。

ぼくが図書室で『捨て子フランソワ』をふたたび手にすると、たちまちぼくのなかでひとりの子どもが立ち上がり、ぼくになりかわる。その子どもだけが『捨て子フランソワ』というタイトルを読む資格を持っている。その子どもは、当時その本を読んだときと同じように、そのときの庭の天気と同じ印象を感じ、さまざまな国や人生について抱いていたのと同じ夢を持ち、明日に感じる同じ不安を感じながら、この本を読む。べつのときに読んだ本を手にすれば、今度はひとりの青年が立ち上がるだろう。そして今日このぼくという人間は、打ち捨てられた石切り場にすぎず、自分の内にあるものはどれも、似たり寄ったりで単調だと思いこんでいるのだが、しかしひとつひとつの記憶は、まるで天才的な彫刻家のように、その石切り場から無数の彫刻を取り出してくる。ぼくたちが目にするすべてのものがそうなのだ、とぼくは言いたい。なぜなら、その点では、本はものと同じだからだ。本の背の開きかたや紙の質は、そのころのぼくのヴェネツィアにたいする想像の仕方やそこにいきたいという欲望を、本に書かれた文章と同じくらい生き生きとしたものとして記憶しているのである。そちらのほうがずっと生き生きとしているかもしれない。というのも、ある人の写真を前にすると、その人のことをただ思っているときより、かえってうまく思い出せなくなるように、本の文章はときおり邪魔になることもあるからだ。

たしかに、ぼくが幼少時代に読んだ多くの本を——残念ながらベルゴットの何冊かの本も例外ではないのだが——疲れた晩に手に取ることがあるが、しかしそれは、いつもと違ったものを見たいとか、子どものころの雰囲気を味わって休息したいなどと思って、列車に飛び乗ってしまうのと同じことだ。こちらからそんなふうに求めた場合、その本を長く眺めていると、逆に妨げになる。ベルゴットの一冊の本がそうである（ゲルマント大公の図書室にあったその本には、極端におもねった陳腐な献辞が記されていた）。それはかつてジルベルトに会えなかった冬の日に読んでいた本だったが、あのころあれほど気に入っていた文章を、今ではうまく見つけ出すことができない。いくつかの語がわかれば、これがその文章だと思えるのだろうけれど、それもできない。ぼくが見出していたうつくしさは、いったいどこにいったのだろう？それでも本自体からは、それを読んでいた日にシャンゼリゼに降り積もっていた雪が消えたわけではなく、ぼくの目にはあいかわらずその雪が浮かぶのだった。

48—午後の集いというパーティ

そのとき給仕頭がやってきて、最初の曲が終わったので、サロンに入ってかまわないと告げた。その言葉で、自分がどこにいるかあらためて思い出した。ひとりでひきこもっているあいだは、あらたな生活など見つけることができなかった。この社交界の集いや社交界への復帰が、あらたな出発点になるかもしれないのだが、そう思っても、先ほどはじめた考察はいささかも乱されることはなかった。社交界は何もとくべつなことではないし、ぼくの内に永遠の人間をよみがえらせることのできた印象は、孤独な生活からしか得られないというわけでもない（以前はそれが孤独と結びついていると思っていた。おそらく以前のぼくにとってはそうだったのだろう。もしぼくが順調に成長していたら、おそらく今もそう思っていたはずだが、そのかわりに、ぼくの長い活動休止もようやく終わりを迎えたように思えた）。というのも、現在の感覚がどれほどとるに足らないものでも、ぼくの内に同じような感覚が自発的によみがえって、最初の感覚を同時にいくつもの時期に押し広げるようになり、かつては個々の感覚だけで隙間だらけに感じられたが、今ではぼくの魂を普遍的な本質で満たしているからだ。そうしたときにぼくはあの美の印象を見出すのだが、それは自然のなかにいても、社交界にいても、さほど変わりはないだろうと思えた。何しろそういった感覚は、偶然によってしか得られない。

その偶然は、とくべつな興奮状態から生じたものかもしれないが、その興奮のために、普通の生活から外れているような日には、じつにささいなものでさえも、ふだんは神経系統が気にもかけない感覚を、あらためて与えてくれることになる。こうした感覚こそが芸術作品に導いてくれるはずだが、ぼくはその客観的な理由を見つけようとして、図書室でずっとたどってい た思考を、そこを出ても続けるつもりでいた。今、ぼくの内で精神生活が強力に開始したので、ひとりでいたときと同じように、サロンで招待客に囲まれていても、考え続けることができそうに思えたからだ。そんなふうに考えると、こんなに多くの出席者に交じっていても、自分の孤独を守れるだろうと思えた。なぜなら精神力が強ければ、大事件が起きても外から影響を受けないのと同様、凡庸な作家は華々しい時代を生きても凡庸な作家であり続けるしかないが、社交界で危険なのは、その場に社交的な気分を持ちこむことだからだ。けれども、社交界じたいが人を凡庸にする力を持たないように、英雄的戦争も凡庸な詩人を崇高にする力を持たない。

いずれにしても、このような方法で芸術作品を作り上げることが理論的に有効かどうか、それはあとで検討するとして、自分にかんするかぎり、真に美的な印象は、いつもこうした感覚のあとで訪れるということは否定できなかった。そうした印象は、まれにしかやってこなかったが、けれどぼくの人生でひときわ高くそびえていた。うっかり見失ってしまった山頂のいくつかを、過去のなかにふたたび見つけ出した（そして二度と見失わないようにしようと思っていた）。

今やこんなふうにいうこともできる。ぼくの場合、この経験があまりにも重要性を帯びたために、それが個人的な特徴となったわけだが、ほかの何人かの作家にも、よく似た特徴があることを見つけて、ぼくは安心したのである。そうした特徴は、さほど目立ちはしないけれどはっきり認識できて、結局のところかなり似ている。シャトーブリアンの『墓の彼方からの回想』のもっともうつくしい一節は、あのマドレーヌと同じ種類の感覚ではないか？「昨日の夕方、私はひとり散歩をしていたのだった……もの思いから我に返ると、カバノキのいちばん高い枝にツグミがとまって、さえずっていた。その魔法の音色を耳にして、たちまち私の目には父の領地がよみがえってきた。自分が目撃したばかりの破局も忘れて、とつぜん私は過去に運ばれていて、じつによくツグミの鳴く声が聞こえていたあの田園の光景を、ふたたび目にしていたのだ」

そして、この回想録のもっともうつくしい二、三の文章のひとつが、次のくだりではないだろうか。

「上質の心地よいヘリオトロープのにおいが、花をつけたソラマメのちいさな畑から立ち上っていた。そのにおいは、祖国からの微風によって運ばれたのではなく、ニューファンドランドの荒々しい風に運ばれたもので、その風には、遠い地に追いやられたその植物と関係もなければ、無意志的記憶や官能の共感もなかった。美人から立ち上るものでも、その胸で浄化されたものでも、彼女の過ぎた後から広がるものでもないこのにおいには、曙光や農作物や世界からのまるで異なるこのにおいには、愛惜と不在と青春のあらゆる憂愁がこめられていた」

フランス文学の傑作のひとつであるジェラール・ド・ネルヴァルの『シルヴィ』には、『墓の彼方からの回想』に出てくる父の領地、コンブールにちなむ篇とまったく同じように、マドレーヌの味や、「ツグミのさえずり」と同じ種類の感覚が描かれている。最後にボードレールの場合だが、そうした無意志的記憶はさらにずっと数が多く、明らかに偶然ではなく、それゆえ、ぼくの考えでは決定的といえる。詩人自身が、一段とよりすぐって、物憂げに、たとえば女のにおい、髪と乳房のにおいのなかに、着想をもたらす類似を意図的にさがしもとめ、それが「広大で丸い空の青さ」や「旗とマストでいっぱいの港」を喚起することになるのである。

こんなふうに感覚の移し替えをもとにしたボードレールの詩篇を思い出そうとした。このように高貴な系譜に身を置きたい、もはやなんのためらいもなくとりかかろうとしている作品が、こちらが捧げる努力に値するという保証がほしい、と考えていたぼくは、そのとき、図書室から階段を下り、サロンに入り、パーティの真っ只中にいることに気がついた。このパーティは、かつてぼくが参加したものとはまるで違っているように思え、ぼくにとって特別の様相を呈し、あたらしい意味をもとうとしていた。この大サロンに入ったときには、今しがた作り上げた計画をしっかり胸に抱いていたのに、劇的変化が生じて、その計画に重大な反論をとなえる声が聞こえてきた。おそらくぼくはその反論を乗り越えるだろうが、しかし一方で、芸術作品とは何かについて、あれこれ熟考を続けていたのに、その反論は、ぼくをためらわせるようなことを繰り返し百度もとなえては、こちらの思考を中断しようとするのだった。

最初、どうしてすぐにこの家の主人や招待客の見分けがつかないのだろう、どうしてだれもが一様に髪に粉を振り、「変装して」いるように見えるのか、ぼくには合点がいかなかった。客を迎えているゲルマント大公は、はじめて会ったときと同様、おとぎの国の王様のようなお人よしの様子を浮かべていたが、しかし今回は、招待客に強いた作法にみずからも従っているのか奇妙な白ひげをつけ、鉛の靴でも履いているかのように足を引きずり、まるで「人生諸年代」のなかのひとつ、「老い」を表現しているかのようだった。口ひげも白く、口元に『親指小僧』の話に出てくる森の霜が降りているようだった。そのせいで口は不自由そうにこわばっていたが、ひとたび効果を上げたところで彼はそれを外すべきだったろう。じつを言うと、それが大公だとわかったのは、あれこれ思いめぐらして、ただいくつかの特徴が似ているので同一人物だろうと結論を出したのに過ぎない。ルザンサックの息子が顔に何を塗ったのか知らないが、ほかの人たちがあごひげの半分ほどを白くしたり、口ひげだけを白くしているなか、顔をしわだらけにして、眉毛をぴんとはねた毛で覆うという趣向を凝らしていた。しかしそうした格好は彼には似合っておらず、その顔はこわばり、陽に焼け、いかめしくなって、ひどく老けたように見え、とても若者とは思えなかった。そのとき、銀色の口ひげをたくわえた、いかにも大使といった小柄な老人を、シャーテルロー公爵と呼ぶのを耳にして、ぼくはさらにびっくりしたのだが、その老人の姿に、以前と変わらない目つきがかろうじて残っていて、ヴィルパリジ夫人を訪問したときに会った若い男だと認めることができた。そんなふうに心のうちで変装を取りはずし、記憶の力を借り、もともとの特徴を思い浮かべてようやく、それがだれであるかわかったのだが、それでまず思ったのは、ほんの一秒足らずのことだとしても、だれだかわからなくなるほどみごとなメーキャップを褒めてやりたいということだった。本人と見分けがつくまで感じるためらいは、名優たちが本人とまるきり違う役に扮して舞台にあらわれたときに観客が感じるものとまったく同じで、プログラムで知っていたとしても観客はびっくりし、それからようやく拍手喝采を送るのだ。

集まった人のなかで、もっとも異様に見えたのは、ぼくの宿敵だったアルジャンクール氏で、文字通り、この午後の集いの呼び物だった。ごま塩ともいえない程度のあごひげのかわりに、信じられないほど真っ白な、とほうもないひげをつけていて、たんにそれだけではなく（ちょっとした体の変化でも、それがたくさんあると、ひとりの人を大きく見せもすればちいさく見せもし、それだけでなく、その人物の外見的な人格も性格も変えることができてしまうものなので）、ぼくの記憶のなかでは、彼の気取った様子やぎこちない堅苦しさが今も残っているのに、もはや尊敬の念をいっさいもてないような、ひとりの老いた物乞いに成り果てて見えた。そのもうろくした老人ぶりにはじつに真実味があって、彼の手はぶるぶる震え、尊大な顔もゆるみきって、間の抜けたようすでにたにたと笑っている。ここまでくると、変装のうまい下手どころではなく、完全に人格が変わってしまっている。彼のいくつかのこまかい特徴のおかげで、この奇妙で人目を引く見せ物を演じているのがまさにアルジャンクールだとかろうじてわかるけれど、かつてぼくの知っていたアルジャンクールの顔を見つけるためには、その変装した顔の上に、次から次へと数多くの状態をあてはめてみなければならなかった。彼は、自由に自分の体だけを使い、これほど違うものになりきっていた！

これこそあきらかに、彼がくたばることなく自分の体を動かせる、ぎりぎり最後の状態であり、かつてはじつに誇らしげな顔で、上体を反り返らせていたのに、今や落ち着きなくさまよう、ずたずたのぼろきれにすぎなかった。かつては、一瞬のほほえみがアルジャンクールの横柄さをやわらげたものだったが、それを思い出しても、目の前のアルジャンクールのなかに以前会っていたときの彼の面影は見つけられず、このよぼよぼの古着屋の老人みたいなほほえみが、かつての端正なジェントルマンのなかに存在していたかもしれない、とかろうじてわかる程度だった。

けれども、アルジャンクールのほほえみに、昔も今も同じ意図がこもっていると仮定したとしても、驚くほど顔が変形しているせいで、ほほえみを表現する目そのものが違っており、その表情はまったくべつのものになり、別人のものになってしまっていた。卒中になりながらも礼儀正しさを失わなかったシャルリュス氏が悲劇的に体現して見せたように、骨抜きになりながら、進んで自分の滑稽さを強調している、そのみごとなおいぼれ姿を前にして、ぼくはぷっと噴き出してしまった。喜劇作家ラビッシュによって誇張されたルニャールよろしく、瀕死の道化の姿となったアルジャンクール氏は、前よりずっと近づきやすい、愛想のいい人になったように見えた。どんなにたいしたことのない人物にも熱心に帽子を脱ぎ挨拶していた、リア王そのもののシャルリュス氏のように。

それでもぼくは、彼の晒している異様な姿に賞賛の声をあげる気にはならなかった。昔の反感からではない。なぜなら彼はまったくの別人になりきっていて、横柄で敵意たっぷりの危険人物だったアルジャンクールではなく、親切で無防備で無害なだれかを前にしている錯覚に陥っていたからだ。まるきり別人なので、なんともいえないしかめ面をした滑稽な白髪の人物、もうろくして子どもに返ったドゥーラキン将軍を思わせる、この雪だるまみたいな男を見ていると、人間も昆虫のように完全な変態を遂げることがあるように思えてきた。自然史博物館の教育用陳列ケースのなかで、もっとも素早くもっとも確実にその特徴をそなえていく昆虫の変態を眺めている気がした。だから、このぶよぶよした蛹、じっとしていないというより、ぶるぶる震えている蛹を前にすると、いつもアルジャンクール氏に引き起こされていた感情も、湧きあがってはこないのだった。けれどもぼくは口をきかなかった。人間の体がどのくらい変形するか、その限度を広げて見せてくれたからといって、アルジャンクール氏をほめたたえはしなかった。

たしかに、現状の舞台裏だったり、仮装舞踏会の最中なら、礼儀として、変装した人物がだれだかわからないと断言したり、だれだかわかりにくいと大げさに言ったりしがちである。ところが今ここでは、そうした言葉はできるだけ引っ込めておくようにと、ぼくの本能が告げていた。そんなことを言っても、人はよろこばないと感じていた。なぜなら、人は望んで変わろうとしたのではないからだ。

このサロンに入ってきたときは思いもしなかったが、ようやくぼくは気づいたのだった。どんなに簡素なパーティでも、ぼくが社交界に出るのを長らくやめていたあとで催されるものなら、そして、かつて知っていた人々のうち、何人かがそこに集まりさえすれば、きまって仮装パーティのような、それもとびきり成功した仮装パーティのような印象にならざるを得ないのだ、と。しかも、ほかの人たちのおかげで、じつに「不思議な気持ちにさせられる」パーティだった。けれども、そのパーティがいったん終了しても、ここに集まった人たちがずっと前から、意識もせずに作り上げてしまったそれぞれの顔は、洗い流せば消えるというものでもない。

不思議な気持ちにさせられる？　いや、ぼくも人を不思議な気持ちにさせただろう。ぼくの顔を見て名前を思い出そうとして、それこそぼくが感じた困難を、どの人も感じたに違いなかった。彼らはぼくの顔を見ても、一度も会ったことがないかのように注意を払おうとせず、さもなければ、現在の見かけから、別の思い出を引き出そうとしていた。

その茶番劇のなかでもっとも印象的で、記憶に残りそうな途方もない「出し物」を演じるアルジャンクール氏は、完全に幕が下りる直前にもう一度舞台に出てきて、爆笑に包まれる役者のようだった。ぼくはもう彼を恨んでいなかった。なぜなら、ぼくにたいして抱いていたらしい侮蔑の気持ちや、シャルリュス氏がぼくの腕をいきなり放したのを見た記憶も、幼いころの無邪気さを取り戻した彼の内にはもうすでになかったからだ。それは、彼の内にそうした感情がもういっさい存在しないからかもしれないし、そうした感情がこちらに届くには、肉体という屈折望遠鏡を通過しなければならず、それがひどく形をゆがめ、感情が意味を変えてしまって、アルジャンクール氏がお人よしに見えるからかもしれない。彼の肉体がもう、意地悪であることを示す手段も、人の心をひきつける絶え間ない上機嫌を抑える手段も、持ちえなかっただけかもしれない。

彼が役者のようだと言ったのは、言い過ぎだった。ものごとを自覚するたましいを失った彼が、このサロンをせわしなく動きまわり、引っぱりまわされているのを見ていると、その姿は白い毛糸のつけひげをつけ、小刻みに揺れる人形みたいで、科学的でもあれば哲学的でもある指人形劇を見ているようだった。その劇のなかで彼は、追悼演説やソルボンヌの講義に出てくるみたいで、何もかもむなしいことを想起させるとともに、博物学の標本の役目も果たしていたのである。

けれども、こうした人形たちをかつて知っていた人だと見抜くには、舞台のさまざまなところから、同時にこの人形の顔を読み取らなければならない。人形の背後にある奥ゆきのある舞台は、人形に深みを与え、年老いたあやつり人形を前にしたこちらに、精神的な作業を強いる。なぜなら、この人形たちは肉眼で眺めるのと同時に記憶でも眺めなくてはならない。人形たちは年月という非物質的なものに包まれて〈時〉を表現していて、いつもは目に見えないその〈時〉は、見えるようになるために肉体をさがし求めて、肉体を見つければどこであってもそれをとらえ、その肉体の上にみずからの幻灯を映して見せる。そんなわけで、とても以前とは似ても似つかないアルジャンクール氏は、〈時〉を啓示するように存在し、〈時〉の一部を見えるものにしていた。アルジャンクール氏の顔と人格を作り上げるあたらしい要素のうちには、一定の年数が読みとれたし、生の象徴的なかたちも認められた。それは、ぼくたちの目に見えるとおりの生だ。つまり永続的で、現実的な生であり、その雰囲気はじつに変わりやすいので、高慢な貴族も、夕方になると、古着屋のように戯画として描かれてしまう。

こうしたあらゆる点で、ぼくが出ているような午後の集いは、過去のイメージよりもずっと貴重なもので、ぼくが一度も目にしたことのないありとあらゆるイメージを、次々と見せてくれていた。それは過去を現在から引き離すイメージだった。もっと正確にいうなら、現在と過去のあいだにある関係そのものだった。この午後の集いは、かつてのぞきからくりと呼ばれたものに似ていた。ただし年月を覗き見るのぞきからくりである。覗いて見ることができるのは、一瞬の光景ではなく、〈時〉というかたちをゆがめる遠近法のなかに置かれた人間である。

アルジャンクール氏を愛人にしていた女性について言えば、過ぎ去った時間を考えれば、それほど変わってはいなかった。つまり、深みに投げこまれて、そこをたどっているうちに変形せざるを得ない人間の顔としては、その顔は完全に崩れてはいなかった。その深みがどの方向に深いのかを表現するには、これまたあてにならない比喩を使うしかない。何しろぼくたちは、その比喩を、空間の世界から借りてくるしかないからだ。その比喩を、高さや長さや深さを説明するのに用いる利点はひとつしかない。それは、想像もつかないけれど感知はできる次元がまさに存在すると、ぼくたちに気づかせることだ。

ひとつひとつの顔に名前を当てはめるには、実際に年月の流れをさかのぼる必要があるが、反対にぼくは、これまで思い出すこともなかった年月に、それぞれしかるべき現実の場所を与えて、そうした年月を復元してやらねばならなかった。そのような点で、一見同じ空間でもだまされないようにして見ると、アルジャンクール氏のような人物のあたらしい容貌は、さながらある種の低木や巨大なバオバブの木があらわれて緯度の変化や、植物相の変化を知るのと同様、ふだんは抽象的なままだった製造年代が現実に刻印されていることを、こちらにはっきりと示してくれるのだった。

そうなるとぼくにとって人生は夢幻劇のように思えてくる。そこでは幕が変わるごとに、赤ん坊が青年になり、壮年になり、腰が曲がって墓に近づくのが見られる。そして、かなりの間をあけてあらわれるそうした人間が、それぞれじつに違って見え、かつ、ぼくたち自身もそのような法則にのっとってきたと感じられるのは、絶え間なく変化しているからだ。そうした人たちは、あまりにも変わってしまったために、同じ人には思えないのだが、それでも存在し続けていて、まさに存在し続けているからこそ、こちらがかつて見た彼らには、もう似ていないのだ。

昔ぼくが知っていたひとりの若い婦人が、今では白髪になり、体は縮んで不吉な小柄の老女になっていたが、その姿は、芝居を締めくくる最後の寸劇では、だれがだれだか見分けがつかないくらい変装する必要があると告げているように見えた。けれどもその兄は背筋もぴんとしていて、顔も昔のままで、その若々しい顔のなかで、ぴんと跳ね上がったあご髭が白いのが、かえって意外だった。それまでおしなべて真っ黒だったあごひげの白くなった部分が、この午後の集いの人々の光景を、ものがなしいものにしていた。まるで、まだ夏は長いだろうと思っていたのに、木々の葉が黄色く色づきはじめたのを見て、まだ夏を謳歌していないのに秋になったと気づくようなものだ。

ぼくは子どものころから、先のことを考えずに暮らし、自分からも他人からも決定的な印象を受け取っていたのに、ここにいる人たち全員に生じた変貌を見て、その人たちに流れた時間にはじめて気づいたが、それはまた、自分の上にも時間が流れたとわかることでもあり、ぼくは動揺していた。彼らの老いは、それだけならたいしたことではないが、ぼくにも老いが近づいていることを知らせ、ぼくをかなしませた。しかも、老いが近づいていることは、〈最後の審判〉のときに鳴り響くラッパのように、数分ごとにわざわざ言葉で指摘された。最初にそう言ったのはゲルマント公爵夫人だった。好奇にかられた人たちが作る二重の人垣のあいだを通り抜ける夫人を見かけたところだった。人垣を作る人たちは、そのはなやかな装いに自分たちが惑わされているとは気づかず、ゲルマント公爵夫人の赤毛の頭や、宝石にしめつけられたサーモン色の肌に感動し、その体を眺め、先祖ゆずりのくねくねとした輪郭に、まるで宝石を身につけた魚、ゲルマント一族の〈守護神〉の化身である年老いた聖なる魚を見ているかのようだった。

「まあ！」と公爵夫人はぼくに言った。「なんてうれしいことでしょう、私のもっとも古いお友だちにお目にかかれるなんて」

コンブレーにいたころの、若者だったぼくなら、夫人の友だちのひとりになることができるなんて、ゲルマント家で送られている神秘の生活に参加し、ブレオーテ氏やフォレステル氏やスワン氏や、そのほか故人となったすべての人たちと同様に夫人の友だちのひとりになれるなんて、一瞬たりとも思ったことがなかったから、その自尊心をくすぐられただろうけれど、今ではそのことが何よりもつらかった。「夫人のもっとも古い友だちだって！」とぼくは思った。「大げさだ。古い友だちのひとりという意味だろうけれど、だとするといったいこのぼくは……」

そのとき、ゲルマント大公の甥のひとりがこちらに近づいてきた。

「あなたは昔からのパリっ子ですから」と彼はぼくに言った。その直後に、だれかに短い手紙を渡された。

ここに到着したとき、ぼくはレトゥールヴィル家の息子に会ったのだが、彼と公爵夫人の親戚関係についてはもうよく覚えていなかった。けれど向こうではぼくのことを少し知っていたようだ。彼はサン＝シールの陸軍士官学校を出たばかりだった。だからぼくはサン＝ルーがそうだったように、この若者もぼくにとって思いやりのある友だちになってくれて、軍隊のことやその変遷についても教えてくれるかもしれないと考え、あとでまたお目にかかって、いっしょに食事をする日にちでも決めましょうと伝えたのだが、その礼を彼はしきりに述べていた。けれどそのあとで、ぼくは長すぎるくらい図書室で夢想にふけっていたので、帰らなければならなかった彼がこの伝言を残してくれたのだった。手紙には、ぼくを待っていられなかったとあり、住所が書き記してあった。ぼくが友だちになることを思い描いた男からの手紙は、こんなふうに終わっていた。「心から尊敬をこめて、年少の友レトゥールヴィルより」

「年少の友とは！」ぼくもかつてそんなふうに、三十歳も年上の人たちに手紙を書いたものだった。なんということ！　サン＝ルーのような友だちになってくれると思えたあの少尉は、自分のことを年少の友などという始末だ。だがそうなると、あのときから変わってしまったのは戦争のやりかただけではなくて、レトゥールヴィル氏にとってのぼくもまた、友だちなどではなく、老紳士になったのだ。自分の目にそう映ったように、レトゥールヴィル氏の仲間に加わればぼくたちはいい友だちになるだろうと想像していたが、思いもしないほど広く開いた目に見えないコンパスによって、ぼくは彼から引き離されていたのではないだろうか。「年少の友」と名乗る若い少尉にしてみれば、ぼくなどはひどく遠い位置にいる老紳士なのではないだろうか？

ぼくの体調がよくないことを聞いたある人が、今はやっている流行性感冒にかからないか心配ではないかとぼくに訊いたとき、近くにいた親切な男がこう言ってぼくを安心させてくれた。「いいえ、それにかかるのはもっと若い人たちですよ。あなたのお年になると、その心配はいりません」

それから、ここの召使いはぼくのことをよく知っていると請け合う人もいた。召使いたちがぼくの名前をひそひそ話していたという。ある婦人が語るには、「あの人たち独特の言葉遣いで」こう言っているのを耳にしたそうだ。「ほらきた、おやじが」(このおやじという表現のあとに、ぼくの名前が続いた)。そしてぼくには子どもがいなかったから、この表現は、年齢のことを言っているのだと理解できた。

「なんですって、私が元帥を存じ上げていたかどうかっておっしゃいますの?」と公爵夫人はぼくに訊いた。「でも、私ははるかに代表的なかたがたを存じ上げておりましてよ。ガリエラ公爵夫人とか、ポーリーヌ・ド・ペリゴールとか、デュパンルー猊下《げいか》とか」

それを聞きながら、ぼくは無邪気にも、彼女が旧体制の名残と呼んでいる人たちと、ぼくも知り合いになっておかなかったのを残念に思った。もっとも旧体制といっても、その最後の部分をかろうじて知ることができたのだ、と考えるべきだったろう。こんなふうに、ぼくたちが地平線にちらりと見るものは、神秘的な偉大さを帯びてしまい、二度と目にすることのできない世界をのみこんでいるように思える。けれども、ぼくたちも前進していて、やがてぼくたち自身が、あとからくる世代にとって、地平線にいることになる。そのあいだに地平線も後退し、終わってしまったように見えた世界がまたはじまる。

「娘だったころには、私、ディノ公爵夫人にもお目にかかることができましたのよ」とゲルマント夫人は付け加えた。「そうでしょ、だって私、もう二十五歳じゃございませんもの」

この最後の言葉はぼくの気に障った。「そんなこと、言うべきじゃないだろう。老婦人でもあるまいし」と思ったその瞬間、たしかに彼女は老婦人なのだと気づいた。

公爵夫人は続けた。「あなたのほうは、ずっとおかわりにならないのね。そうですとも」とぼくに言う。「おみごとだわ、いつまでもお若くていらっしゃる」

気のふさぐ表現である。何しろ、外見はともかく、ぼくたちが実際に年老いていなければ意味を持たない表現だからだ。そして彼女はこう言い添えて、ぼくにとどめの一撃を加えた。

「あなたがご結婚なさらなかったことを、私はずっと残念に思っていましたの。結局のところ、そうかもしれないわ、結婚しないほうがずっとお幸せかもしれないわね、たぶん。あなたのお年ですと、息子さんたちを戦争にとられたでしょうから。もし息子さんたちが、かわいそうなロベールみたいに(私、ロベールのことをよく思い浮かべますの)戦死でもしたら、あなたのように感じやすい心のかたは、生きのびることができなかったかもしれませんもの」

ぼくは、はじめて真実を映す鏡に出会ったように、老人たちの目に映る自分の姿を見ることができた。その老人たちは、ぼくが自分にたいしてそう思っていたように、自分は若いままだと思っていて、ぼくが否定されるだろうと思って自分を老人の例として話しても、その目には ほんのわずかの異議の色も見られない。そしてその目は、彼らが自分を見るような目ではなく、ぼくが彼らを見るような目なのだ。ぼくたちは自分自身の姿や年齢を見ることはできないが、各人それぞれが他人に向けられた鏡のように、相手の姿は見えるからだ。

しかしおそらく、多くの人は、自分が年老いたことに気づいても、ぼくほどはかなしまないだろう。まず、老いとは死のようなものだ。まるで無頓着に老いや死に向き合う者がいるが、そうした人たちは、ほかの人より勇敢なのではなく、想像力に欠けているのだ。たとえば、子どものときから同じひとつの考えを目指している男がいるとしよう。男は怠惰なうえに病弱で、たえずその考えの実現を先延ばしにし、夜になるといつも、流れて失われた一日をないことにし、病気はその肉体の老化を早めるのに、その精神の老化は遅らせ、年をとったことに気づかなかったとする。自分がたえず〈時〉のなかで生きてきたことに気づくと、その男は、それとは逆の、ほとんど内面生活を送らず、カレンダーに従い、年月を毎日毎日積み重ねてその全体を決して発見することのない人に比べて、はるかに意表を突かれ、はるかに動転してしまう。けれどぼくの不安には、もっと重大な理由があった。超時間的な現実を明らかにし、それを芸術作品のなかで知的なものにしようとしていたまさにその矢先、ぼくは〈時〉の破壊作用を見出したからである。

ある人々は、ぼくのいないあいだに、ひとつひとつの細胞がべつの細胞へと次々にすっかり置き換えられてしまって、完璧に変化し、まるっきり変身を遂げていた。そうした人々の目の前で、夕食を百回とっても、それがかつて知っていた人たちだとは気づかなかっただろう。同様に、お忍びの君主が王家の出であることも見抜けないし、見知らぬ人が抱えている悪徳さえ見抜けないだろう。でも、こちらがその人たちの名前を耳にしてしまった場合、この比較はできなくなる。こちらの向かいに座る見知らぬ人が、犯罪者か国王だと言われれば、そうなのかと認めるかもしれないが、一方、それがかつてぼくの知っていた人たちだとなると、いやむしろ、こちらの知るのと同じ名前を持つ人たちとなると、あまりに違っているので、そうなのかと認めるのはむずかしい。同一人物だと信じることができないからだ。君主の身分と悪徳という観念を持ったなら、たちまちその見知らぬ人にあたらしい顔を付け加えることになる。しかも目隠しをされて見えなければ、そうした人にじつに気をつけて、横柄にしたり愛想よくしたりするだろうし、見えていれば、その人の同じ顔立ちのなかに、何かしら気品やいやしさや怪しさが見て取れるようになる。

ぼくは、見知らぬ夫人の顔に、それもまったく見覚えのない人の顔に、この人はサズラ夫人であるという観念を一生懸命に持ちこもうとしていたのだが、ついに、その顔のかつて知っていた部分が見えてきたのだった。名前を告げられ、本人だと表明されることで解決への手がかりが与えられなければ、その顔はいつまでも本当に疎遠なままで、猿に戻った人間のように、ぼくの知っていたいっさいの人間らしさを失って、完全に別人の顔になっていたことだろう。それでもときには、かつてのイメージが鮮明によみがえり、ぼくは照合してみることができた。そしてまるで自分が目撃した被害者の前に引っ張り出された証人のように、「いいえ、この女の人は知りません」と言わなければならなかったのだ。

そのとき、ジルベルト・ド・サン＝ルーが、「ふたりだけでレストランにいって、夕食にしないこと?」とぼくに言った。

「若い男と二人だけで食事にいって、危険だとお思いにならなければ」とぼくが答えたので、周囲にいただれもが笑った。ぼくはあわてて付け加えた。「いやむしろ、年老いた男とでしたね」

みんなを笑わせた言葉は、母がぼくにたいして口にしそうな言いまわしに思えた。母にとっては、ぼくはいつまでも子どもだったのだ。ときにぼくは、自分を判断するのに、母の視点に立っていることに気がついた。ごく幼いときからいろいろと変わってきていることを、母と同じくぼくも認めていたが、それでも今になってみると、それはずっと昔の変化でしかなかった。ほとんど現実の先を越して、「もう立派な若者ですね」と言われた時期もあったが、ぼくは相変わらずそんな人間でいるつもりだった。ぼくは今も相変わらずそんなふうに考えていたが、今となっては途方もないほど遅れを取っている。自分がどれくらい変わったか、ぼくは気づいていなかったのだ。だからじつのところ、今笑った人々は、いったい何に気づいたのだろう? ぼくの髪には一本の白髪も交じっていない、口ひげだって黒いままだ。いったいぼくのどこに、この恐ろしい事実が姿を見せているのか、ぼくは彼らに訊いてみたかった。

そして今やぼくは、老いがどのようなものであるかを理解した。老いとは、すべての現実のなかでもおそらく、ぼくたちが人生でもっとも長いあいだ、純粋に抽象的な観念としてしか理解できないものだろう。カレンダーを眺め、手紙に日付を記し、友人たちが結婚するのを眺め、その子どもたちが結婚するのを目にしながら、ぼくたちは、おそれからか怠惰からか、それが意味することを理解せず、そうこうするうちに、アルジャンクール氏の姿みたいな見知らぬ影を目にする日がくる。そのときぼくたちは、あたらしい世界に生きていることを知らされるのだ。あるいは、ぼくたちが女友だちの孫を無意識に友人として扱うと、その若者はぼくたちにからかわれたかのように笑みを浮かべる日がやってくる。ぼくたちは、若者には祖父のようにしか見えていないのだ。

ぼくは死が意味するものを理解した。愛が、精神のよろこびが、苦悩の有効性が、天職というものが、それぞれ意味するものを理解した。ぼくにとってその言葉がその個性を失ったとしても、その言葉はその意味をことごとくぼくの前にさらけ出していた。イメージのうつくしさはものの背後に宿り、観念のうつくしさはものの前に宿っている。したがって、前者はぼくたちがものに追いつくとこちらを感嘆させるのをやめ、後者はぼくたちがものを通り越してはじめて理解できるようになる。

今しがたのぼくの残酷な発見が役に立つかもしれないとすれば、まさにぼくが書く本の素材としてだろう。それというのも、ぼくはもう決めていたのだった。本の素材は、本当に充実した印象だけで構成することはできない、つまり、時間の外にある印象だけで構成することはできないだろう。そうした印象をいっしょに、さまざまな事実のあいだにはさみこむつもりだったが、とりわけ時間に関係した真実が、重要な位置を占めることになるだろう。人間も、社会も、国家も、そこに浸されると変形してしまう、時間の真実である。人々の外見が時間から受ける変化のみを重視することに心掛けたわけではない。自分の作品のことを考えながらも、一時的な気晴らしにはならないほどぼくは動きまわり、知り合いに挨拶し続け、彼らとおしゃべりし続けたおかげで、そのあたらしい例を、このサロンでひっきりなしに目にした。老いはだれにとっても一様に刻まれているわけではないこともわかった。

女たちは、自分の魅力のなかのもっとも際立つものを手放すまいとつとめていたが、たいていの場合、その顔を作っているあたらしい素材が、もうその個性には適していなかった。顔の地質学において、これほどの変動が成し遂げられるまでに過ぎた紀を考えながら、鼻にそってどれほどの浸食がなされ、頰のふちにどれほど沖積土がたまり、顔全体にくすんだかたまりが居座って包囲しているかを見ると、ぞっとしてしまう。

ただひとり、フォルシュヴィル夫人となったオデットだけは、皮膚をふくらませ変形しないよう保つ液体かパラフィンのようなものでも注射しているのか、かつての高級娼婦のように見え、永久に「剝製にされた」ようだった。

「私のこと、母だと思われたんでしょ」とジルベルトは言った。その通りだった。もっともそれは、好感の持てることだったかもしれない。人々が昔のままだと考えて、そこから出発すると、彼らは老けたと思う。けれども彼らは年をとったといったん考えて、そこから出発すると、その姿を見ても、さほど悪くないと思う。オデットの場合は、ただそれだけではなかった。彼女の見かけは、いったんその年を知って、さぞ老けただろうと予期している者には、いっそう奇跡的な挑戦に思える。それは、ラジウムの保存が自然の法則にたいする挑戦であるよりははるかに、時間の法則にたいする挑戦なのだった。ぼくが最初に彼女だとわからなかったのは、彼女が変わったからではなく、変わらなかったからだ。一時間ほど前から、人々に新たに時間が足したものに気づき、以前に知っていたままの人を見つけるためには、その時間を差し引かなければならないこともわかったので、今度は素早く逆の計算をして、オデットの外見に経過した年数を足してみたのだが、その結果、今目の前にいる人ではありえないように思えた。そのくらい、今目の前にいる女性は、昔のその女性にそっくりだった。化粧や毛染めの貢献とはなんなのだろう？　金色に染めた髪をたいらになでつけ――大きな機械仕掛けの人形の、乱れたシニョンに似ていて、その下にこれまた人形のようにぴくりとも動かないびっくりした顔があって――その上に、平たい麦わらの帽子をのせた彼女は、まるで一八七八年の万国博覧会といった様子だった（そのころなら、とりわけそのころに今の年齢だったら、彼女はたしかにもっとも型破りな呼び物になっていたことだろう）。だから彼女は、ずっと若い女の登場する年末のレビューに、それも一八七八年の万国博覧会のレビューに、せりふを言いにきたようだった。

49―サン＝ルー嬢

ジルベルトは、母親の先祖ゆずりのところがあって（その自在さを、ぼくは無意識にあてにしていて、若い娘たちを紹介してくれるように彼女に頼んだのだが）、少し考えてから、何か利益があるとしたら身内にとどめておこうとしたのか、そのぼくの頼みから思いもしない大胆な提案をした。

「よろしかったら、私の娘を紹介しますわ。娘はあちらで、モルトマールの息子さんや、おもしろくもないほかの坊ちゃんと話をしています。きっと娘はあなたのいい友だちになると思いますよ」

ロベールは女の子が生まれてよろこんでいましたか、とぼくは彼女に訊いた。

「それはもう！　あの人は娘が自慢の種でしたわ。でも、あの人の趣味を考えると」とジルベルトは無邪気に言った。「男の子のほうがもっと良かったと思いますけど」

このジルベルトの娘は、その名前と財産から、どこかの王子と結婚して、スワン氏とその妻オデットが手がけた全事業を上昇させるだろうと母親に期待させることもできたのに、のちになって、ぱっとしない作家を夫に選ぶことになる。それというのも、娘にはスノビズムがこれっぽっちもなかったからで、彼女はこの一家を、そのふりだしの水準よりさらに低いところにふたたび降下させたのである。そうなると、あたらしい世代の人たちに、この無名の夫婦の両親が、高い身分であったことを信じさせるのはひどくむずかしかった。スワンとオデット・ド・クレシーの名前は奇跡的によみがえったが、それはみんなが思い違いをしていること、家柄としてはさほど驚くようなものでもないことを、教える結果になった。そして人々は、サン＝ルー夫人こそ結局は自分にできる最高の結婚をしたのだと思い、その父親とオデット・ド・クレシーの結婚はとるにたらないもので、むなしい上昇の試みだったのだと考えた。一方、反対に、恋愛という視点から見れば、サン＝ルー嬢の結婚は、ある種の理論を吹きこまれたもので、それは、ルソーの弟子である十八世紀の大貴族や、革命前夜の人々を促し、自然の生活を営ませたり、自分たちの特権を放棄させたりした理論と似ていた。

　ぼくはサン゠ルー夫人の言葉に驚くと同時に、うれしくも思ったのだが、夫人がべつのサロンのほうに遠ざかるにつれ、その気持ちは、過ぎ去った〈時〉の概念にとってかわった。その観念を独自にもたらしたのは、会ったことすらない娘のサン゠ルー嬢だった。多くの人がそうであるように、サン゠ルー嬢もまた、森のなかでいくつもの道が一点に集まる「星のかたち」をした合流点ではないだろうか。それらの道は、ぼくたちの人生と同じく、まったく異なる地点からのびている。サン゠ルー嬢を中心に放射状に広がるそうした道は、ぼくにとっても数多く存在した。そして何より、ぼくがあれほど散歩し、あれほど夢に見た二つの大きな「ほう」が、サン゠ルー嬢へと至っていた――彼女の父親のロベール・ド・サン゠ルーをとおしてゲルマントのほうが、彼女の母親のジルベルトをとおしてメゼグリーズのほう、つまり「スワン家のほう」が、彼女へと続くのである。一方の道は、少女の母親とシャンゼリゼをとおしてスワンへ、コンブレーで過ごした夕べへ、メゼグリーズのほうへとぼくを導き、もう一方のほうは、少女の父親をとおして、バルベックで過ごした午後へとぼくを導くのだった。さんさんと陽をあびたその海辺にいる父親を、ぼくは思い浮かべる。

　この二本のほうを横に結ぶ道も、すでにいくつもできていた。あの現実のバルベックで、ぼくはサン゠ルーと知り合ったのだが、そこへいきたいと願った大きな理由は、スワン氏がぼくに教会について、とりわけペルシャふうの教会について話してくれたからだった。他方で、ゲルマント公爵夫人の甥であるロベール・ド・サン＝ルーをとおして、ぼくはやはりコンブレーにあるゲルマントのほうにたどり着くのである。けれどもサン＝ルー嬢は、ぼくの生涯の、もっとべつのさまざまな地点にもぼくを導いてくれる。たとえば彼女の祖母であるバラ色の服の婦人のもとへと導くのであり、その婦人にぼくは大叔父の家で会っていたのだった。さらに、ここにもあらたな横につなぐ道がある。その日ぼくを招き入れてくれた大叔父の家の従僕は、のちに一枚の写真をくれて、バラ色の服の婦人の正体を教えてくれたのだが、この従僕がシャルリュス氏ばかりか、サン＝ルー嬢の父親にも愛された青年、モレルの父親だったからで、この青年のために、彼はサン＝ルー嬢の母親を不幸にしたのだ。それに、だれよりも先にヴァントゥイユの音楽について話してくれたのは、サン＝ルー嬢の祖父、スワン氏だったのではないか。ちょうどジルベルトがだれよりも先にアルベルチーヌのことを話してくれたように。そしてぼくがアルベルチーヌにヴァントゥイユの音楽について話しているときに、彼女のとても親しい女友だちがだれなのかわかったのであり、ぼくは彼女との同棲生活に踏み切り、それがもとで彼女を死に至らしめ、ぼくはあれほどかなしんだのだ。そのうえ、アルベルチーヌを連れ戻そうとして出かけてくれたのは、これまたサン＝ルー嬢の父親だった。

ぼくの社交生活のすべてでさえ、あるときはパリのスワン家やゲルマント家のサロンで、あるときはそれとは正反対のヴェルデュラン家で展開し、こうしてコンブレーの二つのほうやシャンゼリゼの公園と同列に、ラ・ラスプリエール荘のうつくしいテラスが並んだのである。

それにどんな人たちと知り合っても、その人たちとの友情を語ろうとすれば、ぼくたちの人生のじつに多くの風景のなかに、次々と彼らを置かなければならないだろう。もしぼくがサン＝ルーの生涯を描くとすれば、それはすべての生活の場で繰り広げられるだろうし、それはかりかぼくの全生涯とも、ぼくの祖母やアルベルチーヌといった彼とは直接は無関係な一部分ともかかわりを持つだろう。そもそも、ヴェルデュラン家の人々が、どれほど正反対の場にいた連中だとしても、オデットの過去を通じてオデット自身につながり、バイオリニストのモレルを通してロベール・ド・サン＝ルーにつながっているのだ。しかもヴェルデュラン家において、ヴァントゥイユの音楽はなんという役割を演じたことだろうか！

最後になるが、スワン氏はルグランダンの妹を愛したことがあった。そのルグランダンはシャルリュス氏と知り合いになり、そのシャルリュス氏が後見人となった娘、ジュピヤンの姪と、カンブルメールの息子は結婚したのだった。

たしかにぼくたちの心だけが問題であるなら、人生によって断たれる「神秘の糸」を詩人が語るのはもっともなことだ。しかしそれ以上に真実であるのは、人生がさまざまな人間やさまざまなできごとのあいだで神秘の糸を織り上げ、そうした糸と糸を絡み合わせ、縒り合わせて緯糸《よこいと》をこしらえることだ。それゆえ、ぼくたちの過去のささいな一点と、ほかのすべての点とのあいだにも、豊かな記憶の網目ができて、その点のどれを選んでコミュニケーションをとるかということだけが、残されている。

今ぼくたちの役にたっているものを、無意識に使うのではなく、それが以前はなんだったのかを思い出そうとすれば、生きていなかったものなどひとつとしてなかった、と言うことができる。それらはそれぞれ独自の生を生きていたのに、やがてぼくたちに使われると、単なる工業的な素材にかかわってしまう。

　今、ぼくはサン＝ルー嬢に紹介されようとしていた。それは昔のヴェルデュラン邸で行われようとしているかのようだった。ヴェルデュラン夫人の別荘にいこうとして、アルベルチーヌといっしょにちいさなトラムに揺られてドヴィルに向かっていたときのことをぼくは思い出し、なんて魅力的なのだろうと思った。サン＝ルー嬢にアルベルチーヌの代役になってくれるよう頼んでみるつもりだった。そのヴェルデュラン夫人こそ、ぼくがアルベルチーヌに恋する以前に、サン＝ルー嬢の祖父スワン氏と祖母オデットの恋を実らせては、引き裂いていた張本人なのだ！　ぼくたち招待客の周囲には、エルスチールの絵が何枚かかけられていたが、そのエルスチールこそぼくにアルベルチーヌを紹介してくれた本人だった。そして、まるでぼくの過去をより見事に融合させるかのように、ヴェルデュラン夫人もジルベルトと同じように、ゲルマント家の一員と結婚していたのである。

　見ると、ジルベルトが近づいてくる。ぼくにとっては、サン＝ルーの結婚も、そのころ抱いていた思いも、まるで昨日のことのようで――その日の朝も同じことを考えていたのだが――、ジルベルトの隣に十六歳くらいの少女が並んでいるのを見て、びっくりした。その少女の背丈を見れば、ぼくが見ようとしなかった時の経過がわかった。色もなく、つかまえることのできない時を、いわばこの目で見、この手で触れられるように、時は少女の姿を借りて具象化し、ひとつの傑作のように彼女を作り上げたのだ。一方それと並んで、このぼくにたいしては、ああ！　時はその破壊力を示したにすぎなかった。

今やサン＝ルー嬢はぼくの目の前にきていた。彫りの深いきらきらした目をしていて、かすかにくちばしのかたちに突き出て曲がった鼻も魅力的だったが、それはスワン譲りではなく、サン＝ルーの鼻に似ていた。あのゲルマント家の一員であるサン＝ルーのたましいは消えてしまったけれど、その魅力的な顔、飛び立った鳥のようなきらきらした目が、サン＝ルー嬢の両肩にとまりにきたのだった。それを見ると、少女の父親を知っていた者は、長いこと夢見心地にさせられるのだった。

50―見出された時

結局、この〈時〉の観念は、ぼくにとって、これ以上進めず戻れない、最後の地点だった。それは人を奮い立たせ、ぼくにこう語り掛けていた。

もしもぼくが人生の途中で、ゲルマントのほうやヴィルパリジ夫人との馬車での散歩の折りに、きらりと感じたものに到達したいと思うのなら、今こそはじめるべきだ、と。そして、人生は生きるに値すると思わせてくれるのだった。闇に包まれた人生も照らすことができ、たえず歪められている人生の姿を真実に戻すことができ、要するに、人生を一冊の本のなかで実現できるように思えた今、ぼくにとってどれほどこの人生が、さらに生きるに値するものと思えただろう！　そんな書物を書ける者はどれだけしあわせだろう、またそうする者には、どれほどの労苦が待っているだろう！

それがどんなものか把握するには、もっとも高度な技術や、もっとも異なる技術と比べてみなければならない。なぜなら、こうした書物の作者はそもそも、それぞれの人物に厚みを与えるために、その人の相反する面を引き出さなければならないし、まるで攻撃の準備をするかのように、たえず兵力を再編成しながら、細心の注意を払ってその本の準備をしなければならないだろうから。疲労に耐えるようにその本に耐え、規範を受け入れるようにその本を受け入れ、教会を建てるようにその本を構築し、食餌療法に従うようにその本に従い、障害物を克服するようにその本を克服し、友情を勝ち取るようにその本を勝ち取り、子どもに充分な栄養を与えるようにその本に滋養を与え、ひとつの世界を作るようにその本を創造しなければならない。そしてほかの世界でしか説明のつかないようないくつもの謎さえ、無視してはならない。そうした謎の予感こそが、人生と芸術においてて何よりもぼくたちを感動させるのだ。そして偉大な書物には、概略しか示す余裕のなかった部分も残るだろうし、決して完成しない部分も残るだろうが、それは創造者の構想の規模の壮大さのせいだ。いったいどのくらいの数の大聖堂が、未完のまま残されていることだろう！　書物に滋養を与え、弱い部分を補強し、書物を守るが、やがて書物のほうが成長し、ぼくたちの墓を指定し、これを風評から守り、しばらくのあいだ、忘却から守ってくれる。

けれども自分のことに話を戻すならば、ぼくは自分の本をもっと控えめなものとして考えていた。本を読む人のことを考えたとき、ぼくの読者と言うのは正しくないだろう。なぜならそうした人たちは、ぼくの読者ではなく、自分自身のことを読む読者だからだ。ぼくの本は、コンブレーの眼鏡屋が差し出す眼鏡のように、一種の拡大鏡でしかない。ぼくの本は、読者に、彼ら自身の心のうちを読む手段を提供するだろう。だからぼくは、読者に褒めてくれとかケチをつけてくれと求めはしないだろう。ただ、本当にこのとおりかどうか、彼らが自分自身の心で読んでいる言葉は、ぼくの書いた言葉なのかどうか、それを教えてくれとだけ言うだろう（その点で、意見の相違もあり得るだろうが、それはかならずしもこちらの間違いから起こるとはかぎらないのであって、ときには読者の目がぼくの本に適していなくて、彼が自分の心をちゃんと読めない場合もあるはずだ）。

そして、これからとりかかる仕事を細部にわたって想像するなかで、その都度べつのたとえを見つけながら、考えるのだった。ぼくたちのもとで働く控えめな人たちは、主《あるじ》の仕事にある種の勘を鋭く働かせることができる。そんなふうにぼくはフランソワーズのそばで彼女に見守られながら、自分の白太《しらた》材《ざい》の大机に向かって、フランソワーズのようなやりかたで（といっても彼女もすっかり年をとって、もうまったく目が見えないので、正確に言うならば以前の彼女のようなやりかたで）、仕事をするだろう。ぼくがすっかりアルベルチーヌのことを忘れてしまったものだから、フランソワーズはアルベルチーヌにされた仕打ちをすでに許していた。

書き上げたあとでも、追加の原稿をそこらにピンで留めながら、ぼくは本を築き上げていくだろう。大聖堂を建てるように、と仰々しいたとえは使うまい。そうではなく、ただたんに一着のドレスを仕立てるように。ぼくのそばに、フランソワーズ言うところの「紙切れ」がすべてそろっていなかったり、必要な一枚が見当たらなかったときには、フランソワーズはぼくのいらだちをよく理解してくれるだろう。何しろ彼女は、必要なサイズの糸とボタンがなければ縫うことなんかできやしないと、つねづねこぼしていたのだから。それに彼女は、ずいぶん長くぼくとともに生活しているので、文学的な仕事にたいして本能的な理解を身につけていた。その理解たるや、多くの頭のいい人たちの理解より正確で、頭の悪い人たちの理解とは比べものにもならないほどだった。

かつてぼくが「フィガロ」紙に原稿を書いたときのことだが、人は、やったこともなければ考えたこともない苦労のたいへんさ、自分には縁のない習慣のつらさを思い浮かべ、同情を寄せるもので、「そんなくしゃみをするようじゃ、とてもお疲れなんでしょう」などと言ったりするが、それと同じように給仕頭も、作家という職業を心から気の毒に思ったのか、「さぞや骨の折れる仕事なんでしょうね」と言った。ところがフランソワーズは、ぼくのよろこびを見抜き、ぼくの仕事に敬意を払ってくれた。彼女はただ、ぼくがこの原稿のことを前もってブロックに話したことを心配し、彼に先を越されないかを案じて、言った。「用心が足りませんよ、ああいった連中はみんな書き写し屋ですから」

たしかにブロックは、ぼくが話して聞かせるかんたんなあらすじをおもしろいと思うたび、過去の自分にアリバイを与えては、ぼくに言うのだった。「おや、不思議だね、ぼくもほとんど同じようなものを書いたんだよ。今度そいつをきみに読んでやらなくちゃね」（彼はそのときはまだ読んでくれることはできなかったろう、まさにその晩、書くことになるのだろうから)。

フランソワーズが「紙切れ」と呼ぶ草稿を、互いに貼りあわせすぎたせいか、あちこち破れてしまった。もし必要になれば、フランソワーズはぼくを手伝って、それを補強してくれるのではないか。ちょうど彼女が服のすり切れたところに継ぎあてをしたり、ガラス屋がくるまで、台所の割れた窓ガラスに新聞紙を貼りつけておいたように、ぼくも印刷屋がくるのを待つのだった。

まるで虫の食った木のように穴だらけのノートを指して、フランソワーズは言うだろう。「すっかり虫に食われてしまいましたね。ほらこのとおり、残念だわ。このページなんて、レースにしか見えませんわね」そして仕立て屋のようにそのページを調べながら「私にはなおせそうもありません。万事休す、ですよ。残念ですわ。ひょっとして旦那さまのいちばんすばらしいお考えの箇所かもしれませんわね。コンブレーでも言いますよ、どんな毛皮屋も虫のように目はきかない、って。虫ときたら、いつだっていちばん上等の布にとりつくんですもの」。

そうなのだ、先ほどぼくが作り上げた〈時〉の観念は、今こそこの作品にとりかかるときだと告げていた。いまこそはじめるときなのだ。けれども、サロンに入り、皺だらけになった人々の顔を見たことで〈時〉の観念を得たわけだが、そのとき抱いた不安は、今べつの角度から、ぼくをとらえる。まだ間に合うのだろうか？　ぼくはまだ、この仕事ができる状態にあるのだろうか。精神にしか見えない風景があるのに、それをじっと見ようとすると、ほんのわずかな時間しか残されていない。たとえばぼくは、湖に突き出た小径を歩く画家のように生きてきた。その湖は、岩や木立に遮られていて、ぼくからは見えない。やがて遮るものが途切れ、湖が見えてくる。今や画家の目の前に湖はすっかりあらわれた。画家は絵筆をとる。けれども夜がやってきて、もう描き続けることができない。一度この夜が更けたら、もう二度と陽が昇ることはない。ただし、先ほどぼくが図書室で思いついたような作品ができあがる条件として、印象を深く掘り下げることがある。まずはその印象をふたたび作り上げることが必要だ。ところが、その記憶がもうすり切れていたのである。

だいいち、まだ何にも手をつけていないのだから、ぼくの年齢からいって、たとえまだ何年か先があると思っても、不安になるのは当然だろう。何しろ数分後には、臨終が迫っているかもしれないのだから。まず肉体があるという事実からはじめなければならない。つまり、ぼくは外部と内部の二重の危険にたえず脅かされているのだ。とはいえ、こんな言いまわしも、便宜上のものにすぎない。たとえば脳出血のような内部の危険も、肉体に属している以上、外部のものだからだ。そして肉体を持つということは、精神にとっては大いなる脅威である。人間の考える生命とは、動物の身体的生命が奇跡的に完成されたものというより、むしろ精神的な生命が不完全に組織されているというべきだ。ぼくたちは、群がって生きるサンゴのような原生動物とか、クジラの体と同じくらい、初歩的な段階にあるのだ。肉体は精神を、要塞に閉じこめている。やがて要塞は四方八方から攻めこまれ、最後には精神も降伏しないわけにはいかなくなる。

脳に異常が起こることすら、重要ではなかった。その異常の徴候は、ぼくの慈愛、頭のなかにできた空白や物忘れとしてあらわれ、けれどなんでも忘れてしまうので、それを見つけるのも偶然に頼るしかなく、身のまわりのものを片づけてさがしものを見つけても、今度はなぜさがしていたかさえ忘れる、なんてことがある。そのせいでぼくは、壊れた金庫から少しずつ財貨を失う資産家のような気分だった。しばらくは、そうして財貨を失っていくことを残念に思っているが、つまり記憶力とあらがっているが、やがて記憶力が消え去るにつれ、このぼく自身も、持ち去られるような気がした。

事実、ぼくが本を書きはじめる前に、じつに奇妙なことが起こったのだ。それはまったく予想だにしないかたちで起こった。

ある晩、外出したとき、以前より顔色がいいとみんなが言い、ぼくの髪が黒々としたままであることに、みんなが驚いた。けれどぼくは階段を下りながら、三度も転びそうになったのだ。二時間ほどの外出にすぎなかった。ところが帰ってくると、もはや記憶力もなければ思考力もなく、体力もなければ生命力すらないと感じられた。

そんなふうに消えかかっている生命力に、日々、あれこれとしなくてはならないことを無理強いして、くたくたに押しつぶされそうだった。ただ、いろんなことをすっかり忘れてしまうおかげで、しなくてはならないことのなかにもほころびが生じ、いくらかぼくを助けてくれた。しなくてはならないことがらから解放されたそのほころびを埋めるのが、ぼくの作品だった。

死の観念が、愛と同じように、ぼくの内に決定的に居座ってしまった。死を愛していたからではない。ぼくは死を嫌っていた。けれども、まだ愛していない女のことを考えるように、何度も死のことを考えていたせいで、今や死の観念は脳のもっとも深いところにぺたりとはりついていた。だから、どんなものに関心を抱いても、まず死の観念を通過させないわけにはいかなくなってしまった。心を騒がせるものが何もなく、完全にくつろいでいるときでさえ、死の観念はたえずぼくにつきまとうようになった。自我の観念と同じように。

まざまざと老いを突きつけられたあの日、そう感じさせたいくつかの不測の事態、階段を下りられないとか、人の名前を思い出せないとか、ベッドから起きられないといった事態が、無意識の思考をたどって死の観念を揺り起したのか。いや、そうは思わない。そうではなく、それらはいっしょくたになってやってきて、精神というこの偉大な鏡が、否応なしにあらたな現実を映し出したのだ。

それでも、ぼくの今抱えている病気から、完全な死へと、何も知らされずにどんなふうに移行できるのか、ということがわからないままだった。そのとき思い浮かべたのは、ほかの人たちのことだった。自分の病気と自分の死のあいだにある断絶を、疑問に思うこともなく、毎日死んでいくすべての人たちのことだ。こうも考えた。そう遠くない日に自分は死ぬと思っているのに、いくつかの体調不良をひとつひとつとりあげてみると、それが致命的なものとは思えない。それは、なおるという見こみにだまされているのではなく、その体調不良や病気を内側から見ているからではないだろうか。たとえばそれは、いよいよ最期がきたと確信しきっているにもかかわらず、いくつかの言葉を発音できないことに気づき、それは発作や失語症などとは関係なく、ただ舌が疲れているか、吃音に似た神経状態のせいか、消化不良による衰弱のせいだ、とやすやすと信じてしまうのと、同じことだ。

　ぼくが書かなければならないものは、もっとべつの、もっと長い、もっと多くの人に向けられるものだった。書き上げるのには長い時間がかかる。せいぜい昼間は、眠ることができるだろう。仕事をするのは夜だけになるだろう。多くの夜が必要になるだろう。ことによると百夜、いや、千夜ほども必要だろう。ぼくの運命の〈主人〉は、『千夜一夜物語』のシャハリヤール王ほど寛容ではなく、朝になって物語を中断すると、死刑宣告を延期して次の晩も語り続けさせてくれるかわからないので、ぼくは不安にかられながら生きていくことになるだろう。『千夜一夜物語』を作りなおすつもりはぼくにはこれっぽっちもないし、これまた夜に執筆されたサン＝シモンの『回想録』をもう一度書くつもりもない。子どものような無邪気さで愛した本、恋愛に執着するように妄信的に愛した本はいくつもあるが、そのような本のどれひとつとして、作りなおす気にはなれなかった。けれども、エルスチールがシャルダンをそうしたように、人は愛するものを否定してこそ、はじめてそれを作りなおすことができる。

　ぼくが書く本も、ぼくという生身の人間と同じく、ついにいつかは死ぬことになるだろう。けれど死ぬことを甘んじて受け入れなければならない。十年後には自分自身も、百年後には自分の本も、もはやなくなるだろうという考えを、人は受け入れる。永遠のいのちは、人間にも作品にも、約束されていないのだ。

　ぼくの本はおそらく、『千夜一夜物語』と同じくらい長いものになるだろうけれど、まったく違うものになる。ひとつの作品が気に入っていると、同じようなものを書きたくなるだろうけれど、いっときの愛は犠牲にしなければならない。また、自分の好みを考えるのでなく、こちらの好みなど聞きもせず考えもさせない真理に、思いをめぐらす必要がある。この真理を追いかけてはじめて、人は自分の断念したものにたまたま出会うことになり、『千夜一夜物語』やサン＝シモンの『回想録』をまったく忘れていながら、べつの時代におけるそのような書物を書き上げることになる。しかし、ぼくにはまだ時間があるだろうか？　遅すぎはしないだろうか？

ぼくは「まだ時間があるだろうか？」と自分に問いかけただけではなく、「今でもそれができる状態にあるか？」と、問いかけもした。病気は、社交界をあきらめさせて、厳しい霊的指導者のようにぼくに尽くしてくれた。なぜなら、「一粒の麦は、地に落ちて死ななければ、一粒のままである。だが死ねば、多くの実を結ぶ」からだ。

ぼくの怠け心は、今まで安易に書かせることをしなかったが、この先ぼくの病気は、怠け心から守ってくれるだろう。病気のせいで、ぼくの体力は擦り減ってしまった。そしてずっと前から、とりわけ、アルベルチーヌへの愛がさめてから気づいたのだが、記憶力も擦り減ってしまっていた。

記憶によって再創造された印象は、あとから深く掘り下げて、解明し、知性への等価物へと変えなければならないわけだが、そうした印象の再創造は、芸術作品の条件のひとつであり、ほとんどその本質だと、ぼくは図書室で思い至ったではないか。ああ！　ぼくにまだ力があったなら！　『捨て子フランソワ』が目に入り、あれこれ考えることになったあの夜には、その力は手つかずのままあったのだ。

　母が屈服したあの晩から、ゆっくり訪れた祖母の死とともに、ぼくの意志と健康の衰えははじまったのだ。すべてはあのときに決定された。母の顔にこのくちびるを押し当てるのを、翌朝まで待つのに耐えきれなくなって、ぼくは意を決して、ベッドから跳ね起きると、寝間着のまま月のさしこむ窓辺にいき、スワン氏が帰るもの音がするので、ずっとそこで耳をすませていたのだった。両親はスワン氏を送っていき、庭の戸が開く音が聞こえた。鈴が鳴り、また戸のしまる音がして……。

　そのとき、ぼくは急にこう考えた。作品の着想を得るとともに、それが実現できないのではないかという不安を抱かせた、この午後の集いは――かつてコンブレーでぼくに影響を及ぼした日々と同様に――、もしぼくに作品を完成させる力がまだあるなら、まさに今日、何よりも優先して、ぼくの作品にひとつの形態の刻印を残すだろう。それはかつてコンブレーの教会で予感した、ふだんは目に見えない〈時〉の形態である。

　たしかに、感覚がおかすあやまりはほかにもたくさんあって、それがぼくたちに、世界の姿をねじまげて見せてしまうことがある――ご存知のように、この物語のさまざまな挿話がそれを立証している。けれども、こういったこともある。その音がどこから聞こえてくるのか正確に事実を転写しようとする場合、聞こえてくる位置を変えないように、その音の出どころを見極めるように書くことはできる。あとから知性が、その音の出どころを理解するわけだが、しかし、雨を部屋のなかでしめやかに歌わせたり、ハーブティーの沸く音を中庭で豪雨のように降らせても、人はちゃんと理解するだろう。それは画家が、遠近法や色の強度や見る者の目の錯覚を利用して、帆船や尖った峰をすぐ近くに描いたり、ひどく遠くに描いたりするのと同じような手法なのだ。あとになってから、理性でその音の出どころを決めてしまうと、大きくまちがえることになる。

こちらのほうが誤りよりもっと深刻かもしれないが、だれもがするようにぼくも、通りすがりの女の顔に、目鼻立ちを勝手につけくわえてしまうこともできるだろう。でもじつは、目や鼻のかわりに、その女の顔には何もないのっぺりした空間があるだけかもしれず、そこにぼくたちは、勝手な欲望を映してみているだけなのかもしれない。同じひとつの顔であっても、それを見る目が違い、その表情に読み取る意味が違うだけで、はたまた、もし同じ目だとしても、そのとき希望を抱いているか不安を抱いているかによって、あるいは、三十年もの年齢の変化を無視できる習慣と愛情があるかないかによって、そのひとつの顔には百の仮面がある。そしてはるかに重要なことは、その百の仮面を用意するだけの余裕が、ぼくにはないかもしれない。ある種の人々を、外側からではなく、ほんのささいなふるまいでも死ぬほどの煩悶を引き起こしかねないぼくたちの内側から、描こうとしないかもしれない。アルベルチーヌとの関係で、そのように描かないと何もかもまがいものになってしまうと、充分にわかっていたにもかかわらず。

精神の大空を照らす光は、ぼくたちの感受性のそれぞれ異なった気圧に合わせて変わる。ぼくたちの確信に支えられていた晴れやかな空も、危険をはらむ一筋の雲がかかっただけで、ごくちいさく見えていたものが一瞬にして大きなものへと変わることがあるが、そうしたことに応じて、ぼくは精神の大空を照らす光を変化させようとはしないかもしれない。

けれども、ぼくがその変化や、もっと大きな変化をおこせないとしても（その必要性は、もし現実を描こうとするならこの物語の過程で明らかになったはずだが）、全面的に描きなおす必要のある世界の転写のなかに、ぼくは必ずや人間を描くだろう。肉体の長さではなく、年月の長さを背負った人間だ。移動するときも、その年月をいっしょに背負っていかねばならない人間である。ますますたいへんになる仕事だが、ついにはそうした人間を組み伏せるだろう。

ぼくたちが〈時〉のなかに、たえず増大する場所を占めていることは、だれもが感じていて、この普遍性にぼくはよろこばずにはいられなかった。何しろぼくが解明しなければならない真実は、だれもが予感している真実だからだ。ぼくたちは〈時〉のなかにひとつの場所を占めている、とだれもが感じているだけでなく、どんなに単純な人でも、ぼくたちが空間のなかに占めている場所を測るように、〈時〉に占める場所もおおよそ測っている。たとえばとくべつ洞察力にすぐれていない人でも、二人の男に会ったとき、二人とも口ひげをはやしていようが、きれいに剃っていようが、ひとりは二十歳くらい、もうひとりは四十歳くらいだと言い当てる。そうした推測が間違っていることもあるが、推測していること自体、年齢を、測定可能なものだとみなしているからだ。実際、黒い口ひげのひとりには、二十年という年月がよけいに加わっているのだ。

こうして肉体となり得る時間の観念を、ぼくたちから切り離されることなく過ぎ去ってしまった年月の観念を、ぼくがこんなにも強く浮き彫りにしようとしているのは、今この瞬間、ゲルマント大公邸にいながら、スワン氏を送っていく両親の足音が響き、いよいよスワン氏が帰り、母が二階に上がってくることを知らせる戸口のちいさな鈴の、踊るような、いつまでも鳴りやまない甲高くさわやかなあの音が、今なおぼくの耳に聞こえているからだった。ぼくには、あの音そのものを聞くことができた。あんなにも遠い過去の音であるのに。

かつてその音を聞いたはるか昔と、このゲルマント家の午後の集いのあいだに、必然的に起きたすべてのできごとを思い浮かべてみても、やはりぼくの内で鳴り響くのは、まさにあの音であり、その鈴のやかましい音をぼくには変えることができない、と考えると、愕然とした。その音がどんなふうにやんだのかもう思い出せず、それを思い出そうとしていると、今周囲で仮面をつけた人々の交わす会話の響きを聞かないようにつとめなければならなかったからだ。あの鈴の音をもっと近くで聞こうとするには、ぼくは自分自身の内部に降りていかなければならなかった。ということは、この音はぼくの内部にずっとあったのであり、その鈴の音と現在の瞬間のあいだには、自分で持っているとも知らなかった無限に広がる過去が横たわっているのである。

あの鈴が鳴り響いたとき、ぼくはすでに存在していた。だから、今なおぼくがこの音を耳にしているとすれば、あのときから断絶はなかったはずで、一瞬たりとも休まずぼくは存在し、思考し、自分を意識していたはずだ。何しろ、あのかつての瞬間は今なおぼくに付着していて、内に深く降りていきさえすれば、依然としてその瞬間をふたたび見出すことができ、その瞬間まで戻ることができるからだ。

人間の肉体が、その肉体を愛する者にあれほどの苦痛を与えるのは、肉体に過去の時間がすべて含まれているからだ。そのなかには、じつに多くのよろこびの思い出と欲望の思い出がある。本人にとっては、もう消え去った思い出だとしても、いとしい肉体をじっと見つめたり、その肉体を時間のなかに長く添わせていく者にとっては、ひどく残酷な思い出になり、その思い出に嫉妬し、思い出を含む肉体が消えてしまえばいいと願いすらする。死んでしまえば、〈時〉は肉体から離れ、思い出も――どんなにつまらない色あせた思い出も――もうこの世にはいない女とともに消え去り、いまだ思い出にさいなまれる男からも、やがては消え去るからだ。思い出は、生きた肉体への欲望が消えていくにしたがって消えていくはずだ。深い眠りに陥るアルベルチーヌをぼくは見つめていたが、彼女はもう死んでしまった。

ぼくは疲れと不安を感じながら、こう感じるのだった。かくも長いこのすべての時間が、中断されることなく、ぼくによって生きられ、思考され、分泌され、そうしてぼくの人生となり、ぼく自身になり、それればかりか、ぼくはいつもその時間に自分をつなげておかねばならず、時間はぼくを支え、ぼくは時間の目もくらむほどの頂にとまり、時間とともにそうしているように、ぼくが移動すれば必ず時間も移動しているようだ、と。コンブレーの庭の鈴の音ははるか昔だったが、それでもこの内部にあり、その音をぼくがたしかに聞いた日付は、自分が持っているとも知らなかった巨大な時間の次元のなかで、ひとつの目じるしとなっていた。ぼくは自分の内部をのぞきこみ、その深さを知り、めまいを覚える。まるでぼくが何キロメートルもの高さにいて、何年もの年月をその下に従えているかのようだった。

ぼくはゲルマント公爵が椅子に座っているのを眺めながら、ぼくよりもはるかに多い年月を従えているのに、さほど老け込んでいないのに感心していたのだが、その彼が椅子から腰を上げ、立ち上がろうとした途端、両足がふらつき、よろめいた。まるで、頑丈なものといったら金属の十字架しか身につけていない年老いた大司教が、若く元気な神学生たちにわっと押しかけられたみたいなその姿を見て、ぼくは理解した。八十三歳という、真似できないほどの高い頂で、公爵は、一枚の木の葉のように震えるだけで、前に踏み出すことができなかったのだ。人間とは、まるでいつまでも成長する生きた竹馬に乗っているようなもので、その竹馬はときに教会の鐘楼より高くなり、ついには歩行さえ、困難で危険なものとなる。だから突然、人間はそこから落下する。年配の人たちの顔は、どんな無知な人たちの目にも、若者と見間違えようがないが、それは一種の雲のようにかかる深刻さの向こうに見えるからだろうか？

自分の竹馬も、この足の下ですでにとても高くなっていると思うと、ぎくりとした。すでにこれほどはるか深くまで達している過去を、この先長く自分につなぎとめておく力が自分にあるとは、とても思えなかった。だから、もし作品を完成できるほどの時間が残されているのなら、ぼくは必ずやまずその作品に、たとえ怪物のような存在になるとしても、とてつもなく重要な位置を占めるものとしての、人間を描くだろう。空間のなかで人間に割り振られた場所はひどくかぎられているが、年月のなかでは巨人と化す。人間は同時にさまざまな時代に触れ、彼らの生きてきた時代はたがいにかけ離れてはいても、そのあいだには多くの日々が入りこんでいるのだから、人間の占める場所は反対に、どこまでも無限にのびているのだ――〈時〉のなかに。

編訳者あとがき　芳川泰久

本書は、フランス二十世紀の小説家マルセル・プルーストの『失われた時を求めて』を全一巻に訳出したものである。底本として、プレイヤッド版（一九八七―八九年）を用いた。フランス小説の最高峰といわれる本書の全体は、日本語に訳出すると、四百字詰原稿用紙で一万枚ほどにも及ぶ。それを一切の説明を加えず、すっきり通読できる物語に切り出したのが本書である。だから、いわゆる超訳ではない。

ご覧のように、角田光代さんとの共編・共訳だが、そのことについてお話ししておきたい。編集部はこの企画の最初から、このようなハイブリッドな方針を持っていた。だから、『失われた時を求めて』を翻訳しませんかというこちらへの誘いの当初から、角田光代さんの名前が共編訳者として出ていた。幸い、角田さんからの快諾も得られ、この企画はスタートした。

通常、文庫版にして十冊以上になる分量を、どのように一冊にするのかを、まず芳川が担当する。原作のどこをとって、どうつなぐか、いわば全一冊本のための圧縮とシナリオづくりだが、その際、原文にないものは一語も付け加えない、という方針を貫いた。まず、すべての場面を抜き出し、どこをどう組み合わせれば辻褄の合う物語になるか、じっくり考えた。しかしそれだけでは足りず、物語のスムーズな運びのために、除外した場面からほんの数行だけ抜き出すことが必要になった個所もあった。物語としては、主人公の恋愛に焦点が集まるように配慮した。つまり、一篇の恋愛小説としても読めるようにしたのだ。しかも、全体からめぼしいエピソードや名場面はできるかぎり盛り込んだ。それらを、四百字・千枚に収めるのは至難のわざだったが、これは思いのほかうまくいった。もちろん、冒頭の就寝シーンも、マドレーヌ菓子にちなむ無意志的想起も、最後のゲルマント大公邸での午後の集い《マチネー》も加えた。

こうして、いったん訳出したものを角田さんが読んで、意見を交換し、どういう個所の追加が必要かを話し合った。こちらが省いたものでも、小説家の目から見て必要と判断されたものは追加した。この作業のおかげで、ぐっと陰影と起伏に富む全体が現れた。そのように姿を現した全体を、角田さんが自分の文体にブラッシュ・アップする。その意味で、原作者・訳者・小説家の三者の個性がポリフォニックに融合した作品になったのではないか。小説家どうしの対話ということでいえば、プルーストを角田光代がどう料理したかも読者にとっては読みどころだろう。そして、ここには外国の古典作品をどう現代の小説の日本語に翻訳するかをめぐって、一つの挑戦的な試みがあるように思われる。

たしかに、「ちくま文庫」で全10巻、「集英社文庫」で全13巻、現在刊行中の「岩波文庫」で全14巻予定、同じく刊行中の「光文社古典新訳文庫」でも全14巻予定の『失われた時を求めて』は、読み切るぞ、と覚悟を決めなければなかなか読み通せない。学生のころ、私にも夏休みの終わりとともに、通読を断念した思い出がある。加えて、これだけの分量を、全一冊に圧縮するとはどうなのか？　原作の雰囲気が損なわれるのではないか？　という危惧を持たれる方もあるかもしれない。われわれは、この全一冊版が『失われた時を求めて』全体への導入になれば、と考えているが、むしろこの忙しい時代にとって、このようなバージョンが一つくらいあってもいいのではないか。たとえば指揮者が、作曲家の原曲を、時代の感性に合わせてテンポを速めることがあるように、古典となった小説も、絶えず新たに解釈され、新たな命を吹き込まれなければならないだろう。その意味で、今回の翻訳は時代が求める新たな解釈の一つと言えるかもしれない。しかも、プルースト自身「フローベールの文体について」（一九二〇）というエッセイで、次のように述べているのだ。

大いに教養のある人びとでさえ、『スワン家の方へ』には、秘められてはいるが厳密な構成（それは、脚を大きく開いたコンパスのようにじつに隔たっていて、最初に出てくる一節と対称をなす一節〔…〕がたがいに大きく離れているせいで、おそらくいっそう見分けるのが難しいかもしれない）があるのに見落として、私の小説は思い出の寄せ集めのようなもので、観念連想という偶然の法則に従ってたがいにつなぎ合わされていると思ったのだ。

ちなみに、これが書かれた時点では、七巻からなる『失われた時を求めて』の「最後の巻」は「まだ出版されていない」ものの、周囲の無理解（それは「私の小説は思い出の寄せ集めのようなもので、観念連想という偶然の法則に従ってたがいにつなぎ合わされている」と理解されたことに表れている）に対する反論が読みとれる。その際、自作の「秘められてはいるが厳密な構成」は「脚を大きく開いたコンパスのようにじつに隔」てられていて、「最初に出てくる一節と対称をなす一節」が「たがいに大きく離れているせいで」、そのつながりを「見分けるのが難しい」と言っている。事実、一巻目で言及されたことに、七巻目で対応することさえある。いわば物語の伏線が、文庫版で十冊以上も離れて用いられるようなものだ。だから、この十冊以上になる原作を全一冊に圧縮することは、つながりのある対応する個所と個所の隔たりをも圧縮することになるのだ。大長編のなかに散在していた対応する個所どうしを捉えやすくし、作品の構成を格段に見やすくすることになる。担当の編集者から、これはまるで忠臣蔵の通しの、お軽と勘平に焦点をしぼりながら名場面をうまくあしらったようなものですね、と言われもした。そうしたことが、二十一世紀を生きる、情報伝達の速度の異様に速い現代を生きるわれわれの感性にどれほど合っているかは歴然としている。その意味で、この全一冊版は、『失われた時を求めて』を現代にアジャストしていて、まさに時代の求めるものでもある。

ここで、プルーストのどこがすごいのか、『失われた時を求めて』の何がすごいのか、その魅力を語っておきたい。私の個人的な見解だが、プルーストほど小説が読めた小説家はいない、少なくともフランスにはいなかったと思っている。そのことを、本書と同時に出版される『謎とき『失われた時を求めて』』(新潮選書)で語っておいたので、詳しくはそちらにゆずるが、一つポイントだけ言うと、フランスではバルザックとともに本格的にはじまった近代小説が、フローベールによっていかに現代につながる小説に脱皮したかをプルーストはすでに把握していて、この小説家は、そうした小説ジャンルの流れの上に自身の小説を置いたのである。二十世紀から現在(二〇一五年)にいたる小説の流れを、それがまだ漠とした未来でしかなかった時期(『失われた時を求めて』が刊行されたのは一九一三年から二七年である)に決定したのだ。と同時に、バルザックが発明した人物再登場（同じ人物がいくつもの異なる作品に異なる年齢で姿を見せる）といった方法がきちんと踏まえられていて、そうした小説の伝統をもこの小説家はさりげなく身につけている。たとえば、この全一冊を読んでいただければ、登場する時期ごとに異貌をはなつシャルリュスの姿が見事に書き分けられている、と読者は実感されるだろう。そのような細部にまで〈時〉の経過が刻まれているのだ。

『失われた時を求めて』の魅力なら、まだまだある。たとえば谷崎潤一郎の『細雪』には、執筆時期を覆う第二次世界大戦についてはいっさい描かれていないのに対し、『失われた時を求めて』には執筆途中で作者が経験した第一次世界大戦が作品にきっちり描かれていて、とりわけ主人公兼語り手がドイツ軍の空襲のさなか、夜のパリをさまようくだりには、フィクションといえども現実がなまなましくとらえられている。作品が、しっかり時代に根を張っているのだ。あるいは、比喩の使い方も印象的だ。喩《たと》えるものと喩えられるものの関係は、一見、異なって見えるものの、そこに深い本質的な共通性がなければならない、とプルーストは考える。その秘められた共通性を見いだすのが小説家の役割なのだが、一例をあげれば、プルーストはしばしば教会の鐘楼を麦の穂に喩える。その逆もある。教会でいちばん高い鐘楼と麦の穂先は、形がいくらか似ているが、両者に共通しているのは、フランスの、というよりヨーロッパの文化を支える基盤にほかならない。一方が、教会につながる点で精神性の基盤であれば、パンという主食をもたらすもう一方は、物質性の基盤である。比喩ひとつに、ヨーロッパ文化の根底をすくいとるようなところがある。

その教会がはぐくむ文化が、十九世紀後半から二十世紀初頭にかけて、フランスの農村から衰退するかに見えた時期がある。政教分離を唱えた第三共和制の政策もからんでのことだが、そうした潮流は、農村が独自に保ってきたモノじたいを消滅させる。日本でも、昨今、里山の消滅が叫ばれているが、同じようにその時期のフランスの農村からも多くのモノが消えようとしていた。そのカウンター運動として文化的・思想的に浮上したのが、モノを記憶するという問題である。そして文学の領域で、まさに記憶を主題にしたのがプルーストにほかならない。そうした文化の領域にまで、この小説家の視線はとどいていたのだ。

『失われた時を求めて』のすごさはまだまだ枚挙にいとまがないほどだが、翻って、角田光代のリライトの何がすごいのかを語っておかねばならない。端的な例がある。こちらが訳了した『失われた時を求めて』のデータを渡したときには、主人公兼語り手は「私」だった。これまでのどの翻訳も、「私」となっている。一種の、文学的な約束のようなものになっているのかもしれない。角田さんの作業が終了し、次の打ち合わせと意見交換のためにそのデータを読んでみて、私は驚きを禁じ得なかった。主人公兼語り手が「ぼく」に変貌しているのだ。これまで日本の『失われた時を求めて』の翻訳が提供したことのない一人称・単数である。そこに、日本の同時代が息づいている、と私は感じた。まさに作家が生きている同時代である。じっさいに自分が編集者を相手に話しているとき、自分を指して「私」とは言っていない、「ぼく」である。このいまの日本で、いったいどのくらいの男性が「私」と言っているだろうか。まして、幼年時代の主人公も小説には登場する以上、いくら晩年に思い出しているとは言っても、「私」ではそのリアリティを担えない。ましていまや、私のような年齢の者でも「ぼく」を普通に使っている。おそらく、「僕」としてしまえば、村上春樹が色濃く「僕」に付与したイメージまでが匂い立ってしまうだろう。私は、この「ぼく」によって、『失われた時を求めて』の主人公兼語り手が、ほぼ百年前のフランスに生きていながら、同時に、二十一世紀の日本にも生きることができる、と思ったのだった。たった一単語のことだが、その違いは決定的である。

それだけではない。『失われた時を求めて』には、いまの日本にぴたりとつながる重要なテーマがある。それが「ぼく」であり、「わたし」であって、固くいえば、この自我、柔らかくいえば、この自分ということになる。戦後生まれの私でさえ、この自分というのは手に負えないのだ。よくいえば、個の可能性を追求することを肯定されて育ち、自分を追求することが何よりの善だと奨励されてきた戦後の日本では、この「ぼく」や「わたし」を滅しては生きられない。いまや憧れに近い気持で、この自分を振り切れたらと思う私がいるくらいだが、それはできないからこその憧れである。たとえば、そんな私が身につけるものを買うとする。素材からデザインまで、自分の気に入ったものを選ぶのは当然だし、ほかの選び方はできない。気に入らないものなら、着ないほうがましだ、と思う自分がいる。周囲を見ても、それが普通である。この自分を、何でもいい、どうでもいい、とは扱えないのである。それが恋愛にかかわるとなれば（幸い、私はその年齢を過ぎたが）、もっと顕著である。自分の気に入らない相手とは、つきあいたくないのではないか。自分を何より大切にしてくれる相手でなければ、自分よりも大切に思ってくれる相手でなければ、自分を託せないのではないか。将来を、どんな人とでもシェアできる、なんてあり得ない。周囲の若い人たちを見ていて、私はそう感じる。

ところで、まさに『失われた時を求めて』の主人公兼語り手こそ、自分を捨てられない「ぼく」なのだ。そのことが顕著に発揮される領域が恋愛である。「ぼく」が恋愛において追求しているのは、相手のアルベルチーヌではない、彼女を愛している自分なのだ。アルベルチーヌ自身より、その彼女を求める自分に忠実であることの矛盾。だから「ぼく」は、相手がこちらを無視して自由に振る舞うと途轍もなく嫉妬に苦しむし、嫉妬している自分を素直に見せたくないため、その嫉妬は内攻し、悩みを深くしてしまう。とりわけ相手に同性愛の疑いを抱くと、その行動を監視しようとして、彼女との共通の友人を絶えず同行させ、行動を逐一報告させもする。いまなら、間接的なストーカーと言えるだろう。これも、自分に興味があるし、自分が大切だからなのだろう。だからアルベルチーヌは「ぼく」のもとを出て行ってしまい、取り返しのつかないことが起る。その悲劇は、「ぼく」の自分の捨てがたさが招いた悲劇とさえ言えなくもないだろう。そうした自我のあり方に注目するとき、いまの日本の状況とも重なりうる何かが浮かびあがるのではないか。

そして、やがては自分も小説を書きたいと願う主人公は、その小説こそ、「ぼく」を通して、だれもがそこに自分を重ねることができる拡大鏡のような小説にしたい、と願う。それはそのまま『失われた時を求めて』にも当てはまり、さらにこの全一冊版では、主人公を「ぼく」としたことで、われわれ現代の日本人にも当てはまるものになった。主人公兼語り手の「ぼく」を通して、われわれは自分の姿をそこに見ることができる。たとえ女性の読者であっても、「ぼく」を通して、周囲にいる多くの人々の姿を見るだろうし、時には、ジェンダーを超えて、そこに自身の姿を見ることができるのではないか。とりわけ、自分のせいで愛する人を去らせてしまったもがきと空虚は性別を超えて、こちらに迫ってくる。

そうしたことも、「ぼく」の体験する恋愛に焦点を当てて圧縮した理由でもある。この自分が中心の世界において、恋愛がもっとも他者にかかわる契機になっているからだ。角田さんから返された原稿を読んだとき、原作を読んだとき以上に、原作のエッセンスが濃く香り立っていることに私は驚嘆した。ほぼ十分の一に縮めて、分量は減っているのに、エッセンスは残っている、いや、むしろ濃く残っている、と私は感じたのだ。プルーストの大長篇を読むときより、くっきりとそのテイストを味わうことができる。エッジの立ったボディ《こく》が残っているのだ。

なぜだろうと思い、私はもう一度、角田さんの筆の入った原稿を読み直した。そして納得した。たとえば、アルベルチーヌが出奔する前に、「ぼく」と長くやりあう場面がある。原文では、「ぼく」側からの思いと事情説明がずっとつづく個所だ。二人の会話まで、「ぼく」の語る地の文のなかで紹介されている。角田さんは、その長くつづく文のある個所で、つまり女中のフランソワーズから聞かされたアルベルチーヌの思いが紹介されるところで、さっと段落を切りかえている。それはさりげないのだが、見事だ。鮮やかでさえある。次の章の冒頭で、そのフランソワーズが言う「アルベルチーヌさんがお発ちになりました！」という一語が余計に利いてくるからだ。同じフランソワーズから聞いた言葉の漸進性が際立つように配慮されていて、あとから聞くひと言の予感のようなものがそのひと言と同時に余韻のように立ち上がるからだ。長い地の文から、構成的に段落を切り出す手腕は見事と言うほかない。しかも、そういう対処が随所になされている。私はあらためて冒頭に立ち返り、そのきりりとした面立ちに脱帽した。

　あの有名な冒頭の場面は、三分の一か四分の一に圧縮され、文も短くされているが、長くつづくもとの文のどこにポイントがあるかを見抜き、そこが生きるように焦点を当てながら、大胆に省く。ぜひ、ほかの訳文と比べて欲しい。そうすれば角田さんの筆の入れ方が堪能できると思ったのだった。私は、原作の香りを消すことなく、むしろ際立たせるようにリライトした角田さんの文の強さとしなやかさに感動し、思わず、プルーストよりプルースト的、と叫んでいた。しかしそれは、まぎれもない角田光代の文である。原典の感触を残したまま、いわば自分の文のなかにプルーストを呑み込むとは、なんという力業だろう。ひょっとしたら、プルーストと向き合ったこの作業がいつかこの小説家の何かを変えたなどと言われる日が来るかもしれない、とさえ私は想像した。プルーストが楽しめて、同時に角田光代も楽しめる。時代と地域を超えた新たな翻訳の可能性がここに開かれたのである。

最後になったが、この企画を推進し、常に適切な助言を惜しまれなかった編集部の楠瀬啓之氏、古浦郁氏、桜井京子氏に心よりの、圧縮などできない謝意を捧げたい。

編訳者あとがき　角田光代

芳川泰久さんは、私の学生時代のフランス語の先生である。めったに自分からは言わないし、むしろ隠しているが、学生時代、選択制の授業で私はフランス語を学んでいたのである。とはいえ、学んでも学んでもわからず、自分が何をわからないのかもわからないありさまだった。フランス語の授業は四年間あったのだが、ふつうの人は二年で終わると卒業間近に知った。私が四年間学んでいたのは、落第し続けたからだったのだが、そんなこともわからないほど何もわからなかったのだ。

芳川さんがプルーストの『失われた時を求めて』をあらたに訳すので、それを構成しませんか、という話をされたとき、まず思ったのは、無理だ、ということである。『失われた時を求めて』を読んだことがなく、読もうと思ったこともない。編集者と芳川さんの話を聞きながら、いつ「無理です」と切り出そうかなあと考えていたのだが、なかなか言えず、その会合の終わりにあろうことか私は「了解しました」と言ってしまったのである。芳川さんが私のフランス語の先生で、私は授業にあまり出ないだめ生徒だった、その縁や関係性も、わずかながら承諾の理由に含まれる。けれどももっとも大きな理由は、読もうと思わなかったかつての私自身や、私のような人に、読もうかなと思ってもらいたい、と思ったことだ。『失われた時を求めて』を全巻、もしくは編集されたものを読んだ人、読みたいと思っている人、読みかけている人のことはあまり考えなかった。そういう人は、すでに出版されている『失われた時を求めて』がふさわしい。しかし読んだ、もしくは読みかけた人よりも、私のような人が圧倒的に多いように思う。そもそも読もうとも思わなかった人が。

そのタイトル、その作家名を（とくに学生時代）じつによく耳にして、なぜ読もうと思わなかったのか。タイトルとともに「難しい」「長い」という形容詞がセットになっていたからだ。難しくて長いものならば、ずっと年をとってから読めばいいではないかと若き私は考えて、その難しくて長いらしい小説を自分とは無関係と決めこんだ。

けれど実際に年をとって「じゃあそろそろ読もうか」と思うかといえば、もちろん思わない。ということは、私は一生読まないのだろう。私のような多くの人たちも、一生読まないのだろう。そう思うと、何かすごくもったいない、損をしているような気分になる。

小説であれ、絵画であれ、長く残っているものには、ぜったいに理由があると私は思っている。善し悪しではない。人が手放すわけにはいかない理由がその作品にはぜったいにある。そしてその理由とは、何十年、何百年たとうとも、変形もせず色あせもしない。私たちの暮らしがいかに変わっても、ぴたりと寄り添い続ける。それはすぐれているか否かという人の判断より、もっと人に肉薄した何かのはずだ。

一九一三年から刊行され、一九二七年に完結したこの長い物語も、難解だの長いだのと言われながらも、ずっと人が手放さなかった小説だ。手放さなかったその理由はなんだろう。それを知りたくもあった。この小説を読もうと思わない多くの人も、それは知りたいのではないか。そんなことを考えて、分不相応、力不足を承知しながら引き受けたのである。

芳川さんがあらたに訳し、あらたに編集したものを、読みやすくまとめていくのが私のおもな作業なのだが、これがひたすら難しく、苦しく、つらかった。複雑で、入り組んでいて、比喩の多いプルーストの文章を読みやすくするためには、その複雑さのなかに分け入って芯をつかまないといけない。ただ読んでいれば、多少意味のわからないところでも深くは考えずに先に進み、先に進んだところで理解することもできる。けれども芯をつかむにはわからないところを放置しては先に進めない。芳川さんの訳文でつまずくと、べつの訳者の該当箇所を読む。ますますわからなくなることもある。それでもそこに居続ける。何度も何度も読む。

そうすると唐突にわかる瞬間がある。つかんだ、と思う手応えがある。プルーストは、ひとつのことを説明するのに、比喩を変えたり表現を変えたりして何度も何度も執拗に書く。それとじっくり向き合っていると、そこに書かれていることを「体験」として感じることができるのだ。主人公が味わった感覚を、いや、思考までもを、体感できるのである。そのときの多幸感は、今まで味わったことのないものだった。もしかしてプルーストは、読み手に「体験」の快楽を与えるために、こんなにも難解で入り組んだ文章を書いたのではないかと思うほどだった。ずっとではない。ほんのときどき、そういう瞬間がやってくる。けれどその体験の快楽があったから、こんなにも難しく苦しくつらいことを、続けられたのだと思う。さらに、四十五章以降、私は不思議な高揚を味わった。主人公は加齢していくが、読み手の私は生きる希望をみずからのものとしてありありと実感したのである。降りそそぐ光に包まれていると感じるような多幸感もまた、はじめての体験だった。

小説を読むということは、文体に触れることだと私は思っている。文体に触れるというのは、作者に触れ、その声を耳にするということだ。本書ではそれは味わうことはできない。プルーストの文体の特徴をはぎ取ることをこそ、私は目指したからだ。そうする罪悪感は当然あった。複雑さ、難解さをとってしまったらプルーストではないではないかとずっと思っていた。それでもやはり、プルーストを読もうとしない私のような人に届けたかった。その気持ちは書いていけばいくほど強まった。だってこんなにおもしろいのだ。そしてほかの小説では味わったことのない「体験」の快楽。こんなに時代がかわってもそれがまったく古びていないことの驚き。それだけは落とさないよう、漏らさないよう、注意した。

読みながら書いていくわけだが、その作業は、今までのどんな読書とも違った。小説という深い森にずんずんと分け入って、がっぷりよつで文章と取り組みあった、それが頭のなかのことでなく、体感として残っている。それは本当に刺激的な得がたい幸福だった。そんな体験をさせてくださった芳川泰久さんに心から感謝します。

蛇足だけれど、最後に。芳川さんからの注文は、たったひとつ。冒頭の文章を「過去の習慣」とわかる日本語にしてほしいというものだ。芳川さんのフランス文学の恩師である平岡篤頼さんが、そう訳することにこだわっていて、その意志を尊重したいのだという。今は亡き平岡先生は、私の卒業論文の指導教師である。この小説のラストにとりかかりながら、私もまた、あちこちにのびる糸のような縁を思うことになった。

プルーストに興味がある人には、この本以外のものを読んでほしい。全訳も、編集版も、訳者を変えていろいろと出版されている。興味のない人、興味はあるが読むつもりのない人にこそ、入門編として手にとってほしい。ここに書かれているのは特殊で難解な人生ではない。私たちのよく知る心理であり生であり関係であり、最終的には、主人公が言うようにこれはそれぞれ私たち自身の物語となる。私たちは自分の生を読むこととなる。

カバー・扉
フェリックス・ヴァロットン
「〈アンティミテ〉版木破棄証明のための刷り」
1898年　木版・紙　三菱一号館美術館蔵

装幀
新潮社装幀室

SHINCHO MODERN CLASSICS
À LA RECHERCHE DU TEMPS PERDU
Marcel Proust

新潮モダン・クラシックス
失《うしな》われた時《とき》を求《もと》めて　全《ぜん》一《いっ》冊《さつ》

発行　2015. 5 .30.
3刷　2024.10.20.

著者　マルセル・プルースト
編訳者　角《かく》田《た》光《みつ》代《よ》
芳《よし》川《かわ》泰《やす》久《ひさ》

発行者　佐藤隆信
発行所　株式会社新潮社
〒162-8711 東京都新宿区矢来町 71
電話　編集部 03-3266-5411 読者係 03-3266-5111
http://www.shinchosha.co.jp

印刷所　錦明印刷株式会社
製本所　加藤製本株式会社

乱丁・落丁本は、ご面倒ですが小社読者係宛お送り下さい。
送料小社負担にてお取替えいたします。
価格はカバーに表示してあります。

ISBN978-4-10-591003-7 C0397

〈トマス・ピンチョン全小説〉
スロー・ラーナー
トマス・ピンチョン
佐藤良明訳

鮮烈な結末と強靭な知性がアメリカ文学界に衝撃を与えた名篇「エントロピー」を含む全五篇に、仰天の自作解説を加えた著者唯一の短篇集。目から鱗の訳者解説と訳註付。

〈トマス・ピンチョン全小説〉
V.（上・下）
トマス・ピンチョン
小山太一
佐藤良明訳

闇の世界史の随所に現れる謎の女V.。彼女に憑かれた妄想男とフラフラうろうろダメ男の軌跡が交わるとき――衝撃的デビュー作にして現代文学の新古典、革命的新訳！

〈トマス・ピンチョン全小説〉
競売ナンバー49の叫び
トマス・ピンチョン
佐藤良明訳

富豪の遺産を託された女の行く手に増殖する謎、謎、謎――歴史の影から滲み出る巨大な闇とは。〈全小説〉随一の人気を誇る天才作家の永遠の名作、新訳。詳細なガイド付。

〈トマス・ピンチョン全小説〉
ヴァインランド
トマス・ピンチョン
佐藤良明訳

失われた母を求めて、少女は封印された闘争の60年代へ――。『重力の虹』から17年もの沈黙を破ったポップな超大作が、初訳より13年を経て決定版改訳。重量級解説付。

〈トマス・ピンチョン全小説〉
LAヴァイス
トマス・ピンチョン
栩木玲子
佐藤良明訳

目覚めればそこに死体――しかもオレが逮捕？かつて愛した女の面影を胸に、ロスの闇を私立探偵ドックが彷徨う。現代文学の巨人が放つ探偵小説、全米ベストセラー。

トマス・ピンチョン全小説
重力の虹（上・下）
トマス・ピンチョン
佐藤良明訳

ピューリッツァー賞評議会は「通読不能」「猥褻」と授賞を拒否――超危険作ながら現代世界文学の最高峰に今なお君臨する伝説の傑作、奇跡の新訳。詳細な註・索引付。